CORES PROIBIDAS

YUKIO MISHIMA

Cores proibidas

Tradução do japonês
Jefferson José Teixeira

1ª *reimpressão*

COMPANHIA DAS LETRAS

Copyright © 1951 by Herdeiros de Yukio Mishima

Grafia atualizada segundo o Acordo Ortográfico da Língua Portuguesa de 1990, que entrou em vigor no Brasil em 2009.

Título original
Kinjiki

Capa
Silvia Ribeiro

Preparação
Samuel Titan Jr.

Revisão
Beatriz de Freitas Moreira
Carmem S. da Costa
Eduardo Russo

Dados Internacionais de Catalogação na Publicação (CIP)
(Câmara Brasileira do Livro, SP, Brasil)

Mishima, Yukio, 1925 - 1970.
   Cores proibidas / Yukio Mishima ; tradução Jefferson José Teixeira.
— 1ª ed. — São Paulo : Companhia das Letras, 2002.

   Título original: Kinjiki.
   ISBN 978-85-359-0177-1

   1. Romance japonês I. Título.

02-213   CDD-895.635

Índices para catálogo sistemático:
1. Romances : Século 20 : Literatura japonesa   895.635
2. Século 20 : Romances : Literatura japonesa   895.635

[2021]
Todos os direitos desta edição reservados à
EDITORA SCHWARCZ S.A.
Rua Bandeira Paulista, 702, cj. 32
04532-002 — São Paulo — SP
Telefone: (11) 3707-3500
www.companhiadasletras.com.br
www.blogdacompanhia.com.br
facebook.com/companhiadasletras
instagram.com/companhiadasletras
twitter.com/cialetras

CORES PROIBIDAS

1. No início

Sempre que aparecia para uma visita, Yasuko costumava sentar sem cerimônia no colo de Shunsuke, que descansava numa cadeira de vime a um canto do jardim. Isso deixava Shunsuke feliz. Era pleno verão. Shunsuke recusava-se a receber visitas pela manhã. Quando lhe dava vontade, trabalhava durante esse período. Se não estava disposto, escrevia cartas ou mandava levar a cadeira à sombra de uma árvore do jardim. Estirava-se, lendo um livro, ou então, no meio da leitura, colocava o livro sobre os joelhos, virado para baixo, e deixava o tempo passar. Tocava a sineta, chamando a criada para lhe trazer chá, e se por alguma razão as horas de sono na noite anterior não tivessem bastado, puxava a colcha dos pés até o peito e cochilava por algum tempo.

Passara dos sessenta e cinco anos e não tinha nada que se pudesse chamar de passatempo. Não que se dedicasse a adquiri-los. Faltava-lhe a consciência do relacionamento objetivo consigo mesmo e com as outras pessoas, condição para um passatempo. Essa completa ausência de espírito objetivo e o relacionamento convulsivo e inapto que mantinha tanto com todo o mundo exterior como com seu próprio íntimo imprimiam um gosto de novidade e frescor a suas obras, até mesmo às mais recentes, ao mesmo tempo que impunham sacrifícios. Em outras palavras, seus livros sacrificavam os elementos novelísticos por excelência: os incidentes dramáticos causados pelo choque de temperamentos dos personagens, as descrições burlescas, a necessidade de moldar cada personalidade, o antagonismo entre o ambiente e o ser humano, entre outros. Era provavelmente por essa razão que alguns críticos parcimoniosos ainda hesitavam em aclamá-lo como grande figura literária.

Yasuko sentou-se sobre suas pernas, cobertas com a colcha. Sentindo o peso, Shunsuke pensou em fazer algum comentário malicioso, mas preferiu calar-se. O canto imponente de uma cigarra acentuava o silêncio.

O joelho direito de Shunsuke era tomado por acessos esporádicos de nevralgia. Antes do acesso, pressentia, como uma neblina, a dor na parte de trás da perna. Duvidava que a rótula, enfraquecida pela idade, pudesse suportar por muito tempo o peso da carne morna da moça. No entanto, era visível em sua fisionomia um certo prazer sorrateiro enquanto procurava suportar a dor crescente.

Por fim, Shunsuke pediu:

— Yasuko, querida, meu joelho está doendo. Vou colocar a perna um pouco mais para o lado. Sente-se aqui.

Por um momento Yasuko fitou com olhos preocupados o rosto de Shunsuke. Yasuko desprezou-o.

O velho escritor notou o desprezo. Ajeitou o corpo e abraçou os ombros de Yasuko por trás. Segurou seu queixo, virou seu rosto, beijou seus lábios. Cumprida a obrigação, Shunsuke apressadamente deu fim ao assunto e, tomado de violenta dor na perna direita, prostrou-se novamente na cadeira. Quando pôde finalmente levantar de novo o rosto e olhar ao redor, Yasuko havia desaparecido.

Durante toda a semana seguinte, ficou sem notícias da moça. Regressando de um passeio, resolveu visitá-la. Disseram-lhe que viajara com alguns amigos da escola para um balneário à beira-mar, próximo à ponta sul da península de Ito. Anotou o nome do hotel onde estava hospedada e, de volta a casa, apressou-se em fazer os preparativos para a viagem. Tinha uma pilha de provas para entregar, cobravam-nas insistentemente. Usou o trabalho como pretexto para a viagem particular, decidida assim tão subitamente, em pleno verão.

Apesar de ter escolhido um trem bem cedo pela manhã, para fugir ao calor, as costas de seu terno de linho branco logo se encharcaram de suor. Bebeu o chá quente, de qualidade inferior, da garrafa térmica que levava. De um bolso interno, puxou com sua mão seca e fina, semelhante a uma vara de bambu, o prospecto da edição de suas obras completas, entregue pelo funcionário da editora que viera se despedir na estação, e começou a lê-lo para matar o tempo.

Aquela era a terceira edição das *Obras Completas de Shunsuke Hinoki*. A primeira fora publicada quando Shunsuke ainda contava quarenta e cinco anos.

"Naquela época...", pensou, "... lembro que, apesar de tantas obras aclamadas pelo público como exemplos de estabilidade, de perfeição e, em certo sentido, de maturidade, eu não dava ouvidos a essas loucuras insensatas. A loucura não mantém relações com minha obra, assim como não possui qualquer ligação com meu espírito ou com minhas ideias. *Minhas obras não são de forma nenhuma frutos da loucura.*" Em particular, esse pensamento exprimia a ironia que ocasionalmente invadia o escritor. "Mais que isso, orgulhava-me em não me servir da loucura para justificar minhas ideias. Para manter a pureza de meu pensamento, impedia que o espírito fizesse uso daquela loucura encenada para formar suas próprias ideias. Mesmo assim, a força que me movia não era apenas a do desejo carnal. Minha loucura não tinha nada a ver com o espírito ou com o corpo, mas com uma desumana capacidade de abstração, que ameaçava fazer de mim um misantropo. E continua assim até hoje. Mesmo aos sessenta e cinco anos..."

Com um sorriso amargo, Shunsuke examinou atentamente o próprio retrato, impresso na capa do prospecto.

Ninguém poderia negar que era a foto de um homem acabado. A bem da verdade, no entanto, não era tão difícil vislumbrar na imagem uma vaga formosura, que convencionalmente se chamava beleza de espírito. Uma testa larga, as faces mirradas, que pareciam cinzeladas, os lábios largos, denotando cobiça, um queixo bem pronunciado, e por todo o rosto as evidentes marcas do árduo trabalho intelectual. Mais que um rosto moldado pelo espírito, era um rosto corrompido por ele. Havia uma exagerada exposição de espiritualidade. Da mesma forma como é feio o rosto que expressa abertamente sua infâmia, algo de amedrontador na feiura de Shunsuke obrigava a desviar o olhar, algo semelhante a um corpo nu e emaciado, como se o espírito não tivesse mais força para ocultar suas vergonhas.

Envenenado pelo moderno hedonismo do intelecto, o interesse pela humanidade transformou-se em culto à personalidade, apagando o caráter universal da noção de beleza. Mesmo que os críticos mais brilhantes, por um ato de violência digno de um ladrão, cortassem os fios que unem a ética e a beleza e declarassem bela a fisionomia de Shunsuke, essa seria uma afirmação ditada pela mera conveniência.

De qualquer modo, no verso do prospecto, dezenas de intelectuais desfiavam frases de louvor, em contraste com a foto da capa, que mostrava distintamente a feia fisionomia de um velho. Esses grandes homens de intelecto, papagaios de cabeça pelada que surgem em bandos quando é preciso cantar sonoramente e em uníssono, teciam elogios à indescritível e vaga beleza da obra de Shunsuke.

Um renomado crítico literário, conhecido também como grande pesquisador da obra de Shunsuke Hinoki, resumia assim os vinte volumes da coleção:

Essa obra imensa, verdadeira torrente desabando sobre nossos espíritos, foi criada com sinceridade e concluída com desconfiança. O sr. Hinoki afirma que, não fosse o talento para a desconfiança que existe dentro de si, teria destruído suas obras à medida que as compunha, e não pensaria em expor aos olhos dos leitores uma tal profusão de cadáveres.

Nas obras de Shunsuke Hinoki, a beleza é representada em todos os seus aspectos negativos: imprevista, inquieta, nefasta, infeliz, imoral e anormal. Quando uma determinada época é usada como pano de fundo da história, a escolha inevitavelmente recai sobre um período de decadência. Ao narrar uma história de amor, ressalta sempre o aspecto da desilusão e do tédio. O único tema apresentado de forma energicamente saudável é a solidão devastadora dos corações humanos, verdadeira epidemia assolando uma cidade tropical. O autor não parece interessado nas diferentes facetas da personalidade humana, como o ódio violento, a inveja, o rancor ou a paixão. Apesar disso, uma veia de calor no cadáver de uma paixão diz mais sobre o valor essencial da vida do que quando pulsava no corpo ainda vivo.

Em meio à insensibilidade, surge o tremor agudo das sensações, em meio à imoralidade descortina-se uma ética do perigo, em meio à insensibilidade manifesta-se um movimento viril. Com que destreza o escritor forjou um estilo capaz de acompanhar o curso *desses paradoxos! Um estilo digno do Shinkokin,* ao gosto rococó, "artificial" no significado mais verdadeiro da palavra, sem os ornamentos das ideias nem as máscaras dos temas, simplesmente um estilo paramentado em função da própria roupagem, diametralmente oposto a todo estilo que se pretenda nu, semelhante à estátua das Parcas que se vê no Pártenon ou às pregas da graciosa vestimenta que envolve a Nike de Pêonio. Pregas flutuantes, pregas esvoaçantes, não apenas um punhado de linhas que só obedecem ao movimento do corpo, mas pregas dotadas de vida própria, voando por si mesmas em direção ao firmamento.*

Um sorriso de irritação passeou em seu rosto enquanto Shunsuke avançava na leitura. "Ele não entendeu absolutamente nada. Está completamente enganado. Isso não passa de um panegírico fabricado e floreado. Nem parece que esse idiota me conhece há vinte anos!", refletiu Shunsuke.

Voltou os olhos para a paisagem que se descortinava fora da ampla janela da segunda classe do trem. Podia-se avistar o mar. Os barcos pesqueiros faziam-se ao largo, de velas desfraldadas. Como se soubessem dos muitos olhares sobre elas, as velas brancas, ainda não totalmente infladas pelo vento, aconchegavam-se aos mastros em lânguida sedução. Subitamente, um brilho vivo cintilou ao pé de um mastro. O trem passou por uma floresta de pinheiros, seus troncos enfileirados luzindo ao sol matutino do verão, e em seguida entrou num túnel.

"Não teria sido aquele brilho o reflexo de um espelho?", pensou Shunsuke. "Não haveria uma pescadora naquele barco? Esta-

---

* *Shinkokin (Shinkokin Wakashu)* ou *Nova coleção de poemas antigos e modernos* — compilação de cerca de dois mil versos, todos na forma padrão de trinta e uma sílabas. Editada durante as duas primeiras décadas do século XIII, foi a oitava de uma série de antologias de poesia clássica criadas por édito imperial, do século X ao XV. (N. T.)

ria ela se maquiando? Não teria em suas mãos bronzeadas pelo sol, mais viris que as de um homem, um pequeno espelho com o qual, como se quisesse vender seus segredos, mandava piscadelas furtivas a um viajante no trem?"

Essa fantasia poética transferiu-se para as feições da pescadora. Seu rosto era o de Yasuko. O velho escritor sentiu um arrepio percorrer seu corpo magro e molhado de suor.

Não teria sido mesmo Yasuko?

"O autor não parece interessado nas diferentes facetas da personalidade humana, como o ódio violento, a inveja, o rancor ou a paixão."

Mentiras! Mentiras! Mentiras!

Pode-se dizer que a maneira como os artistas e as pessoas comuns mentem sobre seus sentimentos reais é diametralmente oposta. Aqueles enganam para revelá-los, estas enganam para escondê-los.

Outra consequência da reticência de Shunsuke diante da confissão pura e desinteressada era a crítica por sua falta de imaginação, da parte de uma corrente que desejava unificar as ciências sociais e a arte. Tinha razão em não dar ouvidos aos tolos charlatões que enxergavam imaginação nas obras literárias cujo desfecho apontava para um "futuro luminoso", como dançarinas de vaudeville que levantam a saia para exibir as coxas. De qualquer maneira, havia nas ideias de Shunsuke com relação à vida e à arte algo que necessariamente convidava à esterilidade.

O que chamamos de pensamento não nasce antes dos fatos, mas depois deles. Entra em cena primeiramente como um advogado, defendendo um ato cometido pelo acaso e pelo impulso. O advogado infunde significado e lógica ao ato, substituindo o acaso pelo inevitável, o impulso pela vontade. As ideias não curam as feridas de um cego que foi de encontro a um poste, mas ao menos têm o poder de atribuir o ferimento não à cegueira, mas ao poste. Quando se aplica a nossos atos, sem exceção, uma teoria a posteriori, esta torna-se um sistema e o agente do ato nada mais é do que a probabilidade de todas as ações possíveis. Shunsuke pensou alguma coisa. Jogou um pedaço de papel no meio da rua. Foi seu pensamento que o fez jogar o papel na rua. É dessa forma que se torna cativo da prisão das ideias, acreditando poder ampliá-la por sua força individual, de modo ilimitado.

Shunsuke traçou uma linha divisória entre loucura e pensamento. Como resultado, sua loucura tornou-se um pecado sem possibilidades de redenção. Excluído de suas obras, o fantasma da loucura vinha assombrar cada uma de suas noites de sono. Seus três casamentos fracassados não transpareciam, mesmo fragmentariamente, em nenhuma de suas obras. Desde a juventude, a vida de Shunsuke fora uma sucessão de desastres, uma cadeia de cálculos errados e fracassos.

"Não me interesso pelo ódio? Mentira! Não me interesso pelo ciúme? Mentira!"

Em contraste com a resignação serena que permeava suas obras, a vida de Shunsuke era repleta de ódio e ciúme. O fracasso nos três casamentos e, pior ainda, as dezenas de casos amorosos com final lamentável... Teria sido por modéstia ou por orgulho que esse velho escritor, constantemente atormentado por uma invencível misoginia, nem uma vez sentira-se impelido a usar esses sentimentos como ornamento em suas obras?

As mulheres que apareciam em várias de suas obras eram puras a ponto de deixar impacientes tanto seus leitores como suas leitoras. Um professor excêntrico de literatura comparada traçara um paralelo entre seus personagens femininos e as mulheres sobrenaturais da obra de Edgar Allan Poe. Comparou-as a Ligeia, Berenice, Morella e à Marquesa Afrodite. Tinham corpos de mármore. Suas paixões frívolas pareciam sombras passageiras que a luz da tarde projeta aqui e ali sobre uma escultura. Shunsuke tinha medo de dotar suas heroínas de sensibilidade.

Fora absolutamente inusitado que um crítico tivesse inocentemente se dirigido a Shunsuke como eterno feminista.

Sua primeira esposa era uma ladra. Durante os dois anos de seu casamento ocioso, habilmente furtou e vendeu um casaco de inverno, três pares de sapatos, tecido para dois pares de ternos de meia-estação e uma máquina fotográfica Zeiss. Quando partiu, levou às escondidas várias joias costuradas na gola e no cinto de seu quimono. Afinal, a família de Shunsuke era abastada.

Sua segunda esposa era louca. Era obcecada com a ideia de que seria assassinada pelo marido enquanto dormia, sua insônia agravou-se e os sintomas de histeria progrediram. Certo dia, Shunsuke sentiu um cheiro estranho ao chegar em casa. Plantada à porta, a mulher barrava a passagem.

"Deixe-me entrar. Estou sentindo um cheiro horrível!"

"Não pode entrar agora. Estou fazendo algo de muito excitante."

"O quê?"

"Essas suas saídas constantes são a prova de que você está me traindo, não é verdade? Pois bem, rasguei o quimono da sua amante e neste exato momento estou queimando-o. Ah, que gosto isso me dá!"

Assim que entrou à força na casa, Shunsuke percebeu a fumaça levantando-se de vários pedaços de carvão em brasa sobre o tapete persa. A esposa aproximou-se novamente do aquecedor e, num gesto sereno, segurou com elegância a manga do quimono com uma das mãos, enquanto a outra apanhava com uma pequena pá os pedaços de carvão que ardiam no aquecedor e os espalhava pelo tapete. Atônito, Shunsuke tentou impedi-la. A esposa revidou com assustadora energia. Resistiu como um pássaro predador que, aprisionado, debate-se até esgotar todas as forças. Cada músculo de seu corpo parecia retesado.

Sua terceira esposa permaneceu a seu lado até morrer. Ninfomaníaca, ela o fez provar todos os tipos de agonias conjugais possíveis. A primeira manhã desses sofrimentos conservava-se viva em sua memória.

Como seu trabalho sempre rendia mais depois do amor, Shunsuke costumava deitar-se alguns momentos com a esposa por volta das nove horas. Depois disso, deixava-a no quarto, subia ao gabinete do primeiro andar e trabalhava até as três ou quatro da manhã, dormindo em seguida numa pequena cama ali mesmo. Respeitava rigorosamente essa rotina, não vendo o rosto da esposa desde a noite até as dez horas da manhã seguinte.

Certa madrugada, no verão, tomado por um desejo irresistível, pensou em surpreender a mulher em seu sono. Mas a vontade tenaz de continuar o trabalho reprimiu esse impulso. Como se agisse em autoflagelação, trabalhou intensamente nessa madrugada até cerca de cinco horas. Perdera por completo o sono. Sem dúvida a esposa estaria dormindo. Desceu as escadas evitando fazer barulho. Abriu a porta do quarto. Sua esposa não estava.

Naquele instante, pressentiu que aquele era o curso natural das coisas. Talvez fosse o resultado de suas reflexões; talvez já previsse e temesse esse resultado ao se impor o cumprimento obsessivo daquela rotina.

Mas logo seu coração se apaziguou. Com certeza a esposa teria vestido seu roupão de veludo preto sobre a camisola para ir ao banheiro. Shunsuke esperou. Entretanto, ela não retornava.

Tomado de insegurança, caminhou pelo corredor que conduzia ao banheiro. Nesse momento notou a esposa em seu roupão preto junto à janela da cozinha, imóvel, os cotovelos postos sobre a mesa. O dia ainda não havia raiado. Sua forma indistinta na penumbra não deixava ver se estava sentada ou ajoelhada. Para espiá-la, escondeu-se atrás de uma grossa cortina de linho entre o corredor e a cozinha.

Foi quando ouviu o portão de madeira dos fundos ranger, a uns dez metros da porta da cozinha. Alguém assobiou discretamente. Era hora da entrega do leite.

Cães solitários latiam em vários jardins das redondezas. O leiteiro calçava tênis. Saltitava alegremente pelo caminho de pedras que conduzia do portão dos fundos até a cozinha, molhado pela chuva da noite anterior. Com o corpo aquecido pelo trabalho, vestia uma camisa polo azul, de mangas arregaçadas, com folhas molhadas de arbustos coladas a seus braços. A frieza das pedras se fazia sentir sob seus pés. O som vívido de seu assobio talvez se devesse à frescura matinal captada por seus lábios jovens.

A esposa levantou-se. Abriu a porta da cozinha. Agora distinguia-se sua silhueta em pé. Os dentes brancos e a camisa polo azul do leiteiro podiam ser vistos vagamente. A brisa da manhã invadiu a cozinha, sacudindo levemente a pesada barra de fios trançados da cortina.

— Obrigada — disse a esposa, recebendo duas garrafas de leite.

Ouviu-se o som do vidro das garrafas chocando-se e do anel de ouro branco da esposa batendo contra uma delas.

— Será que não mereço nenhuma recompensa por isso? — perguntou o jovem em um tom ao mesmo tempo audacioso e provocativo.

— Hoje é impossível — disse a esposa.

— Não precisa ser hoje. Que tal amanhã à tarde?

— Amanhã também não posso.

— Não acredito! Nem uma única vez em dez dias? Será que está me traindo com outro?

— Não fale tão alto.

— Então que tal depois de amanhã?

— Bem... Depois de amanhã...

A esposa pronunciara esse "depois de amanhã" em um tom precavido, como se depusesse com cuidado uma peça frágil de porcelana sobre uma prateleira.

— Depois de amanhã meu marido sairá para uma reunião à noite. Não haverá problema.

— Às cinco está bem?

— Às cinco horas, então.

A esposa reabriu a porta que havia fechado. O jovem não fez menção de sair. Deu duas ou três pancadinhas com os dedos no umbral da porta.

— Que tal agora?

— Você enlouqueceu? Meu marido está no andar de cima. Detesto gente impertinente.

— Então que tal só um beijinho?

— Aqui não. Se nos veem, é o fim.

— Só um beijo, só isso.

— Que moleque impertinente você é. Está bem, mas contente-se com um apenas.

O jovem fechou a porta atrás de si e postou-se junto à entrada. A mulher se aproximou. Calçava os chinelos de pele de coelho que sempre usava no quarto de dormir.

Os dois continuaram em pé, enlaçados como uma rosa a sua estaca. Um movimento ondulante deslizava do alto das costas do roupão de veludo preto em direção à cintura da mulher. As mãos do homem desenlaçaram o cinto do roupão. A mulher o impediu com um movimento da cabeça. Os dois lutavam em silêncio. A esposa dava as costas para Shunsuke, mas então eles trocaram de posição. A frente do roupão, aberta, deixava à vista o corpo da mulher. Estava nua. O rapaz ajoelhou-se na entrada estreita da cozinha.

Shunsuke nunca vira nada tão alvo como o corpo nu da esposa envolto pela penumbra. Mais que estática, a brancura parecia flutuar. As mãos da mulher, como as de um cego, buscavam os cabelos do jovem ajoelhado, desarrumando-os.

O que estariam vendo seus olhos, de início brilhantes, depois enevoados, abrindo-se para em seguida se fecharem? As panelas esmaltadas enfileiradas na prateleira, o refrigerador, a cristaleira, a vista parcial das árvores refletidas na janela, o calendário pendurado na parede, nada desse cenário silencioso da cozinha, de soldados adormecidos antes de iniciar sua atividade diária, devia alojar-se naquele momento nos olhos da esposa. Mas alguma coisa com certeza entrava em seu campo de visão: alguma coisa naquela cortina. Como se tivesse percebido sua presença, nem por uma vez seu olhar encontrou o de Shunsuke, que a espiava.

"Aqueles eram olhos adestrados para nunca olhar na direção do esposo", pensou Shunsuke, tomado de um calafrio. Logo perdeu a vontade de surpreendê-los. Era um homem que só conhecia o silêncio como vingança.

Por fim, o jovem abriu a porta e foi-se embora. O jardim estava iluminado pela luz matinal. Shunsuke retornou ao gabinete do primeiro andar com passos furtivos.

A única forma de catarse que esse escritor cavalheiresco conhecia para os ressentimentos de sua vida era um diário no qual, dependendo do dia, redigia inúmeras páginas em francês (apesar de nunca ter viajado ao exterior, era fluente no idioma, e eram suas as maravilhosas páginas traduzidas para o japonês da trilogia de Huysmans *La Cathédrale*, *Là-Bas* e *En Route*, além de *Bruges-la-Morte* de Rodenbach*). Se viesse a público após sua morte, esse diário provavelmente rivalizaria com suas próprias obras. Todos os elementos que faltavam

---

* Joris-Karl Huysmans (1848-1907) — escritor francês cujos principais romances descrevem a vida espiritual e intelectual da França do final do século XIX; Georges Rodenbach (1855-1898) — poeta e novelista belga. Sua prosa simbolista foi inspirada nas paisagens de seu país natal. (N. T.)

em seus livros pulsavam nas páginas do diário, mas transpô-los para suas obras seria contrariar seu ódio à verdade nua e crua. Abraçava a convicção de que eram falsas todas as formas de talento natural que se exteriorizassem por si mesmas. Apesar disso, a ausência de objetividade em suas obras devia-se a uma postura criativa de obstinada aderência à subjetividade. Odiava a verdade crua, suas obras apresentavam-se como esculturas modeladas num corpo vivo e nu.

Voltando ao gabinete, Shunsuke logo se concentrou na redação do diário, anotando os penosos detalhes daquele adultério cometido na penumbra da manhã. Escreveu-o em caligrafia extremamente confusa, como se fizesse um esforço de impedir que ele próprio pudesse ler as anotações, caso a elas voltasse algum dia. Como os vários cadernos de diários escritos durante décadas e amontoados no gabinete, também cada página do diário daquele ano estava repleta de anátemas contra as mulheres. Se tantas imprecações não haviam surtido efeito, era porque partiam de um homem e não de uma mulher.

Mais que um diário, suas anotações constituíam em sua maior parte uma coleção de aforismos e máximas. Vale citar uma passagem. Eis aqui uma anotação de um dia qualquer de sua juventude:

As mulheres não podem criar nada além de filhos. Já os homens, além de filhos, podem produzir tudo. Criação, procriação e reprodução são capacidades estritamente masculinas. É uma verdade irrefutável que a gravidez feminina não passa de uma parte da educação infantil. (A propósito, Shunsuke não tinha filhos. Em parte por uma questão de princípios.)

A inveja feminina volta-se contra a capacidade criativa. A mulher que deu à luz um menino provará o prazer, no decorrer de sua educação, de uma doce vingança contra a força criativa masculina. Uma mulher só descobre o sentido de sua existência ao pôr entraves à criatividade. A sede de luxo e consumo é um desejo destruidor. Por toda parte o instinto feminino é vitorioso. De início, o capitalismo era um princípio masculino, o da produção. Em seguida, o princípio feminino corroeu o capitalismo, que se transformou então em consumismo extravagante. Foi por culpa de Helena de Troia que a guerra surgiu. Num futuro distante, também o comunismo será aniquilado pelas mulheres.

As mulheres sobrevivem e, como a noite, dominam em toda parte. A baixeza de seus hábitos atinge os píncaros. Arrastam todos os valores para a lama da sensibilidade. Não têm a menor capacidade para compreender o significado das doutrinas. Compreendem adjetivos terminados em "-ista", mas são absolutamente incapazes de entender conceitos em "-ismo". É assim não apenas com as doutrinas: por não possuírem qualquer originalidade, não conseguem captar nenhuma atmosfera. A única coisa que notam são os cheiros. Fungam como as porcas. O perfume foi uma descoberta masculina, parte de uma pedagogia para aprimorar o olfato das mulheres. Graças ao perfume, os homens evitam ser cheirados por elas.

A atração sexual, o instinto de sedução e todos os talentos de charme sexual femininos são provas de como as mulheres são criaturas inúteis. Os seres úteis não precisam lançar mão de sedução. Que desperdício imaginar que o homem deva ser seduzido pela mulher! Que afronta fazer decair dessa forma a espiritualidade masculina! As mulheres não possuem espiritualidade, apenas uma sensibilidade extrema, que não passa de um paradoxo risível. São tênias oportunistas. Nem mesmo a espantosa dignidade que às vezes a maternidade lhes confere tem qualquer relação com o espírito: não passa de um simples fenômeno biológico, que não difere do sacrifício materno entre os animais. Em suma, o espírito deve ser visto como a única diferença essencial que distingue o homem dos outros mamíferos.

Diferenças essencial... Ou talvez devêssemos chamar essa característica de *capacidade de criação ficcional*, peculiar à natureza humana... Era essa característica que podia ser depreendida do rosto de Shunsuke na foto tirada aos vinte e cinco anos, inserida entre as páginas do diário. Era feio, mas a feiura dos traços do jovem Shunsuke possuía algo de artificial: era a de alguém que se esforça diariamente para acreditar na própria feiura.

Espalhados pelo diário daquele ano, percebiam-se garatujas que não condiziam com o esforço de fazer as anotações em francês. Rabiscara um "x" de reprovação sobre dois ou três desenhos toscos de vaginas. Era sua forma de maldizê-las.

Não fora por falta de candidatas que Shunsuke levara ao altar uma ladra e uma louca. Havia mulheres "espirituais" que poderiam ter se interessado por um rapaz tão promissor. Mas esse grupo não era composto de mulheres, mas de monstros. As mulheres que Shunsuke poderia amar, para depois ser traído, limitavam-se àquelas que não compreendiam de forma nenhuma sua única qualidade e beleza: a espiritualidade. Essas eram as mulheres verdadeiras, as autênticas. Shunsuke só conseguira se apaixonar por beldades, por Messalinas que, satisfeitas com a própria beleza, não viam nenhuma necessidade de atentar para a espiritualidade.

Lembrou-se do lindo rosto de sua terceira mulher, falecida havia três anos. Suicidara-se aos cinquenta anos com o jovem amante que mal atingira a metade de sua idade. Conhecia claramente a razão do suicídio da esposa: o medo de ser obrigada a passar uma velhice atroz a seu lado.

Os corpos dos amantes foram resgatados no cabo Inubo. As ondas fortes do mar arremessaram os cadáveres para cima de um rochedo. A operação de resgate para baixá-los fora extremamente complicada. Pescadores com cordas amarradas à cintura pulavam de rocha em rocha, batidas por ondas que espalhavam nuvens de espuma.

A tarefa de separação dos cadáveres também não foi das mais fáceis. Os corpos estavam fortemente unidos um ao outro, de tal forma que suas peles, como folhas finas de papel molhado, davam a impressão de ser apenas uma. Por desejo de Shunsuke, os restos mortais da esposa, separados à força, foram enviados a Tóquio antes de serem cremados. O funeral foi realizado com pompa. Terminada a cerimônia, chegou a hora de conduzir o caixão à sepultura. Antes, porém, levaram-no a um salão vazio, onde o velho esposo pôde dar sozinho seu último adeus à esposa. O rosto assustadoramente inchado da morta, enfiado entre lírios e cravos, deixava transparecer a fileira de raízes azuladas dos cabelos ao redor da testa semitransparente. Shunsuke observou atentamente e sem receio esse rosto de extrema feiura. O semblante da esposa transpirava maldade. Agora que não atormentava mais o marido, sua face já não precisava ser bela: não era por isso que se tornara feia?

Shunsuke cobriu o rosto da morta com um valioso pertence: uma máscara *Noh* de mulher jovem, entalhada à maneira de Kawachi. Como a pressionou com certa força, o rosto da afogada foi esmagado sob a máscara como uma fruta madura demais. Ninguém percebeu esse gesto, e cerca de uma hora mais tarde o corpo desaparecia, envolvido pelo fogo, sem deixar vestígios.

O luto de Shunsuke foi uma sequência de recordações que alternavam dor e indignação. Lembrando a penumbra daquela manhã de verão, fonte de seu primeiro sofrimento, sentiu as imagens tão vívidas dentro de si que custava convencer-se de que a esposa não estava mais viva. Seus rivais no amor, mais numerosos que os dedos das mãos, possuíam uma arrogância jovial, uma beleza detestável... Por ciúme, Shunsuke espancara um desses jovens a bengaladas. A esposa ameaçara deixá-lo. Pediu desculpas a ela e mandou fazer um terno para o rapaz. Quando mais tarde esse jovem morreu em combate no norte da China, Shunsuke foi tomado de uma louca alegria e fez longas anotações sobre seu estado de espírito no diário, antes de sair sozinho pela cidade, como um possesso.

Havia alvoroço nas ruas, grupos de pessoas despediam-se dos soldados que partiam para lutar na linha de frente. Agitando alegremente uma bandeira de papel, Shunsuke juntou-se a um grupo ao redor de um soldado que, justamente nesse instante, dava adeus a sua noiva graciosa. Descoberto por um fotógrafo que passava, Shunsuke viu estampado num jornal seu retrato empunhando a bandeira. Quem poderia imaginar? A bandeira agitada por esse escritor excêntrico abençoava um soldado que partia para ser morto na mesma terra onde morrera o jovem que tanto odiava.

Essas lembranças sombrias e um tanto inquietantes perseguiram Shunsuke Hinoki durante o trajeto de uma hora e meia no ônibus que o levou da estação I até a praia onde estava Yasuko.

"Então a guerra acabou", pensou ele. "No outono do segundo ano após a guerra, minha esposa suicidou-se com o amante. Os principais jornais, por cortesia, noticiaram uma doença cardíaca como causa mortis. Apenas um punhado de amigos tomou conhecimento desse meu segredo.

"Ao fim do luto, logo me apaixonei pela esposa de um antigo conde. À primeira vista, esse amor, o décimo ou vigésimo de minha vida, parecia ter tudo para me satisfazer. Mas no último momento seu marido apareceu e me extorquiu trinta mil ienes: o antigo conde usava de chantagem para complementar a renda."

O ônibus chacoalhava e Shunsuke não conteve um sorriso. O episódio da chantagem fora cômico. Mas o ridículo dessas lembranças provocava nele uma súbita apreensão.

"Teria eu perdido a capacidade de odiar mortalmente as mulheres como quando era jovem?"

Pensou em Yasuko. Lembrou da moça de dezenove anos que conhecera em maio daquele ano em Hakone e que desde então vinha visitá-lo de vez em quando sem nenhum pretexto aparente. O peito seco do velho escritor palpitou.

Em meados de maio, Shunsuke trabalhava em Nakagoura, quando uma jovem hospedada no mesmo hotel veio lhe pedir um autógrafo por intermédio de uma criada. Por acaso já vira, num canto do jardim, a moça que vinha cumprimentá-lo, trazendo dois de seus livros. Aproveitando o maravilhoso final de tarde, Shunsuke saíra para um passeio e a encontrara na volta, quando subia as escadas de pedra.

— Ah, é você? — exclamou Shunsuke.

— Sim. Meu nome é Segawa. É um prazer.

Yasuko trajava um vestido rosa de estilo infantil. Seus braços e pernas eram longos e delgados, talvez um pouco compridos demais. As coxas, aparecendo por baixo da saia curta, tinham a firmeza da carne dos peixes de água doce, com uma profunda tonalidade amarelada de resina. Shunsuke imaginou que tivesse uns dezessete ou dezoito anos, mas a expressão de maturidade que por vezes surgia ao redor de suas sobrancelhas dava a perceber que poderia ter vinte ou vinte e um anos. Calçava um par de *geta**
que deixava entrever as linhas puras de seus calcanhares modestamente pequenos, firmes, como os de um passarinho.

— Onde fica seu quarto?

— No anexo, ao fundo.

— É por isso que quase não nos vemos. Está sozinha?

— Estou. Quer dizer, hoje estou.

Hospedara-se no hotel para se recuperar de uma pleuropneumonia. O que mais alegrara Shunsuke era que a jovem só tinha

---

* Tipo de sandália de madeira, semelhante a tamancos. (N. T.)

capacidade para ler seus romances como meras "histórias". A velha senhora que a acompanhava havia voltado para Tóquio por um ou dois dias para resolver problemas pessoais.

Shunsuke poderia tê-la acompanhado até seu quarto, autografado e devolvido os livros, mas preferiu retê-los, pedindo-lhe que viesse buscá-los no dia seguinte. Sentaram-se assim em um banco desajeitado do jardim, onde conversaram sobre vários assuntos, sem entretanto encontrar um tema comum a um velho taciturno e a uma moça de bons modos. De onde veio? Como vai a família? Está melhor de saúde? À maioria das perguntas de Shunsuke, a moça se limitava a responder com um sorriso mudo.

Mais cedo do que imaginara, o jardim foi tomado pela penumbra. Conforme escurecia, as formas delicadas do pico Myojo à frente e do monte Tate à direita invadiam com força os pensamentos de quem os admirava. Por entre essas montanhas descortinava-se o mar de Odawara. Na vaga fronteira que separava o céu crepuscular da faixa de mar avistava-se a luz regular de um farol, pulsando como uma estrela. A camareira veio avisar que o jantar estava servido. Os dois se separaram.

Na manhã seguinte, Yasuko o visitou em seu quarto, acompanhada da velha senhora, presenteando-o com doces trazidos de Tóquio e recebendo os dois livros autografados. A velha monologava, permitindo a Shunsuke e Yasuko compartilharem um agradável silêncio. Depois que as duas partiram, Shunsuke decidiu subitamente sair para um longo passeio. Subiu ofegante a ladeira, a passos rápidos, precipitados. Queria convencer-se de que era capaz de caminhar tão longe quanto desejasse, que o cansaço não o venceria, que poderia andar por longo tempo. Chegou a um campo gramado, onde deixou-se cair pesadamente à sombra de uma árvore. O movimento fez voar um grande faisão que se escondia por acaso em uma moita ao lado. Shunsuke espantou-se. Sentiu que o cansaço extremo trouxera uma leve alegria para seu coração.

"Há quanto tempo não me sentia assim. Quantos anos faz?", pensou Shunsuke.

O velho escritor nem pensava que essa "sensação" devia-se em grande parte à sua própria energia e que o passeio forçado e artificial fora planejado no intuito de criá-la. E mesmo esse esquecimento talvez fosse apenas mais uma obra intencional de sua senilidade.

A estrada que conduzia o ônibus à cidade onde estava Yasuko beirava inúmeras vezes a orla marítima. Do cimo de um penhasco, avistava-se o oceano iluminado pelo sol de verão. Chamas transparentes e invisíveis incendiavam a superfície do mar, que deixava transparecer um calmo sofrimento, como o que experimenta o metal precioso ao ser cinzelado. Faltava ainda muito tempo até o meio-dia. Os poucos passageiros no interior do ônibus praticamente vazio, habitantes do lugar, dividiam entre si bolinhos de arroz envolvidos em cortiça de bambu. Era raro para Shunsuke sentir a sensação de fome. Acontecia às vezes de fazer suas refeições enquanto andava absorvido em pensamentos e, esquecendo-se de já tê-las feito, espantava-se com a sensação de satisfação sem motivo que experimentava. Como seu espírito, seus órgãos internos desprezavam o cotidiano.

O ônibus parou no parque, duas paradas antes do ponto final na prefeitura da cidade de K***. Ninguém desceu. A estrada atravessava o vasto parque, de cerca de quinhentos hectares, dividindo-o em duas partes: de um lado a montanha, seu ponto central, do outro, o mar. Shunsuke pôde avistar, através das espessas moitas agitadas pelo vento, um parque de diversões deserto, a linha do mar esmaltado de azul mais além e alguns balanços cujas sombras imóveis estendiam-se sobre a areia abrasadora. O coração de Shunsuke foi estranhamente seduzido pela visão desse vasto parque deserto em plena manhã de verão.

O ônibus chegou a uma esquina da pequena cidade desordenada. A prefeitura parecia deserta. Por uma de suas janelas abertas, via-se o brilho embranquecido do verniz de uma de suas mesas redondas, vazias. Shunsuke entregou sua bagagem aos funcionários do hotel, que o cumprimentaram com cortesia, e os acompanhou pela escada de pedras que ladeava um santuário. Graças à brisa marinha, mal se sentia o calor. Apenas o canto estridente das cigarras o deprimia, como se o som quente estivesse envolvido por um tecido de lã. No meio da escada, Shunsuke tirou o chapéu e se deteve por um instante para descansar. A seus pés, atracado no porto, um pequeno vapor verde soltava fumaça brusca e ruidosamente. De repente parou. Por instantes a calma baía de linhas curvas e extrema simplicidade foi invadida pela melancolia de inúmeras asas de moscas persistentes que sempre voltam, não importa o quanto se tente livrar delas.

— É um panorama deslumbrante, não? — comentou Shunsuke apenas para espantar o pensamento que tivera. Na verdade, não era uma vista tão bonita assim.

— A paisagem que se descortina do quarto é ainda mais encantadora, doutor.

— É mesmo?

A frieza no comportamento do velho escritor devia-se à preguiça em se dar ao trabalho de fazer gracejos ou ironias. Para ele, quebrar a compostura era algo difícil.

Instalado no melhor quarto do hotel, indagou da camareira algo que durante o caminho pensara em perguntar aos funcionários, mas não tivera coragem (por medo de perder a naturalidade necessária à pergunta).

— Será que uma senhorita de nome Segawa estaria hospedada no hotel?

— Está sim.

O coração do velho escritor palpitava. Demorou alguns instantes até formular a pergunta seguinte:

— Está acompanhada?

— Sim, senhor. Está instalada no quarto dos Crisântemos há uns quatro ou cinco dias.

— Será que ela está no quarto agora? Sou um velho amigo do pai dela.

— Ela saiu há pouco para o parque K***.

— Acompanhada?

— Sim, senhor. Estava acompanhada.

A camareira não completou "com os amigos". Por sua vez, Shunsuke não tinha jeito para fingir indiferença e simplesmente perguntar se Yasuko estava acompanhada de vários amigos ou apenas de um amigo ou amiga; assim, a dúvida persistia. Seriam os amigos de Yasuko na verdade apenas um? Por que não tivera em seu coração nem mesmo a leve sombra de uma suspeita tão natural? Será que a loucura mantém certa ordem e, até chegar a uma conclusão, avança suprimindo qualquer forma de pensamento inteligente que possa existir?

As orientações dos funcionários do hotel aos clientes eram tão insistentes que mais pareciam ordens do que propriamente convites. No momento em que terminava sua refeição, após o banho, o coração do velho escritor continuava angustiado. Quando se viu finalmente sozinho, sua excitação era tal que não conseguia permanecer imóvel em um só lugar. O sofrimento que o invadia o levou a uma ação que em nada condizia com o comportamento de um cavalheiro. Entrou furtivamente no quarto dos Crisântemos. O quarto fora arrumado. Ao abrir a cômoda do aposento ao lado, Shunsuke deparou com um par de calças masculinas e uma camisa em popeline, ambas brancas. Estavam pendurados ao lado do vestido de linho branco com aplicação tirolesa de

Yasuko. Voltou os olhos em direção à penteadeira, onde a brilhantina e o tubo de gel estavam lado a lado com o pó de arroz, os batons e os potes de creme. Shunsuke saiu do cômodo. Voltando para seu quarto, tocou a sineta chamando a camareira. Quando ela apareceu, ordenou-lhe que providenciasse um carro, que chegou quando ainda trocava sua roupa por um terno. Deu ordem para ser levado ao parque K***.

Ao chegar à entrada, Shunsuke pediu ao motorista que o aguardasse. Atravessou o portão do parque, deserto como sempre. O portão de pedras naturais formava um arco. De lá não era possível avistar o mar. Os galhos das árvores envergavam-se sob o peso das folhas que, de um verde quase negro, produziam, quando tocadas pelo vento, um ruído semelhante ao de ondas longínquas.

O velho escritor caminhou em direção à praia onde ouvira dizer que um casal costumavam nadar todos os dias. Passou pelo parque de diversões e chegou a um canto do pequeno zoológico, onde um texugo dormia encurvado sobre si mesmo, com a sombra de sua gaiola estendendo-se distintamente por seu dorso. Em uma área cercada, um coelho preto, para fugir ao calor, dormia sob dois imensos bordos de troncos unidos. Enquanto descia por uma escada de pedra coberta de musgo, Shunsuke vislumbrava o mar que se estendia além das inúmeras moitas. Os galhos balançavam até onde sua visão podia alcançar, e o vento rápido, como um pequeno animal invisível, parecia pular rapidamente de galho em galho, até atingir finalmente a testa de Shunsuke. Quando por vezes soprava com mais intensidade, dava a impressão de que era um imenso animal invisível a fazer travessuras. Os raios de sol reinavam inclementes sobre toda a paisagem, o espaço sendo preenchido pelo incansável estrídulo das cigarras.

Que caminho deveria tomar para descer à praia?

Bem mais abaixo avistava-se um bosque de pinheiros, para onde a escada de pedra, envolvida pelo musgo, parecia dirigir-se sinuosamente. Shunsuke estava banhado pelos raios de sol filtrados entre os galhos e iluminado pelo reflexo impetuoso da luz sobre o verde. Sentia todo seu corpo transpirar. A escada fazia uma curva à frente. Chegou até uma parte da praia que formava um estreito corredor ao pé do penhasco.

Mas lá também não havia ninguém. Fatigado, o velho escritor sentou-se sobre uma pedra.

Fora levado até ali pelo ódio. Vivia cercado de elementos de veneração: a celebridade, a idolatria, a pressão dos acontecimentos e os relacionamentos humanos confusos preenchiam sua vida; não necessitava de evasão. A melhor forma de se evadir era aproximar-se ao máximo de outras pessoas. Dentro de seu círculo de amizades espantosamente vasto, Shunsuke Hinoki agia como um ator que, diante de uma plateia de milhares, consegue fazer cada um dos espectadores sentir o quanto é realmente importante, técnica hábil que negligenciava a lei das perspectivas. Nem a admiração nem os insultos seriam capazes de ferir esse ator. Isso porque não lhes dava ouvidos. Mas tremia só de supor que se machucaria, embora o desejasse ardentemente, e só nesses momentos necessitava de uma forma de evasão verdadeira. Ou seja, ansiava por um desenlace que lhe permitisse receber o sofrimento em seu próprio corpo.

Mas ali o mar ondulando em toda a sua vastidão, estranhamente próximo, parecia curar Shunsuke. O mar que passava hábil e ágil entre os rochedos vinha molhá-lo, penetrá-lo, por vezes parecendo tingir de azul o interior de seu corpo, para depois retirar-se novamente.

Apareceu então, bem no meio do mar azul, uma ondulação que levantava um esguicho delicado de água, como a espuma branca de uma onda. A ondulação aproximava-se da parte da praia onde Shunsuke estava. Atingindo a região mais rasa, um nadador levantou-se de dentro da onda prestes a quebrar. Por um instante, seu corpo desapareceu novamente sob a vaga, para tranquilamente reaparecer em seguida, mais adiante. Suas pernas fortes chutavam a água do oceano enquanto caminhava em direção à areia.

Era um jovem de beleza espantosa. Seu corpo, que exalava um tipo de beleza terna e em certo sentido hesitante, superava a perfeição de uma estátua da Grécia clássica, verdadeiro Apolo entalhado em bronze por um escultor da escola do Peloponeso. Tinha um pescoço majestoso, ombros de curvas delineadas, um tórax largo e flexível, braços elegantemente torneados, um torso liso e forte, estreito na cintura, pernas corpulentas e viris como as espadas dos heróis. Parado à beira-mar, girou levemente o corpo, inclinando a mão direita e o rosto em direção ao cotovelo esquerdo, que provavelmente havia batido contra uma rocha, para verificar se não se machucara. O reflexo das ondas que se afastavam de seus pés iluminou seu rosto inclinado, que parecia encher-se de súbita alegria. Sobrancelhas vivas e finas, olhos de intensa melancolia, lábios carnudos e juvenis completavam seu perfil incomum. O ângulo esplêndido de seu nariz, juntamente com as bochechas firmes, imprimia ao rosto do jovem certa pureza selvagem, de alguém que ainda não conheceu senão a nobreza e a fome. Além disso, um olhar insensível, dentes tremendamente brancos, a forma lânguida de balançar os braços e a maneira de movimentar o corpo colocavam em relevo as características desse jovem e lindo lobo. Sim, sua aparência possuía a esplendorosa beleza lupina!

A curvatura delicada de seus ombros, a inocência bem exposta de seu peito, o encanto de seus lábios... Havia em todos esses traços uma misteriosa doçura. Walter Pater* descreveu, referindo-se a um maravilhoso conto do século XIII, *Amis et Amile*, uma certa "doçura precoce do Renascimento". Shunsuke previu nas formas delicadas do corpo desse jovem os sinais de um

---

* Walter Horatio Pater (1839-1894) — escritor e poeta decadentista inglês. (N. T.)

futuro inimaginável, imenso, misterioso e vasto, comparável àquela "doçura precoce".

Shunsuke Hinoki odiava todos os jovens bonitos do mundo. Entretanto, era forçado a calar-se diante da beleza. Possuía o péssimo hábito de, ao refletir sobre a beleza, muitas vezes associá-la de imediato à felicidade. Portanto, o que apaziguara seu ódio talvez não fosse a beleza perfeita desse jovem, mas a felicidade total que ela sugeria.

O jovem olhou de relance na direção de Shunsuke, para depois desaparecer, indiferente, por trás de um rochedo. Quando reapareceu em seguida, vestia uma camisa branca e calças de sarja azul, de estilo tradicional. Assobiando, subiu pela escada de pedras pela qual Shunsuke acabara de descer. O escritor o acompanhou, galgando também os degraus da mesma escada. O jovem voltou-se novamente e lançou um olhar diretamente em sua direção. Devido talvez à sombra de seus cílios recebendo o sol de verão, os olhos pareciam muito escuros. Shunsuke espantou-se ao constatar que o mesmo jovem que resplandecia em sua nudez era aquele que agora perdera sua aura de felicidade.

O rapaz tomou outro caminho. Seria difícil acompanhá-lo. Ao chegar ao início da trilha, o velho escritor estava exausto, exaurido das forças necessárias para continuar seguindo os passos do jovem. Foi quando, de uma clareira que parecia se abrir mais para dentro do caminho, ouviu o som claro e vigoroso da voz do rapaz.

"Ainda está dormindo? É inacreditável. Sabia que, enquanto você cochilava, nadei até mar aberto e voltei? Vamos, levante-se! Está na hora de voltar."

Shunsuke percebeu, mais perto do que poderia imaginar, uma moça levantar-se sob a copa de uma árvore e esticar seus braços finos e graciosos cada vez mais alto por cima da cabeça. Como dois ou três botões de seu vestido azul meio infantil estavam abertos nas costas, pôde ver a figura do rapaz que os abotoava. Ela limpou o pólen e a terra que haviam caído em seu vestido enquanto dormia displicentemente sobre a grama. Ao levar suas mãos às costas, Shunsuke percebeu seu perfil. Era Yasuko.

Com todas as forças esvaídas, Shunsuke sentou-se sobre um dos degraus da escada. Puxou do bolso um cigarro e o acendeu. Não era estranho para um ciumento como ele experimentar essa estranha mistura de admiração, inveja e derrota. Nesse caso, porém, o coração de Shunsuke estava mais voltado para a beleza singular do jovem do que propriamente para Yasuko.

Ser um jovem perfeito, ser a realização da perfeita beleza externa: era esse o sonho de juventude desse escritor feioso. Não era apenas um sonho que escondia das pessoas, mas também um desejo que ele próprio censurava. A jovialidade do espírito, os anos da adolescência a ela dedicados, ideias que acreditava venenosas e pelas quais um jovem sacrificaria em um piscar de olhos a própria "mocidade". Cada momento de sua juventude fora vivido sob o desejo ardente de querer ser um jovem. Que tremenda idiotice!

A adolescência nos faz sofrer com uma série de esperanças e angústias, mas pelo menos não se tem consciência de que essas dores não passam de agonias características da própria adolescência. Shunsuke passou todos os anos de sua mocidade completamente ciente disso. Não permitiu em suas ideias, reflexões ou, em resumo, em toda a sua "juventude literária", nada que se ligasse a permanência, universalidade, generalidade, nada de desagradavelmente vago, ou seja, de romanticamente eterno. Até certo ponto, seus desvarios eram apenas impulsos estúpidos e momentâneos. Na época, seu único desejo íntimo era o de ser capaz de sentir, em seus sofrimentos, a perfeita e justa angústia de um jovem — ou de ver em sua própria alegria a felicidade consumada. Via nisso uma capacidade indispensável a qualquer ser humano.

Shunsuke pensou: "Dessa vez posso aceitar a derrota passivamente. Ele é um jovem belíssimo e vive a vida em toda sua plenitude. Alguém que nunca será corrompido pelo veneno da arte ou algo do gênero. Um homem que veio ao mundo para amar as mulheres e por elas ser amado. A ele cederei meu lugar. Minha vida foi uma longa luta com a beleza, mas é chegada a hora de finalmente apertar a mão do inimigo em reconciliação. Foi talvez o céu que enviou aqueles dois para diante de meus olhos".

Os dois amantes avançavam pelo caminho estreito, colados um atrás do outro. Shunsuke percebeu Yasuko em primeiro lugar. Os olhos do velho escritor se encontraram com os da moça. Havia sofrimento no olhar de Shunsuke, mas um leve sorriso nos lábios. Yasuko empalideceu, abaixando os olhos. Mantendo-os assim, perguntou:

— Veio a trabalho?

— Sim. Cheguei hoje.

O jovem observava Shunsuke, intrigado. Yasuko se encarregou das apresentações:

— Este é meu amigo Yuichi.

— Minami. Chamo-me Yuichi Minami.

O jovem não mostrou qualquer reação ao ouvir o nome de Shunsuke.

"Teria Yasuko comentado com ele sobre mim?", pensou Shunsuke. "Talvez por isso não se espantou. Ficaria ainda mais admirado se ele não soubesse nada sobre as três edições de minhas obras completas e tampouco tivesse ouvido meu nome."

Os três subiram pelas escadas de pedra do parque deserto, comentando sobre como aquele recanto turístico estava desolado, além de outras trivialidades. Shunsuke não era do tipo de pessoa muito tolerante ou que fosse capaz de comportar-se como um homem do mundo afeito a brincadeiras. Mesmo assim, mostrava-

-se muito jovial. Retornaram todos juntos ao hotel no táxi contratado por Shunsuke.

Os três juntaram-se à mesa para o jantar. Fora ideia de Yuichi. Após o jantar, separaram-se, retirando-se o casal para seu quarto, Shunsuke para o dele. Pouco mais tarde, Yuichi aparecia sozinho no quarto de Shunsuke, seu corpo alto trajando um *yukata.**

— Incomodo se entrar um pouco? Está trabalhando? — perguntou pelo lado de fora da porta.

— Entre, não faça cerimônia.

— Yasuko está demorando muito no banho e eu estava meio entediado, sem nada para fazer.

Aquele era o pretexto. Em seus olhos negros as cores da melancolia haviam se aprofundado desde a tarde. A intuição de artista dizia a Shunsuke que o jovem tinha algo a lhe confessar.

Após conversarem sobre assuntos banais, ficava cada vez mais evidente que o jovem se impacientava em contar rapidamente algo que trazia guardado no peito. Finalmente, perguntou:

— Pretende se hospedar por muito tempo?

— É essa minha intenção.

— Gostaria de voltar hoje no barco das dez da noite ou de ônibus amanhã pela manhã. Na verdade, preferiria sair daqui ainda esta noite.

Visivelmente espantado, Shunsuke perguntou-lhe:

— E Yasuko?

— Foi por esse motivo que vim procurá-lo. Seria possível pedir-lhe para tomar conta dela? Para ser sincero, seria ótimo se vocês dois pudessem se casar.

— Acho que você está fantasiando demais.

---

* Tipo de roupão leve em algodão, no estilo de um quimono, usado principalmente no verão e após o banho. (N. T.)

— Talvez. O problema todo é que não suportarei passar mais uma noite aqui.

— Por quê?

O tom de voz do jovem era sincero, embora frio, quando respondeu:

— Tenho certeza de que você entenderá o que sinto agora. Simplesmente não sou capaz de amar mulheres. Entende o que isso significa? Meu corpo pode até amá-las, mas meus sentimentos por elas são apenas espirituais. Desde que me entendo por gente, jamais desejei uma mulher, nenhuma delas jamais suscitou em mim qualquer atração. Apesar disso, sempre tentei enganar a mim mesmo e acabei enganando também a essa moça que ignora tudo.

Havia uma cor indefinida nos olhos de Shunsuke. Sua natureza não lhe permitia manifestar qualquer simpatia a esse tipo de problema. Suas inclinações eram bastante comuns. Perguntou então:

— Afinal, quem você ama?

— Eu? — As faces do jovem enrubesceram. — Só sinto atração por rapazes.

— Já conversou sobre isso com Yasuko? — perguntou Shunsuke.

— Não.

— Então, não o faça. Haja o que houver, não diga nada. Existem coisas que uma mulher pode saber e outras que não se deve nunca revelar. Tenho pouco conhecimento sobre seu problema, mas acredito que é o tipo de segredo que vale mais manter guardado. Quando uma moça está apaixonada por você assim como Yasuko está agora, seria melhor tomá-la logo por esposa, já que um dia vai ter de se casar de qualquer jeito. Pense na vida conjugal como algo fútil, sem maior importância. É por ser insignificante que podemos qualificá-la, sem medo, de sagrada.

Shunsuke fora tomado por um bom humor demoníaco. Em um tom de voz baixo, condizente com um artista que já tivera três vezes suas obras completas editadas, disse com os olhos fixos nos do jovem:

— Nas três noites que passou aqui não aconteceu nada?

— Absolutamente nada.

— Perfeito. É assim que se educam as mulheres — exclamou Shunsuke, rindo em alto e bom som, algo que nenhum de seus amigos presenciara até então. — Confie em minha longa experiência nesses assuntos: não se deve jamais ensinar o prazer a uma mulher. O prazer é uma trágica invenção masculina e é assim que deve continuar a ser.

Os olhos de Shunsuke exprimiam uma compaixão quase extasiada.

— Tenho certeza de que vocês dois poderão ter uma vida conjugal ideal, como imagino que deva ser.

Shunsuke não disse "feliz". Acreditava que o casamento dos dois seria algo maravilhoso, já que poderia trazer para a moça completa infelicidade. Com a ajuda de Yuichi, seria capaz de levar ao convento uma centena de mulheres castas. Foi assim que o velho escritor, pela primeira vez na vida, conheceu uma paixão genuína.

2. Contrato de espelho

— Não, isso está além de minha capacidade — disse Yuichi em desespero, com lágrimas brilhando em seus grandes olhos.

Quem ousaria confessar-se tão impudicamente a um completo estranho como Shunsuke se soubesse que receberia semelhante conselho? A sugestão de casamento proposta por Shunsuke soava cruel aos ouvidos de Yuichi.

O jovem já mostrava sinais de arrependimento por ter exposto abertamente o que lhe ia no coração. A loucura do impulso que pouco antes o levara à confissão era irrelevante. Três noites repletas de dor, *nas quais nada acontecera*, fizeram-no explodir. Yasuko nunca tomaria a iniciativa. Se o fizesse, ele confessaria tudo. Na escuridão preenchida apenas pelo barulho das ondas do mar, dentro do mosquiteiro verde-amarelado que o vento balançava, a jovem deitada a seu lado tentava prender a respiração, os olhos fixos no teto. A presença da jovem bastava para estraçalhar seu coração como nunca antes lhe acontecera. Talvez acabassem por dormir de cansaço. Mas Yuichi temia que, se a dura insônia continuasse, nunca mais pudesse dormir na vida.

A janela aberta, o céu estrelado, o som fraco da sirene do barco a vapor... Durante bom tempo, Yasuko e Yuichi continuaram acordados, sem se revirar no leito. Não falavam. Não se movimentavam. Uma única palavra que fosse, um mínimo movimento feito poderiam alterar a situação. Na realidade, ambos aguardavam atentamente a mesma ação, a mesma situação, em resumo a mesma coisa. A vergonha que Yuichi sentia era provavelmente centenas de vezes mais forte do que a timidez de Yasuko. Yuichi só desejava morrer. A moça deitada a seu lado transpirava levemente, suas pupilas muito negras estavam bem abertas e não havia qualquer esboço de movimento tanto na mão sobre o peito como no resto do corpo: isso para Yuichi era a própria morte. Se ela se aproximasse um centímetro apenas em sua direção, isso seria a morte. Odiava-se enormemente por ter acedido ao convite desacanhado de Yasuko para viajarem até lá.

Pensou inúmeras vezes que poderia morrer naquele instante. Poderia se levantar logo, sair correndo pela escada de pedras, indo até o alto do precipício que se despenha para o mar.

No instante em que pensou em morrer, tudo lhe pareceu possível. Embriagava-se de possibilidades que lhe infundiam prazer. Encetou um falso bocejo, exclamando em voz alta: "Que sono!". Virou-se de costas para Yasuko, curvou o corpo, fingiu dormir.

Por algum tempo escutou a tosse baixa e delicada de Yasuko. Notou que a moça ainda não conseguia dormir. Encheu-se de coragem para perguntar-lhe:

— Não está conseguindo pegar no sono?

— Não — respondeu Yasuko com sua voz fraca, semelhante ao som de água escorrendo.

Foi assim que os dois, cada qual fingindo estar adormecido com a intenção de enganar o outro, acabaram eles próprios ludibriados: caíram no sono. Yuichi chorava no sonho feliz que teve, no qual Deus dava permissão aos anjos para matá-lo. Tanto o choro como as lágrimas não passaram do sonho para a realidade. Sentiu-se aliviado ao notar que ainda restava dentro de si uma boa dose de orgulho.

Embora já passados mais de sete anos desde a puberdade, Yuichi defendia-se completamente contra o desejo sexual, que odiava intensamente. Mantivera seu corpo casto. Nada o envolvia mais que a matemática e os esportes: geometria, cálculo, salto em altura, natação. Essa escolha grega não fora particularmente consciente. A matemática deixava seu raciocínio claro e transparente, e a competição esportiva, até certo ponto, desviava sua energia. Apesar disso, quando um de seus colegas novatos tirou a camisa molhada de suor no vestiário do ginásio, o odor do corpo jovem espalhado pelo ar deixou-o descontrolado.

Yuichi saíra correndo, indo jogar-se de bruços contra o gramado duro de verão, o rosto comprimido sobre o campo escuro de capim fresco. Imaginava que assim o desejo se arrefeceria. O som seco das bolas rebatidas pelos tacos, no treinamento dos jogadores do time de beisebol, reverberava no céu desbotado de final de tarde, podendo ser ouvido por todos os lados do campo. Yuichi sentiu algo caindo sobre seus ombros nus. Era uma toalha de banho alva, cujos fios ásperos, espinhosos, espetavam sua pele como fogo.

— O que houve com você? Se não tomar cuidado, pegará um resfriado.

Ao levantar o rosto, Yuichi viu o mesmo colega, de pé, já em uniforme, sorrindo de dentro da sombra escura formada pelo boné da escola. Yuichi levantou-se e agradeceu com um "obrigado" pronunciado de forma ríspida. Conservando a toalha jogada sobre o ombro, tomou o caminho de volta ao vestiário, sentindo o olhar do colega colado a seus ombros. Mesmo assim, não virou o rosto em sua direção. Pela estranha lógica da pureza, Yuichi entendeu estar apaixonado pelo rapaz. Por essa razão, decidira em seu íntimo que não poderia amá-lo.

Sabendo que nunca poderia sentir amor por uma mulher, mesmo que ansiasse vivamente amá-la, não acabaria transformando aquele rapaz em uma criatura de indescritível feiura caso se apaixonasse por ele — um homem, afinal? O amor não transformaria o ser amado em alguém a quem não se desejaria amar?

Depreendia-se dessas confissões de Yuichi um desejo inocente que, embora ainda sem forma real, corrompia a própria realidade. Quando iria finalmente encontrar a realidade? Seu desejo adiantava-se a ele, corrompendo-a; a realidade exibiria sempre alguma forma ficcional, ditada por seu desejo. Nunca encontraria o objeto de seu desejo: por mais que avançasse na vida, só se depararia com seu próprio desejo. Mesmo na confissão sobre as três noites em que nada acontecera, Shunsuke teve a impressão de escutar a vã rotação das engrenagens do desejo do jovem.

No entanto, não seria essa a própria epítome da arte, o modelo de uma realidade criada pela arte? Para transformar desejo em realidade, Yuichi precisava antes de mais nada destruir seu desejo ou a própria realidade. Acredita-se que, no mundo, arte e realidade convivem pacificamente; mas a arte precisa violar as regras da existência. A arte necessita existir por si própria.

Era uma vergonha que as obras completas de Shunsuke Hinoki rejeitassem desde o primeiro instante qualquer tentativa de vingança contra a realidade. Era por isso que suas obras não eram a realidade. Seu desejo a tocava sem maiores dificuldades mas, desprezando-a com repulsa, mordia os lábios e trancava-se dentro das obras. Apenas sua incessante loucura movimentava-se entre o desejo e a realidade, cumprindo o papel de um mensageiro inconstante. Seu inconfundível estilo, esplendidamente rebuscado, no final das contas nada mais era do que um esboço da realidade a corroer seu desejo. Falando sem pa-

pas na língua, sua arte, as três edições de suas obras, simplesmente não existiam. Isso porque nem uma única vez violara as regras da existência.

Era irônico que um jovem como Yuichi aparecesse no caminho do velho escritor no momento em que perdera a força física necessária ao trabalho criativo e que, fatigado das tarefas da moldagem artística, restasse a ele apenas o trabalho de interpretação estética de suas obras passadas!

Yuichi possuía todas as qualidades da juventude ausentes no velho escritor e, ao mesmo tempo, a felicidade suprema que esse artista sempre desejara: nunca amara uma mulher. Essa forma ideal era contraditória: as qualidades desejadas da mocidade, sem a sucessão de infortúnios pelo amor às mulheres. Uma existência misturando sonhos de adolescente com o remorso da velhice. Yuichi representava tudo isso. Que felicidade seria amar as mulheres se ele fosse um jovem como Yuichi! E, além disso, como teria sido feliz sua vida se ele, assim como Yuichi, não amasse as mulheres ou, melhor ainda, se tivesse conseguido passar sem o amor delas! Assim, Yuichi transformava-se em ideal, em obra de Shunsuke.

Diz-se que todos os estilos começam a envelhecer a partir de sua parte adjetiva. Os adjetivos são o corpo, a juventude. Shunsuke chegava a acreditar que Yuichi era o próprio adjetivo.

O velho escritor deixava entrever o leve sorriso de um detetive durante uma investigação. Ouvia a confissão de Yuichi com os cotovelos plantados sobre a mesa e uma das pernas do seu *yukata* levantada até o joelho. Acabando de ouvi-lo, exclamou insensivelmente:

— Qual o problema? Case-se!

— Como pode se casar alguém cujo coração não sente desejo?

— Falo seriamente. Os homens podem se casar com troncos de madeira ou até mesmo com geladeiras. Acredite. O casamento é uma invenção do próprio homem. É uma tarefa que se encontra nos limites da capacidade humana, para a qual o desejo não conta. Pelo menos, neste último século, o ser humano esqueceu de agir impelido por seus desejos. Pense na mulher que estiver a seu lado apenas como um feixe de lenha, uma almofada, um pedaço de carne suspenso por um gancho no açougue. Faça isso e um falso desejo irá brotar dentro de você, com certeza você será capaz de dar prazer a sua parceira. Só que, como lhe disse antes, ensinar a uma mulher o prazer é algo nocivo, do qual não se tira nenhum proveito. O que realmente importa é nunca, sob nenhuma hipótese, admitir que uma mulher seja dotada de espírito. Entendeu? Pense na mulher como algo meramente material. Digo isso baseado em minha longa e dura experiência. Você tira o relógio de pulso quando entra na banheira para tomar banho. Se você não se desfizer completamente do espírito em seu relacionamento com as mulheres, ele logo enferruja a ponto de se tornar um objeto imprestável. Por não ter agido assim, acabei perdendo inúmeros relógios. Produzir relógios tornou-se a obra de minha vida. Juntei vinte relógios enferrujados e acabei de lançá-los no formato de obras completas. Você as leu?

— Não, ainda não — disse o jovem com as faces enrubescidas. — Mas acho que posso entender sua lógica. Também penso com frequência sobre a razão de nunca ter tido desejos por uma mulher. Toda vez que penso ser um embuste meu amor espiritual por uma mulher, sou levado a acreditar que meu próprio espírito é falacioso. Mesmo agora isso não me sai do pensamento. Por que tenho de ser diferente dos outros homens? Por que não existe em meus amigos essa distância entre a carne e o espírito que encontro em mim?

— Todos são iguais. O ser humano é sempre igual — Shunsuke levantou a voz. — Mas é uma prerrogativa da juventude pensar que as coisas não sejam assim.

— Mas apenas eu sou diferente.

— E o que importa isso? Pretendo me agarrar a essa sua convicção e rejuvenescer por meio dela — disse o velho astuto.

Yuichi estava perplexo ao constatar que Shunsuke não mostrava apenas interesse, mas verdadeira adoração por sua natureza secreta, cuja feiura sempre o atormentara. Entretanto, Yuichi sentia dentro de si a alegria da revelação, de estar entregando então, pela primeira vez na vida, todos os seus segredos a alguém. Sentia a alegria traiçoeira do vendedor de mudas de plantas, sempre explorado pelo patrão odioso, ao vender a um simpático cliente que encontrou pelo caminho todas as mudas por preço irrisório.

Explicou brevemente seu relacionamento com Yasuko.

Seu pai era um velho amigo do falecido pai de Yasuko. Na universidade, o pai de Yuichi escolhera estudar engenharia. Empregou-se como técnico, passando para diretor e finalmente presidente de uma subsidiária do conglomerado Kikui, antes de falecer no verão de 1944. O pai de Yasuko formara-se em economia e trabalhava em certa loja de departamentos, onde era um dos diretores superintendentes. Devido a um pacto entre os dois pais, Yuichi ficara noivo de Yasuko no início desse ano, no qual completava vinte e dois anos. Sua frieza desesperou Yasuko. As visitas que a moça fazia então a Shunsuke haviam ocorrido numa época em que Yuichi não respondia a seus avanços. Naquele verão, conseguira finalmente convencer Yuichi a viajarem juntos para a cidade de K***.

Yasuko sofria na tola suspeita de que o coração do rapaz pertencia a outra mulher. Era uma desconfiança comum aos noivos, mas o fato é que Yuichi não amava ninguém mais.

Yuichi estudava em uma universidade particular. Morava com a mãe, que padecia de nefrite crônica, e uma empregada: um lar outrora saudável e agora financeiramente arruinado. O reservado amor filial era uma fonte de preocupações para a mãe.

Pelo que sabia, muitas outras moças além de Yasuko mostravam-se interessadas por um moço tão formoso como o filho, mas acreditava que o fato de ele não ter qualquer aventura se devia à preocupação com sua doença e com os problemas financeiros por que passavam.

— Não era minha intenção criar você nesse estado de avareza — a mãe dizia candidamente. — Se o seu pai fosse vivo, como estaria sofrendo! Nos tempos de estudante universitário, não havia dia ou noite em que seu pai não corresse atrás de um rabo de saia. Na velhice, tornou-se extremamente circunspecto. Uma pessoa como você, tão moderada na juventude, pode se tornar na velhice uma grande preocupação para Yasuko. Isso é algo inesperado, para alguém que herdou os traços fisionômicos de seu pai, tão atrativo entre as mulheres. Como mãe, quero apenas ver o quanto antes o rosto de um neto. Entretanto, se você não simpatiza com Yasuko, é melhor que termine o noivado o quanto antes e traga para este lar alguém de sua escolha e de quem você realmente goste. Até que consiga se decidir por alguém, não me importo que se relacione com dez ou vinte mulheres. Só não gostaria de vê-lo fazendo papel de tolo. O único problema é que, devido a minha doença, não sei quanto tempo ainda me resta de vida. Por isso, seria bom podermos realizar logo uma cerimônia de casamento. Um homem precisa se mostrar sempre galante. Se sua preocupação é a falta de dinheiro, bem, nós somos pobres, mas nunca nos faltou o suficiente para termos comida à mesa. Este mês vou dobrar sua mesada, mas nada de gastar tudo em livros, promete?

Yuichi usou o dinheiro para tomar lições de dança, tornando-se em pouco tempo hábil dançarino. Comparada com a dança moderna, bem mais prática e que nada mais é do que uma concupiscente ginástica preparatória, sua dança, enormemente artística, revestia-se da solidão de uma máquina operando regularmente. Com o rosto levemente abaixado, sua postura transmitia às pessoas que o observavam a impressão de que, por trás de sua beleza, a energia que o impelia era constantemente exaurida até o fim. Participou de uma competição de dança e obteve o terceiro lugar. Quando decidiu depositar na conta bancária da mãe os dois mil ienes do prêmio, descobriu um erro de cálculo no saldo que, segundo ela, deveria ser de setecentos mil ienes. Desde que a albumina começara a se misturar com a urina, prendendo-a muitas vezes à cama, a mãe passara a responsabilidade do controle dos extratos bancários a sua despreocupada e velha criada Kiyo. Toda vez que lhe perguntavam o saldo, a leal senhora tomava do ábaco e somava os números da parte superior e inferior da caderneta bancária, informando o resultado. Ou seja, desde que recebera a nova caderneta, o saldo nunca se modificava: setecentos mil ienes. Yuichi confirmou só restar em conta trezentos e cinquenta mil ienes. O rendimento mensal dos títulos era de cerca de vinte mil ienes, dos quais não podiam depender completamente, dada a recessão da época. Para cobrir os custos diários, as mensalidades da universidade, os custos de tratamento da mãe e, numa eventualidade, os custos de internação hospitalar, era necessário vender com urgência a casa, grande demais para os três.

Por estranho que pareça, essa descoberta encheu Yuichi de imensa alegria. Pensou que, se fosse necessário mudar para uma casa do tamanho ideal para apenas três pessoas, poderia escapar à obrigação do casamento, sobre a qual pensava constantemente. Decidiu tomar a frente do controle financeiro dos bens. Embora argumentasse ser esse trabalho vulgar uma forma de aplicar na prática os ensinamentos de economia aprendidos na faculdade, sua mãe entristecia-se ao vê-lo enfiar o nariz com interesse até mesmo no livro de contabilidade doméstica. Na realidade, a mãe via nessa insistência de Yuichi em fazer um trabalho sobre o qual ninguém poderia levantar qualquer reclamação uma resposta à sua cândida tentativa de instigá-lo a casar. Isso a levou a comentar em certa ocasião e sem muito motivo que "não é realmente nada normal para um estudante demonstrar interesse pelo livro de contabilidade doméstica". Yuichi fechou a cara. A mãe ficou satisfeita de ver esse comentário vexatório produzir uma reação suficiente para fazer explodir os sentimentos do filho, embora não soubesse bem qual parte de suas palavras teria servido para magoá--lo a tal ponto. A raiva libertara Yuichi de seu extremo decoro de tempos recentes. Sentia chegada a hora de destruir a fantasia romântica da mãe com relação a ele. Isso porque, a seu ver, essa era uma fantasia sem esperanças, os desejos da mãe eram um insulto a seu desespero. Disse por fim:

— Não podemos ficar pensando em casamento. Temos que vender esta casa.

Por uma questão de consideração, até então escondera dela a descoberta sobre sua situação financeira.

— Você está brincando. Ainda temos uma poupança de setecentos mil ienes.

— Trezentos e cinquenta mil ienes já não existem mais.

— Você certamente errou nos cálculos. Ou você deu fim a esse dinheiro?

A doença nos rins deveria estar misturando gradualmente albumina a sua capacidade de raciocínio. A revelação triunfante de Yuichi excitou na mãe a terna ideia de uma conspiração. Contando com o dote de Yasuko e a promessa de trabalho na loja de departamentos após a formatura de Yuichi, quis por um lado apressar o casamento e, por outro, começou a afirmar que, apesar dos sacrifícios, deveriam conservar a casa. Como desejava de longa data filho e nora morando junto com ela nessa casa, o coração bondoso de Yuichi viu-se diante da situação de apressar o casamento. Nesse momento sua autoconfiança veio em seu socorro. Mesmo que se casasse com Yasuko (toda vez que de má vontade aventava essa hipótese, tendia a exagerar sua infelicidade), logo todos descobririam que o dinheiro do dote os salvara da crise financeira. Nesse caso, todos pensariam que o casamento, em vez de ir ao encontro dos seus mais verdadeiros sentimentos, fora apenas em função de um desprezível interesse próprio. Esse jovem íntegro, que não se permitia nem mesmo a menor das vilezas possíveis, desejava que pelo menos a piedade filial fosse o puro motivo para o casamento — muito embora, no que diz respeito ao amor, aquela fosse uma razão ainda mais impura.

— Que solução mais atenderia a suas expectativas? — perguntou-lhe o velho escritor. — Vamos refletir juntos sobre isso. Garanto-lhe que a vida conjugal é destituída de qualquer significado. Por isso mesmo, você pode se casar sem sentir qualquer responsabilidade ou peso na consciência. Também pensando nas condições de saúde de sua mãe, seria recomendável casar-se o quanto antes. Com relação ao dinheiro, no entanto...

— Não falei sobre isso com nenhum propósito particular.

— Mas foi essa a impressão que me passou. Você está tão temeroso de casar pelo dinheiro do dote por não se se sentir capaz de convencer sua esposa de que seu amor por ela não é maculado por considerações ulteriores. Provavelmente deseja que as circunstâncias sejam favoráveis a que um dia você comece a trair a vida conjugal na qual entrará contra seus próprios desejos. Em geral, os jovens insistem em acreditar que seu interesse próprio pode ser compensado pelo amor. Ao menos num ponto você pode confiar num mercenário como eu. Sua insegurança vem de alguma falha na sua integridade. Guarde o dinheiro do dote para pagar a ela uma pensão no futuro. Esse dinheiro não o obriga a nada. Como você me falou há pouco, com quatrocentos ou quinhentos mil ienes você não precisará se desfazer de sua casa, podendo viver nela com sua esposa. Desculpe-me se me ocupo do problema. É melhor, no entanto, não comentar nada sobre isso com sua mãe.

Por acaso, havia bem diante do rosto de Yuichi um espelho contornado por uma moldura em laca preta. Talvez por ter sido movido pela roupa de alguém que passara a sua frente, a superfície redonda refletia diretamente o rosto de Yuichi em um ângulo levemente inclinado. Enquanto conversavam, o jovem tinha por vezes a impressão de ser fitado por seu próprio rosto.

Impaciente, Shunsuke arrematou, dizendo o seguinte:

— Como você sabe, não sou nenhum milionário excêntrico que possa se dar ao luxo de entregar quatrocentos ou quinhentos mil ienes ao primeiro passante. Há uma razão bastante óbvia para desejar fazer isso por você. Duas razões, para ser exato.

Hesitou, constrangido.

— Primeiro, você é um jovem de rara beleza. Em minha adolescência, sonhava em ser assim como você. A segunda razão é que você não ama as mulheres. Também desejaria ser assim, agora. Entretanto, não há como mudar meu amor inato pelas mulheres. Você foi uma revelação para mim. Por isso lhe peço: gostaria que vivesse minha juventude pelo avesso. Em resumo, quero que você se torne meu filho e me vingue. Como é filho único, não posso adotá-lo, mas quero que se torne meu filho espiritual (ah, essa palavra tabu!). Quero que vele em meu lugar minhas incontáveis loucuras, esses meus filhos perdidos. Não importa quanto isso vá me custar. Não foi pensando numa velhice feliz que economizei. Em contrapartida, prometa-me que o que acabou de me confessar ficará apenas entre nós. Quero que você tenha encontros com as mulheres que eu lhe apresentar. Duvido que exista uma só entre elas que não se apaixone por você à primeira vista. De qualquer modo, você não sente atração por elas. Por isso, ensinarei a você, em detalhes, como deve se comportar um homem apaixonado. Ensinarei a frieza do homem que, mesmo desejando uma mulher, consegue fazê-la morrer de paixão. Quero apenas que siga minha orientação. Acha que as pessoas notarão em você a ausência de atração pelas mulheres? Então, deixe comigo: sou um técnico nesse assunto. Usarei de todos os métodos possíveis para que ninguém descubra seu segredo. Gostaria de vê-lo colocar em prática o amor masculino, a menos, é claro, que daqui em diante você se satisfaça com sua tranquila vida conjugal. Criarei oportunidades para que isso ocorra, na medida de minhas capacidades. Só quero que jamais, sob qualquer hipótese, revele isso a uma mulher. Não se mistura o palco com o camarim. Introduzirei você ao mundo feminino. Levarei você até a beira dos palcos impregnados de perfumes e cosméticos, onde sempre desempenhei o papel de mímico. Você representará o de um dom-juan que jamais toca as mulheres. Desde tempos antigos, mesmo os dom-juans de subúrbio nunca chegaram a encenar a consumação de seu casamento. Não se preocupe. Tenho longa experiência nas artimanhas dos bastidores.

O velho artista acercava-se cada vez mais de suas reais intenções. Esboçava de viva voz o projeto de uma obra a ser escrita. Mesmo assim, escondia o acanhamento que sentia no fundo do coração. O ato filantrópico meio louco envolvendo quinhentos mil ienes representava uma oferenda a seu último amor, impregnado de um tolo lirismo, a décima paixão de sua vida ou mais do que a décima, aquela que impelira o velho homem caseiro a uma viagem, em pleno verão, ao extremo sul da península de Izu, para terminar em triste decepção. Amava Yasuko a contragosto. Como recompensa por tê-lo levado a cometer esse erro e provar o gosto da afronta, Yasuko deveria tornar-se a esposa apaixonada de um marido que não a amava. Seu casamento com Yuichi revestia-se de uma espécie de lógica voraz, que dominava a vontade de Shunsuke. Eles precisavam se casar. Já passados os sessenta anos e ainda não conseguindo encontrar em seu interior forças para controlar sua própria vontade, o infeliz escritor usava seu dinheiro para erradicar uma loucura que ainda lhe poderia causar problemas, na ilusão de que o estaria jogando fora em nome da beleza. Shunsuke antegozava, com esse casamento, a traição indireta a Yasuko e a dor prazerosa lhe atormentava o peito. Pobre Shunsuke, sempre infeliz, jamais culpado.

Enquanto isso, Yuichi enfeitiçava-se com o belo rosto jovem que o fitava do espelho, sob a lâmpada. Esses olhos de profunda melancolia, sob sobrancelhas denotando inteligência, estavam pregados nele.

Yuichi Minami provou do sabor misterioso dessa beleza. Era seu o rosto tão repleto da energia da juventude, profundamente esculpido e polido com masculinidade e amplamente dotado da substância da infelicidade, como num bronze. Yuichi até então sentia aversão à consciência da própria beleza. Mas sentia plenamente a beleza dos jovens que amava. Seguindo a regra masculina, proibira-se de louvar a própria beleza. Os ardentes elogios do velho, entretanto, penetraram em seus ouvidos como um veneno artístico: essas palavras eficazes derrubaram por terra a velha proibição que se impusera. Podia julgar-se belo. Nesse momento, pela primeira vez, admirou-se em toda sua formosura. Dentro do pequeno espelho redondo, apareceu o rosto desconhecido de um jovem de insuperável beleza. Seus lábios viris revelaram inesperadamente uma fileira de dentes brancos que se abriram em um sorriso.

Yuichi não compreendia a paixão vingativa que fermentava e apodrecia em Shunsuke. Mesmo assim, sua estranha e impetuosa proposta não podia ficar sem resposta.

— Então, o que me diz? Vamos fechar nosso acordo? Concorda em me ajudar?

— Ainda não sei bem o que dizer. No momento, pressinto que algo que nem mesmo saberia definir ao certo está prestes a acontecer comigo — disse o belo rapaz, como se vivesse um sonho.

— Não precisa me dar uma resposta de imediato. Se decidir aceitar minha proposta, mande-me apenas um telegrama comunicando sua decisão. Quero começar de imediato a pôr em prática o que combinamos há pouco e ser um dos oradores em sua cerimônia de casamento. Além disso, quero que você aja conforme minha orientação. Tudo vai dar certo. Não lhe causará nenhum transtorno e lhe valerá a fama de marido mulherengo.

— Se eu me casar...

— Se isso acontecer, você precisará realmente de mim — replicou o velho, absolutamente seguro de si.

— Yuchan,* está aqui? — perguntou Yasuko do lado de fora da porta corrediça.

— Entre, por favor — disse Shunsuke.

Ao abrir a porta, o olhar de Yasuko encontrou o de Yuichi, que involuntariamente virara o rosto em sua direção. Viu na face do jovem a beleza de seu sorriso. A consciência de si alterara o sorriso de Yuichi. Esse jovem nunca estivera antes tão pleno da beleza radiante que possuía naquele momento. Yasuko piscou, ofuscada. Então, como as mulheres que já experimentaram a paixão, com relutância sentiu-se invadida por um "pressentimento de felicidade".

Yasuko lavara os cabelos, não quisera ir de cabelos molhados chamar Yuichi, que conversava no quarto de Shunsuke. Secara os cabelos encostada à janela. Um barco de passageiros entrava no porto. Partira à tardinha da ilha O***, passara pela cidade de K*** e, na manhã seguinte, antes mesmo da aurora, atracaria no cais de Tsukishima. Enquanto penteava os cabelos, contemplava o barco que entrava no porto derramando suas luzes pela superfície da água. Poucos eram os sons musicais na cidade, mas de cada barco

---

* Diminutivo carinhoso de Yuichi. (N. T.)

que ancorava podia-se ouvir, vindo de um alto-falante no convés, a música de um disco tocando uma canção popular a espalhar-se pelo ar do verão. No cais agrupavam-se as muitas lanternas dos funcionários das hospedarias em busca de clientes. Por fim, com o grito de um pássaro amedrontado, o apito agudo do barco atravessou a noite e alcançou os ouvidos de Yasuko.

Yasuko sentiu o frio dos cabelos molhados. Tinha a impressão de que alguns fios irregulares colados a suas têmporas como folhas frias não eram seus. Sentiu certo medo em tocar seus próprios cabelos. Teve uma assustadora sensação de morte ao mexer neles enquanto secavam gradualmente.

"O que estará deixando Yuichi tão pensativo?", pensava Yasuko. "Por complicado que seja, não me importaria nem um pouco em tentar ajudá-lo, se ao menos confessasse sua preocupação. Essa era justamente minha intenção ao convidá-lo a viajar comigo até aqui."

Durante algum tempo, enquanto ajeitava os cabelos, vários pensamentos lhe passaram pela mente. De súbito, fora tomada pela desagradável ideia de que Yuichi não estaria no quarto de Shunsuke, mas em algum lugar que ela desconhecia. Yasuko levantou-se. Atravessou o corredor a passos apressados. Quando chamou por Yuichi e abriu a porta corrediça, deu de cara com o belo sorriso. Nada mais natural que o pressentimento de felicidade que a invadira.

— Atrapalho a conversa de vocês? — Yasuko perguntou.

O velho escritor virou o rosto, seguro de que o modo afetado do leve giro do pescoço de Yasuko não era dirigido a ele. Imaginou como seria a moça aos setenta anos.

Havia um ar pesado dentro do quarto. Como as pessoas costumam fazer nessas horas, Yuichi lançou um olhar ao relógio. Já eram quase nove horas.

Nesse momento, o interfone no *tokonoma** tocou. Como se apunhalados pelas costas, os três voltaram-se ao mesmo tempo na direção do aparelho. Nenhum deles se moveu para atender. Por fim, Shunsuke tirou o interfone do gancho. Olhou em seguida na direção de Yuichi. Era uma ligação interurbana da casa do jovem em Tóquio. Yasuko achou por bem acompanhá-lo quando saiu do quarto para atender a ligação na recepção, temendo permanecer só com Shunsuke.

Pouco depois, os dois retornaram. A serenidade desaparecera dos olhos de Yuichi. Antes mesmo de ser perguntado, falou num tom de voz inquieto:

— Os médicos suspeitam que minha mãe esteja com atrofia renal. O coração também está um pouco enfraquecido, e parece que ela sente uma sede anormal. Ainda não sabem se deverá ser internada ou não, mas de qualquer maneira me pediram para voltar o quanto antes.

A excitação que tomava conta dele naquele momento permitiu-lhe relatar algo que, em outra ocasião, não pensaria pôr em palavras.

— E parece que não para de repetir todo o tempo que só quer morrer após me ver casado. Quando as pessoas ficam doentes, parecem virar crianças, não é verdade?

Ao dizer isso, sentiu que havia tomado a decisão de se casar. Shunsuke teve a mesma intuição. Percebia-se uma alegria sombria em seus olhos.

— De qualquer modo, você precisa voltar logo para casa, não é mesmo?

— Ainda é possível pegar o barco das dez horas. Vou voltar com você — disse Yasuko.

---

* Parte de sala em estilo japonês ligeiramente acima dos tatames, onde em geral colocam-se como enfeites um vaso de flores e uma pintura, além de outros pequenos objetos decorativos. (N. T.)

Yasuko saiu às pressas para o quarto e para as malas. Havia prazer em seus passos.

"O amor maternal é algo incrível", admirou-se Shunsuke, que, por obra de sua feiura, nunca fora realmente amado pela mãe. "Com o poder de seus rins, a mãe vem salvar o filho que passava por um momento de perigo. Com isso, o desejo de Yuichi de voltar na mesma noite foi satisfeito."

Enquanto Shunsuke admirava-se, Yuichi permanecia a sua frente, pensativo. Shunsuke sentiu um leve arrepio ao ver as sobrancelhas finas do jovem e suas pestanas sombreadas por uma linha elegante.

"Esta é definitivamente uma noite estranha", falou para si o velho escritor. "Devo evitar qualquer tipo de pressão que possa aumentar as preocupações desse jovem devotado à mãe. Não vejo problema: ele certamente aceitará minha maneira de encarar as coisas."

Por pouco os dois não perderam o barco das dez. Como as cabines de primeira classe estavam todas lotadas, foi-lhes designado um compartimento na segunda classe, de estilo japonês, com capacidade para oito passageiros. Ao ouvir isso, Shunsuke deu um tapinha nas costas de Yuichi como dizendo-lhe: "Isso garantirá uma noite de sono tranquilo". Logo após os dois embarcarem, a escada que conduzia ao barco foi retirada. Apenas dois ou três homens segurando lanternas de metal continuavam no cais. Vestidos apenas com suas roupas de baixo brancas, lançavam palavras indecentes a uma mulher no convés. A mulher revidava com a força de seus gritos penetrantes. Apesar de Yasuko e Yuichi sentirem-se mal contemplando a cena, ficaram no convés com um leve sorriso até que o barco estivesse longe do campo de visão de Shunsuke. Pouco a pouco, entre o barco e o cais, uma luz desigual espalhou-se em alguns pontos pela extensa superfície oleosa e silenciosa da água. A solene superfície crescia sempre mais diante de seus olhos, semelhante a um ser vivo.

O joelho direito do velho escritor doía um pouco por conta da brisa marinha. A certa altura, a dor de um ataque nevrálgico fora sua única paixão. Odiara essas horas. Agora não sentia nenhum ódio, mesmo ligeiro. A dor ardilosa servia às vezes de refúgio secreto para sua paixão. Voltou ao hotel seguindo o guia e sua lanterna.

Uma semana depois, logo após sua volta a Tóquio, Shunsuke recebia um telegrama de Yuichi com sua anuência às condições do contrato.

3. O casamento do bom filho

A cerimônia de casamento fora marcada para o final de setembro, num dia considerado de bons augúrios. Alguns dias antes do matrimônio, Yuichi imaginou que, depois de casado, perderia a oportunidade de fazer sozinho uma refeição em um restaurante. Apesar de não ser hábito seu comer fora desacompanhado, mesmo assim saiu decidido a colocar em prática o que planejara: jantaria em um restaurante ocidental no primeiro andar de um prédio situado numa rua atrás de sua casa. A pequena fortuna de quinhentos mil ienes o qualificava a esse luxo.

Eram cinco horas. Ainda era muito cedo para o jantar. O restaurante estava em silêncio e os garçons tinham ar sonolento.

Yuichi observava o burburinho da rua em frente, envolta pelo calor remanescente do pôr do sol. Metade da rua estava bastante clara. Os raios de sol penetravam até o fundo das vitrines sob as marquises das lojas de produtos ocidentais na calçada oposta. Aproximavam-se, como a mão de um ladrão prestes a roubar, do verde de uma fivela de jade exposta numa vitrine. Enquanto esperava a refeição, o ponto verde que brilhava placidamente incidia por vezes sobre seus olhos. O jovem solitário bebia sem parar para aplacar a sede. Seu coração não tinha tranquilidade.

Yuichi ignorava quantos homens que amam outros homens são casados e têm filhos. Não sabia que muitos deles valiam-se de sua natureza peculiar para agir, mesmo com alguma relutância, em benefício de suas vidas conjugais. Fartos até a náusea com uma única mulher, não procuram arrastar as asas para outras. Entre os homens completamente devotados a suas esposas, não são poucos os que pertencem a essa espécie. Quando nascem seus filhos, mais que pais, tornam-se verdadeiras mães para eles. As mulheres que já sofreram a dor da traição, deveriam escolher como parceiro alguém que pertença a *essa espécie de homem*. Sua vida conjugal é feliz, tranquila, sem percalços; em suma, uma assustadora autoprofanação. Dão as cartas em todos os detalhes da vida com um sarcasmo que proclama sua autoconfiança. As mulheres não poderiam jamais sonhar com homens mais cruéis do que esses.

Para entender essas sutilezas, eram necessárias idade e experiência. Para suportar esse tipo de vida era preciso um bom adestramento. Yuichi tinha vinte e dois anos. Seu protetor, por sua vez, estava absorto por *ideias* que não condiziam com sua idade. Yuichi, pelo menos, perdera aquela trágica convicção que lhe dava uma aparência intrépida. Não se importava muito com o que pudesse acontecer.

Como seu pedido demorava muito a chegar, começou a observar casualmente as paredes a sua volta. Nesse momento, sentiu o olhar de alguém colado a seu rosto. Esse olhar, que até pouco antes parecia uma mariposa pousada discretamente sobre sua face, saiu voando no mesmo instante em que Yuichi virou o rosto para enfrentá-lo. A um canto da parede estava um garçom esbelto e claro, de seus dezenove ou vinte anos.

As duas carreiras de botões dourados de muito bom gosto formavam um arco em seu peito. Com as mãos voltadas às costas, batia levemente com os dedos contra a parede. A impressão de constrangimento em sua posição imóvel deixava perceber que trabalhava como garçom há pouco tempo. Seus cabelos negros luziam como laca. A graciosidade delicadamente lânguida de suas pernas estava de acordo com sua pequena estatura e o formato de seu rosto. Havia inocência nos lábios delicados. A linha da cintura indicava que suas coxas possuíam o formato puro das de um menino. Yuichi sentiu o desejo percorrer-lhe o corpo com força.

O rapaz saiu para os fundos do restaurante, atendendo a um chamado.

Yuichi acendeu um cigarro. Como o homem que recebe a convocação para a guerra esforça-se para passar da melhor forma o tempo restante até unir-se ao batalhão, mesmo que por fim o gaste sem fazer nada, Yuichi entediava-se com as preliminares intermináveis que o prazer parecia exigir dele. Como nas dezenas de oportunidades que deixara passar até então, Yuichi pressentiu que também daquela vez seu desejo desapareceria sem deixar marcas. Assoprou as cinzas que caíram sobre a faca polida, e parte delas foi parar sobre as pétalas da rosa no vaso sobre a mesa.

A sopa finalmente chegou. Portando um guardanapo dependurado sobre o braço esquerdo, o mesmo garçom de antes aproximou-se trazendo uma terrina prateada. Levantou a tampa e serviu o prato fundo de Yuichi, que, estimulado pelo vapor, ergueu a cabeça para observar o rapaz. O rosto dele estava surpreendentemente próximo ao seu. Yuichi sorriu. Por um instante apenas, o jovem garçom respondeu a esse sorriso, revelando a Yuichi seus dentes brancos e irregulares. Finalmente, quando o garçom se foi, Yuichi abaixou em silêncio o rosto em direção ao prato fundo da sopa.

60

O breve episódio, independentemente do sentido que pudesse ter, ficou vivamente gravado em sua memória. Esse episódio iria mais tarde se revestir de um significado bem mais definido.

A cerimônia de casamento teria lugar no prédio anexo ao Tokyo Kaikan. Como de costume, os noivos sentavam-se um ao lado do outro, com um biombo dourado às costas. Por ser viúvo, não seria de bom-tom que Shunsuke fosse a única testemunha: participava, pois, da cerimônia como um convidado de honra. No momento em que fumava um cigarro no saguão, um casal entrou. Vestidos de maneira convencional, o homem trajava uma jaqueta e a mulher, um quimono formal. O andar refinado e o rosto sisudo e delgado da mulher eram tão belos que nenhuma das outras senhoras presentes no saguão igualava-se a ela. Suas pupilas límpidas e destituídas de alegria olharam ao redor com indiferença.

No passado, essa mesma mulher extorquira de Shunsuke trinta mil ienes, em conluio com seu marido, um antigo conde. Ao relembrar o caso, Shunsuke teve a impressão de que a mulher escolhia uma nova presa com seu olhar indiferente. A seu lado, o corpulento marido manipulava nervosamente as luvas brancas de pele de cabrito. Lançava para todos os lados um olhar de inquieto desejo, diferente do olhar oblíquo próprio de um conquistador repleto de confiança em si mesmo. Pareciam realmente um casal de exploradores, lançados de paraquedas em uma terra de selvagens. Essa cômica combinação de orgulho e medo nunca fora vista entre os aristocratas antes da guerra.

Ao ver Shunsuke, o antigo conde Kaburagi estendeu-lhe a mão. Contraindo o queixo e mexendo no botão do paletó com a mão pálida de um crápula, voltou-se levemente e, com o rosto completamente dominado por um sorriso, cumprimentou-o dizendo:

— Como vão os negócios nos últimos tempos?

Desde o surgimento do imposto financeiro, tornara-se uma tola obstinação da classe média evitar esse cumprimento, usado em abundância pelos esnobes. Como a vilania do conde garantia-lhe uma nobre audácia, todos que recebessem seu cumprimento o tomariam como algo natural. Ou seja, os esnobes tornaram-se quase inumanos pela caridade e os nobres tornaram-se quase humanos pela vilania.

Sentia-se na aparência de Kaburagi algo de indefinivelmente *revoltante*: como uma mancha na roupa, indelével por mais que se esfregue, uma marca, uma mácula de desagradável fraqueza e indescritível audácia, uma voz controlada, uma naturalidade totalmente planejada.

O ódio queimava no interior de Shunsuke. Lembrou-se do método efeminado e cavalheiresco da extorsão de Kaburagi. Não tinha a obrigação de sentir-se grato por um cumprimento tão cortês.

O velho escritor respondeu ao cumprimento com uma saudação rude, mas logo percebeu o quanto era infantil e procurou corrigi-la. Levantou-se do sofá. Kaburagi usava polainas curtas sobre seus sapatos pretos envernizados. Vendo que Shunsuke se levantara, retrocedeu dois passos com a leveza de um dançarino sobre um assoalho cuidadosamente encerado. Mas o conde já começava a cumprimentar uma outra senhora de rosto desconhecido que não via fazia muito tempo. Shunsuke, de pé, não tinha para onde ir. A sra. Kaburagi veio então diretamente em sua direção, levando-o até a janela. Era uma mulher que, em geral, não se dava a cumprimentos enfadonhos. Seus passos eram rápidos e arrastavam a barra do quimono em ondas regulares.

A sra. Kaburagi estava em pé em frente à janela, cujo vidro refletia com exatidão as luzes do salão contra a penumbra. Shunsuke admirou-se com a pele do rosto da sra. Kaburagi, sem nenhuma ruga marcante. A mulher tinha a capacidade de escolher em instantes o melhor ângulo e a luz que melhor lhe convinha. Não teceu nenhum comentário sobre os acontecimentos passados. Esse casal não se mostrava intimidado para, dessa forma, intimidar o interlocutor.

— Fico feliz em vê-lo tão bem-disposto. Numa ocasião como esta meu marido parece bem mais velho do que você, Hinoki.

— Também desejo envelhecer logo — afirmou o escritor de sessenta e cinco anos. — Mesmo hoje cometo muitos erros próprios a um adolescente.

— Mas que velhaco é você! O mesmo sedutor de sempre!

— O elogio é recíproco.

— Que insolente! Sou uma novata nesses assuntos. Mas o noivo deveria ter passado uns dois ou três meses comigo antes desta cerimônia. Ele mais parece estar brincando de casinha com aquela moça do que propriamente casando.

— O que você acha do jovem Minami como noivo?

Após lançar-lhe a pergunta aparentemente inocente, os olhos de veias amareladas do velho artista fitaram com enorme atenção a expressão no semblante da mulher. Estava convencido de que bastaria perceber um leve tremor em suas faces ou mesmo um brilho furtivo em suas pupilas para não perder a chance de capturar esses sinais, ampliá-los, dilatá-los, inflamá-los, desenvolvê-los até o clímax da paixão. Em geral, os novelistas são assim: pertencem a uma categoria extremamente hábil em lidar com as paixões alheias.

— Hoje foi a primeira vez que vi o rosto daquele rapaz. Ouvia comentários sobre ele, mas é ainda mais formoso do que poderia imaginar. Haveria um romance mais sem sabor do que o dele, um jovem que começa um casamento aos vinte e dois anos com uma moça que pouco conhece sobre a vida? Irrita-me ver uma coisa assim.

— O que os outros convidados comentam sobre ele?

— Ele é o centro das conversas. As antigas amigas de escola de Yasuko, com dor de cotovelo, procuram defeitos nele. Mas não há muito mais o que possam dizer e por isso fingem que ele não é o tipo de homem de que gostam. Além disso, o que se pode falar sobre a beleza de seu sorriso? A fragrância da juventude ronda aquele sorriso!

— Que tal incluir isso em meu discurso aos noivos? Quem sabe causará um efeito original sobre os convidados? Afinal, este casamento não é exatamente como os casamentos por amor tão em moda nesses dias.

— Isso contradiz o comentário geral.

— Pura mentira. É um casamento de nobreza maior. É o enlace matrimonial de um bom filho.

Shunsuke indicou com os olhos uma poltrona a um canto do saguão. Ali estava a mãe de Yuichi. Uma camada espessa de pó de arroz cobria-lhe o rosto levemente inchado, buscando ocultar a idade da mulher ainda sempre ativa. Procurava esboçar um sorriso, mas a face túmida a impedia: o sorriso constrangido e pesado estava sedimentado em sua face. Apesar disso, a mulher vivia o último momento de felicidade de sua vida. "Como é feia a felicidade", pensava Shunsuke. Nesse momento, a mãe fez o gesto de coçar a região da cintura com o dedo que trazia um anel de diamantes de estilo antigo. Deveria estar com vontade de urinar. A senhora de meia-idade a seu lado, vestida com um quimono de coloração lilás, inclinou-se para cochichar algo em seu ouvido. Em seguida, estendeu-lhe a mão, ajudando-a a se levantar e levando-a em direção ao corredor que conduzia ao banheiro. Passando pela multidão, cumprimentava todos os convidados, sem exceção.

Ao ver de perto esse rosto intumescido, Shunsuke teve um calafrio, recordando-se da face de sua terceira esposa no leito de morte.

— É uma história rara nos dias de hoje — disse a sra. Kaburagi em um timbre de voz que denotava frieza.

— Gostaria que lhe arranjasse um encontro com Yuichi?

— Deve ser complicado para um recém-casado.

— Nem tanto. Assim que ele voltar da lua de mel, podemos pensar em marcar algo.

— Promete? Gostaria muito de conversar com ele mais calmamente.

— Não tem preconceito com relação ao casamento?

— De qualquer modo, é o matrimônio de outra pessoa. Mesmo meu casamento é para mim como o de um terceiro. Não me reconheço nele — respondeu a mulher com lucidez.

Os serviçais avisaram que o banquete estava servido. Os quase cem convidados passaram lentamente para o salão contíguo, formando um círculo. Shunsuke acomodou-se no assento de honra na mesa principal. O velho escritor lastimou profundamente não ter podido admirar o brilho de inquietude que desde o início da cerimônia vislumbrava-se nos lindos olhos de Yuichi. Para aqueles que os contemplavam, os olhos sombrios do noivo eram sem dúvida a cena de maior formosura da noite.

O banquete avançava sem atrasos. No meio da festa, seguindo o costume, os noivos retiraram-se do salão sob o aplauso dos convidados. As testemunhas se empenhavam em ajudar o novo casal, tão pueril. Enquanto trocava de roupa para a viagem, Yuichi tentou várias vezes dar o nó em sua gravata, sem muito sucesso.

Em frente ao carro estacionado à entrada do prédio, Yuichi e a testemunha aguardavam a saída de Yasuko, que ainda não terminara de se aprontar. A testemunha, um antigo ministro de Estado, retirou de seu bolso um charuto e o ofereceu a Yuichi. Apesar de não estar acostumado a fumá-los, acendeu-o e passou a observar a rua em volta.

O tempo não estava propício para que esperassem por Yasuko dentro do carro; além disso, sentiam-se levemente embriagados. Ambos encostaram-se à carroceria, onde brilhava incessantemente o reflexo dos faróis dos carros que passavam, e trocaram algumas poucas palavras entre si. A testemunha lhe dizia para não se preocupar com o estado de saúde da mãe, tomando para si a responsabilidade de cuidar dela durante sua ausência. Yuichi alegrou-se em ouvir as palavras sinceras do antigo amigo de seu pai. Seu coração poderia estar empedernido, mas ainda havia nele uma grande dose de sentimentalismo.

Nesse momento, um estrangeiro de constituição magra apareceu à porta do edifício na calçada oposta. Vergava um terno amarelo e uma gravata-borboleta berrante. Abriu a porta do novo modelo Ford estacionado rente ao meio-fio, que parecia lhe pertencer. Foi então que um jovem japonês apareceu por trás dele, avançando a passos rápidos até o meio da calçada e olhando ao redor. Vestia um jaquetão de padrão quadriculado, feito sob medida. A gravata de cor verde-limão cintilava mesmo à noite. Sob a luminária à frente do edifício, seus cabelos gomados brilhavam como se estivessem molhados. Yuichi se espantou ao ver que o jovem era o mesmo garçom que vira dias antes no restaurante.

O estrangeiro apressava o rapaz. Com passos leves e confiantes, o jovem saltou para o assento ao lado do motorista. Em seguida, o estrangeiro sentou-se do lado esquerdo, em frente ao volante, fechando a porta com força. Em um instante, o carro partiu calmamente, ganhando pouco a pouco velocidade.

— Está se sentindo bem? Seu rosto está pálido — notou a testemunha.

— É que não estou acostumado a charutos. Logo nas primeiras tragadas comecei a me sentir mal.

— Isso não é bom. Dê aqui o charuto. Vou dar um jeito nele.

A testemunha colocou-o ainda aceso em um estojo folheado em prata, no mesmo formato do charuto, fechando a tampa ruidosamente. Esse barulho assustou novamente Yuichi. Nesse meio-tempo, Yasuko apareceu na porta de entrada, vestida em seu terninho de viagem, calçando luvas brancas de renda e cercada pelos convivas prontos a se despedir do casal.

66

Os dois dirigiram-se de carro até a estação de Tóquio, onde tomaram o trem das sete e meia com destino a Numazu, a fim de chegarem logo a Atami. A expressão de felicidade incontida de Yasuko deixava Yuichi apreensivo. Seu coração bondoso deveria ser capaz de receber amor, mas naquele instante estava tão contraído que não se prestava a aceitar essa substância volátil da emoção. Seu coração parecia um armazém sombrio, no qual se avolumavam sérios pensamentos. Yasuko lhe passou uma revista popular que cansara de ler. Pôde pela primeira vez nomear o desassossego sombrio que havia dentro de si ao ver no índice, em letras grandes, a palavra "ciúme". Talvez fosse o ciúme que causava nele tanto desgosto.

"Mas... ciúme de quem?"

O que lhe vinha à mente era o jovem garçom que vira pouco antes. Teve a horrível impressão de sentir ciúme de um jovem que mal conhecia, negligenciando sua esposa no próprio trem que o conduzia para sua lua de mel. Sentiu-se um ser disforme, destituído de qualquer forma humana.

Yuichi encostou a cabeça na parte superior do assento, observando à certa distância o rosto levemente abaixado de Yasuko. Será que não conseguiria imaginá-la como um homem?, pensou. Suas sobrancelhas? Seus olhos? Seu nariz? Seus lábios? Estalou a língua em desaprovação a si mesmo, como o faria um pintor ao estragar o esboço que desenhava. Fechou por fim os olhos e tentou imaginar Yasuko como um homem. No entanto, esse esforço imoral da imaginação transformou a bela moça diante de seus olhos em algo bem menos adorável do que uma mulher: uma imagem grotesca, cada vez mais difícil de amar.

4. Incêndio longínquo visto ao crepúsculo

Certa noite no começo de outubro, Yuichi se retirou para o escritório após o jantar. Analisava o cômodo a sua volta. Era um escritório simples, bem próprio a um estudante. Ali encontravam-se, como uma escultura invisível, os pensamentos de um solitário em sua forma pura. Dos cômodos da casa, era o único que ainda não fora tocado pela vida conjugal. Apenas nele o jovem infeliz podia respirar tranquilamente.

Amava a hora em que tinteiro, tesouras, porta-canetas, facas e dicionário começavam a cintilar sob a luz do abajur de mesa. Os objetos representavam solidão. De dentro dessa harmonia, perguntava-se vagamente se não residiria ali a paz a que as pessoas costumavam chamar de harmonia familiar. Espreitar em silêncio a solitária razão da existência de outrem, assim como o tinteiro faz com a tesoura, em um ato ainda disforme. Os risos translúcidos e inaudíveis dessa harmonia familiar como *garantia* de harmonia solitária.

Ao refletir sobre essa "garantia", sentiu uma angústia súbita em seu peito. A paz aparente que reinava no lar dos Minami parecia-lhe agora uma acusação contra ele. O sorriso diário no rosto da mãe, que felizmente escapara da atrofia renal e da internação, o sorriso constante de Yasuko, semelhante a uma névoa, a serenidade... Todos dormiam, apenas ele permanecia acordado. Sentiu o gosto amargo de estar vivendo com uma família que parecia continuamente adormecida. Tinha vontade de sacudir todos pelos ombros a fim de acordá-los. Mas, se fizesse isso... De fato, a mãe, Yasuko e Kiyo acordariam! E a partir desse momento elas o odiariam. Que infidelidade estar sozinho na insônia! No entanto, o guarda-noturno protege por meio da infidelidade. É traindo o sono que protege o sono. Ah, essa vigilância humana que busca continuar mantendo a verdade ao lado dos adormecidos! Yuichi sentiu o ódio violento do guarda-noturno. E sentiu um ódio violento contra sua função humana.

Como ainda não chegara a época dos exames, uma passada geral nas anotações seria suficiente. Em suas anotações de história econômica, finanças, estatísticas e outras, alinhavam-se letras elaboradas de escrita graciosa e diligente. Os amigos espantavam-se com a meticulosidade de suas anotações, mas essa exatidão era puramente mecânica. Na sala de aula banhada pelos raios de sol matinais do outono, do movimento de centenas de canetas emitindo um barulho incessante, o da caneta de Yuichi destacava-se como o mais mecânico. Se sua escrita desprovida de emoção praticamente se assemelhava aos rabiscos de taquigrafia, era porque sempre usava os pensamentos apenas como um meio de exercitar sua disciplina mecânica.

Era o primeiro dia que fora à universidade após seu casamento. A faculdade servia como excelente local de fuga. Voltou para casa. Recebeu o telefonema de Shunsuke. Do outro lado do aparelho ouviu a voz alta, rouca e clara do velho escritor que lhe dizia:

"Olá. Há quanto tempo! Como vai você? Até hoje estava fazendo cerimônia em lhe telefonar. Não gostaria de vir jantar aqui em casa amanhã? Gostaria de convidar também sua esposa, mas como pretendo perguntar sobre o que tem acontecido em sua vida depois do casamento, preferiria que viesse só. É melhor não dizer nada a Yasuko sobre sua visita. Agora há pouco, quando atendeu o telefone, ela me disse que vocês pretendem aparecer aqui em casa daqui a três dias, no domingo. Quando vierem, basta fingir que é a primeira vez que nos vemos após o casamento. Que tal amanhã por volta das cinco horas? Há alguém que gostaria que você conhecesse."

Ao lembrar desse telefonema, Yuichi teve a impressão de que uma grande e importuna mariposa agitava-se sobre a página do caderno bem debaixo de seus olhos. Fechou-o. Murmurou: "Outra mulher!". E apenas por tê-lo murmurado, sentiu-se invadido por uma grande lassidão.

Yuichi temeu a noite, como uma criança. Nessa noite, deveria pelo menos poder se libertar da noção de obrigação. Nessa única noite, iria se estender descontraído e sozinho no leito, saboreando a recompensa de merecido repouso pela repetição de suas *obrigações* até o dia anterior. Iria acordar em lençóis imaculados e não amassados. Não poderia esperar maior recompensa. Mas, ironicamente, nessa noite foi fustigado pelo desejo, que o privou de seu repouso. O desejo, como o mar castigando a praia, batia às margens sombrias de seu íntimo, logo retrocedendo, para delas se reaproximar em seguida, furtivamente.

Inúmeros gestos bizarros e destituídos de desejo. Inúmeros jogos sensuais semelhantes a gelo. A noite de núpcias de Yuichi fora um simulacro de impulsos do desejo. Esse notável simulacro enganou os olhos do comprador inexperiente. A farsa fora bem--sucedida.

Apesar de Shunsuke ter-lhe ensinado em detalhe sobre os métodos anticoncepcionais, Yuichi os abandonara, temendo que o procedimento atrapalhasse a visão que, com esforço, construíra em seu coração. Mesmo que a razão lhe ordenasse evitar filhos, o medo da humilhação de um possível fracasso no momento do ato fazia parecer insignificante tudo o que pudesse vir no futuro. Na noite seguinte também, por superstição, imputara o sucesso anterior ao fato de ter evitado o uso de qualquer método contraceptivo. Tinha medo de incorrer em um fiasco se os usasse, e assim, como na noite anterior, repetira o ato cegamente. A segunda noite representara, em certo sentido, a duplicação fiel da farsa bem-sucedida.

Yuichi arrepiou-se ao recordar essas noites de aventura que vivera com o coração sempre enregelado. A estranha noite de núpcias no hotel de Atami, onde os recém-casados estavam dominados pelo mesmo medo. Inquieto, Yuichi saíra à varanda, enquanto Yasuko tomava banho. O latido do cão do hotel fazia-se ouvir na calada da noite. Podia-se ouvir nitidamente o som da música vindo de um salão de danças diante de seus olhos, ao lado da estação em frente, completamente iluminada. Concentrando o olhar, vira através das janelas as silhuetas negras que se movimentavam ao ritmo da música e ficavam imóveis quando esta cessava. A cada parada, Yuichi sentia o coração acelerar. Como uma fórmula mágica, recitara para si mesmo as palavras de Shunsuke: "Imagine apenas que a mulher que estiver a seu lado é um feixe de lenha, uma almofada, um pedaço de carne suspenso por um gancho no açougue".

Yuichi arrancara com força sua gravata e chicoteara com ela o parapeito da varanda. Precisava descarregar sua força de alguma maneira.

Quando as luzes finalmente se apagaram, abandonara-se à imaginação. Nenhum ato era dotado de maior criatividade do que o simulacro. Enquanto estava absorto nele, Yuichi sentia não possuir nenhum modelo ao qual se apegar. O instinto embriaga os homens com uma inventividade comum, mas a consciência de sua penosa inventividade contrária ao instinto não o inebriava. "Nunca ninguém fez nem fará algo do gênero. Sou o único. Tenho que pensar e criar tudo por meu próprio esforço. Prendo a respiração e aguardo minhas ordens a cada momento. Veja! Eis a paisagem gelada de outra vitória de minha vontade contra o instinto. De dentro dessa paisagem desolada, o prazer de uma mulher se eleva como um pequeno torvelinho de poeira."

De qualquer modo, Yuichi precisava de um macho atraente em seu leito. Seu espelho deveria se pôr entre ele e a mulher. Sem esse recurso, dificilmente teria sucesso. Fechara os olhos e abraçara a mulher. Naquele momento, Yuichi imaginara estar abraçando seu próprio corpo em pensamento.

Os dois tornaram-se assim gradualmente quatro dentro do quarto escuro. Isso porque era necessário fazer avançar a relação entre o Yuichi real e o jovem no qual ele transformara Yasuko, ao lado da relação entre o Yuichi fictício, que imaginava ser capaz de amar as mulheres, e a verdadeira Yasuko. Dessa dupla ilusão por vezes jorrava uma alegria onírica, logo seguida por um tédio ilimitado. Yuichi tivera muitas vezes a visão do grande campo de esportes de sua escola, deserto após o término das aulas. Entregava seu corpo, a caminho do êxtase. Com esse suicídio instantâneo, o ato terminava. No entanto, a partir do dia seguinte, o suicídio tornara-se para ele um hábito.

Um cansaço insólito, acompanhado de náuseas, impedira que o casal viajasse no dia seguinte. Os dois atravessaram a cidade, que se inclinava perigosamente em direção ao mar. Yuichi continuava a fingir diante de todos que era feliz.

Os dois chegaram ao desembarcadouro e, por puro divertimento, pagaram cinco ienes para vislumbrar por três minutos a paisagem por um telescópio. O mar estava límpido. Do alto do cabo à direita, distinguiam claramente o quiosque do parque Nishikigaura, banhado pela luz do sol da manhã. Duas silhuetas atravessaram o quiosque, fundindo-se na luz das moitas de eulália. Um outro casal entrara abraçado no quiosque. Suas sombras uniram-se. Girando o telescópio para a esquerda, viam-se alguns casais subindo, aqui e ali, pela ladeira de pedras, sinuosa e de inclinação moderada. Podia-se notar distintamente suas sombras imprimindo-se sobre as pedras. Yuichi sentira-se aliviado ao ver uma sombra idêntica a seus pés.

— São todos como nós, não? — disse Yasuko.

Tendo se afastado do telescópio, Yasuko encostara-se no parapeito, expondo seu rosto à brisa marinha e parecendo tomada de leve vertigem. Mas nesse momento Yuichi ficara calado, admirando e invejando a confiança da esposa.

Despertando de pensamentos desagradáveis, Yuichi olhava pela janela alta, de onde podia contemplar ao longe a floresta de chaminés da zona industrial formando a linha do horizonte, mais além da rua por onde passavam os bondes e dos grupos de barracos. Fazia tempo bom e o horizonte parecia levemente elevado devido à fumaça. Talvez em função do trabalho noturno ou do reflexo de algumas poucas luzes de néon, o céu que se descortinava nessas vizinhanças tingia-se frequentemente de carmesim intenso.

No entanto, o vermelho dessa noite não era o mesmo. Um rasgo de céu estava candidamente inebriado. Como a lua ainda não surgira, esse vermelho distante parecia flutuar ao vento. Coberto por uma inquietante cor opaca, adamascada, assemelhava-se a uma misteriosa bandeira desfraldada pelo vento.

Yuichi compreendeu que se tratava de um incêndio.

De fato, havia ao redor do vermelho uma névoa de fumaça branca.

Os olhos do belo jovem estavam embaçados pelo desejo. Seu corpo pulsava languidamente. Sem saber a razão, sentiu que não poderia continuar ali parado. Ergueu-se da cadeira. Tinha de sair correndo. Precisava livrar-se daquela sensação. Passou pelo vestíbulo, vestiu a leve jaqueta azul sobre seu uniforme de estudante, apertou o cinto. Como desculpa, disse a Yasuko que de repente lembrara-se de uma obra de referência de que necessitava e que sairia para procurá-la.

Desceu a ladeira e ficou à espera de um bonde. Uma luz fraca filtrava-se pelos barracos miseráveis que se enfileiravam na rua dos bondes. Sem destino certo, pensou em ir ao centro da cidade. Por fim, o bonde apareceu na esquina, meio cambaleante e completamente iluminado. Por falta de assentos livres, uma dezena de passageiros estava de pé no interior do veículo, encostados às janelas ou segurando-se às correias que pendiam do teto. Estava cheio, mas suportável. Yuichi encostou-se a uma janela, entregando o rubor do rosto à brisa noturna. De onde estava não podia observar o incêndio no horizonte. Teria sido mesmo um incêndio? Ou as chamas de alguma catástrofe ainda mais devastadora e funesta?

Não havia ninguém à janela ao lado de Yuichi. Os dois homens que subiram na parada seguinte encostaram-se nela. Yuichi estava de costas para eles. Sem muita razão, o jovem os espiava de esguelha.

Um dos homens parecia ser um comerciante por volta dos quarenta anos e trajava um colete cinza feito a partir de algum paletó velho. Possuía uma pequena cicatriz atrás da orelha. Os cabelos, cuidadosamente penteados, exibiam o lustro repugnante da brilhantina passada com exagero. As faces murchas tinham uma coloração terrosa e eram cobertas por uma barba de pelos esparsos, semelhante a ervas daninhas. O outro homem, de estatura baixa e vestindo um terno marrom, tinha jeito de ser empregado de alguma companhia. Seu rosto lembrava o de um camundongo, mas sua pele era bem branca, podia-se mesmo dizer pálida. A armação marrom de seus óculos, imitando casco de tartaruga, enfatizava ainda mais a palidez de seu semblante. Não seria fácil precisar sua idade. Os dois conversavam aos sussurros. A inflexão de suas vozes insinuava uma intimidade difícil de definir e o passar da língua pelos lábios sugeria o deleite com os segredos que trocavam entre si. A conversa penetrou inevitavelmente os ouvidos de Yuichi.

"Para onde você está indo agora?", perguntou o homem de terno.

"Há uma falta terrível de homens hoje em dia. Esse é o horário em que eu vou à cata", respondeu o homem com ares de comerciante.

"Vai ao parque H*** hoje?"

"Não seja vulgar. Chame-o de 'Park'."

"Tá certo, desculpe. Ultimamente tem muito bofe dando sopa por lá?"

"Às vezes. Ainda mais nesse horário. Mais à noite só dá gringo."

"Faz muito tempo que não rodo por aquelas bandas. Estou querendo dar um pulo até lá, mas hoje será impossível."

"O bom é que os michês não se importam com gente como você e eu. Se fôssemos mais jovens e bonitos, com certeza pensariam que estamos disputando território."

O rangido das rodas interrompeu a conversa. O peito de Yuichi fora invadido de curiosidade. No entanto, a feiura de seus *semelhantes*, que via pela primeira vez, melindrava sua autoestima. Aquela feiura atingia em cheio sua agonia de ser diferente. "Comparado com esses aí, o rosto do senhor Hinoki é venerável. Pelo menos sua feiura é viril", Yuichi pensou.

O bonde chegou à parada de baldeação para o centro. O homem de colete despediu-se do amigo e ficou junto à porta. Yuichi desceu logo depois dele. Não foi a curiosidade que o fez saltar ali, mas um sentimento de obrigação para consigo mesmo.

O cruzamento em frente à parada era bem movimentado. Yuichi esperou o outro bonde mantendo certa distância do homem de colete. Nas bancas da loja de frutas logo em frente, esplêndidas frutas outonais apinhavam-se sob as lâmpadas de luz excessivamente forte. Havia uvas. Sua cor roxa contrastava com os caquis ao lado, que brilhavam polidos com uma luz outonal. Havia peras. Havia tangerinas ainda verdes, de começo de estação. Havia maçãs. Esse acúmulo de frutas, no entanto, tinha a frieza de cadáveres.

O homem de colete virou-se em direção a Yuichi. Como seus olhos se encontraram, Yuichi desviou o olhar, fingindo indiferença. O olhar do homem, insistente como uma mosca, não se despregava do jovem. "Será meu destino terminar na cama com esse homem? Não terei outra escolha?", pensava, tomado de arrepios. Havia no tremor de seu corpo algo semelhante a uma putrefação doce e impura.

Yuichi tomou às pressas o bonde que chegara. Achou que não deveriam ter visto seu rosto enquanto ouvia a conversa, pouco antes. Não queria que pensassem que era um *semelhante*. Mas o desejo ardia nos olhos do homem de colete. Dentro do bonde cheio, o homem ficava na ponta dos pés à procura do rosto de Yuichi. O rosto perfeito, o rosto selvagem de um jovem lobo, o rosto ideal... Yuichi dava-lhe as costas largas dentro da jaqueta azul-marinho, elevando o olhar para o anúncio com desenhos de árvores, no qual estava escrito: "Em suas férias de outono: estação de águas N***". Todos os anúncios eram semelhantes àquele. Estação de águas, hotéis, pensões, venha relaxar, temos suítes românticas, o melhor conforto pelo menor preço... Num dos anúncios, via-se a sombra de uma mulher nua refletida contra uma parede e o desenho de um cinzeiro do qual elevava-se uma tênue fumaça, com os dizeres: "Passe uma inesquecível noite de outono em nosso hotel". Esses anúncios causavam sofrimento a

Yuichi, pois o obrigavam a admitir, sem qualquer sombra de dúvida, que a sociedade gravitava em torno do princípio da heterossexualidade, do princípio fastidioso e eterno da maioria.

O bonde chegava finalmente ao centro. Passava por entre as luzes das janelas dos prédios quase fechados. Havia poucas pessoas na rua e as árvores ladeando o caminho eram sombrias. Pouco a pouco se percebia o tufo negro e silencioso das árvores dos jardins. O bonde chegava à parada em frente ao parque. Yuichi saltou primeiro. Por sorte, muitas pessoas desceram junto. O tal homem foi o último a sair do bonde. Yuichi atravessou a rua misturando-se aos outros passageiros e entrou numa pequena livraria na esquina, de frente para o parque. Pegou uma revista e folheou-a, fingindo ler, observando enquanto isso o parque do outro lado da rua. O homem caminhava de um lado para o outro em frente ao banheiro público, ao longo da calçada. Não havia dúvidas de que procurava por Yuichi.

Pouco depois, vendo o homem entrar no banheiro, Yuichi saiu da livraria e, cruzando o fluxo de inúmeros carros, atravessou a rua a passos apressados. A entrada do banheiro estava obscurecida pela sombra das árvores. No entanto, havia algo que se podia chamar de uma confusão de passos furtivos, uma agitação secreta, o ambiente de uma reunião invisível em curso. Se se tratasse de um banquete comum, mesmo com as janelas e portas hermeticamente fechadas, seria possível distinguir vagamente a música abafada, o som de pratos se tocando ou o barulho de rolhas de garrafas. Mas ali estava um banheiro exalando seu odor fétido. E ao redor do jovem não havia ninguém.

Yuichi penetrou na aura de luz da lâmpada do banheiro escuro e úmido. Viu diante dos olhos, na penumbra e no silêncio, o cotidiano daquilo que as pessoas do meio costumam chamar de "escritório" — quatro ou cinco locais em Tóquio abrigam famosos escritórios desse tipo —, com seus acordos tácitos sobre procedimentos, piscadas de olhos em vez de documentos, pequenos gestos substituindo as máquinas de escrever e trocas de códigos secretos em lugar dos telefones. Na verdade, não viu nada de tão diferente assim: ali estava uma dezena de homens — o que era muito para aquela hora — trocando entre si olhares discretos. Todos os rostos voltaram-se ao mesmo tempo para o do jovem. Nesse instante, muitos olhos brilharam, muitos outros deixavam transparecer ciúme. O lindo jovem tremeu de medo, sentindo que o rasgavam em pedaços. Hesitou. Entretanto, havia certa ordem nos movimentos dos homens. Era como se uma força controladora restringisse seus movimentos, impedindo-os de ultrapassar uma velocidade preestabelecida. Moviam-se como as algas que, entrelaçadas dentro da água, desatam-se gradualmente.

Yuichi deixou o banheiro pela saída lateral e foi se refugiar atrás de uma moita do parque. Percebeu então, aqui e ali, o brilho de pontas de cigarros.

Os casais de namorados que à tarde e antes do entardecer passeavam de braços dados pelos estreitos caminhos nem em sonho poderiam imaginar que horas depois aqueles mesmos caminhos seriam usados para um fim completamente diferente. O parque mudava de fisionomia. A metade estranha desse rosto, coberta durante o dia, revelava-se então. Como o ato final de uma peça shakespeariana, no qual um banquete de homens é transformado à meia-noite num banquete de espíritos, o mirante onde os namorados costumam sentar de dia para conversar inocentemente passa a se chamar à noite "Arena". A escada de pedras um pouco sombria pela qual os estudantes passam aos saltos muda seu nome para "Passarela dos Homens", e o longo caminho sob as árvores, mais para o fundo do parque, torna-se o "Caminho dos Olhares". Todos esses são seus nomes noturnos. Os policiais responsáveis pelo local, que conhecem bem os nomes, simplesmente não interferem, por não existir nenhuma lei reguladora dessas práticas. Como em Londres ou Paris, os parques são usados para essa finalidade por uma questão prática, mas não deixa de ser um fenômeno irônico e generoso que esses locais públicos, aparentemente símbolos do princípio da maioria, sirvam aos interesses também de uma minoria. O parque H*** é famoso como ponto de encontro desse tipo de frequentadores desde o tempo em que uma parte dele era reservado a manobras militares, na Era Taisho.*

Ora, Yuichi estava, sem saber, em pleno "Caminho dos Olhares". Subia o caminho de volta. Os seus *semelhantes* estavam parados à sombra das árvores ou, como peixes em um aquário, movimentavam-se de forma lenta e hesitante. Cheios de ânsias ardentes, de escolhas, de buscas, de aspirações, de decepções, de sonhos, de perambulações, de paixões aumentadas pelo hábito narcótico, cuja desejo carnal transformara-se num monstro por obra de uma doença estética incurável, eles iam e vinham, trocando mutuamente olhares fixos e tristes, aproveitando-se da penumbra dos caminhos. Muitos olhos secos, arregalados encontravam-se ali. Braços roçando-se numa quebra do caminho, ombros encostando-se levemente, olhos voltando-se para trás, o ruído da brisa noturna nos galhos das árvores, olhares lançados ferozmente, avaliando o outro quando cruzavam novamente pelo mesmo local, enquanto iam e vinham lentamente... Insetos cantando por toda parte sobre a grama iluminada por manchas da luz filtrando-se entre as árvores, sabe-se lá se da lua ou das lâmpadas. Juntamente com o som dos insetos, o fogo nas pontas dos cigarros piscando por toda parte na escuridão, aprofundando o silêncio de paixões sufocadas. Por vezes, os faróis dos carros passando fora ou dentro do parque faziam tremer as sombras das árvores. As formas

---

* Era Taisho — imediatamente posterior à Era Meiji, indo de 1912 a 1925, após a qual se inicia a Era Showa. (N. T.)

humanas até então invisíveis eram postas em relevo por um curto espaço de tempo. "São todos meus *semelhantes*", pensava Yuichi enquanto caminhava. "São várias classes, profissões, idades, belezas e feiuras, mas as paixões se resumem a uma só, ou seja, amigos unidos pelas partes pudicas. Que tipo de ligação! Esses homens não têm necessidade de dormir juntos. *Dormimos juntos desde o dia em que nascemos*. Odiando-nos, invejando-nos, desprezando-nos e amando-nos apenas o suficiente para nos mantermos aquecidos. Basta ver o andar daquele homem que vai por ali. Todo o corpo se torce em afetação, seus ombros se contraem, rebola sua bunda imensa, o pescoço se move em várias posições, enfim um andar que lembra uma serpente rastejando. É meu semelhante: mais próximo de mim que meus pais, meus irmãos, minha esposa."

O desespero é uma espécie de repouso. A melancolia do belo jovem aliviou-se rapidamente. Isso porque, no meio de tantos semelhantes, não encontrou beleza que superasse a sua própria. "Pensando bem, para onde foi o homem do colete? Ainda dentro do banheiro, ou escapou a meus olhos na hora em que fugi apressado? Será um desses que estão por aí encostados pelas árvores?"

Sentiu-se novamente invadido pelo pavor supersticioso de ter que finalmente dormir com aquele homem, simplesmente por tê-lo encontrado. Acendeu um cigarro na tentativa de melhorar seu ânimo. Um jovem se aproximou e estendeu-lhe um cigarro que talvez tivesse apagado de propósito, perguntando:

— Desculpe, tem fogo?

Era um rapaz de vinte e quatro ou vinte e cinco anos, trajando um jaquetão cinza e de bom corte, um chapéu de feltro e uma gravata de bom gosto. Yuichi passou seu cigarro em silêncio. O jovem aproximou seu rosto alongado, de traços regulares. Yuichi sentiu um arrepio ao observar aquele rosto. As veias pronunciadas da mão e as rugas profundas nos cantos dos olhos do jovem eram as de um homem que já deveria ter ultrapassado os quarenta anos. Corrigira meticulosamente a linha de suas sobrancelhas com lápis preto e escondia com cosméticos sua pele decaída, como em uma fina máscara. As pestanas muito longas também não pareciam naturais.

O jovem envelhecido elevou seus olhos redondos, como preparado a dizer algo, mas Yuichi virou-lhe as costas e começou a andar. Para não dar a impressão de que fugia de alguém de quem teve piedade, procurou caminhar a passos lentos, e outros homens que pareciam tê-lo seguido até então começaram também a andar do mesmo jeito. Eram cerca de quatro ou cinco. Fingiam desinteresse. Um deles era sem dúvida o homem de colete que vira antes. Inconscientemente, acelerou o passo. Mas seus admiradores silenciosos o seguiram e o ultrapassaram, apenas para poder admirar seu rosto bonito.

Desconhecendo a topografia do parque e seus nomes noturnos, Yuichi imaginou que, ao chegar à escada de pedras, encontraria um local de refúgio no topo. A luz da noite iluminava liquidamente a escada. Começara a subir quando por acaso percebeu uma silhueta descendo, assobiando. Era um rapaz magro, trajando um suéter branco. Yuichi lançou um olhar ao rosto do jovem. Era o garçom daquele restaurante.

— E aí, meu irmão? — disse, estendendo a mão instintivamente em direção a Yuichi.

O rapaz tropeçou nos degraus irregulares da escada. Yuichi o segurou pelo torso elegante e forte. Esse encontro teatral comoveu Yuichi.

— Lembra-se de mim? — perguntou o jovem.

— Claro que sim — respondeu Yuichi, voltando-lhe ao pensamento a dura cena que presenciara no dia de seu casamento.

Apertaram-se as mãos. Yuichi sentiu o contato do anel que o jovem usava no polegar. Involuntariamente lembrou-se da sensação do tecido áspero da toalha que lhe fora jogada aos ombros nus no tempo de estudante. Os dois saíram do parque às pressas, de mãos dadas. Ondas violentas agitavam-se dentro do peito de Yuichi. Subitamente puxou para junto de si o rapaz, e correram de braços enlaçados ao longo do tranquilo caminho noturno por onde discretamente passeavam alguns casais.

— Por que tanta pressa? — perguntou o rapaz ofegante.

Yuichi parou, o rosto enrubescido.

— Não há nada do que ter medo. Pelo visto o irmãozinho ainda é principiante nesses assuntos, não é? — continuou o jovem.

Os dois seguiram então para um hotel de reputação duvidosa, e as três horas que passaram em um dos quartos foram para Yuichi como um banho sob uma cascata de água quente. Libertou-se de todas as correntes artificiais, seu espírito embriagou-se dessas três horas nuas. Haverá prazer maior do que despir inteiramente o corpo? O instante em que seu espírito se desfez da pesada vestimenta e ficou nu adicionou ao êxtase de Yuichi uma violenta transparência onde quase não havia espaço para um corpo habitar.

Entretanto, não fora propriamente Yuichi quem comprara o rapaz, mas, ao contrário, fora o jovem quem comprara Yuichi. Ou melhor, um hábil vendedor adquiriu um cliente desajeitado. A habilidade do garçom induziu Yuichi a gestos impetuosos. O reflexo dos anúncios de néon através da cortina da janela dava a impressão de um incêndio. Entre essas chamas refletidas, levantou-se um par de escudos: o torso másculo, magnífico de Yuichi. Uma inoportuna brisa noturna estimulou sua constituição alérgica, e em várias partes de seu peito pipocaram manchas vermelhas de urticária. O jovem soltou uma exclamação e beijou as manchas uma a uma.

Sentado na cama enquanto vestia suas calças, o garçom perguntou a Yuichi:

— Quando poderemos nos ver novamente?

No dia seguinte Yuichi iria se encontrar com Shunsuke.

— Depois de amanhã está bem para mim. Seria melhor que não fosse no parque.

— Claro que não. Não temos mais necessidade disso. Acho que encontrei esta noite o homem com quem sonhava desde criança. Meu irmão, nunca vi ninguém tão lindo como você. É um verdadeiro deus. Realmente. Por favor, não me deixe nunca mais.

O jovem apoiou seu gracioso pescoço no ombro de Yuichi, que fechou os olhos, acariciando o jovem com as pontas dos dedos. Nesse instante, sentiu certo deleite em prever que, no final das contas, acabaria abandonando esse seu primeiro parceiro.

— Depois de amanhã, às nove horas. Irei assim que o restaurante fechar. Perto daqui há um café frequentado por pessoas do meio, um tipo de clube, onde mesmo aqueles que não sabem de nada entram e tomam café. Por isso, irmãozinho, pode ficar sossegado. Vou desenhar um mapa do local para você.

Tirou uma caderneta do bolso das calças e, lambendo a ponta do lápis, desenhou desajeitadamente um mapa. Yuichi viu um pequeno tufo de cabelos fazendo um redemoinho em sua nuca.

— Aqui está. Não tem erro: é um local fácil de achar. Ah, ainda não lhe disse meu nome. Chamo-me Eichan. E qual é o seu, irmãozinho?

— Yuchan.

— Seu nome é realmente muito gracioso.

Yuichi não se sentiu bem ouvindo esse cumprimento. Assustou-se com a autoconfiança do rapaz, bem maior que a sua.

Separaram-se na esquina. Yuichi por pouco não perdia o último bonde para voltar para casa. Nem a mãe nem Yasuko lhe perguntaram para onde fora. Só quando estava no leito, ao lado de

Yasuko, é que pôde encontrar-se enfim em paz. Sentia-se libertado de algo. Levado aos prazeres de uma estranha depravação, comparava-se a uma prostituta que voltava à labuta diária, ao término de um feliz dia de folga.

Mas uma analogia como essa possuía um significado mais profundo do que a zombaria. Era uma primeira amostra da influência imprevista que a mulher humilde e fraca que era Yasuko iria mais tarde exercer sobre o marido.

"Comparado com meu corpo deitado junto àquele rapaz, como é ignóbil esse corpo que agora está ao lado de Yasuko", pensou Yuichi. "Não foi Yasuko quem entregou seu corpo a mim, mas fui eu que me dei a ela. E de graça, ainda por cima! Não passo de uma prostituta que se deixa possuir sem remuneração."

Longe de atormentá-lo como outrora, esses pensamentos depreciativos, ao contrário, enchiam-lhe de prazer. Devido ao cansaço, pegou logo no sono. Como qualquer puta preguiçosa.

5. Primeiro passo para a salvação

No dia seguinte, Yuichi apareceu na residência de Shunsuke com um sorriso transbordante de felicidade, inquietando de início a Shunsuke e em seguida à visitante especialmente convidada pelo velho escritor para lhe ser apresentada. Isso porque os dois esperavam encontrá-lo infeliz, como se o infortúnio fosse um terno de listras que caísse perfeitamente nesse rapaz. Os dois estavam errados. A beleza do jovem era universal. Não apenas as listras do terno da infelicidade, mas qualquer outro *padrão* lhe cairia bem. A sra. Kaburagi, com o olhar clínico da mulher que avalia com presteza uma mercadoria, foi capaz de compreender isso rapidamente. "Mesmo a felicidade fica bem para ele", pensou. É preciso convir que, nos dias atuais, um rapaz que consegue vestir com tanta elegância a felicidade é tão precioso quanto um que seja capaz de trajar elegantemente um terno preto.

Yuichi agradeceu a presença da sra. Kaburagi no banquete de casamento. A jovialidade de suas maneiras levou a senhora, que se punha à vontade com qualquer jovem, a imediatamente ironizá-lo com certa intimidade. Ela o advertiu de que seu sorriso era como uma plaqueta dependurada em sua testa com os dizeres "Recém-Casado", e aconselhou-o a tirá-la sempre ao sair de casa, sob pena de acabar atropelado por um bonde ou carro. O velho escritor não acreditou em seus olhos ao ver que Yuichi apenas respondia a isso com um sorriso cândido, sem esboçar qualquer tipo de reação. No rosto estupefato de Shunsuke, vislumbrava-se a imbecilidade de um homem que, mesmo sabendo-se enganado, procura salvar as aparências. Pela primeira vez, Yuichi sentia uma ponta de desprezo pelo velho extravagante. Não apenas isso, divertia-se fantasiando a alegria do impostor que enganara alguém para obter quinhentos mil ienes. Assim, graças a essa leve mudança de planos, a mesa de três pessoas ganhou inesperada animação.

Shunsuke Hinoki possuía entre seus antigos admiradores um hábil cozinheiro. A destreza de sua faca enchia as peças de porcelana da coleção do pai do velho escritor de pratos raros, apropriados a elas. Em situações assim, mesmo Shunsuke, naturalmente sem passatempos e destituído de um gosto muito requintado para porcelanas e comidas, costumava pedir ajuda ao cozinheiro que de bom grado o atendia. Pupilo de Itsusai Kizu, com quem aprendera pratos da cozinha *Kaiseki*, esse segundo filho de um comerciante atacadista de tecidos de Kyoto preparara o seguinte menu para o jantar daquela noite. O conjunto de entradas, que na linguagem da cozinha *Kaiseki* é conhecido como *hassun*, compunha-se de cogumelos "agulha de pinheiro", bulbos de lírio fritos, caquis *Hachiya* enviados por um amigo de Gifu, soja fermentada do templo Daitoku, caranguejo frito à la Sarasa, seguido de caldo de pasta de soja vermelha salpicada de mostarda moída, com pedaços de carne de aves. Ao final, tiras transparentes de linguado preparadas ao estilo de um *fugu** foram servidas sobre um grande

* *Fugu* — espécie de baiacu. (N. T.)

prato de porcelana da dinastia Song, decorado com elegante motivo de peônias sobre fundo vermelho. O prato grelhado era um peixe *ayu* ainda com as ovas, em molho de soja, servido com cogumelos *hatsutake** temperados com um molho azul e molusco vermelho ao molho de grãos de sésamo e pasta de soja. O prato cozido era um dourado ao *tofu*** marinado. Por fim, em um pequeno pote, garanças cozidas ao tempero de soja. Como sobremesa, serviu pequenos doces finos da doceria Morihachi, enrolados um a um em fino papel de seda rosáceo, no formato de pequenos bonecos cor de pêssego. Apesar de tantos regalos raros, nenhum atiçou o paladar jovem de Yuichi, que desejava mesmo comer uma omelete.

— Dá pena constatar seu desinteresse por pratos tão preciosos, Yuichi.

Shunsuke percebeu a falta de apetite do rapaz. Perguntou a Yuichi por seu prato predileto e o rapaz respondeu o que primeiro lhe veio à mente: omelete. Essa resposta singela, pronunciada sem afetação, emocionou a sra. Kaburagi.

Ludibriado por sua própria espontaneidade, Yuichi esquecia sua incapacidade de amar as mulheres. A realização de uma ideia fixa acaba algumas vezes por curá-la. A ideia pode ser curada, sua causa, nunca. Essa recuperação ilusória concedeu-lhe pela primeira vez a liberdade de embebedar-se com uma hipótese.

"Supondo que tudo o que eu disse não passasse de um punhado de mentiras...", pensou o belo jovem imbuído de certa dose de bom humor, "... talvez estivesse na realidade amando Yasuko e, necessitando de dinheiro, tenha feito de tolo esse crédulo roman-

---

* *Hatsutake* — tipo de cogumelo de coloração marrom-avermelhada que brota por volta do mês de setembro entre as folhas caídas e úmidas dos pinheiros. (N. T.)
** *Tofu* — queijo de soja. (N. T.)

cista, estando assim em uma posição privilegiada. Meu triunfo seria vangloriar-me de minha felicidade campestre construída sobre o cemitério da maledicência. A meus filhos ainda por nascer contaria a história das velhas ossadas enterradas sob o assoalho da sala de jantar."

Sentia-se envergonhado pelo excesso de sinceridade inevitável em qualquer confissão. As três horas passadas na noite anterior serviram para mudar a essência de sua sinceridade.

Shunsuke encheu a taça da senhora.

O saquê transbordou, escorrendo sobre seu *haori** bordado com fios laqueados.

Yuichi retirou rapidamente do bolso do paletó um lenço para enxugar o tecido. A alvura brilhante do lenço, aberto instantaneamente, dotou a situação de imaculada tensão.

Shunsuke se perguntava a razão de sua velha mão ter tremido daquela forma. Naquele momento invadira-lhe o ciúme da sra. Kaburagi, que não desviava o olhar do rosto de Yuichi. Esse tolo sentimento poderia estragar tudo, mas, apesar de as emoções de Shunsuke deverem estar mortas, a jovialidade inesperada de Yuichi desconcertou mais uma vez o velho escritor. Refletiu sobre isso: "Enganava-me ao acreditar que o que descobrira e me impressionara fora a beleza daquele jovem. Talvez apenas amasse sua infelicidade...".

Quanto à sra. Kaburagi, encantou-se com a ternura do gesto de Yuichi. Apesar da tendência a concluir às pressas que a maioria dos gestos de atenção dos homens era uma decorrência de seu interesse por ela, foi forçada a admitir que pelo menos a gentileza de Yuichi revestia-se de *pureza*.

Yuichi sentia-se embaraçado por seu gesto precipitado. Sen-

---

* Peça de vestuário no formato de um casaco curto, usada sobre o quimono. (N. T.)

tia-se frívolo. Temia que seu interesse, novamente despertando aos poucos da embriaguez, fosse antes de tudo tomado por puro charme. Sua mania de reflexão reconciliou-se finalmente com sua constante infelicidade. Como de costume, seus olhos tornaram-se sombrios. Ao vê-los, Shunsuke tranquilizou-se, invadido pela alegria de presenciar algo familiar. Não apenas isso, imaginava mesmo que toda a vivacidade até então emanada do jovem fora habilmente forjada, seguindo o que Shunsuke lhe havia ensinado. No olhar com que contemplava agora Yuichi havia um misto de gratidão e simpatia.

A bem da verdade, todos esses mal-entendidos se originaram do fato de a sra. Kaburagi ter chegado para a visita uma hora antes do combinado. Shunsuke reservara essa uma hora para ouvir de Yuichi o relatório de como as coisas estavam caminhando, mas, como sempre, em seu estilo *sem-cerimônia*, a senhora irrompera despreocupadamente, cumprimentando-o: "Resolvi visitá-lo mais cedo, já que não tinha mesmo nada para fazer".

Passados dois ou três dias, Shunsuke recebeu uma carta da sra. Kaburagi. Nela, uma linha provocou um sorriso no destinatário: "De qualquer maneira, aquele jovem é dotado de certa elegância".

Isso parecia diferente do respeito que uma mulher de fina educação prestaria à "selvageria". Seria Yuichi assim tão frágil?, perguntava-se Shunsuke. Não, nem um pouco. O que provavelmente a sra. Kaburagi buscava transmitir com "elegância" poderia ser uma reação contra essa primeira impressão de "desinteresse cortês" que Yuichi infundia nas mulheres.

Longe de presenças femininas, sozinho com Shunsuke, podia-se notar um alívio em Yuichi. Isso alegrava Shunsuke, há longo tempo acostumado a admiradores cerimoniosos. A isso, ao contrário, Shunsuke chamava de elegância.

Chegada a hora das despedidas, Shunsuke pediu a Yuichi,

com um piscar de olhos, para acompanhá-lo ao gabinete para procurar o livro que teria prometido lhe emprestar. O jovem pareceu momentaneamente confuso. Era uma técnica hábil e conveniente para separá-lo da visitante, sem infringir as regras da polidez. Isso porque a sra. Kaburagi não possuía particular afeição pela leitura de livros.

A biblioteca, de cuja janela viam-se galhos de magnólia formando um verdadeiro escudo espesso de folhagens, possuía cerca de vinte metros quadrados e ficava no primeiro andar, ao lado do gabinete onde o velho escritor durante longos anos redigira diários repletos de ódio e obras abundantes de tolerância. Raramente permitia que visitantes entrassem nele.

O belo jovem deixou-se levar para o meio do cômodo cheirando a pó, folheamento a ouro, couro e mofo. Shunsuke sentiu como se um enrubescimento de timidez tomasse conta das faces solenes dos volumes importantes dessa biblioteca. Diante de uma forma de vida, diante desse primor brilhante em carne viva, muitas obras sentiam-se envergonhadas de sua aparência fútil. A edição das obras completas não perdera o brilho dourado da capa e da contracapa e o ouro pintado sobre a borda aparada das folhas em papel de luxo quase refletia um rosto humano. Quando o jovem apanhou um dos tomos da coleção, Shunsuke foi tomado pela agradável sensação de que o odor mortuário que impregnava a obra fora purificado pelo rosto juvenil cuja sombra se lançava sobre suas páginas.

— Você conhece o equivalente, na Idade Média japonesa, à adoração da Virgem na Idade Média europeia? — perguntou Shunsuke.

Tomando como certa a resposta negativa, continuou indiferente:

— É a adoração aos rapazes. Na época, ocupavam as posições mais importantes em banquetes e eram os primeiros a servir bebida a seus senhores. Possuo a reprodução de um livro secreto muito interessante desse período.

Shunsuke retirou, de uma estante ao alcance de sua mão, um manuscrito de poucas páginas, encadernado no estilo japonês, mostrando-o a Yuichi.

— Mandei fazer uma cópia do original que se encontra na Biblioteca Eizan.

Yuichi perguntou como se liam os caracteres que apareciam na capa do livro.

— Lê-se *Chigokanjo*. Este volume é dividido em dois: o *Chigokanjo* (*Iniciação dos Rapazes*) e o *Injiseikyohiden* (*Tradição Secreta do Culto aos Rapazes*). Sob o título deste último está escrito "conforme contado por Eshin", o que é uma desavergonhada mentira, já que ele não viveu nessa época. Gostaria que você lesse a parte que detalha o rito mágico das carícias — que terminologia deliciosamente sutil: o pênis do adolescente amado é chamado de "flor da justa essência" e o do homem que o ama de "fogo das trevas"! O que desejo que você entenda é a filosofia do *Chigokanjo*.

Virando as páginas com um movimento de seu dedo velho e nervoso, leu a seguinte linha: "... vosso corpo é lugar de sagração, é um antigo Buda. Vindes a este mundo salvar todas as criaturas".

— O autor se refere — explicou Shunsuke — a um rapaz quando usa o possessivo *vosso*, como acontece na frase "Doravante, adicionar-se-á *Maru* ao vosso nome e assim sereis chamado". Era costume recitar essas palavras de misteriosa glorificação e exortação após concluídos os ritos do batismo. E, por falar nisso...

O sorriso de Shunsuke encheu-se de ironia.

— A quantas anda o primeiro passo para sua salvação? Acha que será bem-sucedido?

Por um instante, Yuichi não compreendeu a que o escritor se referia.

— Aquela mulher tem fama de, toda vez que bate os olhos em um homem que lhe agrada, fazer dele sua presa em questão de uma semana. É verdade. Conheço numerosos exemplos. E o impressionante é que até aqueles homens de quem não gosta, mas pelos quais demonstra certo interesse, acabam inevitavelmente chegando bem próximo, ao fim de uma semana, de serem seduzidos. No último e crítico momento, deparam-se com uma terrível armadilha. Também aconteceu o mesmo comigo. Para não destruir as parcas ilusões que você possa ter formado sobre ela, não revelarei de que se trata. Bem, vamos aguardar mais uma semana. Depois disso, você conhecerá a crise que se apoderará dela. Fuja habilmente (lógico que poderá contar com minha ajuda) e ganhe com isso mais uma semana de tempo. Muitas são as maneiras de provocar uma mulher na medida certa para que não escape. E, de novo, espere mais uma semana. Com isso, você será capaz de exercer sobre ela um terrível poder. Ou seja, cabe a você salvá-la, em meu lugar.

— Mas ela não é casada? — Yuichi perguntou inocentemente.

— Em todo caso, é isso que ela própria diz. Anuncia aos quatro cantos do mundo: "Sou uma mulher comprometida". Não parece que vá se separar do marido, mas também não para de pôr-lhe chifres. É difícil para uma pessoa de fora distinguir qual é seu vício: sua infidelidade ou sua permanência junto a um marido como aquele.

Como Yuichi sorrira ao ouvir esse sarcasmo, Shunsuke zombou dele, comentando que naquele dia mostrava-se exageradamente alegre. O velho desconfiado perguntou-lhe ironicamente se o resultado do casamento não teria sido tão bom que passara a gostar das mulheres. Yuichi contou então tudo o que se passara. Shunsuke estava surpreso.

Ao descerem para a sala em estilo japonês, deram com a sra. Kaburagi que matava o tempo fumando. Com o cigarro preso entre os dedos, parecia absorta em seus pensamentos. Cobrindo com a outra mão aquela que segurava o cigarro, pensava nas mãos jovens e grandes que até há pouco admirara. Ouvira as histórias de Yuichi sobre esportes. Sobre natação e salto em altura. Ambas práticas solitárias. Se o adjetivo "solitário" não for apropriado, esportes que *podem ser praticados sem companhia*. Por que razão teria esse jovem escolhido tais esportes? E a dança, então? De súbito, a sra. Kaburagi sentiu um acesso de ciúme. Pensara em Yasuko. Pôde, no entanto, confinar a imagem de Yuichi à solidão em que o jovem vivia.

"Esse homem possui um quê de lobo desgarrado da matilha. Nada que se assemelhe a um renegado, pois sem dúvida sua energia interior não se adapta à revolta e à rebelião. Afinal, *a que está apto esse homem?* Seria capaz de algo intenso, profundo, gigantesco e sombrio? No fundo de seu sorriso aberto e transparente, o ouro da melancolia é uma âncora submersa. Aquelas mãos trazem em si simplicidade e firmeza, como a estabilidade da cadeira de um agricultor (quero me sentar nela)... Aquelas sobrancelhas, finas como a lâmina de uma espada... Como lhe cai bem esse seu jaquetão azul-marinho. Seu corpo que gira, suas orelhas que se levantam ao pressentir o perigo, a elegância e a destreza dos gestos do lobo... Sua embriaguez inocente. Quando, para mostrar que não queria mais beber, cobriu com sua mão a taça e, inclinando a cabeça, fez menção de estar bêbado, seus cabelos brilhantes quase tocaram minha face. Senti uma vontade desvairada de estender as mãos e agarrá-los. Desejei que sua brilhantina aderisse a elas. Contive-me, mas minha mão chegou mesmo a se mexer..."

A sra. Kaburagi levantou um olhar lânguido, sua marca peculiar, em direção aos dois que desciam as escadas. Sobre a mesa havia apenas um prato repleto de uvas e uma xícara de café pela metade. Seu amor-próprio a impediu de pronunciar frases como

"Como demoraram!", "Poderiam me levar até em casa?" ou qualquer outra do gênero. Ela os recebeu sem uma palavra. Yuichi observou a figura solitária daquela mulher corrompida por sua reputação. Sem saber a razão, sentiu que, no fundo, ele e a sra. Kaburagi em muito se assemelhavam. Com um gesto nervoso, a mulher esmagou a ponta do cigarro no cinzeiro, olhou-se por um instante no espelho tirado de dentro da bolsa, levantou-se. Yuichi a acompanhou. O comportamento da mulher surpreendera Yuichi. Não mais lhe dirigia a palavra. Sem consultá-lo, tomou um táxi, pedindo ao motorista para levá-los a Ginza. Entrou com Yuichi em um bar que ela própria escolhera, deixando-o divertir-se com as garçonetes, e, no momento que julgou conveniente, levantou-se e o conduziu de táxi até as imediações de onde o jovem morava.

No bar, mantivera-se deliberadamente afastada, observando-o enquanto estava cercado por várias mulheres. Como um peixe fora d'água, Yuichi também não se acostumava com o terno que vestia, por vezes puxando espontaneamente a manga da camisa, desaparecida dentro de seu paletó. A sra. Kaburagi divertia-se imensamente vendo a cena.

Os dois dançaram pela primeira vez no espaço estreito entre as cadeiras. A um canto do bar, músicos ambulantes tocavam à sombra de uma palmeira. A dança que procurava caminho entre as cadeiras, a dança entre as gargalhadas ininterruptas dos bêbados e a fumaça dos cigarros... os dedos da mulher tocaram a nuca de Yuichi. Roçaram as pontas de seus cabelos, semelhantes à fresca e rija grama no verão. Levantou os olhos. Os de Yuichi estavam fixos em outra direção. A mulher emocionou-se. Há muito procurava com afinco esse olhar altivo, que só se dignaria a se dirigir a uma mulher caso ela estivesse ajoelhada, suplicante.

No decorrer da semana seguinte, entretanto, não tiveram qualquer notícia da sra. Kaburagi. Apesar de ter recebido aquela carta de agradecimento "elegante" dois ou três dias após a visita, Shunsuke consternou-se ao ouvir de Yuichi que suas expectativas haviam sido frustradas. No oitavo dia, no entanto, Yuichi recebia dela uma longa carta.

6. Inquietações femininas

A sra. Kaburagi observou o marido a seu lado. Nos últimos dez anos, dormiam em camas separadas. Não tinha conhecimento do que ele fazia. Também não se mostrava interessada em saber. A renda dos Kaburagi era o resultado natural da indolência e da vilania do marido. Ele era um dos administradores da Sociedade de Competições Hípicas. Era membro da Comissão para a Proteção dos Tesouros Naturais e também presidente da Companhia de Produtos Marítimos do Oriente S. A., que produzia couro de moreia para bolsas e artigos afins. Era o diretor honorário de uma escola de corte e costura de roupas ocidentais. Paralelamente, era cambista de dólares. Quando o dinheiro escasseava, aproveitava-se da credulidade de pessoas inofensivas como Shunsuke, a quem extorquia com a elegância própria de um cavalheiro. Na realidade, isso podia ser considerado praticamente um esporte. Exigia também, como retratação, uma razoável compensação aos estrangeiros que tornavam-se amantes de sua esposa. Foi o caso de certo comprador que, temeroso de um escândalo, despejou em seus bolsos duzentos mil ienes, antes mesmo de ser intimado a fazê-lo.

O amor que unia esse casal era um modelo de afeição conjugal: um amor revestido de cumplicidade. A repulsa física que a esposa sentia pelo marido vinha de longa data. A repugnância atual, transparente e desvanecida de desejo, nada mais era que o laço difícil de desatar que unia dois cúmplices. Como as patifarias constantes deixavam-nos isolados, precisavam da vida de casal como do ar que respiravam. Mesmo assim, ambos queriam do fundo do coração a separação, e o que os impedia de se afastarem um do outro era justamente o fato de ambos o desejarem. Em geral, os divórcios se concretizam quando apenas uma das partes não o deseja.

O conde Kaburagi sempre mostrava uma aparência cultivada e faces rosadas. Seu rosto e bigode excessivamente cuidados passavam involuntariamente a impressão de pouca limpeza e de artificialidade. Seus olhos modorrentos moviam-se nervosamente sob as pálpebras descaídas. Por vezes, os músculos da face se contraíam, como a superfície da água ao sabor de uma lufada; nesses momentos, tinha a mania de apertar e suspender com as mãos pálidas a carne mole de suas bochechas lisas. Com os conhecidos, conversava de forma distante e melosa. Mas dirigia-se a pessoas pouco íntimas com uma postura arrogante.

A sra. Kaburagi olhou novamente o marido. Era um péssimo hábito seu. Na realidade não era o rosto do marido que via. Toda vez que pensava em algo, toda vez que era invadida pelo enfado, toda vez que o desgosto a visitava, ela observava o marido como um doente que contempla os próprios braços emagrecidos pela doença. Algum imbecil que visse o seu olhar teria espalhado o rumor plausível de que ela continuava apaixonada pelo marido.

Estavam na sala de espera adjacente ao salão de baile do Clube Industrial. O baile beneficente mensal reunia quase quinhentas pessoas. Bem adequada ao falso esplendor da ocasião, a sra. Kaburagi trajava um vestido de chiffon aveludado, e de seu pescoço pendia um colar de pérolas falsas.

A sra. Kaburagi convidara Yuichi e a esposa para o baile. Dois ingressos e uma dezena de folhas em branco seguiam no envelope volumoso enviado a Yuichi. Qual teria sido o semblante do jovem ao ver aquelas páginas? Sem dúvida ele não poderia imaginar que se tratava do mesmo número de folhas da carta apaixonada que ela redigira, para depois lançar ao fogo.

A sra. Kaburagi era uma mulher impetuosa. Jamais acreditara que as mulheres devessem sentir as tais inquietações femininas.

Como Juliette, heroína do romance de Sade, a quem previram que a indolência do vício conduziria fatalmente à infelicidade, ela não podia evitar a impressão de que estava perdendo tempo desde a noite em que passara momentos de descontração na companhia de Yuichi. Mais que isso, sentia-se indignada. Desperdiçara os momentos que tivera com aquele rapaz tão enfadonho. Além disso, argumentara consigo mesma e finalmente decidira que a razão de sua indolência vinha da falta de charme de Yuichi. De certa maneira, pensar assim permitiu-lhe sentir-se provisoriamente livre, mas surpreendeu-se ao constatar que, a seus olhos, todos os outros homens do mundo também haviam perdido seus atrativos.

A paixão nos faz sentir na pele a vulnerabilidade do ser humano, e trememos ao constatar que, até o momento em que nos atinge, vivemos nosso cotidiano sem a perceber. É assim que, por vezes, as pessoas tornam-se sérias graças à paixão.

A sra. Kaburagi chegara à idade em que poderia ser mãe de Yuichi e sentia haver no jovem algo que a fazia pensar em incesto e lhe proibia esse amor entre mãe e filho. Ao pensar em Yuichi, tinha o mesmo sentimento de uma mãe ao relembrar um filho morto. Esses sinais talvez fossem a prova de que a intuição da mulher descobrira certa impossibilidade nos olhos insolentes do belo jovem e que começara a amar essa impossibilidade. A sra. Kaburagi, orgulhosa de nunca haver sonhado com homens, vira em um de seus sonhos a frescura dos lábios de Yuichi que, ao pronunciarem algo, tomavam a forma de um sussurro de desgosto. Interpretara esse sonho como presságio de infelicidade para si própria. Pela primeira vez sentiu necessidade de se proteger.

Por isso, dava a Yuichi um tratamento excepcional, que contradizia a lenda segundo a qual no prazo máximo de uma semana tornava-se íntima de qualquer homem. Não havia nesse comportamento nada de particularmente especial. Queria esquecê-lo e evitava encontrar-se com ele. Divertira-se escrevendo a longa carta, sem intenção de enviá-la. Ria enquanto a escrevia. Enfileirava frases de persuasão, metade delas por pura pilhéria. Sua mão pusera-se a tremer ao reler o que escrevera. Tivera medo de continuar a leitura, riscara um fósforo, ateando fogo às folhas. Como a carta se inflamara mais do que previra, abrira apressadamente a janela, jogando-a no jardim, sobre o qual caía uma chuva violenta.

A carta em chamas pousara justamente entre a terra seca sob o parapeito e uma poça formada pela água da calha. Demorara algum tempo para consumir-se no fogo, uma eternidade para a sra. Kaburagi. Passara inconscientemente a mão pelos cabelos. Percebera algo branco em seus dedos. Minúsculas partículas da cinza das chamas haviam tingido seus cabelos, como o faria o remorso.

A sra. Kaburagi levantou os olhos, imaginando que chovia. Como a música parara para a troca dos músicos, o movimento dos muitos passos sobre o assoalho do salão davam a impressão de barulho de chuva. Pelas portas escancaradas que davam para o terraço, tinha-se apenas uma visão banal da cidade, formada pelo céu estrelado e pelas janelas dos arranha-céus, iluminadas aqui e ali. Indiferentes à brisa noturna que entrava, os ombros nus e pálidos de muitas senhoras, avermelhados pela dança e pela embriaguez, iam e vinham calmamente, imperturbáveis.

— Olhe, é o jovem Minami. O casal Minami chegou — exclamou o sr. Kaburagi.

A esposa reparou no casal em pé, olhando para o salão do meio da multidão concentrada na porta.

— Fui eu que os convidei — declarou a esposa.

Yasuko veio abrindo caminho pela multidão para se aproximarem da mesa da sra. Kaburagi. A mulher os recebeu com o coração sereno. Dias antes, quando vira Yuichi sem a esposa, sentira ciúme da ausente Yasuko. Como era capaz de agir com tanta serenidade vendo-a ao lado dele?

Mal olhava para Yuichi. Conduziu Yasuko até a cadeira ao lado da sua, elogiando a graça de seu vestido.

Yasuko mandara fazer o vestido especialmente para as festas de outono com o tecido importado que obtivera a baixo preço na loja de departamentos do pai. A peça era em tafetá marfim. Realçando a sensação de volume do tafetá rígido e frio, a luz cintilava incessantemente por todo o largo babado, como se escorresse sobre ele. Uma orquídea presa ao peito infundia cor ao conjunto. Amarela, rosa e púrpura, cercada de pétalas lilases, transmitia o charme e a timidez próprios à família das orquidáceas. Um doce aroma de perfume semelhante ao do ar após a chuva emanava do seu colar de pequenas contas indianas, passadas num cordão de ouro, de suas luvas cor de lavanda, largas, que subiam até os cotovelos, e da orquídea grudada que trazia ao peito.

Yuichi surpreendeu-se que a sra. Kaburagi olhasse uma única vez em sua direção. Cumprimentou o conde. O homem, de olhos levemente claros para um japonês, respondeu-lhe com um gesto de cabeça, como se passasse em revista uma tropa.

A música começou a tocar. Não havia cadeiras em número

suficiente à mesa. As que não estavam sendo usadas haviam sido levadas por rapazes das mesas próximas. Alguém não teria onde sentar. Naturalmente, Yuichi continuou de pé, bebendo o uísque com soda que o conde pedira para ele. As duas mulheres serviram-se de creme de cacau.

A música transbordava do salão de baile na penumbra, propagando-se como uma neblina pelos corredores e pela sala de espera e atrapalhando todas as conversas. Por algum tempo, os quatro permaneceram calados. De repente, a sra. Kaburagi levantou-se.

— Me dá pena ver apenas o rapaz de pé. Vamos dançar e dar nosso lugar a ele? — disse ao marido.

O conde fez um gesto lânguido de cabeça. Espantou-se ao ouvir a esposa propor algo do gênero. Isso porque o casal jamais dançara nos bailes a que comparecia.

A princípio, o convite era dirigido ao marido, mas ao constatar que este naturalmente o rejeitava, Yuichi achou impossível que a sra. Kaburagi não tivesse previsto essa recusa. Por uma questão de cortesia, não deveria ele prontificar-se imediatamente a ser seu par? Era evidente que era com ele que ela desejava dançar.

Indeciso, olhou para Yasuko. A esposa tomou uma decisão cortês e infantil.

— Nem pensem nisso. Nós é que iremos dançar.

Yasuko lançou um olhar amável à sra. Kaburagi, colocou a bolsa sobre a cadeira e levantou-se. Naquele momento, Yuichi inconscientemente segurou com as duas mãos o encosto da cadeira da qual a senhora fizera menção de levantar. Ao sentar-se de novo, suas costas roçaram levemente nos dedos de Yuichi, que por um instante ficaram presos sob as costas nuas da mulher.

Yasuko não notou nada. Os dois foram dançar, passando através da multidão.

— A senhora Kaburagi parece ter mudado nesses últimos tempos. Tornou-se uma pessoa bem mais calma — disse Yasuko. Yuichi continuava em silêncio.

Sabia que a mulher estaria observando-o dançar com um olhar fixo e inexpressivo, como se o protegesse, da mesma forma que fizera na outra noite no bar.

Como Yasuko procurava evitar que a orquídea em seu peito se amassasse, os dois dançavam com certa distância entre si. Yasuko incomodava-se, mas Yuichi estava feliz com esse obstáculo. Entretanto, ao imaginar o prazer masculino de esmagar com seu próprio peito aquela flor preciosa, esse ardor imaginário prontamente obscureceu seu coração. Deveria ele evitar uma ação apenas porque isso seria visto pelas pessoas como parcimonioso e cortês? Seria errado esmagar essa flor, mesmo que não sentisse nenhuma paixão? Pensando assim, seu projeto banal de destruir a volumosa flor que desabrochava com graça e orgulho entre os dois transformou-se numa *obrigação*.

Muitos dançarinos comprimiam-se na parte central do salão. Os casais de namorados esforçavam-se para aproximar seus corpos o mais possível e, como ótimo pretexto para fazê-lo, gradualmente concentravam-se ali. No momento da contradança, como um nadador rasgando a água com seu peito, Yuichi decidiu jogar-se sobre a flor no peito de Yasuko. Ela recuou nervosamente, desgostosa pela orquídea destruída. Seu instinto feminino, que a levava a considerar mais importante preservar a orquídea do que dançar abraçada ao marido, foi um alívio para Yuichi. Se ela iria agir dessa maneira, só restava a Yuichi representar o papel do marido egoísta e apaixonado. Como, por acaso, o ritmo da música se acelerava, o jovem, cuja cabeça estava repleta de pensamentos infelizes e loucos, puxou com fervor a esposa, apertando-a contra seu corpo. Yasuko não teve tempo de mostrar resistência. A orquídea foi dilacerada e torcida sem piedade.

No entanto, o capricho de Yuichi trouxe-lhe resultados positivos, sob vários aspectos. Não é necessário dizer que, pouco depois, Yasuko era a própria expressão da felicidade. Fitava ternamente o marido. Como um soldado orgulhoso da condecoração recebida, voltou para a mesa em passos apressados de menina, para exibir a todos a flor amassada. Desejava que implicassem com ela, dizendo "Oh, logo na primeira dança sua orquídea já está arruinada!".

Ao voltar para a mesa, quatro ou cinco conhecidos conversavam ao redor do casal Kaburagi. O conde bocejava enquanto bebia calado. Ao contrário do que Yasuko imaginara, a sra. Kaburagi, aguda observadora, não teceu nenhum comentário sobre a flor esmagada, apesar de tê-la notado.

Soltando baforadas de um longo cigarro, não desprendia os olhos da orquídea despedaçada que pendia do busto de Yasuko.

Tão logo começou a dançar com a sra. Kaburagi, Yuichi lhe falou em tom sincero, mas com certa apreensão:

— Obrigado pelos convites. Como não havia nada especificado neles, vim acompanhado de minha esposa. Será que fiz mal?

A sra. Kaburagi esquivou-se da pergunta.

— "Esposa", você disse? Isso realmente me surpreende. Esse tipo de palavra ainda não combina com você. Por que não diz simplesmente "Yasuko"?

Seria mera coincidência o fato de a sra. Kaburagi ter se aproveitado dessa primeira oportunidade de chamar Yasuko por seu nome perante Yuichi?

Não havia apenas habilidade no jeito de dançar de Yuichi. Ela descobriu que o jovem tinha excepcional leveza e nenhuma afetação. A altivez juvenil que a cada segundo considerava linda nele — não passaria de uma ilusão? Ou seria apenas uma forma de candura?

"Em geral, os homens nesse mundo atraem as mulheres com uma página de texto", pensou ela. "Este jovem as atrai com as margens da página. Onde teria ele aprendido essa arte secreta?"

Finalmente, Yuichi indagou-lhe a razão das páginas em branco na carta, mas sua maneira ingênua e despretensiosa de fazer a pergunta fez que ela lembrasse, não sem embaraço, de que a carta em branco continha certa técnica de sedução.

— Não é nada de mais. Simplesmente estava com preguiça de escrever. Na verdade, naquele momento tinha tanta coisa para lhe dizer que poderia preencher doze ou treze páginas.

Yuichi sentiu que a resposta indiferente era uma evasiva astuta.

O que intrigava Yuichi é que a carta chegara a suas mãos no oitavo dia, ultrapassando o limite de uma semana mencionado por Shunsuke. Tomava o fato por uma reprovação em seu teste. Ao final do sétimo dia, como nada acontecera, sentiu seu amor-próprio enormemente ferido. Toda a confiança obtida com o encorajamento de Shunsuke parecia haver desmoronado. Apesar de estar seguro de que não a amava, nunca sentira o desejo tão intenso de querer ser amado por alguém. Nesse dia chegou mesmo a suspeitar que poderia estar se apaixonando pela sra. Kaburagi.

Admirara-se com a carta em branco. Os dois convites que a sra. Kaburagi anexara à carta, de certo modo receando ver Yuichi desacompanhado de Yasuko (pois temia feri-lo, caso estivesse apaixonado pela esposa), deixaram-no ainda mais intrigado. Shunsuke, homem de uma curiosidade que beirava a abnegação, prometeu ainda ao telefone que estaria no baile, mesmo não sabendo dançar.

Shunsuke ainda não chegara?

Ao voltarem para a mesa, viram que os garçons haviam trazido mais algumas cadeiras e que um grupo de uma dezena de pessoas cercava Shunsuke. O velho escritor sorriu ao ver Yuichi. Era o riso de um amigo.

A sra. Kaburagi ficou estupefata ao ver Shunsuke, mas as pessoas que o conheciam não apenas se espantaram, mas logo começaram a especular. Afinal, era a primeira vez que Shunsuke Hinoki aparecia em um desses saraus mensais. Quem teria tido o poder de atrair o escritor para um local no qual parecia um peixe fora d'água? Só alguém destituído de perspicácia indagaria algo do gênero. Sensibilidade para locais singulares é um talento essencial dos romancistas — ainda que Shunsuke evitasse utilizá-lo corriqueiramente.

Embriagada com a bebida alcoólica ocidental, à qual não estava acostumada, Yasuko inocentemente revelou um segredo de Yuichi:

— Ultimamente Yuchan tem cuidado muito de sua aparência. Comprou um pente e o guarda sempre em seu bolso interno. Perdi a conta de quantas vezes se penteia todo dia. Estou preocupada que fique logo careca.

Todos comentaram sobre a boa influência que Yasuko exercia sobre o marido, mas Yuichi, que até aquele momento sorria, franziu a testa. Na realidade, a compra do pente era o começo de um hábito que se incorporara inadvertidamente. Na universidade, muitas vezes pegava-se ajeitando os cabelos com o pente, enquanto assistia a alguma aula maçante. As palavras de Yasuko, ditas assim em público, fizeram que atentasse para a transformação por que passara, a ponto de esconder o pente em seu bolso interno. Da mesma maneira como um cão traz um osso de uma casa da vizinhança, percebeu que o insignificante hábito fora a primeira coisa que trouxera *daquele* meio social para o seu lar.

Entretanto, era natural que Yasuko atribuísse a si própria todas as mudanças no marido logo após o casamento. Existe um jogo em que, conforme se interligam dezenas de pontos, os contornos da figura mudam completamente, dando a impressão de criar outra imagem. Ninguém poderia acusar Yasuko de idiota.

Shunsuke não pôde deixar de notar que algo preocupava Yuichi, e perguntou-lhe delicadamente:

— Aconteceu alguma coisa? Quem o visse agora certamente diria que está apaixonado.

Yuichi levantou-se e foi para o corredor. Shunsuke o seguiu discretamente.

— Por acaso você reparou nos olhos lacrimosos da senhora Kaburagi? — perguntou Shunsuke. — Espanta-me o fato de ela ter se tornado uma pessoa emotiva. Provavelmente é a primeira vez em sua vida que é tocada pelo espírito. Pode-se dizer que surge nela uma reação contra a sua falta de espírito, Yuichi, um misterioso efeito colateral do amor. Aos poucos começo a compreender que você ainda quer amar as mulheres espiritualmente. Não se iluda: o ser humano não é capaz de semelhante artifício. Você não é capaz de amar as mulheres nem física nem espiritualmente. Da mesma maneira que a beleza domina a humanidade, você reinará sobre as mulheres sem qualquer sombra de espiritualidade.

Naquele momento, Shunsuke não tinha consciência de que apenas via Yuichi como sua marionete mental. Essa era, entretanto, sua suprema glorificação artística.

— Todo ser humano ama, antes de tudo, aquilo para o qual não é páreo. É o que acontece com as mulheres. Graças ao amor, a fisionomia da senhora Kaburagi hoje nos revela alguém que esqueceu totalmente seus dotes físicos. E pensar que até ontem era mais difícil para ela esquecer-se deles do que deixar de lembrar de qualquer homem.

— Mas passou-se mais de uma semana.

— Um favor excepcional a você. Foi o primeiro de que tenho notícia. Primeiro, por não ser ela do tipo de mulher capaz de dissimular seu amor. Você notou sua bolsa de brocado de Saga, bordado com o motivo de um pavão? Ela a havia deixado sobre a cadeira, mas quando vocês dois voltaram estava em cima da mesa. Colocou-a lá após examinar a parte de cima da mesa com meticulosidade. Mesmo assim, ela a pôs justamente sobre a cerveja derramada sobre a mesa! Você se engana totalmente se acredita que ela é do tipo de mulher que se excita em um baile.

Oferecendo a Yuichi um cigarro, Shunsuke continuou:

— É bem capaz que isso demore muito, acredite. Por algum tempo você está seguro e poderá ir para onde o convidarem, sem problemas. Em primeiro lugar, o fato de ser casado, e mais do que isso, recém-casado, lhe garante certa proteção. Mas minha intenção não é protegê-lo. Espere um pouco, quero lhe apresentar alguém.

Shunsuke olhou ao redor. Procurava por Kyoko Hodaka, que o rejeitara para se casar com outro há mais de dez anos, como Yasuko o fizera mais tarde.

Subitamente, Yuichi contemplava Shunsuke com os olhos de um estranho. No meio desse mundo de juventude e beleza, Shunsuke parecia um cadáver de pé, à procura de algo.

As faces de Shunsuke exibiam uma cor de chumbo enferrujado. Seus olhos haviam perdido o brilho, e a brancura de sua dentadura exageradamente regular, entrevista entre seus lábios escuros, possuía a estranha limpidez de uma parede imaculada no meio de ruínas. Entretanto, as emoções de Yuichi igualavam-se às de Shunsuke. O velho escritor conhecia bem a si próprio. Desde que vira Yuichi, decidira que iria entrar vivo ainda em seu caixão. Nos momentos em que se envolvia com o trabalho criativo, percebia o mundo mais luminoso e as pessoas mais lúcidas, isso porque justamente nesses instantes estava morto. As inúmeras loucuras de Shunsuke não passavam de uma recompensa pelos inúteis esforços do morto em querer ressuscitar para a vida real. Como o fazia em relação a suas obras, alojou no corpo de Yuichi seu próprio espírito e, a partir daí, decidiu recuperar-se por completo daquele ciúme e rancor melancólicos. Almejava a perfeita ressurreição. Em resumo, era suficiente que renascesse para o mundo como um cadáver.

Com que limpidez o mundo atual revela seu mecanismo, quando visto pelos olhos de um morto! Com que exatidão somos capazes de olhar dentro do amor de outrem! Nessa liberdade sem preconceitos, o mundo se metamorfoseia em uma pequena máquina de vidro!

Entretanto, mesmo no íntimo desse homem morto, velho e sem beleza, algo se movia, insatisfeito, dentro dos limites que ele próprio se impusera. Ao ouvir que, durante sete dias, nada acontecera a Yuichi, sentiu certo prazer sutil, dissimulado pela apreensão de um fracasso e do pânico por não alcançar seu objetivo. Esse sentimento tinha a mesma origem que a dor desagradável que se apoderara de seu coração ao perceber, momentos antes, os inegáveis sinais de amor no rosto da sra. Kaburagi.

Shunsuke percebeu a silhueta de Kyoko. Dirigia-se em sua direção, quando foi abordado pelo presidente de certa editora e sua esposa, que o pararam para cumprimentá-lo cerimoniosamente.

Kyoko era a linda mulher em vestido chinês, ao lado de uma mesa sobre a qual se amontoavam os prêmios de um sorteio previsto como atração. Mantinha uma conversa viva e espontânea com um estrangeiro idoso de cabelos brancos. Seus lábios eram como ondas alastrando-se e retraindo-se ao redor dos dentes brancos, a cada sorriso.

O vestido chinês era em cetim, com motivo de dragão bordado sobre fundo branco. Os colchetes da gola e os botões eram dourados, assim como eram dourados seus sapatos de baile, surgindo furtivamente sob a cauda que se arrastava. Seus brincos de jade balançavam, cada qual um ponto verde.

Shunsuke procurou aproximar-se, mas foi novamente impedido, desta feita por uma mulher de meia-idade em traje de baile. A mulher esforçava-se para entabular uma conversação sobre arte, mas Shunsuke tratou de ignorá-la, chegando mesmo a ser rude. Vendo que se afastava, notou em suas costas nuas, planas e da cor doentia de uma pedra de amolar, a protuberância da omoplata acinzentada sob a camada de pó de arroz. "Por que isso a que chamam de arte serve como pretexto à feiura aceita por todos?", pensou Shunsuke.

Yuichi aproximou-se preocupado. Shunsuke, vendo que Kyoko continuava a conversar com o estrangeiro, indicou-a com os olhos, murmurando para o rapaz:

— É aquela mulher. Ela é bela, jovial, extrovertida e fiel, mas parece que as coisas não têm andado bem entre ela e o marido, e ouvi mesmo dizer que veio à festa acompanhando outro grupo. Ao apresentá-lo, direi que você veio sozinho, sem sua esposa, por isso não se surpreenda. Você deverá dançar com ela cinco músicas em sequência. Nem uma a mais, nem uma a menos. Quando terminar, despeça-se confessando francamente e com ar mortificado que veio acompanhado de sua esposa ao baile, mas mentiu temendo que ela não aceitasse o convite para dançar. Ponha em suas palavras o máximo de sentimento. Ela irá perdoá-lo e certamente isso deixará nela uma impressão misteriosa sobre você. Depois disso, seria aconselhável lisonjeá-la um pouco, e o mais efetivo galanteio é falar sobre seu lindo sorriso. À época que se formou pela escola de moças, suas gengivas ficavam estranhamente à mostra quando sorria, mas depois de mais de dez anos de prática conseguiu dar um jeito para que não apareçam, mesmo rindo às gargalhadas. Seria bom elogiar seus brincos de jade. Ela acredita que combinam com a pele branca de sua nuca. Ah, e procure evitar comentários sensuais. Ela prefere os homens puros. Devo dizer que isso se deve também a seus seios minúsculos. Aqueles peitos enormes são artificiais. São certamente sutiãs com enchimento de espuma. Parece que enganar os olhos das pessoas é parte da etiqueta feminina.

Aproveitando que o estrangeiro começava a conversar com um grupo de mais estrangeiros, Shunsuke aproximou-se de Kyoko para lhe apresentar Yuichi.

— Este é o jovem Minami. Há tempos me pede para que eu o apresente a você, mas não surgiu a oportunidade. Ainda é estudante. Além disso, infelizmente, já é casado.

— Realmente? Assim tão jovem? Hoje em dia as pessoas se casam cada vez mais cedo, não acha?

Shunsuke prosseguiu, afirmando que o jovem Minami estaria com raiva dele: pedira-lhe que fizesse a apresentação antes de seu casamento, pois a vira pela primeira vez no primeiro baile da temporada de outono.

— Sendo assim...

Havia hesitação na voz de Kyoko. Yuichi olhava para o rosto de Shunsuke enquanto ela falava, pois na realidade aquela era a primeira vez que o jovem participava de um dos bailes.

— Sendo assim, está casado há apenas três semanas! Na noite daquele baile, o salão estava muito abafado.

— Foi então que ele a viu pela primeira vez — completou Shunsuke, em tom peremptório. — Naquele momento, este jovem criou para si uma ambição infantil. Antes de casar, desejava a qualquer custo dançar com você cinco músicas em sequência, me dizia. Não é mesmo, Yuichi? Vamos rapaz, não há motivo para ficar tão envergonhado! Queria se casar sem o arrependimento de não tê-lo feito, mas no final das contas casou-se com sua escolhida sem ver realizado esse íntimo desejo. Mesmo assim, ainda não conseguiu abandonar a ideia e vive me pressionando, tudo porque, sem querer, confessei que a conhecia... Foi assim que o trouxe hoje, sem a esposa, especialmente para isso. Não poderia realizar o desejo deste jovem? Para satisfazer seu coração, basta dançar com ele cinco músicas em sequência.

— Mas é um pedido muito simples.

Kyoko consentiu em tom magnânimo, de modo a não revelar seus sentimentos.

— Só espero que ele não tenha se enganado de pessoa — completou.

— Vamos, Yuichi, vá dançar.

Shunsuke falava rápido, os olhos fixos o tempo todo na sala de espera. Os dois entraram na penumbra do salão de baile.

Shunsuke foi detido por um conhecido e sua família, sentados a um canto da sala de espera. Posicionou sua cadeira de maneira que pudesse observar diretamente os Kaburagi, três ou quatro mesas adiante. Vira quando a sra. Kaburagi voltava do salão de baile para a mesa acompanhada por um estrangeiro, sentando-se na cadeira diante de Yasuko e cumprimentando-a com o olhar. Visto de longe, o quadro que formavam essas duas mulheres infelizes parecia revestido de elegância romântica. A orquídea desaparecera do peito de Yasuko. A mulher de negro e a mulher de marfim, sem nada para fazer, trocavam olhares, caladas como um par de estátuas de cemitério.

A infelicidade de outrem é mais bela quando vista de fora do que de dentro. A infelicidade não é algo que chegue a ultrapassar os umbrais da janela para atirar-se sobre nós.

A música dominava despoticamente as pessoas, que se movimentavam de modo disciplinado. Moviam-se incansáveis, num sentimento semelhante a um profundo cansaço físico. Em meio a essa música havia uma espécie de vácuo que ela própria não conseguia penetrar e do qual Shunsuke acreditava poder observar Yasuko e a sra. Kaburagi.

Ao redor da mesa em que Shunsuke estava, adolescentes conversavam sobre cinema. O filho mais velho, ex-membro de uma Força Especial de Ataque de pilotos camicase, vestia um terno elegante e conversava com sua noiva sobre a diferença entre o motor de um carro e o de um avião. A mãe contava a uma amiga sobre uma viúva prodigiosa, que tingia tapetes e fabricava sacolas de compras cheias de estilo. A amiga era a esposa de um ex-funcionário de uma prestigiada empresa, que, após a morte do filho na guerra, começara a se interessar pelas ciências ocultas. Enquanto oferecia insistentemente cerveja a Shunsuke, o pai da família repetia:

— Que tal? Você não acha que nossa família serviria como tema de um romance? Poderia descrever-nos em detalhe, pois, como pode ver, não só minha esposa mas todos nós formamos uma família original.

Shunsuke sorriu observando essa família sem qualquer atrativo especial. Infelizmente, o orgulho do pai era infundado. Existem tantas famílias semelhantes. Por não encontrarem nada de particular entre si, por mínimo que fosse, só lhes restava ler avidamente romances policiais na tentativa de curar sua fome de ser diferentes.

O velho escritor devia voltar a seu próprio posto na sala, à mesa dos Kaburagi. Se permanecesse muito tempo fora, começariam as suspeitas de que estaria conspirando com Yuichi.

Ao se aproximar de sua mesa, Yasuko e a sra. Kaburagi justamente se levantavam, em resposta a convites para dançar. Shunsuke sentou-se ao lado do conde, que ficara sozinho.

Kaburagi não lhe perguntou onde estivera, oferecendo-lhe em silêncio uísque com soda.

— Aonde foi o senhor Minami? — perguntou.

— Não faço ideia. Agora há pouco acredito tê-lo visto no corredor.

— Ah, é mesmo?

Com as mãos unidas sobre a mesa, olhava atentamente a ponta de seus dedos indicadores levantados.

— Dê uma olhada. Eles não estão tremendo, estão? — disse indicando com os olhos as próprias mãos.

Shunsuke olhou seu relógio, sem responder. Calculara que se passariam vinte minutos até que a quinta música terminasse. Somando o tempo passado há pouco no corredor, seria uma meia hora, nada fácil de suportar para uma jovem mulher recém-casada que veio a um baile para dançar pela primeira vez com o marido.

Após o término de uma música, Yasuko e a sra. Kaburagi voltaram para a mesa. Percebia-se no rosto de ambas uma certa palidez. As duas tornaram-se taciturnas, tomadas pelo julgamento desagradável sobre algo que haviam visto e que não queriam comentar entre si.

Yasuko pensava ainda sobre o marido dançando duas músicas, de um jeito íntimo, com a mulher em vestido chinês. Enquanto dançava, sorrira para Yuichi, mas ele, talvez por não ter notado, não lhe devolvera o sorriso.

A suspeita de que na vida de Yuichi pudesse existir outra mulher atormentara Yasuko na época do noivado, mas desaparecera com o casamento. Na realidade, ela própria tratou de dissipá-la pela força da racionalidade adquirida.

Sem nada a fazer, Yasuko tirava e colocava as luvas cor de lavanda. O olhar das pessoas se torna involuntariamente pensativo quando estão calçando luvas.

Sim, é isso. Pela força da racionalidade adquirida, suas dúvidas haviam desaparecido. O aspecto melancólico de Yuichi, quando estiveram na cidade K***, trouxera a Yasuko um pressentimento de inquietude e infortúnio; mas agora, já casada, cheia do orgulho inocente de sentir-se responsável por tudo, decidira que a angústia e a insônia de Yuichi deviam-se ao fato de ela não ter tomado a iniciativa de se oferecer a ele. Olhando por esse lado, aquelas três noites em que nada acontecera foram para Yuichi um ilimitado suplício e a prova irrefutável de seu amor por ela. Yuichi, sem dúvida, naquele momento deveria estar lutando com seu *desejo*.

Com certeza aquele jovem dotado de um amor-próprio extraordinário evitara fazer qualquer gesto, temendo ser rejeitado. Yasuko entendeu claramente que nada poderia provar mais a pureza de Yuichi do que as três noites em que não tocara a inocente moça, de corpo teso e guardando o silêncio como uma pedra. Ela sentia ter conquistado o direito de divertir-se, zombando e desprezando a antiga suspeita pueril de que Yuichi, na época do noivado, teria outra mulher.

A primeira visita à casa dos pais de Yasuko fora feliz. Aos olhos dos pais, Yuichi aparentava ser um jovem amável e *conservador*. O futuro desse lindo e talentoso jovem, um atrativo para as clientes, estaria completamente garantido na grande loja do futuro sogro. Isso porque a impressão que tiveram dele era a de um filho devotado, puro de sentimentos e, acima de tudo, de um *caráter respeitador das convenções sociais*.

Desde o primeiro dia de aulas após o casamento, Yuichi começara a voltar para casa tarde após o jantar e dava, como desculpa, ter sido convidado para jantar por alguns amigos insistentes. Yasuko não precisou esperar as explicações de sua sogra, profundamente experiente nesses assuntos, pois já ouvira falar que esse era o tipo de comportamento entre um homem recém-casado e seus amigos.

Yasuko despiu novamente sua luva cor de lavanda. De repente foi tomada de certa apreensão. Ficou horrorizada ao ver, bem diante de seus olhos, como sua própria imagem refletida em um espelho, os olhos irritados da sra. Kaburagi. O desespero de Yasuko não teria sido influenciado pela melancolia inexplicável da sra. Kaburagi? Seria essa a razão da simpatia que Yasuko sentia por ela naquele momento? Finalmente, as duas aceitaram convites para dançar.

Yasuko viu Yuichi, que ainda continuava a dançar com a mesma mulher de vestido chinês. Dessa vez, não sorrira, preferindo desviar o olhar.

A sra. Kaburagi também notou os dois dançando. Não conhecia a mulher. Como bem mostrava seu colar de pérolas falsas, o espírito zombador da sra. Kaburagi sentia desprezo pelo rótulo grandiloquente de "beneficente" que revestia esse baile do qual participava pela primeira vez. Não tivera a oportunidade de conhecer Kyoko, uma das organizadoras da festa.

Yuichi acabara de dançar a quinta dança que lhe fora prometida.

Kyoko conduziu-o até a mesa de seu grupo para apresentá-lo. O nervosismo de Yuichi saltava aos olhos, pois não conseguia decidir qual a melhor hora para confessar que a ausência da esposa fora uma mentira. Entretanto, um amigo de escola, um jovem alegre que o encontrara na mesa dos Kaburagi, passava pelo local e, notando a presença de Yuichi, estragou tudo:

— Mas que marido é você que deixa a esposa abandonada! Já há algum tempo Yasuko está sozinha lá na mesa.

Yuichi voltou-se para o rosto de Kyoko que, percebendo, desviou o olhar.

— Coitada. Vá logo até lá, eu lhe peço — disse Kyoko.

Esse conselho, repleto de cortesia e racionalidade, fez Yuichi enrubescer de vergonha. Muitas vezes o sentido da honra é substituído pela paixão. O belo jovem surpreendeu-se com a determinação com que se ergueu e se aproximou de Kyoko. Declarou ter algo a dizer e conduziu-a até um canto da parede. Os olhos de

Kyoko estavam repletos de um frio rancor; se Yuichi tivesse percebido quanta paixão exprimia com a violência de seu gesto, teria compreendido por que essa linda mulher levantava-se da cadeira e o acompanhava, contra a própria vontade e como que possuída. Os olhos de natureza sombria de Yuichi aprofundavam cada vez mais a impressão de sinceridade com que falou com ar fatigado:

— Perdoe-me por ter mentido. Mas não havia outro jeito. Imaginei que, se dissesse a verdade, você não teria me concedido as cinco danças seguidas.

Kyoko ficou assombrada pela autêntica pureza de sentimentos do rapaz. Quase às lágrimas, seu coração generoso, repleto de abnegação feminina, apressou-se a perdoar Yuichi. Mas ao vê-lo voltar rapidamente para a mesa onde a esposa o esperava, essa mulher sensível memorizou até as pequenas rugas nas costas de seu paletó.

Ao voltar para sua mesa, Yuichi viu que, enquanto a sra. Kaburagi gracejava com alguns homens, com exagerada jovialidade, Yasuko entristecida nada mais fazia senão acompanhar o ritmo e Shunsuke já se preparava para partir. Esse último desejava evitar um encontro com Kyoko diante dessas pessoas. Assim, no momento em que percebeu Yuichi retornando, o velho escritor apressou sua partida.

Para fugir dessa situação desconfortável, Yuichi propôs acompanhar Shunsuke até a escada.

Shunsuke riu despreocupadamente ao ouvir sobre como as coisas se passaram com Kyoko. Dando um tapinha nas costas de Yuichi, disse:

— Esta noite evite sair com rapazes. Para melhorar o humor de sua esposa, hoje à noite é necessário cumprir aquele seu *dever* conjugal. Darei um jeito para que você possa se encontrar daqui a alguns dias com Kyoko novamente, *totalmente por acaso*. Avisarei quando chegar a hora.

O velho escritor apertou vigorosamente a mão de Yuichi. Desceu sozinho a escada coberta por um tapete escarlate em direção à porta central e, no caminho, ao colocar naturalmente a mão no bolso, sentiu que machucava um dedo. Era um prendedor de gravata de opala, à moda antiga. Antes de vir para o baile, passara pela casa dos Minami para apanhá-los de carro, mas eles já haviam partido. A mãe de Yuichi convidara então o famoso visitante a entrar no salão de visitas e, como prova de cortesia, ofertou-lhe a pequena lembrança de seu finado marido.

Shunsuke aceitou amavelmente esse presente fora de moda, imaginando as palavras que a mãe diria depois ao filho:

— Depois de um presente tão valioso, você também poderá se relacionar com o senhor Hinoki com orgulho.

O velho escritor examinou seu dedo. Uma gota de sangue congelara como uma joia sobre sua falange ressecada. Há tempos não via essa cor sobre o próprio corpo. Espantou-se com um encontro que levava uma senhora, mesmo doente dos rins, a lhe causar uma ferida pelo simples fato de ser mulher.

7. Entrada em cena

Naquele café, ninguém se importava com o endereço ou posição social de Yuichi Minami. Todos o chamavam pelo diminutivo de Yuchan. Era lá que havia marcado para se encontrar com Eichan, que lhe passara um mapa mal desenhado do local.

O café ficava em uma esquina de Yurakucho, chamava-se Rudon e em nada diferia de muitos outros estabelecimentos do gênero. Começara a funcionar depois da guerra, transformando-se algum tempo depois de inaugurado em um clube voltado às pessoas daquele meio. Era um local discreto: alguns clientes entravam, tomavam café e saíam de lá sem nada perceber.

O dono era um europeu de segunda geração, de baixa estatura e cerca de quarenta anos. Todos chamavam aquele negociante esperto pelo nome de Rudy. Por imitação a Eichan, Yuichi também começou a chamá-lo assim a partir da terceira vez que apareceu no café.

Há vinte anos Rudy trabalhava nas imediações de Ginza. Antes da guerra, administrava um certo café Blues a oeste do bairro. Além das garçonetes, contava com dois ou três garçons bonitos. Por causa deles, os homossexuais haviam começado a frequentar o café. As pessoas desse meio possuem um instinto animal para farejar outras de sua espécie. Como formigas atraídas pelo açúcar, não deixam passar em branco nenhum local com um mínimo de atmosfera propícia.

Por inacreditável que pareça, até o final da guerra Rudy desconhecia totalmente a existência desse mundo secreto. Era casado e tinha filhos. Quanto aos outros objetos de sua afeição, achava que não passavam de uma aberração particular. Foi indulgente consigo até mesmo quando começou a contratar rapazes bonitos para garçons de seu restaurante. Ao abrir o Rudon em Yurakucho, arranjou as coisas de forma tal que sempre se podia encontrar cinco ou seis garçons no local. Assim, o café tornou-se um ponto bastante popular entre as pessoas do meio, transformando-se finalmente em uma espécie de clube.

Quando tomou consciência disso, Rudy procurou refinar sua estratégia de negócios. Percebeu que as pessoas vinham ao local para acalentar sua solidão e que, uma vez tendo visitado o café, dificilmente se separariam dele. Dividiu seus clientes em dois tipos. Havia os jovens, charmosos, cheios de brilho, cuja aparição no café podia servir para melhorar os negócios. E havia os generosos e ricos, atraídos pelo magnetismo do local e dispostos a gastar como loucos. O trabalho de Rudy consistia em apresentar os membros do primeiro grupo aos do segundo. Certa ocasião, um dos jovens "clientes" habituais da casa foi convidado por um dos clientes ricos a acompanhá-lo a um hotel, mas desistiu na última hora bem na porta do mesmo, voltando para o café. Naquela noite, Yuichi espantou-se ao ouvir as imprecações de Rudy contra o rapaz, há algum tempo frequentador do café: "Como se atreve a arruinar desse jeito minha reputação? Deixe estar. Espere para ver se daqui para a frente continuo ajudando você a encontrar homens interessantes!".

Todas as manhãs, Rudy gastava duas horas em sua toalete. Também tinha o hábito peculiar dos homossexuais de orgulhar-se de si próprio: "Fico sem jeito com tantos homens olhando para mim", dizia. Rudy tinha certeza de que todos os homens que o admiravam eram homossexuais. Mas como, se até mesmo as crianças do jardim de infância voltavam-se para vê-lo quando passava, espantadas com sua aparência? Aos quarenta anos, usava ternos de cores berrantes, como um artista circense, e um bigode ao estilo Colman,* do qual muito se orgulhava. Nos dias em que o aparava às pressas, seu tamanho e direção ficavam diferentes em cada um dos lados.

Os homens costumavam reunir-se ao pôr do sol. Para que as conversas secretas não fossem ouvidas pelos outros clientes ao redor, o alto-falante ao fundo do café difundia incessantemente o som dos discos de dança tocados bem alto. Quando se tratava de algum dos vistosos clientes endinheirados, Rudy erguia-se rapidamente da mesa mais ao fundo do café, onde tinha cadeira cativa, dirigindo-se até o caixa para fechar ele mesmo a conta. Procedia a esse ritual em tom obsequioso: "Sua conta, senhor". O cliente distinguido por tal regalia devia estar pronto para pagar o dobro do valor efetivamente consumido.

Todos os olhos voltavam-se na direção da porta cada vez que um novo cliente a abria. Por instantes, o homem que entrasse era alvo de inúmeros feixes de olhares. Quem podia garantir que pela

---

* Ronald Colman (1891-1958) — ator de cinema norte-americano. Atuou, entre outros, em *Beau Geste*, *A volta ao mundo em 80 dias* e *O prisioneiro de Zenda*. (N. T.)

porta de vidro não apareceria subitamente, saída da rua noturna, a forma real do homem ideal, há tanto tempo procurado? A maior parte do tempo, no entanto, a decepção se encarregava de apagar o brilho dos olhares. A avaliação terminava logo ao primeiro instante. Se um jovem cliente desavisado entrasse no café em um momento em que o alto-falante não estivesse espalhando sua música barulhenta, certamente ficaria chocado com os vários comentários sobre sua pessoa murmurados em cada mesa. Os homens no café diriam: "Que pena, não é lá essas coisas", "Desse aí se encontra aos montes por aí", "O pau deve ser pequeno feito o nariz", "O lábio de baixo é muito pronunciado. Não gosto", "Ele tem bom gosto para gravatas" ou "Que zero à esquerda".

Todas as noites, os assentos da plateia voltavam-se para o palco fictício da rua noturna, esperando assistir a qualquer momento a uma manifestação miraculosa. Essa reverência geral à espera do milagre em nada parecia diferir da atmosfera religiosa: nos dias de hoje pode-se saboreá-la de forma mais pura e direta em meio à fumaça dos cigarros em um clube de homossexuais do que nas igrejas desprovidas de calor humano. O que se estendia além da porta de vidro era a sociedade ideal, uma metrópole conforme à ordem por eles concebida. Imaginavam que, assim como os muitos caminhos que conduzem a Roma, também os inúmeros caminhos invisíveis partindo de cada um dos belos jovens, estrelas espalhadas pelo céu da noite, trariam-nos até o café de Rudy.

De acordo com Ellis,* as mulheres são fascinadas pela força masculina, mas não possuem opinião formada sobre a beleza dos homens. De uma insensibilidade que beira a cegueira, seu olhar

---

* Havelock Ellis (1859-1939) — escritor e médico inglês, estudioso do comportamento sexual. Suas opiniões sobre homossexualismo, masturbação etc. causaram polêmica, e seu livro *Inversão sexual* foi considerado obsceno pelos críticos vitorianos, sendo banido da Inglaterra. (N. T.)

clínico para a beleza masculina em nada difere da que um homem normal tem em relação a outros homens. Só os homossexuais são sensíveis à beleza particular dos homens. O ideal de beleza masculina na escultura grega precisou esperar por Winckelmann,* ele mesmo um homossexual, para se estabelecer no campo estético. Quando um rapaz comum encontra pela primeira vez a febre da glorificação homossexual (as mulheres são incapazes de permitir ao homem esse louvor carnal), transfigura-se em Narciso sonhador. Amplificando sua própria beleza, tornada objeto de louvor, constrói o ideal estético dos homens em geral e transforma-se finalmente em completo homossexual. Ao contrário, os homossexuais inatos abraçam esse ideal desde a tenra infância. Seus ideais são como os de anjos verdadeiros, nos quais a carne e o espírito são unos: assemelham-se ao ideal da teologia oriental, que complementava sua sensualidade religiosa com uma purificação à maneira alexandrina.

Yuichi havia combinado encontrar-se com Eichan às nove da noite, horário em que o café estava mais cheio. Trajando uma gravata marrom e com a gola de sua jaqueta azul-marinho virada para cima, sua aparição à porta foi miraculosa. Embora ele próprio não soubesse, naquele momento sua hegemonia se estabelecera. A entrada de Yuichi em cena tornou-se algo que durante muito tempo seria o tema das conversas no Rudon.

Nessa noite, Eichan saiu cedo do trabalho e precipitou-se para o café só para poder contar a seus jovens amigos:

— Tive um encontro maravilhoso no parque anteontem à noite. Passamos um bom momento juntos e nunca encontrei ninguém tão lindo. Daqui a pouco, ele vai aparecer no café. Seu nome é Yuchan.

---

* Johann Joachim Winckelmann (1717-1768) — arqueólogo e historiador de arte antiga, importante pensador da estética. (N. T.)

— Como é o rosto desse Yuchan? — perguntou Kimichan, em tom de censura, pois acreditava que nenhum jovem no mundo pudesse possuir um semblante mais belo que o seu. Kimichan, no passado, fora ajudante no salão de danças Oásis. Vestia um terno de jaquetão verde-musgo presenteado por um estrangeiro.

— O rosto dele? Bem, é viril, de linhas pronunciadas. Seus olhos são penetrantes, os dentes muito brancos e regulares. Seu perfil é impetuoso. E você precisava ver que corpo! Deve ser um atleta.

— Eichan, não vá com tanta sede ao pote, para mais tarde não dar com os burros n'água. Quantas vezes ele gozou enquanto vocês estiveram juntos?

— Três vezes.

— Credo, três em um encontro só! Menino, desse jeito a próxima cama onde você vai parar é a de um hospital.

— É um parceiro realmente muito forte. E como é bom de cama!

Juntou as mãos e apoiou seu rosto nelas, em uma postura repleta de coquetismo. Como os alto-falantes encetavam por acaso uma conga, iniciou uma dança rebolativa e obscena.

— Bem, isso significa que o nosso Eichan está apaixonado! E esse homem maravilhoso vai nos dar o ar de sua graça hoje? Quem é a peça? — perguntou Rudy, que escutava com atenção a conversa.

— Ai, como a bicha velha está curiosa!

— Se ele for uma beldade, pago um gin-fizz para ele — disse Rudy, assobiando inocentemente.

— E você acha mesmo que pode ganhar o sujeito com uma dose de gin-fizz? Que cafetão nojento — disse Kimichan.

"Cafetão" era um termo do linguajar dos homossexuais. O sentido antigo de agenciar a venda do corpo era às vezes alterado para o de pessoa mesquinha.

Era uma hora boa no café, cheio de gente que se conhecia bem. O desconhecido que lá entrasse pensaria ser mera coincidência não haver nenhuma mulher, não percebendo qualquer sinal diferente. Havia senhores idosos. Havia um comprador iraniano. Além dele, havia ainda dois ou três outros estrangeiros. Havia homens maduros. Havia dois jovens com mais ou menos a mesma idade, bastante afetuosos um com o outro. Esses dois acendiam cigarros e, depois de uma tragada, trocavam-nos entre si.

Talvez não seja verdade que não havia sinal de algo diferente. Dizem que os homossexuais têm no rosto um tipo de expressão de indelével melancolia. Além disso, em seus olhares coexistem a sedução e a fria inspeção. Enquanto as mulheres fazem distinção entre o olhar de sedução, voltado para o sexo oposto, e o de inspeção, que dirigem a outras mulheres, nos homossexuais ambos são dirigidos a um único e mesmo objeto.

Kimichan e Eichan foram convidados a sentar-se à mesa do iraniano. O cliente cochichara algo no ouvido de Rudy e o resultado era o convite.

— Então vocês ganharam um cliente — disse Rudy, empurrando-os por trás.

Kimichan mostrava-se bastante relutante.

— Não estou aqui para aguentar gringo maluco — reclamou.

Quando chegaram à mesa, perguntou a Eichan em tom normal:

— Será que ele fala japonês?

— Pela cara, não deve manjar porra nenhuma.

— Nunca se sabe. Lembra da última vez?

Recentemente, os dois haviam estado frente a frente com um estrangeiro e, no momento de brindarem, insultaram-no em coro, cantando: "*Hello, darling*, bichona velha", "*Hello, darling*, cabeça de bagre". O estrangeiro respondeu sorrindo em um japonês impecável: "As meninas com certeza vão se dar muito bem com esta bichona velha!".

Eichan estava visivelmente nervoso. Seus olhos moviam-se constantemente na direção da porta de entrada, pela qual se entrevia a rua noturna. Pensou já ter visto aquele rosto impetuoso e melancólico entalhado na liga metálica de uma moeda estrangeira de sua antiga coleção. Suspeitou que estivesse vivendo um conto de fadas.

Foi nesse momento que o vigor da juventude escancarou a porta envidraçada. Uma golfada do ar fresco noturno penetrou na sala. Os olhares de todos os clientes voltaram-se a um só tempo em direção à porta.

8. Selva de sensibilidades

A *beleza universal* ganhara a primeira aposta.

Yuichi nadava em um mar de olhares concupiscentes. Os mesmos que uma mulher sente ao passar entre homens que, em questão de segundos, a despem com os olhos até sua última peça de roupa. Olhares profissionais que, treinados, nunca erravam em sua avaliação. O peito largo e flexível que Shunsuke vira saindo das ondas, na praia, o torso liso e forte, afinando-se abruptamente na cintura, as pernas longas e robustas e, sobre os ombros, como em uma estátua nua de extraordinária pureza, a cabeça de um lindo jovem formada por sobrancelhas finas e viris, os olhos melancólicos, os lábios realmente adolescentes e os dentes alvos em boa ordem, possuindo em seus olhos a beleza da harmonia potencial entre o visível e o invisível, pareciam perfeitos como a proporção áurea. Uma cabeça perfeita precisa estar ligada a um corpo perfeito, o fragmento de beleza deve suscitar o pressentimento de um belo conjunto.

Mesmo os críticos ferinos do Rudon permaneciam em silenciosa contemplação. Por discrição diante dos acompanhantes e dos rapazes do café que os atendiam, hesitavam em exprimir sua indescritível admiração. Entretanto, todos os olhos recorriam à imagem dos inúmeros e belíssimos jovens que no passado já haviam acariciado para colocá-los lado a lado com a estátua nua de Yuichi que suas mentes erigiam diante de si. As formas indefinidas dos jovens imaginários, o calor de suas carnes, o perfume de seus corpos, suas vozes, seus beijos: tudo parecia flutuar ao seu redor para então desaparecer em um instante ao ser posto ao lado da estátua nua de Yuichi, ficando apenas a timidez. Pois, se a beleza deles prendia-se a suas individualidades, a de Yuichi resplandecia muito além delas.

Apoiavam-se à parede escura ao fundo do café, sentados, calados, os braços cruzados. Yuichi baixou a cabeça para fugir ao peso dos inúmeros olhares. Sua beleza tomava ali a forma de um inocente porta-bandeira à cabeça de um regimento.

Eichan sentiu-se culpado ao se afastar da mesa do estrangeiro e, vindo até o lado de Yuichi, colou o corpo a seu ombro. Yuichi o convidou a sentar. Os dois sentaram-se um diante do outro, sem saber bem onde pôr o olhar. Os doces que pediram foram trazidos. Sem nenhuma cerimônia, Yuichi abria enormemente a boca, abocanhando a torta. Os morangos e o creme foram destruídos por duas fileiras de dentes brancos. Ao vê-lo, Eichan saboreava o prazer imaginário de sentir seu próprio corpo devorado como aquele pedaço de bolo.

— Eichan, você deveria apresentá-lo ao dono do estabelecimento — disse Rudy.

Não havia outro jeito senão apresentá-lo.

— Encantado. Espero que nos frequente daqui em diante. Só temos gente fina no café — disse o dono com voz veludosa.

Um pouco mais tarde, quando Eichan foi ao banheiro, um cliente de meia-idade, vestido espalhafatosamente, veio até o caixa ao fundo do bar para pagar a conta. Seu rosto possuía traços indefinidos, onde a infância parecia aprisionada. Em especial, suas pálpebras espessas e as bochechas ainda possuíam um forte cheiro de leite. Yuichi achou que estivessem inchadas. O cliente fingia estar bêbado. Mas o visível desejo ardendo nos olhos postos sobre Yuichi traía sua encenação malfeita. Ao tatear a parede, deixou sua mão cair sobre o ombro do jovem.

— Oh, desculpe!

Dizendo isso, o cliente logo removeu a mão. No entanto, entre a palavra dita e o afastamento da mão, houve um instante de hesitação ou, se podemos dizer, uma espécie de apalpadela. Na distância mínima e dolorosa entre a palavra e o gesto, um leve enrijecimento muscular pareceu permanecer no ombro do belo jovem. O cliente virou-se novamente e, como uma raposa em fuga, retirou-se, lançando um último olhar a Yuichi.

Yuichi contou o que acontecera a Eichan, que voltara do banheiro.

— Quê? Já? Mas que rapidez! Yuchan, você recebeu uma cantada daquele homem — disse Eichan admirado.

De sua parte, Yuichi surpreendeu-se ao constatar que esse café tão organizado possuía procedimentos rápidos, que em nada diferiam daqueles do parque.

Foi então que um rapaz de tez ligeiramente escura, covinhas e pequena estatura entrou no café de braços dados com um lindo estrangeiro. O jovem era um dançarino clássico que fizera fama recentemente, e o estrangeiro, seu professor francês. Haviam-se conhecido logo após o término da guerra. O rapaz devia muito de sua fama a esse professor. O francês, loiro e jovial, havia alguns anos morava com o amigo vinte anos mais novo. Diziam que, quando bêbado, improvisava um número extravagante de sua autoria. Subia ao telhado e começava a pôr ovos. Essa galinha loira mandava um de seus discípulos permanecer sob o parapeito com a função de colher os ovos com um cesto. Levava seus convidados ao jardim iluminado pela luz da lua, subindo depois por uma escada até o telhado, com gestos que imitavam os de uma galinha. Deixando à vista sua bunda, batia as asas, emitindo um estranho cacarejo. Um ovo caía então dentro do cesto. Continuava com o farfalhar de asas e o cacarejo. O segundo ovo caía. No quarto ovo caído, os convidados riam aos borbotões, aplaudindo exaltados. Quando a festa terminava, ao serem conduzidos à porta pelo personagem principal, os convivas viam cair da bainha de suas calças um quinto ovo esquecido, que se esborrachava sobre um degrau de pedra. A cloaca dessa galinha podia ocultar cinco ovos. Uma representação teatral tão formidável era resultado de longa experiência.

Ouvindo a história, Yuichi ria à solta. No final, calou-se como se sentisse culpa. Depois, perguntou a Eichan:

— Há quanto tempo aquele estrangeiro e o dançarino vivem juntos?

— Devem estar completando quatro anos de vida a dois.

— Quatro anos!

Yuichi tentou imaginar como seria viver quatro anos ele próprio com o jovem sentado à sua frente na mesa. Como explicar a certeza de que o prazer que haviam experimentado duas noites antes não se reproduziria nunca naqueles quatro anos?

O corpo de um homem assemelha-se às leves ondulações numa luminosa campina que se estende a perder de vista. Ao contrário do corpo feminino, que oferece algo novo a cada passeio, não há a surpresa da descoberta de pequenas fontes, nem se pode ver, ao avançar para regiões mais interioranas, grutas de minerais maravilhosamente cristalizados. É apenas o exterior, a personificação visual da pureza na beleza. Em um primeiro momento, uma ardente curiosidade faz com que se aposte tudo no amor e no desejo, mas depois disso, ou o amor se enfurna no interior do espírito, ou desliza levemente para outro corpo.

Apesar de ter tido apenas uma experiência, Yuichi sentia possuir dentro de si, por analogia, o seguinte direito: "Se só fui capaz de ver a expressão de meu completo amor na primeira noite, a repetição malfeita seria apenas uma desonestidade tanto para mim mesmo como para meu parceiro. Não posso medir minha sinceridade baseando-me na do outro, mas ao contrário, a minha deve servir de base de julgamento. Talvez ela deva perpetuar ilimitadamente aquela primeira noite com parceiros sempre diferentes. Meu amor, imutável quem quer que seja o outro, será o fio comum aos prazeres das inúmeras primeiras noites, um amor semelhante a um desprezo violento e imutável".

O lindo jovem comparava esse amor àquele outro, artificial, que sentia por Yasuko. Ambos o deixavam intranquilo e ansioso. Foi atacado pela solidão.

Como Yuichi permanecia calado, Eichan observava negligentemente um grupo de jovens de mesma idade na mesa em frente. Estavam sentados, encostados uns aos outros. Davam a impressão de lutar contra a fragilidade de seu relacionamento pela troca de carícias: um roçar de ombros, um tocar de mãos. O laço a uni-los parecia semelhante à amizade que liga dois soldados pressentindo a morte que os espreita ao raiar do dia. Como se não conseguisse se conter, um deles beijou o pescoço do outro. Finalmente, saíram apressados. Suas nucas bem raspadas, uma ao lado da outra.

Eichan, que trajava um jaquetão quadriculado e gravata verde-limão, acompanhou com o olhar a partida dos jovens, semiboquiaberto. Os lábios de Yuichi haviam tocado toda a extensão desse rosto: suas sobrancelhas, suas pálpebras, seus lábios de menino. Seus olhos haviam visto tudo nele. Como pode ser cruel o ato de ver! Não havia nenhuma parte do corpo do jovem que fosse desconhecida de Yuichi, inclusive as pequenas sardas de suas costas.

Havia registrado logo ao entrar a estrutura daquele salão belo e simples. Aqui um vaso de flores, lá uma estante. Estava certo de que, até o dia em que esse salão fosse destruído, ambos estariam sempre ocupando o mesmo lugar.

Eichan surpreendeu seu olhar frio. Por baixo da mesa, apertou sua mão. Invadido por um sentimento de crueldade, Yuichi afastou-a. Sua dureza era de certa forma intencional. Sobrecarregado por uma sombria indiferença para com a esposa, Yuichi havia algum tempo sonhava com essa radiosa crueldade que é direito dos apaixonados. Nesse momento, lágrimas escorreram dos olhos do rapaz.

— Posso entender o que você está sentindo agora, Yuchan — disse. — Você já deve ter se cansado de mim.

Yuichi tratou de negar veementemente, mas Eichan falou num tom maduro e categórico, que denotava experiência incomparável à do amigo mais velho:

— Sim. Entendi isso no momento em que você entrou por aquela porta. É assim que as coisas são. A maioria das pessoas deste meio, sabe-se lá a razão, são muito volúveis. Estou acostumado e acho que o jeito é me resignar. Queria muito que você tivesse se tornado meu namorado, mas ao menos posso me orgulhar de ter sido o primeiro homem em sua vida. Por favor, Yuichi, nunca se esqueça de mim.

O coração de Yuichi apertou-se ao ouvir esse doce lamento. Seus olhos também estavam cheios de lágrimas. Por baixo da mesa, procurou a mão do jovem, segurando-a carinhosamente.

Nesse momento, a porta se abriu e três estrangeiros entraram. O rosto de um deles era familiar a Yuichi. Era o homem anoréxico que vira no dia do banquete de casamento, saindo de um prédio do outro lado da rua. Usava um terno diferente, mas a gravata-borboleta com motivo de bolinhas era a mesma. Seus olhos de águia vagaram pelo café. Parecia bêbado. Bateu palmas energicamente, chamando:

— Eichan! Eichan!

A voz alegre e charmosa ecoou pelas paredes.

O rapaz abaixou a cabeça, procurando se esconder. Em seguida, estalou a língua com maturidade profissional, dizendo:

— Porra! Falei para ele que hoje a noite não viria!

Rudy inclinou-se sobre a mesa em seu paletó azul-celeste e disse para Eichan num tom de voz sussurrante e insistente:

— Eichan. Vá logo. Não deixe seu homem esperando.

O ambiente tornou-se deplorável.

O lamento insistente que impregnava a voz de Rudy serviu para aprofundar essa atmosfera lastimável. Yuichi arrependeu-se das lágrimas vertidas havia pouco. Eichan olhou de relance para Rudy e ergueu-se com um gesto abrupto, como se quisesse atirar algo sobre o dono do café.

Os momentos de decisão são como bálsamos para os corações feridos. Yuichi sentia orgulho de si próprio, percebendo que podia ver Eichan naquele momento sem qualquer sofrimento. Seu olhar constrangido chocou-se com o do jovem. Seus olhos tentaram em vão se encontrar novamente para ao menos remediar o instante de separação. O rapaz foi embora. Desviando os olhos, Yuichi descobriu os de um lindo jovem que piscava para ele. Sem encontrar qualquer obstáculo, seu coração moveu-se com a leveza de uma borboleta em direção àqueles olhos que o fitavam.

O jovem estava encostado na parede em frente. Vestia um macacão e um paletó azul-marinho em veludo cotelê. Usava uma gravata vermelha de tecido áspero. Deveria ser um ou dois anos mais novo que Yuichi. A linha alongada de suas sobrancelhas e o encaracolado de seus cabelos volumosos acrescentavam um matiz romântico aos traços de seu rosto. Suas pupilas pestanejavam com a melancolia de um valete de baralho, piscando em direção a Yuichi.

— Quem é ele?

— Ah, você se refere a Shigechan? É filho de um verdureiro em Nakano. Ele não é uma gracinha? Quer que o chame? — propôs Rudy.

A seu sinal, o príncipe plebeu ergueu-se graciosamente da cadeira. Percebeu que Yuichi pegara um cigarro e, com mãos experientes, acendeu um fósforo, protegendo-o enquanto caminhava. Translúcidas com a luz da chama, suas mãos brilhavam como ágata. Eram grandes e honestas, deixando perceber o legado do trabalho árduo do pai.

As mudanças na situação dos frequentadores do Rudon eram realmente sutis. A partir da segunda noite, Yuichi passara a ser chamado de "Yuchan". Rudy o tratava mais como amigo íntimo do que propriamente um cliente. Desde a noite seguinte ao aparecimento de Yuichi, o número de clientes aumentara no café, devido aos boatos que corriam, como se deliberadamente arranjados, sobre o novo rosto.

No terceiro dia, aconteceu algo que fez aumentar ainda mais a fama de Yuichi. Shigechan apareceu no café com a cabeça totalmente raspada. Radiante de alegria por ter, na noite anterior, partilhado a cama com Yuichi, cortou seus lindos e volumosos cabelos sem arrependimento, como prova de seu amor.

Essas numerosas histórias galantes espalhavam-se rapidamente pela comunidade. Característicos de uma sociedade secreta, os rumores não se difundiam um passo além de seus limites, mas dentro dessa comunidade mesmo os segredos de alcova eram impossíveis de ser guardados. Isso porque nove de cada dez conversas cotidianas eram relatórios francos das atividades sexuais próprias e de terceiros.

Com seu conhecimento aumentando, Yuichi espantou-se com a inesperada vastidão desse mundo.

Durante o dia, passava-se o tempo escondido sob um manto invisível. Havia amizade, companheirismo, benevolência, amor do mestre por seu discípulo. Havia associação de negócios, assistentes, gerentes, auxiliares, protetores e protegidos, irmãos, primos, tios e netos, secretários, ajudantes de ordens, motoristas... E também havia várias outras profissões e níveis sociais: presidentes, atores, cantores, escritores, pintores, músicos, professores universitários de ares importantes, funcionários, estudantes e tantos outros homens passando o tempo escondidos sob todo tipo de manto invisível que se possa imaginar.

Aguardando a chegada de um mundo de felicidade, estavam unidos por um interesse mágico comum, sonhavam com uma verdade simples. Sonhavam com o dia em que o axioma do amor do homem por outro homem imperaria sobre o antigo axioma do amor do homem pela mulher. Sua perseverança não tinha rival, exceção feita aos judeus. Essa tribo assemelhava-se aos judeus no grau de fixação anormal e na capacidade de humilhação. Nos anos da guerra, o sentimento dessa tribo produzira um heroísmo fanático e, no pós-guerra, em seu secreto orgulho de serem os representantes da decadência, envolveram-se em desordens, cultivando moitas de violetas sombrias e delicadas em uma terra dividida.

No entanto, nesse universo masculino projetava-se a sombra de uma mulher gigantesca. Sempre atormentados por essa sombra invisível, uns a desafiavam, outros se submetiam, alguns a confrontavam até serem derrotados, havendo mesmo os que desde o início lhe teciam louvações. Yuichi acreditava ser uma exceção. Depois rezou para sê-lo. Por último, esforçou-se para ser um caso à parte. Deu o melhor de si para que a influência da horrível sombra fosse reduzida ao mínimo trivial. Por exemplo, admirar-se frequentemente em frente ao espelho, o pequeno hábito de não conseguir deixar de observar sua própria imagem refletida nas vitrines das lojas, a mania de ficar passeando com afetação pelo corredor do teatro durante os intervalos... Logicamente, esse é um comportamento comum entre jovens normais.

Certo dia, Yuichi deparou-se, no corredor de um teatro, com um cantor que, embora famoso naquele meio, era casado. Possuía fisionomia e ar viris e, além de sua profissão, praticava boxe no ringue particular em casa. De voz doce, reunia todas as condições para enlouquecer qualquer mulher. Mesmo naquele momento, via-se rodeado de quatro ou cinco moças joviais. Um jovem elegante de sua idade, parecendo ser um antigo companheiro de escola, aproximou-se, chamando por ele. O cantor deu-lhe um enérgico aperto de mãos (parecia que estavam partindo para uma briga) e, com um largo gesto de sua mão direita, deu-lhe um tapa vigoroso nas costas. O cavalheiro magro e solene vacilou ligeiramente. As moças entreolhavam-se, rindo educadamente.

Essa cena transpassou o coração de Yuichi. Contrastava com o que vira antes no parque: esse sujeitos remexendo todo o corpo, roçando-se os braços, bamboleando suas bundas imensas. Yuichi sentiu ter tocado algo desagradável dentro de si mesmo, algo semelhante àquilo, que surgia como um desenho feito a tinta invisível e exposto à luz. Fosse ele um espiritualista, teria chamado a isso de destino. O charme fútil e artificial do cantor perante as mulheres, toda a sua vida empenhada nessa encenação para passar-se por "macho", em um esforço de todos os nervos periféricos — aquela atuação "viril", capaz de arrancar lágrimas, constituía uma visão amarga.

"Yuchan" continuou a levar cantadas. Era cortejado de todos os lados.

Em questão de dias, seu nome ficou conhecido. Houve mesmo um comerciante romântico e de meia-idade que, para vê-lo, veio especialmente a Tóquio da distante província de Aomori. Um estrangeiro, intermediado por Rudy, ofereceu-lhe um terno completo, um sobretudo, um par de sapatos e um relógio. Era uma oferta exagerada em troca de uma noite de prazer. Yuichi não a aceitou. Outro homem, quando a cadeira vizinha de Yuichi estava livre, sentou-se nela fingindo embriaguez, abaixando sobre os olhos a aba de seu boné. Estendeu exageradamente os cotovelos, apoiando-os sobre os braços da cadeira. Seus cotovelos tocaram várias vezes, intencionalmente, a região das costelas de Yuichi.

Muitas vezes Yuichi via-se obrigado a tomar um caminho mais longo para chegar em casa. Isso porque alguns homens o seguiam às escondidas.

No entanto, todos sabiam apenas que ele era estudante e ninguém tinha conhecimento de sua origem social, sua história, sua esposa, linhagem ou endereço. A existência desse lindo jovem acabou envolvida pela fragrância de um grande mistério.

Certo dia, um velho quiromante, assíduo frequentador do Rudon e especializado na leitura de mãos de homossexuais, vestido com um sobretudo mal-ajambrado em estilo japonês, observou cada ângulo da mão de Yuichi, dizendo-lhe o seguinte:

— Vejo que sua atenção está dividida entre dois mundos. Como Miyamoto Musashi, que costumava lutar com duas espadas. Será que em algum lugar não está deixando uma mulher aos prantos e vem até aqui como se nada acontecesse?

Yuichi foi tomado por um leve tremor. Revelava-se diante de seus olhos uma certa fragilidade e pobreza em seu próprio mistério.

Nada mais verdadeiro. O mundo que gravitava ao redor do Rudon poderia ser comparado à vida de um funcionário da administração colonial exilado em uma região tropical. Em resumo, nesse universo só havia o dia a dia dos sentimentos, a brutal disciplina dos sentimentos (além do mais, quem poderia opor resistência, caso fosse esse o destino político dessa espécie?).

Era uma selva de sensibilidades, adensada por plantas de excepcional tenacidade.

Os homens que se perdiam dentro dessa selva eram consumidos pelas doenças endêmicas e tornavam-se um tipo de monstro repugnante. Não havia motivo para riso. Mesmo com diferenças de grau, no universo dos homossexuais não há homem que possa resistir à misteriosa força que o arrasta, mesmo contra a vontade, para a lama das sensibilidades humanas. Como exemplo de resistência, há aqueles que tentam se apegar a várias estruturas espirituais do mundo masculino, às ocupações diligentes, à pesquisa intelectual, às artes, mas nenhum deles pode resistir ao fluxo de sentimentos feito água minando lentamente pelo assoalho de um quarto, assim como não há homem capaz de esquecer que possui, em algum lugar, laços com essa água barrenta. Ninguém pode romper definitivamente com o sentimento de úmida familiaridade com seus semelhantes. Alguns tentaram. Mas o resultado final foi apenas voltar aos apertos de mãos úmidos e piscares de olhos viscosos. Esses homens basicamente são incapazes de constituir uma família e, para captar a ínfima luz de um lar, só podem procurá-la em seus olhos entristecidos, dizendo: "Você também é um dos nossos".

Certo dia, Yuichi aproveitou o intervalo entre o término da aula da manhã e o começo da que deveria assistir depois do almoço para caminhar ao redor da fonte no jardim da universidade. Os caminhos geométricos formavam quadrados sobre a grama. A fonte sobressaía entre as árvores que causavam uma impressão de melancolia outonal. Quando o vento mudava de direção, seu jato de água inclinava-se, molhando o gramado. Esse leque vagando em pleno céu se estendia por instantes a ponto de perder seu eixo central. Os mosaicos enfileirados sob o céu nublado, dispostos nas paredes do prédio das salas de aula, por vezes ecoavam o som dos bondes decrépitos que passavam do lado de fora do universidade.

Como se uma seleção severa de amizades revestisse a solidão desse jovem de um significado público, não procurava amigos além dos poucos homens de caráter incorruptível que, na universidade, trocavam com ele notas de aulas. Havia entre os amigos imperturbáveis aqueles que invejavam Yuichi pelo fato de ter uma linda esposa, e discutiam seriamente se a vida de casado serviria para acalmar seu espírito aventureiro. Em parte, as argumentações pareciam acertar em cheio no alvo, pois julgavam que Yuichi era um conquistador de corações femininos.

Como resultado, quando de repente ouviu-se chamado de "Yuchan", seu coração se acelerou como o de um criminoso procurado pela justiça ao ouvir seu verdadeiro nome ser pronunciado.

Quem o chamou assim foi um estudante sentado em um banco de pedras, cobertas de hera, ao lado do caminho suavemente iluminado pelos raios do sol. Até então, Yuichi não reparara o rapaz absorto em sua leitura de um volumoso livro de engenharia elétrica aberto sobre seus joelhos.

Yuichi parou e logo após se arrependeu de tê-lo feito. Teria sido melhor agir como se não se tratasse dele. O estudante ergueu-se, chamando novamente "Yuchan". Sacudiu cuidadosamente, com ambas as mãos, a poeira das calças. Era um jovem de rosto redondo, cheio de animada jovialidade. Pelos vincos das calças, percebia-se que toda noite ele devia deitá-las com cuidado sob o colchão, já que pareciam retilíneos, como se fossem cortados e postos em pé. Quando puxou as calças até a cintura para reapertar o cinto, deixou entrever sob seu casaco uma camisa enrugada, imaculadamente branca.

— Você me chamou? — perguntou Yuichi, sem outra escolha.

— Claro. Meu nome é Suzuki e conheço você do Rudon.

Yuichi olhou novamente para aquele rosto. Não conseguia se recordar dele.

— Não se lembra de mim, não é mesmo? É que são muitos os rapazes que dão piscadelas para Yuchan. Até mesmo os que vão ao café acompanhados as lançam às escondidas. De minha parte, ainda não o fiz.

— O que você quer afinal?

— O que quero? Não parece ser o tipo de pergunta que você costuma fazer! Não seja tão rude. Não gostaria de um pouco de diversão?

— De que tipo?

— Não se faça de desentendido.

Seus corpos aproximaram-se lentamente.

— Mas ainda estamos no meio da tarde!

— Não por isso. Mesmo a esta hora há muitos lugares tranquilos para onde podemos ir.

— Isso se fôssemos um homem e uma mulher.

— Claro que não. Vou mostrar a você.

— O problema é que estou sem dinheiro agora.

— Tenho algum. Será um prazer passar um tempo agradável com você.

Desistiu de assistir às aulas da tarde. O rapaz mais novo iria pagar pelo táxi, e imaginou Yuichi como estaria ganhando o dinheiro. O carro penetrou nas vizinhanças do distrito residencial de Takagicho, em Aoyama, um local desolado e cheio de ruínas. Suzuki mandou o motorista estacionar o carro em frente a uma casa de nome Kusaka, por cujo muro se via o telhado de madeira novo de uma construção provisória, para além do portão de entrada, ao redor do qual apenas os muros de pedra haviam escapado a um incêndio. Na entrada, os batentes do portão, feitos de um material antigo, estavam firmemente cerrados. Suzuki tocou a campainha e, sem razão aparente, abriu os botões junto à gola do uniforme, voltando o rosto risonho na direção de Yuichi.

Pouco depois, ouviu-se o som de passos miúdos e rápidos, aproximando-se do portão. Uma voz assexuada perguntou quem era.

— É Suzuki, abra — disse o estudante.

Os batentes se abriram e um senhor de meia-idade vestindo um casaco carmesim os fez passar.

Tinha-se uma estranha visão do jardim. Podia-se ir a um anexo afastado por um corredor que o ligava ao prédio principal, saltando sobre um caminho de pedras. A maior parte das árvores desaparecera e a água da fonte secara. Como parte do microcosmo de uma planície, por todo lado as ervas outonais cresciam em abundância. Entre elas eram visíveis as fundações do prédio incendiado. Os dois estudantes entraram em um pequeno cômodo do anexo, cheirando a madeira.

— Deseja que esquente a água da banheira?

— Não há necessidade — respondeu Suzuki friamente.

— Que tal um drinque?

— Não, obrigado.

— Então — disse o homem com um sorriso cheio de significado —, vou preparar o local. Gente jovem está sempre com pressa para se deitar, não é mesmo?

Os dois esperaram no aposento contíguo de dois tatames, até que os *futon** fossem estendidos.

Os dois permaneciam calados. Yuichi aceitou o cigarro que o estudante lhe oferecera. Suzuki pôs dois cigarros sobre os lábios e os acendeu, passando um deles a Yuichi juntamente com um sorriso. Yuichi detectou uma inocência infantil na calma duvidosa do estudante.

Ouviu-se um barulho parecido com o estrondo distante de um trovão. A porta de tela para proteção contra a chuva do quarto contíguo fora fechada.

Foram chamados ao dormitório. Uma chama queimava na lamparina posta junto à cabeceira do *futon*. De fora do cômodo, o senhor cumprimentou-os dizendo "Fiquem à vontade!" e logo seus passos puderam ser ouvidos pelo corredor. Os rangidos das

---

* Em vez de camas ocidentais, os japoneses usam para dormir o *futon*, um tipo de colchonete. (N. T.)

tábuas banhadas pela luz fraca do sol vespertino eram o barulho da própria tarde.

O estudante desabotoou o casaco à altura do peito e, com os cotovelos apoiados em uma almofada, soltava baforadas do cigarro. Quando os passos se distanciaram, levantou-se de um salto, como um jovem cão de caça. Era de estatura pouco mais baixa que Yuichi. Atirou-se sobre o pescoço do jovem, que permanecia estático, e o beijou. Durante cinco ou seis minutos continuaram abraçados em pé. Yuichi deslizou sua mão pelo casaco aberto, para encontrar o peito nu de Suzuki. Seu coração quase saltava pela boca. Seus corpos se afastaram e, virando-se de costas um para o outro, livraram-se de todas as roupas com gestos bruscos.

Os jovens se abraçaram, nus. Ouviam o barulho do bonde descendo a ladeira como uma avalanche, e o cantar de um galo em hora imprópria, dando a impressão de ser madrugada.

Por uma fresta na janela, os raios de sol do oeste faziam flutuar grãos de poeira, transformando-se em cor de sangue puro nas partes de resina coagulada dos nós da madeira. O raio fino caía sobre a superfície da água suja que enchia o vaso no *tokonoma*. Yuichi encostou o rosto sobre os cabelos do estudante. Era bom o cheiro de loção capilar dos cabelos sem brilhantina. O estudante afundou seu rosto no peito de Yuichi. Na penumbra, as marcas de lágrimas brilhavam no canto de seus olhos fechados.

No torpor do sono, Yuichi ouviu a sirene de um carro de bombeiros. Esvanecia-se na distância, para logo ser seguida de outra. Em seguida, três viaturas passaram dirigindo-se a um lugar qualquer.

"Outro incêndio!", pensou Yuichi, perseguindo vagas lembranças. "Como no dia em que fui pela primeira vez ao parque. Em uma grande cidade, há sempre incêndios em algum lugar. E há sempre crimes sendo cometidos também. Deus desistiu de se dar ao trabalho de destruir os crimes pelas chamas e talvez tenha repartido os crimes e os incêndios igualmente. Graças a isso, os crimes nunca são reduzidos a cinzas, enquanto a inocência deve contar com essa eventualidade. Por isso as companhias de seguros prosperam. Entretanto, para que meu pecado se torne algo puro, imune ao fogo, não precisaria minha inocência atravessar as chamas? Minha perfeita inocência com relação a Yasuko... No passado, não tinha eu esperado poder *renascer* por Yasuko? E agora?"

Às quatro da tarde os dois estudantes se separaram, trocando um aperto de mãos em frente à estação de Shibuya, sem que nenhum deles pudesse sentir que conquistara o outro.

Ao voltar para casa, Yasuko comentou:

— Coisa rara você chegar tão cedo. Será que esta noite ficará em casa?

Yuichi respondeu que ficaria. No entanto, nessa noite, saiu com Yasuko para o cinema. Os assentos eram estreitos. Yasuko apoiou a cabeça sobre o ombro de Yuichi, mas subitamente distanciou o rosto, com o olhar sagaz de um cão à espreita.

— Que fragrância maravilhosa! Está usando loção capilar agora, não é?

Yuichi fez menção de negar, mas refez-se a tempo de concordar rapidamente. Yasuko percebera que aquele não era o cheiro da loção de seu marido. Mas ao menos não era a fragrância de uma mulher.

9. Ciúme

"Descobri algo fantástico!", anotou Shunsuke em seu diário. "Nunca poderia imaginar que encontraria marionete viva tão perfeita! Yuichi é realmente lindo. E não é apenas isso. É também moralmente frígido. Não possui o remédio da introspecção, que imprime a qualquer jovem certo ar de religiosidade. Também não assume a menor responsabilidade por seus atos. Resumindo, a moral daquele jovem consiste numa certa *indolência*. No momento em que começa a fazer algo, a moral torna-se desnecessária. Esse jovem se consome como material radioativo. Era isso que eu procurava há tanto tempo. Yuichi não acredita nem um pouco nas angústias modernas."

Alguns dias após o baile beneficente, Shunsuke arranjou para que Kyoko e Yuichi se encontrassem *por acaso*. Yuichi lhe contara sobre o Rudon. Foi ideia de Shunsuke marcarem um encontro no café ao cair da noite.

Nessa tarde, Shunsuke Hinoki fez uma conferência a contragosto. Curvara-se à insistência do editor de suas obras completas.

Como foi o primeiro dia de outono em que o frio se fez sentir, a aparência triste do velho escritor em roupas ocidentais, com enchimento de algodão nas costas, assustou um pouco a plateia do evento. Shunsuke subiu à tribuna calçando luvas de casimira. Não tinha uma razão particular para usá-las: um jovem impertinente lembrou-lhe que esquecera de tirá-las, e por isso resolveu seguir com elas apenas para irritá-lo.

Havia quase dois mil ouvintes lotando o auditório. Shunsuke desprezava audiências. O público que frequenta conferências possui as mesmas excentricidades que as técnicas de fotografia moderna. A maneira de procurar pelo instante certo, pelo momento de desproteção, a reverência ao "natural", o culto ao estado bruto, a avaliação exagerada do cotidiano, o interesse pelas anedotas, a excentricidade de só acreditar no ser humano formado por esses materiais de refugo. O fotógrafo pede: "Relaxe!", "Fale!", "Sorria!". A audiência exige exatamente o mesmo, apegando-se principalmente à sobriedade e à autenticidade do orador. Shunsuke odiava a índole investigadora da psicologia moderna, segundo a qual a autenticidade deveria aparecer mais nas palavras e atos imprevistos do dia a dia do que em um texto muitas vezes reelaborado.

Shunsuke expôs seu rosto tão conhecido diante dos inúmeros olhares curiosos. Perante essas audiências convictas de que a individualidade se sobrepõe à beleza, Shunsuke não se sentia inferiorizado. Com gestos indiferentes, alisou o papel amassado com anotações para a palestra, pousando sobre ele, como um peso de papéis, a vasilha de água em vidro facetado. A água misturou-se à tinta, manchando as anotações de um belo azul. Lembrou-se do mar. Sem saber a razão, imaginou que entre as duas mil cabeças negras à sua frente se escondiam as de Yuichi, Yasuko, Kyoko e a da sra. Kaburagi. Shunsuke os amava por serem do tipo de pessoas que nunca assistiriam a conferências. "A verdadeira beleza impõe o silêncio", começou o velho escritor em um tom de voz letárgico. "Nas épocas em que essa fé ainda não fora destruída, a crítica era um campo profissional por si mesma. A crítica empenhava-se em imitar a beleza." Shunsuke acariciava o ar com suas luvas de casimira. "Ou seja, a crítica, assim como a beleza, tinha por objetivo último impor o silêncio. Mais do que um objetivo, esse é um não objetivo. O método crítico consistia em instaurar o silêncio sem recorrer à beleza, apenas pela força lógica. A lógica, na condição de método crítico, assim como a beleza, tem o poder absoluto de forçar o silêncio alheio. O efeito desse silêncio, resultado da crítica, deve transmitir a ilusão da existência da beleza. É necessário que se forme um vácuo. Assim, pela primeira vez a crítica tornava-se útil à criação."

O velho artista passeou o olhar pelo auditório e descobriu três jovens insolentes bocejando. Pensou que aquelas bocas escancaradas talvez estivessem engolindo melhor suas palavras do que as outras.

"Ao mesmo tempo, a fé de que a beleza seja capaz de impor o silêncio acabou ficando no passado. A beleza não impõe mais o silêncio. Mesmo que a beleza passe através de um banquete, os convidados não interrompem suas conversas. Aqueles que já estiveram em Kyoto devem certamente ter visitado o jardim de pedras do templo Ryoanji.* Aquele jardim não apresenta problemas difíceis: é de uma beleza simples. É um jardim que impõe o silêncio. Entretanto, é curioso que os visitantes modernos não se satisfaçam apenas em permanecer calados. Parecem não poder passar sem

---

* O jardim do templo Ryoanji ("Templo do Dragão Pacífico"), em estilo japonês, foi construído no século XV e pertence à escola Myoshinji do budismo Zen. As quinze rochas do jardim foram dispostas de forma que, de qualquer ângulo que sejam observadas, só se possam ver catorze delas. Apenas ao atingir a iluminação espiritual o indivíduo será capaz de ver a última rocha, com o olhar interior. (N. T.)

dizer uma palavra e franzem as sobrancelhas como querendo criar um *haiku*.* A beleza acabou se tornando um estímulo à eloquência. Na presença da beleza, sentimo-nos rapidamente forçados a externar nossas impressões de alguma maneira. Sentimos a necessidade de converter a beleza o quanto antes em valor. Seria perigoso não fazê-lo. Como um explosivo, a beleza tornou-se algo difícil de possuir. A faculdade de possuir a beleza em silêncio, essa capacidade suprema, que exige sacrifício, perdeu-se inteiramente.

"É nesse momento que a idade da crítica se inicia. A crítica não tem hoje como função a imitação da beleza, mas sua conversão. Age em sentido contrário à criação. Antigamente seguidora da beleza, é hoje agente de sua conversão. Ou seja, à medida que a fé que pretendia que a beleza impusesse o silêncio caminhava em direção a sua decadência, a crítica era obrigada a assumir, no lugar da beleza, uma deplorável soberania usurpada. Se mesmo a beleza não impõe o silêncio, a crítica não se sairá melhor. Assim começou nossa era perniciosa, em que a ensurdecedora eloquência se multiplica. Por toda parte a beleza faz falar. Por fim, devido a essa eloquência, a beleza prolifera (que estranha expressão!) artificialmente. Começa a produção em série da beleza. E a crítica começa a despejar injúrias sobre as inumeráveis falsas belezas, cujas origens são fundamentalmente as mesmas dela própria."

Terminada a conferência, Shunsuke foi encontrar-se com Yuichi, ao cair da noite, no Rudon. Ao entrar, os clientes logo desviaram o olhar ao ver esse velho nervoso e solitário. Assim como quando Yuichi entrou no café, todos se calaram: não é apenas a

---

* *Haiku* — poema de dezessete sílabas em três versos de cinco, sete e cinco pés métricos, incorporando palavras relacionadas com as estações do ano, resumindo uma impressão ou um conceito. (N. T.)

beleza que impõe o silêncio, mas também o desinteresse. Não era, entretanto, um silêncio forçado.

Sentado numa mesa ao fundo, Yuichi conversava com alguns jovens. Bastou o velho cumprimentá-lo de forma familiar e sentar-se à mesa um pouco mais para que todos os olhos exprimissem um interesse incomum.

Após trocarem duas ou três palavras, Yuichi afastou-se por instantes da mesa, voltando em seguida.

— Todos estão nos olhando, pois acham que sou seu namorado. Não neguei quando me perguntaram. Assim, fica mais fácil para você vir ao café. Acho que, para um romancista, um café como este deve despertar interesse, estou errado?

Apesar de estupefato, Shunsuke deixou-se levar pelos acontecimentos e não o repreendeu pela imprudência.

— Se você é meu namorado, como devo agir?

— Bem, basta ficar calado e aparentar felicidade.

— Eu? Parecer feliz?

Isso era algo estranho. Um morto como Shunsuke encenando felicidade! O velho escritor mostrou-se confuso com essa situação forçada, como um diretor que inesperadamente é levado a representar. Ao contrário, procurou parecer carrancudo. Mas era difícil. Sentindo-se ridículo, logo desistiu desse jogo. Não percebeu que naquele momento seu rosto era a própria expressão da felicidade.

Como não encontrava explicação adequada para esse bom humor, Shunsuke pensou que talvez se devesse à sua habitual curiosidade profissional. O velho escritor, que perdera toda força criativa, envergonhou-se dessa falsa paixão. Nos últimos dez anos, muitas vezes esse impulso o invadira, como as marés, mas no momento de tomar da caneta, esta não conseguia avançar mais do que uma linha. Amaldiçoava então essa inspiração semelhante a um cheque sem fundos. O impulso artístico que, como uma doença, acompanhara cada ação de sua juventude, não passava agora de marcas de uma curiosidade estéril.

"Como Yuichi é belo!", pensou, contemplando-o quando se afastara novamente da mesa. "Mesmo no meio daqueles quatro ou cinco rapazes bonitos ele sobressai. A beleza queima as mãos que a tocam. Quantos deles devem ter se queimado por sua causa! No entanto, foi por impulso que ele entrou nesse estranho universo. Sua intenção era própria à beleza. De minha parte, como sempre, estou aqui como um observador. Entendo como um espião pode se sentir insignificante. Um espião não deve agir impulsionado pelo desejo. Se o fizesse, todas as suas ações patrióticas acabariam se tornando desprezíveis."

Os três rapazes que cercavam Yuichi tiravam de dentro do terno suas gravatas novas para mostrá-las e compará-las entre si, como as aprendizes de gueixa exibem o resguardo da gola de seus quimonos. A vitrola, como sempre, tocava músicas de dança ruidosas. Era uma cena sem qualquer outra particularidade, a não ser que os homens se tocavam um pouco mais frequentemente com as mãos e os ombros, mais íntimos do que os de outros mundos.

O velho escritor, que nada conhecia, pensou:

"Sem dúvida o homossexualismo repousa sobre a base do prazer puro. Aquelas distorções das gravuras homossexuais, imensamente excêntricas, são com certeza a representação do sofrimento puro. Dois homens não podem se sujar, e é para não sucumbir ao desespero que encenam aquela dolorosa forma de amor."

Naquele instante, viu desenrolar-se diante de si uma cena envolta de certa tensão.

Yuichi fora convidado à mesa de dois estrangeiros. A mesa estava separada da de Shunsuke por um aquário que servia como divisória e no qual nadavam peixes de água doce. Uma lâmpada verde fora colocada dentro do aquário, filtrando sua luz pelos tufos de algas. A iluminação fazia as ondulações da água refletirem-se no perfil do estrangeiro calvo. O outro estrangeiro, muito mais jovem, parecia ser seu secretário. O mais velho deles não falava nenhuma palavra de japonês e seu secretário servia de intérprete de cada uma de suas palavras para Yuichi.

Pelos ouvidos de Shunsuke entravam o inglês de ritmo compassado e de sotaque bostoniano do estrangeiro mais velho, o japonês habilmente manejado pelo secretário e as respostas curtas de Yuichi.

Em primeiro lugar, o mais velho ofereceu cerveja a Yuichi, elogiando incessantemente sua juventude e beleza. A tradução desses elogios exagerados era bizarra. Shunsuke ouvia atentamente. O conteúdo da conversa tornava-se claro.

O velho estrangeiro trabalhava com comércio exterior. Procurava um belo rapaz japonês para companheiro. Era a função do secretário encontrar esse rapaz. Apresentara inúmeros jovens ao patrão, sem que nenhum lhe despertasse a atenção. Na realidade, estivera várias vezes no Rudon. Mas, naquela noite, descobrira pela primeira vez o jovem ideal. Fez a seguinte proposta a Yuichi: "Não gostaria de manter um relacionamento comigo? Se a ideia não lhe agradar, me contento que seja apenas platônico".

Shunsuke percebeu haver uma curiosa *defasagem* entre o inglês e a interpretação para o japonês. O sujeito e o objeto da frase eram confundidos intencionalmente e, apesar de não ser uma tradução infiel ao original, percebeu que o tom da interpretação era circunlocutório, como um tipo de doce lisonja. O jovem secretário possuía um rosto intrépido, de traços germânicos. Seus lábios finos pronunciavam um japonês límpido e seco, como um assobio estridente. Shunsuke espantou-se ao olhar debaixo da mesa. O jovem secretário mantinha o tornozelo esquerdo de Yuichi firmemente preso entre seus dois pés. O velho estrangeiro parecia não perceber esse charme inocente.

Por fim, o velho escritor conseguiu compreender o que se passava. Não havia mentiras na interpretação, mas o secretário esforçava-se para seduzir Yuichi antes mesmo do patrão.

Que nome dar ao sentimento doloroso que se apoderou de Shunsuke? Olhou para a sombra dos longos cílios abaixados de Yuichi movimentando-se e fazendo imaginar como seria lindo seu rosto ao dormir. O jovem lançou um olhar sorridente em direção a Shunsuke. O velho escritor tremeu. Novamente foi apoderado de uma redobrada e misteriosa melancolia.

"Não seria ciúme esse aperto no peito e esse sentimento que me queima por dentro?", perguntou a si mesmo.

Lembrou-se em detalhes do sofrimento que tivera no passado ao presenciar a cena de infidelidade da esposa lasciva na penumbra do alvorecer, à porta da cozinha. Fora o mesmo aperto no peito e a sensação de ver-se diante de um impasse. No meio dessa sensação, sua feiura tornava-se o único ponto de apoio com valor que pudesse trocar pelas ideias do mundo, o único artigo precioso.

Era ciúme. As faces desse cadáver se avermelharam de vergonha e cólera. Com uma voz aguda e penetrante gritou "A conta!", levantando-se.

— Nossa. O velhote está sendo devorado pelo ciúme! — murmurou Kimichan no ouvido de Shigechan. — Mas que gosto o de Yuichi! Fico pensando aqui comigo há quantos anos ele está de cacho com aquele velhote.

— Veio atrás do Yuichi até o café! — disse Shigechan comentando com voz carregada de certa hostilidade. — Será que aquele vovô não se enxerga? Da próxima vez que ele aparecer por aqui, vou expulsá-lo a vassouradas.

— Mas tem jeito de ser um cliente cheio da grana.

— Qual será a profissão dele? Parece ter uma pequena fortuna.

— Com certeza algum figurão, um vereador.

À porta, Shunsuke sentiu a presença de Yuichi, que se levantara e silenciosamente o seguira. Ao sair à rua, Shunsuke espreguiçou-se. Depois, com as duas mãos juntas, deu tapinhas em seus ombros, um de cada vez.

— Está sentindo cansaço nos ombros? — Yuichi perguntou, com uma voz calma e gentil, dando a impressão ao velho homem de que poderia lhe transpassar o espírito.

— Um dia você também estará como eu. O sentimento de vergonha se interioriza gradualmente. A vergonha dos jovens se manifesta enrubescendo a pele. No nosso caso, é na carne e mesmo nos ossos que ficamos envergonhados. Se meus ossos estão assim, é porque fui considerado como alguém do meio.

Por algum tempo, caminharam um ao lado do outro, no meio da multidão.

— Você detesta a juventude, não é mesmo?

Yuichi fez essa pergunta de súbito. Shunsuke foi surpreendido por essas palavras.

— Por que pergunta? — respondeu Shunsuke, perplexo. — Se eu a detestasse, acha que teria tido coragem para vir a um lugar como esse, na minha idade?

— Mesmo assim, você detesta a juventude — insistiu Yuichi categoricamente.

— A juventude feia, com certeza. É irritante ouvir falar da "bela juventude". Minha juventude foi feia. Você nem pode imaginar. Passei toda a minha adolescência desejando renascer.

— Comigo também foi assim — disse Yuichi, cabisbaixo.

— Você não deve dizer isso. Se o fizer, estará transgredindo de certa forma um tabu. O destino que você escolheu nunca lhe permitirá dizer algo do gênero. A propósito, não há problema em sair precipitadamente desse jeito, largando lá aqueles estrangeiros?

— Não, nem um pouco — respondeu o belo jovem, indiferente.

Eram cerca de sete horas. O afluxo de pessoas estava em seu ponto máximo nessa rua onde, desde o fim da guerra, as lojas fechavam cedo. Nessa noite de cerração, os contornos das lojas ao longe pareciam uma litografia. Os cheiros noturnos da rua melindravam levemente as narinas. Era a época do ano em que se podia sentir os odores mais sutilmente. Os cheiros de frutas, flanelas, publicações novas, jornais vespertinos, cozinhas, café, graxa de sapatos, gasolina e picles juntavam-se para formar um retrato opaco das atividades da rua. O barulho do trem passando sobre o elevado interrompeu a conversa.

O velho escritor, apontando para uma vitrine iluminada, disse:

— Vê aquela sapataria logo ali? É uma butique de luxo. Chama-se Kiriya. Kyoko encomendou àquela loja um par de sapatos de dança que ficará pronto hoje ao final da tarde. Ela virá buscá-los às sete horas. Nesse horário, vá até a loja e aja como se estivesse procurando um sapato masculino. Kyoko é uma mulher muito pontual. Quando ela chegar, cumprimente-a fingindo surpresa. Em seguida, convide-a para tomar chá. O resto ficará por conta dela.

— E você?

— Estarei no pequeno café em frente, tomando chá — respondeu o velho escritor.

Yuichi estava confuso diante do preconceito mesquinho e estranho que o velho nutria em relação à juventude. Podia imaginar a vida destituída de prazeres de Shunsuke quando jovem. Não pôde se furtar de pensar na feiura insignificante que teria renascido nas faces de Shunsuke ao vir até a loja procurar saber o horário em que a mulher pegaria os sapatos. Ele também costumava ter atitudes forçadas como aquela. Além disso, graças à sua intimidade com o espelho, adquirira o hábito de verificar sua própria beleza em todas as ocasiões.

10. Falsas coincidências, verdadeiras coincidências

Durante todo o dia, Kyoko Hodaka não foi capaz de pensar em mais nada a não ser nos sapatos de dança azul-turquesa. Nada no mundo parecia mais importante. Quem a visse diria que o destino a dotara de leveza. Como quem se atira em um lago salgado e boia e se salva a contragosto, sua jovialidade próxima ao desespero a impedia de descer até o fundo de suas próprias emoções. Por essa razão, seu bom humor instintivo tinha por vezes uma aparência forçada.

As pessoas sempre acreditavam que, por trás das muitas ocasiões em que Kyoko parecia consumida pelo desejo, estava o marido, usando suas mãos serenas para acender o fogo de uma falsa paixão. Na realidade, Kyoko era uma cadela bem treinada, de uma inteligência que não passava da força do hábito: a impressão que produzia era de que mesmo sua beleza inata era, como a de um vegetal, cultivada com muito esmero.

O marido cansara-se de sua falta de sinceridade. Para excitá-la, esgotara todas as carícias e chegara mesmo a ser infiel, contra sua vontade, apenas para torná-la uma mulher séria. Kyoko chorava com frequência. No entanto, as lágrimas da mulher eram chuvas passageiras. Começava-se uma conversa séria e Kyoko ria como se lhe fizessem cócegas. Não possuía também aquele excesso de graça ou espírito que, como uma compensação, redime a feminilidade.

Na cama, pela manhã, tinha dezenas de ideias magníficas, mas seria exigir muito que se lembrasse de uma ou duas ao entardecer. Um plano de mudar o quadro que decorava a sala de estar podia ser postergado por dez dias: para serem postas em prática, as ideias que porventura permaneciam em sua memória precisavam sedimentar-se na forma de preocupações.

Por vezes suas pálpebras exibiam uma dobra a mais. Seu marido odiava isso, pois nessas ocasiões tornava-se óbvio que a cabeça da mulher estava vazia de quaisquer pensamentos.

Kyoko saiu para as compras num bairro próximo, acompanhada de uma velha criada trazida de sua cidade natal. À tarde, recebeu em casa duas primas do marido. Durante todo o tempo que as moças tocaram piano, Kyoko não lhes prestou nenhuma atenção. Mesmo assim as aplaudiu e teceu inúmeros elogios. Depois conversaram sobre quais lojas de Ginza vendiam doces ocidentais deliciosos e baratos e sobre o relógio de pulso que uma delas comprara em dólares, vendido por preço três vezes maior em certa joalheria daquele bairro. Falaram de tecidos para roupas de inverno e de romances da moda. Discutiram seriamente sobre a razão pela qual os romances custavam menos que os tecidos ocidentais: não se pode vesti-los para sair. Durante todo o tempo, Kyoko não tirava da cabeça os sapatos de dança. Notando sua distração, as primas deduziram erroneamente que estaria apaixonada. Entretanto, era duvidoso que Kyoko pudesse amar algo com paixão maior do que a que devotava então ao par de sapatos.

Por essa razão, contra as expectativas de Shunsuke, Kyoko esquecera totalmente do belo jovem que se comportara tão inusitadamente no baile recente.

Quando deparou com Yuichi, ao entrar na sapataria, Kyoko estava de tal modo impaciente para ver os sapatos que praticamente não se espantou com essa coincidência, saudando-o apenas de forma convencional. Por sua vez, Yuichi decepcionou-se com a mesquinhez de sua própria situação. Pensou em desistir daquilo. Entretanto, o ódio que sentia o reteve naquele lugar. Sentiu raiva da mulher. O fato de ter esquecido de odiar Shunsuke era prova de que a paixão do velho escritor o contaminara. O jovem assobiava distraidamente, admirando a vitrine pelo lado de dentro. Seu assobio soava sonoro e sinistro. Ao percorrer com os olhos as costas da mulher que experimentava o par de sapatos, um sombrio espírito de luta começou a germinar dentro dele.

"Bem, agora vou fazer essa mulher infeliz!"

Kyoko se alegrara com o efeito dos sapatos de dança. Pediu ao vendedor que os embrulhasse. Sua ânsia por fim se apaziguara.

Voltou o rosto sorrindo. Foi então que, pela primeira vez, deparou realmente com o belo jovem.

A felicidade de Kyoko assemelhava-se à que teria com a leitura de um impecável menu. Tomou a iniciativa. Não era de seu feitio convidar um homem que mal conhecia, mas aproximou-se de Yuichi e gentilmente perguntou:

— Que tal se fôssemos tomar chá?

Com um meneio de cabeça, Yuichi aceitou o convite. Passado das sete horas, muitos cafés já haviam fechado suas portas. O estabelecimento onde Shunsuke aguardava continuava vivamente iluminado. Ao passarem diante desse café, Kyoko fez menção de entrar, sendo mais que depressa impedida por Yuichi. Depois de passarem em vão por mais dois cafés já com as cortinas cerradas, entraram finalmente em um que ainda funcionava.

Sentaram-se a uma mesa de canto. Negligentemente, Kyoko tirou suas luvas de renda. Seus olhos brilhavam. Fitando Yuichi, perguntou:

— Como vai sua esposa?

— Bem.

— Hoje também está sozinho?

— Sim.

— Entendo. Sem dúvida combinou de encontrá-la aqui neste café, não foi? E quer que lhe faça companhia até que ela chegue.

— Estou realmente sozinho. Vim porque tive um compromisso no escritório de um amigo nas redondezas.

— É mesmo? — disse Kyoko, o tom de cautela desaparecendo da voz. — Não nos vemos desde aquela noite do baile.

Kyoko lembrava pouco a pouco. Naquela noite, o corpo desse jovem, repleto da impetuosidade de um animal selvagem, pressionara seu corpo na direção de uma parede sombria. Lembrava-se da força do olhar clamando por sua indulgência, impregnado de ambição. As costeletas ligeiramente longas, a face sensual, os lábios inocentes, que pareciam ter desistido de murmurar uma queixa. Logo recuperou a imagem detalhada do jovem. Imaginou um pequeno estratagema. Puxou o cinzeiro para perto de si. Assim, para depositar as cinzas nele, Yuichi moveu a cabeça para bem perto dos olhos de Kyoko, como um jovem touro. A mulher inalou o aroma da brilhantina de seus cabelos. Um cheiro que exalava juventude. Sim, era aquele cheiro! O mesmo que desde o dia do baile muitas vezes a perseguira, mesmo em sonhos.

Certa manhã, essa fragrância a envolveu tenazmente, mesmo já acordada. Como tinha compras para fazer no centro da cidade, uma hora depois de o marido sair para o Ministério das Relações Exteriores tomou um ônibus lotado de pessoas que começavam a trabalhar mais tarde que o horário normal. Sentiu o cheiro forte da brilhantina. Seu coração palpitou. Porém, ficou decepcionada ao notar que o perfil do jovem que a usava era diferente, mesmo sendo o cheiro do cosmético parecido ao de seus sonhos. Ignorava a marca da brilhantina. Mas muitas vezes sentira seu aroma nos ônibus lotados e nas lojas e, sem razão aparente, sentia então que seu peito se apertava.

Sim, não havia dúvidas. Era aquela fragrância. Kyoko fitava Yuichi com um outro olhar. Descobria nesse jovem um perigoso poder que, com o fulgor de um cetro, procurava dominá-la.

Entretanto, essa mulher verdadeiramente frívola achava divertido esse poder atribuído aos homens. Belos ou feios, era comum a todos eles o ridículo desse pretexto chamado desejo. Por exemplo, não há homem que não leia romances eróticos baratos e, desde o final da adolescência, não tenha fixação por seus enredos. O tema é convencional: "não há momento em que a mulher se encontre mais inebriada de felicidade do que quando descobre o desejo nos olhos de um homem".

"Como a juventude desse rapaz é comum!", pensou Kyoko, ainda cheia de autoestima por sua própria juventude. "É do tipo que se encontra em qualquer parte. Ele deve estar consciente de que sua idade é ideal para confundir desejo e sinceridade."

Em perfeita consonância com esse mal-entendido de Kyoko, os olhos de Yuichi pareciam embaciados de paixão. Mesmo assim, não perdiam seu natural tom sombrio e, ao vê-los, Kyoko parecia escutar o violento barulho de água correndo dentro de um duto, com a rapidez de uma flecha.

— Depois daquela noite, foi dançar em algum lugar?

— Não, não dancei mais.

— Sua esposa não gosta de dançar?

— Eu diria que é do tipo que gosta.

Que barulho insuportável! Na realidade, o café estava muito tranquilo. Mesmo assim, o som baixo da música, o arrastar dos sapatos, o barulho dos pratos, os risos dos clientes a intervalos irregulares, a campainha do telefone tocando, todos esses sons confusos e amplificados irritavam o ouvido. Como se agissem de má-fé, os sons pareciam fixar um prego na conversa inerte. Kyoko sentiu como se estivessem conversando imersos na água.

Quanto mais um coração procura se aproximar, mais o outro se afasta. Kyoko, que sempre exibia um ar de despreocupação, começou a se dar conta da distância entre ela e o jovem que tanto parecia desejá-la. "Estariam minhas palavras chegando até ele?", pensou. Talvez porque a mesa que os separava era tão larga. Sem perceber, Kyoko exagerava suas emoções.

— Pelo jeito, diria que depois de dançar comigo parece já não precisar mais de mim.

A expressão no rosto de Yuichi denotava certa amargura. Esse tipo de adaptação às circunstâncias, essa encenação que quase não deixa entrever a habilidade, tornara-se uma segunda natureza e devia muito à força do espelho, seu mestre silencioso. Fora o espelho que o educara na expressão das diversas emoções que revelavam os múltiplos ângulos e tonalidades da beleza — a beleza que, afinal, dissociara-se de Yuichi e acabara por ser manejada livremente, graças à consciência que o jovem possuía dela.

Talvez fosse essa a razão pela qual Yuichi não mais se sentia embaraçado diante de uma mulher, como se sentira com Yasuko antes do casamento. Ao contrário, nos últimos tempos, podia inebriar-se livremente de um prazer quase carnal com elas. A mesma sensualidade abstrata e transparente que, no passado, o atraíra para o salto em altura e a natação. Possuindo essa liberdade irrestrita do desejo, seu maior adversário, Yuichi via sua própria existência como um mecanismo de delicada precisão.

Para mudar de assunto, Kyoko desviou a conversa para fofocas sobre amigos seus, citando nomes. Kyoko espantou-se, achando ser um milagre Yuichi não conhecer nenhum deles. Em seu espírito, os romances eram algo que só podia acontecer entre seus conhecidos e com uma formação de pares bem previsível. Em resumo, só acreditava em romances pré-arranjados. Finalmente, pronunciou um nome que Yuichi conhecia.

— Conheceu Reichan Kyoura, falecida há três ou quatro anos?

— Sim, era minha prima.

— Não diga! Seus parentes chamam você de Yuchan, não é mesmo?

Yuichi sobressaltou-se. Entretanto, sorriu calmamente.

— De fato.

— Então você é o famoso Yuchan!

O olhar ousado de Kyoko deixou o jovem embaraçado. A explicação de Kyoko foi a seguinte. Reiko era a sua amiga de escola mais íntima. Antes de morrer, confiou-lhe o diário que redigira até praticamente seus últimos dias de vida. A única razão de viver para essa mulher há muito adoentada e triste era a visão do rosto do jovem primo que algumas vezes vinha visitá-la.

Apaixonara-se por esse caprichoso visitante ocasional. Esperava que ele a beijasse, mas desistia apavorada diante da ideia de contaminá-lo. O marido, já falecido, a infectara. Tentou em vão declarar-se a Yuichi. Uma vez era um acesso de tosse, em outra ocasião era seu autocontrole que lhe roubava a oportunidade de confessar seu amor. Procurava no jovem primo de dezoito anos exatamente aquilo que se opunha à morte e à doença: todo o brilho da vida, como as árvores novas no jardim banhadas pelo sol, que via de seu quarto. Buscava nele a saúde, o riso jovial, os lindos dentes alvos, a ausência de amarguras ou sofrimentos, a inocência, o brilho resplandecente de sua juventude. No entanto, tinha medo de que, confessando seu amor, a compaixão ficasse visível em suas sobrancelhas e, caso nele também florescesse o amor, a amargura e o sofrimento surgissem em suas faces. Queria deixar este mundo admirando até o fim, no rosto enérgico do primo, apenas o capricho juvenil, próximo da indiferença. Todos os dias começava suas anotações no diário invocando o nome de "Yuchan". Certo dia, gravou as iniciais do nome do primo em uma maçã que ele lhe trouxera, colocando-a sob o travesseiro. Pediu-lhe uma foto. Yuichi, sem jeito, recusou...

Kyoko tinha razão de achar o nome "Yuchan" mais simpático do que "Yuichi". Na realidade, apaixonara-se por esse nome, que despertara sua imaginação desde a morte de Reiko.

Yuichi a ouvia, surpreso com a revelação, sem parar de brincar com sua colher prateada. Era a primeira vez que tomava conhecimento de que sua prima, dez anos mais velha e presa a um leito de doente, fora apaixonada por ele. Não apenas isso, espantava-se com a inexatidão da imagem que a prima fazia dele. Na época, ele se vergava ao peso de um desejo sexual anormal e sem objeto. Chegava a invejar a morte não tão distante de Reiko.

"Jamais tive a intenção de enganar Reiko", Yuichi pensou. "Comportei-me daquele jeito por não querer expor o que se passava em meu coração. Além disso, ela me tomava erroneamente por um adolescente simples e jovial, e não reparei que estava apaixonada por mim. Todos têm como única razão de viver uma noção errada sobre os outros." Em suma, esse jovem tingido pela virtude do orgulho tentava se persuadir de que o falso flerte com Kyoko era a sinceridade mais consumada.

Imitando a atitude de mulheres mais idosas, Kyoko inclinava levemente para trás o corpo ao olhar Yuichi. Apaixonara-se por ele. Talvez seu coração frívolo sentisse uma desconfiança modesta sobre seus próprios sentimentos, mas conseguiu assegurar-se do que sentia ao ver diante de seus olhos o objeto da paixão da falecida Reiko.

Kyoko errara seus cálculos. Acreditava que, desde o começo, o coração de Yuichi se aproximara do seu. Portanto, achou que bastaria dar um meio passo.

— Gostaria de voltar a encontrá-lo qualquer dia desses. Poderia lhe telefonar?

Yuichi não tinha um horário fixo para estar em casa. Sugeriu que partisse dele o telefonema. No entanto, Kyoko também raramente permanecia em casa durante o dia. Alegrou-se ao ver que deveriam fixar naquele mesmo momento seu próximo encontro.

Kyoko abriu sua agenda e pegou um lápis delicado, de ponta bem afiada, preso por uma fita de seda. Tinha muitos compromissos. Sentia uma secreta satisfação em desmarcar o mais difícil de ser cancelado. Bateu levemente com a ponta do lápis sobre a data de uma recepção em honra a uma celebridade estrangeira na residência oficial do ministro das Relações Exteriores, acompanhando seu marido. Era preciso adicionar algum elemento de segredo e aventura para o próximo encontro com Yuichi.

Yuichi aceitou. Agindo cada vez mais como uma criança mimada, a mulher pediu que ele a acompanhasse de volta a casa. Vendo que o jovem hesitava, confessou que o dissera apenas para apreciar o embaraço em seu rosto. Olhou então fixamente para os ombros de Yuichi, como se contemplasse os cimos de uma distante cordilheira. Guardou por instantes o silêncio, à espera de que ele falasse algo. Sentiu-se solitária ao recomeçar a falar. Não receava proferir banalidades:

— Sua esposa deve ser uma mulher feliz. Você é com certeza um marido carinhoso.

Mal acabou de falar, deixou o corpo cair sobre a cadeira, parecendo ter exaurido suas forças. Lembrava um pavão morto, abatido numa caçada.

Kyoko sentiu seu coração palpitar mais forte. As visitas que deveria receber em casa estariam esperando por ela. Levantou-se para telefonar, cancelando o compromisso.

Alguém logo atendeu o telefone. A voz estava distante. Quase não se podia ouvir distintamente o que a empregada dizia. Um chiado no telefone, como o barulho de chuva caindo, impedia a conversa. Kyoko voltou os olhos em direção a uma larga janela formada por uma única placa de vidro. Chovia. Infelizmente, não trouxera seu guarda-chuva. Sentia-se audaciosa.

Ao voltar para seu lugar, percebeu Yuichi conversando com uma mulher de meia-idade, que puxara uma cadeira para perto dele. Sentou-se a pequena distância dos dois. Yuichi apresentou-lhe a mulher.

— Esta é a senhora Kaburagi.

No ato, cada uma das mulheres sentiu uma hostilidade recíproca. Essa coincidência estava completamente fora dos planos de Shunsuke; a sra. Kaburagi já os observava havia algum tempo de uma mesa ao canto, um pouco afastada da deles.

— Cheguei um pouco antes do horário combinado. Não queria interferir, esperando até que vocês acabassem de conversar. Com licença — disse a sra. Kaburagi.

Naquele instante, essa mentira infantil sublinhou sua idade, da mesma forma que uma maquiagem jovem ressalta exageradamente um rosto velho. Kyoko aliviou-se ao constatar sua feiura. Segura de si, era capaz de enxergar além da mentira. Piscou para Yuichi, sorrindo.

A sra. Kaburagi só não notou a piscadela de desprezo da mulher dez anos mais nova por causa do ciúme que, invadindo-a naquele instante, pôs a perder seu orgulho. Kyoko disse então:

— Desculpe por ter tagarelado tanto e fazê-la esperar. Permitam que me retire. Poderia chamar um táxi para mim, Yuchan? Está chovendo.

— O quê? Chuva?

Embaraçado por ser chamado pela primeira vez de "Yuchan" por Kyoko, Yuichi tentou dar importância exagerada à chuva que caía. Assim que saiu à rua, fez parar um táxi que passava. Deu sinal em direção ao restaurante. Kyoko levantou-se, despedindo-se da sra. Kaburagi. Yuichi a conduziu até o carro sob a chuva, acenando-lhe em despedida. Kyoko foi embora sem dizer palavra.

Yuichi sentou-se calado diante da sra. Kaburagi. Seus cabelos molhados colavam-se à testa como algas marinhas. Notou que Kyoko esquecera algo na cadeira ao lado da sua. Mais que depressa pegou o pacote e ensaiou um gesto brusco e instantâneo de sair do café. Esquecera-se de que ela partira no táxi. Essa manifestação de paixão fez a sra. Kaburagi se desesperar.

— Ela esqueceu algo? — perguntou com um sorriso forçado.

— Sim. Seus sapatos.

Ambos imaginaram que Kyoko esquecera apenas um par de sapatos. O que ela deixara ali, na verdade, fora o único objeto de sua preocupação durante todo aquele dia, até o encontro com Yuichi.

— Não seria melhor correr atrás dela? Talvez ainda consiga alcançá-la — disse a sra. Kaburagi, com um sorriso amargo, com o claro propósito de atormentá-lo.

Yuichi não disse uma palavra. A mulher também continuava calada, mas sobre seu silêncio estendiam-se vividamente as sombras da derrota. Quando falou, fê-lo com uma voz agitada, beirando as lágrimas.

— Ficou zangado? Perdoe-me. Foi maldade minha ter dito isso.

Contradizendo suas palavras, os funestos pressentimentos que seu amor delineava açoitavam seu espírito: pressentia que Yuichi entregaria a caixa a Kyoko sem falta, no dia seguinte, explicando-lhe a mentira da sra. Kaburagi.

— Não se preocupe. Não estou nem um pouco zangado.

O sorriso de Yuichi era como uma nesga de azul num céu tempestuoso. Yuichi não poderia imaginar quanto seu sorriso enchia de energia a sra. Kaburagi: convidada pelo sorriso do rapaz, verdadeiro girassol, sentiu-se guindada ao cimo da felicidade.

— Queria dar algo a você, para que me desculpasse. Que tal se saíssemos daqui?

— Não se preocupe em me dar nada. Até porque está chovendo...

Fora apenas uma pancada de chuva. Por ser noite, não se percebia ao longe que a chuva cessara, mas alguns homens embriagados saíram do café e gritaram da porta: "Parou de chover, já parou". Alguns clientes que haviam entrado no local apenas para fugir da chuva trataram de sair, entregando seus corpos à brisa pura da noite. Sem esquecer o pacote, Yuichi seguiu a sra. Kaburagi, que parecia apressada. O vento tornara-se frio após a chuva, fazendo Yuichi levantar a gola de seu impermeável azul-marinho.

Em sua mente, a sra. Kaburagi exagerava a coincidência feliz de encontrar Yuichi naquele dia. Desde o primeiro encontro, travara uma batalha com o ciúme. Seu autocontrole, mais forte que o de muitos homens, serviu de esteio a sua decisão de não voltar a convidar Yuichi. Preferia sair sozinha. Ia ao cinema, comia nos restaurantes e tomava chá sempre desacompanhada. Ao ficar só, paradoxalmente, sentia-se liberta de suas próprias emoções.

Mas o olhar de Yuichi, altivo e desdenhoso, parecia acompanhá-la aonde quer que fosse. Esse olhar parecia dizer: "Ajoelhe-se! Vamos logo, ajoelhe-se diante de mim!".

Certo dia, fora sozinha ao teatro. No intervalo, um espetáculo deprimente se descortinou diante do espelho do toucador no banheiro feminino. Os rostos das mulheres quase colidiam. Lutavam entre si para alcançar o espelho: expunham faces, lábios, testas, sobrancelhas. Para passar ruge, batom, rímel, para ajeitar fios de cabelos rebeldes, para confirmar que os cachos sofridamente enrolados pela manhã estavam em forma. Uma das mulheres, displicentemente, inspecionava os dentes. Outra, sufocada pelo pó de arroz, exibia um rosto estranho. Se a superfície do espelho fosse posta numa pintura, sem dúvida se ouviriam da tela os gritos moribundos de mulheres massacradas. Na competição feroz de seu sexo, a sra. Kaburagi viu refletida sua própria face branca, fria, rígida. "Ajoelhe-se! Ajoelhe-se!" O sangue escorria vividamente pelas feridas de seu orgulho.

No entanto, agora, inebriada por doce submissão — pateticamente sentindo que essa doçura era uma recompensa a sua própria astúcia —, atravessou a rua, passando por cima das marcas deixadas pelos pneus dos carros, molhados pela chuva. Folhas largas e amareladas, caídas das árvores que ladeavam a rua, colavam-se a seus troncos. Agitavam-se como mariposas. Um vento soprou. Calada, como na noite do primeiro encontro com Yuichi, na casa de Shunsuke, a senhora o levou à loja de um alfaiate. Os funcionários a trataram com deferência. Pediu para ver tecidos de inverno, e os punha um após o outro sobre os ombros de Yuichi. Fazendo-o, podia contemplar o jovem abertamente.

— Interessante. Em você, todos os padrões caem bem — disse, agora encostando cada peça de tecido no peito do jovem.

Yuichi sentia-se incomodado, temendo parecer um completo idiota aos olhos dos funcionários da loja. A sra. Kaburagi escolheu uma peça de tecido e pediu que tirassem as medidas do jovem. O dono, um senhor experiente, espantou-se com suas medidas ideais.

Nervoso, Yuichi pensava todo o tempo em Shunsuke, que ainda estaria esperando pacientemente naquele café. Mesmo assim, não seria conveniente provocar um encontro entre ele e a sra. Kaburagi naquela noite. Mesmo porque não sabia se ela desejaria ir a algum lugar. Aos poucos, sentiu desaparecer a necessidade de apoio de Shunsuke e, exatamente como um aluno primário que começa a tomar interesse pelas lições que lhe são ensinadas contra a vontade, viciava-se no prazer do jogo desumano do qual as mulheres eram as vítimas. Em resumo, o cavalo de Troia no qual o velho escritor o aprisionara, maquinismo ameaçador e original para a imitação violenta da "natureza", começava a funcionar maravilhosamente. A questão de elevar ou reduzir a chama que ardia no coração das duas mulheres dependia apenas de seu orgulho pessoal. Começara a dedicar-se a isso com devotada indiferença. A forte confiança que possuía em si próprio não seria vergada pela compaixão. Contemplava o rosto da mulher inebriada pelo prazer da oferta um pouco banal de encomendar roupas para ele, achando-o igual ao de um símio. A bem da verdade, mesmo a mais linda criatura, desde que fosse uma mulher, seria olhada como um símio por esse jovem.

A sra. Kaburagi fora derrotada desde o início, quer risse, calasse, falasse, desse presentes, contemplasse furtivamente seu rosto, agisse com jovialidade ou fingisse melancolia. Essa mulher, que raramente chorava, sem dúvida em breve seria derrotada também pelas lágrimas. Vestindo bruscamente o paletó, Yuichi deixou o pente cair do bolso interior. Antes mesmo que ele ou o alfaiate pudessem esboçar um gesto, ela rapidamente inclinou-se para apanhá-lo. Ficou surpresa com seu próprio servilismo.

— Obrigado.

— É um pente enorme. Deve ser prático de usar.

Antes de devolvê-lo ao dono, a sra. Kaburagi passou-o duas ou três vezes por seus cabelos. Seus olhos contraíram-se, fazendo brilhar os cantos retesados.

Yuichi acompanhou-a a um bar e, após se despedirem, foi ao café onde Shunsuke o esperava. Estava fechado. O Rudon permanecia aberto até o horário do último trem. Foi então até lá, onde Shunsuke o aguardava. Yuichi contou em detalhes o que acontecera. Shunsuke gargalhava.

— Leve os sapatos para casa e aja como se não soubesse de

nada até que ela se manifeste. Provavelmente ligará amanhã para sua casa. Seu encontro com Kyoko está marcado para o dia 19 de outubro, se não estou enganado. Ainda temos uma semana pela frente. Antes disso, você deve se encontrar com ela mais uma vez, para devolver-lhe os sapatos, explicar e pedir desculpas pelo acontecido esta noite. Ela é uma mulher perspicaz e com certeza logo notou a mentira da senhora Kaburagi. Então, você deverá...

Shunsuke fez uma pausa. Tirou de sua carteira um cartão de visitas, no qual escreveu algumas palavras de apresentação. Sua letra estava um pouco trêmula. Observando essas mãos envelhecidas, Yuichi lembrou-se das de sua mãe, pálidas e levemente inchadas. Foram essas duas mãos, antes de quaisquer outras, que despertaram no íntimo desse jovem o casamento de fachada, o vício, a hipocrisia, a paixão pela falsidade. Aquelas mãos haviam assinado um pacto com a morte. Yuichi perguntava-se se a força que dele se apossara não seria uma força do além-túmulo.

— No terceiro andar do Edifício N***, em Kyobashi — disse o escritor ao entregar-lhe o cartão de visitas —, há uma loja que vende lenços femininos importados, elegantes. Apresentando esse cartão, aceitam vender também para japoneses. Compre meia dúzia deles, todos com o mesmo motivo. Entendeu? Você presenteará Kyoko com dois deles, como prova de suas desculpas. Dê os outros quatro à senhora Kaburagi na ocasião de seu próximo encontro com ela. Uma vez que uma coincidência como a de hoje não deve acontecer com frequência, vou arranjar uma oportunidade para que você, Kyoko e a senhora Kaburagi se reúnam em algum lugar. Certamente os lenços desempenharão seu papel. Por outro lado, tenho em casa os brincos em ágata de minha falecida esposa. Vou dá-los a você em breve. Depois explicarei o que quero que faça com eles. Bem, você verá. Cada uma delas irá acreditar que você está tendo um caso com a outra e não consigo própria. Vamos adicionar mais um lenço para sua esposa. No devido tempo, ela também começará a imaginar que você a está traindo com duas outras mulheres. Quando isso acontecer, teremos atingido nosso objetivo. Você verá como a liberdade em sua *vida verdadeira* aumentará.

Naquele horário, a atividade daquela comunidade sombria e agitada parecia atingir seu auge no Rudon. Os jovens das mesas do fundo não paravam de rir, contando histórias eróticas, mas se o tema da conversa passasse a ser as mulheres, os ouvintes franziam as sobrancelhas, olhando de viés. Rudy, cansado de esperar pelo namorado, um jovem que aparecia a cada dois dias no café às onze da noite, olhava constantemente para a porta, abafando bocejos.

Shunsuke foi induzido a bocejar também, mas não como Rudy. Parecia um mal crônico. Suas dentaduras estalaram ao fechar a boca. Apavorava-se terrivelmente com esse barulho, que repercutia sombriamente dentro de sua própria carne. Tinha a impressão de ouvir o som funesto da matéria violando seu interior. O corpo é basicamente matéria e o estalar das dentaduras nada mais era do que a revelação clara de sua própria essência corpórea.

"Mesmo meu corpo é para mim um estranho", pensou Shunsuke. "Que dirá então meu espírito."

Olhou furtivamente o rosto de Yuichi.

"Mas ao menos a *forma* de meu espírito é tão bela quanto *isto*."

Como os dias em que Yuichi chegava tarde em casa tornavam-se mais frequentes, Yasuko cansara de acumular suspeitas sobre o marido. Decidira simplesmente acreditar nele, mas isso só aumentava seu sofrimento.

Aos olhos de Yasuko, o caráter de Yuichi representava um indecifrável enigma, de difícil compreensão por não parecer coincidir com o lado jovial do marido. Certa manhã, gargalhava ao ver uma tira de quadrinhos no jornal, mas Yasuko não percebeu nada de tão engraçado nela.

— É que, anteontem... — começou a explicar.

Mas logo interrompeu, calando-se. Inadvertidamente, trazia para a mesa de seu lar uma conversa ouvida no Rudon. Yuichi dava a impressão de estar por vezes muito deprimido, repleto de sofrimento. Yasuko queria partilhar suas angústias, mas no instante seguinte Yuichi confessava estar apenas com dores de estômago por ter comido doces demais.

Os olhos do marido pareciam constantemente ansiosos e Yasuko chegava mesmo a enganar-se, acreditando haver nele uma natureza poética. Yuichi tinha nojo das fofocas e conversas maliciosas comuns. Apesar do bom conceito que os pais de Yasuko tinham em relação a ele, parecia trazer dentro de si estranhos preconceitos contra a sociedade. Os homens que têm pensamentos inteligentes parecem exercer certo fascínio aos olhos das mulheres. Isso porque as mulheres são educadas de modo a serem incapazes, mesmo diante da morte, de externar até mesmo pensamentos como "Adoro cobras!".

Certa vez, deu-se o seguinte.

Yuichi saíra para a universidade e Yasuko ficara em casa. A sogra tirava a sesta e Kiyo ainda não voltara das compras. Por volta das duas da tarde, Yasuko tricotava na varanda. Preparava uma jaqueta de inverno para Yuichi.

A campainha da porta tocou. Yasuko levantou-se, desceu ao vestíbulo e destrancou a porta. O visitante era um estudante carregando uma bolsa de viagem. Yasuko não o conhecia. O rapaz cumprimentou-a com um sorriso cordial, fechando a porta atrás de si e dizendo:

— Estudo na mesma universidade que seu marido. Nas horas vagas, trabalho como vendedor de sabonetes importados. Desejaria ver alguns?

— No momento, temos o suficiente.

— Não diga isso antes de vê-los. Com certeza não vai resistir a eles.

Voltou as costas a Yasuko e, sem pedir autorização, sentou-se sobre o degrau elevado que conduzia ao interior da casa. A sarja negra nas costas e na cintura de seu uniforme luziam de tão velhas. Abriu a bolsa e tirou uma amostra. A embalagem do sabonete era espalhafatosa.

Yasuko insistiu que não tinham necessidade. Acrescentou que precisava esperar pela volta do marido. O estudante soltou despropositadamente um riso jocoso. Passou um dos sabonetes de amostra para que Yasuko sentisse a fragrância. No momento em que fez menção de pegá-lo, o rapaz lhe segurou a mão. Antes de gritar, encarou-o. Ele continuava sorrindo, audaciosamente. Yasuko tentou gritar, mas ele tampou sua boca. Ela resistia com força.

Por acaso, Yuichi voltava para casa naquele exato momento. Sua aula fora cancelada. Quando estava prestes a tocar a campainha, pressentiu que havia algo de errado. Seus olhos, habituados à luz exterior, por um momento não distinguiram na penumbra as figuras curvadas, confusas. Havia um ponto de luz. Vinha dos olhos muito abertos de Yasuko, que recebiam com alegria o marido que voltava ao lar, ao mesmo tempo que todo o seu corpo debatia-se para se livrar. Yasuko desvencilhou-se com força. O rapaz afastou-se, também levantando-se. Viu Yuichi. Tentou fugir, contornando-o, mas foi agarrado pelo braço. Yuichi o puxou para o jardim. Deu-lhe um soco no queixo. O estudante caiu de costas sobre as azaleias do canteiro. Yuichi avançou e deu-lhe tapas no rosto.

Yasuko jamais esqueceria aquele incidente. Naquela noite, Yuichi permaneceu em casa, protegendo-a de corpo e alma. Não era de espantar que ela acreditasse completamente no amor do marido. Fora por amor que Yuichi a defendera. Era por amar a família que ele zelava pela paz e pela ordem.

Esse marido protetor, de músculos fortes, não se vangloriou do ocorrido nem mesmo perante a mãe. Quem poderia imaginar que Yuichi possuísse razões particulares e inconfessáveis para recorrer ao uso da força? Dois eram os motivos. Primeiro, o estudante era belo. A segunda razão, difícil para ele admitir, era que fora obrigado a enfrentar a dura realidade de que aquele estudante *sentia desejo por mulheres.*

11. Aspectos da vida familiar

No dia 10 de novembro, no caminho de volta da universidade, Yuichi encontrou-se com Yasuko numa das estações suburbanas de trem. Tendo em vista o lugar a que iriam, vestira um terno que costumava usar para assistir às aulas.

Estavam a caminho da residência de um famoso ginecologista, recomendado pelo médico que cuidava da mãe de Yuichi. Chefe de seu departamento, esse senhor no outono da vida dava plantão quatro vezes por semana no hospital universitário e, às quartas e sextas, atendia seus pacientes em casa, onde também mantinha um consultório bem equipado.

Na realidade, Yuichi hesitou por longo tempo sobre se era seu dever levar a esposa até lá. A tarefa de acompanhante deveria ser da competência de sua sogra. Yasuko, cheia de mimos, pediu que ele fosse junto. Não encontrou uma boa desculpa para recusar.

Havia carros estacionados em frente ao prédio de estilo ocidental, tranquilo e elegante, onde o médico morava. Yuichi e Yasuko aguardaram sua vez de ser atendidos numa sala de espera muito escura, na qual havia uma lareira.

Geara pela manhã e o dia estava particularmente frio. A lareira estava acesa e sobre o assoalho estava estendida uma pele de urso branco, cuja parte mais próxima ao fogo exalava certo odor. Um buquê de crisântemos amarelos enchia o grande vaso em cloisonné sobre a mesa. Como o cômodo era muito escuro, as chamas da lareira projetavam-se delicadamente sobre a superfície verde--escura do vaso.

Quatro clientes aguardavam sentadas nas cadeiras da sala de espera. Uma senhora de meia-idade, acompanhada de sua criada, e uma jovem com sua mãe. A senhora mostrava-se impassível, com uma pesada maquiagem e um penteado que indicava ter acabado de sair do salão de beleza. Se ela sorrisse, fendas se abririam na pele desse rosto guardado por espessa camada de pó de arroz. Podia-se enxergar seus pequenos olhos por trás da parede branca formada pelo cosmético. Sua vestimenta sugeria uma fantasia, feita segundo a noção geralmente aceita do que seja a extravagância: um quimono laqueado com motivo de conchas de madrepérola dispersas pelo tecido, o cinto, a jaqueta curta, o imenso anel de diamante, a fragrância de perfume enchendo o ar. Tinha sobre os joelhos um exemplar da *Life*. Lia as matérias em letras miúdas aproximando os olhos e movendo os lábios. Tinha o hábito de, por vezes, fazer um gesto com a mão para ajeitar um inexistente cabelo rebelde, como se afastasse uma teia de aranha. A criada esperava sentada em uma pequena cadeira atrás dela. Via-se em seus olhos que punha todo seu corpo e alma na emissão de um "sim" cada vez que a patroa lhe dirigia a palavra.

Às vezes, as outras duas senhoras lançavam-lhe um olhar rápido, imbuído de certo menosprezo. A moça vestia um quimono púrpura com grandes motivos no formato de flechas, e a mãe, um traje em crepe com linhas e motivo de cascatas. Não se poderia dizer se a moça era casada ou não. Várias vezes mostrava seus cotovelos brancos e moles, levantando sua mão fechada como a pata de um filhote de raposa e virando a cabeça para ver as horas em seu pequeno relógio de ouro.

Yasuko estava completamente absorta em seus pensamentos. Seus olhos se fixavam na chama de gás da lareira, mas não se poderia dizer que a estava vendo. Não tinha interesse em mais nada, senão nas dores de cabeça, vômitos, febres ligeiras, desmaios e palpitações que a acometiam havia alguns dias. Seu rosto, absorvido por esses inúmeros sintomas, parecia sério e inocente como um coelho que enfia seu nariz em seu cocho de ração.

Quando os dois grupos acabaram de ser atendidos, chegou sua vez. Yasuko pediu ao marido que entrasse com ela no consultório. Os dois atravessaram o corredor que cheirava a desinfetante. Um vento frio entrando pelas frestas fez Yasuko tremer.

— Vamos entrando — disse uma voz calma e de tom professoral, vinda do interior da sala.

Como em um retrato, o médico estava sentado em uma poltrona, de frente para a porta. Indicou o local onde os dois deveriam sentar, com sua mão branca e desidratada devido ao uso de antissépticos, ossuda e de aparência abstrata. Yuichi o cumprimentou, citando o nome da pessoa que o recomendara.

Brilhando sobre a mesa, postos um ao lado do outro como instrumentos odontológicos, viam-se vários tipos de fórceps usados na curetagem. No entanto, a primeira coisa que saltava aos olhos ao entrar na sala era a cama de exames, com sua forma particularmente cruel. Tinha um formato anormal e artificial. Sua metade inferior era mais elevada que o usual, e estava equipada com sandálias de couro.

Yuichi imaginou as posições acrobáticas a que a senhora de meia-idade e a moça, que acabavam de se consultar, teriam sido submetidas sobre a máquina. A insólita cama talvez tivesse a mesma forma do destino. Isso porque, na presença dessa forma, os anéis de diamante, os perfumes, os quimonos laqueados com motivo de conchas de madrepérola dispersos pelo tecido e os desenhos de flechas púrpura eram todos efêmeros, desprovidos de qualquer força de resistência. Yuichi sentiu um calafrio imaginando que Yasuko seria afinal também colocada sobre o aço frio e obsceno do aparelho. Achou-se semelhante àquela cama. Yasuko estava sentada e deliberadamente afastava os olhos do equipamento.

Yuichi acrescentava algumas palavras na explicação que Yasuko dava de seus sintomas. Com os olhos, o doutor fez sinal para que saísse da sala. Yuichi deixou Yasuko no consultório, voltando para a sala de espera. Não havia ninguém ali. Sentou-se numa poltrona. Não conseguia se acalmar. Mudou-se para uma cadeira. De nada adiantou. Não podia fugir da ideia de que Yasuko estaria deitada de bruços naquela cama de exames.

Apoiou o cotovelo na cornija da lareira. Tirou do bolso interno do paletó as cartas que haviam chegado pela manhã e que lera na faculdade. Releu-as. Uma delas era de Kyoko. A outra, da sra. Kaburagi. Ambas tinham conteúdo quase idêntico e haviam sido entregues, por acaso, ao mesmo tempo.

Yuichi encontrara-se outras três vezes com Kyoko e duas com a sra. Kaburagi. Mais recentemente, vira ambas ao mesmo tempo. É desnecessário dizer que a ideia partira de Shunsuke, que criou uma oportunidade para que elas se encontrassem com Yuichi.

Yuichi releu primeiro a carta de Kyoko. O tom de indignação transbordava nas entrelinhas, dando à escrita uma força viril.

Você brinca com meus sentimentos. Prefiro pensar dessa forma a crer que esteja me enganando. Ao me devolver os sapatos, presenteou-me com dois lenços raros. Pois bem, fiquei tão contente com eles que, lavando-os alternadamente, sempre mantinha um deles em minha bolsa. Mas, outro dia, quando me encontrei novamente com a senhora Kaburagi, reparei que aquela senhora estava usando lenços idênticos aos meus. Tanto ela como eu percebemos imediata-

mente, mas não ousamos proferir uma palavra sequer. As mulheres atentam muito para os objetos usados por membros do mesmo sexo. Além disso, lenço é algo que se compra às dúzias ou meias dúzias. Você a presenteou com quatro e deixou dois para mim? Ou teria dado dois a ela, guardando mais dois para oferecer a outra pessoa? Mas não é a história dos lenços que me deixou desconfiada. O que lhe escreverei a partir de agora é ainda mais difícil de explicar, mas desde que nos encontramos por acaso naquele outro dia, você, eu e a senhora Kaburagi (por uma estranha coincidência, já esbarrei com ela duas vezes desde o dia em que comprei os sapatos!), tenho sofrido a ponto de não conseguir me alimentar direito.

Na noite em que cancelei minha ida à recepção do Ministério das Relações Exteriores e estávamos jantando naquele restaurante especializado em fugu, você tirou do bolso um isqueiro para acender meu cigarro. Naquele momento, deixou cair sobre o tatame um brinco de ágata. "É de sua esposa?", perguntei, ao que você apenas balbuciou: "Sim, claro", guardando-o de novo no bolso. Arrependi--me de minha falta de tato e da indiscrição de meu comentário. Isso porque eu mesma percebi o ciúme manifesto em meu tom de voz ao fazer aquela pergunta.

Por isso, qual não foi minha surpresa quando, na segunda vez que me encontrei com aquela senhora, vi os tais brincos de ágata pendendo de suas orelhas. Desde então, fico calada em frente das pessoas, chegando a aborrecê-las com essa atitude. Sofri muito, até o momento em que decidi escrever esta carta. Se fossem luvas ou um estojo de pó, seria tolerável, mas acredito que encontrar um brinco no bolso de um homem é algo muito sério. Apesar de ser uma mulher admirada justamente por ter um temperamento que geralmente não se abala por coisas insignificantes, não entendo porque agora me torturo de tal modo com esse caso. Por favor, faça algo o mais rapidamente possível para curar essa desconfiança infantil que se apossou de mim. Mesmo que não me tenha amor, em nome de *nossa amizade é que escrevo esta carta, na esperança de que você dê importância ao sofrimento de uma mulher tomada por dúvidas talvez infundadas.*

A carta da sra. Kaburagi tinha o seguinte conteúdo:

A brincadeira dos lenços foi realmente de mau gosto. Logo fiz o seguinte cálculo; quatro lenços para mim, dois para Kyoko, e sem dúvida sobram mais seis para formar uma dúzia. Gostaria de imaginar que sua esposa recebeu os lenços restantes, mas com você nunca se sabe.

O que me deixa triste é saber que, por causa da história dos lenços, fez Kyoko perder completamente o ânimo. Ela é uma ótima pessoa. Seu sonho de ser a única no mundo a ser amada por Yuchan parece ter se esvaído.

Obrigada pelo valioso presente. Apesar do formato estar fora de moda, a ágata é uma pedra linda. Todos elogiam os brincos e graças a eles começaram a elogiar também o formato de minhas orelhas. Se você me ofereceu os brincos em retribuição ao terno ocidental, é sinal de que você também gosta de fazer as coisas à moda antiga. Uma pessoa como você deixará qualquer mulher feliz, apenas aceitando tudo o que ela quiser lhe oferecer.

Seu terno deverá estar pronto em dois ou três dias. Não deixe de mostrá-lo para mim no dia em que você o usar pela primeira vez. Permita que eu escolha uma gravata também.

P.S. Não sei dizer ao certo a razão, mas desde outro dia estou mais confiante comigo mesma no que diz respeito a Kyoko. Por que seria? Talvez isso o aborreça, mas tenho o pressentimento de que sairei vencedora deste jogo de xadrez.

"Quando comparo essas duas cartas", pensou Yuichi consigo mesmo, "fica evidente que Kyoko, embora não pareça, é a mais confiante das duas. Embora a senhora Kaburagi se mostre segura de si, na realidade está repleta de incertezas. Kyoko não dissimula suas dúvidas, mas é evidente que a senhora Kaburagi esconde as suas. Exatamente como Shunsuke Hinoki previra. Logo Kyoko estará certa de que há algo entre mim e a senhora Kaburagi. Por sua vez, a senhora Kaburagi acreditará que eu e Kyoko estamos tendo um caso. Cada uma delas está sofrendo por achar que só tenho mãos para tocar o corpo da outra."

O único corpo de mulher tocado pelas mãos desse rapaz frio como mármore estava sendo tateado por um par de dedos calmos de um homem no começo da velhice, cheirando a lisol ressecado e parecidos com os de um jardineiro que remexe a terra para replantar flores. A outra mão, seca, media a partir do exterior a massa dos órgãos internos. A raiz da vida, grande como um ovo de ganso, depositava-se na terra quente. Em seguida, o doutor recebeu das mãos da enfermeira o espelho uterino, segurando-o como uma pá para uso em canteiros de jardim. O exame terminara. Com o rosto voltado para a paciente, enquanto lavava as mãos, disse-lhe com um sorriso humano de missão divina:

— Meus parabéns!

Como Yasuko continuasse muda de incredulidade, o chefe do departamento de ginecologia mandou a enfermeira chamar Yuichi. Ele entrou na sala. O médico repetiu o que havia dito a Yasuko.

— Parabéns. Sua esposa está grávida de dois meses. A criança provavelmente foi concebida no início do casamento. A saúde da mãe é boa e tudo está normal. Não há motivo para preocupações. Mesmo sem apetite, deve forçá-la a se alimentar bem. Caso contrário, poderá sofrer prisões de ventre. Se isso acontecer, as toxinas se acumulam, o que não é nada bom. Além disso, vou receitar-lhe injeções diárias. Uma mistura de glicose com vitamina B1. Não se preocupe com os vários sintomas de mal-estar. Procure descansar ao máximo...

Depois disso, deu uma piscadela em direção a Yuichi, acrescentando:

— Com relação àquilo, não haverá nenhum problema.

O médico continuou, comparando os dois com o olhar:

— De qualquer maneira, parabéns. Vocês são um casal modelo em matéria de eugenia. A eugenia é a única ciência que poderá trazer esperanças para o futuro da humanidade. Não vejo a hora de poder ver seu filho.

Yasuko se acalmara. Era uma serenidade misteriosa. Como qualquer marido inocente faria, Yuichi observava desconfiado o ventre da esposa. Nesse momento, uma estranha visão provocou um tremor em seu corpo. Imaginou a esposa segurando um espelho à altura do abdômen e seu próprio rosto, nele refletido, olhando-o fixamente de baixo para cima.

Não era um espelho. Eram apenas os raios do sol poente entrando pela janela e vindo se estender justamente sobre aquela região carmesim da saia de Yasuko. Aquele horror era semelhante ao que sentiria um homem que tivesse contaminado a esposa com uma doença.

"Parabéns!" Durante o caminho de volta, quantas vezes não teria a alucinação de ouvir esse palavra repetida? Na ressonância vazia das inúmeras repetições desse cumprimento que, dali em diante, se repetiria tantas vezes mais, parecia-se poder ouvir o refrão sombrio de uma litania. Seria mais certo dizer que o que ouvia não era uma saudação, mas o murmúrio de uma infinidade de maldições.

Crianças são concebidas mesmo sem desejo. Nas crianças ilegítimas, nascidas apenas do desejo, aparece certa beleza insurgente, mas quão funestos poderão ser os traços físicos daquelas geradas sem ele? Mesmo na inseminação artificial, o esperma é de um homem que tinha desejos por uma mulher. A eugenia é a ideia de aprimoramento social que desconsidera os desejos, ideia clara como os ladrilhos de um banheiro. Yuichi detestou os belos cabelos brancos do médico, que denotavam longos anos de experiência. Os conceitos honestos e sãos de Yuichi com relação à sociedade amparavam-se apenas no fato de que seus desejos particulares eram desprovidos de senso de realidade.

O casal feliz caminhava, os corpos unidos um contra o outro, levantando as golas dos sobretudos para evitar o vento que soprava do poente. Yasuko passou seu braço sob o de Yuichi, deixando o calor dos braços cruzados ser transmitido através das diversas camadas de tecido das roupas. O que estaria agora separando o coração dos dois? Como os corações não têm corpo, não são capazes de cruzar braços. Tanto Yasuko quanto Yuichi temiam o instante em que seus corações emitiriam desconhecidas acusações. Yasuko foi a primeira a transgredir esse mútuo tabu com uma imprudência bem feminina.

— Diga-me se posso ficar alegre.

Yuichi não suportou olhar diretamente para o rosto de sua mulher. Teria sido melhor gritar a plenos pulmões, cheio de satisfação: "Claro! Parabéns!", sem olhar para Yasuko. No entanto, uma silhueta se aproximava deles naquele exato instante, e Yuichi acabou se calando.

Havia poucos passantes naquele bairro residencial de subúrbio. Sobre o caminho de pedras brancas, as sombras irregulares dos telhados prosseguiam até a passagem de nível preta e branca que se elevava obliquamente mais além. A silhueta que vinha em sua direção era a de um rapaz vestindo um suéter e acompanhado de um pequeno cão. Metade de seu rosto pálido brilhava sob o sol poente, tingindo-se de ruivo. Conforme se aproximava, percebia-se que a outra metade estava coberta por marcas púrpura de queimaduras. O rapaz passou com o rosto abaixado, e Yuichi imaginou a cor das chamas do incêndio distante e as sirenes dos carros dos bombeiros que tantas vezes apareciam quando seus desejos o atormentavam. Lembrou-se novamente da abominável palavra "eugenia". Finalmente falou:

— Claro que pode ficar contente. Parabéns.

Yasuko desesperou-se com o tom de evidente relutância que ecoava no cumprimento de seu jovem marido.

As *ações* de Yuichi davam-se na obscuridade. Eram como as de um louvável filantropo. Entretanto, não se percebia nos lábios desse belo jovem o imperceptível sorriso de satisfação pessoal de quem pratica uma caridade anônima.

Sua juventude padecera de inatividade em meio a uma sociedade dinâmica. Existiria algo mais entediante do que ser, sem esforços, a personificação da virtude? Pelo intolerável fato de permanecer casto sem maiores gastos de energias, aprendeu a odiar as mulheres da mesma forma que detestava a moral. Os mesmos jovens pares de amantes, que outrora observava com olhos de inveja, inspiravam-lhe um obscuro e penetrante ciúme. Por vezes se espantava com o profundo silêncio que impingia a si mesmo. Mantinha o silêncio marmóreo de uma estátua linda e inerte sobre seu comportamento na sociedade noturna, embora isso produzisse sobre ele o efeito de uma obrigação forçada pela "beleza". Em resumo, como uma perfeita escultura, estava aprisionado pela *forma*.

A gravidez de Yasuko trouxe ânimo à família Minami, especialmente com a imediata visita dos Segawa, sempre transbordantes de alegria. Nessa noite, a mãe percebeu a inquietude no rosto de Yuichi, que dava a entender que o jovem queria sair.

— Está insatisfeito com algo? — perguntou. — Você tem uma esposa linda e de ótima índole, e este é o momento de festejar com alegria a concepção de seu primeiro filho.

Yuichi respondeu com ar jovial que não estava de forma alguma insatisfeito, mas sua mãe, tão bondosa, pressentiu estar sendo ironizada pelo filho.

"Qual a razão disso? Antes do casamento, ficava preocupada com o fato de ele raramente sair à noite. Por que então, agora que está casado, começou a sair com tanta frequência? Não, não é culpa sua, Yasuko. Com certeza, é a má influência dos amigos dele. Reparou que nunca apareceram aqui em casa?"

Sempre pensando na família de Yasuko, costumava tratar o filho querido em parte com críticas, em parte defendendo-o na presença da nora.

Não é preciso dizer que a felicidade do filho era objeto de grande parte das preocupações dessa mãe dedicada. Quando pensamos na felicidade de outra pessoa, inconscientemente sonhamos realizar através dela nosso próprio ideal de felicidade, o que pode tornar as pessoas mais egoístas do que se estivessem pensando em sua própria felicidade. As suspeitas de que Yasuko seria a culpada pela vida devassa que o filho levava logo após o casamento dissiparam-se com a auspiciosa notícia da gravidez.

— Tenha certeza de que Yuichi vai se acalmar — dizia a Yasuko. — Afinal, ele está prestes a ser pai!

Seus rins haviam melhorado, mas os vários problemas que a afligiam faziam que desejasse a morte. Porém, justamente quando era desejada, a doença não se manifestava. Mais do que a infelicidade de Yasuko, o egoísmo natural materno fazia com que padecesse com a infelicidade do filho. Temia que Yuichi tivesse sido forçado a esse casamento, claramente baseado no sentimento de dever filial por ela, razão de seus remorsos e preocupações.

Acreditava que deveria agir como uma pacificadora, para evitar que alguma catástrofe familiar ocorresse e, ao mesmo tempo que dava a entender gentilmente a Yasuko que a vida desregrada do filho não deveria chegar aos ouvidos de seus familiares, procurava de certa maneira catequizar Yuichi:

— Quando você tiver alguma preocupação ou problema sentimental que não possa comentar abertamente, pode confiá-los a mim. Não se preocupe, pois não comentarei nada com Yasuko. Pressinto que, se as coisas continuarem desse jeito, algo horrível pode acontecer.

Essas palavras, pronunciadas antes da notícia da gravidez de Yasuko, transformaram a mãe em uma pitonisa aos olhos de Yuichi. Existe sempre alguma forma de infelicidade naquilo que chamamos de lar. O vento favorável que impulsiona um barco a vela pelo caminho correto é fundamentalmente o mesmo que, transformado em tempestade, poderá destruí-lo. O lar e a família se movem impulsionados por uma infelicidade neutralizada, que age como um vento propício. Nos muitos quadros famosos sobre a vida familiar, a infelicidade se delineia infalivelmente, como uma assinatura, a um canto da tela. Dessa forma, Yuichi acreditava, em seus momentos de otimismo, que seu lar talvez pudesse ser considerado *saudável*.

Como sempre, a gestão financeira da família Minami fora confiada a Yuichi. Sua mãe, que jamais sonharia que Shunsuke lhes doara quinhentos mil ienes, sentia-se sempre culpada diante dos Segawa pelo dote recebido, mas mal desconfiaria que nem um centavo do dote de trezentos e cinquenta mil ienes fora tocado. O mais estranho é que Yuichi possuía talento para negócios. Entre os amigos de universidade, havia um bancário mais velho que ele, ao qual confiou duzentos mil ienes, parte do dinheiro recebido de Shunsuke, e alguma espécie de operação fraudulenta rendia-lhe quinze mil ienes mensais de juros. Não havia risco nesse tipo de investimento.

Por acaso, ficaram sabendo que o filho de uma amiga de escola de Yasuko, nascido no ano anterior, morrera de poliomielite. O ar alegre de Yuichi ao ouvir essa notícia paralisou Yasuko, prestes a sair para o funeral. Os olhos do marido, belos mas sombrios, insinuavam ironia, como se quisessem dizer: "Viu só?".

A infelicidade de uma pessoa torna-se, em certa medida, nossa felicidade. As mudanças de uma paixão violenta fazem essa equação tomar sua forma mais pura. Na mente lírica de Yasuko havia a suspeita de que o coração do marido não conhecesse outro consolo além da infelicidade. Na ideia que Yuichi fazia da felicidade havia um quê de negligência. Não acreditava em felicidade eterna e parecia até possuir um medo secreto dela. Era tomado de pavor ao ver algo que parecesse duradouro.

Certo dia o casal saiu para as compras na loja do pai de Yasuko. Durante algum tempo, ela ficou parada em frente da seção de carrinhos de bebê no terceiro andar. Yuichi, indiferente, apressava a esposa. Segurou seu cotovelo e aplicou sobre ele uma leve e insistente pressão. Nesse momento, fingiu não ver o aspecto de cólera no olhar que ela lhe lançava. No ônibus, de volta para casa, Yasuko não cansava de brincar com um bebê que, do assento vizinho, inclinava-se afetuosamente em sua direção. A pobre criança, de babador sujo, não tinha um rosto particularmente bonito.

— Como as crianças são lindas, não acha? — disse ela, aproximando a cabeça com graça em direção ao marido, depois que a mãe desceu com o bebê.

— Para que tanta impaciência? O bebê só vai nascer no verão.

Yasuko voltou a se calar, mas dessa vez eram lágrimas que anuviavam seus olhos. Deveria ser natural que qualquer marido, incluindo Yuichi, sentisse vontade de fazer pouco-caso dessa manifestação precoce do amor maternal. Ainda mais pela falta de naturalidade na forma de Yasuko exprimir suas emoções, por fazê-lo com algum exagero. Nesse exagero havia também uma carga de censura.

Certa noite, como Yasuko fora deitar-se, queixando-se de forte dor de cabeça, Yuichi evitou sair. Além das náuseas, ela sentia palpitações fortes e, enquanto esperavam a chegada do médico, Kiyo refrescava o ventre da doente com compressas de água gelada. A mãe de Yuichi empenhava-se em consolar o filho, dizendo:

— Garanto que não há nada com que se preocupar. Quando estava grávida de você, era acometida de náuseas matinais horríveis. Além disso, creio que tinha ânsia por comidas estranhas, pois logo que abria uma garrafa de vinho dava-me uma repentina e irresistível vontade de comer aquela rolha no formato de cogumelo.

Eram quase dez horas quando o médico terminou a consulta e partiu. Yuichi e Yasuko permaneceram sozinhos no dormitório do casal. As faces de Yasuko, até então esverdeadamente pálidas, retomavam sua coloração rosada, dando-lhe um aspecto de frescor maior do que o usual. Seus braços brancos, languidamente estendidos sobre as cobertas, pareciam encantadores sob a luz encoberta do abajur.

— Que sofrimento passei! Mas quando penso que é pelo bebê, a dor não significa nada.

Enquanto falava, levou a mão à testa de Yuichi, brincando com as mechas que caíam sobre ela. Yuichi aceitou o carinho. Nasceu naquele momento uma gentileza inesperada e cruel: seus lábios se puseram sobre os de Yasuko, ainda mornos pelo resquício da febre. Em um tom lânguido que obrigaria qualquer mulher a uma confissão, perguntou-lhe:

— Você quer mesmo ter esse filho? Seja sincera: não acha que ainda é muito cedo para experimentar o amor maternal? O que você pensa sobre isso?

Como se há muito esperassem essa oportunidade, lágrimas rolaram dos olhos doloridos e cansados de Yasuko. Não há nada mais comovente do que o pranto de indulgência de uma mulher, acompanhado pelo artifício de certa confissão sentimental.

— Se tiver o bebê... — Yasuko falou hesitante — se tiver o bebê, terei a certeza que você nunca me deixará.

Foi nesse momento que Yuichi pensou pela primeira vez em aborto.

O público se espantou com o rejuvenescimento de Shunsuke Hinoki e pela volta de seu antigo gosto por roupas vistosas. As obras de sua maturidade possuíam um inegável vigor. Mais do que o viço natural que se manifestaria nas últimas produções de um escritor de projeção, era um frescor apodrecido, como se, até a velhice, uma doença crônica o tivesse impedido de amadurecer. No sentido mais estrito da palavra, não rejuvenescera. Isso representaria sua morte. Entretanto, Shunsuke não possuía qualquer sensibilidade plástica no que dizia respeito à vida cotidiana, e essa falta de senso estético talvez fosse a razão óbvia da influência das roupas jovens sobre seus trajes recentes. É comum, no Japão, presenciar a harmonia entre a beleza da criação artística e os gostos da vida cotidiana. O público, ignorando que essa ousada incoerência de Shunsuke era influenciada pelos hábitos do Rudon, chegara a duvidar um pouco da sanidade desse velho escritor.

Entretanto, a vida de Shunsuke tomava ares de irregularidade, percebia-se em seu comportamento e palavras uma falsa leveza que, longe de sua antiga leveza eufórica, se aproximava da leviandade. Seu público deliciava-se em enxergar, nessa leviandade, as dores artificiais do rejuvenescimento. Suas obras completas vendiam bem, impulsionadas pela estranha lenda formada em torno de seu estado psicológico.

Nem o crítico mais sagaz nem o amigo mais perspicaz poderiam adivinhar a verdadeira causa dessa metamorfose em Shunsuke. A causa era simples. Shunsuke abraçava uma "ideia".

Desde o dia de verão em que vira o jovem aparecer da espuma das ondas na praia, uma "ideia" alojara-se na mente do velho escritor.

Queria imprimir poder e intensidade a essa força confusa que se chama juventude e que o fizera sofrer, a essa força indolente que tornava impossíveis toda concentração e ordem, a essa inércia desmesurada que apenas servia ao contínuo consumo e autodestruição, a essa fraqueza vital, a essa doença denominada exagero. Curar essa doença de sua vida e dar-lhe a saúde de aço da morte. Essa era a encarnação do ideal que Shunsuke sempre sonhara para a obra de arte.

A existência da obra artística contém em si uma duplicidade. Essa era sua opinião. Da mesma maneira que uma velha semente de lótus desenterrada pode voltar a dar flores, as obras artísticas de vida eterna ressuscitam no coração de todas as épocas e países. Ao entrarmos em contato com uma obra antiga, nossa vida torna-se prisioneira do espaço e do tempo contidos na obra e detém ou descarta o resto da vida presente. Vivemos então uma segunda vida, cujo tempo interior já está previsto e estabelecido. Isso é o que chamamos de estilo. Espantamo-nos inconscientemente com a incrível força que uma obra tem de alterar nossa visão da vida, e isso é obra do estilo. Ora, sempre falta estilo nas experiências e influências da vida. Shunsuke não se curvava aos naturalistas, que consideram que a obra de arte reveste a vida de estilo ou, em outras palavras, procura oferecer a ela uma vestimenta pronta para usar. O estilo é o destino inato da arte. É preciso ter em mente que a experiência da obra e a experiência de vida diferem justamente quanto ao estilo. Nas experiências da vida, há apenas um elemento que é mais próximo da experiência de uma obra de arte. Essa experiência é a emoção que a morte nos causa. Não nos é possível experimentar a morte. Entretanto, experimentamos com frequência a emoção que ela causa, pela morte de um familiar ou de um ser amado. Em resumo, a morte é o único elemento de estilo na vida.

Se uma obra de arte provoca emoções, não seria por tratar-se da emoção causada pela morte? Por vezes, os sonhos orientais de Shunsuke tendiam para a morte. No Oriente, a morte é muitas vezes mais vívida que a própria vida. A obra de arte, tal como Shunsuke a concebia, era um tipo de morte refinada, com a força peculiar de fazer a vida tocar algo que a transcendesse.

A vida é a existência interior e não há outra existência objetiva a não ser a morte ou o niilismo. Essa dualidade existencial permite à obra de arte aproximar-se da beleza natural. Shunsuke estava convicto de que a obra de arte, assim como a natureza, de nenhuma forma deveria possuir um "espírito". Que dizer então das ideias! Mede-se o espírito pela ausência do espírito, as ideias, pela ausência de ideias, a vida, pela ausência da vida. Essa é a missão paradoxal da obra de arte. Consequentemente, é a missão e a natureza da beleza.

O efeito da criação não passaria então de uma imitação da força criadora da natureza? Shunsuke havia preparado uma resposta cáustica para essa questão.

A natureza é algo que nasce, não é algo criado. A criação é aquilo que leva a natureza a duvidar de seu próprio nascimento. Isso porque a criação é, em última análise, um *método*. Essa era a resposta de Shunsuke.

Sim, Shunsuke personificava um método. O que desejava em Yuichi era que a juventude natural desse jovem garboso se transformasse numa obra de arte, que todas as fraquezas da juventude se tornassem algo mais forte do que a morte, que todas as forças com as quais ele influenciava o ambiente fossem um poder destruidor como a força natural, uma força inorgânica destituída de qualquer elemento humano.

Dia e noite, a existência de Yuichi, como uma obra em processo de criação, preenchia os pensamentos do velho escritor.

Chegou a ponto de considerar como um dia desagradável e infeliz aquele em que não ouvisse a voz límpida e transbordante de vivacidade de Yuichi, mesmo que apenas ao telefone. A voz do jovem era repleta de densidade e dourada luminosidade, como um raio de luz escapando entre nuvens, caindo sobre o espaço devastado da alma do velho escritor, tornando-a habitável e iluminando a forma desolada de sua vegetação e pedras.

Usando frequentemente o Rudon como local de encontro com Yuichi, Shunsuke, como sempre, dava a entender que era "alguém do meio". Familiarizou-se com os códigos secretos e com o significado sutil do piscar de olhos. Um pequeno romance imprevisto o alegrou. Um jovem de rosto melancólico confessou seu amor ao velho desgracioso. Suas estranhas tendências o levavam a sentir afeição apenas por homens com idade acima dos sessenta anos.

Shunsuke começou a aparecer em cafés e restaurantes de comida ocidental, acompanhado de jovens do meio. Notou que a sutil passagem dos anos da adolescência para a maturidade causava mudanças momentâneas de tonalidade, como as do entardecer. A maturidade é o crepúsculo da beleza. Dos dezoito aos vinte e cinco anos, altera-se sutilmente a forma de beleza do ser amado. A primeira manifestação do pôr do sol, a hora em que as nuvens colorem-se delicadamente como frutas, simboliza a cor nas faces dos jovens entre os dezoito e os vinte anos: pescoços graciosos, a frescura azulada de nucas raspadas e lábios semelhantes aos de moças. Quando o pôr do sol chega a seu ponto máximo, as nuvens se inflamam de inúmeras cores e o céu deixa perceber uma expressão de contentamento louco. Essa hora representa a florescência da juventude, entre vinte e vinte e três anos. Nessa época, os olhares são mais ferinos, as faces tornam-se mais rígidas, a boca mostra abertamente uma vontade viril; pode-se ver nos jovens a coloração que permanece queimando de vergonha as faces, a gentileza no desenho das sobrancelhas, os traços de uma efêmera beleza evanescente. Finalmente, na hora em que as nuvens tomam uma aparência solene e que o pôr do sol lança o resto de seus raios como cabelos em chamas, mostra-se a beleza dos jovens de vinte e quatro a vinte e cinco anos, nos quais os olhos ainda conservam o brilho da inocência e as faces transcendem a severidade dramática de sua vontade viril.

Ao mesmo tempo que reconhecia a beleza de cada um dos jovens que o cercavam, Shunsuke honestamente não sentia qualquer atração física por eles. O velho escritor se perguntava se Yuichi, envolvido por mulheres que não amava, não se sentiria da mesma maneira. Não havia, portanto, amor carnal, mas bastava pensar em Yuichi para que o coração do velho escritor palpitasse. Deixou escapar o nome de Yuichi, que naquele momento estava ausente. Nos olhos dos rapazes percebia-se um misto de lembranças alegres e tristes. Ao interrogá-los, Shunsuke descobriu que todos ali já tinham tido relações com Yuichi, que não haviam durado mais do que dois ou três encontros, sendo depois disso descartados.

Shunsuke recebeu um telefonema de Yuichi. Perguntava se seria possível visitá-lo no dia seguinte. Graças a esse telefonema, a primeira nevralgia do inverno, que havia algum tempo o perturbava, curou-se instantaneamente.

No dia seguinte, fazia um tempo agradável de inverno e Shunsuke tomava sol na varanda contígua à sala de estar, lendo um pouco de *Childe Harold*. Sempre se divertira com a leitura de Byron. Quatro ou cinco visitantes apareceram. A empregada veio então avisar que Yuichi chegara. Com o rosto sério de um advogado que aceitou um caso complicado, Shunsuke inventou uma desculpa para se desvencilhar. Nenhum dos que ali estavam poderia sequer imaginar que a visita "importante", conduzida ao gabinete do escritor no primeiro andar, não passava de um jovem estudante, destituído de qualquer talento especial.

Havia no gabinete um sofá encostado à janela da sacada, sobre o qual se enfileiravam cinco almofadas, com motivos no estilo de Ryukyu.* Uma cristaleira ladeava uma janela, contendo uma coleção de peças antigas de porcelana, dispostas desordenadamente. Em um compartimento, havia uma estatueta antiga de grande beleza. A coleção não tinha grande ordem ou coerência, todas as peças tinham sido recebidas como presentes. Yuichi, em pé junto à janela da sacada, vestia o novo terno presenteado pela sra. Kaburagi. Os raios de sol do início de inverno, como vapor de água entrando pela janela, faziam brilhar as ondas de seus cabelos negros como laca. Notou não haver no aposento flores da estação. Em parte alguma havia sinal de vida. Apenas um relógio de mármore negro exibia melancolicamente as horas. O belo jovem estendeu a mão na direção de um livro estrangeiro antigo, encadernado em couro, que jazia sobre uma mesa a seu lado. Era o *Apolo da Picardia*, uma das obras que compunham a coleção completa dos *Miscellaneous Studies* de Pater,** publicado pela Macmillan, no qual Shunsuke sublinhara algumas frases aqui e ali. Ao lado, empilhavam-se os dois tomos envelhecidos do *Ojoyoshu**** e uma edição em formato grande da coleção de desenhos de Aubrey Beardsley.****

Ao ver Yuichi levantando-se para recebê-lo, em frente à janela da sacada, o velho artista quase teve um tremor. Sentiu que seu coração estava sem dúvida *apaixonado* pelo jovem rapaz. Teria sido traído pelas encenações no Rudon (assim como sentira que Yuichi frequentemente amava as mulheres, traído por sua própria encenação), forçando-o a uma improvável ilusão?

---

* Nome do arquipélago de Okinawa e estilo artístico daí oriundo. (N. T.)

** Walter Horatio Pater (1839-1894) — escritor e poeta, representante do *fin-de-siècle* inglês. (N. T.)

*** Texto budista sobre a morte, do Período Heian, completado no ano 985. (N. T.)

**** Aubrey Beardsley (1872-1898) — desenhista e ilustrador britânico, famoso pelas ilustrações para a *Salomé* de Oscar Wilde. (N. T.)

Piscava um pouco, como se algo lhe ofuscasse a vista. Yuichi sentiu algo de abrupto em Shunsuke, quando este se sentou a seu lado e desatou a falar. Apesar da nevralgia recente, naquele dia não sentia dores, talvez em função da mudança de temperatura. Era como se um barômetro pendurado a seu joelho direito lhe permitisse saber de antemão se naquele dia iria nevar ou não.

Como o jovem tinha dificuldade em manter a conversa, o velho escritor elogiou seu terno. Quando ouviu o nome de quem o presenteara, Shunsuke disse:

— Bem, no passado, essa mulher me extorquiu trinta mil ienes. Com esse terno que mandou fazer para você, nossas contas ficaram equilibradas. Na próxima vez, dê-lhe um beijo em sinal de agradecimento.

Essa forma de se exprimir, usual num homem que não perdia a oportunidade de cuspir sobre a vida, era um remédio sempre eficaz para Yuichi, que havia tempo se angustiava.

— Então, em que posso ajudá-lo?

— Bem, é sobre Yasuko.

— Sim, já soube que está grávida...

— É sobre isso, justamente... — o jovem disse, hesitante. — Venho em busca de conselho.

— Está pensando em fazê-la abortar?

Yuichi arregalou os olhos ao ouvir uma pergunta tão direta.

— Mas por qual razão? Perguntei a um psiquiatra, mas parece que ainda não se sabe se tendências como a sua são hereditárias. Não há motivo para alarme.

Yuichi permanecia calado. Ainda não era capaz de entender a verdadeira razão de ter considerado o aborto. Se sua mulher desejasse apenas um bebê, talvez não tivesse aventado essa hipótese. O medo ao descobrir que sua esposa tinha outro motivo para querer a criança era sem dúvida a razão imediata. Yuichi queria liberar-se desse medo. Para isso, precisava antes livrar a esposa.

A gravidez e o nascimento eram vínculos. Eram a renúncia à liberação. O jovem protestou, aborrecido:

— A questão não é essa. A razão é outra.

— Por quê, então? — perguntou Shunsuke, com a frieza de um médico.

— Porque acredito que assim seria melhor para a felicidade de Yasuko.

— O que você quer dizer com isso? — disse o velho escritor, lançando a cabeça para trás em um acesso de riso. — A felicidade de Yasuko? A felicidade feminina? Você, que nem mesmo ama as mulheres, se acha qualificado para se preocupar com a felicidade delas?

— Esse é o motivo. É por isso que o aborto é necessário. Assim, o laço que nos une desaparecerá. Yasuko estará livre para se separar de mim no momento que assim o desejar. Será melhor assim.

— Como você definiria esse seu sentimento? Compaixão? Benevolência? Ou egoísmo? Pusilanimidade? Você me decepciona. Jamais imaginei que fosse ouvir de sua boca a expressão de sentimentos tão banais.

O velho estava tomado por uma repugnante excitação. Suas mãos tremiam mais do que o usual enquanto as esfregava nervosamente, uma contra a outra. As mãos, destituídas de gordura, faziam um barulho de fricção seca. Irritado, folheou bruscamente as folhas do *Ojoyoshu* que se encontrava ao lado, fechando-o em seguida.

— Você já esqueceu o que eu lhe disse? Vou refrescar sua memória. É preciso considerar as mulheres como matéria inanimada. Não se deve jamais reconhecer que possuam um espírito. Foi esse meu erro. Recuso-me a acreditar que você falharia da mesma maneira que eu. Logo você, que não ama mulheres! Imaginei que estivesse convicto disso quando se casou. A felicidade feminina? Deixe de brincadeira! Quanta indulgência! Pura tolice! Como se pode ser indulgente com pedaços de lenha? Não foi justamente porque considerou sua parceira como um pedaço de lenha que você conseguiu se casar? Escute bem, Yuchan...

Esse pai espiritual encarava seriamente seu lindo filho. Toda vez que se esforçava em enxergar algo cinzelavam-se indescritíveis rugas impiedosas no canto de seus olhos envelhecidos e sem vigor.

— Você não deve temer a vida. Deve estar sempre convicto de que em sua vida nunca será visitado pela dor ou infelicidade. Não ter responsabilidades ou obrigações é a moral daqueles que são belos. A beleza é atarefada demais para se responsabilizar por cada efeito de sua própria força descomunal. Ela não tem tempo para pensar sobre coisas como felicidade. Que dirá para considerar a felicidade dos outros... E é precisamente por isso que a beleza tem o poder de tornar feliz até mesmo aquele que pode morrer de sofrimento por ela.

— Entendo que você seja contrário ao aborto. Pois acha que seria uma solução que não a faria sofrer o suficiente, não é? Acha que é melhor que essa criança nasça para poder levar-me a uma situação na qual seria impossível me separar dela, mesmo que quisesse. Acho que o sofrimento por que passa Yasuko agora já é suficiente. Ela é minha esposa. Vou devolver-lhe os quinhentos mil ienes.

— Você está cheio de contradições. Diz que Yasuko é sua esposa, mas então por que se empenha de tal forma em facilitar um rompimento com ela? Você tem medo do futuro. Quer fugir dele. O que você não quer é ver o sofrimento dela a seu lado durante toda a vida!

— Mas então, o que devo fazer com meu sofrimento? Estou entregue a ele. Não sou nem um pouco feliz.

— Você acha que isso é pecado? Por isso está sofrendo e sendo pressionado pelo arrependimento? Afinal, o que o faz sofrer?

Yuchan, abra bem os olhos! Você é totalmente ingênuo. Não está agindo em nome do desejo. O pecado é o condimento do desejo. Você lambeu apenas o condimento e já está fazendo essa cara amarga! Afinal, o que pretende fazer depois de se separar dela?

— Quero ser livre! Para dizer a verdade, eu próprio não consigo entender por que fui dar ouvidos às suas palavras. Fico triste ao constatar que sou um ser humano destituído de vontades.

Esse monólogo banal e ingênuo saía de seu íntimo, transformando-se finalmente em um grito sincero. Continuou:

— Vou dizer-lhe o que desejo ser. Desejo ter uma *existência real*.

Shunsuke ouvia atentamente. Sentiu como se fosse o primeiro grito dado por sua obra de arte. Yuichi completou, sombrio:

— Cansei-me de segredos.

Naquele momento, a obra de Shunsuke se expressava pela primeira vez. Na voz bela e enérgica do jovem, Shunsuke parecia ouvir o som de um sino conhecido, forjado pelo murmúrio e imbuído do cansaço físico de seu construtor. Ao mesmo tempo, sorria diante do mau humor infantil de Yuichi. Já não era mais a voz de sua criação.

— Não sinto nenhum prazer quando me dizem que sou belo. Ficaria muito mais feliz se todos me chamassem de Yuchan, o rapaz simpático e interessante.

— Mas... — revidou Shunsuke, e havia certa doçura em seu tom de voz — acredito que o destino dos de sua espécie é não possuir uma existência real. Ao contrário, nos limites da arte, sua espécie é um adversário ousado e heroico da realidade. Os homossexuais carregam em si a vocação inata da representação. Pelo menos é essa minha opinião. O ato de representar consiste em incorporar-se à realidade e ultrapassá-la, fazendo parar sua respiração. Dessa forma, a representação é sempre a herdeira da realidade. Essa coisa que denominamos realidade deixa-se mover por aquilo que ela própria coloca em movimento, deixa-se dominar por aquilo que ela domina. Por exemplo, o responsável mais direto por movimentar e dominar a realidade são as "massas". Entretanto, quando se trata de representação, é difícil colocá-las em movimento. Nada no mundo pode forçá-las a representar. O responsável por elas é o "artista". Apenas a representação pode dar à realidade um aspecto real, uma vez que a realidade não está embutida em si mesma, mas no interior da representação. A realidade é muito mais abstrata que a representação. No mundo real, há apenas uma convivência confusa de seres humanos, homens, mulheres, amantes, famílias etc. Oposto a esse, no mundo da representação há seres humanos, homens, mulheres, amantes dignos de assim serem chamados, famílias constituídas de uma essência etc. A representação arrebata o núcleo da realidade, sem contanto se entregar a ela. Como uma libélula, reflete sua imagem na superfície da água, toca-a em voos rasantes, inesperadamente põe ovos sobre ela. Suas larvas são criadas dentro da água, preparando-se para o dia em que voarão livres pelo firmamento. Aprendem os segredos da água, mas desprezam o universo aquático. Essa é, antes de tudo, a missão da espécie. Uma vez você se queixava comigo do princípio da maioria. Hoje já não acredito nessa sua preocupação. O que há de original no amor entre um homem e uma mulher? Na sociedade moderna, o instinto tem participação cada vez mais rara nas motivações do amor. O hábito e a imitação permeiam até mesmo os impulsos mais básicos. Na sua opinião, que imitação é essa? É a frívola imitação da arte. Muitos jovens, homens e mulheres, estão estupidamente convencidos de que apenas o amor descrito pela arte é verdadeiro, e o deles não passa de uma imitação canhestra. Recentemente, assisti a um balé romântico, onde o dançarino era um homem *daquele meio*.

Nada poderia exprimir o sentimento de paixão masculina com tamanha e maravilhosa sutileza como o papel de amante que encenava. No entanto, não era a formosa bailarina diante de seus olhos o objeto de seu amor. Era um jovem aluno que aparecia em cena, apenas por alguns instantes, num papel de pequena importância. O que inebriava a audiência em sua atuação era o fato de ser completamente artificial. Não sentia desejo pela sua linda parceira de palco. Por isso mesmo, para os rapazes e moças que assistiam ao espetáculo, sem conhecimento do que se passava, o amor ali encenado poderia ser tomado como protótipo de todos os amores deste mundo.

Shunsuke sempre se deixava levar por intermináveis discursos, dos quais o jovem Yuichi esperava em vão uma solução para os problemas graves de sua vida, aqueles que considerava de importância ao sair de casa mas que, assim esquivados, pareciam destituídos de qualquer interesse quando voltava ao lar.

De qualquer modo, Yasuko desejava ter uma criança. A mãe ansiava por um neto. E, logicamente, o mesmo valia para os pais de Yasuko. Mas, acima de tudo, Shunsuke também o desejava! Yuichi imaginou como seria difícil convencer Yasuko de que o aborto seria providencial à sua felicidade. Por mais que os enjoos se intensificassem, ela cada vez mais se fortaleceria e isso apenas a deixaria ainda mais obstinada.

Yuichi sentiu vertigens ao ver seus desafetos e aliados correndo a passos animados e saltando alegremente rumo a sua infelicidade. Sentiu-se melancólico, comparando sua infelicidade à de um profeta que previu exageradamente o futuro. Nessa noite, foi ao Rudon, onde se embebedou sozinho. Enquanto exagerava sua solidão, foi tomado por um sentimento de crueldade e acabou indo passar a noite com um rapaz que em nada lhe atraía. Bêbado, fingia se divertir e, antes mesmo que o jovem pudesse tirar seu casaco, derramou-lhe uísque pelas costas. O rapaz entendeu isso como uma brincadeira e, dando um riso agradável, embora força-do, encarou Yuichi com uma expressão sórdida, que só fez aumentar sua melancolia. Havia um grande buraco na meia do rapaz, o que acrescentou mais um elemento à tristeza de Yuichi.

Completamente bêbado, acabou dormindo sem tocar no rapaz. Acordou no meio da noite, assustado com seus próprios berros. Em sonho, vira-se assassinando Shunsuke. Na escuridão viu, terrificado, suas mãos brilhantes, molhadas de suor.

12. *Gay party*

Em angústia constante, a indecisão de Yuichi persistiu, imutável, até a época do Natal. O tempo para o aborto passara. Certo dia, pressionado pela amargura, beijou pela primeira vez a sra. Kaburagi. Esse beijo a fez rejuvenescer dez anos.

— Onde vai passar o Natal? — perguntou a Yuichi.

— Preciso passar pelo menos a véspera de Natal como um bom marido, ao lado de minha mulher.

— É mesmo? Meu marido nunca passou uma noite de Natal comigo. Este ano suponho que também estaremos nos divertindo separadamente.

Yuichi ficou surpreso pela moderação da sra. Kaburagi após o beijo. Uma mulher comum, a partir desse momento, começaria a assumir ares intoleráveis de afetação, como a dos namorados. Ao contrário, a sra. Kaburagi tornou-se moderada, escapando aos excessos usuais. Apavorava ainda mais Yuichi a ideia de ser amado por uma parte sóbria e desconhecida dela.

Yuichi tinha outros planos para o Natal. Isso porque fora convidado para uma *gay party* numa casa no sopé das montanhas de Oiso.

Foi Jacky quem, graças a contatos antigos, alugara essa mansão em Oiso, cujos impostos imobiliários impediam a venda e cujos custos de manutenção o proprietário não podia bancar. A família dona do imóvel alugou em Tóquio uma pequena casa, onde vivia modestamente após a morte do chefe da família, presidente de uma fábrica de papel. Cada vez que vinha visitar essa enorme residência, três vezes maior que sua casa e com um jardim pelo menos dez vezes mais amplo, a família se espantava que estivesse constantemente repleta de visitantes barulhentos. À noite, dos trens partindo da estação de Oiso ou por ali passando, podia-se sempre distinguir as luzes da sala de estar. Uma visita, vinda do interior a Tóquio, teria dito:

— Senti muita saudade vendo as lâmpadas vermelhas brilhando na antiga residência.

Ao que uma viúva responderia, com ar suspeito:

— Não entendo a vida turbulenta que levam na casa. Outro dia, quando passei por lá, estavam ocupados com os preparativos de um banquete.

Em resumo, ninguém poderia adivinhar o que se passava no interior da mansão, de onde podia se vislumbrar o mar de Oiso, para além do imenso gramado.

A juventude de Jacky fora realmente esplêndida, tanto que o único jovem que poderia rivalizar com ele em fama seria Yuichi, seu sucessor natural. Mas eram outros tempos. Jacky — que apesar do nome era um respeitável japonês —, graças a sua beleza, realizara uma viagem de luxo por toda a Europa, algo fora do alcance mesmo de altos funcionários de empresas como Mitsui ou Mitsubishi. Ao término de alguns anos, separou-se de seu protetor inglês. Na volta ao Japão, instalou-se por algum tempo na região de Kansai. Seu protetor era então um milionário indiano. Esse jovem misógino era cortejado por três senhoras da alta sociedade de Ashiya. Simples e jovial, cumpria seu dever simultaneamente para com as três protetoras, da mesma forma que Yuichi cumpria o seu diante de Yasuko. O coração do indiano se partira. Jacky tratava friamente o homenzarrão sentimental. Enquanto o jovem namorado reunia seus semelhantes e fazia algazarra no andar de baixo, o indiano descansava sobre o sofá de junco do solário no primeiro andar, coberto até o peito com um cobertor, lendo a Bíblia em prantos.

Durante a guerra, Jacky fora secretário de um conselheiro da embaixada da França. Tomaram-no por um espião. Confundiam o caráter esquivo de sua vida privada com suas atividades públicas.

Logo após a guerra, Jacky alugou a mansão de Oiso, onde se instalou e se aproveitou do talento gerencial do estrangeiro com quem se relacionava. Ainda era um homem garboso. Assim como as mulheres não têm barba, Jacky não tinha idade. Fora isso, a veneração fálica da sociedade gay — a única religião que professava — honrava e respeitava a vida de Jacky, cheia de inesgotável vitalidade.

Naquela noite, Yuichi estava no Rudon. Sentia-se um pouco cansado. Suas faces, mais pálidas do que o normal, impingiam um tom de apreensão ao rosto de traços regulares.

— Yuchan, hoje seus olhos estão divinamente úmidos! — disse Eichan.

"Como os olhos de um capitão de navio, cansados de tanto observar o oceano", pensou Eichan.

Obviamente, Yuichi escondia sua condição de homem casado. Isso fora causa de terríveis invejas. Com os olhos vagando pelo burburinho da rua no final do ano, pensava nos dias angustiantes que vivera ultimamente. Como à época de seu casamento, recomeçava a temer a noite. Devido à gravidez, Yasuko começara a exigir amor e atenção contínuos, como de um enfermeiro. Yuichi considerava-se uma puta que se dá de graça, coisa que já sentira antes.

"Sou barato, apenas um brinquedo dedicado", pensou ele depreciando-se com certo prazer. "Yasuko comprou por um preço muito barato a vontade de um homem. Nada mais normal do que fazê-la suportar um pouco de infelicidade. Mesmo assim, como uma empregada esperta, eu não estaria traindo a mim mesmo?"

Na realidade, o corpo que se estendia ao lado da esposa era barato, se comparado ao que Yuichi estendia junto aos rapazes que amava. Essa perversão dos valores conduzia o jovem casal, que aos olhos das pessoas parecia o mais perfeito possível, a uma relação fria e a uma gratuita prostituição. Uma vez que Yuichi estava sendo constantemente corrompido pelo vírus quase inerte escondido nos olhos calmos das pessoas, quem garantiria que também não o estaria sendo mesmo fora do jogo de "papai e mamãe", dessa relação conjugal que se parecia à de dois bonecos?

Até então, fora fiel a seu próprio ideal dentro da sociedade gay. Mantinha relações unicamente com rapazes mais jovens e pelos quais se sentia atraído. Nessa fidelidade naturalmente havia uma reação à infidelidade no relacionamento conjugal com Yasuko. Desde o início, Yuichi entrou nessa sociedade mostrando-se fiel a si mesmo. Entretanto, sua fraqueza e a misteriosa vontade de Shunsuke forçavam-no à infidelidade. Shunsuke dizia ser esse não só o destino da beleza como o da arte.

O rosto de Yuichi perturbava oito ou nove em cada dez estrangeiros que o viam. Xenófobo, rechaçava-os um após o outro. Certo estrangeiro, por exemplo, num surto de fúria por ser rejeitado, quebrara um dos vidros da janela do primeiro andar do Rudon. Outro, caindo em depressão, feriu sem razão aparente os pulsos do jovem com quem morava. Por isso, os rapazes habituados a procurar estrangeiros por dinheiro respeitavam Yuichi enormemente: possuíam um tipo de respeito e afeição masoquistas por esse jovem que, embora tivesse os estrangeiros a seus pés, nem por isso ameaçava seu meio de subsistência. Pois não há um só dia que não sonhemos com uma inofensiva vingança contra nossos meios de existência.

Mesmo assim, Yuichi, com sua natural gentileza, esforçava--se para que sua recusa não machucasse o coração dos homens. Yuichi via os infelizes que o desejavam com os mesmos olhos com que via sua pobre mulher. Os impulsos da compaixão autorizam as pessoas a uma condescendência misturada ao desprezo, de onde nasce certa graça despreocupada e vívida. É como o encanto relaxado e antiquado que as velhas senhoras em visita a orfanatos deixam transparecer em sua gentileza maternal.

Uma limusine cortou caminho entre a multidão, vindo estacionar em frente ao Rudon. Um carro que a acompanhava também parou. Kimichan fez uma pirueta, da qual se orgulhava, e com um volteio e os olhos mais ternos possíveis foi receber os três estrangeiros que entravam no café. Havia dez homens, incluindo Yuichi, que iriam à festa de Jacky.

Os três estrangeiros olhavam para Yuichi com certa esperança e impaciência. Naquela noite, qual deles iria partilhar da cama com o jovem, na casa de Jacky?

Os dez dividiram-se em dois carros. Rudy entregou um presente a Jacky pela janela do carro. Era uma garrafa de champanhe decorada com folhas de azevinho.

Gastava-se pouco menos de duas horas para chegar a Oiso. Os carros seguiam a toda velocidade pela rodovia Keihin 2, um colado no outro, entrando na antiga via expressa Tokaido, em direção a Ofuna. Os jovens estavam tomados de pura excitação. Um rapaz mais calculista levava uma bolsa de viagem vazia sobre os joelhos, na qual pretendia trazer de volta todo o ganho que pudesse obter. Yuichi evitara sentar-se ao lado de um dos estrangeiros. O homem loiro acomodado ao lado do motorista não parava de olhar avidamente pelo espelho retrovisor, no único intuito de admirar o rosto de Yuichi, nele refletido.

O céu estava maravilhosamente estrelado. No firmamento noturno de inverno, de um azul de porcelana, brilhavam inúmeras estrelas como flocos de neve congelados prestes a cair. O interior do carro estava aquecido, graças ao calor emanado pelo radiador. Ao lado de Yuichi, um rapaz falador, com o qual fora para a cama uma vez, contava que o homem loiro ao lado do motorista, depois de estar no Japão durante certo tempo, costumava gritar no momento do orgasmo *"Tengoku! Tengoku!"*, "Paraíso! Paraíso!", algo que havia aprendido não se sabe onde e que fazia seus parceiros caírem na gargalhada. Essa história muito provável fez Yuichi rir e, quando seus olhos encontraram os do homem no espelho retrovisor, este piscou seu olho azul para Yuichi, aproximando seus finos lábios da superfície do espelho e beijando-o. Yuichi surpreendeu-se ao ver a cor púrpura das marcas ligeiramente enevoadas dos lábios sobre o vidro.

Eram nove horas quando chegaram. Três limusines já estavam estacionadas na entrada de carros. Percebia-se pelas janelas, por onde o som de música escapava, sombras de pessoas movendo-se apressadas. Devido ao vento muito frio, os jovens que desciam dos carros retraíam suas nucas pálidas e recém-raspadas.

Jacky recebia à porta os visitantes. Esfregou ligeiramente o rosto nas rosas invernais do buquê que Yuichi lhe presenteou, enquanto dava esplêndidos apertos de mão aos estrangeiros com sua mão direita, onde se via um grande anel encastoado com uma pedra olho de gato. Estava razoavelmente bêbado. Cumprimentava todos, até mesmo o rapaz que durante o dia vendia picles na loja da família, com um *"Merry Christmas to you"*. Nesse instante, os jovens sentiam estar num país estrangeiro. Muitos deles já haviam morado no exterior, acompanhando seus amantes. Os artigos de jornais sob títulos como "Generosidade além das fronteiras: estudando no exterior e trabalhando como auxiliar doméstico" tratavam em geral desses casos.

No espaçoso salão contíguo ao vestíbulo, de quase vinte tatames, apenas a luz das lâmpadas pisca-pisca iluminava a árvore de Natal no meio do cômodo. Músicas de long-plays tocavam pelos alto-falantes instalados entre os galhos das árvores. No salão, cerca de vinte convidados dançavam.

Na realidade, naquela noite nascera em Belém uma criança inocente, de uma mãe imaculada. Os homens que ali dançavam celebravam o Advento como José, "O Justo". Ou seja, celebravam o fato de não serem eles os responsáveis pelo nascimento, naquela noite, do menino-Deus.

Na dança entre homens havia uma farsa não muito comum: enquanto dançavam, percebia-se nos seus rostos um sorriso rebelde, que mostrava que não o faziam obrigados, mas por simples brincadeira. Riam enquanto dançavam. Um riso destruidor do espírito. Nos salões de baile da cidade, os casais dançantes exprimem a liberdade de seus impulsos. Na visão de dois homens dançando com os braços entrelaçados, sentia-se uma ligação de impulsos sombrios e forçosos. Por que os homens deveriam *obrigatoriamente* mostrar que estão apaixonados um pelo outro? Por que essa espécie de amor só é consumada caso se acrescente às pressas o sabor sombrio do destino? A música mudara para uma rumba ligeira. Sua dança agitou-se, tornando-se obscena. Para dar a impressão de que obedeciam apenas aos ditames da música, um casal juntou seus lábios, girando sem fim, até cair.

Eichan, que chegara mais cedo e dançava nos braços de um estrangeiro baixo e gordo, piscou para Yuichi. Parte de seu rosto ria, a outra parte se mostrava preocupada. Enquanto dançavam, o gordo parceiro mordiscava incessantemente o lóbulo da orelha do jovem, sujando-lhe a face com o rímel usado para acentuar os traços do bigode.

Yuichi observava ali a consumação de um destino que logo de início antevira. Contemplava a realização total desse destino, concretizada em sua forma mais rematada. Os lábios e os dentes de Eichan estavam lindos como sempre, e seu rosto sujo continuava encantador, mas em sua beleza não havia um mínimo de abstração. Sua cintura delgada remexia sob as mãos peludas. Impassivelmente, Yuichi afastou o olhar.

Ao fundo, no sofá e no divã que rodeavam a lareira, corpos bêbados e acariciantes, deitados, deixavam escapar murmúrios lânguidos e risos sufocados. À primeira vista, pareciam formar uma única massa, escura como a de um grande coral em um recife. Mas não era bem assim. Eram pelo menos sete ou oito homens, seus corpos amontoados, roçando-se por todas as partes. Dois deles juntaram os ombros, entregando as costas às carícias de um terceiro homem, enquanto um outro enroscava suas coxas nas coxas do parceiro vizinho, ao mesmo tempo que sua mão esquerda acariciava o peito do vizinho ao lado. Carícias e murmúrios leves flutuavam como uma bruma noturna, doces, palpitantes. Um respeitável cavalheiro, sentado sobre o tapete e usando abotoaduras de ouro maciço, tirava uma das meias de um jovem — que, sentado sobre o divã, era acariciado por três homens —, apertando seu pé contra o rosto e o beijando. O beijo na planta dos pés provocava cócegas no rapaz, que logo emitia gemidos de prazer. O tremor de seu corpo, jogado para trás, repercutiu sobre os outros, que não mostraram sinais de reação, continuando calados e inertes como criaturas que habitam as profundezas do oceano.

Jacky se aproximou e, oferecendo um coquetel a Yuichi, comentou:

— Que movimentado está isto aqui. Você não pode imaginar como estou vibrando — disse o anfitrião ocupado, denotando juventude até mesmo no uso das palavras. — Ah, Yuchan, tem alguém que eu quero que você conheça esta noite, de qualquer maneira! É um velho conhecido meu. Nada de tratá-lo com crueldade. O nome de guerra dele é Pope.

Enquanto falava, lançou um olhar à porta de entrada. Seus olhos brilharam. Falando no diabo...

Um cavalheiro de ar extremamente afetado apareceu na porta às escuras. Via-se apenas sua mão pálida que brincava com o botão do casaco. Com um passo artificial, como se tivessem dado corda para fazê-lo caminhar, aproximou-se de Jacky e Yuichi. Um casal que dançava passou a seu lado. Afastou-se, o rosto aborrecido.

— Este é o senhor de pseudônimo Pope, Yuchan...

Em resposta à apresentação de Jacky, Pope estendeu sua mão pálida em direção a Yuichi.

— Muito prazer.

Yuichi contemplou o rosto envolvido numa aura de desagradável luminosidade. Era o conde Kaburagi.

13. Cortesia

O pseudônimo Pope, que Nobutaka Kaburagi atribuíra a si próprio, em paródia ao poeta Alexander Pope,* cujas obras muito admirava, era usado pelos que ignoravam sua origem. Nobutaka era um velho amigo de Jacky. Havia cerca de dez anos, os dois tinham se encontrado em Kobe, no Hotel Oriental, onde dormiram juntos duas ou três vezes.

Yuichi acumulara certa experiência, que o levava a não se espantar ao encontrar as mais inesperadas pessoas indo e vindo nesse tipo de festa. Essa comunidade desfazia a ordem da sociedade exterior, esfacelando em várias partes seu alfabeto, reorganizando-o misteriosamente — por exemplo, como CXMQA —, exibindo seu poder mágico de reordená-lo e reagrupá-lo.

No entanto, a metamorfose do conde Kaburagi fora para Yuichi algo além de qualquer expectativa, tanto que durante alguns

---

* Alexander Pope (1688-1744) — poeta inglês. Satirizava em suas obras a vida ociosa dos aristocratas ingleses. (N. T.)

instantes hesitou em apertar a mão que ele lhe estendia. O espanto de Nobutaka era ainda maior. Encarou o jovem com o olhar de um bêbado, dizendo:

— Então é você! É você!

Voltando-se novamente em direção a Jacky, disse:

— Com ele, minha longa e experiente intuição enganou-se pela primeira vez. Isso por ele ser casado, apesar de tão jovem. Foi na mesa dos convidados na festa de casamento que nos conhecemos. Quem diria que Yuichi é o famoso Yuchan!

— Como? Yuchan tem uma esposa? — gritou Jacky, mostrando-se deslumbrado como um estrangeiro. — Nossa, nunca ouvi nada parecido.

Foi assim que um dos segredos de Yuichi escapou naturalmente. Em menos de duas semanas, o fato de Yuichi ser casado seria do conhecimento de todos do meio. Teve medo da rapidez com que os dois mundos em que vivia violariam seus segredos mútuos.

Buscando escapar a esse temor, Yuichi esforçou-se para olhar novamente para o conde Kaburagi, agora contemplando-o como Pope.

Seu olhar inquieto e lascivo parecia repleto do desejo aventureiro por homens lindos de sua espécie. O ar desagradável que perpassava o rosto de Nobutaka era como uma mancha em uma roupa, indelével por mais que a esfreguem, uma mistura de efeminada languidez e impudência extremamente desagradáveis, uma voz com o tom forçado de mistério, uma naturalidade planejada com esmero, tudo representando o esforço de manter as marcas e as máscaras próprias àquela espécie. Todas as impressões fragmentárias que permaneciam gravadas na memória de Yuichi de repente ganharam certa coerência, tornando-se um padrão definido. Dentre os métodos peculiares a essa sociedade, a separação e a convergência, o conde levara este último à perfeição. Do mesmo modo que um criminoso foragido muda sua face através de uma operação plástica, Nobutaka Kaburagi sempre escondia bem, sob seu rosto público, um perfil que não desejava revelar a ninguém. A nobreza prima particularmente na dissimulação: o interesse em esconder o vício precede o de cometer atos viciosos. Não seria estranho dizer que Nobutaka descobrira a felicidade de ser um nobre.

Nobutaka empurrou Yuichi pelas costas. Jacky os conduziu até um sofá vazio.

Cinco jovens, vestidos em seus uniformes brancos de garçons, passavam entre a multidão, carregando bandejas com taças de vinho e canapés. Todos os cinco eram namoradinhos de Jacky. Era extraordinário que cada um deles se parecesse de certa forma com Jacky, o que lhes dava ares de irmãos: um herdara os olhos, outro, o nariz, um terceiro, os lábios. O quarto herdara sua silhueta vista de costas e o último, a testa. Juntando todos, compunha-se um quadro do que Jacky fora na juventude.

Seu retrato ornava a cornija da lareira, em uma magnífica moldura dourada, rodeado por flores presenteadas pelos convidados, folhas de azevinho e um par de velas ornamentais; devido às tintas escuras, lembrava uma estátua nua de cor oliva, de extrema sensualidade. Na primavera de seus dezenove anos, um inglês loucamente apaixonado o usara como modelo para pintar esse jovem Baco que ria maliciosamente, levantando bem alto em sua mão direita uma taça de champanhe. Envolvia-lhe a testa uma grinalda de hera; de seu pescoço nu, uma gravata caía solta. Estava sentado sobre uma mesa e seu braço esquerdo suportava o peso do barco dourado e bêbado de seu corpo, impelindo como um remo as ondas brancas da toalha da mesa que cobria parcialmente sua cintura.

Nesse momento, trocaram a música para um samba. Os dançarinos retrocederam até as paredes e um projetor iluminou a cortina de veludo grená que cobria a entrada da escada. A cortina movimentou-se bruscamente e, de súbito, apareceu um rapaz seminu, travestido em dançarina espanhola. Deveria ter dezoito ou dezenove anos. Era um jovem de corpo esbelto, charmoso e de cintura estreita. Escondia os cabelos sob um turbante escarlate e apertava o peito com um sutiã da mesma cor, bordado de fios dourados. O jovem dançou. Seu corpo límpido, diferente da sombria e inquietante indecisão do corpo feminino, formado com uma graça repleta de linhas precisas e luminosas, capturava o coração dos que o admiravam. Enquanto dançava, lançou para trás a cabeça e, ao trazê-la de volta, aproveitou para lançar um olhar lascivo na direção de Yuichi, que respondeu com uma piscadela. O silencioso contrato fora firmado.

Nobutaka não deixou escapar essa piscadela. Desde que soubera, havia pouco, que Yuichi era do meio, seu pensamento estava completamente voltado para o jovem. Zelando por sua reputação, Pope não tinha o costume de aparecer nos cafés ao redor de Ginza, mas recentemente ouvira falar de um certo "Yuchan". Imaginara ser apenas alguém que ultrapassasse um pouco a beleza dos numerosos e bonitos rapazes da região. Em parte movido pela curiosidade, pediu a Jacky que lhe apresentasse o rapaz. No final das contas, o jovem era Yuichi.

Nobutaka Kaburagi era um mestre da sedução. Tinha quarenta e três anos e, até aquele momento, o número de jovens com os quais mantivera relações chegava à casa dos mil. Não era propriamente a beleza que o excitava e o conduzia à libertinagem. O que tornava Nobutaka cativo era, antes de mais nada, o medo, a emoção. Nos prazeres desse meio, há sempre o ressaibo de uma doce corrupção, como Saikaku* escreveu, com admirável elegân-

---

* Ihara Saikaku (1642-1693) — poeta e novelista, foi uma das figuras mais brilhantes da literatura japonesa do século XVII. Seus romances possuem um estilo elíptico e alusivo, semelhante ao dos haicais. (N. T.)

cia: "Brincar com rapazes é deitar-se como um lobo sob flores que caem". Nobutaka estava sempre procurando novas emoções. Ou melhor, apenas as novidades o excitavam. Não se lembrava de jamais ter feito comparações precisas ou avaliado a beleza. Jamais comparou a aparência da pessoa diante de seus olhos à de amores antigos. Como um raio de luz, a paixão ilumina um certo tempo e um certo espaço. Nesse momento, Nobutaka sentia-se irresistivelmente atraído, justamente como o suicida pelo precipício, por um novo rasgo em nossa existência fixa.

"Esse rapaz é perigoso", falou para si mesmo. "Até agora só via Yuichi como o jovem esposo loucamente apaixonado por sua mulher, como um potro desgarrado galopando, sem olhar para os lados, pela aurora dos caminhos normais da existência. Mesmo observando sua beleza, ficava impassível: não acreditava poder puxar esse cavalo solto para fazê-lo trotar por meus caminhos. Mas, quando descobri há pouco que Yuichi já caminhava por essa vereda, meu coração disparou. Isso é perigoso como um raio. Lembro-me de, há tempo, ter visto um rapaz que entrava nesse caminho pela primeira vez e de ter sido vítima desse mesmo raio que deixou meu coração iluminado. Fiquei seriamente apaixonado. Pressinto quando estou prestes a me apaixonar. Há vinte anos um raio não me atingia com força igual. Comparado com este, posso afirmar que os raios que senti com todos os outros mil rapazes foram efêmeros como estalos infantis. A vitória é decidida nas primeiras palpitações, nos primeiros tremores. De qualquer modo, preciso ir para a cama com ele o mais rapidamente possível!"

O amor não o impedia de ser um mestre na observação, com o poder de transpassar as coisas com seu olhar. Em suas palavras escondiam-se técnicas de telepatia. No instante em que pôs os olhos em Yuichi, Nobutaka percebeu o veneno mental que corroía esse jovem de incomparável beleza.

"Ah, ele já está debilitado pela sua própria beleza. Ela é seu ponto fraco. Por estar consciente do poder de seu charme, guarda em seu dorso as marcas das folhas de árvores. É nesse homem que vou concentrar meus esforços."

Nobutaka levantou-se da cadeira e foi até o terraço, onde Jacky procurava aliviar a embriaguez. Naquele momento, o estrangeiro loiro que estava havia pouco no carro e outro senhor estrangeiro brigavam para ver qual deles pediria a Yuichi para dançar.

Com um gesto de mão, Nobutaka chamou Jacky, que entrou imediatamente. O ar frio do exterior atingiu a nuca de Nobutaka.

— Tem algo para me dizer?

— Sim, tenho.

Jacky levou seu velho amigo ao bar do mezanino, de onde se podia avistar o mar. Um balcão fora instalado contra uma parede afastada da janela, onde um fiel garçom descoberto por Jacky em certo bar de Ginza trabalhava como barman, com as mangas da camisa enroladas. Podia-se ver ao longe, à esquerda, um farol brilhando no cabo. Os galhos desfolhados de uma árvore abraçavam o céu estrelado e a paisagem marítima. Em contato simultâneo com o ar frio e quente, uma névoa teimava em se formar nos vidros da janela. Por pura diversão, os dois pediram um *Angel Kiss*, coquetel destinado às mulheres.

— E então? Não o acha maravilhoso?

— É realmente um garoto bonito. Nunca vi alguém igual a ele.

— Todos os gringos estão caidinhos por ele. Mas, até agora, nenhum deles conseguiu despertar seu interesse. Parece detestar particularmente os estrangeiros. Deve ter entregado o corpo a uma ou duas dezenas de rapazes, mas todos com idade inferior à dele.

— O fato de ser difícil só lhe aumenta o charme. A maioria dos rapazes de hoje é muito impulsiva.

— Bem, não custa tentar. De qualquer modo, os veteranos já fizeram de tudo e acabaram derrotados. Está na hora de mostrar quem é Pope.

— O que eu queria perguntar... — disse o ex-conde, fitando a taça do coquetel presa pelos dedos da mão direita e posta sobre a palma de sua mão esquerda, dando a impressão, quando olhava para algo, de ser espiado por alguém, ou seja, sempre encenando ao mesmo tempo os papéis de ator e espectador. — Como poderia dizer? Queria saber se ele já entregou seu corpo para alguém por quem não se sentia atraído. Quero dizer... como explicar? Teria ele entregado seu corpo completamente a sua própria beleza? Na medida em que haja um mínimo de amor e desejo para com seus parceiros, não deve ter se deixado levar simplesmente por seu próprio charme. Segundo o que você me contou, apesar de sua aparência, aquele garoto ainda não teve esse tipo de experiência, não é verdade?

— Pelo menos foi o que ouvi. Mas é casado, deve estar dormindo com a esposa apenas por obrigação.

Nobutaka baixou os olhos e procurou alguma conotação secreta nessa observação do velho amigo. Quando refletia, comportava-se como se as pessoas o observassem furtivamente arranjando suas ideias. Jacky, sempre alegre, aconselhou-o a tentar de qualquer maneira, propondo-lhe uma aposta: se tivesse sucesso com Yuichi até as dez horas da manhã seguinte, daria a Pope o magnífico anel que trazia em seu dedo mínimo; caso contrário, Pope lhe entregaria o tinteiro em laca com desenhos em ouro e prata do início do período Muromachi, pertencente à coleção dos Kaburagi. O encanto da peça em alto-relevo deixara Jacky consumido pelo desejo de possuí-la, desde que visitara os Kaburagi.

Os dois desceram do mezanino para o salão de dança. Sem ser notado, Yuichi dançava com o rapaz que fizera o número de travesti. O jovem tinha se trocado, agora trajando um terno, e usava uma graciosa gravata-borboleta. Nobutaka conhecia sua própria idade. O inferno para os homossexuais é o mesmo que para as mulheres: a velhice. Nobutaka estava ciente de que não poderia absolutamente esperar que aquele lindo jovem viesse milagrosamente a amá-lo. Quando pensou nessa impossibilidade, sua paixão transformou-o naquele idealista consciente desde o início de que suas aspirações são infrutíferas. Quem ama um ideal espera um dia ser amado por ele.

Yuichi e seu parceiro pararam de dançar na metade da música. Os dois esconderam-se por detrás da cortina grená. Pope disse, entre suspiros:

— Ah, eles subiram ao primeiro andar!

No andar de cima, havia três ou quatro quartos, dos quais se poderia dispor a qualquer momento, cada um deles contendo uma cama e um divã arrumados casualmente.

— Faça vista grossa a um ou dois deles, Pope. Jovens como ele têm muita energia.

Jacky o consolava. Olhou para um canto da cristaleira. Imaginava onde iria colocar o tinteiro que receberia de Nobutaka.

Nobutaka esperava. Mesmo após Yuichi ter reaparecido, uma hora depois, não encontrava uma oportunidade. A noite avançava. As pessoas pareciam cansadas de dançar. No entanto, como brasas que se acendem e apagam continuamente, vários casais ainda se alternavam na dança. Um dos namoradinhos de Jacky, de rosto inocente, dormia em uma pequena cadeira junto à parede. Um estrangeiro piscou para Jacky. O generoso anfitrião sorriu e concordou. O estrangeiro tomou nos braços o rapaz adormecido e o levou para o divã à sombra da cortina no fundo do mezanino. O rapaz, que fingia dormir, abria levemente os lábios, e seus olhos semicerrados, por trás de longas pestanas, movimentavam-se curiosos, olhando discretamente o peito musculoso do homem que o carregava. Ao ver os pelos dourados aparecendo pela camisa aberta, imaginou estar sendo abraçado por uma abelha gigante.

Nobutaka aguardava uma oportunidade. As pessoas ali reunidas conheciam-se bem, e não faltavam tópicos de conversa para passar a noite. No entanto, era Yuichi que Nobutaka desejava. Toda espécie de fantasia doce e indecente o atormentava. Entretanto, Pope estava convicto de que a expressão de seu rosto não traía a menor de suas confusas emoções.

O olhar de Yuichi parou subitamente sobre um convidado recém-chegado. Esse rapaz chegara de Yokohama depois das duas da manhã, com um grupo de quatro ou cinco rapazes, alguns deles estrangeiros. Pela gola de seu casaco de duas cores entrevia-se um cachecol listrado escarlate e negro. Seu sorriso exibia fileiras de dentes fortes e incrivelmente brancos. Os cabelos cortados em escovinha combinavam com os traços marcantes de seu rosto. Segurava desajeitadamente um cigarro entre os dedos. Em um deles via-se um anel espalhafatoso de ouro maciço, com suas iniciais.

Nesse rapaz selvagem percebia-se algo equivalente à elegância lânguida e sensual de Yuichi. Se Yuichi era uma peça de escultura superior, esse rapaz possuía a graça de uma estátua carecendo de perfeição. Além disso, apesar de mera imitação, de certa maneira se assemelhava a Yuichi. Narciso, por incomensurável orgulho, acaba algumas vezes se apaixonando por um espelho imperfeito. Esse espelho, pelo menos, o salvava do ciúme.

O grupo recém-chegado trocou cortesias com os convidados presentes. Yuichi e o rapaz sentaram-se lado a lado. Seus jovens olhos procuraram-se mutuamente. O consentimento mútuo fora obtido.

Entretanto, no momento em que, de mãos dadas, os dois se levantavam, um estrangeiro convidou Yuichi para dançar. Yuichi não recusou. Nobutaka Kaburagi não deixou escapar essa chance e, precipitando-se para junto do novo rapaz, convidou-o a dançar também. Enquanto dançavam, perguntou:

— Já se esqueceu de mim, Ryochan?

— Como poderia esquecer de você, Pope?

— Lembra de ter se arrependido alguma vez por seguir meus conselhos?

— Sou grato por sua generosidade, Pope. Afinal, é o traço de seu temperamento pelo qual todos se apaixonam.

— Dispense os elogios. Que tal hoje?

— Não recusaria. Se for com você.

— Mas tem que ser agora.

— Agora...?

O olhar do jovem tornou-se sombrio:

— É que...

— Pago o dobro da última vez.

— Ótimo. Mas por que tanta pressa? Afinal, a noite é uma criança.

— É agora ou nada feito. Não vou propor uma segunda vez.

— É que tenho um compromisso com alguém e devo honrá-lo.

— Alguém que não lhe dará um centavo sequer!

— Estou disposto a me sacrificar por alguém que amo.

— Sacrificar? Que exagero! Está bem, sendo assim, aumento para três vezes o que lhe paguei antes, mais mil ienes: proponho dez mil ienes. Mais tarde você pode aproveitar bem o dinheiro.

— Dez mil ienes?

Os olhos do jovem mostravam certa vacilação.

— Foi tão bom assim na última vez?

— Foi ótimo.

O rapaz aumentou sua voz, blefando:

— Você deve estar bêbado. É bom demais para acreditar, Pope.

— Não se subestime tanto assim, meu pobre rapaz. Valorize-se mais. Tome, vou adiantar-lhe quatro mil ienes. Os seis mil restantes eu pagarei mais tarde.

O rapaz calculou mentalmente, angustiado com o ritmo frenético do pasodoble. Na pior das hipóteses, mesmo não recebendo os seis mil ienes restantes, quatro mil ienes não eram um mau negócio. Poderia deixar Yuichi para depois, mas como faria para ajeitar as coisas?

Yuichi esperou que o jovem terminasse de dançar, fumando um cigarro, encostado a uma parede. Batia delicadamente com os dedos de uma das mãos na parede. Nobutaka observava Yuichi com o canto dos olhos, atento à beleza do impulso prestes a se exprimir violentamente naquele corpo jovem e cheio de vigor.

A dança terminou. Ryosuke aproximou-se de Yuichi, imaginando a desculpa que daria. Yuichi não reparou nisso, apagou o cigarro e, virando-se de costas, começou a andar. Ryosuke o seguiu e Nobutaka os acompanhou. Enquanto subiam as escadas, Yuichi colocou a mão sobre o ombro do rapaz, impedindo-o de se desvencilhar. No momento em que chegaram a um dos pequenos aposentos do primeiro andar, quando Yuichi se preparava para abrir a porta, Nobutaka segurou rapidamente o rapaz pelo braço. Yuichi virou-se surpreso. Como Nobutaka e o jovem permaneciam calados, os olhos de Yuichi tingiram-se de cólera.

— O que você faz aqui?

— Este garoto fez um trato comigo.

— Eu estava aqui antes ou não?

— Ele tem uma dívida para saldar comigo.

Yuichi inclinou a cabeça e sorriu forçado.

— Deixe de brincadeiras.

— Se acha que é brincadeira, experimente perguntar a ele com quem pretende ir primeiro.

Yuichi colocou a mão sobre o ombro do rapaz. O ombro tremia. Ryosuke procurou esconder seu embaraço; mesmo fixando os olhos aparentemente hostis sobre Yuichi, havia uma inadequada doçura em suas palavras quando disse:

— Não tem problema, tem? Podemos fazer mais tarde?

Yuichi fez menção de dar um tapa no rapaz. Nobutaka interveio.

— Vamos. Não há razão para violência. Vamos conversar com calma.

Nobutaka passou o braço por cima do ombro de Yuichi e entrou com ele no cômodo. Quando Ryochan fez menção de juntar-se a eles, Nobutaka fechou a porta com estrondo, bem em seu rosto. O rapaz gritava palavrões. Nobutaka passou rapidamente a tranca na porta. Fez Yuichi sentar-se no divã junto à janela. Ofereceu-lhe um cigarro, enquanto acendia outro para si mesmo. Ryosuke continuava batendo na porta, indeciso. Finalmente, ouviu-se o som de um último chute. Com certeza compreendera o que se passava.

O ambiente dentro do quarto era adequado à ocasião. Na parede havia uma gravura representando Endímion dormindo em um prado, coberto de flores e banhado pela luz da lua. Havia um aquecedor elétrico ligado e, sobre a mesa, conhaque, uma garrafa de água em cristal facetado e uma vitrola. O estrangeiro que habitualmente ocupava o quarto só o liberava para visitantes nas noites de festa.

Nobutaka ligou a vitrola com capacidade para tocar dez discos sucessivamente. Calmamente encheu dois copos com conhaque. Yuichi levantou-se bruscamente e fez menção de sair do quarto. Pope o impediu, fixando o rapaz com um olhar profundo e gentil. Havia uma força incomum em seu jeito de olhar. Yuichi voltou a sentar-se, paralisado por inexplicável curiosidade.

— Relaxe. Não sinto nenhuma atração por aquele rapaz. Paguei a ele propositadamente para aborrecer você. Se não o tivesse feito, não teríamos a oportunidade de conversar tranquilamente. Não há razão para se precipitar sobre um garoto que se vende tão facilmente por dinheiro.

Para dizer a verdade, o desejo de Yuichi enfraquecera rapidamente desde o momento em que sentira vontade de socar o rapaz. No entanto, não pretendia admiti-lo diante de Nobutaka. Continuava calado, como um jovem espião capturado.

— O que queria lhe dizer — continuou Pope — não é nada de especialmente sério. Apenas queria poder ter uma conversa mais íntima com você. Está me ouvindo? Ainda me lembro do dia do seu casamento, quando o vi pela primeira vez.

Colocar no papel o longo solilóquio de Nobutaka Kaburagi seria uma experiência intolerável para os leitores. Foi acompanhado por doze lados dos discos de dança como música de fundo. Nobutaka estava consciente do efeito infalível que suas palavras produziam. Carícias orais precedendo as manuais. Aniquilou seu próprio eu, metamorfoseando-se em um espelho que apenas refletia Yuichi. Por trás da superfície do espelho, acabou por esconder sua velhice, seus desejos, sua astúcia e seus artifícios.

Enquanto o interminável solilóquio continuava, sem o consentimento de Yuichi, Nobutaka entremeava perguntas em tom de voz semelhante a uma doce carícia: "Estou lhe aborrecendo?", ou "Se estiver cansado, basta dizer e eu paro de falar", ou ainda "Este tipo de conversa não lhe agrada?". Na primeira vez, como se cortejasse, implorando suavemente. Na segunda, com desesperada insistência. Na terceira vez, cheio de confiança, convicto de que Yuichi responderia com um gesto negativo e sorridente.

Yuichi não se aborrecia. Muito pelo contrário. Isso porque o solilóquio de Nobutaka só versava sobre o próprio Yuichi e ninguém mais.

"Suas sobrancelhas emanam virilidade e frescor. Na minha opinião, elas exprimem... como poderia explicar? Algo como uma determinação jovem e límpida", quando lhe faltavam comparações, Nobutaka permanecia calado por instantes, admirando com calma as sobrancelhas de Yuichi. "Mesmo assim, a harmonia de suas sobrancelhas e seus olhos profundamente melancólicos é soberba. Seus olhos exprimem seu destino. As sobrancelhas, sua determinação. Há uma luta sendo travada entre eles. São as sobrancelhas e olhos do mais lindo e jovem oficial no campo de batalha da juventude. Apenas um capacete grego combinaria com eles. Quantas vezes sonhei com sua beleza! Quantas vezes pensei em lhe falar. Mesmo assim, quando o encontro, as palavras ficam presas na garganta, como se eu fosse um rapazinho. Garanto o que digo: de todos os lindos rapazes que vi nos últimos trinta anos, você é o mais lindo. Não há em lugar nenhum jovem que possa suportar a comparação. Como alguém como você poderia pensar em amar Ryochan? Olhe-se bem no espelho. A beleza que você encontrou em outros homens decorre de sua ignorância sobre si próprio. A beleza que acredita ter descoberto neles já existe totalmente em você: não há mais nada a descobrir. Quando você *ama* alguém, está ignorando demais a si mesmo. Ao nascer, você atingiu o máximo da perfeição."

O rosto de Nobutaka estava cada vez mais próximo do de Yuichi. Suas palavras grandiloquentes cortejavam os ouvidos como hábeis calúnias. De fato, nenhuma adulação podia se comparar às suas.

"Você não precisa de um nome", declarou o conde de forma decisiva. "Uma beleza com nome não conta. Não me deixo mais enganar por ilusões evocadas por nomes como Yuichi, Taro ou Jiro. Para o papel que você desempenha na vida, não há necessidade de nomes. Isso porque você é o *padrão*. Você está no palco. O nome de seu personagem é 'o jovem'. Não há artistas dignos de tal nome. Todos dependem da individualidade, do caráter ou de um nome. No máximo, eles são capazes de representar o jovem

Ichiro, o jovem Jean, o jovem Johannes. No entanto, sua existência é a designação geral de uma juventude vivaz. Você é o representante do 'jovem' visível que aparece na mitologia, na história, na sociedade e no espírito de todos os países. Você é a personificação. Sem você, só restaria à juventude de todos ser enterrada sem ser vista. Em suas sobrancelhas existe a imagem da sobrancelha de milhões de jovens. Seus lábios são a frutificação do desenho de milhões de lábios jovens. Seu peito, seus braços..."

Nobutaka apalpou levemente os braços de Yuichi sob as mangas do casaco de inverno.

"... suas coxas, suas mãos."

Nobutaka encostou-se ombro a ombro com Yuichi e fixou o olhar no perfil do rapaz. Estendeu uma das mãos e apagou a luz do abajur sobre a mesa.

"Não se mova. Peço-lhe que fique assim por um instante. Que beleza! Já é manhã. O céu empalidece. Você deve sentir sobre a outra face os sinais da luz indistinta do amanhecer. Mas na face deste lado ainda é noite. Seu perfil vaga pela fronteira entre o alvorecer e a noite. Peço-lhe, não se mova."

Nobutaka viu o perfil do jovem em maravilhoso relevo contra a hora que separa a noite do dia. Essa escultura momentânea tornou-se eterna. Seu perfil trouxe para o tempo uma forma eterna e, pela fixação da beleza consumada, tornou-se inextinguível.

A cortina da janela foi abruptamente levantada. Os vidros da janela deixavam entrever a paisagem descolorida. Do quarto, tinha-se uma vista sem obstáculos para o mar. O farol piscava sonolento. Sobre a água, uma luz leitosa suportava um grupo de nuvens na penumbra do alvorecer. As linhas de árvores no jardim, como refugos trazidos pela maré noturna, entrelaçavam seus galhos, desvanecidas.

Yuichi foi tomado por sono profundo. Era uma sensação mista de embriaguez e torpor. A imagem formada pelas palavras de

Nobutaka saltou para fora do espelho e veio se acumular gradativamente sobre ele mesmo. Recaído no encosto do sofá, sobre seus cabelos depuseram-se os cabelos da imagem. Um prazer misturou-se ao outro: um prazer fez crescer o outro. Essa sensação onírica de reunificação não pode ser explicada de forma simples. O espírito adormeceu sobre o espírito, sem tomar emprestada a força dos sentidos. O espírito de Yuichi reuniu-se ao do outro Yuichi que já se duplicava. A testa de Yuichi tocou a testa de Yuichi. As belas sobrancelhas tocaram as belas sobrancelhas. Os lábios do jovem, sonhadoramente semiabertos, foram selados pelos seus próprios lábios imaginados.

Os primeiros raios da alvorada escapavam por entre as nuvens. Nobutaka afastou as mãos que sustentavam o rosto de Yuichi. O casaco já estava abandonado sobre uma cadeira ao lado. Suas mãos vazias abaixaram os suspensórios dos ombros. De novo, tomou o rosto de Yuichi entre suas mãos e seus lábios ansiosos novamente pousaram sobre os do jovem.

Dez da manhã. Contra a vontade, Jacky entrega a Nobutaka seu precioso anel de olho de gato.

14. Independente e sozinho

Um novo ano começava. Yuichi tinha então vinte e três e Yasuko, vinte anos.

A família Minami comemorou o Ano-Novo na intimidade do lar. O ano se anunciava particularmente auspicioso. Primeiro, havia a gravidez de Yasuko. Em segundo lugar, a mãe de Yuichi entrava no novo ano com saúde inesperadamente boa. Mas havia algo de sombrio e frio por ocasião das festas. A semente da inquietude fora plantada claramente por Yuichi.

Eram cada vez mais frequentes as noites que passava fora e, pior do que isso, aumentava sua negligência para com os deveres conjugais, que em várias ocasiões atormentava Yasuko, embora ela soubesse que a causa estava em sua própria insistência. Pelo que os amigos e parentes comentavam, naqueles tempos não eram raras as esposas que voltavam para a casa dos pais apenas porque o marido deixava de dormir por uma noite em casa. Yuichi parecia haver esquecido em alguma parte a gentileza de espírito que o caracterizava, ausentando-se muitas vezes sem avisar e não dando ouvidos nem aos conselhos da mãe nem às queixas de Yasuko. Tornava-se cada vez mais calado e eram raras as ocasiões em que exibia seus alvos dentes.

Entretanto, não se deveria imaginar que esse orgulho de Yuichi era uma solidão byroniana. Sua solidão não era um ato mental e seu orgulho originava-se das imposições de seu modo de vida. Nada mais do que um capitão impotente, silencioso e sério, contemplando impassível o naufrágio do navio que pilota. A velocidade dessa destruição era tão certa e ordenada que mesmo um criminoso como Yuichi às vezes acreditava ser ela apenas uma simples desintegração, pela qual não possuía qualquer culpa. Após as festas, quando Yuichi declarou que se tornaria secretário do presidente de uma misteriosa companhia, sua mãe e Yasuko não lhe deram muita atenção e foi só quando mencionou a visita do presidente e de sua esposa que a mãe ficou enormemente preocupada. Por diversão, Yuichi escondeu propositadamente o nome do presidente. Quando sua mãe foi abrir a porta nesse dia, ficou ainda mais espantada ao ver o casal Kaburagi.

Nevara pela manhã, e à tarde o tempo estivera levemente nublado e muito frio. O conde sentou-se de pernas cruzadas em frente ao aquecedor, como se fosse começar a conversar com ele, estendendo suas mãos. A condessa estava excitada. Esse casal nunca parecera tão unido. Olhavam-se rindo cada vez que alguém contava uma história engraçada.

Yasuko viera cumprimentá-los no salão e já estava no meio do corredor quando ouviu a gargalhada levemente clamorosa da sra. Kaburagi. Por intuição natural, Yasuko notou, num relance, que a senhora era uma das mulheres que amavam Yuichi. No entanto, com uma perspicácia assustadora e nem um pouco natural, que só poderia ser devida à gravidez, pressentiu que a mulher que cansava seu marido à exaustão não era nem a sra. Kaburagi nem Kyoko. Com certeza haveria uma terceira mulher invisível. Tentando imaginar o rosto dessa mulher, que Yuichi escondia por completo, Yasuko experimentava um medo misterioso, maior que o ciúme. O resultado é que não se espantou com sua própria serenidade: mesmo ouvindo a risada aguda e alta da sra. Kaburagi, achou-a absolutamente normal, sem sentir qualquer inveja.

Cansada de sofrer, Yasuko acabara se acostumando à dor, como um pequeno animal sagaz que vive sempre com as orelhas alertas erguidas. Preocupada com Yuichi, cujo futuro estava por conta de seus pais, não deixava escapar uma palavra sequer sobre seu grande sofrimento. A mãe de Yuichi admirava-se com a indulgência da nora, incomum a alguém de sua idade. A coragem dessa esposa tão jovem valeu-lhe o renome de mulher fiel ao estilo antigo, mas Yasuko começava a amar a desconhecida melancolia dissimulada por trás do orgulho de Yuichi. Muitas pessoas duvidariam que uma jovem esposa de vinte anos pudesse possuir tal generosidade. Entretanto, com o tempo, ela começou a ter certeza da infelicidade do marido, e não apenas seu coração se impacientou por não possuir a força para curá-la, como chegou mesmo a pensar que estaria cometendo um crime contra ele. Na ideia maternal de que a devassidão do marido não estava ligada ao prazer e que nada mais era do que a expressão de um sofrimento sem paralelos, havia um erro de cálculo típico do sentimentalismo adulto. Pensava mesmo que o sofrimento de Yuichi estava próximo de um tormento moral, ao qual o nome "prazer" não seria apropriado. Muito embora este fosse um pensamento infantil, acreditava que, fosse ela própria um jovem homem adúltero, ela o contaria de imediato e em detalhes a sua esposa.

"Algo o atormenta e não consigo imaginar o que possa ser", pensou. "Espero que não esteja planejando uma revolução. Se estivesse me traindo por amor a *alguém*, aquele ar de manifesta melancolia não estaria estampado todo o tempo em seu rosto. Yuchan com certeza não deve amar ninguém. Meu instinto de esposa não me engana."

Yasuko estava parcialmente correta. Não se poderia dizer que Yuichi amasse os rapazes.

Todos conversavam animadamente na sala de estar. A cordialidade exagerada do casal Kaburagi inconscientemente influenciava Yuichi e Yasuko, que falavam e riam alegremente, como um casal em cuja vida não existisse qualquer problema.

Por descuido, Yuichi bebeu o chá da xícara de Yasuko. Todos estavam de tal forma absortos na conversa que nem sequer perceberam o equívoco. Na realidade, nem mesmo Yuichi percebera. Apenas Yasuko notara e tocou levemente a coxa do marido. Sem uma palavra, apontou sorrindo a xícara de Yuichi sobre a mesa. Em resposta, Yuichi coçou a cabeça como um menino.

Essa pantomima não passou despercebida aos olhos atentos da sra. Kaburagi. Seu bom humor naquele momento devia-se à agradável antecipação de que Yuichi tornar-se-ia o secretário de seu marido. Sentia terna gratidão para com o esposo por ter mostrado entusiasmo, alguns dias antes, por transformar aquele plano tão cômodo em realidade. Com Yuichi como secretário, poderia ver o rapaz com mais frequência. O marido com certeza estaria tramando algo ao aceitar sua proposta, mas ela mesma não tinha ideia do que poderia ser.

Ao ver diante de seus olhos a graciosa intimidade entre Yuichi e Yasuko, em uma cena tão sutil que dificilmente as pessoas a notariam, a sra. Kaburagi tomou consciência da natureza desesperada de seu próprio amor. Ambos eram jovens e lindos. Ao ver esse adorável casal, começou a imaginar que mesmo o relacionamento de Yuichi com Kyoko seria para o jovem uma simples aventura. Se assim fosse, provavelmente não teria coragem para enfrentar a situação, uma vez que em sua posição tinha menos qualificação para ser mais amada do que Kyoko.

Havia outro tipo de expectativa por trás de sua intimidade além do normal com o marido. Planejara provocar ciúme em Yuichi. Havia algo de fantasioso nessa ideia, e pretendia vingar-se dele pelo sofrimento que lhe provocara a presença de Kyoko. Entretanto, apaixonada por ele, tinha medo de que o amor-próprio de Yuichi ficasse ferido caso a visse acompanhada de um homem jovem.

A senhora retirou um fio branco que notou sobre o ombro do marido.

— O que houve? — perguntou Nobutaka, voltando-se para a esposa.

Ficou chocado com o gesto da mulher. Afinal, ela não era do tipo que agisse dessa forma.

Na Companhia de Produtos Marítimos, que produzia couro de moreia para bolsas e outros artigos, Nobutaka empregara como secretário um antigo mordomo. Esse velho precioso, que sempre o chamara de "mestre" em vez de "presidente", falecera há dois meses de hemorragia cerebral. Nobutaka procurava justamente um substituto. Certo dia, a esposa sugeriu o nome de Yuichi para o cargo, ao que Nobutaka respondeu com indiferença, como se não fosse má ideia, uma vez que a posição de secretário não exigia dedicação integral e poderia ser executada como trabalho paralelo. Descobriu que havia interesse no olhar casual da esposa testando sua resposta.

Inesperadamente, as peças desse jogo serviram para que Nobutaka camuflasse habilmente suas próprias intenções. Logo no início do ano, ele próprio decidira contratar Yuichi como secretário. No momento em que a esposa mencionou sua ideia, deixou a cargo dela o assunto, sem esquecer de elogiar o talento gerencial de Yuichi.

— Esse jovem parece ser extremamente responsável — disse Nobutaka. — Outro dia fui apresentado a Kuwahara, do Banco

Otomo, que estudou na mesma universidade que Yuichi e o conhece. Foi graças a Kuwahara que a Companhia de Produtos Marítimos conseguiu os empréstimos ilícitos. Ele me falou maravilhas sobre Yuichi. Teceu elogios à complicada administração dos bens de família que o jovem tem levado avante sozinho, algo fantástico para um rapaz de sua idade.

— Sendo assim, empregue-o como seu secretário — sugeriu a esposa. — Se não se mostrar inclinado a aceitar, poderíamos tentar convencê-lo por meio da mãe, a senhora Minami. Precisamos mesmo fazer-lhes uma visita para nos desculpar pela falta de notícias nos últimos tempos.

Nobutaka esquecera o velho hábito de voar leve como uma borboleta à procura de aventuras amorosas; desde a noite da festa de Jacky, não era mais capaz de viver sem Yuichi. Depois daquele dia, mesmo não aparentando estar apaixonado, o jovem assentira duas vezes a seus pedidos. Isso atiçara ainda mais os desejos de Nobutaka. Como Yuichi não gostava de passar a noite fora de casa, os dois usavam secretamente um hotel no subúrbio. Yuichi espantou-se ao ver como Nobutaka era precavido. Para receber Yuichi, fazia ele próprio reserva para passar uma ou duas noites num quarto, onde Yuichi vinha para uma "conversa de negócios", partindo tarde da noite. Nobutaka passava depois o restante da noite no hotel. Após a saída de Yuichi, o nobre senhor era atormentado por desesperada paixão. Andava em seu robe pelo quarto exíguo. Por fim, caía e rolava por sobre o tapete. Enlouquecido, repetia num murmúrio o nome de Yuichi, milhares de vezes. Bebia o resto de vinho deixado pelo jovem, acendia o resto dos cigarros que Yuichi fumara. Chegara ao ponto de pedir ao jovem que comesse apenas metade de uma torta, deixando no prato a metade restante com a marca de seus dentes.

A mãe acreditou que a proposta de Nobutaka de ensinar ao filho sobre a vida social poderia ser uma salvação para a vida desregrada que Yuichi levava até então. Mas, de qualquer modo, o filho ainda era estudante. Além disso, tinha uma carreira para assumir tão logo se formasse.

— Não podemos esquecer do trabalho na loja de departamentos do senhor Segawa — disse a mãe, olhando fixo para Yuichi e num tom de voz que Nobutaka pudesse ouvir. — Seu sogro pretende ajudar em sua educação. Antes de aceitar a proposta, precisamos consultá-lo.

Yuichi fitou os olhos da mãe, enfraquecidos pela idade. Como essa velha senhora tinha fé no futuro! Logo essa mulher em idade de morrer de um dia para o outro! Yuichi pensou que, ao contrário, são os jovens que não têm fé no porvir. Em geral, os idosos acreditam no futuro pela força do hábito, enquanto os jovens, em função da idade, carecem dessa força.

Levantando suas belas sobrancelhas, Yuichi argumentou firmemente, embora com infantilidade:

— Não há problema. Afinal, não sou o filho adotivo dos Segawa.

Yasuko ouviu essas palavras observando Yuichi de perfil. Perguntava-se se a frieza que o marido dirigia a ela não seria causada pelo orgulho ferido. Chegara a hora de sua intervenção.

— Posso explicar tudo a meu pai. Faça o que julgar conveniente.

Como combinara antes com Nobutaka, Yuichi concordara em ajudar, mas de maneira que isso não interferisse em seus estudos. A mãe pediu repetidamente a Nobutaka que cuidasse da formação de Yuichi. Essa solicitação soava séria demais e pareceria ridícula a uma pessoa de fora. Que maravilhosa formação Nobutaka reservava para esse precioso e pródigo filho!

Como o assunto fora quase totalmente acertado, Nobutaka Kaburagi convidou todos para jantar fora. De início, a mãe recusou, mas acabou aceitando ao prometerem levá-la e trazê-la de volta de carro, e foi logo se aprontar para sair. A neve recomeçou a cair levemente e, para proteger seus rins, enrolou uma flanela ao redor do estômago, inserindo nela um pequeno e discreto aquecedor de bolso.

Os cinco entraram no táxi contratado pelos Kaburagi, dirigindo-se para um restaurante a oeste de Ginza. Depois do jantar, Nobutaka convidou-os a ir dançar. Nem mesmo a mãe de Yuichi recusou-se a ir a um cabaré: queria presenciar algo perigoso. Adoraria assistir a um show de striptease, mas naquela noite essa atração não era oferecida.

A mãe elogiou modestamente as roupas leves das dançarinas.

— Como são lindas. Combinam muito bem. Essa cor azul em dégradé é realmente bonita.

Havia tempo Yuichi não sentia a liberdade banal que experimentava então em todo o corpo e que lhe era inexplicável. Deu-se conta de que esquecera por completo da existência de Shunsuke. Decidiu jamais contar-lhe sobre o emprego como secretário, nem sobre sua relação com Nobutaka. Essa pequena decisão o encheu de alegria, a ponto de a sra. Kaburagi, que com ele dançava, perguntar-lhe:

— Por que você está assim tão feliz?

Olhando profundamente nos olhos da mulher, disse-lhe com voz de pura sedução:

— Você não imagina?

Nesse instante, a felicidade invadiu a sra. Kaburagi a ponto de fazê-la sufocar.

15. Languidez dominical

Certo domingo, muito antes do início da primavera, Yuichi despediu-se às onze da manhã, na entrada da estação de Kanda, de Nobutaka Kaburagi, com quem passara a noite.

Haviam tido uma pequena briga na noite anterior. Nobutaka reservara um quarto no hotel sem consultar Yuichi, que, furioso, obrigou-o a cancelar a reserva. Nobutaka tentou de todas as formas fazer as pazes com ele, e finalmente acabaram indo a um hotel nos arredores da estação de Kanda, onde pernoitaram no primeiro quarto disponível. Nobutaka hesitou em ficar num dos hotéis conhecidos.

A noite foi atroz. Como todos os quartos regulares estavam ocupados, ofereceram-lhes um cômodo de dez tatames, que servia às vezes como sala de banquetes, destituído de qualquer elegância. Não havia aquecedor e fazia frio como no santuário de um templo. O quarto, que ficava em um prédio de concreto, estava em estado precário e gélido. Os dois sentaram-se diante do fogareiro, cujas brasas restantes eram do tamanho de vaga-lumes e dentro do qual havia uma floresta de guimbas de cigarros. Suas jaquetas pendiam dos ombros e, como se um não quisesse olhar o rosto triste do outro, observavam indiferentes o movimento das pernas grossas da criada que, sem a menor cerimônia, andava levantando a poeira enquanto preparava a cama.

— Vocês são insuportáveis. Por que me olham desse jeito?

— perguntou a criada de cabelos ligeiramente ruivos e pouca inteligência.

O nome do hotel era "Hotel dos Turistas". Ao abrir a janela, os hóspedes podiam ver os camarins e banheiros do cabaré que dava fundos para o prédio. O néon tingia essas janelas de vermelho e azul durante a noite, a brisa noturna infiltrava-se displicentemente pelas frestas das janelas e não cessava de enregelar os quartos, o papel de parede estava rasgado. O riso nervoso de duas mulheres e um homem embriagados no quarto contíguo atravessava a parede e continuou até as três da manhã. A manhã os visitou bem rápido, invadindo o quarto pelos vidros da janela sem postigos. Não havia nem mesmo um cesto de lixo. Só podiam jogar os papéis atrás de uma divisória. Todas as pessoas pareciam fazer o mesmo e a divisória estava cheia de lixo.

Era uma manhã nebulosa, prometendo neve. Às dez da manhã, já se podia ouvir os acordes de um exercício de guitarra vindos do cabaré. Ao deixar o hotel, Yuichi caminhava a passos rápidos, pressionado pelo frio. Nobutaka o seguia esbaforido.

— Presidente...

Quando Yuichi o chamava assim, havia nele mais desprezo que intimidade.

— Hoje volto direto para casa. Caso contrário, terei problemas.

— Mas há pouco você mesmo disse que passaria o dia inteiro comigo.

Yuichi retrucou friamente, seus olhos inebriados:

— Se eu ceder a todos os seus caprichos, nossa relação não durará muito. E vice-versa.

Durante as noites que passava com Yuichi, Pope jamais conseguia pregar os olhos, por não se cansar de admirar o corpo do amante adormecido. Nessa manhã, seu rosto também apresentava um péssimo aspecto. Para piorar as coisas, estava um pouco inchado. Com relutância, esse rosto pálido e sombrio concordou.

Após a partida de Nobutaka no táxi que tomara, Yuichi viu-se sozinho no meio da multidão. Para voltar para casa, bastava passar pela catraca da estação. Entretanto, o jovem rasgou o bilhete que acabara de comprar. Voltou caminhando em frente a vários bares e restaurantes atrás da estação, uns colados aos outros. Os bares estavam silenciosos, com uma placa dependurada em suas portas, onde se lia "Fechado". Yuichi bateu na porta de um dos estabelecimentos mais discretos. Ouviu uma voz vinda do interior.

— Sou eu — Yuichi respondeu.

— Ah, Yuchan! — exclamou a voz, enquanto se abria a porta de correr com vidros opacos.

No bar exíguo, havia seis homens curvados ao redor de um aquecedor a gás. Todos voltaram o rosto e cumprimentaram Yuichi. Seus olhares não exprimiam qualquer surpresa. Yuichi era um deles.

O proprietário do bar era um quarentão magro como um pavio. Tinha um cachecol quadriculado ao redor do pescoço e viam-se sob seu casaco as calças de pijama. Os jovens gigolôs eram muito falantes. Cada um deles vestia um suéter de esqui de cores espalhafatosas. O cliente era um senhor idoso que trajava uma jaqueta em estilo japonês.

— Nossa, que frio! Que dia gelado. Mesmo com um sol desses!

Fizeram esse comentário olhando em direção à porta corrediça, sobre a qual finalmente o sol fraco começava a bater obliquamente.

— Yuchan, você foi esquiar? — perguntou um dos jovens.

— Não, não fui.

Desde o instante em que entrou no bar, Yuichi sentiu que todos estavam ali reunidos por não terem aonde ir naquele dia. Os domingos dos homossexuais são deploráveis. Sentem durante todo o dia que o mundo vespertino, que não é seu território, detém por completo o poder.

Mesmo indo a teatros, cafés, jardim zoológico, parque de diversões, andando pela cidade ou saindo em direção ao subúrbio, o princípio da maioria impera por toda parte. É uma procissão formada de casais idosos, de meia-idade ou jovens, namorados, famílias, crianças, crianças, crianças, crianças, crianças, e ainda por cima os malditos carrinhos de bebê! Um desfile que avança sob aclamação geral. Seria muito fácil para Yuichi imitá-los, passeando pela cidade na companhia de Yasuko. Entretanto, de algum lugar no céu límpido, os olhos de Deus viam através de todas as falsidades.

Yuichi pensou:

"Se quiser realmente ser eu mesmo, nos domingos de sol não há outra escolha senão me enclausurar numa prisão de vidro opaco como esta."

Os seis homens ali reunidos eram todos da mesma espécie e deprimiam-se mutuamente. Tomavam cuidado para não trocar longos olhares, sem nada mais para fazer senão apegarem-se intermitentemente aos mesmos temas. A conversa girava em torno de fofocas sobre um ator de Hollywood, rumores segundo os quais certa celebridade seria homossexual, coisas do coração e histórias mais obscenas do dia a dia.

Yuichi preferiria não estar naquele local. Mas também não havia nenhum outro para onde quisesse ir. Muitas vezes giramos com energia o timão de nossa vida em direção a algo que acreditamos ser um pouco *menos mal* para nós mesmos. Embute-se nessa satisfação instantânea o prazer de humilhar os desejos ardentes e impossíveis de nossos sentidos. Por isso mesmo Yuichi precisara livrar-se de Nobutaka para vir a um lugar como esse.

Se voltasse para casa, provavelmente Yasuko o observaria fixamente com seus olhos de cordeiro. Um olhar dizendo com jeito de ladainha: "Eu te amo, eu te amo". As náuseas de Yasuko desapareceram no final de janeiro. Apenas a dor aguda nos seios ainda persistia. Ela lembrava um inseto cujo canal de comunicação com o mundo exterior fosse mantido por suas antenas púrpura e extremamente sensíveis à dor. Yuichi tinha pavor dessa dor tão aguda nos seios de Yasuko, que a tornavam capaz de pressentir acontecimentos a grande distância.

Quando Yasuko descia correndo as escadas, uma delicada trepidação transmitia-se a seus seios. Sentia uma dor aguda e penetrante. Doía até mesmo quando a blusa os tocava. Certa noite, quando Yuichi pensou em abraçá-la, ela se queixou de dor, afastando-o com um empurrão. Na realidade, essa recusa imprevista também surpreendeu Yasuko, e fora provavelmente o instinto que a incitara a uma sutil vingança.

Os escrúpulos de Yuichi com relação a Yasuko tornavam-se gradativamente complexos, paradoxais. Vendo a esposa como uma mulher, deveria admitir que era muitíssimo mais jovem do que a sra. Kaburagi ou Kyoko e com um poder maior de sedução. Refletindo objetivamente, a infidelidade de Yuichi era ilógica. Quando se inquietava com a grande autoconfiança de Yasuko, insinuava muitas vezes, de maneiras intencional e desajeitada, que mantinha um relacionamento com outra mulher. Mas, ao ouvi-lo, os lábios de Yasuko abriam-se em um sorriso amadurecido, como querendo dizer "Não seja ridículo", com uma compostura que feria o amor-próprio do jovem.

Nessas ocasiões, Yuichi não podia deixar de se sentir ameaçado pelo medo e pela desproteção ao imaginar que Yasuko, mais do que qualquer outra pessoa, estaria ciente de que ele não amava as mulheres. Dessa forma, criou uma teoria cruel e egoísta, que beirava o desvario. Se Yasuko se defrontasse com o fato de que seu marido não amava as mulheres, não haveria nada que ele pudesse fazer, pois isso significaria que ela fora enganada desde o começo. Entretanto, nesse mundo são muitos os maridos que amam as mulheres à exceção de suas esposas, e o fato de no momento atual não serem amadas representaria uma prova de que no passado teriam sido. Era essencial fazer ver a Yasuko que apenas ela não era amada por seu marido. E isso por amor a Yasuko. Para tanto, Yuichi precisava se tornar ainda mais dissoluto e poder, sem temores e mais abertamente, vangloriar-se de não dormir com sua mulher.

Mesmo assim, não havia dúvida de que Yuichi amava a esposa. Na maioria das vezes, a jovem esposa pegava no sono após seu marido, mas em raras ocasiões, quando estava muito cansada e começava a respirar adormecida, Yuichi podia relaxar e admirar sua bela face serena. Nessas horas, a alegria de possuir a seu lado uma pessoa tão bela invadia-lhe o peito. Era uma possessão louvável, sem nenhum desejo de machucar. Achava estranho que o mundo não pudesse perdoá-lo.

— Em que você está pensando, Yuchan? — perguntou um dos gigolôs que, como os outros três, já mantivera relações com Yuichi.

— Provavelmente na trepada que deu ontem à noite — intrometeu-se o velho, voltando os olhos novamente para a porta. — Meu caso está custando a chegar. Não estamos mais na idade de deixar um esperando pelo outro só para fazer charminho.

Todos riram, menos Yuichi, que sentiu um calafrio. O senhor

de jaqueta em estilo japonês, de mais de sessenta anos, esperava pelo amante de idade semelhante à de Yuichi.

Yuichi não queria continuar naquele lugar. Se voltasse para casa, Yasuko o receberia de braços abertos. Se telefonasse para Kyoko, ela viria voando para onde ele desejasse. Se fosse à casa dos Kaburagi, o rosto da sra. Kaburagi se inundaria de uma alegria dolorosa. Se tivesse permanecido com Nobutaka durante todo o dia, apenas para comprar seus favores, o homem provavelmente se sujeitaria até a plantar bananeira no centro de Ginza. Se telefonasse para Shunsuke — de fato, fazia algum tempo que não se encontrava com o velho escritor —, a voz do velho se excitaria do outro lado da linha. Mas Yuichi acreditava ser uma espécie de obrigação moral estar naquele lugar, separado do resto do mundo.

"Ser eu mesmo" significaria apenas aquilo? O que deveria ser belo não passava daquilo? No momento em que disse que não enganaria a si mesmo, não estaria mentindo para si próprio? Onde estaria o fundamento da sinceridade? Estaria nos momentos em que abandonava tudo em nome de sua beleza exterior e dessa existência que servia apenas para ser vista por todos? Ou estaria no instante presente solitário, não se entregando a absolutamente nada? O momento em que amava os jovens era muito parecido com este último. Sentia-se semelhante ao mar. Quando alcançara o ponto mais profundo? Atingira a maré mais baixa no alvorecer daquela *gay party*? Ou seria o momento presente uma lânguida maré alta, onde não esperava mais nada, onde tudo tornara-se inútil?

Sentiu vontade de rever Shunsuke. Estava insatisfeito por ter escondido do velho amável sua relação com Nobutaka e desejava ir visitá-lo para contar mentiras inescrupulosas.

Naquele dia, Shunsuke passara toda a manhã lendo. Lera *Sokonshu* e *Contos de Tesshoki.* Shotetsu,* autor das duas obras, fora um monge da era medieval e, conta a lenda, teria sido a reencarnação do poeta Teika.**

Da vasta literatura medieval conhecida do grande público, sua avaliação crítica egoísta o fizera eleger apenas dois ou três poetas e duas ou três obras como de sua particular predileção. Poemas descritivos, que exaltavam a ausência completa do elemento humano, como no jardim recluso e calmo do templo Eifukumon, ou o conto *Suzuriwari*, do gênero *otogizoshi*,*** sobre o extraordinário sacrifício de um jovem príncipe que, tomando para si a culpa de um erro cometido por seu vassalo Chuta, fora decapitado pelo próprio pai, haviam alimentado no passado a alma poética do velho escritor.

No capítulo vinte e três dos *Contos de Tesshoki*, o autor escrevia que, quando perguntassem em que região ficava o monte Yoshino, devia-se responder que, quando se escreve um poema sobre cerejeiras, pensa-se em Yoshino; quando se escreve sobre bordos, pensa-se em Tatsuta. Pouco importava se o monte ficava em Ise ou Hyuga. Não havia razão para decorar em que região se situava: mesmo sem se esforçar para lembrar, não se poderia esquecer que Yoshino ficava em Yamato.

---

* Shotetsu (1381-1459) — poeta do começo do período Muromachi. Criticou em seus poemas a nobreza da época. É um dos mais prolíficos poetas de todos os tempos: seu *Sokonshu* (ou "Coleção de raízes de plantas") é composto por mais de dez mil poemas. (N. T.)

** Fujiwara no Teika (1161-1242) — filho do poeta e crítico Fujiwara no Mikohidari Shunzei, herdou do pai o talento poético, tornando-se um dos compiladores do *Shinkokinshu*, antologia de poesia. Manteve também um diário, o *Meigetsuki* ("Registro da Lua Radiante"), sobre sua vida e sobre a corte da época. (N. T.)

*** *Otogizoshi* — coleção de histórias curtas de autores desconhecidos que se firmou como ficção popular durante o período Kamakura (1185-1333). (N. T.)

"A juventude, traduzida na palavra escrita, é algo assim", pensou o velho escritor. "Yoshino para flores de cerejeira e Tatsuta para bordos: haveria outra definição para a juventude? Uma vez terminada a juventude, o artista passa o resto da vida questionando-se sobre seu significado. Investiga a terra natal da juventude. De que adianta tudo isso? O entendimento destruiu a sensual harmonia entre as flores de cerejeira e Yoshino, que acabou perdendo seu significado universal, tornando-se apenas um ponto no mapa (ou um período no passado), não passando de Yoshino, na região de Yamato."

Enquanto se entregava a essas infrutíferas reflexões, não havia dúvidas que Shunsuke, inconscientemente, lembrava-se de Yuichi. Leu o lindo e conciso poema de Shotetsu:

> À *medida que o barco se aproxima,*
> *O coração das pessoas à margem do rio*
> *Enche-se de uma mesma emoção.*

O velho escritor imaginou, tomado de estranha palpitação, o instante em que as emoções da multidão à espera do barco fundiam-se e cristalizavam-se na forma da embarcação que se aproximava.

No domingo, quatro ou cinco visitas estavam programadas. O velho escritor recebeu os visitantes com uma amabilidade inapropriada para sua idade, na realidade procurando demonstrar o desprezo impregnado nela, mas também para se certificar de que, sob seus sentimentos, persistia um resto de juventude. Suas obras completas contavam várias edições. Seus admiradores se incumbiam do trabalho de revisão crítica e, frequentemente, marcavam reuniões com ele. O que significaria isso? De que importava corrigir pequenas falhas tipográficas em algo que fora um grande erro do começo ao fim?

Shunsuke queria viajar. Não aguentava mais tantos domingos iguais. A longa falta de notícias de Yuichi fazia o velho escritor sentir-se miserável. Pensou em ir sozinho para Kyoto.

Shunsuke provavelmente esquecera por completo essa melancolia lírica, essa tristeza de ver sua obra frustrada pelo silêncio de Yuichi, isso que se pode chamar de gemido do inacabado — sentimentos esquecidos desde os tempos de aprendizado literário, quarenta anos atrás. Esse gemido era o retorno da parte mais desajeitada da juventude, a parte mais desagradável e absurda. Uma inconclusão fatal, que em nada se parecia a uma brusca interrupção, uma inconclusão ridícula, repleta de humilhação — como uma árvore cujos frutos são carregados pelo vento assim que estendemos a mão, sem chegar à boca de Tântalo para lhe apaziguar a sede. Foi num certo dia dessa época, há mais de trinta anos, que o artista dentro de Shunsuke nascera. A doença do inacabado o deixara. Em seu lugar, a perfeição começou a ameaçá-lo. Tornou-se nele uma doença crônica. Uma doença sem ferimentos. Uma doença sem partes afetadas. Uma doença sem bacilos, febre, pulso acelerado, cefaleias ou convulsões. De todas as doenças, a que mais se assemelha à morte.

Sabia que não havia cura para esse mal exceto a morte — a não ser que sua morte criativa precedesse sua morte física. A morte natural da criatividade anunciava-se e o incomodava. Permanecia também sereno, em igual proporção. Ao parar de escrever, sua testa abruptamente cinzelara-se de rugas artísticas, seus joelhos eram tomados de uma dor nevrálgica romântica, seu estômago também experimentava dores artísticas. E, pela primeira vez, seus cabelos mudaram para um branco apropriado a um velho artista.

Desde que conhecera Yuichi, a obra que Shunsuke idealizara devia ser repleta de uma perfeição livre da doença crônica da perfeição, plena da saúde fúnebre que cura a enfermidade de viver. Seria uma cura de todas as coisas: da juventude, da velhice, da arte, da vida cotidiana, da idade, do conhecimento humano, da loucura. Vencer a decadência por meio da decadência, a morte por meio da morte artística, a perfeição por meio da perfeição. O velho escritor sonhava com tudo isso na pessoa de Yuichi.

Nesse momento, repentinamente, a estranha doença de sua juventude reaparecia, o incompleto e o lamentável fracasso tomavam posse de Shunsuke no curso da criação.

O que seria isso? O velho escritor hesitava em dar-lhe um nome. O horror de nomeá-lo fazia-o hesitar. Na realidade, não seria isso uma peculiaridade do amor?

Durante os dias e as noites, a imagem de Yuichi não se afastava do coração de Shunsuke. Sofria, odiava, maldizia em seu coração o pérfido rapaz com palavras injuriosas e, durante todo esse tempo, aliviava-se em ver como desprezava claramente aquele jovem patife. A mesma boca que elogiava a ausência de qualquer espiritualidade em Yuichi desprezava essa ausência. Sua imaturidade, sua pose orgulhosa de sedutor, seu egoísmo, sua intolerável presunção, sua sinceridade convulsiva, sua inocência caprichosa, aquelas lágrimas: Shunsuke tomou cada defeito de caráter e tentou rir deles, mas sempre que notava que nenhum deles estivera presente em sua juventude, mergulhava novamente na escuridão da mais profunda inveja.

O caráter desse jovem, do qual acreditava haver-se apoderado, tornara-se incompreensível para Shunsuke. Percebeu que até então, no fundo, nada sabia sobre ele. Isso mesmo: absolutamente nada! Antes de tudo, onde estava a prova de que Yuichi não amava mulheres? Onde estava a prova de que amava rapazes? Afinal, em nenhum momento Shunsuke pudera estar junto dele para comprovar. Mas por que, de repente, sentia tudo isso? Afinal, não era certo que Yuichi não deveria ter uma existência real? Se fosse real, poderia enganar os olhos de Shunsuke com metamorfoses insensatas. Como podia alguém que não era real enganar o artista dessa maneira?

Deliberadamente, Yuichi estava em via de se transformar — sobretudo pelos longos silêncios — naquilo em que ele próprio tanto queria se tornar, ou seja, numa "existência real". Naqueles momentos, ele aparecia aos olhos de Shunsuke sob a forma de uma beleza incerta, pérfida, mas real. Perdia o sono ao imaginar que, no meio da noite, nessa grande cidade, Yuichi estaria dormindo com Yasuko ou Kyoko, ou ainda com a sra. Kaburagi ou algum rapaz desconhecido. Ia bem cedo ao Rudon. Yuichi não aparecia. Shunsuke não gostava de se encontrar *por acaso* com o jovem no Rudon. Temia que, nesse momento, só recebesse um cumprimento distante de um rapaz já sem laços com ele.

Aquele domingo estava especialmente difícil de suportar. Da janela do gabinete, observava a grama macia e sem viço do jardim, com a neve prestes a cair. A cor da grama seca transmitia calor e luminosidade. Teve a ilusão de que a grama era banhada por fracos raios de sol. Concentrou os olhos. Não, não havia sol em parte alguma. Shunsuke fechou os *Contos de Tesshoki*, colocando-o de lado. Pelo que estaria esperando? Por raios de sol? Pela neve? Esfregou suas mãos rugosas e friorentas. Continuava a contemplar o gramado. Nesse momento, viu gradualmente descer, sobre esse jardim desolado, verdadeiros raios de sol enfraquecidos.

Desceu ao jardim. Uma borboleta sobrevivente, do gênero *corbicula*, volteava sobre o gramado. Esmagou-a com seu *geta* de jardim. Em seguida, sentou-se numa cadeira a um canto, descalçou-o e olhou sua sola. O resto das asas em pó cintilava, misturado ao orvalho. Shunsuke sentiu-se revigorado.

Na penumbra da varanda apareceu uma figura humana.

— Patrão. Sua estola, sua estola!

A velha criada o chamava aos gritos, sem qualquer cerimônia. Agitava o braço, do qual pendia uma estola cinza. Calçou os *geta* de jardim, mas nesse momento ouviu o telefone tocando dentro da casa sombria. Deu meia-volta e correu para atendê-lo. O barulho intermitente e surdo do telefone parecia uma alucinação a seus ouvidos. Em seu peito, o batimento do coração acelerou-se. Seria finalmente Yuichi, essa visão que tantas vezes o enganara?

Combinaram de se encontrar no Rudon. Yuichi tomou o trem na estação de Kanda e desceu em Yurakucho, passando agilmente pela multidão dominical. Casais de namorados passeavam por toda parte. Dentre os homens, não havia nenhum que se igualasse em beleza a Yuichi. As mulheres, por vezes, lançavam olhares furtivos em sua direção. As mais ousadas viravam o rosto para admirá-lo. Nesse instante, o coração das mulheres esquecia a presença dos namorados ao lado. No momento em que Yuichi pressentia os olhares, inebriava-se da felicidade abstrata de odiar as mulheres.

Durante o dia, a clientela do Rudon em nada diferia da de outros cafés. Yuichi sentou-se a uma das mesas do fundo, como de hábito, tirando seu cachecol e sua jaqueta. Aqueceu as mãos sobre o aquecedor a gás.

— Yuchan, faz tempo que você não aparece! Com quem veio se encontrar hoje? — Rudy perguntou.

— Com o vovozinho — respondeu Yuichi.

Shunsuke ainda não havia chegado. Na mesa em frente, uma mulher com feições de raposa conversava cordialmente com um homem, cruzando os dedos das mãos enfiadas em luvas de pele de corça, um pouco sujas.

Era verdade que Yuichi estava um pouco ansioso. Sentia-se como um aluno do ginásio que, tendo montado uma armadilha para o professor, espera impacientemente sua entrada na sala para começar a aula.

Dez minutos mais tarde, Shunsuke chegava. Vestia uma jaqueta no estilo Chesterfield, com gola em veludo preto, e portava uma valise em pele de porco. Caminhou silenciosamente e sentou-se diante de Yuichi. Os olhos do velho brilhavam, envolvendo o belo jovem. Yuichi notou nesse rosto uma indescritível imbecilidade. E havia razão para tanto. O coração incorrigível de Shunsuke estava novamente planejando loucuras.

O vapor do café preencheu o silêncio entre eles. Começaram a falar desajeitadamente e suas palavras se chocaram. Dessa vez, parecia ser Shunsuke quem assumia o ar de um jovem tímido.

— Desculpe pela falta de notícias — disse Yuichi. — Estive ocupado estudando para os exames de final de ano. Também tive alguns problemas familiares. E, além disso...

— Sem problemas, sem problemas.

Shunsuke perdoou tudo de imediato.

Durante o curto espaço de tempo em que não se encontraram, Yuichi havia mudado. Em cada uma de suas palavras camuflava-se um segredo adulto. Se antes não tinha escrúpulos em mostrar abertamente diante de Shunsuke suas inúmeras feridas, agora as envolvia firmemente em ataduras antissépticas.

"Pode mentir o quanto quiser. A idade parece ter calejado esse jovem diante de confissões. Mesmo assim, a sinceridade própria à idade está estampada em seu rosto. Uma sinceridade apropriada a uma idade que prefere a mentira à confissão."

Foi pensando assim que Shunsuke começou a perguntar:

— Como vai a senhora Kaburagi?

— Estou sempre perto dela — disse Yuichi, já imaginando que, de qualquer jeito, Shunsuke escutara comentários sobre seu posto como secretário de Kaburagi. — Ela não pode mais viver sem mim a seu lado. Finalmente conseguiu persuadir o marido a me contratar como secretário. Assim, podemos nos encontrar pelo menos uma vez a cada três dias.

— Ela se tornou uma mulher muito paciente. Não era do tipo que usasse desses artifícios.

Yuichi levantou nervosamente a voz em protesto:

— Mas agora ela é assim, realmente.

— Você a está defendendo? Espero que não esteja caído de amores por ela.

Yuichi gargalhou com o enorme engano de Shunsuke.

Além desse, não havia entre eles outros temas de conversação. Pareciam um casal de namorados, que antes do encontro pensam todo o tempo no que falar, mas no momento em que se veem acabam esquecendo tudo. Shunsuke espontaneamente trouxe à baila uma proposta impetuosa:

— Vou esta noite para Kyoto.

— É mesmo? — disse Yuichi observando a valise com indiferença.

— Que tal se me acompanhasse?

— Hoje à noite? — exclamou Yuichi, os olhos arregalados.

— Assim que você me ligou, tomei rapidamente a decisão de partir hoje à noite. Veja: reservei duas passagens na segunda classe do trem leito.

— Mas... eu....

— Ligue para casa e diga a elas. Depois me passe o aparelho e darei as devidas desculpas. Passaremos a noite no Hotel Rakuyo, em frente à estação de Kyoto. A princípio, seria conveniente avisar à senhora Kaburagi e pedir-lhe que ajeite as coisas com o conde para você. Confio nela. Gostaria que você ficasse comigo até o horário da partida. Posso levá-lo aonde você desejar.

— Mas, meu trabalho...

— Às vezes é bom esquecer um pouco o trabalho.

— Mas, meus exames...

— Comprarei os livros que você precisar. Se puder ler um livro durante nossa viagem de dois ou três dias, já terá feito muito. Concorda comigo, Yuchan? Seu rosto parece cansado. A viagem será um santo remédio. Em Kyoto poderemos descansar totalmente.

Yuichi sentiu-se impotente diante dessa estranha insistência. Refletiu por instantes e acabou aceitando a proposta. Na realidade, embora não tivesse consciência disso, seu coração ansiava por uma viagem às pressas como aquela. Aquele domingo melancólico secretamente o incitava a partir para algum lugar. Shunsuke deu rapidamente os dois telefonemas necessários. A paixão fazia suas faculdades ultrapassarem o normal. Faltavam ainda oito horas até a partida do trem noturno. Mesmo pensando nas visitas que deixara esperando, Shunsuke fez a vontade de Yuichi, gastando o tempo no cinema, num cabaré e num restaurante. Yuichi não dava atenção a seu velho protetor, mas à sua maneira Shunsuke estava feliz.

Depois de terem experimentado os prazeres triviais da cidade, passearam com passos leves de embriaguez. Yuichi carregava a valise de Shunsuke que, como um jovem, respirava fortemente e caminhava a passos largos. Ambos se inebriavam pela liberdade de não terem de voltar naquela noite.

— Hoje não estava com nenhuma vontade de voltar para casa — deixou escapar Yuichi.

— Quando se é jovem, há dias em que a gente se sente assim. Dias em que se tem a impressão de que todos os seres humanos vivem como camundongos. Dias em que não se deseja ser um rato.

— O que se deve fazer em dias assim?

— Como os ratos, devemos roer o tempo. Abrir nele um pequeno buraco e, mesmo que não seja suficiente para escapar, ao menos colocar o nariz para fora.

Deram sinal para um táxi novo e pediram ao motorista que os levasse à estação.

16. A viagem

Ao chegarem em Kyoto, Shunsuke alugou um carro para levar Yuichi ao templo Daigo. O carro passou ao longo dos arrozais de inverno do vale de Yamashina, onde alguns prisioneiros de uma penitenciária da região trabalhavam no reparo da estrada, numa cena que parecia ter saído de uma ilustração de um conto sombrio da Idade Média: podiam ser vistos claramente do lado de fora da janela, dois ou três deles esticando o pescoço para olhar com curiosidade o interior do carro. Seus uniformes de trabalho eram azul-escuro, lembrando a cor dos mares do norte.

— Pobres coitados! — disse o jovem, cujo coração só conhecera os prazeres da vida.

— Não sinto absolutamente nada por eles — disse cinicamente o velho. — Quando se chega a minha idade, fica-se imune ao medo de se tornar um deles. É a felicidade própria à velhice. Não apenas isso, mas a fama possui um efeito estranho. Inúmeras pessoas que me são completamente desconhecidas aproximam-se de mim como se eu lhes devesse algo. Ou seja, é uma situação em que esperam de mim uma miríade de emoções. Se me falta uma delas, acabo sendo acusado de desumano. Em suma, sou um banco de emoções, no qual deve haver uma reserva de ouro para as inúmeras notas conversíveis: para a infelicidade, a simpatia; para a miséria, a caridade; para a fortuna, as felicitações; para o amor, a compreensão. Caso contrário, o banco perderá confiabilidade. Agora estou tranquilo, já que a confiança em mim decaiu sensivelmente.

O táxi atravessou a porta do templo Daigo, estacionando em frente ao portão do pavilhão Sanboin. No famoso jardim frontal, em formato quadrado e com cerejeiras choronas, reinava um inverno de minuciosos cuidados, que tudo ordenavam em formatos geométricos. Essa impressão acentuou-se ainda mais quando passaram ao vestíbulo de entrada, onde existia uma divisória com os dois caracteres da palavra *Ranho*.* Foram convidados a sentar-se nas cadeiras do quiosque do jardim ensolarado, repleto de um inverno artificial, abstrato, formado, calculado em minúcias, que não possuía mais espaço para o verdadeiro inverno. Em cada uma das pedras ali dispostas, a forma de um elegante inverno fazia-se sentir.

A ilha ao centro era decorada por pinheiros de formato encantador. A cascata na parte sudeste do jardim estava congelada. As montanhas escarpadas cobrindo artificialmente a parte sul estavam repletas de sempre-vivas e, graças a isso, era forte a impressão de que o jardim se prolongava indefinidamente num denso bosque.

Enquanto esperavam a chegada do monge superintendente, Yuichi teve o privilégio de ouvir um dos discursos de Shunsuke, o que havia muito não acontecia. Segundo Shunsuke, os jardins dos templos de Kyoto eram a manifestação mais típica das ideias que os japoneses fazem sobre a arte. A formação do jardim, a vista do

---

* Pássaro mitológico chinês, no estilo da fênix ocidental, de asas vermelhas e azuis. (N. T.)

mirante do jardim de Katsura-Rikyu — seu exemplo mais representativo — e a imitação de montanhas escarpadas e vales profundos por trás do Shokatei: planejava-se enganar a natureza pela extrema artificialidade da cópia bem-feita. Entre a natureza e a obra de arte existe uma rebelião secreta, íntima à humanidade. A insurreição da obra de arte contra a natureza é análoga à infidelidade da alma da mulher que entrega seu corpo. A delicada e profunda infidelidade toma muitas vezes a forma de encanto, fingindo se apoiar na natureza e esforçando-se por copiá-la tal qual ela se apresenta. Entretanto, não há espírito mais artificial do que aquele que procura um valor aproximado ao da natureza. O espírito se esconde em sua matéria: nas pedras, bosques e fontes. A matéria, não importa o quão dura seja, é carcomida de dentro para fora pelo espírito. A matéria é assim insultada em toda sua extensão pelo espírito, e as pedras, bosques e fontes, castrados de sua função primeira como matéria, tornam-se eternos escravos do espírito sem objetivo e flexível que deu forma ao jardim. A natureza confinada. Esses jardins antigos e célebres são homens que esqueceram sua missão original, ligados pelos laços do desejo ao corpo da mulher invisível e infiel que é a obra de arte. Diante de nossos olhos, podemos ver os laços melancólicos intermináveis, a vida conjugal repleta de indolência.

Nesse momento, o superintendente apareceu e, após desculpar-se pela falta de notícias de sua parte, conduziu-os a um outro cômodo, onde, a um pedido de Shunsuke, mostrou-lhe o manuscrito mantido em segredo nesse templo de budismo esotérico. O velho escritor desejava mostrá-lo a Yuichi.

A data indicada no final do manuscrito era o primeiro ano da Era Genko.* O rolo do manuscrito, que foi desenrolado sobre os

---

* Ano 1321 da era cristã. (N. T.)

tatames banhados pelos raios do sol invernal, era composto de escritos secretos da época do imperador Godaigo. O manuscrito intitulava-se *Chigonososhi*, "Cópia do Livro dos Rapazes". Yuichi não conseguiu ler o prefácio, mas Shunsuke colocou os óculos e começou a lê-lo com facilidade:

"Na época da abertura do templo de Ninna, havia nele um monge que contava com a grande estima de todos. Com o passar dos anos, atingiu a perfeição da doutrina dos Três Mistérios e era reconhecido por sua insuperável virtude e experiência. Entretanto, não podia se furtar a certas práticas. Entre os vários rapazes que o serviam, havia um que era seu preferido e com o qual costumava partilhar o leito. Nobre ou vil, o monge já era idoso, e seus gestos não respondiam mais a seus desejos. Apesar da paixão em seu coração, seu corpo era como a lua estendendo-se sobre a terra ou uma flecha caindo do outro lado da montanha. O rapaz estava desgostoso e todas as noites redigia cartas para Chuta, filho do governador, que o fez vir e com ele fez..."

As ilustrações homossexuais que se seguiam a esse prefácio ao mesmo tempo inocente e sem reservas estavam repletas de agradável e cândida sensualidade. Enquanto Yuichi admirava com olhos curiosos cada cena das ilustrações, o coração de Shunsuke fora atraído pelo nome do filho, Chuta, o mesmo nome do vassalo do *Suzuriwari*. O inocente príncipe assumiu ele próprio a culpa do vassalo, guardando o segredo até sua morte, o que, aliado às descrições simples e concisas do manuscrito, levava a imaginar a existência de um pacto entre eles. Não seria o nome "Chuta" uma senha para uma determinada função, que produzia um riso mudo nas faces dos homens que na época o ouviam?

Essa dúvida acadêmica persistia na cabeça de Shunsuke mesmo no táxi, enquanto retornavam. As reflexões se dissiparam por completo quando, no saguão do hotel, inesperadamente depararam com o casal Kaburagi.

— Estão surpresos em nos ver? — perguntou a sra. Kaburagi, estendendo a mão sob seu casaco de visom.

O marido, que mantinha uma aparência de estranha tranquilidade, ergueu-se da cadeira atrás dela. Por um momento, todos agiram com embaraço. Apenas Yuichi saboreava a liberdade, uma vez que naquele momento o garboso jovem estava novamente seguro de seu extraordinário poder.

Por instantes, Shunsuke não conseguiu entender as intenções do casal. Seu rosto tomou um ar grave e muito formal, como era comum quando ficava absorto em seus pensamentos. No entanto, a perspicácia profissional do romancista levou-o a tirar rapidamente a seguinte conclusão, a partir da primeira impressão que teve do casal:

"É a primeira vez que esses dois parecem unidos. Sinto que estão tramando algo em íntima cumplicidade."

De fato, nos últimos tempos os Kaburagi pareciam o exemplo da harmonia. Com relação a Yuichi, doía-lhes a consciência ao imaginar que cada um deles estaria usando o rapaz. Ou talvez seria por gratidão que a esposa mostrava-se mais amável do que antes com o marido e ele, da mesma forma, tratava-a com mais carinho. Era inacreditável como se davam bem. O casal, com uma autoconfiança imperturbável, sentava-se face a face junto ao *kotatsu*,* lendo jornais e revistas para passar o tempo, até altas horas da noite, e ao menor barulho no teto levantavam a cabeça em um reflexo simultâneo, rindo quando seus olhares se encontravam.

— Nesses últimos tempos você anda muito nervosa.

— O mesmo acontece com você.

Dito isso, os dois permaneciam por algum tempo sem poder conter as inexplicáveis palpitações de seus corações.

---

* Tipo de aquecedor inserido em uma abertura no assoalho. (N. T.)

Outra mudança inacreditável foi que a sra. Kaburagi tornou-se uma mulher caseira. Nos dias que Yuichi visitava a casa dos Kaburagi, a serviço da companhia, ela precisava ficar em casa para lhe oferecer doces que ela própria preparara ou presenteá-lo com um par de meias que tricotara.

Para Nobutaka, uma esposa que tricotava era o maior dos absurdos. Divertia-se comprando lã importada em grande quantidade e, mesmo sabendo que de qualquer maneira ela a usaria para tricotar um suéter para Yuichi, fazia-se passar por bom marido, estendendo os braços para que a esposa enrolasse os fios. Nesses momentos, nada se comparava à fria satisfação que invadia Nobutaka.

A sra. Kaburagi permanecia serena ao perceber que, embora seu amor tivesse se tornado óbvio, não obtivera absolutamente nada dele. Devia haver algo de artificial nas relações entre o casal, mas ela sentia que o marido não a desdenhava por seu amor irrealizado.

De início, Nobutaka suspeitou da serenidade impassível da esposa. Perguntava-se se ela não teria ido para a cama com Yuichi. Finalmente, convenceu-se de que seus medos não passavam de superstição, mas em alguns momentos a maneira como procurava esconder seu amor do marido — ocultava-o instintivamente, por se tratar de um amor verdadeiro — era análoga à do coração de Nobutaka, cujo amor cruel era cuidadosamente dissimulado. Por isso, muitas vezes Nobutaka sentia-se perigosamente tentado a comentar com a esposa sobre os boatos relacionados a Yuichi. Contudo, ao ouvir os elogios que ela fazia à beleza do jovem, era tomado por inúmeras apreensões sobre a vida diária de Yuichi e acabava até o maldizendo, como um bom marido ciumento do amante de sua esposa.

Ao ouvir sobre a súbita viagem de Yuichi, os laços que prendiam esse casal harmonioso fortaleceram-se ainda mais.

— Que tal se os seguíssemos até Kyoto? — propôs Nobutaka.

Por mais estranho que possa parecer, a esposa previra que Nobutaka proporia algo de semelhante. Na manhã seguinte, ambos partiram bem cedo.

Foi assim que os Kaburagi encontraram Shunsuke e Yuichi no saguão do Hotel Rakuyo.

Yuichi pressentiu certo ar ignóbil no olhar de Nobutaka. Essa primeira impressão tirou de sua queixa toda a autoridade.

— Afinal, você parece não saber quais são as funções de um secretário! Em nenhuma empresa o presidente sai com sua esposa atrás de um secretário desaparecido. Tome cuidado com isso!

Nobutaka moveu abruptamente o olhar em direção a Shunsuke, acrescentando com um sorriso diplomático e inofensivo:

— A sedução do senhor Hinoki deve ter sido muito grande, não é mesmo?

Um após o outro, a sra. Kaburagi e Shunsuke defenderam Yuichi, que não se deu ao trabalho de se desculpar e lançou um olhar glacial a Nobutaka, deixando-o tão aborrecido e angustiado que acabou por se calar.

Chegara a hora do jantar. Nobutaka queria comer fora, mas todos estavam cansados demais para sair para a cidade no meio do frio terrível. Subiram então ao restaurante do sexto andar e sentaram-se ao redor de uma mesa.

O tailleur de listras vivas da sra. Kaburagi, feito de um tecido masculino, caía-lhe bem e, aliado ao cansaço da viagem, tornava-a particularmente bela. Seu rosto estava ligeiramente pálido. Tinha a alvura de uma gardênia. A sensação de felicidade é como uma leve embriaguez, uma leve doença. Nobutaka sabia que era essa a explicação para o rosto tão lírico de sua mulher.

Yuichi não podia deixar de sentir que esses três adultos não hesitavam em ultrapassar os limites do bom senso no que dizia respeito a ele e que, ao fazê-lo, não se importavam com ele. Por exemplo, Shunsuke em nenhum momento solicitara permissão para levar o jovem para uma viagem, mesmo sabendo que trabalhava para uma companhia. Por outro lado, os Kaburagi os perseguiram até Kyoto, achando isso muito natural. Cada um deles procurava impingir ao outro as razões de suas próprias ações. Por exemplo, Nobutaka preparara como pretexto o fato de ter vindo apenas por insistência de sua esposa. As desculpas que se davam, se examinadas friamente, revelariam uma extrema artificialidade. Ao redor da mesa, os quatro pareciam estar segurando as pontas de uma frágil teia de aranha.

Todos se embriagaram levemente com o Cointreau. Yuichi sentiu uma desagradável sensação com a pose de magnanimidade que Nobutaka insistia em afetar.

Entretanto, aos olhos de Shunsuke essa confissão parecia plausível. Acontece por vezes que a infidelidade da mulher sirva como rejuvenescimento da relação enregelada de um casal.

A sra. Kaburagi estava de excelente humor devido ao telefonema que recebera de Yuichi na véspera. Acreditava que a razão do capricho de Yuichi em viajar para Kyoto era provavelmente a de fugir do esposo e não dela própria.

"Não posso entender o que se passa no coração desse jovem. Justamente por isso há sempre uma sensação de novidade. Como são lindos seus olhos, não importa quando os vejo! Como é lindo seu sorriso tão pleno de juventude!"

Vendo-o sob uma ótica distinta, sentia um novo encanto em Yuichi. O espírito poético da sra. Kaburagi estava tomado de sutil inspiração. Curiosamente, sentia-se segura vendo Yuichi na presença do marido. Nos últimos tempos, não ficava particularmente contente em conversar com Yuichi a sós. Isso só fazia aumentar sua angústia e irritação.

Até havia pouco tempo, esse hotel era exclusivo para negociantes estrangeiros e, por isso, possuía um bom sistema de aquecimento central. Conversavam a uma mesa ao lado da janela, de onde podiam contemplar o burburinho das pessoas em frente à estação de Kyoto. Shunsuke esforçou-se para fingir que não reparava o gesto da esposa quando ela, notando que a cigarreira de Yuichi estava vazia, tirou um maço de cigarros da bolsa e sem uma palavra o enfiou no bolso do rapaz. Entretanto, reparando cada movimento da esposa e querendo mostrar abertamente que os aceitava, o marido disse:

— Querida, de nada lhe adiantará subornar meu secretário!

Aos olhos de Shunsuke, a pose de ostentação de Nobutaka era totalmente ridícula.

— Como é bom viajar sem objetivo definido. Que tal fazermos juntos um passeio amanhã? — sugeriu a esposa.

Shunsuke não parava de observar a sra. Kaburagi. Era bonita, mas seus atrativos minguavam terrivelmente.

Se, no passado, Shunsuke se apaixonara por ela e fora vítima de extorsão por parte de Nobutaka, isso acontecera porque fora seduzido pela completa falta de espiritualidade dessa mulher. No entanto, comparada àquela época, a sra. Kaburagi mudara, tendo esquecido completamente sua própria beleza. O velho escritor a contemplava fumando. Acendera um cigarro, dera duas ou três baforadas e o colocara sobre o cinzeiro. Então, esquecendo o cigarro, acendeu um outro. Em ambas as ocasiões, Yuichi aproximou-se com o isqueiro para acendê-los.

"Essa mulher age tão toscamente quanto o faria uma senhora velha e feia", pensou Shunsuke.

Sua vingança estava completa.

À noite, como todos estavam cansados, queriam ir dormir bem cedo, mas um pequeno incidente serviu para tirar-lhes o sono. O incidente foi causado por Nobutaka, que desconfiava haver algo entre Shunsuke e Yuichi e, por isso, no momento de dividir os quartos, sugeriu que ele e Shunsuke dormissem em um quarto, enquanto a esposa dormiria com Yuichi no outro.

Sua impudência ao propor algo tão despropositado fez Shunsuke recordar do comportamento passado de Nobutaka com relação a ele. Ele o propusera utilizando-se da falsa inocência de um nobre inescrupuloso e de sua terrível indiferença com as pessoas. Eram os modos cruéis usados comumente na corte. Os Kaburagi pertenciam à mais alta nobreza.

— Há tempo não tinha o prazer de conversar com você — disse Nobutaka. — Seria uma lástima ter de ir dormir tão cedo. Imagino que você esteja acostumado a dormir a altas horas da noite. O bar já vai fechar, mas que tal se levássemos bebida para o quarto e continuássemos lá nossa conversa?

E, virando-se em direção à esposa, completou:

— Você e o senhor Minami parecem estar com sono. Podem ir deitar primeiro, sem cerimônia. Senhor Minami, pode dormir em meu quarto, sem problemas. Estarei no quarto do senhor Hinoki conversando por mais algum tempo. Talvez peça a ele para passar lá esta noite. Por isso, pode dormir despreocupado.

Naturalmente, Yuichi recusou a proposta, o que espantou Shunsuke. O jovem implorava com os olhos a ajuda do velho escritor. Nobutaka observava astutamente, morrendo de ciúme.

A sra. Kaburagi estava acostumada a ser tratada daquela maneira pelo marido. No entanto, nesse caso o problema era de uma natureza diferente. O homem era o seu adorado Yuichi. Fez menção de expressar seu desagrado e censurar a falta de polidez do marido, mas a expectativa de que seu desejo dos últimos tempos pudesse se realizar foi mais forte e a impediu de falar. Sofria com o medo de ser desprezada por Yuichi. Até então fora conduzida pela força de um nobre sentimento, mas pela primeira vez surgia a oportunidade de descartá-lo. Pensou que, caso não o fizesse, nunca mais teria como, por seus próprios esforços, criar uma outra oportunidade igual àquela. Essa batalha interna durou apenas alguns segundos, mas a sensação que acompanhou essa decisão forçada mas feliz foi semelhante à do final de uma batalha que se arrasta por longos anos. Sentiu que, como uma puta, sorria gentilmente para o jovem amado.

Entretanto, aos olhos de Yuichi a sra. Kaburagi nunca parecera tão gentil e maternal como naquele momento. Ouviu-a dizer o seguinte:

— É uma boa ideia. Vamos deixar os velhos senhores se divertirem. Quando não durmo direito, amanheço com olheiras. Aqueles que já estão cheios de rugas podem ficar à vontade para passar uma noite em claro.

Virando-se para Yuichi, completou:

— Yuchan, que tal se fôssemos descansar agora?

— Claro.

Yuichi imediatamente fingiu estar caindo de sono. A sra. Kaburagi extasiou-se com as faces coradas do rapaz, devidas à encenação malfeita.

Tudo isso se passou com uma naturalidade tão desconcertante que Shunsuke não teve como ir contra. Apenas não conseguia compreender as intenções de Nobutaka. O tom da conversa dava a entender que a relação entre a sra. Kaburagi e Yuichi representava um fato consumado, e custava a entender como Nobutaka poderia aceitá-lo.

Shunsuke também não compreendia as motivações de Yuichi e era incapaz de pôr o cérebro para trabalhar. Sentado em uma confortável cadeira no bar, procurava um tópico casual para conversar com Nobutaka. Por fim, disse:

— O senhor conhece, por acaso, o significado do nome Chuta?

Assim que trouxe à baila o assunto, lembrou-se da natureza do livro místico e preferiu calar-se. Esse assunto poderia causar complicações para Yuichi.

— O que significa Chuta? — perguntou Nobutaka com um ar meio grogue. — Seria o nome de um homem?

Havia bebido mais do que podia e estava embriagado:

— Chuta? Chuta? Ah, esse é meu pseudônimo!

Essa resposta irrefletida fez os olhos de Shunsuke se arregalarem.

Os quatro finalmente levantaram-se e desceram pelo elevador ao terceiro andar. O elevador desceu calmamente dentro da noite que envolvia o hotel.

Os dois quartos estavam separados entre si por três outros. Yuichi e a sra. Kaburagi entraram juntos no quarto 315, mais ao fundo. Os dois estavam calados. A sra. Kaburagi trancou a porta à chave.

Yuichi despiu a jaqueta e ficou sem saber o que fazer depois. Andou pelo quarto como um animal enjaulado. Abriu, uma por uma, as gavetas vazias.

— Não quer tomar banho? — perguntou a sra. Kaburagi.

— As damas primeiro — respondeu Yuichi.

Enquanto a sra. Kaburagi estava no banho, alguém bateu à porta e Yuichi levantou-se para atendê-la. Shunsuke entrou.

— Vim pedir a banheira emprestada para um banho. A do nosso quarto está com defeito.

— Pois não.

Shunsuke tomou o braço de Yuichi e perguntou-lhe em voz baixa:

— Afinal, você está realmente interessado?

— Prefiro morrer!

A voz melodiosa da sra. Kaburagi repercutia alegre e claramente na sala de banhos, ressoando no teto.

— Yuchan, não quer entrar junto comigo?

— Como?

— Vou deixar a porta encostada.

259

Shunsuke afastou Yuichi e girou a maçaneta da porta da sala de banhos. Passando pelo vestiário, entreabriu a porta que dava para a banheira. Dentro do vapor, o rosto da sra. Kaburagi empalideceu.

— Isso não é algo próprio à sua idade! — disse ela, batendo com as mãos na superfície da água.

— No passado, foi dessa forma que seu marido entrou no nosso quarto de dormir — disse Shunsuke.

17. Desígnios do coração

A sra. Kaburagi não era mulher de se abater pelos acontecimentos. Levantou-se da espuma da banheira e disse a Shunsuke, encarando-o sem pestanejar:

— Se quiser entrar, fique à vontade.

O corpo nu, sem sombra de vergonha, não dava mais importância ao velho do que a uma pedra na rua. Seus seios molhados brilhavam sem demonstrar a menor emoção. Por um instante, os olhos de Shunsuke foram atraídos pela beleza desse corpo que os anos haviam se encarregado de fazer desabrochar em esplendor. Mas logo voltou a si e, consciente da muda humilhação por que passava, perdeu a coragem de continuar a admirá-lo. A mulher, apesar de nua, mantinha a serenidade. O velho corava de vergonha. Por um momento, acreditou entender a natureza do sofrimento por que Yuichi passava.

"Acho que nunca terei forças para me desforrar dela. Minha capacidade de vingança esvaneceu."

Após essa radiante confrontação, Shunsuke voltou a fechar a porta da sala de banhos sem uma palavra. Logicamente, Yuichi não entrara. O velho permaneceu só no exíguo vestiário de luzes apagadas. Fechando os olhos, teve uma visão luminosa, provocada pelo som cintilante da água quente. Cansara-se de ficar em pé, mas tinha vergonha de ir juntar-se a Yuichi. Agachou-se enquanto murmurava uma queixa sem nexo. Nada indicava que a sra. Kaburagi terminaria logo seu banho.

Depois de algum tempo, ouviu-se pelo barulho da água que ela saía da banheira. A porta abriu-se abruptamente e uma mão molhada acendeu a luz do vestiário. Não se espantando ao ver Shunsuke levantar rapidamente da posição em que, como um cão, se encontrava, disse:

— Você ainda estava aí?

Vestiu a camisola. Shunsuke a ajudava como se fosse seu lacaio.

Os dois voltaram ao quarto, onde Yuichi tranquilamente fumava um cigarro, admirando pela janela a paisagem noturna. Voltando-se para eles, perguntou a Shunsuke:

— Já terminou seu banho?

— Sim, já — respondeu em seu lugar a sra. Kaburagi.

— Foi muito rápido!

— Agora é sua vez — disse ela secamente. — Estaremos no outro quarto.

Enquanto Yuichi entrava por sua vez na sala de banhos, a sra. Kaburagi apressou Shunsuke para irem ao quarto onde Nobutaka esperava a volta do escritor. No corredor, Shunsuke disse:

— Não há razão para tratar Yuichi rudemente.

— Vocês dois tinham tudo bem planejado, não?

Essa suspeita infantil alegrou Shunsuke. Ela não percebera que Shunsuke acabara de salvar Yuichi. Enquanto esperava pelo velho escritor, o conde passara o tempo virando cartas de baralho para ler sua sorte. Vendo a esposa entrar, exclamou friamente:

— Ah, já de volta.

Depois disso, os três jogaram pôquer. Mas nenhum deles se concentrava no jogo. Terminado o banho, Yuichi voltou. A pele do jovem, refrescada pela água quente, estava ainda mais bela e suas faces rubras eram iguais às de um menino. Sorriu para a sra. Kaburagi. Encantada com um sorriso tão cândido, os cantos de seus lábios se afrouxaram involuntariamente em um sorriso. Ergueu-se, apressando o marido.

— Chegou sua vez de tomar banho. Bem, é melhor dormirmos os dois no outro quarto. Hinoki e Yuichi podem ficar neste.

Talvez por ter sido tão categórica, Nobutaka não foi capaz de opor objeção a essa declaração. Os quatro se despediram, desejando boa-noite. A sra. Kaburagi, após dar dois ou três passos, voltou-se para Yuichi e apertou-lhe gentilmente a mão, como arrependida da rudeza com que o tratara havia pouco. Sentia que, naquela noite, a rejeição já fora uma punição suficiente para o jovem. No final das contas, apenas Shunsuke importunara-se com toda a história, pois só ele ficara sem tomar banho.

Yuichi e Shunsuke deitaram cada qual em sua cama e apagaram as luzes.

— Obrigado pelo que fez agora há pouco — disse Yuichi de dentro da escuridão, num tom que denotava certo cinismo.

A satisfação de Shunsuke com esse agradecimento era tamanha que ele rolava na cama, incapaz de pegar no sono. Voltaram-lhe à memória as amizades da juventude e as lembranças da vida de dormitório nos tempos do colegial. Na época, Shunsuke escrevia poemas líricos! Além dos versos, não cometera na juventude nenhuma outra falta mais grave.

Era natural que a voz que se ouvia dentro da escuridão estivesse carregada de um tom de admiração.

— Yuchan, não tenho mais forças para me vingar daquela mulher. Só você poderá fazê-lo em meu lugar.

De dentro da escuridão, uma voz repleta da tensão da juventude respondeu:

— Subitamente, ela ficou irascível, não acha?

— Acalme-se. Os olhos com os quais ela fita você desmentem abertamente essa rudeza. Ao contrário, pode ser uma boa oportunidade. Basta dar-lhe uma explicação infantil e sem sentido e mostrar-se carente e ela ficará ainda mais louca por você do que antes. Diga-lhe o seguinte: "Aquele velhote, depois que me apresentou a você, notou como ficamos realmente íntimos. Por isso, morre de ciúme e vive me importunando. O incidente da sala de banhos é culpa do ciúme que o consome". Diga dessa forma e tudo será coerente.

— Direi a ela.

Essa voz extremamente submissa fez Shunsuke sentir que o Yuichi altivo que encontrara na véspera, após tanto tempo, transformara-se no Yuichi de antigamente. Shunsuke prosseguiu, aproveitando a ocasião:

— Tem tido notícias de Kyoko ultimamente?

— Não.

— Preguiçoso. Você me preocupa! Kyoko acabou arranjando um novo namorado. Parece dizer a todos que esqueceu você por completo. Correm até boatos que, para poder viver com esse amante, estaria pensando agora em se divorciar do marido.

Shunsuke calou-se para ver o efeito que suas palavras produziriam. Acertara na mosca. Uma flecha parecia ter transpassado fundo o amor-próprio do belo jovem. O sangue jorrava.

O que Yuichi murmurou logo depois foram palavras falsas produzidas por seu orgulho ferido.

— Bom para ela. Se isso a deixa feliz.

Ao mesmo tempo, esse jovem sincero consigo mesmo não esquecia aquela ousada promessa que fizera a si próprio quando encontrara Kyoko na sapataria: "Bem, sem dúvida vou fazer essa mulher infeliz!".

O cavaleiro paradoxal arrependia-se por ter negligenciado sua missão de se devotar à infelicidade das mulheres. Seu outro medo era em parte supersticioso: quando tratado com frieza pelas mulheres, Yuichi logo afligia-se ao pensar que sua misoginia fora descoberta.

Shunsuke tranquilizou-se ao detectar uma gélida ferocidade no tom de voz de Yuichi. Disse casualmente:

— Em minha opinião, isso apenas demonstra seu desespero por não ser capaz de tirar você do pensamento. Há várias razões que me levam a acreditar nisso. Bem, quando você voltar a Tóquio, que tal dar-lhe um telefonema? Na pior das hipóteses, não resultará em nada que possa magoá-lo.

Yuichi não respondeu, mas Shunsuke estava seguro de que ele ligaria para Kyoko tão logo chegasse a Tóquio.

Os dois se calaram. Yuichi fingia dormir. Shunsuke não saberia explicar o sentimento de alegre satisfação que o dominava naquele momento. Sem conseguir pegar no sono, seus velhos ossos rangiam juntamente com as molas do colchão. A temperatura do aquecedor era adequada, nada lhe faltava no mundo. Em um momento de crise, Shunsuke pensara: "Devo confessar a Yuichi minha paixão?", mas essa ideia parecia-lhe insana. Haveria necessidade de algo mais entre eles?

Alguém batia à porta. Depois de duas ou três batidas, Shunsuke bradou:

— Quem é?

— Sou eu, Kaburagi.

— Entre.

Shunsuke e Yuichi acenderam a luz de cabeceira. Nobutaka entrou. Vestia uma camisa branca e calças marrom-escuras. Falou com uma jovialidade ligeiramente forçada:

— Desculpe incomodá-los. Esqueci minha cigarreira aqui.

Shunsuke sentou-se, apontando para o interruptor de luz

do quarto. Nobutaka o apertou. A estrutura abstrata de um quarto de hotel sem decorações revelou-se, iluminada: duas camas, a mesa de cabeceira, a penteadeira, duas ou três cadeiras, a mesa, a escrivaninha, a cômoda. Nobutaka atravessou o quarto com a enérgica desenvoltura de um prestidigitador. Apanhou de cima da mesa a cigarreira feita de casco de tartaruga e abriu a tampa para confirmar o conteúdo. Depois disso, aproximou-se até diante do espelho e puxou sua pálpebra inferior para verificar se os olhos estavam irritados.

— Desculpe ter atrapalhado. Durmam bem.

Nobutaka apagou a luz e saiu.

— Aquela cigarreira estava sobre a mesa? — perguntou Shunsuke.

— Não percebi — respondeu Yuichi.

Ao voltar a Tóquio, Yuichi sentia o coração apertado cada vez que pensava em Kyoko. Como Shunsuke calculara, esse jovem transbordante de confiança deu o telefonema. Por um momento, Kyoko fez algum charme sobre sua agenda cheia. Como Yuichi fizera menção de desligar, decidiu às pressas o local e o horário do encontro.

Os exames se aproximavam, Yuichi estudava economia com afinco, mas, comparando seu desempenho ao do ano anterior, espantava-se ao ver que não era capaz de absorver o conteúdo do que estudava. Havia perdido a lúcida e fascinante alegria que o invadia quando, no passado, se empenhava no cálculo diferencial. O jovem, que aprendera como entrar em contato com a realidade e ao mesmo tempo desprezá-la, alegrava-se ao descobrir, sob a influência de Shunsuke, que todas as ideias eram pretensiosas e que em toda a vida cotidiana havia apenas o hábito a corrompê-la. Desde que conhecera Shunsuke, a miséria do mundo adulto só o deprimia. Os homens que se apoderam de posição social, honra e dinheiro, essa trindade que constitui a marca distintiva do mundo masculino, logicamente não desejam perdê-la. No entanto, às vezes é impensável a vileza a que a submetem. De início, Yuichi impressionou-se ao ver que Shunsuke, como um pagão pisando sobre uma imagem cristã, agia como se quisesse mostrar que pisoteava facilmente sua celebridade, com um riso convulso, abominável, cheio de alegria e prazer. Os adultos sofriam com o que haviam conquistado. De fato, noventa por cento do sucesso no mundo era obtido em prejuízo da juventude. A clássica harmonia entre juventude e sucesso só sobrevivia no mundo dos jogos olímpicos, baseados no princípio de uma verdadeira e hábil abstinência, ou seja, no princípio do ascetismo físico e social.

No dia marcado, Yuichi chegou quinze minutos atrasado ao café onde combinara encontrar-se com Kyoko. Inquieta, ela esperava em pé na calçada em frente ao café. Beliscou, de repente, o braço de Yuichi, chamando-o de "rapaz perverso". Esse charme banal só serviu para esfriar o entusiasmo do jovem.

Fazia tempo bom, com um frio de início de primavera. Podia-se sentir algo transparente no burburinho das ruas e uma sensação cristalina no ar que tocava a pele. Yuichi vestia seu uniforme escolar por debaixo do sobretudo azul-marinho, deixando entrever, para fora do cachecol, a gola alta e o colarinho. A seu lado, Kyoko sentia a fragrância do início de primavera, admirando diante de seus olhos a linha branca do colarinho que envolvia a nuca de cabelos delicadamente raspados de Yuichi. Vestia um sobretudo verde-escuro bem apertado à cintura e, dentro da gola levantada, um cachecol salmão-avermelhado ondulava, com uma marca de pó de arroz na parte que tocava o pescoço. Sua boca pequena e friorenta era atraente.

Essa mulher graciosa não se queixou da mudez de Yuichi, que por sua vez sentia-se frustrado como a criança cuja mãe, em vez de ralhar, permanece silenciosa. Apesar de um bom tempo haver passado desde o último encontro, o fato de não haver qualquer sensação de ruptura parecia, à primeira vista, a prova de que a paixão de Kyoko trilhava um curso determinado e seguro, que desagradava a Yuichi. Ora, a aparência despreocupada de uma mulher como Kyoko servia como dissimulação ou autocontrole, mas no final das contas quem era enganada por essa aparência era sempre ela própria.

Chegaram a determinada esquina, onde um Renault de último tipo estava estacionado. O homem que fumava um cigarro sentado no banco do motorista indolentemente abriu a porta pelo lado de dentro. Yuichi hesitou, mas Kyoko o convidou a entrar no carro, sentando-se a seu lado. Fez rapidamente as apresentações:

— Meu primo Keichan, o senhor Namiki...

Do assento do motorista, Namiki, que aparentava trinta anos, virou o pescoço para cumprimentar Yuichi, que se viu de repente representando o papel de primo, inclusive com a mudança forçada de seu nome. Essa capacidade de adaptação a situações novas não era algo recente em Kyoko. Yuichi intuitivamente percebeu que Namiki era seu comentado amante, mas estava numa posição tão confortável que quase esquecia de sentir ciúme.

Yuichi não perguntou para onde iriam. Kyoko deslizou seu braço e, com sua mão vestida com uma luva, segurou delicadamente os dedos da mão de Yuichi, que também vestia luvas de couro. Aproximou a boca de seu ouvido para perguntar-lhe sussurrante:

— Por que está zangado? Vamos até Yokohama comprar uma peça de tecido e na volta comeremos em algum lugar. Não há motivo para ficar aborrecido. Você deve ter notado que Namiki está chateado por eu não ter sentado ao lado dele. Tenho a intenção de terminar meu relacionamento com ele. Trazer você junto é uma forma de demonstrar isso a ele.

268

— Com certeza também deve estar querendo demonstrar algo a mim.

— Tolinho. Sou eu quem deveria estar com ciúme. Afinal, o trabalho de secretário lhe toma muito tempo, não é mesmo?

Não há necessidade de detalhar aqui essa conversação confusa e salpicada de insinuações. Durante os trinta minutos do trajeto até Yokohama pela Rodovia Nacional Keihin, Namiki não trocou palavra com ambos, que cochichavam sem parar no banco traseiro. Yuichi representava o papel de rival despreocupado.

Naquele dia, Kyoko se revelava diante dos olhos de Yuichi como uma mulher cuja leviandade atrapalharia sua capacidade de amar. Conversava sobre trivialidades, deixando de lado o essencial. A única vantagem dessa frivolidade foi a de não ter sido capaz de convencê-lo da enorme felicidade que sentia. As pessoas erram ao chamar de charme feminino essa dissimulação inconsciente de uma mulher pura. Para Kyoko, a leviandade era como uma febre doentia, onde a verdade só poderia ser ouvida durante os acessos de delírio. Das mulheres elegantes das metrópoles, muitas se tornaram assim por excesso de pudor, e Kyoko não era exceção à regra. No tempo que passou sem se encontrar com Yuichi, sua frivolidade usual retornara. Não havia limites para sua leviandade, sua vida não obedecia a nenhum princípio. Os amigos sempre se interessavam em visitá-la para admirar sua vida cotidiana, mas nenhum deles desconfiava que sua excitação recente assemelhava-se à frivolidade dos homens que queimam a sola dos pés saltitando descalços sobre placas de ferro quente. Kyoko não pensava em nada. Nunca lera um romance por inteiro: após ler um terço do livro, pulava para as páginas finais. Havia certa desorganização em sua maneira de se expressar e, quando se sentava, logo cruzava as pernas, balançando entediada a canela. Nas raras vezes em que escrevia uma carta, seus dedos ou sua roupa manchavam-se de tinta.

Kyoko ignorava o que era amar, confundindo amor e tédio. Passou todo o tempo em que não se encontrou com Yuichi questionando a razão de se sentir tão aborrecida. Como a tinta sobre seus dedos ou sua roupa, o tédio a manchava sem escolher o lugar.

Depois de deixar Tsurumi para trás, ao ver o mar por entre os depósitos amarelos dos entrepostos, Kyoko gritou como uma criança:

— Olhem. É o mar!

Uma velha locomotiva passou entre os depósitos, puxando seus vagões pela linha ferroviária ao longo do porto, obstruindo a visão do mar. Parecia-se ao silêncio obscuro dos dois homens, passando e soltando fumaça, indiferente ao grito de alegria de Kyoko. O céu de início de primavera sobre o porto estava sujo de fuligem, fumaça e uma floresta de mastros. A convicção de que era amada pelos dois homens a seu lado no Renault era inabalável. Mas não passaria tudo aquilo de uma ilusão?

Como uma pedra, a atitude de Yuichi era apenas a de observar friamente a paixão da mulher, que nele não produzia qualquer comoção. Por fim, entusiasmou-se com o paradoxo de imaginar que, uma vez que não podia fazer feliz uma mulher que o amava, fazê-la infeliz era no mínimo uma benevolência e um presente espiritual. Não lhe produzia nenhuma compunção moral dirigir sua paixão de vingança, até então sem objeto definido, para Kyoko, ali diante de seus olhos.

Estacionaram o carro diante de uma pequena loja de tecidos para roupas femininas, em uma esquina do bairro chinês de Yokohama. Por ser uma loja onde os produtos importados podiam ser comprados a preços acessíveis, Kyoko decidira visitá-la para escolher algumas peças para suas roupas de primavera. Desenrolava por sobre os ombros os tecidos que lhe agradavam, um após o outro, admirando-os no espelho. Voltava logo depois com o tecido ainda sobre o corpo, perguntando a Namiki e Yuichi:

— O que vocês acham?

Os dois jovens davam opiniões sem nexo e importunaram-na quando apareceu com um tecido vermelho sobre o ombro, comentando que com certeza os touros iriam se apaixonar por ela. Kyoko experimentou vinte amostras diferentes, mas nenhuma lhe agradou. Acabou saindo da loja sem comprar nada. Entraram em um restaurante de comida pequinesa chamado Mankaro, que ficava ao lado. Subiram ao primeiro andar, onde jantaram apesar de ainda ser cedo. No meio da conversa, ao pedir a Yuichi para lhe passar um prato, sem perceber Kyoko deixou escapar:

— Yuchan, por favor, poderia me passar o...

Yuichi não pôde deixar de, instintivamente, observar a expressão no rosto de Namiki ao ouvi-la pronunciar seu nome verdadeiro.

Esse jovem de aparência elegante curvara o canto dos lábios, deixando entrever um sorriso maduro e cínico em seu rosto levemente escuro. Olhou para Kyoko e depois para Yuichi, enquanto habilmente mudava o tópico da conversa para uma partida de futebol da qual participara, em seus tempos de estudante, contra o time da universidade de Yuichi. Estava claro que desde o início sabia que Kyoko mentira, mas simplesmente perdoara a ambos. A expressão tensa no rosto de Kyoko era impagável. Não apenas isso, o tom de seu lapso verbal ao dizer "Yuchan, por favor, poderia me passar o..." já denotava uma tensão afetada, indicando que fora deliberadamente planejado. Sua expressão séria, como a de uma mulher abandonada à sua sorte, era quase deplorável.

"Não há ninguém apaixonado por Kyoko", pensou Yuichi. O coração frio desse jovem que não amava as mulheres achava razoável que ela não fosse amada, como acreditava ser razoável que ele não apenas não a amasse como também desejasse sua infelicidade. Além disso, não podia deixar de sentir certa lástima por Kyoko já ser infeliz sem sua contribuição pessoal.

Depois de dançarem no Cliffside Dance Hall, que dava vista para o porto, os três ocuparam os mesmos assentos no carro, partindo em direção a Tóquio pela mesma rodovia. Kyoko novamente deixou escapar um comentário totalmente insignificante:

— Não fique chateado pelo que aconteceu hoje. Namiki é apenas meu amigo.

Como Yuichi permanecia calado, Kyoko entristeceu-se ao constatar que o jovem ainda não acreditava nela.

18. O infortúnio do vidente

Os exames de Yuichi terminaram. A primavera começara oficialmente. O vento tempestuoso levantava a poeira. Num dia em que a cidade parecia envolta em uma cerração amarelada, Yuichi visitou os Kaburagi à tarde, na volta da universidade, obedecendo a uma ordem recebida de Nobutaka no dia anterior.

Para chegar à casa dos Kaburagi, Yuichi precisava descer na estação seguinte à de sua universidade. Ficava, portanto, em seu caminho habitual. Nesse dia, a sra. Kaburagi fora ao escritório de um estrangeiro influente, "seu conhecido íntimo", para buscar a licença necessária a uma nova atividade da empresa do marido. Combinaram que Yuichi esperaria sua volta para levar o documento até o escritório de Nobutaka. A licença seria prontamente obtida pelo "empenho" repleto de boas intenções da sra. Kaburagi. Como a hora de ir buscá-la não estava claramente definida, Yuichi deveria permanecer na casa esperando seu retorno.

Quando Yuichi chegou, a sra. Kaburagi ainda estava em casa. O horário fora combinado para as três da tarde. Ainda era apenas uma hora.

Os Kaburagi utilizavam como residência a casa do mordomo da antiga mansão do conde, que sobrevivera ao incêndio na guerra. A maioria dos membros da alta nobreza não possuíam mansões tradicionais em Tóquio. O pai de Nobutaka fizera fortuna na indústria elétrica durante a Era Meiji* e comprara a vila de um *daimyo*,** mudando-se para ela, o que constituía uma exceção na época. Após a guerra, Nobutaka desfez-se da casa principal para pagamento do imposto sobre a herança. Expulsou o locatário do anexo do mordomo, localizado na propriedade, alugando-lhe outra casa. Construiu, como barreira, uma cerca viva entre o anexo no qual se instalara e a casa principal, construindo um portão no final do pequeno caminho que serpenteava até a rua.

Um hotel foi aberto na casa principal. Por vezes, os Kaburagi eram obrigados a suportar o barulho da música vinda de lá. O mesmo portão que no passado Nobutaka cruzava tranquilamente quando voltava da escola conduzido por seu preceptor, o qual carregava sua pesada mochila, estava agora cheio de táxis que traziam gueixas de locais distantes, contornavam o passeio circular e as deixavam em frente ao pórtico austero da entrada. A grafitagem que Nobutaka fizera sobre as pilastras da sala de estudos fora apagada. O mapa da ilha do tesouro que, há trinta anos, escondera e esquecera sob uma pedra do jardim deveria estar carcomido, apesar de desenhado a lápis de cor sobre um pedaço de compensado de madeira.

A casa do mordomo possuía sete cômodos. O dormitório acima do saguão em estilo ocidental contava mais de oito tatames.

---

* Era Meiji — compreendida entre 1868 e 1911. (N. T.)

***Daimyo* — antigo senhor feudal. Durante séculos os xóguns exerciam o poder central, reduzindo o imperador a uma figura decorativa e os *daimyos* mantinham o país dividido em numerosos feudos mais ou menos independentes, frequentemente lutando entre si. (N. T.)

Servia como escritório de Nobutaka e, ao mesmo tempo, como sala de visitas. Sua janela dava vista diretamente para a copa no segundo andar dos fundos da casa principal, mais tarde transformada em dormitório de hóspedes, quando então uma veneziana foi instalada na janela que dava para o escritório de Nobutaka.

Certo dia, ouviu o barulho dos armários embutidos sendo destruídos para transformar o cômodo em quarto de hóspedes. No passado, quando havia banquetes no grande salão do primeiro andar, esses armários de um negro brilhante se animavam. Tigelas de laca decoradas com motivos dourados estavam enfileiradas. As criadas entravam e saíam, arrastando atrás de si a cauda de seus quimonos. O barulho desse armário sendo quebrado era o som da destruição de inúmeros e animados banquetes do passado, que haviam deixado sua sombra sobre a madeira negra e brilhante. Era o ruído da parte mais profunda da memória sendo espoliada, e o sangue escorria como quando se arranca um dente de raiz profunda.

Nobutaka, que não possuía a menor dose de sentimentalismo, recuou a cadeira, apoiando os pés sobre a escrivaninha, e em seu coração dava gritos de encorajamento: "Vamos! Mais força nisso!". Toda a mansão o fizera sofrer na juventude. Aquela mansão moralista sempre impusera um peso insuportável sobre o segredo de seu amor pelos homens. Perdera a conta das vezes que desejara a morte dos pais e que a casa se incendiasse. Mais do que os incompletos ataques aéreos, agradava-lhe essa blasfêmia de ter gueixas bêbadas cantando canções populares no mesmo lugar onde seu pai costumava sentar-se antigamente, com o rosto compenetrado.

Após mudarem para a casa do mordomo, o casal reformou todo o interior para o estilo ocidental. Colocaram uma estante no *tokonoma* e substituíram as portas de correr por cortinas grossas de tecido adamascado. Transferiram todos os móveis ocidentais da casa principal, colocando a mesa e as cadeiras em estilo rococó sobre o tapete que cobria os tatames. Assim, a casa dos Kaburagi assemelhava-se a um consulado da Era Edo ou à residência provisória da amante de um estrangeiro.

Quando Yuichi apareceu, a sra. Kaburagi vestia calças compridas e, sobre o suéter verde-limão, usava um cardigã preto como laca. Sentada ao lado do aquecedor na sala de estar do andar térreo, embaralhava cartas com seus dedos de unhas pintadas de vermelho. A rainha era representada pela letra D. O valete, por um B.

A criada anunciou a chegada de Yuichi. Os dedos da sra. Kaburagi entorpeceram-se e as cartas tornaram-se difíceis de embaralhar, como se estivessem coladas. Ultimamente não se levantava para receber Yuichi. Quando este chegava, virava-lhe as costas. Precisava que o jovem a contornasse, vindo se colocar a sua frente, para que sentisse coragem de erguer os olhos. Então, Yuichi encontrava novamente o olhar levemente relutante e sonolento. O jovem sempre evitava perguntar, logo de início, se ela estava se sentindo bem.

— Meu encontro está marcado para as três horas. Ainda há tempo. Você já almoçou? — perguntou a sra. Kaburagi. Yuichi respondeu afirmativamente.

Estabeleceu-se breve silêncio. Os vidros da porta da varanda emitiam um som exasperador ao sabor do vento. Do interior, podia-se ver a poeira acumulada sobre todas as barras de madeira entre os vidros. Até os raios de sol banhando a varanda davam a impressão de estar empoeirados.

— Num dia como o de hoje, é uma tortura ser obrigada a colocar o pé fora de casa. Quando voltar, serei obrigada a lavar os cabelos.

Dizendo isso, subitamente passou os dedos pelos cabelos de Yuichi.

— Nossa, quanta poeira! Quem manda usar gel em demasia.

O tom de censura no timbre de sua voz confundiu por completo Yuichi. Toda vez que olhava para o rapaz ela só pensava em fugir: quase não sentia mais prazer em encontrar-se com ele. Não fazia ideia do que poderia estar afastando Yuichi dela, do que estaria impedindo que ambos ficassem juntos. Fidelidade? Seria risível! A pureza da sra. Kaburagi? É preciso moderação nas brincadeiras! Ou seria a pureza de Yuichi? Ele já era casado. Com tantas reflexões, a sra. Kaburagi, com a ajuda da lógica do coração feminino, por pouco não seria capaz de entender a verdade cruel da situação. A razão de não se cansar de amar tanto Yuichi não estava ligada a sua beleza, mas ao fato de ele não estar apaixonado por ela, nada mais do que isso.

Os homens que abandonara ao término de uma semana amavam pelo menos seu espírito ou seu corpo, ou ainda ambos paralelamente. Entretanto, diante de um amante tão abstrato como Yuichi, era incapaz de encontrar vestígios de algo a que se acostumara, e nada mais podia fazer senão tatear na escuridão. Quando pensava que o tinha em suas mãos, ele estava distante. Quando acreditava que ele estava longe, ao contrário, estava próximo a ela. Sentia como se perseguisse um eco ou tentasse apoderar-se da imagem da lua refletida na superfície da água.

Não que não houvesse instantes em que, sem razão aparente, se acreditava amada por Yuichi, mas nesses momentos seu coração, transbordante de indizível felicidade, percebia que aquilo a que aspirava não se assemelhava necessariamente à felicidade.

Mesmo ouvindo de Yuichi explicações sobre os acontecimentos daquela noite no Hotel Rakuyo e compreendendo que eram devidos ao ciúme de Shunsuke, sentia que suportava tudo com mais facilidade quando acreditava que aquilo não passara de uma estúpida farsa, à qual Yuichi se prestara instigado pelo velho escritor. Esse coração ameaçado pela felicidade acabou sendo capaz de amar apenas os presságios da infelicidade. Cada vez que se encontrava com Yuichi, rezava aos céus para que os olhos do rapaz transmitissem ódio, desprezo ou baixeza, mas desesperava-se ao constatar seu olhar sempre límpido e transparente.

Um vento impregnado de poeira soprava sobre o estranho jardim formado apenas por rochas, cicadáceas e pinheiros, fazendo novamente vibrar a porta envidraçada da varanda.

Os olhos ardentes da sra. Kaburagi fitavam os vidros que tremiam.

— O céu está amarelado, não acha? — disse Yuichi.

— Não suporto o vento do início da primavera. Não se ouve nada — protestou em voz ligeiramente elevada.

A criada trouxe os doces que a sra. Kaburagi preparara especialmente para Yuichi. Sentiu-se aliviada ao vê-lo devorar, como uma criança, o pudim quente de ameixas. A familiaridade com que esse jovem passarinho comia o alimento na palma de sua mão, a dor agradável das bicadas com o bico duro e puro... Que maravilha seria se ele comesse com semelhante ânsia a carne de suas coxas!

— Estava delicioso! — exclamou.

Yuichi estava consciente de que sua inocência destituída de qualquer afetação complementava seu charme. Como em busca de carinho, segurou as mãos da sra. Kaburagi. Beijou-as em um ato que só poderia ser interpretado como agradecimento pelo doce.

Rugas surgiram nos cantos dos olhos da sra. Kaburagi, que exibia feições terríveis. Seu corpo tremia desajeitado quando falou:

— Não, não. Não me faça sofrer. Não.

Se a mulher que ela fora no passado pudesse ver os gestos pueris a que se entregava então, com certeza soltaria sua habitual gargalhada seca e aguda. Jamais imaginaria que um simples beijo contivesse tantas emoções ou um terrível veneno, do qual procurava escapar quase instintivamente. O calmo amante observava a feição séria dessa mulher dissoluta que recusava desesperadamente seu beijo casual, como um homem que, através do vidro grosso de um tanque de água, contempla a ridícula expressão de agonia de uma mulher que se afoga.

Entretanto, Yuichi não sentia desagrado ao contemplar diante de si uma prova tão clara de sua própria força. Ao contrário, sentiu ciúme do pavor inebriante que a mulher experimentava. Esse Narciso estava insatisfeito porque a sra. Kaburagi, ao contrário de seu experiente marido, não o deixava embriagar-se na própria beleza.

"Por quê?", impacientava-se Yuichi, "por que não permite inebriar-me da forma como desejo? Será que me deixará para sempre abandonado a essa lamentável solidão?"

A sra. Kaburagi sentou-se em uma cadeira mais afastada e fechou os olhos. Seu peito tremia sob o suéter verde-limão. O som contínuo dos vidros da porta ressoava dolorosamente em suas têmporas, onde se viam pequenas rugas horizontais. Yuichi achou que ela envelhecera rapidamente três ou quatro anos.

Num tal estado de torpor, a sra. Kaburagi não sabia o que fazer com essa uma hora apenas que passariam juntos. Alguma coisa precisava acontecer. Um terremoto de grandes proporções ou uma enorme explosão, qualquer cataclismo que, ocorrendo naquele instante, os reduzisse a pó. A sra. Kaburagi pensou que, se isso não fosse possível, seria melhor transformar-se em uma pedra pelo tempo desse difícil encontro e por causa do sofrimento que lhe travava os movimentos do corpo. De repente, Yuichi prestou mais atenção. Sua expressão transformara-se na de um jovem animal selvagem concentrando suas forças auditivas em sons distantes.

— O que aconteceu? — perguntou a sra. Kaburagi, sem obter resposta. — Está ouvindo algo?

— Não, apenas pensei ter ouvido algo.

— Vamos, é esse o artifício que você usa quando está chateado?

— Não, é verdade. Ah, ouvi novamente. É a sirene de um carro de bombeiros. Com um tempo como o de hoje deve queimar bem.

— Realmente. Parece estar passando pela rua em frente ao portão. Para onde estará se dirigindo?

Os dois olhavam em vão para o céu, mas além da cerca do pequeno jardim sobressaíam apenas os fundos decrépitos do primeiro andar do hotel.

O som clamoroso da sirene aproximou-se e num instante se afastou. Persistia apenas o ruído dos vidros da porta.

A sra. Kaburagi levantou-se para ir trocar de roupa, e Yuichi, entediado, remexia com um atiçador as brasas no aquecedor, que emitiam apenas um calor débil. O som parecia com o de ossos se misturando. O carvão se consumira, só restavam cinzas duras.

Yuichi abriu a porta de vidro, entregando seu rosto ao vento. "Ah, como é bom", pensou. "Esse vento não me dá tempo para pensar."

A sra. Kaburagi reapareceu: trocara as calças compridas por uma saia. Na penumbra do corredor, apenas seu batom vermelho se destacava claramente. Mesmo vendo Yuichi com o rosto exposto ao vento, permaneceu calada. Arrumou rapidamente suas coisas, pegou o casaco de primavera e saiu fazendo um breve sinal para Yuichi: a impressão que transmitia era a de uma mulher que já vivia com o jovem havia um ano. Essa pose falsa de esposa parecia aos olhos de Yuichi algum tipo de insinuação. Acompanhou-a até o portão, além do qual havia um outro, menor e com o postigo feito de troncos de árvore, conduzindo até a rua. Em ambos os lados havia uma cerca viva, quase da altura de uma pessoa. A cerca, de um verde opaco, estava coberta de pó.

Após cruzar o primeiro portão, o barulho dos saltos altos da sra. Kaburagi sobre o pavimento cessou. Yuichi calçara um par de sandálias no vestíbulo e a acompanhava, mas o segundo portão trancado o deteve. Imaginando que ela o estaria fechando de propósito, empurrou-o com toda a força. Resolutamente, a mulher pressionava seu peito coberto pelo suéter verde-limão contra os bambus entrelaçados do portão, apoiando nele todo o corpo. Sentindo em seu esforço uma seriedade hostil, Yuichi desistiu dizendo:

— O que está acontecendo?

— Está tudo bem. Está bem até aqui. Se você me acompanhar mais adiante, perco a coragem para sair.

Voltou-se, ficando em pé do outro lado da cerca. Só era possível vê-la dos olhos para cima. Seus cabelos descobertos ondulavam ao sabor do vento, entrelaçando-se às pontas das folhas cortadas da cerca. Seu braço, sobre o qual o delicado relógio parecia uma pequena cobra dourada, moveu-se para libertar os cabelos.

Yuichi permanecia de pé diante da sra. Kaburagi, com a cerca os separando. Era mais alto do que a mulher. Apoiou levemente os braços sobre a cerca, encostou sobre eles o rosto, fitando a mulher. Seu rosto estava escondido pela vegetação. O vento novamente soprava pelo pequeno caminho poeirento. Os cabelos desarranjados da mulher cobriam-lhe as faces. Yuichi abaixou os olhos, evitando seu rosto.

"Mesmo nesse breve momento em que nossos olhos se encontram, algo nos atrapalha", a sra. Kaburagi pensou. O vento cessara de soprar. Seus olhares se encontraram. Não sabia mais que tipo de emoção devia depreender do olhar de Yuichi. Pensava estar apaixonada por algo que não compreendia, pelas trevas. Límpidas trevas. Nesse momento de emoção, Yuichi, por sua vez, inquietava-se ao pensar que toda uma parte desconhecida de si mesmo estava em jogo, que outras pessoas não cansavam de descobrir nele algo muito além do que sua consciência seria capaz de contemplar e que, de certa maneira, esse fato enriquecia sua consciência.

Finalmente, a sra. Kaburagi gargalhou. Era um riso proposital para afastá-los. Um riso forçado.

Essa separação, que devia acabar com sua volta duas horas mais tarde, pareceu aos olhos de Yuichi o ensaio para um afastamento definitivo. Lembrou-se dos imponentes exercícios, frequentes nos tempos do ginásio, das inspeções do treinamento militar ou da cerimônia de formatura. O representante dos alunos segurava uma bandeja em laca, sem diplomas, recuando da mesa do diretor da escola numa atitude reverencial.

Depois de conduzir a sra. Kaburagi até a porta, voltou para o lado do aquecedor e começou a ler tediosamente uma revista americana de moda.

Algum tempo depois da partida da sra. Kaburagi, Yuichi recebeu um telefonema de Nobutaka. Avisou-lhe que a esposa saíra. Nobutaka logo disse que podiam falar livremente, pois não havia ninguém por perto. Perguntou com voz ridiculamente melosa:

— Quem era o rapaz com quem você passeava um dia desses em Ginza?

Se interrogasse Yuichi face a face, o jovem certamente ficaria amuado. Por isso, acostumara-se a fazer por telefone suas indagações sobre traições como essa.

— É apenas um bom amigo. Pediu-me que o acompanhasse para ver tecidos ocidentais — respondeu.

— "Bons amigos" costumam andar com os polegares entrelaçados?

— Se foi apenas para isso que você me telefonou, vou desligar.

— Espere, Yuchan. Peço desculpas. Não consegui resistir ao ouvir sua voz. Vou de carro para aí agora. Pode ser? Não vá a lugar nenhum até eu chegar. Espere por mim.

— ...

— Não vai me responder?

— Estarei esperando, senhor presidente.

Meia hora depois, Nobutaka chegava.

Sem a menor sombra de crueldade, Nobutaka recordou os vários meses que passara com Yuichi. O jovem encarava impassivelmente o luxo e o fausto, não era dotado dessa pobre presunção que poderia fazê-lo fingir, de propósito, que não se espantava. Por não desejar nada, sentia-se com vontade de lhe entregar tudo, embora fosse impossível perceber nele qualquer indício de gratidão. Mesmo ao apresentá-lo a pessoas de classe alta, a boa educação e a completa ausência de afetação desse lindo jovem faziam que fosse estimado acima de seu real valor. Além disso, Yuichi possuía um espírito cruel. Por essa razão, as ilusões de Nobutaka alcançavam níveis acima do necessário.

Nobutaka fora no passado um mestre na arte da dissimulação, mas agora, apesar do sucesso em viver cada dia ao lado da esposa sem que ela desconfiasse de nada, perdera a prudência e saboreava com isso uma alegria doentia.

Sem tirar seu sobretudo, Nobutaka Kaburagi foi direto à sala de estar da esposa, onde Yuichi o aguardava. Como continuava com o sobretudo, a criada continuava de pé atrás dele, indecisa.

— O que você está olhando? — perguntou sarcasticamente.

— Seu sobretudo, senhor — foi a resposta hesitante da criada.

Despiu-o abruptamente, jogou-o nos braços da criada e, com voz alterada, ordenou:

— Desapareça da minha frente. Se precisar, eu a chamo.

Deu um tapa leve no cotovelo do jovem, conduziu-o para trás da cortina e o beijou. Como sempre costumava acontecer, uma sensação de loucura se apoderou dele ao tocar os lábios inferiores carnudos do rapaz. Os botões no peito do uniforme bateram no prendedor de gravata de Nobutaka, produzindo um barulho semelhante ao do ranger de dentes.

— Vamos ao primeiro andar — convidou Nobutaka.

Yuichi se desvencilhou de seus braços e começou a rir, fitando o rosto de Nobutaka.

— Você só pensa nisso, não é mesmo?

Cinco minutos depois, os dois estavam trancados à chave no gabinete de Nobutaka, no primeiro andar.

Não foi realmente por acaso que a sra. Kaburagi retornou antes do horário previsto. Ansiando voltar o quanto antes para perto de Yuichi, decidiu tomar um táxi que encontrou logo ao sair. Ao chegar ao escritório, conseguiu resolver logo a transação que a levara até lá. Além disso, esse estrangeiro com quem ela era "íntima" propôs levá-la de volta de carro, uma vez que iria na mesma direção. Ele dirigia o carro com velocidade. Ao deixá-la na porta, ela o convidou a entrar, mas por estar apressado o estrangeiro partiu, prometendo encontrá-la em outra ocasião.

Em um impulso súbito (algo que não era raro nela), atravessou o jardim e entrou na sala de estar pela varanda. Pensava em fazer uma surpresa para Yuichi, que deveria estar lá a sua espera.

A criada veio recebê-la e avisou que o conde e Yuichi estavam em reunião no gabinete do primeiro andar. Sentiu vontade de ver o rapaz compenetrado, enquanto tratava de negócios. Se possível, desejava observar o que deixava o rapaz tão absorto, sem que ele notasse sua presença.

Subiu as escadas abafando o som de seus passos e parou em

frente ao gabinete do esposo. Notou que a lingueta do trinco ficara para fora quando a fecharam. Por isso, havia um espaço de alguns centímetros na porta. Aproximou-se e olhou para o interior do cômodo.

Foi assim que a sra. Kaburagi contemplou algo que fatidicamente deveria ver.

Quando Nobutaka e Yuichi desceram, não encontraram a sra. Kaburagi em parte nenhuma da casa. Os documentos estavam sobre a mesa, com um cinzeiro servindo de peso para não serem levados pelo vento. Dentro dele, um cigarro com marca de batom havia sido amassado quase sem ter sido fumado. A criada explicou apenas que a sra. voltara a sair pouco depois de retornar.

Os dois aguardaram sua volta, mas como custava a retornar, decidiram sair para se divertir. Yuichi chegou em casa por volta das dez da noite.

Três dias se passaram. A sra. Kaburagi ainda não voltara.

19. Minha companheira

Yuichi sentia-se envergonhado de ir à casa dos Kaburagi, mas certa noite acabou cedendo aos telefonemas constantes de Nobutaka.

Alguns dias antes, ao descer do gabinete com Yuichi, Nobutaka não se preocupara muito de não encontrar a esposa. No dia seguinte, entretanto, como ela ainda não voltasse, começou a se inquietar. Não era apenas um dos passeios que era de seu hábito fazer. Não restava dúvida de que a esposa fugira. E só havia uma causa plausível para seu desaparecimento.

Nessa noite, Yuichi deparou-se com um Nobutaka completamente diferente daquele que conhecia. Estava com um ar exausto e, algo raro nele, não se barbeara. Suas faces sempre rosadas haviam perdido a luminosidade e estavam abatidas.

— Ela ainda não voltou? — Yuichi perguntou, sentado no braço do divã do gabinete e batendo com a ponta de um cigarro nas costas da mão.

— Acho que sei a razão. Com certeza nós fomos vistos.

Essa gravidade cômica adequava-se tão pouco ao Nobutaka que Yuichi conhecia que, com uma crueldade proposital, acabou concordando com ele.

— Também acho.

— É o que parece, não é mesmo? Não consigo pensar em nada mais além disso.

Na realidade, depois do acontecido, Yuichi descobrira a chave do gabinete fora da fechadura e imediatamente inferiu o motivo. Em questão de dias, a vergonha extrema dissipara-se, dando lugar a um sentimento de liberação. Aos poucos fora tomado por uma frieza heroica, perdendo a razão de ser solidário com a sra. Kaburagi ou de se sentir envergonhado.

Era por isso que Nobutaka se mostrava cômico aos olhos de Yuichi. Parecia sofrer e exaurir-se apenas porque "fora visto".

— Não vai solicitar ajuda à polícia para procurá-la?

— Não gostaria de ser obrigado a envolver a polícia. Faço uma ideia de onde ela possa estar.

Nesse momento, Yuichi surpreendeu-se ao observar os olhos úmidos de Nobutaka.

— Só espero que ela não tenha feito nenhuma besteira... — completou.

Essas palavras incongruentes, pronunciadas em tom sentimental, transpassaram o coração de Yuichi. Não haveria como descrever distintamente, em poucas palavras, a harmonia espiritual desse estranho casal. Apenas um coração forçado a experimentar tremenda compaixão pela esposa, apaixonada por Yuichi, tornaria possível uma imaginação tão íntima. Esse mesmo coração devia estar ferido, com igual intensidade, pela infidelidade espiritual da esposa. Consciente de que ambos amavam a mesma pessoa, Nobutaka se acreditava duplamente enganado e, acima de tudo, sofria a dor de ver que o amor de sua esposa cada vez mais inflamava seu próprio amor. Yuichi via expostas então, pela primeira vez, as feridas desse coração.

"Não poderia calcular o quanto a senhora Kaburagi era necessária ao marido", pensou. Certamente era algo que extrapolava a compreensão do jovem. Pensando assim, Yuichi sentia por momentos, como nunca antes, um carinho sem paralelos por Nobutaka.

Teria o conde notado o olhar carinhoso?

Nobutaka estava cabisbaixo. Enfraquecido e sem confiança em si mesmo, apoiava com as mãos o rosto profundamente abatido, afundado em uma cadeira com seu corpanzil vestido em um roupão vistoso. Seus cabelos, abundantes para a idade, brilhantes e endurecidos pelo gel, contrastavam repugnantemente com a pele flácida do rosto coberto pela barba por fazer. Não fitava o jovem. Yuichi, ao contrário, estudava as rugas horizontais sobre a nuca de Nobutaka. Repentinamente, lembrou-se dos rostos de seus semelhantes que vira dentro do bonde naquela noite em que pela primeira vez fora ao parque.

Terminado o momento de ternura, o belo jovem voltou a ostentar o olhar frio e cruel que mais lhe convinha. O olhar de um jovem puro ao trucidar um lagarto. "Tenho que me tornar ainda mais cruel com esse homem. É assim que deve ser", pensou.

O conde, indiferente à presença do amante insensível, chorava ao se lembrar da "companheira" desaparecida e dos longos anos que vivera com sua "cúmplice". Tanto ele como Yuichi partilhavam o mesmo sentimento de solidão por terem sido abandonados. Como dois náufragos sobre uma jangada, permaneceram juntos em silêncio por algum tempo.

Yuichi assobiou. O gesto de Nobutaka ao levantar a cabeça foi como o de um cão atendendo a um chamado. Em vez de ração, só vislumbrou o sorriso debochado do jovem.

Yuichi verteu em uma taça o conhaque posto sobre a mesa. Segurando-a, foi até próximo à janela. Abriu a cortina. Havia naquela noite um banquete para numerosos convidados no hotel da casa principal. Viu as luzes do salão caindo violentamente sobre as coníferas e as flores de magnólia do jardim. Em um bairro residencial, o som da música destoava. A noite estava bem quente. O vento acalmara, o céu estava límpido. Yuichi sentia uma grande sensação de liberdade difícil de explicar invadindo-lhe todo o corpo. Ele desejava erguer um brinde a essa liberdade semelhante à que experimenta o viajante que, sentindo-se revigorado de corpo e alma, consegue respirar melhor do que o normal:

"Viva a desordem!"

O jovem imputava à frieza de seu coração o descaso com o desaparecimento da sra. Kaburagi, mas isso não era necessariamente verdadeiro. Talvez uma certa intuição o isentasse da intranquilidade.

Tanto os Kaburagi como a família da esposa, os Karasumaru, provinham da nobreza. Por volta do século XIV, Nobui Kaburagi ocupava a corte norte, enquanto Tadachika Karasumaru dominava a corte sul. Nobui era dotado da maestria de um mágico na arte da intriga. Tadachika possuía ares de homem político empenhado com fervor, simplicidade e aspereza. As duas famílias representavam bem o avesso e o direito da política. Nobui era o herdeiro fiel da política da época aristocrática e um devoto da política artística em sua pior acepção. Ou seja, nessa época em que a poesia *tanka** estava intimamente ligada à política, transportou para o domínio político todos os defeitos das obras dos adoradores da arte, a ambiguidade no plano estético, o culto do efeito, o cálculo insensível, o misticismo dos fracos, o subterfúgio aparente, a fraude e a apatia moral, entre outros. O espírito

---

* *Tanka* — poesia lírica e elegante no formato de trinta sílabas, formada por cinco versos de cinco, sete, cinco, sete e sete sílabas. (N. T.)

que não teme a sordidez e a coragem que não se apavora diante da baixeza foram basicamente uma dádiva desse antepassado a Nobutaka Kaburagi.

Ao contrário, o idealismo utilitarista de Tadachika Karasumaru sempre padecera de uma autocontradição. Percebera com clareza que apenas a paixão que não confronta o eu possui a força para realizá-lo. Essa teoria política idealista apostava mais em iludir a si mesmo do que em ludibriar os outros. Mais tarde, Tadachika suicidou-se.

Em nossa época, uma sra. idosa da nobreza, parente de Nobutaka e também tia-avó de sua esposa, ocupava a posição de Madre Superiora no convento de Shishigatani, em Kyoto. A linhagem dessa senhora possuía uma história que servia de ponto de reconciliação entre as naturezas de caráter oposto dos Kaburagi e dos Karasumaru. As sucessivas gerações de sua família, os Komatsu, eram formadas por um alto monge apolítico, um autor de diários literários, uma autoridade nas práticas e usos militares e cortesãos, em suma, pessoas que, em todas as épocas, preservavam sua posição de revisionistas e críticos dos novos costumes. Entretanto, a linhagem iria desaparecer após a morte da madre idosa.

Logicamente, Nobutaka Kaburagi enviou um telegrama ao convento, onde imaginava que sua esposa pudesse estar, dois dias após seu desaparecimento. Até a noite em que pedira para Yuichi vir até a casa, não havia obtido resposta. No telegrama que lhe chegou às mãos dois ou três dias depois, estava escrito o seguinte: "Sua esposa não apareceu no nosso convento, mas acreditamos saber onde possa estar. Quando pudermos confirmar, informaremos imediatamente em outro telegrama". Esse era o misterioso conteúdo.

Quase ao mesmo tempo, chegou às mãos de Yuichi uma carta volumosa enviada pela sra. Kaburagi, na qual constava o endereço desse convento. Sentiu o peso do envelope nas mãos. Um peso que parecia dizer num sussurro: "estou viva".

Segundo a carta, a visão daquela terrível cena fez com que perdesse o gosto pela vida. A cena abominável que contemplara não apenas abalara de vergonha e medo o coração de quem a vira. Era uma prova de sua completa impossibilidade de intervir na vida. Havia se acostumado a uma vida não convencional, atravessando sem medo os abismos com o corpo leve, mas dessa feita finalmente vira o abismo. Seus pés estavam pesados, não podia mais andar. A sra. Kaburagi pensou em se suicidar.

Fazia um longo passeio sozinha nos arredores de Kyoto, onde ainda era cedo para o florescer das cerejeiras. Aprazia-lhe a paisagem do grande bambuzal farfalhando ao vento do início da primavera.

"Como é estupenda a efemeridade e a complexidade dos bambus!", pensou. "E que paz transmitem!"

Talvez a maior manifestação de infelicidade fosse o fato de sentir que pensava demais na morte para que pudesse morrer. As pessoas que experimentam essa sensação desvencilham-se da morte. O suicídio, seja ele nobre ou vil, é a ação de dar fim ao próprio pensamento: em geral, não existe suicídio com pensamento em demasia.

Uma vez que não poderia morrer, seus pensamentos transformaram-se no avesso: a causa que antes parecia levá-la à morte mostrava-se agora como a única razão de conservá-la viva. Mais do que a beleza de Yuichi, a feiura de seu ato a fascinava com muito maior violência. Como resultado, conseguiu até mesmo, calmamente, mudar seu pensamento naquele momento a ponto de sentir que não havia maior comunhão de mentes que a humilhação mútua de ver e ser visto.

Seria a feiura daquele ato o ponto fraco de Yuichi? Não. É impensável que uma mulher como ela estivesse apaixonada pela fraqueza. Aquilo não passava do mais direto desafio à sua sensibilidade que o poder que Yuichi podia exercer sobre ela. Assim, não percebeu que aquilo que de início tomava por uma paixão transformava-se, após várias provas severas, em vontade. "Não há qualquer vestígio de ternura em meu amor", refletiu estranhamente. Para essa sensibilidade de aço, quanto mais Yuichi se assemelhava a um monstro, mais aumentavam os motivos para amá-lo.

Quando passou para o trecho seguinte da carta, Yuichi deixou escapar um sorriso cínico. "Que candura ela possui! Enquanto só via em mim a beleza, esforçava-se ao extremo por parecer pura, mas agora está competindo comigo em depravação", pensou.

Nessa interminável confissão, semelhante à de uma prostituta, a paixão da sra. Kaburagi aproximava-se mais que nunca do sentimento maternal. Revelara todos os seus crimes para ficar em pé de igualdade com Yuichi. Empilhou diligentemente suas próprias imoralidades para poder subir até o cimo da imoralidade de Yuichi. Como para provar que uma relação consanguínea a unia a esse jovem, expunha sua conduta imprópria da mesma maneira que uma mãe encobriria os erros do filho, tomando para si toda a culpa. Além disso, beirava o egoísmo materno ao não considerar o efeito que essa confissão teria no coração do jovem. Estaria ela consciente de que, devido a sua revelação tão audaciosa, não haveria outro modo de se fazer amar senão tornando-se alguém que jamais seria? Frequentemente percebemos no comportamento cruel de uma sogra em relação a sua nora um impulso desesperado de se fazer amar por um filho que já não a quer mais.

Antes da guerra, a sra. Kaburagi era apenas uma dama da nobreza, banal, um pouco promíscua, mas de comportamento bem melhor do que sua reputação. Mesmo após seu esposo conhecer Jacky, enveredar secretamente por esse caminho e começar a faltar com suas obrigações conjugais, apenas imaginou ser esse distanciamento mútuo algo normal nos casais. A guerra os salvara do tédio. O casal orgulhava-se de sua cautela em não ter filhos que os deixassem de pés e mãos atados.

O comportamento do marido, incitando a infidelidade da esposa antes mesmo de reconhecê-la abertamente, tornara-se explícito nos últimos tempos, quando a esposa não conseguira ter prazer nos dois ou três relacionamentos ocasionais a que se entregara. Não experimentava nenhuma nova emoção. Definindo-se como uma pessoa apática, aborrecia-se com a gentileza imprópria do marido em relação a ela. Já o marido inquiria detalhes e alegrava-se em saber que a indiferença que durante muito tempo plantara na esposa não sofrera qualquer mudança. Nada garantia tanto a fidelidade como essa indiferença adamantina.

Nessa época havia sempre frívolos admiradores a sua volta. Assim como nos prostíbulos há vários tipos de mulheres, o mesmo acontecia em seu círculo de amizades: havia o cavalheiro de meia--idade, o executivo, o artista e a nova geração (como soa ridícula essa palavra!). Eles eram assim os representantes de uma vida fácil que, em plena guerra, pouco se importava com o futuro.

Certo dia de verão, um telegrama chegou ao Hotel Shima Kogen convocando para a guerra um desses jovens. Na véspera de sua partida, a sra. Kaburagi permitiu-lhe algo que proibira a outros homens. Não que estivesse apaixonada por ele, mas por ter percebido que o jovem necessitava não de uma mulher em especial, mas de uma desconhecida qualquer. Confiava poder encenar esse papel. Esse era um ponto que a distinguia das mulheres comuns.

O jovem deveria partir no primeiro ônibus pela manhã. Por isso, os dois acordaram ao alvorecer. O homem espantou-se ao ver a mulher empenhada na arrumação das malas. "Nunca a vi agindo assim, como uma esposa", pensou. "Em uma noite consegui transformá-la. Esse deve ser o sabor de uma conquista."

Não se deve levar a sério o sentimento de um soldado no dia

de partida para a guerra. O sentimentalismo e o patético o encantavam; certo de haver um sentido em tudo o que fazia, acreditava que toda frivolidade lhe seria permitida. Posta diante de tal situação, a juventude é mais complacente do que a maturidade.

A camareira entrou trazendo café. A gorjeta exagerada do jovem provocou um franzir de sobrancelhas na sra. Kaburagi.

O jovem completou dizendo:

— Senhora, esqueci de lhe pedir uma foto.

— Que foto?

— Uma foto sua.

— Para quê?

— Eu a levarei para a linha de frente.

A sra. Kaburagi caiu na risada. Um riso incontrolável. Enquanto ria, abriu as janelas com batentes. A neblina do crepúsculo penetrou em remoinho.

O aprendiz de soldado suspendeu a gola do pijama e espirrou.

— Como faz frio. Feche a janela.

O tom imperativo e carregado de ressentimento pela risada acabou aborrecendo a sra. Kaburagi. Perguntou o que iria ser dele na linha de frente, se já reclamava por um frio de nada. Acrescentou que o exército não permitia tais caprichos. Fez com que se vestisse e apressou-se a levá-lo até a porta. A questão já não eram as fotos. Diante da mulher cujo humor havia subitamente piorado, o jovem nervoso pediu-lhe um beijo de despedida, o qual foi recusado.

— Posso escrever-lhe, não posso?

Prestes a partir, o jovem sussurrou-lhe essas palavras ao pé do ouvido, temendo as pessoas que se despediam a sua volta. Ela riu, para logo depois se calar.

Quando o ônibus desapareceu na neblina, a sra. Kaburagi desceu por um estreito caminho que lhe encharcou os sapatos até o cais do lago Maruike. Um barco apodrecido estava imerso na água pela metade. Num lugar como aquele sentia-se a decadência serena de um balneário de verão em tempos de guerra. Devido à neblina, os juncos pareciam fantasmas. O Maruike é um lago pequeno. A parte do lago que refletia com delicadeza a luz matinal, envolvida pela neblina, assemelhava-se a um espírito flutuando pelo ar sobre a superfície da água.

"Entregar o corpo sem amor", pensou a sra. Kaburagi, passando a mão nos fios de cabelo rebeldes que lhe aqueciam a testa, embaraçados enquanto dormia. "Por que algo tão fácil para os homens mostra-se tão complicado para uma mulher? Por que apenas às prostitutas é outorgado o direito de conhecer algo do gênero?" Ironicamente, percebera naquele momento que a aversão e o ridículo que nela brotavam de repente em relação ao rapaz haviam sido causados pela gorjeta extravagante que ele dera à criada. "Por ter-lhe entregue meu corpo gratuitamente, restaram em mim os resquícios do espírito e do orgulho", a sra. Kaburagi reconsiderou. "Se ele tivesse comprado meu corpo com aquele dinheiro, com certeza teria dado adeus a ele com maior sentimento de liberdade, o mesmo sentimento repleto de confiança de uma puta da linha de frente dando-se de corpo e alma às necessidades últimas dos homens!"

Ela ouviu um leve som próximo a suas orelhas. Mosquitos, que durante a noite descansavam as asas na ponta das folhas dos juncos, voavam em bando fazendo uma nuvem ao seu redor. Era estranho encontrar mosquitos em um planalto como aquele. Azulados e frágeis, não se podia crer que chupassem sangue humano. Por fim, sua nuvem desapareceu discretamente dentro da neblina. A sra. Kaburagi percebeu que metade de suas sandálias brancas estavam encharcadas de água.

Os pensamentos que lhe acorreram à mente na beira do lago, naquele momento, atormentaram-na obstinadamente por toda a guerra. Ser forçada a pensar que um simples dom era sinal de amor mútuo parecia-lhe um sacrilégio inevitável contra o próprio dom, e provava o gosto da humilhação sempre que cometia o mesmo erro. A guerra era um dom profano. A guerra era o sentimentalismo envolvido em sangue. A sra. Kaburagi recompensava os desperdícios do amor com um sorriso de sarcasmo proveniente do mais fundo de seu coração agitado. Vestia-se com extravagância, sem se importar com a opinião das pessoas, e seus modos pioravam cada vez mais. Não apenas isso, certa noite foi descoberta beijando-se, em um corredor do Hotel Imperador, com um estrangeiro procurado pela polícia. Foi interrogada pela Polícia Militar e seu nome apareceu nos jornais. A caixa dos correios da família Kaburagi vivia repleta de cartas anônimas. A maioria continha ameaças, chamando a condessa de traidora da pátria. Uma das cartas, por exemplo, a aconselhava a cometer suicídio.

O sentimento de culpa do conde Kaburagi era leve. Não passava de um vadio. Espantou-se muito mais quando Jacky foi interrogado sob suspeita de ser um espião do que com o interrogatório por que passou a esposa, mas mesmo esse acidente não chegou a provocar qualquer efeito sobre ele. Bastou ouvir rumores sobre bombardeios aéreos para, acompanhado da esposa, ir se refugiar em Karuizawa. Lá, entrou em contato com um admirador de seu pai, então comandante em chefe da Força de Defesa do distrito de Nagano, o qual mandava lhe entregar uma vez por mês grande quantidade de ração militar.

Com o fim da guerra, o conde sonhou com uma liberdade ilimitada. A desordem moral era tão fácil de ser respirada como o ar matinal! Embriagou-se na desordem. No entanto, a pressão financeira privou-o da liberdade.

Durante a guerra, Nobutaka fora nomeado presidente da Federação das Associações de Indústrias de Produtos Marinhos, apesar de não possuir nenhum conhecimento na área. Aproveitou-se do cargo para fundar uma pequena empresa para fabricação e venda de bolsas de couro de moreia, a qual estava fora do controle sobre couros então em vigor. A empresa era a Companhia de Produtos Marítimos do Oriente Sociedade Anônima. A moreia é um peixe fisóstomo. O formato de seu corpo assemelha-se ao de uma enguia, desprovido de escamas, de cor marrom-amarelada e contando com listras horizontais. Esse estranho peixe, que pode alcançar um metro e meio de comprimento, vive entre os rochedos do litoral. Quando alguém se aproxima, arregala os olhos lânguidos, abrindo rapidamente a boca enfileirada de dentes afiados. Guiado por membros de uma das Associações, Nobutaka visitou durante todo um dia as cavernas na orla marítima onde as moreias viviam em grande quantidade. Por longo tempo, olhou para elas de um bote que balançava ao sabor das ondas. Uma das moreias que se escondia entre as rochas avançou contra o conde com a boca repentinamente aberta, em um gesto ameaçador. Nobutaka ficou encantado por esse peixe monstruoso.

Logo após a guerra, o controle sobre couros foi suspenso e os negócios da Companhia de Produtos Marinhos do Oriente decaíram. Nobutaka alterou os estatutos sociais da empresa, incluindo como atividade principal o comércio de produtos marítimos como algas e arenques de Hokkaido e moluscos da região de Sanriku. Ao mesmo tempo, dentre esses produtos, revendia aqueles que se prestavam como ingredientes de culinária chinesa para comerciantes chineses no Japão e para contrabandistas atuando na China. O pagamento do imposto sobre fortunas obrigou-o a se desfazer do prédio principal da casa da família. Além disso, a Companhia de Produtos Marinhos do Oriente sofria com a falta de recursos financeiros.

Nessa época, um homem chamado Nozaki, a quem o pai de Nobutaka ajudara muito, apareceu oferecendo-se para investir no empreendimento, como prova de gratidão. Dizia apenas ter sido um mercenário na China e protegido de Mitsuru Toyama, mas, com exceção do fato de seu pai tê-lo abrigado em casa nos tempos humildes de estudante, seu passado e carreira eram desconhecidos. Alguns diziam que, na época da Revolução Chinesa, recrutara antigos artilheiros do exército japonês, levando-os para lutar junto às tropas revolucionárias e recebendo pelo trabalho uma quantia fixa por toda bala que alcançasse seu objetivo. Outros afirmavam que, finda a Revolução, enchia malas de fundo falso com ópio que contrabandeava de Harbin para Xangai, revendendo-o a seus usuários.

Nozaki tornou-se diretor da companhia, nomeando Nobutaka como conselheiro honorário e afastando-o das rédeas da empresa, pelo que lhe pagava um salário mensal de cem mil ienes. Desde essa época, as atividades da companhia eram obscuras e de natureza desconhecida. Foi também nessa época que Nobutaka ensinou a Nozaki a maneira de comprar dólares. Nozaki intermediava junto ao Exército de Ocupação contratos para companhias de aquecimento e embalagem, embolsando comissões. Por vezes, enganava o preço de compra, ganhando pelos dois lados: para isso, servia-se com esperteza da estrutura da Companhia de Produtos Marinhos do Oriente e do nome de Nobutaka.

Certa feita, à época do retorno de um grande número de famílias de militares do Exército de Ocupação, tentou conseguir um contrato para determinada empresa de embalagens, mas seus esforços fracassaram devido à oposição de um oficial de alto escalão. Nozaki pensou em recorrer ao talento diplomático dos Kaburagi. Convidou o coronel e sua esposa para um jantar, recebendo-os juntamente com os Kaburagi. Devido a uma leve indisposição, a esposa do coronel não pôde comparecer.

Na manhã seguinte, inventou como pretexto um assunto particular para visitar os Kaburagi e convencer a sra. Kaburagi a ajudá-lo. Ela respondeu que consultaria o marido antes de lhe dar uma resposta. Aturdido, Nozaki conjeturou, com seu bom senso, que sua proposta impertinente causara irritação à sra. Kaburagi. No entanto, o rosto dela estampava um sorriso.

— Não me dê uma resposta como essa. Se não quiser aceitar, basta dizê-lo. Se a aborreci, rogo que me desculpe e esqueça todo o assunto.

— Conversarei com meu marido. Nossa família é diferente das outras. Mas certamente não se oporá à ideia.

— Realmente?

— Bem, deixe por minha conta. Em troca — completou em um tom burocrático e desdenhoso —, caso minha intervenção conduza ao fechamento do contrato, receberei vinte por cento de comissão sobre o que você ganhar.

Nozaki arregalou os olhos, fitando-a com admiração. Num sotaque de Tóquio desprovido de nuances, próprio a alguém que viveu muito tempo trabalhando no exterior, concluiu:

— Fechado. Trabalharemos juntos.

Essa noite, a sra. Kaburagi relatou sem hesitações ao marido a conversa de negócios que tivera durante o dia, com o tom de voz de quem estivesse lendo uma cartilha. O marido ouvia com os olhos semicerrados. Depois, olhando de relance para a esposa, gaguejou algo semelhante a uma queixa. Essa maneira ambígua de se esquivar irritou a esposa. Nobutaka admirava com interesse o rosto em cólera da mulher.

— Está zangada porque não pretendo impedi-la? É isso?

— Que história é essa agora?

Ela sabia exatamente que Nobutaka jamais colocaria empecilhos a esse projeto. Não esperava a recusa ou a cólera do marido. Sua raiva devia-se apenas à insensibilidade do esposo.

Não importava se ele a impediria ou não. Sua decisão fora tomada. Apenas, naquele momento, com uma humildade que espantava a ela própria, desejava confirmar um elo espiritual de difícil compreensão, essa ligação que estranhamente a impedia de separar-se desse marido cujo nome não merecia. Nobutaka habituara-se a uma passividade indolente perante ela, a ponto de não reparar na fisionomia tão nobre da esposa. Jamais acreditar na miséria era a característica da nobreza.

Nobutaka Kaburagi estava receoso. Viu a esposa como um barril de pólvora prestes a explodir. Ergueu-se intencionalmente e foi pousar a mão sobre o ombro dela.

— Desculpe. Faça como achar melhor. Não há problema.

A partir daquele momento, a esposa começou a desprezá-lo.

Dois dias depois, acompanhou o coronel de carro até Hakone. O contrato foi assinado.

Presa na armadilha inconscientemente armada por Nobutaka, o desprezo acabou por torná-la cúmplice do marido. Ambos agiam sempre de comum acordo. Arranjavam vítimas fáceis, que não lhes causariam problemas posteriores, para praticar suas chantagens. Shunsuke Hinoki fora uma dessas vítimas.

Um após o outro, os homens importantes do Exército de Ocupação que tinham relação de negócios com Nozaki tornaram-se amantes da sra. Kaburagi. As mudanças de pessoal eram frequentes. Os novos rostos eram seduzidos com um piscar de olhos. Nozaki a respeitava cada vez mais.

Desde que o conheci, meu mundo se transformou por completo. Pensava que em meu corpo só houvesse músculos voluntários, mas parece que há também músculos involuntários como em qualquer pessoa. Você foi um muro. A Muralha da China aos olhos das hordas bárbaras. Você, o amante que nunca se apaixonou por mim. Por isso, eu o amei e mesmo hoje ainda continuo a amá-lo loucamente.

Por certo você responderá ao que escrevo dizendo existir em minha vida uma outra Muralha da China: meu marido. Quando presenciei aquilo, pela primeira vez pude entender que, se até hoje não consegui me separar dele, foi por esse motivo. Mas Kaburagi em nada se assemelha a você. Ele não é bonito.

Desde nosso primeiro encontro, parei por completo de me comportar como uma puta. Você pode imaginar como Kaburagi e Nozaki se esforçaram para me demover dessa decisão, ludibriando e adulando. Mas, até recentemente, não lhes dava atenção. Como o valor de meu marido aos olhos de Nozaki dependia de mim, esse começou a mostrar relutância em lhe pagar o salário. Kaburagi me implorou, prometendo que seria a última vez. Cedi a suas súplicas voltando a representar meu papel de puta. Você rirá se lhe disser que sou supersticiosa. Mas foi exatamente no dia em que consegui o documento para esse último trabalho que por acaso assisti àquilo.

Peguei algumas joias e parti para Kyoto. Acredito que serei capaz de viver com a venda dessas joias até poder arranjar um emprego sério. Para minha felicidade, uma tia-avó consentiu que fique com ela pelo tempo que desejar.

Sem mim a seu lado, Kaburagi certamente perderá o emprego. Ele não é do tipo de homem que seja capaz de viver apenas com os parcos rendimentos da escola de costura.

Há várias noites sonho com você. Desejo verdadeiramente encontrá-lo, embora talvez seja melhor que continuemos separados por algum tempo.

A você não estou pedindo absolutamente nada. Não peço que doravante ame Kaburagi ou que o abandone por mim. Quero que você seja livre; é preciso que você tenha liberdade. Por que poderia eu imaginar algo como possuí-lo? Seria o mesmo que tentar me apoderar do céu azul. A única coisa que posso dizer é que o amo. Caso venha a Kyoto, não deixe de dar um pulo a Shishigatani, por favor. O convento fica ao norte, bem próximo do túmulo do imperador Reizei.

Yuichi terminou a leitura da carta. O sorriso sarcástico apagara-se do canto de seus lábios. Era algo impensável, mas a carta o tocara. Recebera a carta às três da tarde, ao voltar para casa. Terminada a leitura, releu as passagens mais importantes. O sangue lhe subia às faces e por vezes suas mãos tremiam involuntariamente. Antes de mais nada (que coisa infeliz), o jovem se emocionava com sua própria candura. Seu coração pulava com a alegria de um doente que se vê curado de uma grave enfermidade. "Tenho sensibilidade!"

Apertou a carta contra suas faces lindamente enrubescidas. No êxtase desse impulso louco, inebriava-se com intensidade maior do que com o álcool. Começou a perceber que brotava aos poucos em seu interior um sentimento ainda não revelado. Como o filósofo que, diante da penúltima página de um ensaio, saboreia o prazer de fumar calmamente um cigarro, divertia-se prorrogando deliberadamente a descoberta desse sentimento.

Sobre a mesa jazia o relógio enlaçado por um leão de bronze, herança de seu pai. Prestou atenção aos sons misturados das batidas de seu coração e dos segundos do relógio. Tinha o hábito infeliz de imediatamente olhar para um relógio quando alguma emoção o invadia. Preocupava-se em saber até quando perduraria esse sentimento, mas em geral se acalmava sabendo que nenhuma sensação dura mais do que cinco minutos.

Apareceu-lhe à mente o rosto da sra. Kaburagi. Os traços claramente delineados. Nenhuma linha vaga. Esses olhos, nariz, lábios: espantou-se em ser capaz de lembrar de cada parte do rosto com tanta clareza. Não era ele o mesmo Yuichi que, no trem que os levara em sua viagem de lua de mel, relutava de tal forma em desenhar para si a figura de Yasuko, sentada bem a sua frente? A clareza das lembranças devia-se principalmente à força do desejo que as evocava. Em sua mente, o rosto da sra. Kaburagi parecia-lhe verdadeiramente lindo. Nunca em toda a vida vira mulher tão formosa.

Yuichi arregalou os olhos. No jardim, o sol do entardecer despejava-se sobre as camélias de flores plenamente desabrochadas. As pétalas das flores, em múltiplas camadas, brilhavam garbosamente. Plenamente seguro de si, o jovem nomeou aquele sentimento deliberadamente prorrogado. Como se não fosse suficiente, murmurou: "Estou amando aquela mulher. Tenho certeza disso".

Algumas emoções soam como mentiras quando externadas em palavras, mas Yuichi, acostumado com amargas experiências como essa, tinha em mente fazer seu novo sentimento passar por uma difícil prova.

"Estou amando aquela mulher. Não posso imaginar que seja mentira. Não tenho forças para negar esse sentimento. *Estou apaixonado por uma mulher!*"

Não pensava mais em analisar seus sentimentos, confundindo imaginação e desejo, memória e esperança. Sua alegria o enlouquecera. Mais do que nunca, sentiu vontade de amaldiçoar e ao mesmo tempo enterrar seu péssimo hábito de tudo analisar, sua consciência, suas ideias feitas, seu destino e sua resignação. Como todos sabem, são esses os sintomas daquilo que habitualmente chamamos de doenças da modernidade.

Seria pura coincidência Yuichi recordar-se subitamente do nome de Shunsuke, justamente quando estava em meio a essa tempestade de sentimentos ultrajantes?

"É mesmo. Preciso visitá-lo imediatamente. Não há ninguém mais apropriado do que ele a quem possa revelar a alegria de minha paixão. Ao mesmo tempo que estarei compartilhando minha alegria por uma confissão tão repentina, estarei me vingando cruelmente de seu estratagema diabólico."

Correu pelo corredor para ir telefonar. No meio do caminho esbarrou em Yasuko, que saía da cozinha.

— Qual o motivo de tanta pressa? Parece que algo de muito bom aconteceu — Yasuko falou.

— Nada que possa lhe interessar.

Yuichi falou radiante, mas com uma frieza inusitada, repleta de magnanimidade. Nenhum sentimento poderia ser mais natural e honesto do que amar a sra. Kaburagi e não amar Yasuko.

Shunsuke estava em casa. Encontraram-se no Rudon.

Como um patife à espreita, Yuichi chutava pedras e calcava o chão, um pé após o outro, enquanto esperava o trem, as mãos enfiadas nos bolsos do sobretudo. Lançou um assobio agudo e bem-humorado a um ciclista mal-educado que passou a seu lado, quase encostando nele.

Nada mais perfeito para um passageiro sonhador do que a lentidão e o chacoalhar dos antigos trens de Tóquio. Como sempre, Yuichi encostou-se a uma das janelas. Imerso em sonhos, contemplava a cidade envolvida pela luz do entardecer primaveril.

Sentiu que sua imaginação era um pião girando a espantosa velocidade. Para não cair, é preciso que continue a girar. Mas é possível dar-lhe uma ajuda quando o movimento começa a enfraquecer? Quando a força que inicialmente o colocou para rodar se acaba, não seria esse o fim? Assim, ficou inquieto, acreditando só haver um motivo para a sua alegria.

"Pensando bem, só agora vejo que desde o início devia estar amando a senhora Kaburagi", pensou. "Se for assim, por que me esquivei dela quando estávamos no Hotel Rakuyo?"

Havia algo em suas reflexões que o assustava. O jovem logo censurou a si mesmo seu medo e sua covardia, colocando neles toda a culpa de evitar a sra. Kaburagi no Hotel Rakuyo.

Shunsuke ainda não chegara ao Rudon.

Yuichi nunca esperara pelo velho escritor com tanta ansiedade. Suas mãos tocaram inúmeras vezes a carta no bolso interno.

Tocá-la possuía o efeito de um talismã: sentiu que assim sua paixão não esmoreceria nem um pouco até a chegada de Shunsuke. Talvez por culpa de sua impaciência, sentiu algo majestoso no Shunsuke que naquela noite entrou no Rudon. Vestia um casaco curto sobre o quimono. Mesmo esse traje era diferente do gosto extravagante que ultimamente professava. Yuichi impressionou-se ao ver que, até chegar à cadeira ao lado da sua, Shunsuke trocou cumprimentos com os jovens sentados às mesas aqui e ali. Naquela noite não havia um só rapaz no café a quem Shunsuke não tivesse pago uma bebida.

— Nossa, há quanto tempo!

Shunsuke estendeu a mão com um vigor juvenil. Yuichi permaneceu calado. Shunsuke continuou a falar tranquilamente.

— Ouvi dizer que a senhora Kaburagi fugiu de casa.

— Então você já sabia?

— Kaburagi veio esbaforido se aconselhar comigo. Será que ele me acha com cara de vidente, com poderes para encontrar objetos perdidos?

— Será que Kaburagi...

Yuichi começou a falar e abriu um sorriso malicioso. Era um sorriso ladino e ao mesmo tempo cândido, traindo o entusiasmo de seu coração, semelhante ao de um menino que vive planejando traquinagens.

— Será que Kaburagi lhe contou o motivo da fuga da esposa?

— Não, ele vive me escondendo tudo, por isso não falou a razão. Mas provavelmente a esposa deve ter visto alguma cena romântica entre vocês dois.

— Acertou na mosca — Yuichi disse aturdido.

— Pelos meus planos, isso aconteceria cedo ou tarde.

O velho escritor, transbordando de satisfação, teve um ataque de tosse cansativo e longo, a ponto de sufocá-lo. Yuichi apressou-se a esfregar-lhe as costas e fez o possível para ajudá-lo.

Quando a tosse cessou, Shunsuke voltou novamente seu rosto vermelho e seus olhos umedecidos na direção de Yuichi. Fitando-o com atenção, perguntou:

— Então? O que houve?

Sem emitir uma palavra, o jovem entregou-lhe a volumosa carta. Shunsuke pôs os óculos e rapidamente contou o número de páginas.

— Há quinze páginas aqui — disse, como se isso o contrariasse.

Em seguida se recompôs, com seu quimono emitindo um som alto e seco ao roçar com o casaco. Começou a ler a carta.

Apesar de aquilo ser a carta da sra. Kaburagi, Yuichi tinha a impressão de que eram as respostas de seu exame, lidas pelo professor a sua frente. Começava a perder a confiança em si mesmo e as dúvidas o açoitavam. Quanto mais rápido passasse esse momento de punição, melhor para ele. Para sua felicidade, Shunsuke estava acostumado a ler manuscritos e sua velocidade de leitura em nada ficava a dever à de um jovem. No entanto, ao observar que Shunsuke passava pelos trechos que ele próprio lera com tanta emoção sem denotar qualquer alteração em sua expressão facial, Yuichi sentiu-se inseguro a ponto de duvidar sobre a justeza de suas emoções.

— É uma ótima carta — Shunsuke afirmou tirando os óculos e brincando com eles. — É certo que as mulheres são destituídas de talento, mas eis aqui uma prova de que, dependendo do momento e da situação, possuem algo que pode muito bem substituí-lo. Em uma palavra: tenacidade!

— Certamente o que eu gostaria de ouvir de você não é uma crítica literária.

— Nem pretendo fazê-lo. Como poderia criticar uma obra tão maravilhosa como esta? Você teceria críticas a uma maravilhosa careca, a uma fantástica apendicite, a um nabo de boa qualidade?

— Mas eu me emocionei ao lê-la — disse o jovem num tom queixoso.

— Emocionou-se? Você me espanta, Yuichi. Mesmo um cartão de felicitações pelo Ano-Novo é escrito no intuito de causar emoção a quem o recebe. Mas tudo vai mal para quem se deixa emocionar por uma carta dessas.

— Você está enganado. Eu compreendi. Eu compreendi que estou apaixonado pela senhora Kaburagi.

Ao ouvir essas palavras, Shunsuke soltou uma gargalhada tão forte que os frequentadores do café voltaram os rostos em sua direção. O riso o engasgava. Sufocado, bebia água para em seguida voltar a rir. Seu riso era como um visgo: quanto mais se tentasse fugir dele, mais ele se grudava ao corpo.

20. O infortúnio da esposa é o infortúnio do marido

Na risada escandalosa de Shunsuke não havia nem insulto nem jovialidade. Não havia nela o menor traço de emoção. Era uma gargalhada brusca. Um riso de competição esportiva, de ginástica olímpica. Era naquele momento o único ato de que o velho escritor seria capaz. Ao contrário dos acessos de tosse e da nevralgia, ao menos sua risada explosiva não era forçosa.

Independentemente de Yuichi ter entendido nela uma forma de ridicularizá-lo ou não, Shunsuke sentia em seu íntimo, por meio dessa risada interminável, um sentimento de proximidade em relação ao mundo.

O mundo pela primeira vez se descortinava diante dele através desse riso que desdenhava e espantava as incertezas. Mesmo recorrendo ao corpo de Yuichi, o ciúme e o ódio, suas especialidades, só lhe haviam servido como força motriz da criação artística. Tal era a força embutida nesse riso: permitia que sua existência mantivesse algum tipo de relação com o mundo e seus olhos visualizassem o céu azul do lado oposto do planeta.

No passado, Shunsuke fora surpreendido pela erupção do vulcão do monte Asama quando viajava para Kutsukake. De madrugada, os vidros das janelas do hotel vibraram delicadamente, arrancando-o ao leve sono em que caíra pelo cansaço do trabalho. Pequenas erupções se produziam a cada trinta segundos. Levantou-se e pôs-se a admirar a cratera do vulcão. Não havia nenhum barulho significativo. Ouviu um estrondo ligeiro no cume do monte, seguido de um jorro de fogo escarlate. Parecia o barulho de ondas quebrando-se contra a praia. O jato de lava jogado ao espaço caía docemente, metade retornando em direção à cratera, a outra metade transformando-se em fumaça vermelha a voltear no ar. Era como contemplar os últimos raios do crepúsculo.

Esse riso intermitente no Rudon tinha um leve eco longínquo. Para Shunsuke, entretanto, o sentimento que por vezes se apoderava dele estava simbolicamente escondido em seu riso vulcânico. A emoção que durante sua juventude de humilhações lhe servira tantas vezes de incentivo era um sentimento de compaixão em relação ao mundo, que por vezes lhe invadia o peito, como naquela madrugada ou quando descia solitário do pico de uma montanha ao amanhecer. Como artista que era, sentia nesses momentos uma espécie de privilégio concedido ao "espírito", um descanso cômico que permitia ao espírito acreditar em sua imensurável altura. Era assim que saboreava essa emoção, com a deliciosa satisfação de quem respira ar fresco. Do mesmo modo que os alpinistas se espantam ao ver a própria sombra agigantada, estava francamente surpreso com essa gigantesca emoção que lhe outorgava o espírito.

Que nome poderia ser dado a essa emoção? Sem procurar nomeá-la, Shunsuke apenas ria. Seu riso era com certeza desprovido de respeito. Destituído até mesmo de deferência por si próprio.

Ao se vincular ao mundo através do riso, essa solidariedade compassiva quase aproximava seu coração do amor supremo, esse sentimento enganador chamado amor humano.

Shunsuke finalmente parou de rir. Tirou do bolso um lenço, enxugando com ele as lágrimas. As bolsas sob as pálpebras estavam cobertas de rugas como musgo umedecido pelas lágrimas.

— O rapaz está emocionado! Apaixonado! — exagerou Shunsuke. — Afinal, que diabos está acontecendo aqui? Isso que chamam de emoção costuma cometer erros com facilidade, como qualquer linda esposa. Por isso só existe para excitar o coração de homens vulgares. Não fique com raiva, Yuchan. Não é minha intenção dizer que você seja vulgar. Infelizmente, seu estado é o de alguém que deseja ardentemente se emocionar. Em seu coração inocente existia essa sede por emoção. Isso não passa de uma doença. Como o jovem na puberdade se apaixona pelo amor, você apenas está perturbado com a emoção. Curando-se de sua ideia fixa, ela com certeza se dissipará, como por encanto. Você já deve estar consciente disso: não existe neste mundo qualquer emoção além do desejo sexual. Nenhum pensamento ou conceito será capaz de emocionar alguém se não possuir sensualidade. Por mais que se comova com a parte vergonhosa de seus pensamentos, o ser humano acaba, como um almofadinha arrogante, por espalhar rumores de que se emocionou com o chapéu de seus pensamentos. Seria bom se parássemos de utilizar palavras de significado tão vago como "emoção". Talvez isso lhe soe cruel, mas vamos tentar analisar sua afirmação. De início, você se declarou emocionado. E, logo em seguida, afirmou estar apaixonado pela senhora Kaburagi. O que essas duas coisas podem ter em comum? Em outras palavras, no fundo de seu coração você está ciente de que a emoção desprovida de desejo carnal não representa absolutamente nada. Por isso, apressado, decidiu acrescentar o amor como postscriptum. Isso mostra que você mistura sensualidade e amor. Será que estamos de acordo com relação a isso? A senhora Kaburagi partiu para Kyoto e seu coração se apaziguou acreditando não haver mais problemas no que diz respeito a desejo sexual. Foi o bastante para começar a se permitir uma paixão por ela. Estarei enganado?

Ao contrário do que acontecia anteriormente, Yuichi não se deixava dominar facilmente pela conversa de Shunsuke. Aprendera a arte de desnudar cada palavra pronunciada pelo velho escritor no intuito de analisá-las, observando com seus olhos de profunda melancolia o movimento de suas paixões nos mínimos detalhes.

— Mesmo assim, é algo que não compreendo — revidou o rapaz. — Por que soa mais cruel ouvir você se referir ao "desejo carnal" do que quando as pessoas falam sobre a "razão"? Creio que a emoção que senti ao ler a carta estava mais carregada de sensualidade do que esse desejo animal a que você se refere. Serão realmente falsas todas as emoções destituídas de sensualidade neste mundo? Se assim for, talvez a própria sensualidade seja uma mentira. Seria real apenas o estado de privação que implica a busca do objeto do desejo, seria ilusória toda condição de satisfação momentânea? É algo que custo a acreditar. Acho desprezível essa maneira de viver, como a do mendigo que, para que as pessoas continuem a depositar mais esmolas em sua vasilha, esconde o dinheiro recebido antes que ela esteja cheia. Às vezes desejo me entregar a algo. Não me importo que seja por uma causa enganosa. Nem é preciso que haja um objetivo. Na época do colegial, empenhei-me no salto em altura e na natação. É realmente maravilhoso lançar-se no espaço: tinha a impressão de estar parado no ar a cada instante. Estava sempre rodeado pelo verde dos campos de atletismo e da água da piscina. Hoje, já não vejo mais nenhum verde ao meu redor. Mas, como dizia, tanto faz que seja por uma causa enganosa. Por exemplo, as condecorações ganhas por um soldado voluntário, cujo alistamento foi apenas um ato de autocomiseração, nem por isso deixam de ser condecorações, não é verdade?

— Oh, céus! Sua maneira de pensar torna-se cada vez mais

extravagante! Antigamente você sofria por não poder acreditar na existência de suas próprias emoções. Fui eu que lhe ensinei então a felicidade de não possuir emoções. E agora você pretende voltar a ser infeliz? Assim como sua beleza, sua infelicidade também já não deveria ser considerada perfeita? Até agora nunca lhe disse isso explicitamente, mas o poder que você possui de tornar infelizes as mulheres e os homens, uns após os outros, não reside apenas na sua beleza, mas no dom que lhe é particular de ser mais infeliz do que qualquer outra pessoa.

— Você tem razão — admitiu Yuichi, com um olhar ainda mais melancólico. — Finalmente, você conseguiu expressá-lo. E agora seu ensinamento tornou-se trivial demais. Você apenas me ensinou que não existe outra forma de escapar à infelicidade, a não ser viver a contemplá-la. Mas, diga-me a verdade, você nunca sentiu em sua vida qualquer tipo de emoção?

— Nenhuma que não fosse desejo carnal.

Nesse momento, o jovem o interrogou com um sorriso meio zombeteiro:

— Então... também foi assim no verão passado quando nos encontramos pela primeira vez na praia?

Shunsuke sentiu-se atordoado.

Recordou os fortes raios de sol do verão. Vieram-lhe à memória também o azul-safira do mar, um redemoinho nas águas, a brisa marinha nos lóbulos das orelhas, a visão grega que o emocionara ao extremo, a estátua em bronze da escola do Peloponeso.

Se não houvera nenhuma forma de desejo sexual, existira ao menos um pressentimento desse desejo? Shunsuke, que até aquele momento sempre acreditara que a vida e o pensamento não possuíam qualquer relação, pela primeira vez vira-se caído em pensamentos. Mas esses pensamentos conteriam sensualidade? Até aquele dia, essa era a dúvida que constantemente o perseguia. As palavras de Yuichi o pegaram desprevenido.

A música do disco que tocava no Rudon foi interrompida. O local ficou silencioso e o dono saiu. Apenas as buzinas dos carros que passavam fora ressoavam barulhentas dentro do café. Na rua, os anúncios de néon se acendiam, dando início a uma noite como tantas outras.

Sem razão, Shunsuke recordou-se da passagem de um romance que escrevera no passado:

"Imobilizado, ele contemplava o cipreste. Era uma árvore altaneira e antiga. Um raio de sol passava por uma abertura a um canto das nuvens, caindo como uma cachoeira a iluminar o cipreste. Entretanto, apesar de irradiar luz sobre ele, era totalmente incapaz de penetrar em seu interior. Em vão espalhou-se ao redor da árvore, antes de cair sobre o terreno recoberto de musgo. Ele achou estranha a vontade do cipreste, que, mesmo rejeitando a luz, continuava crescendo em direção ao firmamento. Parecia encarregado da missão de comunicar aos céus a obscura vontade de sua vida."

Lembrou-se também de uma parte da carta da sra. Kaburagi que acabara de ler:

"Você foi um muro. A Muralha da China aos olhos das hordas bárbaras. Você, o amante que nunca se apaixonou por mim. Por isso, eu o amei e mesmo hoje ainda continuo a amá-lo loucamente".

Shunsuke viu a fileira branca de dentes, como uma Grande Muralha, entre os lábios ligeiramente abertos de Yuichi.

"Não estaria eu me sentindo atraído fisicamente por esse lindo jovem?", Shunsuke se perguntou, tomado por um calafrio. "Caso contrário, não haveria razão para experimentar essa imensa angústia em meu peito. É como se, sem perceber, o desejo me tivesse invadido. Isso é algo impossível. Estou amando o corpo desse jovem!"

O velho balançou ligeiramente a cabeça. Sem sombra de

dúvida, sua mente se enchera de sensualidade. Seu pensamento, pela primeira vez, ganhava força. Shunsuke esquecera de seu corpo morto: estava amando.

Seu coração subitamente tornou-se humilde. Seus olhos perderam o brilho da altivez. Suspendeu os ombros sob o colete, como se dobrasse suas asas. Contemplou de novo a linha das sobrancelhas de Yuichi, que desviou seu olhar. Ao redor respirava-se o perfume da juventude. "Se realmente estiver atraído fisicamente por este jovem", pensou Shunsuke, "se uma descoberta tão inverossímil puder acontecer na minha idade, não se pode descartar também a possibilidade de Yuichi estar realmente apaixonado pela senhora Kaburagi."

Pensando assim, disse em voz alta:

— Por que não? Talvez você esteja realmente apaixonado pela senhora Kaburagi. Ouvindo o tom de suas palavras, acabei acreditando nessa possibilidade.

O próprio Shunsuke não compreendia bem o motivo de se sentir tão amargurado ao pronunciar essas palavras. Falava com a impressão de estar arrancando a pele do corpo. Roía-lhe o ciúme.

Como educador, Shunsuke Hinoki era demasiado honesto. Por isso exprimia-se francamente. Professores que ensinam a jovens e que conhecem tudo sobre eles, para dizerem uma dada coisa, dizem-na às avessas. Ao ouvir palavras tão sinceras, Yuichi mudou de atitude. Surgiu nele a coragem para observar diretamente o que se passava em seu âmago.

"Não, não pode ser verdade. É realmente impossível que eu esteja apaixonado pela senhora Kaburagi. É isso mesmo. Talvez esteja amando esse segundo eu, tão amado por ela e cuja beleza é excepcional. Com certeza havia naquela carta um feitiço: qualquer pessoa que a recebesse dificilmente pensaria ser o objeto daquelas palavras. Não sou narcisista a esse ponto", defendeu-se orgulhosamente. "Se fosse presunçoso, facilmente me identificaria como destinatário daquela carta, mas uma vez que não sou tão fútil, foi por Yuchan que acabei me apaixonando."

Como resultado dessa reflexão, Yuichi sentiu por Shunsuke certa afeição incoerente. A razão é que, naquele momento, tanto ele como Shunsuke estavam amando *a mesma pessoa*. "Você me ama. Eu me amo. Vamos procurar nos entender bem." Esse é o axioma das paixões egoístas. Ao mesmo tempo, é a manifestação única do amor recíproco.

— Não, não pode ser isso. Acho que entendo agora o que se passa. Não amo a senhora Kaburagi.

Essas foram as palavras de Yuichi. Ao ouvi-las, a fisionomia de Shunsuke transbordou de alegria.

O que se chama de amor é muito semelhante a uma febre, pois possui um longo período de incubação, durante o qual as várias sensações de mal-estar aguardam a aparição da doença para, pela primeira vez, serem claramente julgadas como sintomas. Consequentemente, o homem atacado pela doença acredita que no mundo não existe problema que não possa ser explicado pela febre. Eclode uma guerra? "É a febre!", diz ele ofegante. Os filó-sofos atormentam-se na tentativa de solucionar os sofrimentos da humanidade? "É a febre", afirma ele em pleno delírio.

Uma vez tendo percebido que desejava Yuichi, Shunsuke Hinoki tomou consciência de que estava ali a causa de todos os seus lamentos líricos, do ciúme que por vezes lhe rasgava o cora-ção, da vida que tornava-se valiosa pela espera, dia após dia, de uma ligação de Yuichi, da misteriosa dor do fracasso, da tristeza pelo longo silêncio do jovem, que o levara a viajar para Kyoto, e da alegria com a viagem. No entanto, foi uma nefasta revelação. Se se tratasse de amor, dada sua experiência de vida, o fracasso seria inevitável e não haveria esperanças. Era necessário esperar por uma oportunidade, era preciso esconder ao máximo seus sentimentos. Era o que o velho repetia para si mesmo, completamente inseguro.

Liberto da ideia fixa que lhe imobilizara o corpo, Yuichi novamente descobria em Shunsuke um confidente com quem podia abrir tranquilamente o coração. Estava com um leve remorso na consciência quando disse:

— Há pouco fiquei surpreso, pois me pareceu que você já sabia de meu relacionamento com Nobutaka Kaburagi. Isso era a única coisa que decidira não lhe revelar. Como e desde quando era de seu conhecimento?

— Desde que Kaburagi veio procurar sua cigarreira no nosso quarto, naquele hotel em Kyoto.

— Quer dizer que desde aquele dia...

— Não se preocupe. Está tudo bem. Não é um assunto interessante. Em vez disso, é melhor considerarmos com cuidado como lidar com esta carta. Pense da seguinte forma: mesmo com uma lista contendo um milhão de explicações, o fato de ela não ter cometido suicídio por sua causa caracteriza uma terrível falta de respeito a você. Ela deve pagar por esse grave erro. Você não deve lhe responder. Coloque-se na posição de um terceiro qualquer e ela voltará a ser a mulher de antes.

— E com relação ao marido?

— Mostre-lhe esta carta — Shunsuke completou, procurando na medida do possível ser breve e abominável. — E diga-lhe claramente que deseja terminar seu relacionamento com ele. Kaburagi ficará decepcionado e, sem mais para onde ir, deverá partir para Kyoto. Desse modo, o sofrimento da senhora Kaburagi estará completo.

— É justamente o que estava pensando agora — respondeu alegremente o jovem, estimulado pela coragem de cometer uma vilania. — Mas a única coisa que me incomoda é que ele pense que o estou abandonando justamente no momento em que está passando por dificuldades financeiras.

— Você está preocupado com isso?

Shunsuke olhou Yuichi, alegre por ver que retomava poder sobre ele. Continuou, com autoridade:

— Se fosse pelo dinheiro dele que você tivesse se libertado, as coisas seriam diferentes. Mas, se não for essa a questão, não há motivos para se importar se ele está financeiramente bem ou não. De qualquer forma, o pagamento de seu salário será provavelmente interrompido a partir deste mês.

— Para falar a verdade, só recebi o salário do mês passado alguns dias atrás.

— Exatamente como eu imaginava. Ou, quem sabe, você está sentindo algo por Kaburagi?

— Não diga isso nem brincando! — Yuichi exclamou quase gritando, seu orgulho ferido. — Só lhe entreguei meu corpo, nada mais.

Essa resposta tão destituída de lucidez psicológica decepcionou Shunsuke. Ligava os quinhentos mil ienes que dera a Yuichi à subsequente submissão do jovem. Temia que, enquanto existisse entre eles uma relação financeira, Yuichi pudesse se entregar a ele com facilidade. Novamente o caráter do jovem representava um enigma.

Shunsuke sentiu-se intranquilo ao reconsiderar o plano armado e a simpatia que Yuichi mostrava em relação a ele. Havia nesse plano algumas partes desnecessárias. O elemento supérfluo era que Shunsuke, pela primeira vez e por vontade própria, permitia a si mesmo uma emoção... "Estou me deixando levar por meus sentimentos como qualquer mulher enciumada." Sentia prazer nesse tipo de reflexão que só servia para deixá-lo ainda mais inquieto.

Nesse momento, um cavalheiro elegante entrou no Rudon.

Aparentava cinquenta anos, não tinha bigode, usava óculos sem armação e tinha uma pinta ao lado do nariz. Seu rosto tinha traços germânicos, angulares, admiráveis, altivos. Seu queixo estava sempre retraído e notava-se frieza no brilho de seus olhos. A linha bem definida da cova entre seu nariz e a boca acentuava a impressão de frieza. Todo o seu rosto era constituído de forma a não precisar olhar para baixo. Obedecia à lei da perspectiva com sua testa adamantina em um segundo plano austero. O único defeito desse rosto era uma leve nevralgia facial em sua metade direita. Quando parou de pé no interior do café, olhando a seu redor, um espasmo nervoso passou como um raio do olho ao queixo. Passado esse instante, seu rosto retomava ares de indiferença. Era como se tivesse, naquele breve momento, tragado algo do ar.

Seu olhar encontrou o de Shunsuke. Uma sombra de perplexidade caiu sobre ambos nesse momento. Não podiam simplesmente fingir que não haviam visto um ao outro. Com um sorriso amigável, disse:

— Olá, professor.

Mostrou uma afabilidade que só costumava dirigir às pessoas que integravam seu círculo de amizades.

Shunsuke indicou-lhe a cadeira a seu lado. O cavalheiro sentou-se. Desde o momento em que notou Yuichi à sua frente, e mesmo conversando com Shunsuke, não podia desviar os olhos do jovem. Yuichi estava um pouco espantado com os espasmos faciais que ocorriam com uma frequência de cerca de dez segundos. Notando esse olhar, Shunsuke procedeu às apresentações.

— Senhor Kawada, diretor-presidente da Automóveis Kawada, meu velho amigo. Yuichi Minami, meu sobrinho.

Yaichiro Kawada era natural de Satsuma, na ilha de Kyushu, herdeiro daquele Yaichiro Kawada que fundara a primeira indústria automobilística do Japão. Não pretendendo seguir os passos do pai, almejava a carreira literária e frequentara os cursos preparatórios da universidade K***, onde na época Shunsuke lecionava literatura francesa. Kawada pedira a Shunsuke que lesse um de seus manuscritos. Não parecia possuir qualquer talento. Kawada ficou desencorajado. Aproveitando-se do momento, o pai o enviou para a Universidade de Princeton, nos Estados Unidos, inscrevendo-o na faculdade de economia. Depois de se formar, foi mandado para a Alemanha a fim de adquirir conhecimentos práticos sobre a indústria automobilística. Ao retornar ao Japão, Yaichiro transformara-se por completo. Tornara-se pragmático. Vivia eclipsado pela figura do pai, até que este foi exilado no pós-guerra. Foi nessa mesma época que assumiu a presidência da empresa. Após a morte do pai, demonstrou possuir um talento para os negócios que ultrapassava o do genitor. Como a produção de carros de grande porte fora proibida, passou rapidamente à construção de carros compactos e concentrou suas atenções nas exportações para países asiáticos. Abriu uma subsidiária em Yokosuka, ganhando exclusividade no conserto de jipes e amealhando lucros extraordinários. Desde que se tornou presidente, uma coincidência do destino servira para fortalecer seu antigo relacionamento com Shunsuke. Foi Kawada o patrocinador da suntuosa festa de sessenta anos do velho escritor.

Esse encontro fortuito no Rudon valia por uma muda confissão. Por isso, os dois não tocaram no assunto mais óbvio. Kawada convidou Shunsuke para jantar. Após tê-lo convidado, tirou do bolso sua agenda, levantou seus óculos sobre a testa e procurou um espaço livre em seus compromissos. Parecia procurar uma flor seca esquecida entre as páginas de um imenso dicionário.

Por fim encontrou.

— Na sexta-feira da próxima semana, às seis. É meu único tempo livre. A reunião marcada para essa data foi prorrogada. Seria possível agendarmos para esse dia?

Esse homem extremamente ocupado tinha tempo para vir ao Rudon às escondidas, deixando seu motorista à espera a uma quadra do café. Shunsuke aceitou o convite. Kawada acrescentou um pedido imprevisto.

— Que tal seria para vocês o restaurante Kurohane em Imaicho, especializado em cozinha *takajo?* Logicamente, o convite é extensivo a seu sobrinho. Está bem para você?

— Sim — Yuichi respondeu de maneira vaga.

— Já que é assim, vou fazer reservas para três. Telefonarei para confirmar: não quero que vocês esqueçam.

Dito isso, olhou o relógio com ar agitado.

— Bem, preciso ir. Infelizmente não posso ficar conversando com calma, mas teremos tempo na próxima vez que nos encontrarmos.

O magnata saiu com bastante tranquilidade do café, mas os dois tiveram a impressão de que se evaporara em segundos.

Shunsuke calara-se, aborrecido. Sentiu como se Yuichi tivesse sido violado em um piscar de olhos bem à sua frente. Sem ser perguntado, contou sobre a carreira de Kawada. Ergueu-se, fazendo farfalhar seu colete.

— Para onde você está indo?

Shunsuke queria ficar sozinho. Mas, uma hora depois, precisava comparecer a um jantar desagradável com colegas da Academia de Letras.

— Tenho um jantar para ir. Foi por esse motivo que saí hoje. Na sexta-feira da semana que vem, passe em casa antes das cinco. Com certeza Kawada mandará um carro nos buscar.

Yuichi percebeu que Shunsuke tirava o braço de dentro da complicada manga do colete para poder lhe apertar a mão. Da sombra formada pelo acúmulo do pesado tecido negro apareceu uma mão enfraquecida, de veias aparentes, num gesto repleto de humilhação. Se Yuichi fosse um pouco mais cruel, poderia ter simplesmente ignorado essa mão miserável e obsequiosa, como a de um escravo. Entretanto, ele a apertou. A mão do velho tremia ligeiramente.

— Bem, até a próxima.

— Muito obrigado por hoje.

— Por que isso? Não precisa me agradecer por nada.

Depois que Shunsuke partiu, o jovem telefonou a Nobutaka Kaburagi para saber se estava livre para um encontro.

— O quê? Depois *daquilo* ela lhe enviou uma carta? — disse Nobutaka em voz alterada. Não precisa vir até aqui. Vou ao seu encontro. Você já jantou? — perguntou, passando em seguida o nome de um restaurante.

Enquanto esperavam a comida, Nobutaka Kaburagi leu avidamente a carta da esposa. Ainda não terminara de ler quando a sopa chegou. Ao encerrar a leitura, no fundo do prato de sopa completamente fria os pedaços de macarrão de letrinhas haviam inchado tanto que era impossível distingui-los.

Nobutaka não olhava para Yuichi. Desviava o olhar, sorvendo a sopa. Yuichi observava com curiosidade o pobre homem diante do dilema de buscar desesperadamente a simpatia de alguém, sem que encontrasse um parceiro que dele se compadecesse. Deixando de lado sua usual circunspecção, bastaria a ele derrubar uma colher de sopa sobre os joelhos, em um ato teatral. No entanto, o prato foi esvaziado sem que a sopa fosse derramada.

— Coitada... — Nobutaka murmurou consigo, depondo a colher. — Pobre coitada... Não existe mulher mais miserável que ela.

Havia agora uma razão para Yuichi se exasperar com o exagerado sentimentalismo de Nobutaka. Algo relacionado com o que se poderia chamar de interesse moral de Yuichi pela sra. Kaburagi.

Nobutaka não cansava de repetir: "Pobre mulher... Pobre mulher...". Tentava dessa forma angariar para si a compaixão do jovem, utilizando-se da própria mulher como pretexto. Como a fisionomia de Yuichi permanecia sempre indiferente, declarou:

— É tudo culpa minha. Não existe outro culpado senão eu.

— É mesmo?

— Yuchan, como você pode ser tão desumano? Não me importo que me trate com frieza. Mas até minha esposa que não tem culpa de nada?

— Também sou inocente em toda essa história.

O conde calou-se, arrumando meticulosamente as pequenas espinhas do linguado sobre as bordas do prato. Por fim, com voz chorosa, completou:

— Você deve estar certo. Não há mais esperança para mim.

A essa altura Yuichi estava com os nervos à flor da pele. Impressionava-se com a falta de sinceridade desse homossexual de meia-idade. A infâmia que encenava era horrenda, pois esforçava-se para fazê-la parecer nobre.

Yuichi observava com atenção a animação das outras mesas do restaurante. Um jovem e afetado casal de americanos jantava face a face. Falavam pouco. Quase não sorriam. A mulher deu um pequeno espirro, levou às pressas o guardanapo à boca, dizendo *"excuse me"*. Havia também uma família japonesa, que parecia estar voltando de uma cerimônia budista, instalada ao redor de uma mesa grande e redonda. Davam boas gargalhadas maldizendo o defunto. A voz que ressoava mais estridente era a de uma mulher gorda, vestida em um traje de luto cinza índigo, com os dedos repletos de anéis e aparentando cinquenta anos: era sem dúvidas a viúva.

— Tenho ao todo sete anéis de diamante comprados por meu marido. Sem seu conhecimento, desfiz-me de quatro deles, substituindo-os por bijuterias de vidro. Por ocasião da campanha de doações de bens durante a guerra, menti dizendo ter doado os quatro já vendidos. Permaneci com os três autênticos. São estes que uso agora. — A viúva estendeu a mão de forma a mostrar os anéis a todos. — Meu marido me elogiou muito por não declará-los todos. "Sua desonestidade é incrível", dizia ele. — Ha, ha! O marido é sempre o último a saber.

A mesa onde estavam Yuichi e Nobutaka parecia ser a única isolada de todas as outras. Dava a impressão de uma pequena ilha solitária apenas para os dois. O metal dos talheres e do vaso de flores brilhava friamente. Yuichi se questionava se a aversão que sentia por Nobutaka não seria originada simplesmente no fato de ele ser um de seus *semelhantes*.

— Você pode ir a Kyoto? — Nobutaka perguntou de chofre.

— Com que finalidade?

— Para trazer *aquela* de volta, só mesmo você.

— Você pretende me usar?

— Usar? — Pope repetiu com um sorriso amargo e afetado.

— Não é muito amável de sua parte se expressar dessa forma.

— Nem pensar. Mesmo que vá, sua esposa jamais desejará voltar para Tóquio.

— Por que está tão certo disso?

— Conheço bem sua esposa. É por isso.

— Isso é realmente espantoso. Afinal, eu e ela temos vinte anos de casados.

— Só a conheço há seis meses. No entanto, acredito conhecê-la melhor até do que você.

— Você está assumindo ares de um rival apaixonado.

— Sim, é bem possível.

— Não, logo você que...

— Não se preocupe. Odeio as mulheres. Mas não vai ser agora que você começará a interpretar o papel de marido daquela mulher, não é?

— Yuchan! — disse ele com uma voz assustadoramente carinhosa. — Que tal pararmos de discutir? Por favor.

323

Os dois prosseguiram o jantar em silêncio. Yuichi cometera um pequeno erro de cálculo. Como um médico que ralha com seus pacientes para encorajá-los, tentara provocar a desilusão amorosa antes de começar a conversar sobre separação. Se isso fosse compaixão, no intuito de diminuir o sofrimento do outro, com certeza um tratamento assim tão frio só produziria o efeito contrário. Seria preferível, nesse caso, ter tratado Nobutaka com carinho e gentileza, cooperando com ele, mesmo que fosse tudo mentira. O que atraía Pope em Yuichi era sua crueldade de espírito: quanto mais o jovem a mostrasse, mais estimularia alegremente sua imaginação, aprofundando ainda mais sua obsessão.

Ao saírem do restaurante, Nobutaka enlaçou gentilmente o braço de Yuichi. Por desprezo, Yuichi não recusou o gesto. Nesse momento, um casal de jovens passava por eles, também de braços cruzados. Ouviu o homem com jeito de estudante murmurar à orelha de sua companheira:

— Esses dois devem ser homossexuais.

— Que horror!

As faces de Yuichi enrubesceram-se de vergonha e ódio. Desvencilhou-se do braço de Nobutaka, enfiando as mãos nos bolsos da jaqueta. Nobutaka não esboçou qualquer surpresa. Acostumara-se a esse tipo de atitude.

"Imbecis! Imbecis!", repetia Yuichi rangendo os dentes. "Imbecis que pagam trezentos e cinquenta ienes por algumas horas em um motel apenas para legitimar com uma trepada seu caso de amor! Imbecis que, se tudo correr como esperam, terão como ninho de amor um ninho de ratos! Imbecis de olhos sonolentos que se reproduzem com tanta assiduidade! Imbecis que levam os filhos aos domingos às liquidações nas grandes lojas. Imbecis que planejam uma ou duas vezes na vida uma infidelidade completamente mesquinha. Imbecis que até a morte vendem a imagem de um lar saudável, integridade moral, bom senso e satisfação."

No entanto, a vitória está sempre do lado das pessoas comuns: Yuichi sabia que, por maior que fosse seu desprezo, não rivalizaria com o desprezo *natural* delas.

Ainda era cedo para Nobutaka Kaburagi ir ao clube noturno ao qual convidara Yuichi para celebrarem o fato de a esposa continuar viva. Por isso, decidiram ir a um cinema para matar o tempo. O filme era um western americano. Em uma cena de montanhas escarpadas, um cavaleiro era perseguido por um grupo de bandoleiros. O personagem principal passava pelas trilhas entre as montanhas até chegar a uma fenda entre duas rochas no topo de um monte, de onde atirava contra seus perseguidores. Os malfeitores atingidos pelas balas rolavam pela encosta, montanha abaixo. Ao longe, além dos muitos cactos, nuvens trágicas resplandeciam no céu. Os dois calaram-se, abrindo levemente a boca e contemplando consternados esse universo de *ações* incontestáveis.

Ao saírem de lá, a rua estava fria às dez horas da noite primaveril. Nobutaka tomou um táxi e mandou seguir para Nihonbashi. Naquela noite, no subsolo de uma famosa papelaria do local, acontecia a festa de inauguração de um clube noturno cuja inovação era ficar aberto até as quatro da manhã.

O gerente do local vestia fraque e estava na recepção cumprimentando os convidados. Ao chegar ao local, Yuichi notou que Nobutaka era um velho amigo do gerente e que havia sido convidado para essa festa onde se podia beber à vontade: nessa noite a comemoração era por conta da casa.

Vários convidados famosos participavam do evento. Yuichi sentia-se pouco confortável vendo Nobutaka passar o cartão de visitas da Companhia de Produtos Marítimos do Oriente. Havia pintores e escritores. Imaginou se aquela não seria a reunião à qual Shunsuke se referira, mas logicamente o escritor não estava lá. A música tocava constantemente em alto volume e muitas pessoas dançavam.

As acompanhantes recrutadas para a abertura estavam muito animadas, usando vestidos fornecidos pelo empregador. Suas roupas de noite não combinavam, entretanto, com a decoração interna, no estilo de um chalé das montanhas.

— Vamos beber até o sol raiar — disse uma linda moça, enquanto dançava com Yuichi. — Você é o secretário daquele senhor? Qual é a dele, se achando tão importante como presidente? Deixo você passar a noite em minha casa e pode dormir até o meio-dia. Preparo uns ovos para você. Mas como é um menininho, deve preferir ovos mexidos, estou certa?

— Eu? Gosto de omeletes.

— Omelete? Que gracinha!

A mulher bêbada deu um beijo em Yuichi.

O jovem voltou para sua mesa. Nobutaka o esperava com dois gin-fizz.

— Vamos brindar!

— Brindar a quê?

— À saúde de minha esposa, claro.

Um brinde tão cheio de significado atiçou a curiosidade das mulheres, que se interrogavam. Yuichi observava o cubo de gelo e o limão flutuando dentro do copo. Nesse pedaço de limão cortado em formato de rodela estava emaranhado um fio de cabelo aparentemente feminino. Fechando os olhos, bebeu o resto até o final. Teve a impressão de que era um fio de cabelo da sra. Kaburagi.

Era uma da madrugada quando Nobutaka Kaburagi e Yuichi saíram do estabelecimento. Nobutaka queria pegar um táxi. Indiferente, Yuichi andava rapidamente. "Ele está amuado", pensou o homem enamorado. "No final das contas, sei que vamos dormir juntos. Senão, ele não teria me acompanhado até aqui. Minha mulher não estando em casa, ele pode passar a noite lá com impunidade."

Sem voltar o rosto, Yuichi andava rápido em direção ao cruzamento de Nihonbashi. Nobutaka o acompanhou, respirando com esforço.

— Onde você está indo?

— Estou retornando para casa.

— Pare com esses caprichos.

— Esquece que tenho uma família?

Nobutaka fez parar um táxi que passava e abriu sua porta. Puxou o braço de Yuichi. Mas a força física do jovem era superior à sua.

— Você terá que voltar sozinho — Yuichi disse de longe, após libertar-se do braço de Nobutaka. Os dois se encararam por algum tempo. Nobutaka desistiu do táxi, fechando de novo a porta no nariz do motorista que reclamava.

— Vamos conversar enquanto andamos um pouco. Quanto mais andar, mais rápido a embriaguez se cura.

— Também tenho algo a lhe dizer.

O coração do homem apaixonado palpitava inquieto. Os dois andaram por algum tempo pela rua deserta, seus passos ressoando alto dentro da madrugada.

Havia ainda carros trafegando pela rua do bonde. Mas bastava entrar em uma das estreitas ruas vicinais para a dura calma da noite reinar sobre o centro da cidade. Em determinado momento, os dois passavam por trás do Banco N***. Nos arredores, a fileira de luminárias com suas lâmpadas redondas brilhava vivamente, e o prédio do Banco destacava-se pelo conjunto de linhas imponentes e escuras. Todos haviam partido e só se viam os vigilantes noturnos e uns montes de pedras ordenadas. Todas as janelas estavam fechadas, sombrias, por trás de barras de ferro. O som do trovão repercutiu no céu noturno repleto de nuvens e um raio clareou levemente a superfície das pilastras redondas do Banco vizinho.

— O que tem para me dizer?

— Gostaria de terminar nosso relacionamento.

Como Nobutaka não respondesse, por alguns instantes apenas o som dos passos ecoou pelas redondezas da imensa avenida.

— Por que assim tão repentinamente?

— Acho que chegou a hora.

— Essa decisão caprichosa partiu de você próprio?

— Estou procurando ser objetivo.

A infantilidade que revestia a palavra "objetivo" fez Nobutaka rir.

— De minha parte, não tenho nenhuma intenção de me separar de você.

— Faça como achar melhor. Não pretendo vê-lo mais.

— Pense bem, Yuchan. Apesar de toda a minha devassidão, desde o início de nosso relacionamento mantive-me fiel a você. Você é tudo em minha vida. A urticária que aparece em seu peito nas noites frias, sua voz, seu rosto ao amanhecer naquela *gay party*, o perfume de sua brilhantina, se tudo isso desaparecer...

"Se for só por isso, é só comprar um pote da mesma brilhantina e sentir o aroma quantas vezes desejar", Yuichi pensou consigo. Sentiu-se incomodado pelo ombro de Nobutaka roçando contra o seu.

Perceberam subitamente que diante deles havia um rio. Inúmeros barcos ligados entre si emitiam um som surdo e contínuo. Sobre uma ponte ao longe, viram a luz das lanternas dos carros desenhando imensas sombras ao se cruzarem.

Os dois voltaram sobre seus passos e continuaram a andar. Nobutaka não cessava de falar, visivelmente excitado. Seu pé topou com algo que rolou com um som leve e seco. Era um galho de cerejeira artificial caído de um toldo, usado como enfeite da liquidação de primavera de uma grande loja. O ruído da suja cerejeira foi semelhante ao de um papel que se amassa e joga fora.

— Você quer mesmo se separar? É realmente o que você deseja? Yuchan, será que este é o fim de nossa amizade?

— Você chama isso de amizade? Estranho. Se fosse amizade, não haveria necessidade de dormirmos juntos, concorda? Se for apenas como amigos, podemos continuar a nos encontrar, se você quiser.

— ...

— Viu, você não gosta da ideia.

— Por favor, Yuchan. Não me abandone assim sozinho...

Os dois entraram por uma ruela escura.

— Faço tudo o que você quiser. Tudo. Se você me mandar beijar seus sapatos aqui, agora, até isso eu faço.

— Chega de encenações baratas.

— Não é encenação. Falo sério. Não é encenação.

Um homem como Nobutaka talvez só conseguisse chegar a suas reais intenções através de uma grande interpretação teatral como essa. Em frente a uma doceria, com sua janela coberta por uma veneziana metálica, o homem ajoelhou-se sobre a calçada. Abraçou a perna de Yuichi e beijou seu sapato. O cheiro da graxa do sapato o extasiou. Beijou também a ponta do sapato, coberta por uma leve camada de poeira. No momento em que procurava desabotoar o botão da jaqueta de Yuichi para tentar beijar suas calças, o jovem agachou-se com toda a força, desvencilhando-se das mãos de Pope que, como uma armadilha, apertavam a barriga de sua perna.

O jovem foi tomado por certo pavor. Saiu correndo em fuga. Nobutaka não o seguiu.

Ergueu-se e sacudiu a poeira. Tirou do bolso um lenço branco. Limpou os lábios. O lenço ficou manchado com as marcas da graxa. Já havia voltado a ser o mesmo Nobutaka de sempre. Pôs-se a andar com seu jeito afetado como um autômato que, para se movimentar, precisasse de corda a todo momento.

Em uma esquina viu a silhueta afastada de Yuichi tomando um táxi. O carro partiu. O conde Kaburagi desejava andar sozinho até o alvorecer. Seu coração não clamava por Yuichi, mas pela esposa. Ela, sim, a verdadeira companheira. Cúmplice de seus atos ilícitos, companheira também de sua infelicidade, desespero e angústias. Nobutaka pensou em ir sozinho para Kyoto.

21. O velho Chuta

Naqueles dias, a primavera chegou subitamente a seu auge. Chovia muito, mas esquentava quando o sol surgia. Em certo dia excepcionalmente frio, nevara levemente por apenas uma hora.

Conforme se aproximava o dia no qual Kawada, Shunsuke e Yuichi iriam jantar no restaurante de cozinha *takajo*, a criada e o secretário já não sabiam mais como aguentar o crescente mau humor de Shunsuke. E não apenas os dois. Certa noite, chamou um cozinheiro que era seu admirador para uma recepção em casa. O homem espantou-se com o comportamento de Shunsuke, que fora se trancar no gabinete do primeiro andar sem lhe dizer uma palavra de agradecimento, embora nunca tivesse até então esquecido de elogiar amavelmente sua maestria no preparo dos pratos, após os convidados partirem, bebendo algo juntos como mostra de seu apreço.

Kaburagi chegou. Queria cumprimentar Shunsuke antes de ir para Kyoto e ao mesmo tempo deixar com ele uma lembrança para Yuichi. O escritor recebeu-o de mau humor e tratou de livrar-se logo dele.

Shunsuke pensou várias vezes em telefonar para Kawada e cancelar o jantar. Não foi capaz. Nem ele próprio entendia a razão.

"Só lhe entreguei meu corpo, nada mais." Essas palavras de Yuichi não lhe saíam do pensamento.

Na véspera, Shunsuke trabalhara durante toda a noite. De madrugada, como estava cansado, estirou o corpo sobre a pequena cama a um canto do gabinete. Para dormir, pensou em dobrar seus velhos joelhos, mas foi subitamente tomado por uma dor intensa. Ultimamente, a nevralgia de seu joelho direito exigia medicação para as crises constantes. O remédio era o analgésico Pavinal, que nada mais era do que morfina em pó. Tomou-o com a água do jarro sobre a mesa de cabeceira. A dor desapareceu, mas sentiu-se insone.

Levantou-se e voltou para sua escrivaninha. Reacendeu o aquecedor a gás. A escrivaninha é uma estranha peça de mobiliário. Quando um escritor senta-se à cadeira a sua frente, sente-se abraçado e imobilizado. Não é fácil se libertar dela.

Como uma flor fora da estação, nos últimos tempos certo arroubo criativo revivia em Shunsuke Hinoki. Escreveu duas ou três obras fragmentárias, repletas de terror e loucura. Seus escritos eram reconstituições da época do Taiheiki, um conto formado de arabescos, com cabeças decapitadas, monastérios em chamas, o oráculo de uma criança do templo Hannya, o amor do monge do templo Daitokushiga pela concubina imperial de Kyogoku. Além disso, voltava-se para a Antiguidade, para o universo dos cantos *kagura*, evocando a tristeza do coração dilacerado de um homem obrigado a ceder sua amada a outrem; um longo ensaio batizado de "Mesmo em um dia de primavera", imitando a melancolia jônica da antiga Grécia e recebendo o apoio paradoxal de uma sociedade similar àquela de Empédocles.

Shunsuke pousou a caneta com que escrevia sobre a mesa, ameaçado por pensamentos desagradáveis. "Por que me limito a assistir a tudo de braços cruzados? Por quê?", pensava. "Com esta idade, estou desavergonhadamente aceitando o papel de Chuta? Por que não consigo telefonar cancelando tudo? Pensando bem, e talvez porque o próprio Yuichi, naquele momento, aceitou o convite. Não só por isso. Ele já está separado de Kaburagi. *Estou com medo de que, no final das contas, Yuichi não pertença a ninguém.* Se assim for, por que não eu? Não, não deveria ser eu. Nunca poderia ser eu. Além disso... a obra de forma alguma deve pertencer a seu criador."

Podia-se ouvir por toda parte o canto dos galos. O som irrompia pelo ar. No lusco-fusco, podia-se ver o vermelho dentro da boca das aves ao ouvir suas vozes. Também os cães ladravam ferozes aqui e ali. Eram como um bando de ladrões separados uns dos outros, tentando se comunicar com os comparsas pelo rangir de dentes na desgraça de suas cadeias.

Shunsuke sentou-se no sofá e fumou um cigarro. A coleção de porcelanas antigas e a estatueta envolviam impassíveis a janela sob a luz do amanhecer. Contemplou as árvores do jardim, escuras como laca, e o céu violeta. Ao descer os olhos para o gramado, descobriu que a espreguiçadeira de vime, esquecida pela criada, estava estirada obliquamente bem no centro do jardim. A manhã nascia sobre o retângulo fulvo desse vime envelhecido. O velho escritor estava exausto. A espreguiçadeira aos poucos iluminava-se na bruma matinal do jardim, como um repouso que zombasse dele, flutuando à distância, como a morte que o forçava a um longo adiamento. Seu cigarro chegava ao fim. Desafiou o ar frio abrindo a janela e jogando fora o cigarro. Não atingiu a espreguiçadeira: caiu sobre um pinheiro baixo e ficou parado sobre uma de suas folhas. Um ponto luminoso brilhou por alguns momentos. Desceu a seu dormitório no térreo e lá dormiu.

***

À tarde, quando Yuichi chegou à casa de Shunsuke antes do horário combinado, logo tomou conhecimento da visita de Nobutaka Kaburagi alguns dias antes.

Após assinar o contrato de venda do prédio principal de sua casa para o hotel, Nobutaka logo partiu para Kyoto. O que decepcionou um pouco Yuichi foi que Nobutaka não havia falado muito sobre ele. Parecia ter dito que, como sua empresa passava por dificuldades financeiras, iria se empregar na Secretaria de Administração Florestal ou algum outro local semelhante em Kyoto. Shunsuke entregou ao jovem a lembrança de Nobutaka. Era o anel de olho de gato que Nobutaka ganhara na aposta com Jacky, na manhã em que Yuichi fora para a cama com ele pela primeira vez.

— Bem — Shunsuke dizia enquanto se levantava, com uma vivacidade mecânica produzida pela falta de sono —, esta noite a festa é sua. Na realidade, o convidado de honra não sou eu, mas você, e isso estava claro no olhar de Kawada quando nos convidou. Mesmo assim, aquele dia foi engraçado, não acha? Ele ficou com a pulga atrás da orelha, procurando adivinhar qual o tipo de relacionamento entre nós.

— Vamos deixá-lo acreditar que haja algo entre nós.

— Nesses últimos tempos parece realmente que eu virei a marionete e você o manipulador.

— Mas eu cuidei maravilhosamente bem dos Kaburagi, do jeito que você me disse para fazer.

— Por uma grata coincidência, não é mesmo?

O carro de Kawada chegara para buscá-los. Os dois esperaram algum tempo no Kurohane e logo depois Kawada chegou.

Kawada sentou-se sobre uma almofada, aparentando total descontração. Não tinha mais a deselegância da última vez. Quando estamos face a face com alguém de profissão diferente da nossa, é comum procurarmos adotar esse tipo de postura descontraída. Não apenas pelo fato de Shunsuke ter sido seu antigo mestre, diante dele Kawada mostrava com exagero que a sensibilidade literária dos anos da juventude, já perdida, fora substituída pelos ares grosseiros do homem de negócios pragmático. Cometeu de propósito um erro sobre um clássico da literatura francesa que estudara no passado, confundindo as histórias de *Phèdre* e *Britannicus* de Racine, buscando com isso a intervenção de Shunsuke.

Contou a história de *Phèdre*, cuja encenção pela Comédie Française assistira em Paris. Recordou que a beleza pura do jovem estava mais próxima do Hipólito misógino da mitologia grega do que do Hippolyte refinado do teatro clássico francês. Com essa exposição subjetiva e tediosamente longa, pretendia provavelmente mostrar que não possuía nada do que se poderia chamar de pudor literário. Por último, virou-se na direção de Yuichi e afirmou:

— Enquanto ainda é jovem, você deveria sem falta viajar para o exterior pelo menos uma vez.

Quem poderia tornar essa viagem possível? Kawada se dirigia a Yuichi chamando-o sem cessar de "sobrinho", usando o mesmo tratamento que Shunsuke usara ao apresentar-lhe o jovem.

Nesse restaurante, cada cliente tinha diante de si uma chapa metálica sobre um fogareiro a carvão e, coberto do pescoço para baixo com um avental branco, cozinhava sua própria carne. Shunsuke estava de um ridículo indescritível com o rosto em chamas pelo saquê e o estranho avental apertando-lhe o pescoço. Comparou os rostos de Yuichi e Kawada. Não compreendia seus próprios sentimentos ao aceitar o convite e trazer junto Yuichi, já sabendo os rumos que as coisas tomariam. Quando lera aquele manuscrito no templo Daigo, fora insuportável para ele se ver na figura do velho monge e preferira escolher para si o papel do intermediário

Chuta. "A beleza sempre me transforma em um pusilânime", pensou Shunsuke. "Não apenas isso. Às vezes faz de mim um canalha. Qual será a razão? Seria mera superstição que a beleza eleva o ser humano?"

Kawada encetou uma conversa relacionada com a procura de emprego de Yuichi. Em resposta a uma de suas perguntas, Yuichi disse por brincadeira que, dependendo dos pais da esposa, nunca mais na vida poderia levantar a cabeça.

— Quer dizer que você é casado?

Kawada emitiu um grito amargo.

— Não se preocupe, caro Kawada — disse o velho escritor, quase sem sentir suas palavras. — Não se preocupe, pois este jovem é a própria personificação do Hipólito.

Kawada logo entendeu o significado um tanto brusco dessa comparação.

— Isso é ótimo. Hipólito é alguém confiável. Gostaria de poder ajudá-lo no que estiver a meu alcance, no que diz respeito a sua procura por emprego.

Passaram alegres todo o jantar. Até mesmo Shunsuke demonstrava estar contente. O mais estranho é que o velho escritor experimentava certo sentimento de orgulho ao ver o desejo nos olhos com que Kawada observava Yuichi. Kawada mandou que as garçonetes saíssem do cômodo. Queria contar coisas sobre seu passado que nunca dissera a ninguém e esperara ansioso uma oportunidade de ter Shunsuke como ouvinte. A história era a seguinte.

Fizera um esforço descomunal até então para se manter solteiro. Para tanto, chegara até mesmo a fazer uma grande encenação em Berlim. Quando se aproximava o momento de voltar para o Japão, contratou de propósito uma prostituta visivelmente vulgar, com a qual viveu apesar da repulsa que sentia pela mulher. Enviou então uma carta a seus pais solicitando permissão para se casar. O pai, aproveitando uma viagem de negócios, passou pela

Alemanha para conhecer a mulher escolhida pelo filho. Ao vê-la, foi grande sua surpresa.

O filho ameaçou se matar caso lhe proibissem o casamento e chegou mesmo a mostrar de relance a arma que guardava no bolso interior do paletó. A mulher também representou bem seu papel. O pai era do tipo de pessoa que agia com astúcia. Forneceu certa soma de dinheiro a esse inocente "lótus dos charcos" germânico, de modo a persuadi-la a se afastar do filho. Acabou conseguindo voltar com ele para o Japão no vapor *Chichibu Maru*. Toda vez que o filho passeava pelo convés, o pai preocupado permanecia todo o tempo a seu lado. Seu olhar não se despregava da região do cinto das calças, pronto a segurá-lo por ali caso o rapaz fizesse menção de se atirar ao mar.

De volta ao Japão, o filho fazia ouvidos moucos a qualquer proposta de casamento. Incapaz de esquecer a alemã Cornélia, conservava uma foto da moça sobre sua mesa. No que diz respeito ao trabalho, tornou-se um homem de negócios de um pragmatismo frio e diligente, ao estilo germânico, e fingia-se um sonhador em sua vida diária, também ao jeito alemão. Foi assim que, levando avante a farsa, pôde permanecer solteiro.

Kawada experimentava imenso prazer em fingir ser um tipo de pessoa que na realidade desprezava. Das descobertas que fizera na Alemanha, o romantismo e seu hábito sonhador foram das mais estúpidas, mas, como o viajante que faz compras apenas por capricho, com uma visão clara das coisas comprou o chapéu e a máscara de papel para usar em seu falso baile. A castidade das emoções ao estilo de Novalis,* a supremacia do universo interior, a insignificância e a aridez da vida real, a vontade misantrópica: conservou-as com facilidade, representando-as até uma idade em

---

*Novalis (1772-1801) — poeta romântico alemão. (N. T.)

que já não combinavam consigo. Sua nevralgia facial provavelmente originara-se dessa traição contínua de sua interioridade. A cada proposta de casamento, mostrava a mesma expressão de miséria humana tantas vezes encenada. Nesses momentos, ninguém duvidaria que seus olhos buscavam a visão de Cornélia.

— Era para aquele ponto ali que eu fixava o olhar. Justamente naquela viga do teto — apontava com sua taça de saquê. — Não acham que meus olhos parecem estar perseguindo as lembranças do passado?

— Infelizmente o reflexo das lentes de seus óculos não me permite ver seus olhos.

Kawada retirou de imediato os óculos e revirou os olhos para cima. Shunsuke e Yuichi desataram a rir.

Cornélia representava no entanto uma dupla lembrança. Em primeiro lugar, havia Kawada com sua encenação de lembranças. Em seguida, ele próprio se tornou o homem recordado por Cornélia. A existência de Cornélia era imprescindível para que ele criasse uma lenda sobre si próprio. A noção de uma mulher que existia sem ser amada projetava em seu coração um tipo de sombra fantasmagórica. Ela transformou-se no nome genérico das diversas vidas que ele deveria levar e a personificação da força negativa que o faria levar adiante sua vida real. Era então impossível para o próprio Kawada admitir que ela era feia e vil, vendo-a apenas como uma mulher extremamente bela. Com a morte do pai, decidiu queimar as fotos vulgares de Cornélia.

Essa história emocionou Yuichi. Se não for apropriado dizer "emocionar", poderíamos dizer que o embriagou. Não havia dúvida de que Cornélia existia! Seria supérfluo acrescentar que o jovem lembrava da sra. Kaburagi, que a ausência transformara em uma mulher de excepcional beleza.

Eram nove horas.

Yaichiro Kawada desembaraçou-se do avental e, com um gesto resoluto, olhou seu relógio. Shunsuke sentiu um leve calafrio percorrendo o corpo.

Não se poderia pensar que esse velho escritor fosse subserviente à vulgaridade humana. Sabia que sua imensa impotência tinha origem em Yuichi.

— Bem — disse Kawada —, hoje vou passar a noite em Kamakura. Fiz reserva no Kofuen.

— É mesmo? — respondeu Shunsuke, calando-se em seguida.

Yuichi pressentiu os dados serem jogados à sua frente. As regras de polidez, cheias de desvios quando se procura seduzir uma mulher, sempre possuíam uma forma diferente no caso da sedução masculina. O prazer hipócrita que acompanha as vicissitudes do amor heterossexual não era possível entre homens. Se Kawada desejasse Yuichi, solicitar seu corpo ainda naquela noite seria a maneira mais conforme às regras de etiqueta.

Esse Narciso observava os dois homens à sua frente, um de meia-idade e um velho, que não incitavam nele a menor atração, preocupando-se apenas com ele, esquecidos de qualquer posição social, sem se importar nem um pouco com seu espírito, mas apenas com seu corpo, que consideravam o elemento supremo. Sentia algo diferente do calafrio sensual que uma mulher sentiria. Era como se o seu corpo se destacasse e ele pudesse admirar esse corpo independente, enquanto o espírito ultrajava e feria o primeiro corpo e se agarrava ao corpo admirado, mantendo por fim um tênue equilíbrio e descobrindo um prazer raro.

— Costumo ser muito franco e espero que me desculpem se pergunto algo que possa ofendê-los, mas Yuichi não é seu sobrinho verdadeiro, não é mesmo?

— Verdadeiro? Não, ele não é meu sobrinho verdadeiro.

Mas, embora haja amigos que possam ser chamados de verdadeiros, será que existem sobrinhos verdadeiros?

Essa foi a resposta sincera do escritor Shunsuke.

— Só mais uma pergunta. O que existe entre vocês é apenas amizade? Ou...

— Está querendo saber se somos namorados? Olhe bem para mim, Kawada. Não estou mais na idade de me apaixonar.

Os dois, quase simultaneamente, lançaram um olhar aos lindos cílios de Yuichi, sentado de pernas cruzadas à sua frente, o avental dobrado em uma das mãos, fumando e olhando em outra direção. Havia em sua pose uma beleza vil.

— Era tudo o que desejava perguntar para ficar tranquilo.

Kawada evitava olhar na direção de Yuichi. Suas faces foram tomadas pelo espasmo que bruscamente parecia sublinhar suas palavras com um lápis de ponta grossa e cor escura.

— Que tal irmos agora? Fiquei realmente feliz com nossa conversa. Seria bom se pudéssemos daqui para a frente manter essa reunião secreta regularmente, pelo menos uma vez por mês, não é mesmo? Vou procurar outros bons locais para realizá-la. Fazia tempo que não tinha a oportunidade de falar tanto. É impossível manter uma conversa como a que tivemos com o pessoal que frequenta o Rudon. Nos bares desse tipo em Berlim, ao contrário, reúnem-se muitos aristocratas, empresários, poetas, escritores e atores.

Essa forma de classificar as pessoas era bem típica de Kawada. Com essa ordenação inconsciente, ele traía a cultura citadina ao estilo alemão que o convencera de que ele próprio não passava de uma máscara.

Em frente à porta escura do restaurante, dois carros estavam estacionados na ladeira não muito larga. Um deles era o Cadillac 62 de Kawada. O outro, um táxi.

A brisa noturna ainda era fria e o céu estava nublado. Naquelas redondezas, era grande o número de casas reconstruídas após os bombardeios, e a um canto destruído havia uma cerca de tábuas bem nova, que estranhamente acompanhava um muro de pedras reparado com placas de zinco. A cor natural das tábuas banhadas pela luz fantasmagórica das luminárias da rua era intensa e sensual. Somente Shunsuke demorava para calçar suas luvas. Diante desse velho de rosto severo, calçando luvas de couro, Kawada roçava discretamente sua mão nua nos dedos de Yuichi. Chegava o momento em que um dos três seria abandonado em um dos carros. Após os cumprimentos, Kawada pousou a mão sobre o ombro de Yuichi e conduziu-o em direção a seu carro, com toda a naturalidade. Shunsuke não se atreveu a acompanhá-los. Esperava, ainda com esperanças. No entanto, Yuichi se deixou levar por Kawada e já tinha um dos pés no Cadillac quando, voltando-se em direção ao escritor, pediu-lhe em voz alegre:

— Bem, vou acompanhar o senhor Kawada. Poderia por favor telefonar para minha esposa para avisá-la?

— Diga-lhe que ele vai passar a noite em sua casa — completou Kawada.

A proprietária, que os acompanhara até a porta, disse:

— Como são terríveis os problemas masculinos.

E foi assim que Shunsuke tornou-se o passageiro do táxi.

Tudo isso não demorou mais do que alguns segundos. Apesar do processo inevitável que culminara naquele incidente ter sido claro, deixava ainda a impressão de algo imprevisto. Shunsuke não era capaz de compreender o que se passava na mente e no coração de Yuichi para seguir Kawada. Talvez apenas quisesse, em uma atitude infantil, dar um passeio de carro até Kamakura. A única coisa evidente era que novamente fora despojado do jovem.

O carro passou por uma rua comercial deserta do centro velho da cidade. Percebeu pelo canto dos olhos a fileira de luminárias no formato de lírio do campo. Pensava intensamente em Yuichi, enredado por sua beleza, ligado a ela cada vez mais profundamente. Suas ações haviam se perdido, tudo estava reduzido ao espírito, nada senão sombras, apenas metáfora. Ele era o próprio espírito, uma metáfora da carne. Quando poderia se ver livre dessa metáfora? Ou deveria se contentar com esse seu destino? Deveria continuar apegado a sua convicção de que precisaria ter uma morte em vida?

De qualquer maneira, o coração do velho Chuta beirava a angústia.

22. O sedutor

Assim que chegou em casa, Shunsuke começou a redigir uma carta para Yuichi. Revivia a paixão de quando, no passado, mantinha seu diário em francês. Da ponta de sua caneta gotejavam injúrias, vertiam-se rancores. Entretanto, o belo jovem não era o objeto da cólera que sentia naquele momento. Seu ódio transformava-se em seu inesgotável rancor contra a vagina.

Quando por fim se acalmou um pouco, reconheceu que sua carta era tediosa e emotiva, carente de força persuasiva. Não era uma carta de amor: era uma ordem. Reescreveu-a, enfiou-a num envelope, passou por seus lábios molhados a parte da cola na aba triangular. O papel ocidental duro cortou seu lábio. De pé diante do espelho, murmurava enquanto apertava o lenço contra o corte:

"Estou certo de que Yuichi fará do jeito que lhe ensinei. Seguirá o que escrevi nesta carta. Isso é evidente. As ordens escritas nela em nada interferem com seu desejo. A parte dele que *não deseja* ainda está sob meu controle."

Dava voltas pelo aposento em plena madrugada. Se parasse, mesmo que por um instante, não poderia evitar em sua mente a cena de Yuichi no hotel em Kamakura. De olhos cerrados, agachou-se diante do espelho de três faces. O vidro, que seus olhos não enxergavam, refletia a visão do corpo nu de Yuichi deitado sobre um alvo lençol e afastando o travesseiro para deixar cair sobre o tatame sua cabeça graciosa e pesada. A parte de sua garganta virada para trás mostrava-se vagamente pálida, provavelmente pelo efeito da luz da lua que incidia sobre ela. O velho escritor levantou os olhos hemorrágicos em direção ao espelho. A visão do Endímion adormecido desaparecera por encanto.

As férias primaveris de Yuichi terminaram. Começaria o último ano de sua vida escolar. Sua classe era a última a seguir o antigo sistema de ensino.

À borda do bosque ao redor do lago da universidade havia um gramado ondulado que dava para o campo de atletismo. O verde da grama ainda estava pálido. Apesar do sol, o vento era frio. No entanto, em horas como a do almoço podia-se ver grupos de estudantes pelo gramado. A estação em que se podia lanchar ao ar livre chegara.

Totalmente despreocupados, deitavam-se de qualquer maneira sobre a grama, cruzando as pernas, mordiscando o talo de erva verde ou observando os atletas correndo diligentemente ao redor do campo. Um dos atletas deu um salto. Por instantes, sua pequena sombra a prumo, abandonada sozinha sobre a areia, constrangida, envergonhada, assustada, parecia gritar aos berros na direção do corpo de seu dono no espaço: "Ei, volte logo! Venha reinar de novo sobre mim. Morro de vergonha. Rápido! Volte já!". O atleta retornou a sua sombra. Seus calcanhares uniram-se completamente aos dela. O sol espalhava sua luz e não havia nuvens no céu.

Sentado na grama, Yuichi, o único vestido de terno, mantinha a metade superior do corpo levantada. Ouvia um aluno da faculdade de letras, aplicado na pesquisa da língua grega, contar-lhe a história do *Hipólito* de Eurípides, em resposta a uma pergunta que lhe fizera.

Hipólito teve um fim trágico. Era casto, puro e inocente, ele próprio estava consciente disso. Morreu em razão de uma maldição. Sua ambição era pequena. Sua esperança era algo realizável por qualquer pessoa.

O jovem erudito de óculos recitou uma fala de Hipólito em grego. Yuichi perguntou o que significava e o jovem lhe traduziu: "Almejo vencer todos os gregos e me tornar o maior de todos os atletas helênicos. No entanto, não me importo em permanecer como o segundo da cidade se, em troca, puder viver longo tempo entre meus bons amigos. Nisso reside a verdadeira felicidade. A ausência de perigo me preencherá de alegria muito maior que a do rei".

Suas esperanças seriam mesmo possíveis de realização por qualquer pessoa? Provavelmente não, imaginou Yuichi. No entanto, não aprofundou suas reflexões. Se fosse Shunsuke, teria pensado ainda mais: ao menos para Hipólito essa minúscula esperança não se concretizara. Por isso, sua esperança tornara-se o símbolo resplandecente dos mais puros desejos humanos.

Yuichi pensou na carta que recebera de Shunsuke. Essa carta possuía um encanto particular. Era uma ordem à ação, mesmo que a uma falsa ação. Mas nessa ação estava embutida uma válvula de segurança, irônica e profana. Pelo menos, o plano não era de todo tedioso.

"Ah, sim, agora me lembro", murmurou o jovem para si mesmo. "Recordo-me de ter-lhe dito um dia que desejava me entregar a algo, não importando que fosse por uma causa enganosa e não necessitando nem mesmo de um objetivo. Ele provavelmente concebeu esse plano baseado nisso. O professor Hinoki é realmente um pequeno cafajeste."

Yuichi sorriu. Justamente naquele momento, um pequeno grupo de estudantes esquerdistas passava ao pé da pequena colina. Yuichi imaginou que, no final das contas, eles eram movidos pelo mesmo impulso que o fazia avançar.

Era uma hora da tarde. O sino da torre do relógio soou. Os estudantes se levantaram. Limpavam uns aos outros da terra e da grama seca coladas às costas dos uniformes. Também nas costas do terno de Yuichi estavam grudados um pouco da terra fofa da primavera, pedaços pequenos de grama seca e ervas arrancadas. O amigo que o ajudou a tirá-las espantou-se novamente que Yuichi usasse um terno de tão bom corte de maneira tão casual.

Seus amigos voltaram para as salas de aula. Yuichi, que marcara encontro com Kyoko, separou-se deles, dirigindo-se ao portão da universidade.

Yuichi admirou-se em ver Jacky uniformizado no meio dos quatro ou cinco estudantes que desciam do bonde. Tão grande foi sua surpresa que acabou perdendo o bonde que pretendia pegar.

Trocaram um aperto de mãos. Durante algum tempo Yuichi olhou distraidamente para o rosto de Jacky. Provavelmente transmitiam aos que os vissem apenas a imagem de dois colegas de classe despreocupados. Sob a claridade do meio-dia, Jacky escondia os vinte anos de idade que o separavam do jovem.

Por fim, explodindo de rir do espanto de Yuichi, levou-o para a sombra das árvores que formavam uma alameda ao lado do muro da universidade, que estava recoberto por vários cartazes coloridos de propaganda política. Jacky explicou brevemente a razão de seu disfarce de estudante. Com seus olhos perspicazes, era capaz de distinguir logo à primeira vista os jovens de sua espécie, mas justamente por isso estava cansado de aventuras inconsequentes. Visando à sedução, queria enganar seu parceiro completamente, mantendo-se sob a máscara de um amigo de mesma idade. Desejava uma intimidade mútua, que deixasse no parceiro uma lembrança desinibida. Foi assim que Jacky forjou o disfarce de estudante e saiu deliberadamente de Oiso para vir se aventurar nesse harém de jovens.

Yuichi teceu elogios à sua juventude, o que pareceu deixar Jacky extremamente satisfeito.

— Por que não vem me visitar em Oiso? — perguntou em tom de censura.

Apoiando uma das mãos numa árvore, cruzou graciosamente as pernas e, com um olhar que denotava desinteresse, batia com o dedo sobre os cartazes do muro.

— Humm... Há vinte anos os políticos não mudam de discurso — murmurou o jovem sem idade.

Yuichi despediu-se de Jacky e tomou o bonde que chegava.

Kyoko marcara para se encontrar com Yuichi no Club House do Clube Internacional de Tênis, situado no interior do Palácio Imperial. Jogara tênis até o meio-dia. Trocara de roupa. Almoçara. Conversara com seus parceiros de jogo. Depois que partiram, permaneceu sentada sozinha numa cadeira do terraço.

Usava Black Satin, a fragrância misturando-se a sua transpiração, no doce langor que sucede o exercício físico, no ar seco de uma tarde sem vento. Uma leve ansiedade flutuava ao redor de suas faces coradas. Pensou se não teria exagerado na quantidade de perfume. De sua bolsa em tecido azul-marinho tirou um espelho no qual passou a se contemplar. O espelho não era capaz de refletir o cheiro do perfume. Mesmo assim, guardou-o satisfeita.

Na primavera, não usava casacos em tom pastel. O casaco azul-marinho que escolhera estendia-se sobre a cadeira branca. O casaco protegia as costas macias de sua volúvel dona das ripas grossas do encosto da cadeira. A bolsa e os sapatos combinavam no mesmo tom de azul-marinho, e seu vestido e luvas eram em rosa--salmão, sua cor predileta.

Podia-se dizer que Kyoko Hodaka não se sentia mais nem um pouco apaixonada por Yuichi. Em seu frívolo coração havia uma flexibilidade que não se comparava aos corações rígidos. Na leveza de suas emoções percebia-se uma elegância que nenhum coração fiel poderia igualar. No mais fundo desse coração, o impulso da mais sincera decepção consigo mesma inflamava-se subitamente, para logo após apagar-se sem que ela própria chegasse a tomar conhecimento dele. Jamais dar ouvidos a seu coração: esse era o único dever imprescindível e fácil que se impunha.

"Não o vejo há um mês e meio", pensou. "Tenho a impressão de que foi ontem que nos encontramos. E, no entanto, durante todo esse tempo não pensei uma só vez nele."

Um mês e meio. De que forma Kyoko passara o tempo? Incontáveis bailes. Inúmeros filmes. Tênis. Muitas compras. Várias recepções relacionadas ao Ministério, das quais participara com o marido. Cabeleireiro. Passeios de carro. Diversas discussões supérfluas sobre amores e infidelidades. Grande número de ideias e caprichos descobertos em seu cotidiano doméstico.

Por exemplo, durante esse mês e meio, mudou a paisagem a óleo que decorava a parede do patamar da escada para o vestíbulo, depois para a sala de visitas, para finalmente mudar de ideia, pendurando-a de volta no local original. Arrumou a cozinha, onde descobriu cinquenta e três garrafas vazias, que vendeu ao comprador de sucata: juntou o dinheiro que faltava e comprou um abajur feito com uma garrafa vazia de curaçau, do qual logo se cansou, presenteando-o a uma amiga e recebendo em agradecimento uma garrafa de Cointreau. O cão pastor que criava contraiu uma doença no cérebro. Babava espuma, suas quatro patas tremiam e, sem emitir um som, morreu com um semblante que parecia sorridente. Kyoko chorou por três horas, mas no dia seguinte já se esquecera do acontecido.

Sua vida estava repleta dessas inúmeras e graciosas *frivolidades*. Haviam começado em sua infância, quando cismou de colecionar alfinetes de fraldas de todos os tipos e tamanhos, enchendo com eles uma caixa de laca. Aquilo que se poderia chamar de entusiasmo era em Kyoko quase do mesmo tipo daquele encontrado em uma mulher humilde. Mas se o entusiasmo desta poderia ser chamado de honestidade, no caso de Kyoko era uma honestidade compatível com sua frivolidade. Uma vida honesta que não conhece privações tem dificuldade ainda maior de encontrar uma forma de escape.

Assim como uma borboleta penetra em um aposento e voa loucamente em círculos sem achar a janela, também Kyoko não encontrava descanso em sua vida diária. Por mais estúpida que fosse a borboleta, jamais pensaria que o aposento em que penetrara fosse o seu próprio. Por vezes a borboleta cansada desfalece ao bater contra um quadro representando um bosque.

Dessa forma, ninguém conseguiria ver com precisão o estado de inconsciência que por vezes se apoderava de Kyoko, esse estado de abandono do espírito que lhe fazia abrir vagamente os olhos. O marido apenas pensava consigo mesmo: "Pronto. Começou de novo". E suas amigas e primas apenas imaginavam: "Mais uma daquelas paixões que duram no máximo meio dia".

O telefone do clube tocou. Era o vigilante do portão principal perguntando se poderia entregar um crachá de entrada a alguém de nome Minami. Por fim, Kyoko viu a silhueta de Yuichi que caminhava pelas sombras dos pinheiros, vindo do outro lado do grande muro de pedras.

Kyoko, com o devido amor-próprio, satisfazia-se plenamente vendo o jovem chegar sem atrasos nesse local de encontro que escolhera por ser de difícil acesso, encontrando assim um pretexto para perdoar sua negligência. Mesmo assim, não se levantou da cadeira, limitando-se a cumprimentá-lo com um gesto de cabeça, a mão de unhas pintadas e brilhantes escondendo-lhe o rosto sorridente.

— Você mudou, nesse pouco tempo em que não nos vimos — disse, em parte como desculpa para poder contemplar diretamente o rosto de Yuichi.

— De que maneira?

— Bem, parece ter ganhado ares de um animal selvagem.

Ouvindo isso, Yuichi soltou uma gargalhada. Kyoko descobriu nessa boca risonha os dentes brancos de um animal carnívoro. Antes, Yuichi era mais misterioso, mais calmo, dando a impressão de falta de confiança em si mesmo. Mas o Yuichi que vira saindo diretamente da sombra dos pinheiros em direção à luz do sol, os cabelos iluminados parecendo quase dourados, parando a uns vinte passos a sua frente e olhando em sua direção, esse Yuichi lhe parecia um jovem leão solitário se aproximando, retendo como uma mola sua graciosa energia, os olhos brilhantes da desconfiança da juventude.

Yuichi sentia em si a vivacidade daqueles que, despertados repentinamente, põem-se a correr contra o vento refrescante. Seus lindos olhos fitaram Kyoko diretamente, sem hesitação. Seu olhar possuía uma doçura incomparável e exprimia seu desejo de forma rude e lacônica.

"Que grande progresso em tão pouco tempo", Kyoko pensou. "Com certeza foi o resultado do treinamento da sra. Kaburagi. Mas uma vez que o relacionamento entre eles não vai bem, uma vez que ele desistiu de ser o secretário do marido e que ela partiu para Kyoto, parece que eu colherei afinal todos os frutos."

Não se podiam ouvir as buzinas dos carros além da cerca. A única coisa que ouviam era o repetido som de bolas batendo nas raquetes e ricocheteando nas quadras, vozes alegres, gritos de pessoas sendo chamadas, risos pequenos e arquejantes. Todos evaporavam no ar e ressoavam transformados em um som opaco e pesado, coberto de poeira.

— Tem tempo hoje, Yuchan?

— Sim, estou livre o dia inteiro.

— Você queria algo comigo?

— Nada de especial. Queria apenas me encontrar com você.

— É muito amável de sua parte.

Os dois conversaram e traçaram o plano banal de ir ao cinema, ao restaurante e depois dançar, passeando um pouco antes disso. Apesar de ser o caminho mais longo, decidiram sair do Palácio Imperial pelo portão Hirakawa. Seguiram pelo caminho que acompanhava o Clube de Equitação, além do antigo segundo círculo* do Palácio, e atravessaram a ponte por trás dos estábulos, subindo então pelo círculo em que se localizava a biblioteca, até chegar ao portão.

Apesar da brisa ligeira que os envolvia enquanto andavam, Kyoko sentiu um leve calor nas faces. Por um instante, preocupou-se acreditando estar doente, mas na verdade nada mais era do que a primavera.

O lindo semblante de Yuichi a seu lado provocava em Kyoko um sentimento de orgulho. Por vezes seus cotovelos roçavam-se levemente. Kyoko adorava rapazes bonitos por achar que representavam a maior e mais segura garantia de sua própria beleza.

---

* A área compreendida pelos muros que cercam o Palácio Imperial era antigamente composta pelo Ninomaru (o círculo mais interno) e o Sannomaru (o círculo exterior), construídos de modo a dificultar a invasão de inimigos. (N. T.)

Podiam-se vislumbrar a cada passo as linhas de seu vestido salmão sugerindo uma mina de cinabre por dentro de seu elegante casaco azul-marinho no estilo Princesa, que mantinha desabotoado.

Entre a sede do Clube de Equitação e os estábulos havia uma praça de terreno plano e seco. Em determinado local, a poeira turbilhonava, para logo em seguida se dissipar por completo. Distraídos por esse pequeno remoinho de vento, semelhante a um fantasma, os dois atravessaram a praça encontrando um cortejo de bandeiras que a cruzava longitudinalmente. Era uma procissão composta inteiramente por idosos do interior, parentes das vítimas da Grande Guerra em visita ao Palácio Imperial.

Esse era um cortejo de passos vagarosos. A maioria dos participantes calçava *geta*, vestia quimonos formais curtos e usava chapéu de feltro. As anciãs, com o corpo dobrado pela idade, seus pescoços inclinados para a frente, tinham sobre o peito uma toalha enrolada, quase a ponto de cair. Apesar de ser primavera, sob suas golas saltava a ponta de uma camisa em tecido bruto, o brilho dessa seda rústica acentuando as rugas em seus pescoços bronzeados. Só se ouviam o som dos *geta* e *zori** arrastando-se sobre o chão e das dentaduras que rangiam com a vibração de seus passos. Devido ao cansaço e à alegre devoção, os peregrinos praticamente não conversavam entre si.

Quando já estavam quase cruzando o cortejo, Yuichi e Kyoko ficaram bastante embaraçados. Todos os anciãos a um só tempo olharam na direção dos dois. Mesmo os que mantinham os olhos abaixados, notando que algo acontecia, levantavam-nos e, ao ver os dois, não conseguiam mais desviar o olhar.

Esses olhares eram destituídos de qualquer sentido de crítica e possuíam além disso uma suprema franqueza. Pálpebras que

---

* Tipo de sandália feita de palha de arroz. (N. T.)

como pequenas pedras pretas fitavam intensamente em sua direção, com suas rugas, remelas, lágrimas, cataratas e veias sujas. Yuichi acelerou involuntariamente seu passo, mas Kyoko prosseguia calmamente. Kyoko julgava de forma simples e correta a realidade. De fato, eles apenas estavam admirados com sua beleza.

A procissão de peregrinos distanciava-se sinuosa e lenta em direção à Secretaria da Casa Imperial.

Passando ao lado dos estábulos, enveredaram por um caminho sob as sombras escuras das árvores. Estavam de braços dados. Diante de seus olhos, uma ponte de pedra subia em ligeira inclinação pela ladeira cercada de muros. Quase no alto, havia uma cerejeira no meio dos pinheiros. A árvore estava toda florida.

Uma carruagem da corte, puxada por um cavalo, passou rápida ao lado deles, ladeira abaixo. A crina do cavalo esvoaçava ao vento, e o crisântemo de dezesseis pétalas passou brilhante diante de seus olhos. Os dois subiam a ladeira. Do alto da elevação, além da cerca de pedras, contemplaram pela primeira vez a paisagem da cidade.

Com que frescura a cidade se refletia em seus olhos! Como o ir e vir cintilante e suave dos carros estava carregado da animação da vida! Separada pelo fosso, a prosperidade de uma tarde *businesslike* de Nishikicho! Com que esforço gracioso os cata-ventos do observatório meteorológico giravam, prestando atenção aos ventos passantes, fornecendo a todos eles sua graça, rodopiando incansáveis.

Os dois passaram pelo portão Hirakawa. Como precisavam andar ainda mais um pouco, por alguns momentos seguiram pela calçada que acompanhava o fosso. Em meio a esse passeio em plena tarde, às buzinas dos carros e ao tremor da terra chacoalhada pelos caminhões, Kyoko experimentou algo parecido com a sensação real de viver.

Poderia parecer uma expressão estranha, mas naquele dia havia com certeza em Yuichi uma "sensação real". Algo como a convicção humana travestida na forma que ele desejava e que naquele dia se via nele. Essa sensação real, ou seja, essa dotação de substância, era particularmente importante para Kyoko, uma vez que até então vira o belo jovem como alguém formado apenas de fragmentos de sensualidade. Por exemplo, suas sobrancelhas pronunciadas, os olhos de profunda melancolia, a esplêndida aba fina do nariz e os lábios juvenis sempre enchiam de alegria seus olhos, que no entanto sentiam a falta de um fio condutor nessa fileira de fragmentos.

— Olhando para você, é realmente difícil acreditar que já seja casado — Kyoko exclamou repentinamente, com olhos arregalados de ingenuidade e espanto.

— Por que será? Eu também me considero um homem só.

Os dois se entreolharam e começaram a rir dessa afirmação desvairada.

Kyoko não tocou no assunto da sra. Kaburagi, e do mesmo modo Yuichi evitou comentar sobre Namiki, que os acompanhara a Yokohama. Essa cortesia acalmava o espírito de ambos. Em seu coração, Kyoko pensava que, assim como fora abandonada por Namiki, Yuichi também o fora pela sra. Kaburagi, e esse pensamento só fazia aumentar nela sua simpatia pelo belo rapaz.

Podia-se dizer que Kyoko não estava nem um pouco apaixonada por Yuichi. Sentia-se de todo feliz e contente simplesmente por poder encontrar-se com ele. Estava nas nuvens. Como uma semente de planta carregada pelo vento, seu coração verdadeiramente leve flutuava, adornado por uma crista branca. O sedutor não deseja necessariamente a mulher por quem está apaixonado. Não havia presa mais fácil para um sedutor do que essa mulher desconhecedora do peso do espírito, pisando na ponta dos pés em sua própria interioridade, mais sonhadora do que realista.

Nesse ponto a sra. Kaburagi e Kyoko eram diametralmente opostas. Kyoko não abandonava a convicção de estar sempre sendo amada pelo parceiro, não se importando com os absurdos e fechando os olhos a qualquer irracionalidade. Parecia a ela extremamente natural que Yuichi gentilmente tomasse cuidado em não espiar outras mulheres e não se cansasse de olhar exclusivamente para ela. Em suma, Kyoko era feliz.

Os dois jantaram no Clube M***, em Sukiyabashi.

Esse clube, recentemente alvo de uma batida policial devido aos jogos de azar, era frequentado por americanos e judeus expatriados. Esses homens, acostumados com os lucros oriundos da Segunda Guerra, da política de ocupação ou da Guerra da Coreia, escondiam sob seus ternos feitos sob medida os cheiros duvidosos de inúmeros portos asiáticos, bem como várias tatuagens de rosas, âncoras, mulheres nuas, panteras negras e iniciais gravadas nos braços e no peito. No fundo de seus olhos azuis, aparentemente gentis, brilhava a recordação do tráfico de ópio e a visão da confusão de mastros e gritos dos portos visitados. Pusan, Mokpo, Dalian, Tianjin, Qingdao, Xangai, Jilong, Xiamen, Hong Kong, Macau, Hanói, Haiphong, Manila, Cingapura...

Mesmo retornando a seu país, a palavra "Oriente", escrita em tinta preta em uma linha de manchas duvidosas, deveria permanecer em seus currículos. Não se livrariam durante toda a vida do cheiro dessa pequena e horrível glória outorgada aos homens que enfiaram as mãos na lama exótica à procura de ouro.

A decoração desse clube noturno era toda em estilo chinês. Kyoko arrependia-se de não ter vindo com seu vestido chinês. Os clientes japoneses se resumiam a algumas gueixas de Shimbashi, trazidas por estrangeiros. O restante era constituído apenas de ocidentais. Sobre a mesa de Yuichi e Kyoko, uma vela vermelha de cerca de dez centímetros brilhava dentro de um jarro cilíndrico de vidro polido, decorado com um pequeno dragão verde. Apesar do barulho ao redor, a chama queimava com misteriosa calma.

Os dois beberam, comeram, dançaram. Ambos eram suficientemente jovens. Inebriada por essa simpatia da juventude, Kyoko esqueceu do marido. Esquecê-lo era simples: até mesmo com ele à sua frente seria capaz disso, bastando fechar os olhos, como um contorcionista desarticulando livremente seus braços.

No entanto, era a primeira vez que Yuichi se expressava com gestos de amor de tanta iniciativa e jovialidade. Era a primeira vez que a pressionava de forma tão viril. Em geral, esse tipo de atitude costumava esfriar o ardor de Kyoko, mas naquele momento ela pensava que o parceiro respondia com sinceridade ao estado em que ela se achava. "Quando deixar de amá-lo, ele com certeza vai começar a se interessar por mim", pensou sem o menor rancor.

O gin-fizz rubro que bebera dava a sua dança uma inebriada leveza. Apoiada a Yuichi, custava crer que dançava quase sem tocar com os pés o chão, o corpo mais leve do que plumas. O salão de dança do térreo estava cercado de mesas por três lados, viradas na penumbra para o palco onde a orquestra tocava, tendo ao fundo uma cortina escarlate. Os músicos executavam *Slowpoke*, música da moda. E também *Blue Tango* e *Taboo*. Yuichi, que no passado tirara terceiro lugar num concurso, era um hábil dançarino. Seu peito pleno de sinceridade comprimia-se contra os pequenos seios doces e artificiais de Kyoko. Ela olhava por cima do braço do jovem os clientes de rostos sombrios sentados às mesas e alguns cabelos loiros que cintilavam na moldura de um círculo de luz. Admirava o pequeno dragão verde, amarelo, vermelho e índigo tremendo à luz da vela dentro do vidro polido sobre cada mesa.

— Naquela noite, havia em seu vestido chinês um motivo de dragão, não é mesmo? — Yuichi disse enquanto dançava.

Um sinal como esse só poderia surgir da intimidade de emoções convergentes. Querendo guardar apenas para si esse minúsculo segredo, Kyoko não confessou que também ela, como Yuichi, pensava justamente no dragão. Respondeu:

— Sim, o motivo do cetim branco era realmente um dragão. Que excelente memória você tem. Lembra-se que naquele dia dançamos cinco vezes seguidas?

— Claro. Sabe que adoro seu rosto quando você sorri? Toda vez que vislumbro o sorriso de uma mulher fico decepcionado ao compará-lo com o seu.

Esse cumprimento tocou nas cordas do coração de Kyoko. Lembrou-se que quando criança costumava ser severamente criticada por uma prima muito sincera por rir com as gengivas à mostra. Desde essa época exercitou-se diante de um espelho por mais de dez anos para que suas gengivas não aparecessem mais. Não importa o quão inconsciente fosse seu sorriso, suas gengivas disciplinadas não se esqueciam de esconder-se. Kyoko tinha agora uma enorme confiança em seu sorriso leve como um círculo na água.

Uma mulher elogiada sente espiritualmente quase uma necessidade de se prostituir. Yuichi, imitando cavalheirescamente a maneira descontraída dos estrangeiros, não se esqueceu de subitamente tocar com seus lábios sorridentes os da mulher.

Apesar de sua leviandade, Kyoko não era uma mulher devassa. O efeito da dança, do vinho e desse clube não eram suficientes para deixá-la romântica. Ela simplesmente tornara-se excessivamente dócil, de uma exagerada simpatia, que beirava as lágrimas.

Do fundo de seu coração acreditava que a existência de todos os homens era deplorável. Esse era seu preconceito religioso. A única coisa capaz de descobrir dentro de Yuichi fora sua "juventude". Uma compaixão sufocante fazia Kyoko tremer. Sentia vontade de verter lágrimas de certa filantropia, à la Cruz Vermelha, pela solidão dos homens, pela fome e sede animais que levam dentro de si, por aquele sentimento de restrição dos desejos que se mostra dramaticamente em qualquer um deles.

Ao voltarem para a mesa, essa emoção exagerada acalmou-se. Não tinham muita coisa a se dizer. Yuichi, com o rosto embaraçado, fixava o relógio de pulso de estranho formato de Kyoko; como se procurasse um pretexto para tocar seu braço, pediu para vê-lo. Mesmo aproximando a vista, não era fácil ver na penumbra o pequeno mostrador. Kyoko o tirou e entregou-o a Yuichi, que começou então a falar sobre vários fabricantes suíços de relógios. Havia algo espantoso em sua erudição. Kyoko perguntou-lhe as horas. Yuichi respondeu, comparando os dois relógios: no seu eram dez para as dez, o dela marcava quinze para as dez. Devolveu-lhe o relógio. Ainda precisariam esperar duas horas para assistir ao espetáculo.

— Que tal irmos a outro lugar?

— É uma boa ideia.

Kyoko consultou novamente o relógio. Naquela noite o marido estava jogando *mahjong* e só voltaria para casa à meia--noite. Não haveria problema, contanto que ela retornasse antes dele.

Kyoko levantou-se. Uma leve vertigem anunciou sua embriaguez. Yuichi percebeu, segurando-lhe o braço. Kyoko sentia como se estivesse andando por areias profundas.

Dentro do carro, Kyoko sentiu-se imbuída de uma terrível generosidade e aproximou seus lábios dos de Yuichi. Os lábios do jovem responderam com uma força jovial e impetuosa.

As luzes vermelhas, amarelas e verdes dos anúncios luminosos da rua corriam no canto dos olhos desse rosto abraçado pelo jovem. Mas havia algo que não se movia e que o rapaz percebeu serem lágrimas, no mesmo momento em que ela as notava pelo frio em suas têmporas. Yuichi tocou-as com seus lábios, molhando-os com as lágrimas de uma mulher, algo que nunca lhe acontecera. Dentro do carro às escuras, com as lâmpadas apagadas, Kyoko revelou seus dentes brancos e vagamente brilhantes, sussurrando repetidas vezes o nome de Yuichi. Kyoko cerrou os olhos. Os lábios levemente trêmulos esperavam ser fechados novamente, de súbito, por aquela força impetuosa, e assim o foram, escrupulosamente. No entanto, no segundo beijo havia uma doçura tácita, que ia um pouco contra as expectativas de Kyoko, dando-lhe tempo para fingir "ter voltado a si". Endireitou o corpo, afastando-se gentilmente dos braços de Yuichi.

Kyoko sentou-se à beira da cadeira e, com a cabeça jogada para trás, admirava-se ao espelho que segurava com uma das mãos. Seus olhos estavam ligeiramente avermelhados e úmidos. Seus cabelos, um pouco desarrumados.

— Não sei o que pode acontecer se continuarmos agindo deste jeito. É melhor pormos um fim a isso.

Kyoko lançou um olhar furtivo para a nuca endurecida do motorista de meia-idade à frente. No velho terno azul-marinho, entreviu a sociedade que lhe dava as costas.

No clube noturno em Tsukiji, cujo proprietário era um estrangeiro, Kyoko repetia como uma litania:

— Tenho que partir daqui a pouco.

Ao contrário do clube anterior, em estilo chinês, a decoração era no mais autêntico estilo americano moderno. Kyoko bebeu bastante, enquanto repetia que precisava ir embora.

Pensava sucessivamente em várias coisas, que ia esquecendo uma a uma. Dançava jovialmente, com a impressão de ter um par de patins amarrado à sola de seus sapatos. Ofegava nos braços de Yuichi. As palpitações aceleradas da embriaguez eram transmitidas ao torso do jovem.

Kyoko contemplava casais e soldados americanos dançando. De súbito, afastou novamente o rosto e fitou Yuichi. Perguntou-lhe com insistência se estava bêbada. Tranquilizou-se quando ouviu do jovem que não. Pensou que, nesse caso, poderia voltar a pé até sua casa em Akasaka.

Voltaram à mesa. Kyoko sentiu a calma voltar. Nesse momento, foi acometida por um temor incompreensível e dirigiu a Yuichi, que de súbito parara de abraçá-la, um olhar descontente. Ao vê-lo, experimentava crescer em seu interior a sombria alegria de livrar-se de todas as amarras.

Seu coração insistia não estar amando aquele belo jovem, embora ela estivesse consciente do contrário. Teve a impressão de nunca haver sentido por nenhum outro homem um estado de carência tão profunda. O choque dos fortes tímbalos, ao estilo da música ocidental, produziu nela um vazio jovial, próximo à sensação de desmaio.

Esse sentimento de carência aproximou seu coração de um certo estado de universalidade. Kyoko transfigurou-se como o campo ao receber o crepúsculo, as moitas estendendo suas longas sombras, as ravinas e colinas imergindo em suas respectivas sombras, na emoção de serem envolvidas no êxtase do anoitecer. Sentiu com clareza que a cabeça jovem e viril de Yuichi, que vagamente se movimentava dentro de uma aura de luz, se unia à sombra que, como uma maré, estendia-se sobre ela. Seu eu interior transbordava para fora de seu corpo e tocava diretamente o exterior.

No entanto, acreditava que naquela noite voltaria para os braços do marido.

"Isto sim é viver!", gritou seu leve coração. "A vida é exatamente isso! Que excitação e que paz, que imitação perigosa da aventura, que satisfação da imaginação! Esta noite, no sabor dos beijos de meu marido recordarei os lábios desse jovem. Que prazer seguro e, ao mesmo tempo, supremamente adúltero! Posso parar por aqui. Nada mais certo do que isso. Não importa o resto, estou segura de minha habilidade..."

Kyoko chamou o garçom de uniforme vermelho com botões dourados e perguntou a que horas começaria o espetáculo. O rapaz respondeu que iria iniciar à meia-noite.

— Também não poderei assistir ao espetáculo. Tenho que voltar às onze e meia. Temos mais quarenta minutos.

Em seguida insistiu para que Yuichi dançasse mais uma vez com ela. Terminada a música, os dois voltaram à mesa. O apresentador americano segurou firmemente o microfone com seus gigantescos dedos, nos quais brilhavam pelos loiros e um anel de berilo, anunciando em inglês o espetáculo. Os clientes estrangeiros riam e aplaudiam.

Os músicos começaram uma rumba. As luzes se apagaram. Um projetor iluminou a entrada de cena. Os casais de dançarinos de rumba surgiram deslizando com gestos felinos pela porta entreaberta.

Grandes pregas esvoaçavam no contorno de seus trajes de seda. Incontáveis lantejoulas costuradas, pequenas, redondas e metálicas reluziam, verdes, douradas, laranja. Envoltas em seda, as cinturas cintilantes dos casais passavam diante dos olhos como lagartos correndo entre plantas. Aproximavam-se. De novo se afastavam.

Kyoko assistia ao espetáculo com os cotovelos apoiados sobre a toalha da mesa, segurando as têmporas com suas unhas pintadas, como se as fosse penetrar. A dor causada pelas unhas era prazerosa como a menta.

Subitamente, olhou seu relógio.

— Bem, acho melhor irmos andando.

Preocupada, levou seu relógio até o ouvido.

— Que coisa estranha. Por que o espetáculo começou uma hora adiantado?

Apavorada, olhou o relógio de Yuichi, que descansava seu braço esquerdo sobre a mesa.

— Muito estranho. Bate exatamente com o meu.

Kyoko olhou novamente na direção do palco. Fixou o olhar na boca de aspecto zombeteiro de um dos dançarinos. Percebeu que se esforçava desesperadamente por pensar em algo. Mas a música e o ritmo dos pés atrapalhavam seus pensamentos. Levantou-se sem saber bem por quê. Cambaleante, andava segurando pelas mesas. Yuichi também se levantou e a acompanhou. Parando um garçom que passava, Kyoko lhe perguntou:

— Que horas são agora?

— Meia-noite e dez, senhora.

Kyoko de imediato voltou o rosto em direção a Yuichi.

— Você atrasou meu relógio, não foi?

Yuichi deixou escapar nos cantos dos lábios um riso de garoto travesso.

— Ah, então foi isso — exclamou Kyoko sem se mostrar aborrecida. — Ainda está em tempo. Vou voltar para casa.

O rosto do jovem tomou um ar um pouco mais grave.

— Precisa voltar realmente?

— Claro que sim.

Foram até o guarda-volumes.

— Ah, hoje fiquei realmente cansada. Joguei tênis, andei e dancei.

Suspendendo seus cabelos na parte de trás, vestiu o casaco ajudada por Yuichi. Depois, sacudiu-os mais uma vez, generosa e levemente. Seus brincos de ágata, da mesma cor de seu vestido, tremeram em todas as direções.

Kyoko estava lúcida. Foi logo dando ordem ao motorista do carro que tomara com Yuichi para levá-la à casa onde residia em Akasaka. Enquanto o carro avançava, lembrou-se das prostitutas fazendo trottoir à porta do clube noturno, jogando suas redes para atrair clientes estrangeiros. Logo em seguida, pensou algo incoerente:

"Nossa! Aquele costume verde de mau gosto. Aquela morena tingida. Aquele nariz acanhado. Mesmo assim, uma mulher íntegra não poderia fumar de forma tão prazerosa como aquela mulher. Que aspecto bom tinha aquele cigarro!"

O carro aproximou-se de Akasaka. Kyoko orientava o motorista:

— Vire à esquerda ali. Sim, sim, vá direto.

Nesse momento Yuichi, que até então mantivera-se quieto, segurou-lhe a nuca por trás, encostou seu rosto em seu pescoço e o beijou. Kyoko pôde sentir o aroma da mesma brilhantina que tantas vezes cheirara em sonhos.

"Se fosse possível fumar um cigarro agora...", pensou. "Seria uma pose charmosa."

Os olhos de Kyoko estavam bem abertos. Pela janela, contemplava as luzes e o céu encoberto. De repente, via surgir dentro de si uma força estranhamente vazia, que fazia tudo parecer fastidioso. Naquela noite também tudo terminaria sem que nada de especial acontecesse. Restariam apenas lembranças caprichosas, letárgicas, frívolas, intermitentes e provavelmente apenas fraquezas da imaginação. Restava apenas a vida cotidiana tomando uma estranha e arrepiante forma. A ponta de seus dedos roçou a nuca raspada do jovem. Havia nesse contato brusco e ardente a fantástica sensação de uma fogueira queimando vigorosamente no meio do caminho, em plena noite.

Kyoko cerrou os olhos. O balançar do carro fazia imaginar que a estrada miserável corria sob uma sequência de buracos.

Abriu novamente os olhos e sussurrou ao ouvido de Yuichi essas doces palavras:

— Tudo bem, seja como você quiser. Minha casa já ficou para trás mesmo.

Os olhos do jovem brilharam de alegria.

— Para Yanagibashi — ordenou rispidamente ao motorista.
Kyoko ouviu o guincho estridente das rodas quando o carro deu meia-volta. Esse som era, de certa forma, o gemido agradável do remorso.

Kyoko sentiu-se exausta após ter tomado uma decisão tão indecorosa. Aliada ao cansaço, a embriaguez fazia sua cabeça girar. Lutava com todas as forças para não cair no sono. Usava o braço de Yuichi como travesseiro e, para se obrigar a ser graciosa, imaginava-se um pequeno pássaro, um pardalzinho vermelho fechando os olhos.

Kyoko espantou-se ao se ver diante do albergue Kissho:

— Como você conhece um lugar como este?

Sentiu suas pernas paralisadas ao terminar a pergunta. Caminhava com o rosto escondido por trás de Yuichi enquanto a criada os guiava até o quarto. O corredor parecia interminavelmente longo e sinuoso. Subiram por uma escada que aparecera inesperadamente a um canto. A frieza do chão do corredor à noite entrava por suas meias e fazia ressoar sua cabeça. Quase não podia se manter de pé. Seu desejo era despencar sobre uma cadeira assim que chegasse ao quarto.

Entrando no quarto, Yuichi comentou:

— Pode-se ver o rio Sumida daqui. Aquele prédio na outra margem é o depósito de um fabricante de bebidas.

Kyoko não ousava olhar a paisagem do rio. Só desejava naquele momento que tudo terminasse o quanto antes.

Kyoko Hodaka despertou em meio à escuridão.

Não podia ver absolutamente nada. Os batentes da janela estavam fechados. Não havia luz escoando por parte alguma. Sentia o ar cada vez mais frio, mas era apenas a frieza de seu peito descoberto. Aos tatos, ajeitou a gola bem engomada de seu roupão. Estendeu o braço. Estava nua sob o roupão. Não conseguia se lembrar de quando poderia ter se despido por completo. Também não se recordava de quando vestira aquele roupão pesado. Ah, era isso! Esse quarto era contíguo àquele de onde se avistava o rio. Provavelmente entrara nele antes de Yuichi e trocara de roupa. Nesse momento, Yuichi deveria estar do lado de fora da porta corrediça. Por fim, apagaram também as luzes no quarto vizinho. Yuichi saiu do quarto escuro para entrar em outro ainda mais escuro. Kyoko mantinha os olhos firmemente cerrados. Foi então que tudo começou, terminando em um sonho. Tudo acabou em uma perfeição incontestável.

Depois que as luzes do quarto se apagaram, a imagem de Yuichi conservou-se no pensamento de Kyoko, que mantinha os olhos cerrados. Mesmo então, não tinha coragem de tocar no Yuichi real. A imagem do jovem era a personificação do prazer. Havia nela uma inegável combinação de impetuosidade e discernimento, de juventude e maturidade, de amor e menosprezo, de reverência e profanação. Não havia nela remorso ou consciência de culpa, e nem mesmo a ressaca seria suficiente para impedir sua luminosa alegria. Finalmente, sua mão procurou a de Yuichi.

Tocou aquela mão. Estava fria, ossuda, com a pele seca como cortiça. As veias formavam linhas protuberantes e palpitavam imperceptivelmente. Assustada, Kyoko largou a mão.

Foi então que, dentro da penumbra, *ele* tossiu abruptamente. Uma tosse longa e lúgubre. Uma tosse dolorida, deixando atrás de si rastros turvos. Uma tosse próxima à morte.

Kyoko quase gritou ao tocar nesse braço frio e seco. Sentiu como se estivesse compartilhando o leito com um esqueleto.

Levantou-se, procurando a lâmpada na cabeceira. Seus dedos deslizaram em vão pelo frio tatame. A lâmpada no feitio de uma lanterna estava longe dos travesseiros, a um canto do aposento. Acendeu a luz para descobrir a face do velho deitado sobre o travesseiro vizinho ao seu.

A tosse de Shunsuke cessara. Levantou os olhos ofuscados e disse:

— Apague, por favor. A claridade é demais para mim.

Assim que acabou de falar, voltou a fechar os olhos, voltando seu rosto para a sombra.

Kyoko levantou-se, sem entender o que se passava. Passou sobre o travesseiro do velho e procurou uma roupa dentro do guarda-roupas. Até a mulher acabar de vestir sua roupa ocidental, o velho calou-se astutamente, fingindo estar adormecido.

Vendo que ela se preparava para retornar ao lar, perguntou-lhe:

— Está indo embora?

Calada, Kyoko fez menção de sair.

— Espere!

Shunsuke levantou-se e, cobrindo-se às pressas com o roupão, impediu-a de sair. Mas, sempre calada, Kyoko tentava deixar o quarto.

— Não se vá. Não tem sentido voltar para casa tão tarde.

— Não me importa. Vou gritar se você tentar me impedir.

— Não se preocupe. Você não teria mesmo coragem de fazer um escândalo.

Kyoko perguntou em voz trêmula:

— Onde está Yuchan?

— Foi para casa há algum tempo. A essa hora deve estar dormindo como uma pedra ao lado da esposa.

— Qual o seu interesse em agir dessa forma? Que mal lhe fiz? Por que me odeia desse jeito? Quais são suas intenções? O que fiz para você me odiar tanto?

Sem responder, Shunsuke acendeu as luzes do quarto com

vista para o rio. Kyoko sentou-se, como se tivesse sido golpeada pelos raios de luz.

— Em nenhum momento você põe a culpa em Yuichi pelo que aconteceu.

— Como poderia? Ainda não posso entender o que se passa aqui.

Kyoko envergou o corpo e desatou a chorar. Shunsuke nada fez para consolá-la. Shunsuke também estava ciente de que tudo aquilo era inexplicável. De fato, Kyoko não merecia ser tão humilhada.

Shunsuke esperou que ela se acalmasse para dizer:

— Meu amor por você não é de hoje. Mas você zombou dele no passado, recusando-o. Você deve convir que, pelos métodos convencionais, eu nunca teria sido capaz de passar uma noite com você.

— E onde entra Yuchan nessa história?

— Ele pensa em você de uma forma particular.

— Vocês foram comparsas nisso, não é mesmo?

— Comparsas? Digamos que eu elaborei todo o plano e Yuichi apenas me ajudou a pô-lo em prática.

— Que coisa feia...

— O que é feio? Você queria algo belo e conseguiu. Do mesmo modo, eu também desejava a beleza e a tive. Ou não foi assim? Agora nos igualamos. Falando em feiura, você se contradiz.

— Não sei o que seria melhor, matar-me ou processá-lo por isso.

— Formidável. O fato de você ser capaz de dizer coisas do gênero mostra um grande progresso em apenas uma noite. Mas seja mais sincera. A humilhação e a feiura que você imagina são ilusões. De qualquer modo, estivemos cara a cara com a beleza. Não podemos negar que vimos um no outro algo parecido com um arco-íris.

— Por que Yuchan não está aqui?

— Não está agora, mas estava até ainda há pouco. Não há nada de tão estranho nisso. Nós dois fomos apenas deixados aqui.

Kyoko sentiu um arrepio. Aquilo estava além de sua capacidade de compreensão. Shunsuke continuou, sem lhe dar muita importância.

— Depois de tudo terminado, ele nos deixou aqui. Não faz nenhuma diferença se Yuichi dormiu com você ou não.

— É a primeira vez em minha vida que vejo seres tão desprezíveis como vocês dois.

— Por que colocar a culpa em nós dois? Yuichi é inocente. No dia de hoje nós três apenas agimos em função do desejo. Yuichi ama você do jeito dele e você o ama do seu jeito. De minha parte, apenas amei você da minha maneira. Existiria outra forma de as pessoas amarem senão de seu próprio modo?

— Não consigo entender o que se passa no coração de Yu-chan. Ele é monstruoso.

— Você também é monstruosa. Afinal, estava apaixonada por um monstro. Não há em Yuichi a menor sombra de malícia.

— Como poderia uma pessoa sem malícia fazer algo tão pavoroso?

— Em resumo, ele sabia exatamente que você não cometeu nenhum crime que merecesse castigo. Se existe uma ligação entre um homem sem malícia e uma mulher inocente, entre dois seres que não possuem nada que possam compartilhar, decididamente isso só pode ser uma malícia ou um crime trazidos de fora. Todos os romances, em todos os tempos, sempre começam da mesma maneira. Não esqueça que sou romancista.

Diante do grande ridículo da situação, teve vontade de soltar sozinho uma gargalhada, mas conteve-se.

— Eu e Yuichi não somos comparsas. Isso não passa de imaginação sua. Não existe entre nós qualquer relacionamento. Eu e Yuichi... nós somos... — completou com um sorriso. — Bem...

368

somos apenas amigos. Se quiser odiar alguém, odeie a mim, com todas as suas forças.

— Mas... — Kyoko torcia humildemente o corpo, em lágrimas. — Ainda não cheguei ao ponto de odiar. Apenas estou apavorada.

O apito de um trem de carga atravessando uma ponte de ferro próxima ressoou dentro da noite. Era a repetição infinita de um som monótono e cadenciado. Por fim, passada a ponte, o trem soltou um último apito longínquo e desapareceu.

A verdade é que quem via alguma "feiura" não era Kyoko, mas Shunsuke. Mesmo nos instantes em que a mulher soltara gemidos de prazer, ele não se esquecera de sua própria feiura.

Shunsuke Hinoki experimentou muitas vezes esse pavoroso momento em que a presença de um ser não amado violava a do ser amado. A sujeição feminina não passava de uma superstição romanesca. Uma mulher nunca se deixa subjugar. Jamais! Da mesma maneira como há ocasiões em que o homem se serve do estupro pelo respeito que devota a uma mulher, há casos em que uma mulher se entrega a um homem como a suprema prova de seu desprezo por ele. Não era capaz de conquistar nem a sra. Kaburagi nem qualquer das outras mulheres. Nem mesmo Kyoko, que anestesiada entregara seu corpo à visão de Yuichi. Só haveria uma razão para isso: o próprio Shunsuke estava certo de que nunca seria amado.

Shunsuke fizera Kyoko sofrer. Agora, no entanto, dominava-a com uma força estranha, que em última análise não passava dos gestos de um homem sem amor. Em sua conduta, que desde o princípio era a de um desesperado, não se via a menor doçura e nem aquilo que se convencionou chamar de "humanidade".

Kyoko mantinha-se calada. Continuava sentada, ereta, em silêncio. Essa mulher frívola nunca ficara muda por tanto tempo. Uma vez tendo aprendido esse silêncio, doravante essa seria sua expressão natural. Shunsuke também permanecia mudo. Ambos pareciam acreditar que poderiam continuar sem trocar uma palavra até o amanhecer. Quando a noite chegasse ao fim, ela tiraria seus cosméticos da bolsa, faria sua maquiagem e retornaria para casa. Entretanto, ainda faltava tempo até a superfície do rio se cobrir de luz. Ambos se indagavam se essa noite duraria por toda a eternidade.

23. Dias de amadurecimento

Seu jovem marido levava uma vida desregrada. Quando pensava que estaria voltando da universidade, acabava retornando de madrugada. Quando acreditava que ficaria em casa, subitamente saía. Enquanto Yuichi vivia uma vida que a mãe definia como a de um "vagabundo", Yasuko por sua vez tinha uma vida serena, que poderia praticamente ser chamada de feliz. Havia uma razão para sua tranquilidade: passara a se interessar exclusivamente pelo que sentia em seu coração.

Mesmo a chegada da primavera não lhe suscitou particular interesse. O exterior não exercia sobre ela qualquer influência. Sentir que um pequeno pé chutava suas entranhas e que era ela que fazia crescer essa graciosa violência era uma embriaguez contínua, onde tudo começava e acabava nela. Esse "exterior" era possuído por seu mundo interior, ela abraçava um mundo. O exterior era simplesmente algo supérfluo!

Ao imaginar os pequenos tornozelos brilhantes, as solas dos pezinhos saídos de dentro da noite para chutar as trevas, cobertas de minúsculas e limpas rugas, acreditava que sua própria existência nada mais era do que essas trevas mornas e ensanguentadas. A sensação de estar sendo carcomida, de seu íntimo estar sendo violado a fundo, do mais penetrante estupro, de doença, de morte... Todos os desejos imorais, toda a libertinagem dos sentidos eram ostentosamente permitidos. Por vezes Yasuko emitia uma voz risonha e transparente, por vezes permanecia calada com um sorriso solitário e distante. Era como o sorriso de um cego ou o de alguém prestando atenção a um eco longínquo que ninguém mais ouve.

Se um dia a criança não se movia em seu ventre, isso já era o bastante para deixá-la angustiada. Teria o bebê morrido? Sua adorável sogra se alegrava muito quando ela a procurava para confiar-lhe suas preocupações infantis ou fazia-lhe várias consultas detalhadas.

— Yuichi é o tipo de rapaz que não exprime com facilidade suas emoções — explicava, procurando consolar a nora. — Com certeza está confuso, com sentimentos de alegria e ansiedade pelo bebê que vai nascer. Por isso sai para beber.

— Não, não é isso — respondeu Yasuko com voz firme.

O consolo era inútil para sua alma autossuficiente.

— O que mais me impacienta é não saber ainda se o bebê que trago dentro de mim é menino ou menina. Meu coração praticamente decidiu que será um menino e o imagino à imagem de Yuchan. O que devo fazer caso nasça uma menina parecida comigo?

— Bem, de minha parte gostaria que fosse uma menina. Já tive suficiente experiência com meninos. Nada mais difícil de criar do que eles.

Desse modo, as duas se entendiam verdadeiramente bem. Quando Yasuko tinha algum compromisso fora e envergonhava-se do estado de seu corpo, sua sogra ia com prazer em seu lugar.

Quando essa sra. com problemas renais aparecia ao lado da criada Kiyo, as pessoas arregalavam os olhos de surpresa.

Em um desses dias que ficara sozinha em casa, saiu ao jardim para se exercitar. Passeou pelo jardim nos fundos da casa, de pouco mais de trezentos metros quadrados, que praticamente era cuidado apenas por Kiyo. Yasuko tinha nas mãos um par de tesouras de jardinagem. Pensava em cortar algumas flores para decorar a sala de visitas.

Os canteiros estavam circundados por azaleias em plena floração. Havia também flores da estação, muito líricas, como amores-perfeitos, ervilhas de cheiro, nastúrcios, mirtilos e bocas de leão. Pensou quais delas cortaria. Na verdade, não tinha tanto interesse por flores. O luxo da escolha, a facilidade de poder ter em mãos qualquer das que escolhesse ou a beleza das flores, tudo isso pouco lhe importava. Por algum tempo cortou o ar com a tesoura. As lâminas roçavam uma contra a outra em vão e, por estarem ligeiramente enferrujadas, soavam e transmitiam uma leve resistência aos dedos.

Subitamente percebeu que pensava em Yuichi e foi tomada por dúvidas sobre seu instinto maternal. O ser gracioso agora aprisionado em seu interior, expressando continuamente seus caprichos, e que, por mais que agisse violentamente, não conseguiria sair de dentro dela até o momento certo, não seria ele o próprio Yuichi? Preocupada com a possibilidade de decepcionar-se ao ver o bebê, pensava até mesmo que não se importaria caso sua desconfortável gravidez pudesse durar anos.

Inconscientemente, Yasuko cortou o caule de um mirtilo lilás. O que sobrou em suas mãos foi uma flor com o caule do comprimento de um dedo. "Por que a cortei tão rente?", pensou.

"Coração puro! Coração puro!" Yasuko sentia no som vago e deselegante dessas palavras a dor pungente de se tornar adulta. O que afinal significaria uma pureza tão próxima do desejo de vingança? Quando levantava os olhos para fitar com essa pureza os olhos do marido, não estaria sentindo prazer em esperar dele uma expressão de timidez e acanhamento? Queria acreditar que a expressão de seu "amor" consistiria em não esperar do marido qualquer tipo de prazer, mesmo que para isso tivesse de ocultar até mesmo a pureza de seu coração.

No entanto, a linha serena de seus cabelos, seus belos olhos e a delicadeza das elaboradas linhas entre o nariz e o lábio superior eram quase nobres devido à alvura ligeiramente anêmica, combinando singularmente com as pregas clássicas do vestido largo que mandara confeccionar para esconder as formas da parte inferior do corpo. Muitas vezes umedecia com a língua os lábios ressecados pelo vento, imprimindo-lhes ainda maior fascínio.

Ao voltar para casa da universidade, Yuichi tomou por acaso o caminho dos fundos, para entrar pelo portão do jardim. Quando aberto, o portão fazia soar barulhentamente uma campainha. Antes que soasse, no entanto, Yuichi segurou a porta e passou rapidamente para dentro do jardim. Ocultou-se à sombra de algumas faias, de onde contemplava a silhueta da esposa. Ele o fez com o coração inocente de um menino travesso.

"Daqui", murmurou suspirando, "daqui posso amar de verdade minha mulher. A distância me liberta. Quando está longe do alcance de minhas mãos, quando posso apenas *contemplá-la*, como Yasuko é bela! As pregas de seu vestido, seus cabelos, seu olhar, tudo nela é tão lindo. Se simplesmente pudesse conservar essa distância entre nós!"

Mas nesse momento Yasuko notou a pasta de couro marrom que se projetava para fora da linha de faias. Chamou Yuichi. Gritou seu nome como teria feito alguém prestes a se afogar. Ele saiu de trás das árvores e ela andou em sua direção com passos apressados. A aba do vestido enroscou-se no bambu curvado da cerca baixa ao redor do canteiro. Yasuko caiu sobre a terra escorregadia.

Nesse momento, Yuichi foi tomado por um medo indescritível e fechou os olhos, mas logo em seguida correu para socorrer a esposa. Ela apenas sujara de terra vermelha a aba do vestido, sem sofrer sequer um arranhão.

Yasuko tinha a respiração sôfrega.

— Tomara que não haja problemas, não é? — Yuichi falou ansioso.

Ao dizê-lo, sentiu um calafrio de pavor. Ocorrera-lhe, no mesmo instante que Yasuko tombava, que havia ainda alguma esperança.

Ao ouvi-lo, Yasuko empalideceu. Antes de ser socorrida, seu coração estava completamente voltado para Yuichi e nem chegou a pensar no bebê.

Yuichi levou-a até a cama e chamou o médico. Mais tarde, quando sua mãe e Kiyo regressaram, não se mostraram tão surpreendidas com a presença do médico. Conforme ouvia o relato do ocorrido, a mãe contava a Yuichi como escorregara dois ou três degraus da escada quando estava grávida dele e que nada de grave lhe acontecera.

— A senhora está realmente tão calma assim? — Yuichi perguntou.

— É natural que você fique preocupado — a mãe respondeu contraindo os olhos.

Yuichi vacilou ao pressentir que a mãe pudesse ter adivinhado sua pavorosa esperança.

— O corpo de uma mulher — disse a mãe em um tom de conferencista — parece ser algo frágil, mas na realidade é surpreendentemente forte. O bebê na barriga deve se alegrar com uma pequena queda, achando que está num escorregador. O homem é que é o sexo frágil. Ninguém poderia imaginar que seu pai morreria tão enfraquecido.

O médico disse-lhes que tudo parecia estar bem, mas que acompanharia o caso. Depois que ele partiu, Yuichi não se afastou de Yasuko. Kawada lhe telefonou. Mandou dizer que não estava em casa. Os olhos de Yasuko transbordavam de gratidão e o jovem foi obrigado a admitir que estava satisfeito por lidar com um acontecimento sério.

No dia seguinte, o feto chutou novamente o interior da mãe, com vigor e orgulho. Foi um grande alívio para toda a família. Yasuko não tinha dúvidas de que a força desse chute cheio de orgulho pertencia a um menino.

Não conseguindo ocultar essa alegria séria, Yuichi contou a Kawada sobre o acontecido. O homem de negócios, à beira da velhice, escutava com uma expressão de evidente ciúme em suas faces arrogantes.

24. Diálogo

Dois meses se passaram. A estação das chuvas chegara. A caminho de uma reunião em Kamakura, Shunsuke subiu à plataforma da linha Yokosuka para pegar o trem. Foi nesse momento que percebeu Yuichi, com as duas mãos enfiadas nos bolsos do casaco e uma expressão atormentada no rosto.

Yuichi tinha diante de si dois jovens de aparência extravagante. O rapaz de camisa azul segurava seu braço e o outro, vestido com uma camisa vermelha, arregaçara as mangas e desafiava o outro. Shunsuke deu a volta por trás de Yuichi e, oculto por uma pilastra, ouviu sua conversa.

— Yuchan, se você não pretende terminar com esse sujeito, mate-me aqui, agora!

— Que tal acabar logo com essa frescura? — disse o jovem de camisa azul que estava a seu lado. — Entre mim e Yuchan existe um laço que não pode ser rompido. Para Yuchan você não passou de um docinho que ele comeu de graça. Pela cara dele logo se vê que foi um doce barato e muito açucarado.

— Ai, eu mato você!

Yuichi desembaraçou-se do braço do rapaz, dizendo no tom de voz firme de alguém mais experiente:

— Já chega. Mais tarde conversaremos com calma. Aqui não é o local apropriado para se fazer um escândalo.

E completou, olhando para o rapaz de camisa azul:

— E você está exagerando nesses seus ares de esposa.

O rapaz de camisa azul lançou-lhe um olhar solitário e violento.

— Vamos lá fora se você é homem, para eu quebrar essa sua cara.

O rapaz de camisa vermelha abriu um sorriso de desdém, deixando entrever uma fileira de dentes alvos e belos.

— Imbecil. Já estamos do lado de fora. Não vê como todo mundo está de chapéu e sapatos?

Como a situação estava fora de controle, o velho escritor deliberadamente os contornou, aproximando-se de Yuichi pela frente. Seus olhos se encontraram naturalmente. O jovem o cumprimentou com um gesto de cabeça e um sorriso de alívio por ser salvo. Há tempo Shunsuke não contemplava nesse belo sorriso uma tal simpatia.

Shunsuke vestia um terno de lã sob medida, bem-acabado, com um garboso lenço quadriculado saindo do bolso do peito. Quando os cumprimentos cerimoniosos e repletos de teatralidade começaram entre ele e Yuichi, os dois rapazes os observaram embasbacados. Um deles despediu-se de Yuchan lançando-lhe um olhar sedutor:

— Até mais, Yuchan.

O outro apenas deu-lhe as costas, sem pronunciar palavra. Ambos desapareceram. O trem amarelo da linha Yokosuka parou ruidosamente ao longo da plataforma.

— Suas companhias são realmente perigosas — Shunsuke falou, enquanto se aproximava do trem.

— Não se esqueça que você é uma dessas companhias — Yuichi revidou.

— Eles falavam em matar ou algo assim.

— Você estava ouvindo? É o jeito deles de falar. No fundo são uns covardes sem capacidade nem mesmo para brigar. Vivem rosnando um para o outro, mas entre eles existe uma relação.

— Relação?

— Na minha ausência, os dois vão juntos para a cama.

O trem partiu. Sentados um de frente para o outro nos assentos de segunda classe, não se perguntaram para onde estavam indo. Por algum tempo, permaneceram apenas calados, observando a paisagem que se descortinava pela janela.

Depois do grupo de prédios cinza, lúgubres e molhados, seguiu-se a paisagem de fábricas enfumaçadas e negras. Além de um pântano e de um pequeno terreno vazio, via-se uma fábrica de azulejos. Muitos vidraças estavam quebradas, deixando entrever o interior escuro, deserto, repleto de fuligem e com muitas lâmpadas acesas à luz do dia. O trem passou então ao lado da construção de madeira de uma velha escola primária, sobre uma pequena colina. O prédio em formato de U voltava suas janelas sem vida na direção do trem. No pátio deserto, molhado pela chuva, via-se um aparelho de ginástica descascado. Além disso, cartazes publicitários passavam sem fim: aguardente Takara, pasta de dentes Lion, fibras sintéticas, caramelos Morinaga...

Como fazia calor, o jovem tirou o casaco. Seu terno sob encomenda, sua camisa social, sua gravata, seu prendedor, seu lenço, seu relógio de pulso, tudo era luxuoso e exibia uma harmonia discreta de cores. O isqueiro Dunhill de último modelo que tirara do bolso e a cigarreira teriam bastado para atrair os olhares. "Dos pés à cabeça, tudo nele reflete o gosto de Kawada", Shunsuke pensou.

— Onde você marcou encontro com Kawada? — o velho escritor perguntou cinicamente.

O jovem afastou abruptamente o fogo do isqueiro com o qual estava prestes a acender seu cigarro e fitou Shunsuke. A pequena chama azul parecia um objeto perigosamente caído do céu.

— Como você sabe?

— Esqueceu que sou romancista?

— Estou surpreso. Ele está esperando por mim no Kofuen, em Kamakura.

— É mesmo? Também estou indo a Kamakura para uma reunião.

Por um momento os dois se calaram. Yuichi olhou em direção a algo de cor vermelha que teve a impressão de ver passar pelo seu campo de visão. Passavam ao lado da estrutura metálica de uma ponte repintada.

Repentinamente, Shunsuke perguntou:

— Afinal, você está apaixonado por Kawada?

O jovem ergueu os ombros:

— Está brincando?

— Por que então está indo se encontrar com alguém por quem você não sente amor?

— Pois não foi você mesmo que me aconselhou a casar com uma mulher mesmo sem amá-la?

— Homens e mulheres são diferentes.

— Claro que não. São idênticos. Ambos são concupiscentes e enfadonhos.

— Kofuen… É um hotel bom e luxuoso. Mas...

— Algum problema?

— Antigamente o Kofuen era um hotel para onde os homens de negócios levavam as gueixas de Shimbashi e Akasaka.

O jovem calou-se como se tivesse sido ferido.

Shunsuke não era capaz de compreender. O jovem estava terrivelmente cansado de sua vida diária, a única coisa neste mundo que não era enfadonha para esse Narciso era um espelho, esse lindo prisioneiro podia viver perpetuamente cativo na prisão dos espelhos, o experiente Kawada pelo menos conhecia a técnica de se transformar em um deles...

Yuichi quebrou o silêncio.

— Não nos vimos desde aquele dia. O que aconteceu com Kyoko? Você só me contou ao telefone que tudo correra como esperado — disse sorrindo.

Yuichi abriu um sorriso sem perceber que imitava o de Shunsuke.

— Tudo está indo maravilhosamente bem. Yasuko, a senhora Kaburagi, Kyoko... Que tal? Estou sendo fiel a você, não estou?

— Por que alguém tão fiel a mim manda dizer que não está em casa quando telefono? — Shunsuke perguntou sem conseguir conter seu rancor, numa reclamação explícita. — Nesses últimos dois meses só conversamos ao telefone duas ou três vezes. Além disso, toda vez que proponho um encontro você usa de algum subterfúgio.

— Imaginei que você me escreveria uma carta, caso tivesse algo para me dizer.

— Raramente escrevo cartas.

Duas ou três estações passaram. Seus nomes nas placas solitárias das plataformas, uma multidão sombria abrigando-se da chuva sob o teto, uma miríade de faces vazias e inúmeros guarda-chuvas... Trabalhadores em uniformes azuis encharcados, elevando o olhar em direção às janelas dos trens que passavam... Uma paisagem tão comum adensava ainda mais o silêncio entre os dois.

Como se improvisasse uma fuga, Yuichi repetiu:

— O que aconteceu com Kyoko?

— Kyoko? Como poderia explicar? Não tive a menor impressão de ter obtido aquilo que desejava. Na penumbra, quando entrei no quarto daquela mulher, trocando de lugar

381

com você, ela estava bêbada, de olhos fechados, e me chamava de "Yuchan". Nesse momento, senti dentro de mim uma sensação de rejuvenescimento. Durante um breve momento, com certeza, tomei emprestada de você a juventude... E isso foi tudo. Kyoko acordou e ficou muda até a manhã. Depois disso, não tive mais notícias dela. Na minha opinião, provavelmente irá se degradar completamente a partir daquele incidente. De certa forma, sinto piedade por ela. Afinal, ela não fez nada de mal para merecer tudo por que passou.

Yuichi não sentia de forma alguma a consciência pesada. Isso porque aquele fora um ato sem intenção ou motivo que pudesse causar arrependimento no jovem. Em sua memória, fora um ato puro. Um ato sem vingança nem desejo, um ato destituído de qualquer malícia, que se exercera durante um determinado momento, sem se repetir, passando de um ponto puro a outro.

Provavelmente Yuichi jamais representara tão bem o papel de protagonista da obra de Shunsuke, eximindo-se de toda moral. Kyoko não fora necessariamente enganada. O velho homem que encontrara em sua cama quando acordara era o mesmo homem, o alter ego do belo jovem que estivera a seu lado durante toda a tarde.

O autor naturalmente não é o responsável pelas visões e fascinações provocadas pela obra que cria. Yuichi representava o exterior da obra, a forma, o sonho, a frieza insensível da bebida embriagadora, enquanto Shunsuke representava o cerne da obra, o cálculo sombrio, o desejo informe, a satisfação dos sentidos oriunda do ato de criação. Aos olhos de Kyoko, porém, havia duas pessoas distintas.

"São raras as lembranças tão perfeitas e miraculosas como aquela", pensou o jovem, enquanto voltava os olhos para o exterior coberto de uma chuva fina. "Afastando-me infinitamente do significado do ato, aproximei-me de sua forma mais pura. Sem me mover, acuei a presa. Sem desejar o objeto, este transformou-se na forma por mim desejada. Sem atirar, a pobre presa caiu ferida sob minhas balas. Desse modo, naquele dia, permaneci sereno durante a tarde e a noite, livre das obrigações éticas factícias que me atormentavam no passado: naquela noite, queria apenas devotar--me ao inocente *desejo* de conduzir uma mulher ao leito."

"Essa lembrança me é desagradável", Shunsuke pensou. "Pensar que não pude acreditar naquele instante em minha beleza interior, digna da aparência exterior de Yuichi! As preces rezadas aos deuses da terra por Sócrates em uma manhã de verão à sombra de um plátano, nas margens do rio Ilissos, após conversar com o jovem Fedro, pareciam-me o supremo ensinamento terrestre:

Ó Pan e todas as divindades desta terra, dotai-me de beleza interior e permiti que aquilo que possuo em meu exterior esteja em afinidade com meu interior.

Os gregos eram dotados de raro talento para ver a beleza interior com a plasticidade de uma escultura em mármore. Em tempos posteriores, o espírito foi fatalmente envenenado, reverenciado por um amor sem sensualidade, profanado por um desprezo sem sensualidade! O jovem e belo Alcibíades, incitado ao amor sensual pela beleza interior de Sócrates, dormiu com seu corpo colado ao dele, sob o mesmo manto, buscando pela excitação de seu desejo ser amado por esse homem feio como Silêno. Quando li as palavras desse Alcibíades no *Banquete*, quase caí de susto:

Seria para mim uma vergonha muitíssimo maior dizer aos sábios que não entreguei meu corpo a alguém como o senhor do que dizer ao povo inculto que eu me cedi."

Shunsuke ergueu os olhos. Yuichi não respondeu ao olhar. O jovem estava absorvido com algo muito pequeno, insignificante. Num jardim molhado pela chuva, atrás de uma pequena casa ao longo da linha férrea, uma senhora, agachada, abanava com afinco as brasas de um forno. Podia-se ver o movimento rápido de seu leque branco e a pequena entrada vermelha do objeto. O que era a vida cotidiana? Provavelmente um enigma que não necessita de solução, Yuichi pensou.

— A senhora Kaburagi costuma lhe escrever? — Shunsuke perguntou de chofre.

— Uma vez por semana recebo um verdadeiro testamento — Yuichi respondeu com delicado sorriso. — E as cartas do casal vêm juntas no mesmo envelope. A do marido é de uma ou, no máximo, duas páginas. Ambos escrevem que me amam com uma liberdade assustadora. Uma das cartas recentes da esposa continha esta frase, uma obra-prima: "Lembrar de você permite que nos entendamos bem como casal".

— Alguns casais são verdadeiramente estranhos, não?

— Todo casal é estranho — completou Yuichi de um jeito infantil.

— Kaburagi parece estar suportando bem o trabalho na Secretaria de Administração Florestal.

— A esposa começou a trabalhar como vendedora de carros. É disso que conseguem sobreviver.

— Bem, aquela mulher com certeza está se dando bem no negócio. Falando nisso, Yasuko já deve estar perto de ter o bebê, não é mesmo?

— Sim.

— Então você vai se tornar pai. Isso também é estranho.

Yuichi não ria. Observava o entreposto fechado de uma agência marítima ao lado do canal. Via o cais molhado pela chuva e a cor de madeira nova de duas ou três embarcações atracadas. O portão enferrujado do depósito, sobre o qual o nome da empresa estava escrito em letras brancas, impingia uma expressão vaga de esperança à paisagem imutável da margem. Poderia algo chegar do mar longínquo até ali para perturbar as sombras melancólicas do entreposto jogadas sobre as águas paradas?

— Você está com medo?

Esta pergunta, feita em tom jocoso, chocou-se com o amor próprio do jovem.

— Não há razão para estar.

— Mas é lógico que está apavorado.

— Existe algo para que me assuste?

— Muitas coisas. Se não tiver medo, deve assistir ao parto de Yasuko. Assim poderá verificar a verdadeira natureza de seus temores. Mas não o considero capaz disso. Como todos sabem, você é um marido apaixonado.

— O que você quer me dizer afinal com tudo isso?

— Há um ano você seguiu meus conselhos e se casou. Hoje você deve colher o fruto semeado naquela época, que não passa do medo que você foi capaz de dominar. Você está cumprindo o juramento que fez ao se casar, aquele juramento autoimposto? Você é realmente capaz de torturar Yasuko sem torturar a si próprio? Você não estaria confundindo o sofrimento de Yasuko com seu próprio sofrimento, que sempre sente e vê a seu lado, acreditando ser isso o amor conjugal?

— Você acha que sabe de tudo, não é mesmo? Esqueceu que uma vez fui lhe consultar sobre o aborto?

— Como se eu pudesse esquecer. Opus-me firmemente a ele.

— Sim, eu sei. E segui à risca seu conselho.

O trem chegou a Ofuna. Os dois viram entre as montanhas além da estação a nuca da alta estátua de Kwannon com o olhar abaixado, sobressaindo entre as árvores verdes e tocando o céu acinzentado. A estação estava às moscas.

Logo após a partida, Shunsuke começou a falar rapidamente, como se quisesse pôr para fora tudo o que tinha para dizer durante o curto percurso até Kamakura, a apenas duas estações dali.

— Não pensa em confirmar com os próprios olhos sua inocência? Não pensa em verificar por si próprio que sua inquietude, seu medo e em certo sentido seu sofrimento não têm qualquer razão de ser? Mas você não me parece capaz... Se pudesse, provavelmente uma nova vida começaria para você. Não, seria muito difícil.

O jovem riu desdenhosamente, revoltado.

— Uma nova vida!

Tomou em uma das mãos, com cuidado, o vinco impecável das calças para cruzar as pernas.

— Como faria para confirmar com meus próprios olhos?

— Basta simplesmente assistir ao parto de Yasuko.

— Que idiotice!

— É muito difícil para você.

Shunsuke atingira a repugnância do belo rapaz. Fixava nele o olhar como se contemplasse a presa ferida pela flecha. Por momentos, um sorriso desorientado, desagradável e amargo abria-se com cinismo no canto de seus lábios.

Shunsuke alegrava-se, sempre que via Yuichi, ao constatar sua completa falta de amor por Yasuko. No relacionamento daquele casal, a repugnância parecia imperar. Entretanto, Yuichi cedo ou tarde precisaria enfrentar diretamente essa repugnância. Sempre desviara os olhos, apesar de estar se afogando nela. No fundo, comia um prato repugnante com ares de quem se delicia: Yasuko, o conde Kaburagi, a sra. Kaburagi, Kyoko, Kawada.

Nessa gentileza didática de Shunsuke, que aconselhava a Yuichi uma repugnância palatável, escondia-se um amor jamais correspondido. Alguma coisa precisava terminar. E, ao mesmo tempo, havia necessidade de que algo novo tivesse início.

Yuichi talvez se curasse da repugnância. Shunsuke também.

— De qualquer modo, farei o que eu achar melhor. Não receberei ordens nesse caso.

— Muito bem. Faça como julgar conveniente.

O trem aproximou-se da estação de Kamakura. Descendo do trem, Yuichi iria encontrar-se com Kawada. Shunsuke foi tomado por uma dolorosa emoção. Mas, ao contrário do que lhe ia no coração, murmurou com frieza as palavras:

— Mas não creio que esteja a seu alcance.

25. Transformação

Durante muito tempo, as palavras de Shunsuke permaneceram na cabeça de Yuichi. Por mais que tentasse esquecê-las, mais se confrontava obstinadamente com elas.

A estação das chuvas se prolongava, juntamente com a gestação de Yasuko, atrasada em quatro dias da data prevista. Não bastasse isso, Yasuko, que se mantivera saudável durante toda a gravidez, nessa última fase apresentava alguns sinais preocupantes.

Sua pressão arterial subira muito e apareceram leves edemas em suas pernas. Hipertensão e edemas são sintomas precursores de toxemia. Na tarde de 30 de junho, as primeiras dores do trabalho de parto começaram. Na madrugada de 1º de julho, a frequência das contrações passou para uma a cada quinze minutos, com a pressão subindo ainda mais. O médico temia que a violenta dor de cabeça da qual Yasuko se queixava fosse sinal de eclampse.

O chefe do departamento de ginecologia, que cuidava da gravidez de Yasuko, internou-a no hospital universitário. As contrações se prolongaram por dois dias, mas o trabalho de parto não avançava. Procurando saber a causa, descobriu-se que o ângulo formado pelo osso pélvico de Yasuko era menor do que o normal. Decidiu-se pelo parto com uso de fórceps, presenciado pelo próprio chefe do departamento.

O dia 2 de julho foi um desses dias que anunciam o verão em plena estação de chuvas. Havia algum tempo Yuichi manifestava seu desejo de permanecer no hospital no dia do parto, e a mãe de Yasuko veio buscá-lo de carro em casa bem cedo pela manhã. As duas mães se cumprimentaram respeitosamente. A mãe de Yuichi desculpou-se, explicando que, embora desejasse acompanhá-los, desistira da ideia achando que por estar doente só atrapalharia. A mãe de Yasuko era uma senhora de meia-idade, robusta e saudável. Como era de seu feitio nos últimos tempos, mesmo dentro do carro continuou a importunar Yuichi de forma cruel.

— Segundo Yasuko, você parece ser o marido ideal, mas sou uma mulher vivida. Se fosse jovem, não o deixaria tranquilo, fosse você casado ou não. Você deve receber muitas propostas. A única coisa que lhe peço é que seja hábil o suficiente para que Yasuko não desconfie de suas infidelidades. Não ser capaz de dissimular bem é prova de ausência de verdadeiro amor. Como sou um túmulo, pode confiar apenas a mim seus segredos. Tem acontecido algo de interessante recentemente?

— Sua esperteza não funciona comigo.

Imaginou subitamente a perigosa reação que provocaria nessa mulher, que mais parecia uma vaca adormecida sob o sol, se lhe contasse toda a verdade. No instante mesmo em que pensava nisso, Yuichi foi surpreendido pelos dedos da sogra esticando-se em frente a seus olhos e tocando a mecha de cabelos caída sobre sua testa.

— Ah, jurava ter visto um cabelo branco. Mas era só o efeito da luz sobre os cabelos.

— Fala sério?

— Sim. Por isso mesmo me espantei.

Yuichi viu a luz incandescente do exterior. Naquela manhã, em algum canto da cidade, Yasuko continuava a sofrer contrações. Ao pensar nisso, sentiu essas dores descortinando-se a seus olhos. Era como se pudesse pesá-las nas palmas da mão.

— Espero que o parto ocorra sem problemas — afirmou Yuichi.

— Claro, disse a sogra — menosprezando a apreensão do jovem.

Sabia que não havia nada melhor para confortar um marido jovem e inexperiente do que essa autoconfiança otimista relacionada a coisas exclusivamente femininas.

Quando o carro parou num cruzamento, ouviu-se o som de uma sirene. Um carro vermelho dos bombeiros, de coloração e brilho feéricos, descia a toda velocidade a rua acinzentada pela fumaça dos carros. O veículo, que parecia quase saltar com suas rodas tocando levemente o solo, provocava alvoroço em todo o seu redor.

Yuichi e a sogra procuraram o local do incêndio olhando pela janela traseira do carro. Mas não havia sinal de fogo em parte nenhuma.

— Que estupidez. Um incêndio nesta época do ano! — exclamou a mãe de Yasuko.

Num dia tão claro como aquele, mesmo que o incêndio fosse bem próximo, dificilmente as chamas poderiam ser vistas. Ainda assim, era certo que em algum lugar havia um incêndio.

Yuichi espantou-se consigo ao se dirigir ao hospital nas horas que precediam o parto, visitando o quarto de Yasuko e enxugando-lhe o suor da testa. Fora certamente algo semelhante ao prazer de correr riscos que o fascinara e o induzira a tanto. Como era incapaz de não pensar no sofrimento de Yasuko onde quer que estivesse, a intimidade com esse sofrimento impeliu-o para o lado da esposa. O mesmo Yuichi que em geral detestava retornar à própria casa veio ter à cabeceira do leito da esposa.

Fazia muito calor no quarto do hospital. A porta que dava para a varanda estava aberta e a cortina branca protegia o quarto dos raios de sol, por vezes inflando-se com a brisa leve. Até a véspera, a chuva e o ar frio haviam continuado, e nenhum ventilador fora instalado no quarto. A sogra percebeu-o assim que entrou no cômodo e saiu para telefonar e pedir que trouxessem um de casa. As enfermeiras deviam estar ocupadas com outros pacientes. Yuichi e Yasuko estavam sós no quarto. O jovem enxugava o suor na testa da esposa. Yasuko deu um profundo suspiro e abriu os olhos, relaxando levemente sua mão suada, que até então segurava fortemente a de Yuichi.

— Sinto-me um pouco melhor. Agora estou bem. Este estado deve durar cerca de dez minutos.

Yasuko olhou em volta, como se só naquele momento se desse conta:

— Que calor está fazendo aqui dentro!

Yuichi teve medo de ver Yasuko sentindo-se aliviada. Na expressão de alívio que mostrava, ele se recordou de um fragmento do cotidiano que o atemorizava. A jovem esposa pediu ao marido que pegasse o espelho de mão e penteou os cabelos desarrumados pela dor. Seu rosto sem maquiagem, pálido e ligeiramente intumescido, exibia uma feiura na qual ela própria não era capaz de distinguir a marca suprema da dor.

— Desculpe estar tão feia — disse no tom patético e artificial peculiar às pessoas doentes. — Logo estarei bonita de novo.

Yuichi olhou diretamente para esse rosto infantil, abatido pela dor. Perguntava a si mesmo como podia estar imerso em tantas emoções. Seria por causa da feiura e da dor? Quando sua esposa se mostrava bela, serena e amável, ele, ao contrário, afastava-se dos sentimentos humanos. Como explicar isso? O erro de Yuichi consistia em recusar-se a acreditar que, em sua ternura presente, misturava-se algo da ternura dos maridos comuns.

A sogra voltou acompanhada da enfermeira. Yuichi deixou Yasuko aos cuidados das duas mulheres e saiu à varanda. Do segundo andar, podia-se contemplar o jardim interno. Seus olhos perceberam as inúmeras janelas dos quartos dos pacientes no prédio em frente e a seção envidraçada da escadaria. Pôde ver o uniforme branco da enfermeira que descia a escada de audaciosas linhas oblíquas. O sol matinal batia por um ângulo oposto, cortando diagonalmente essas linhas.

Inalando o cheiro de desinfetante em meio àquela forte luminosidade, vieram-lhe à mente as palavras de Shunsuke: "Você não pensa em confirmar com os próprios olhos sua inocência?".

"Que poder intoxicante e fascinante têm sempre as palavras daquele velho homem. Mandou ver meu filho nascer, certo de minha repugnância. Adivinhou que eu seria capaz. Havia uma confiança arrogante em sua persuasão doce e cruel."

Yuichi pousou as mãos no parapeito de ferro da varanda. Ao fazê-lo, a sensação morna da barra de ferro enferrujada, esquentada pelo sol, levou-o a lembrar repentinamente da viagem de lua de mel quando arrancara sua gravata, chicoteando com ela o parapeito de ferro da varanda do hotel.

Um impulso indescritível transpassou o coração de Yuichi. O jovem estava seduzido pela repugnância que Shunsuke tanto estimulara em seu coração e cuja lembrança trazia-lhe uma dor vívida. Revoltar-se contra ela ou vingar-se dela era sinônimo de entregar-se. Era difícil distinguir entre a paixão por definir a origem da repugnância e o desejo carnal que buscava a origem do prazer. O coração de Yuichi palpitou ao pensar nisso.

A porta do quarto de Yasuko abriu-se.

O chefe do departamento ginecológico, vestindo um jaleco branco, entrou seguido de duas enfermeiras, que empurravam para dentro do quarto um leito móvel. Nesse exato momento, Yasuko foi tomada de novas contrações. Yuichi aproximou-se às pressas e segurou sua mão. Yasuko berrava o nome do jovem marido como se chamasse alguém ao longe.

O ginecologista abriu um doce sorriso. Depois, disse:

— Aguente mais um pouco. Aguente mais um pouco.

Havia algo em seus cabelos brancos que, logo à primeira vista, inspirava enorme confiança. Yuichi sentiu antipatia por seus cabelos brancos, pela idade e pela experiência, pelas boas intenções desse médico íntegro. Toda a atenção e todo o interesse que tinha na gravidez, no parto complicado e na criança por nascer desapareceram em Yuichi. A única coisa em que pensava era ver *aquilo*.

Yasuko sofria e, mesmo quando a transferiram para o leito móvel, mantinha os olhos fechados. O suor encharcava sua fronte. Sua mão frágil novamente procurou no vazio a de Yuichi. Quando o jovem a segurou, Yasuko inclinou-se em sua direção, aproximando os lábios macilentos de seu ouvido.

— Venha junto. Se você não estiver a meu lado, perco a coragem de ter o bebê.

Haveria no mundo uma confissão tão espontânea e emocionante? Yuichi foi tomado pela estranha impressão de que sua mulher adivinhara o impulso existente no fundo de seu coração e procurava ajudá-lo. A emoção que sentiu naquele instante era tão extraordinária que as pessoas em volta se admiraram diante de um marido que sentia-se tocado pela confiança cega da esposa. Yuichi ergueu os olhos em direção ao rosto do médico.

— O que ela disse? — perguntou o médico.

— Pede que fique junto dela durante todo o parto.

O médico segurou pelo braço aquele marido ingênuo e inexperiente. Disse a seu ouvido em voz baixa, mas firme:

— Algumas esposas jovens costumam pedir isso. Não precisa levar a sério. Se fizer isso, os dois com certeza vão se arrepender depois.

— Mas se eu não estiver junto, minha mulher...

— Compreendo sua preocupação com sua esposa, mas a gravidez produz força suficiente na mulher. É algo impensável que você, o marido, assista ao parto. Talvez você sinta vontade agora, mas certamente se arrependerá mais tarde.

— Estou certo de que não me arrependerei.

— Em geral, todo marido procura fugir disso. Nunca vi ninguém como você.

— Por favor, doutor.

A veia artística de Yuichi impeliu-o a desempenhar naquele momento o papel de jovem marido obstinado e caprichoso que perdeu o bom senso devido à preocupação com a esposa. O médico aquiesceu com um breve aceno da cabeça. A mãe de Yasuko, que ouvira a conversa dos dois, estava visivelmente chocada.

— Que excentricidade! Eu mesma não gosto de ver — disse.

— Seria melhor desistir dessa ideia. Não há dúvida de que você se arrependerá. Além disso, é maldade sua me deixar sozinha na sala de espera.

Yuichi continuava a segurar a mão de Yasuko. Achou que a mão dela puxava a sua com força inesperada, mas eram apenas as duas enfermeiras que começavam a movimentar o leito, enquanto a responsável pelo quarto abria a porta para que saíssem para o corredor.

A cama de Yasuko e sua comitiva encaminharam-se pelo elevador ao terceiro andar. Movimentavam-se calmamente sobre os reflexos da luz no chão frio. Quando as rodas do leito batiam em alguma junta no assoalho do corredor, Yasuko, sempre de olhos fechados, fazia um breve gesto de seu queixo branco e flácido.

Os batentes da porta da sala de parto abriram-se. A mãe de Yasuko permaneceu do lado de fora e, quando as portas estavam quase fechando, insistiu:

— Yuichi, você realmente se arrependerá. Se tiver medo durante o parto, saia logo. Não há problema. Estarei esperando sentada na cadeira no corredor.

O semblante sorridente de Yuichi ao responder era semelhante ao de alguém preparado para enfrentar o perigo. Esse jovem gentil estava ciente de seu próprio pavor.

O leito móvel foi posto ao lado de outro leito acoplado a equipamentos. Yasuko foi transferida para ele. Em seguida, a enfermeira puxou uma cortina baixa entre as duas colunas que o ladeavam. Estendida sobre o peito da parturiente, a cortina impedia que visse o brilho cruel dos bisturis e dos outros aparelhos cirúrgicos.

Yuichi continuava a segurar a mão de Yasuko, em pé ao lado da cama. De onde estava, podia ver tanto a parte superior do corpo da esposa como, por cima da cortina baixa, a parte inferior que Yasuko não podia observar.

Uma doce brisa entrava pela janela voltada para o sul. Yuichi, que tirara o paletó e ficara em mangas de camisa, notou que sua gravata estava suspensa e virada sobre o ombro. Enfiou a ponta da gravata dentro do bolso da camisa. Fez isso com a agilidade de alguém concentrado em uma tarefa. No entanto, tudo o que Yuichi podia fazer era segurar a mão transpirante da esposa. Entre esse corpo que sofria e o outro que, destituído de sofrimentos, apenas contemplava, existia uma distância que nenhuma ação poderia vencer.

— Um pouco mais de paciência. Já está chegando a hora.

A enfermeira-chefe repetiu as palavras no ouvido de Yasuko. Seus olhos permaneciam completamente cerrados. Yuichi experimentou uma sensação de liberdade porque a esposa não o estava vendo.

O chefe do departamento ginecológico lavara as mãos, reaparecendo com as mangas da camisa branca levantadas e acompanhado por dois auxiliares. Não olhou uma vez sequer na direção de Yuichi. Fez um sinal à enfermeira-chefe. As duas enfermeiras retiraram a metade inferior da cama onde Yasuko estava deitada. As pernas de Yasuko foram abertas e fixadas num estranho instrumento instalado nos dois lados da cama, como chifres avançando no ar.

A cortina baixa, colocada à altura do busto, servia para não mostrar à parturiente a forma atroz pela qual a parte inferior de seu corpo se transformaria em matéria, em objeto. Por outro lado, o sofrimento de Yasuko transformara-se em um sofrimento que não se prestava a ser convertido em objeto, quase puramente espiritual, sem relação com o que acontecia na parte de baixo. A força com que segurava a mão de Yuichi não era a de uma mulher, mas uma força altiva, capaz de se desprender de Yasuko.

Yasuko gemeu. No interior do quarto, quente após a passagem do vento, seus gemidos flutuavam como o som das asas de inúmeras moscas. Tentou repetidas vezes erguer o tronco. Seu corpo caía sobre a cama dura; de olhos fechados, movia seu rosto para os lados em convulsões rápidas. Yuichi relembrou. No outono passado, quando fora fazer sexo em plena tarde no hotel em Takagicho com um estudante que encontrara por acaso, ouvira, já quase adormecido, o som de sirenes do carro do corpo de bombeiros. Naquele momento, pensara:

"Para que meu pecado torne-se algo tão puro que nunca possa ser destruído pelo fogo, não seria preciso que minha inocência atravessasse antes de mais nada o próprio fogo? Minha completa inocência com relação a Yasuko. Não fui eu mesmo que, no passado, desejei *renascer* para Yasuko? E agora?"

Fixou o olhar na paisagem que se vislumbrava pela janela. O sol de verão brilhava com intensidade pelo bosque além dos trilhos da linha de trem. O campo oval de um estádio assemelhava-se a uma piscina de luz. Não havia uma só pessoa nessa paisagem.

A mão de Yasuko novamente puxou fortemente a do belo jovem, e essa força parecia querer chamar-lhe a atenção para algo. Ele não pôde se furtar ao reluzir afiado do bisturi, entregue pela enfermeira ao médico. Nesse momento, a parte inferior do corpo de Yasuko já se contorcia como uma boca a expelir vômito. Sobre o pano que o protegia, de tecido semelhante ao de uma vela de navio, escorria a urina sugada pelo catéter, misturada a gotas do mercurocromo.

Esse pano, aplicado sobre o corte, chegava a emitir um som, devido ao corrimento violento. A anestesia local começou a ser aplicada, o bisturi e a tesoura alargaram ainda mais o corte. Quando o sangue jorrou, espalhando-se pelo pano, os intrincados órgãos internos de Yasuko apareceram claramente aos olhos do jovem esposo, livres de toda sombra de crueldade. Yuichi espantou-se ao constatar que, diante da pele rasgada e do interior exposto daquela forma, não conseguia ver como simples matéria o corpo da esposa, que até então considerava como uma porcelana, tão sem ligação com ele.

"Preciso ver. De qualquer modo, é preciso que eu veja", murmurava para si. "Essa estrutura brilhante como inúmeras joias vermelhas molhadas, essas coisas moles impregnadas de sangue sob sua pele, essas coisas contorcidas… Um cirurgião deve se acostumar logo a elas, não há razão para que eu também não possa me tornar um cirurgião. O corpo de minha esposa não passa de porcelana para meu desejo, portanto não há razão para que esse mesmo interior do corpo seja algo além disso."

A honestidade de seus sentimentos logo traiu seu blefe. O corpo às avessas da esposa era bem mais que uma porcelana. Seu interesse humano, ainda mais profundo do que a compaixão que sentia pelo sofrimento da esposa, compelia-o a ver a superfície molhada da carne rubra e muda, como se contemplasse a si próprio. A dor não transcende a carne. A dor é solitária. Mas aquela carne vermelha exposta não estava sozinha. Estava ligada à que também existia no interior de Yuichi.

Yuichi novamente viu as mãos do médico recebendo o instrumento cruel, prateado e assepticamente brilhante. Era uma grande tesoura, com lâminas separáveis, parecidas a um par de colheres grandes e encurvadas. Uma delas foi introduzida profundamente no interior de Yasuko. A outra, após ser introduzida obliquamente, foi fixada na intersecção. Era um fórceps.

O jovem marido sentia vivamente como esse instrumento forçava a entrada na extremidade distante do corpo da esposa, cuja mão tocava a sua, para tatear com seus braços metálicos num movimento de procura. Yuichi viu a esposa morder o lábio inferior com os dentes brancos. Mesmo no meio de tamanho sofrimento, e reconhecendo que a expressão do rosto da esposa não deixava de mostrar uma adorável confiança, Yuichi não ousou beijá-la. Isso porque não tinha a segurança de que um beijo carinhoso parecesse natural.

O fórceps procurava nas entranhas da carne a cabeça mole do bebê. Agarrou-a.

As duas enfermeiras pressionaram o abdômen pálido de Yasuko pelos lados.

Yuichi esforçava-se por acreditar em sua inocência, ansiava por ela.

Entretanto, naquele momento, o coração de Yuichi se alterou ao comparar o rosto da esposa que chegava ao ápice da dor com a parte de seu corpo que, no passado, fora a fonte de sua repulsa e que então se inflamava, vermelha. Yuichi imaginou que sua beleza, devotada à admiração de todos os homens e mulheres, voltava a sua função primeira: naquele momento, existia apenas para ver. Narciso esquecera seu próprio rosto.

Seus olhos voltavam-se para outro objeto que não um espelho. Contemplar uma feiura tão impressionante tornara-se o mesmo que olhar para si mesmo.

Até aquele momento, Yuichi estava sem dúvida consciente de que vivia para ser visto. Sentir sua própria existência, em última análise, era sentir-se visto. Essa nova consciência de existir com certeza, sem ser visto, deixou o jovem inebriado. Ou seja, ele próprio *estava vendo*.

Que transparente e leve é a existência em sua verdadeira forma! O Narciso que esqueceu o próprio rosto podia até mesmo pensar que o rosto não existia. Se por um instante apenas tivesse aberto os olhos e visse seu marido, essa esposa sob dores intensas com certeza teria descoberto ali a expressão de um ser humano pertencente a seu próprio mundo.

Yuichi largou a mão da esposa. Como se quisesse tocar um novo eu, levou ambas as mãos à testa encharcada de suor. Enxugou-a com um lenço. Em seguida, ao perceber que a mão da mulher ainda permanecia no vazio, como a segurar a impressão de sua mão, voltou a apertá-la, como se a pousasse sobre seu molde.

O líquido amniótico gotejava. A cabeça do bebê, com seus olhos fechados, aparecera. O trabalho que se realizava ao redor de Yasuko assemelhava-se ao trabalho coletivo dos marinheiros num navio lutando contra a tempestade. Era uma força comum: a força humana trazendo à luz uma forma de vida. Yuichi observava até mesmo o movimento dos músculos do médico trabalhando sob as pregas de seu jaleco branco.

Liberto de qualquer entrave, o bebê escorregou livremente para fora do ventre materno. Era uma massa de carne semimorta, de um branco ligeiramente púrpura. O ruído de um murmúrio se fez ouvir. Finalmente, a massa de carne chorou e avermelhou-se pouco a pouco.

O cordão umbilical foi cortado e o bebê, nos braços da enfermeira, foi apresentado a Yasuko.

— É uma mocinha!

Yasuko parecia não entender.

— É uma menina!

Yasuko aquiesceu levemente.

Até então Yasuko conservara-se calada, de olhos abertos. Seus olhos não procuravam ver nem o esposo nem o bebê. E mesmo quando os via, não esboçava qualquer sorriso. Essa expressão indiferente, própria aos animais, raramente pode ser observada num ser humano. Comparadas a ela, todas as expressões humanas de tristeza ou de alegria não passavam de máscaras, refletiu o "homem" dentro de Yuichi.

26. Chegada de um verão sóbrio

O bebê recebeu o nome de Keiko e a alegria da família com seu nascimento era desmedida. Apesar disso, o que contrariava o desejo de Yasuko era o fato de a recém-nascida ser uma menina. Durante toda a semana que passou no hospital após o parto, seu coração esteve repleto de alegria, mas algumas vezes absorvia-se na infrutífera tarefa de procurar compreender o insondável mistério da vida, que a levara a dar à luz uma menina e não um menino. "Estaria eu errada em querer um menino?", questionava-se. "Não teria sido desde o início uma ilusão fútil aquela minha alegria de manter cativo dentro do meu ser um lindo bebê que fosse a cópia fiel de meu marido?" Ainda não era possível afirmar com certeza, mas os traços da criança assemelhavam-se mais aos do pai que aos da mãe. Todos os dias Keiko era pesada. A balança era posta ao lado da cama da mãe, que se recuperava rapidamente do parto e anotava ela própria em um gráfico o aumento diário do peso. De início, Yasuko encarava o bebê a que dera à luz como um ser estranho, ainda desprovido de forma humana. Entretanto, após a dor pungente da primeira amamentação e do prazer quase imoral que a acompanhou, não pôde deixar de se apaixonar de coração pelo bebê de fisionomia estranhamente compenetrada, até porque as pessoas à sua volta e os visitantes tratavam como um ser humano essa existência incompleta, dirigindo-lhe palavras que certamente lhe soavam incompreensíveis.

Yasuko experimentou comparar o terrível sofrimento físico por que passara nos últimos dois ou três dias àquele longo sofrimento mental que Yuichi lhe infligira. Com o espírito sereno ao término do sofrimento físico, pensava com esperança no tempo muito maior que precisaria para convalescer do segundo.

Não foi Yasuko, mas a mãe de Yuichi quem primeiro percebeu as transformações que ocorriam em seu filho. Em sua simplicidade particular, esse espírito franco e sem afetações logo notou a metamorfose de Yuichi. Ao ser informada que o parto fora bem-sucedido, entregou a Kiyo a guarda da casa e, chamando um táxi, precipitou-se sozinha ao hospital. Abriu a porta do quarto onde estava Yasuko. Yuichi, à cabeceira da cama, correu em direção à mãe para abraçá-la.

— Cuidado. Desse jeito você me fará cair — disse, debatendo-se e socando com seu pequeno punho o peito do filho. — Não se esqueça que também sou uma doente. O que houve? Seus olhos estão muito vermelhos. Estava chorando?

— Toda essa tensão exauriu minhas forças. Afinal, estive ao lado dela durante todo o parto.

— Como? Você assistiu ao parto?

— Assistiu — respondeu a mãe de Yasuko. — De nada adiantou tentar dissuadi-lo. Quem disse que me deu ouvidos? E, por sua vez, Yasuko não largava a mão dele.

A mãe de Yuichi olhou para Yasuko, que sorria brandamente, mas não denotava no rosto o menor sinal de constrangimento.

Depois voltou novamente o olhar na direção do filho. Seus olhos pareciam dizer:

"Que rapaz estranho! Depois de presenciar algo tão pavoroso, pela primeira vez você e Yasuko parecem um verdadeiro casal. Sua expressão é a de quem compartilhou um divertido segredo com alguém."

Nada apavorava mais Yuichi do que esse tipo de intuição de sua mãe. Yasuko, ao contrário, não tinha nenhum medo dela. Acabado o sofrimento, espantava-se consigo mesma por não sentir nenhuma vergonha por Yuichi ter assistido ao parto. Talvez vagamente sentisse ser aquela a única forma de fazer o marido acreditar em sua dor.

Com exceção das aulas suplementares de algumas matérias, as férias de verão já haviam começado para Yuichi desde julho. Sua rotina diária consistia em passar praticamente todas as tardes no hospital e à noite cair na farra. Nas noites em que não se encontrava com Kawada, não perdia o péssimo hábito de sair para se divertir com aqueles que Shunsuke chamava de "relacionamentos perigosos".

Além do Rudon, Yuichi passou a frequentar assiduamente alguns outros bares do meio. Num deles, quase todos os clientes eram estrangeiros. Dentre esses, havia até um policial militar que gostava de se travestir de mulher. Com uma estola jogada sobre os ombros, andava pelo bar flertando com todos os clientes.

No bar Élysée, vários michês saudaram Yuichi. O jovem retribuiu os cumprimentos e riu para si mesmo: "Então são esses os relacionamentos *perigosos*? Com rapazes tão frouxos e efeminados como esses?".

Desde o dia seguinte ao nascimento de Keiko, as chuvas recomeçaram a cair. Certo bar localizava-se ao fundo de um caminho barrento. Muitos clientes já de cara cheia entravam e saíam dele com as calças salpicadas de lama. Por vezes, a água avançava até um canto sem assoalho do estabelecimento. O gotejar de vários guarda-chuvas dependurados na parede de tijolos aparentes ajudava a aumentar o volume da água.

O belo jovem estava calado diante dos petiscos ordinários, da garrafa repleta de saquê inferior e de uma taça. O saquê, quase transbordando, mas contido pela borda fina da taça, tremulava em sua coloração amarela e transparente. Yuichi olhou a taça. Era um objeto que não dava margem à interposição de qualquer tipo de fantasma. Apenas uma taça comum. Nada mais além disso.

Foi dominado por uma estranha sensação. Percebeu que até aquele momento nunca vira nada parecido. No passado, a mesma taça estava a uma distância tal que refletia os fantasmas por ele criados e todos os acontecimentos que se passavam em seu espírito, podendo sempre contemplá-la como sendo um atributo desses reflexos. Naquele momento, entretanto, a taça existia como mero objeto.

No café exíguo havia quatro ou cinco clientes. Mesmo então, Yuichi não voltava para casa sem antes se envolver numa aventura. Os homens mais velhos se aproximavam dele com cantadas envoltas em palavras melosas. Os mais jovens valiam-se da sedução: naquela noite, havia ao lado de Yuichi um jovem simpático, quase de sua idade, servindo-lhe saquê a intervalos regulares. Pelo olhar que por vezes lançava na direção do rosto de Yuichi, via-se que estava apaixonado por ele.

O olhar do jovem era gracioso, seu sorriso, límpido. O que isso significaria? Desejava ser amado. Para dar a entender seu valor, passava longo tempo falando de como era perseguido por inúmeros homens. Apesar de insistente, esse tipo de autoapresentação é comum entre os gays e não seria censurável nessas proporções. O rapaz trajava-se com bom gosto. Sua complexão física não era ruim. Suas unhas eram bem cortadas e a linha da camiseta branca visível ao redor do pescoço era asseada... Mas de que adiantava isso?

Yuichi levantou seu olhar sombrio em direção à foto de um boxeador colada à parede do café. O vício que perdera seu brilho era centenas de vezes mais fastidioso do que a virtude que privara--se de sua resplandecência. O vício é chamado de pecado por causa do tédio proveniente dessa repetição que não permite um só momento de autossatisfação e descontração. O demônio entedia-se por estar saciado da criatividade eterna que a vilania exige. Yuichi estava consciente do desenrolar dos acontecimentos. Se desse um sorriso de consentimento ao rapaz, os dois continuariam tranquilamente a beber juntos madrugada adentro. Sairiam do café quando as portas se cerrassem. Fingindo embriaguez, ficariam parados à entrada de um hotel. No Japão, em geral, dois homens que passam a noite juntos em um mesmo quarto de hotel não inspiram desconfiança. Trancar-se-iam à chave em um quarto no primeiro andar, do qual poderiam escutar o apito bem próximo de um trem de carga ressoando dentro da madrugada. Um longo beijo, roupas despidas, néon dos anúncios clareando os vidros foscos das janelas e traindo as luzes apagadas, gemidos lamuriosos das molas envelhecidas da cama de casal, abraços e beijos apressados, primeiro contato com a pele nua após secado o suor do corpo, aroma da brilhantina e da carne, apalpadelas repletas da ilimitada impaciência, na busca pela mesma satisfação carnal, pequenos gritos traindo o amor-próprio, mãos molhadas pelo gel dos cabelos... Uma satisfação travestida e dolorosa, evaporação de grande quantidade de suor, mãos que procuram cigarros e fósforos à cabeceira da cama, o branco puro dos olhos cintilando docemente, histórias longas e absurdas que se iniciam como uma inundação, brincadeiras de duas crianças tornando-se apenas companheiros depois que seus desejos momentaneamente desvanecem, medindo forças na madrugada, imitando uma luta livre, e tantas outras idiotices...

"Mesmo que saia com esse rapaz, sei que não haverá nenhum elemento novo e minha ânsia por originalidade continuará insatisfeita", Yuichi pensou contemplando a taça. "Por que o amor homossexual é tão efêmero? Além disso, o fato de que, o ato consumado, tudo acaba em pura amizade não constituiria a própria essência da homossexualidade? Não representaria um tipo de concupiscência oferecida para criar esse estado de solidão em que voltam a ser, uma vez o desejo satisfeito, apenas indivíduos do mesmo sexo?"

"Os membros dessa espécie tendem a acreditar que se amam por serem homens, mas a realidade, embora cruel, não é que só quando se amam eles reconhecem enfim sua condição de homens? Mesmo antes de amar, há na consciência dessas pessoas algo terrivelmente vago. Em seus desejos existe uma exigência mais próxima da metafísica do que da sexualidade. O que poderia ser?"

De qualquer modo, o que ele descobria por toda parte era a sensação de afastamento do mundo físico. Os amantes homossexuais nas obras de Saikaku só tinham como escapatória o sacerdócio ou o duplo suicídio.

— Já vai embora? — perguntou o rapaz a Yuichi, que pedira a conta.

— Sim.

— Vai pegar o trem na estação de Kanda?

— Isso. Em Kanda.

— Então vou acompanhá-lo até a estação.

Os dois saíram à ruela lamacenta, passando defronte aos inúmeros pequenos bares enfileirados sob o elevado da via férrea, enquanto caminhavam lentamente em direção à estação. Eram dez da noite. A animação nos arredores atingia seu auge.

Recomeçara a chover. O calor era sufocante. Yuichi vestia uma camisa branca. O rapaz trajava uma azul-marinho e carregava uma valise de documentos. Como a rua era estreita, dividiam o mesmo guarda-chuva. O rapaz sugeriu irem beber algo. Yuichi concordou e os dois entraram em um pequeno café em frente da estação.

O jovem conversava animadamente. Falava sobre sua família, sua graciosa irmã mais nova, a imensa sapataria que a família possuía em Higashi Nakano, os planos do pai para seu futuro, sua pequena poupança bancária... Yuichi ouvia tudo, admirando o semblante lindo e rústico do rapaz. Aquele tipo de jovem estava destinado, desde o nascimento, a uma felicidade trivial. Tudo no jovem contribuía para esse tipo de felicidade. Com exceção de um único defeito secreto, inocente, desconhecido de todos! Essa falha destruía toda sua imagem e, irônica e inadvertidamente, lançava um tipo de sombra metafísica sobre seu semblante juvenil e banal, semelhante ao cansaço com as grandes especulações. Ao mesmo tempo, não fosse por esse defeito, teria certamente crescido como membro dessa categoria de homens que, ao atingir os vinte anos, conseguem uma esposa, satisfazem-se como quarentões e apenas ruminam essa satisfação até a morte.

O ventilador girava displicentemente sobre suas cabeças. Os cubos de gelo de suas bebidas derreteram rapidamente. Como Yuichi ficara sem cigarros, filou um do rapaz. Teve uma estranha sensação ao imaginar o que aconteceria caso os dois estivessem apaixonados um pelo outro e vivendo sob o mesmo teto. Dois homens não fazendo a limpeza, negligenciando os serviços domésticos, vivendo uma vida na qual, quando não estivessem se amando, estariam expelindo todo o tempo baforadas de seus cigarros. Os cinzeiros se enchendo rapidamente...

O rapaz bocejou. Fileiras perfeitas de dentes guarneciam a grande, sombria, lustrosa e profunda cavidade bucal.

— Desculpe... Não é que esteja enfadonho... Simplesmente vivo pensando em sair o mais rápido possível dessa sociedade —

Yuchi imaginou que isso não significava que deixaria de ser gay, mas desejava apenas iniciar o quanto antes uma vida sólida com um parceiro fixo. — Sempre carrego um amuleto. Quer ver?

Pensando que estivesse de paletó, levou a mão à altura do bolso do peito inexistente. Logo lembrou-se que, quando não vestia o casaco, guardava o amuleto em sua valise. Explicou-o a Yuichi. Posta junto a seu joelho, a valise de couro ligeiramente felpudo exibia um corpo volumoso. Estava de cabeça para baixo e seu dono abriu com tanta pressa o fecho que todo o seu conteúdo caiu barulhentamente, espalhando-se sobre o assoalho. O rapaz curvou-se às pressas para apanhar cada item. Sem ajudá-lo, Yuichi limitou-se a contemplar, sob a luz das lâmpadas fluorescentes, cada um dos objetos que o rapaz juntava. Havia um creme. Havia loção. Havia brilhantina. Havia um pente. Havia um frasco de água de colônia. Havia ainda mais um frasco de algum outro creme. O rapaz carregava tudo aquilo para sua toalete matinal, já prevendo a possibilidade de passar a noite fora.

Um nécessaire de produtos de toalete que um homem leva consigo, não sendo ele um artista, é algo indescritivelmente patético e feio. Entretanto, sem perceber que essa era a impressão de Yuichi, o rapaz elevou em direção à luz o vidro no qual só restava um terço da água de colônia para se certificar de que não quebrara. Isso apenas serviu para reforçar a insuportável sensação que Yuichi tivera.

O rapaz terminara de guardar de volta em sua valise os objetos caídos. Lançou um olhar desconfiado a Yuichi, que não fizera menção de ajudá-lo. Depois disso, lembrou-se novamente do motivo inicial que o levara a abrir a valise. Abaixou o rosto que, pelo muito tempo que ficara curvado catando os objetos, avermelhara-se até as orelhas. De um pequeno bolso no interior da valise retirou um minúsculo objeto amarelo preso à ponta de um fio de seda vermelho e o balançou diante dos olhos de Yuichi.

Yuichi segurou o objeto. Era a miniatura de uma sandália de palha tradicional, trançada com corda amarela e uma tira vermelha.

— É esse seu amuleto?

— Sim, foi um presente.

Yuichi olhou sem acanhamento para o relógio. Disse que já estava na hora de voltar para casa. Saíram do café. Na estação de Kanda, o rapaz comprou um bilhete para Higashi Nakano e Yuichi para a estação S***. Pegaram o mesmo trem. O rapaz ficou confuso quando o trem aproximou-se da estação S*** e Yuichi preparou-se para desembarcar, pois acreditava que Yuichi comprara aquele bilhete apenas por pudor. Sua mão segurou firme a de Yuichi, que desvencilhou-se cruelmente, lembrando-se da mão de Yasuko que, em seu sofrimento, apertava fortemente a sua. Ferido em seu orgulho, o rapaz abriu um sorriso forçado, tentando acreditar que esse tratamento indelicado de Yuichi fosse apenas uma brincadeira.

— Vai mesmo descer aqui?

— Vou.

— Sendo assim, vou com você.

O rapaz desceu junto com Yuichi na plataforma da estação S***, deserta àquela hora tardia.

— Vou acompanhá-lo — repetia o rapaz insistentemente e exagerando sua embriaguez.

Yuichi irritou-se. De súbito, lembrou-se da visita.

— Para onde vai, quer me deixar sozinho aqui?

— Quer mesmo saber? — Yuichi perguntou friamente. — Sou casado.

— Quê? — exclamou o rapaz pálido e petrificado. — Quer dizer que até agora estava só zombando de mim?

O rapaz começou a derramar lágrimas ali mesmo, em pé. Caminhou até um banco, sentou-se com a valise apertada contra o peito e continuou a chorar. Testemunhando essa conclusão tragicômica, Yuichi afastou-se do local, galgando a passos rápidos os degraus da escada. Não havia sinais de que o rapaz o seguisse. Saindo da estação, praticamente corria. O prédio do hospital surgiu calmo diante de si.

"Queria vir até aqui", pensou sinceramente. "Assim que bati os olhos no conteúdo da valise daquele rapaz, tive vontade de vir até aqui."

Normalmente, aquela era a hora de voltar para casa, onde sua mãe esperava sozinha seu retorno. Não podia pernoitar no hospital, mas achava que não conseguiria dormir caso não passasse por lá.

O vigia no portão ainda estava acordado, jogando *shogi*.* Mesmo de longe podia-se vislumbrar a tênue luz amarela do prédio. Um rosto sombrio apareceu no guichê da recepção. Felizmente, o vigia lembrava-se do rosto de Yuichi. Ficara famoso por ser o marido que assistira ao parto da esposa. Yuichi alegou haver esquecido algo importante no quarto da esposa, um pretexto completamente destituído de fundamento.

— Sua esposa já deve estar dormindo — argumentou o vigia.

Mas o coração do homem acabou tocado pela fisionomia do jovem esposo apaixonado pela mulher. Yuichi subiu ao segundo andar pela escada mal iluminada. No meio da noite, seus passos ressoavam alto pela escada.

Yasuko ainda não pegara no sono, mas pensou estar sonhando ao ouvir o barulho da maçaneta envolta em gaze sendo girada. Tomada por um pavor súbito, levantou-se e acendeu o abajur da cabeceira. A silhueta parada além do halo de luz era o marido. Antes mesmo de suspirar aliviada, seu peito foi invadido pela palpitação

---

* Tipo de jogo semelhante ao xadrez. (N. T.)

de uma violenta e indizível alegria. O peito másculo de Yuichi, envolvido em sua camisa branca, movimentava-se à sua frente. O casal trocou duas ou três palavras de forma casual. Com sua natural perspicácia, Yasuko não teve a coragem de perguntar diretamente ao esposo a razão de sua visita tão tarde. O jovem pai virou a luz do abajur em direção ao berço de Keiko. Suas pequenas narinas, semitransparentes e puras, respiravam sob uma fisionomia séria. Yuichi extasiava-se com seu próprio sentimentalismo barato. Esse tipo de emoções até então latentes em seu interior encontravam o objeto mais certo e garantido, chegando mesmo a inebriá-lo. Despediu-se delicadamente da esposa. Naquela noite, tinha razões suficientes para ter uma boa noite de sono.

Na manhã seguinte à alta de Yasuko do hospital, assim que Yuichi acordou, Kiyo veio lhe pedir desculpas. Ao fazer a limpeza, deixara cair e quebrara o espelho de parede que Yuichi sempre costumava usar para poder dar o nó de sua gravata. Esse pequeno acidente o fez sorrir. Talvez fosse um sinal de que o belo jovem libertara-se do poder mágico e legendário do espelho. Lembrou-se da penteadeira em laca negra que o levara a essa relação íntima e secreta com o espelho, quando, no verão do ano anterior, no hotel na cidade de K..., prestara ouvidos aos louvores venenosos de Shunsuke. Até então, Yuichi seguia os hábitos masculinos, proibindo a si próprio de se considerar belo. Desde aquela manhã em que o espelho quebrara, voltaria ele a seguir novamente aquele tabu?

Certa noite, uma festa de despedida para um estrangeiro de retorno a seu país foi organizada na residência de Jacky. Yuichi recebeu um convite através de um terceiro. A presença de Yuichi era um dos atrativos da noite. Sua vinda faria aumentar a estima de Jacky junto aos inúmeros convidados. Sabendo disso, Yuichi vacilou algum tempo, mas finalmente decidiu aceitar o convite.

Tudo se passou da mesma forma que na *gay party* do Natal do ano anterior. Os jovens convivas esperavam reunidos no Rudon. Todos vestiam camisas de motivos havaianos que realmente lhes caíam bem. Como da última vez, Eichan e Kimichan estavam entre eles; como os estrangeiros eram outros, havia um sabor de novidade no grupo. Havia também rostos novos. Kenchan era um deles. Katchan também. O primeiro era filho do dono de um grande estabelecimento em Asakusa especializado em enguias. O segundo era filho de um renomado e austero gerente-geral de uma agência bancária.

Enquanto esperavam a chegada do carro dos estrangeiros, todos do grupo reclamavam do tempo chuvoso e úmido, jogando conversa fora e tomando bebidas geladas. Kimichan contou uma história divertida. O dono de uma grande loja de frutas em Shinjuku decidira destruir um alojamento militar do pós-guerra para construir um prédio de dois andares. Compareceu à cerimônia de colocação da pedra fundamental na qualidade de diretor-presidente. Com o rosto circunspecto, fez a oferenda da árvore sagrada, que foi acompanhada pela oferenda realizada por seu jovem e formoso diretor executivo. O que ninguém tinha conhecimento é que essa cerimônia simples era de fato uma "cerimônia secreta de casamento", presenciada por todos. Esses dois homens, por longo tempo amantes, passariam a viver juntos a partir da noite daquela cerimônia de colocação da pedra fundamental, já que o diretor-presidente obtivera seu divórcio um mês antes.

Os jovens, vestidos com camisas espalhafatosas, de braços nus, sentavam nas cadeiras do café a que estavam acostumados, cada qual em uma postura diferente e à vontade, todos de nucas bem raspadas e cabelos exalando o forte cheiro do gel perfumado, além de sapatos impecavelmente engraxados, brilhando como novos. Um deles tinha os cotovelos grudados ao balcão, cantarolava uma peça de jazz da moda e, afetando um tédio adulto, fechava e abria alternadamente com a mão um velho copo de couro de costuras descosidas para jogar dois ou três pequenos dados pretos com a pontuação gravada em vermelho e verde. Havia algo interessante no futuro desses rapazes! Apenas um pequeno número de jovens que entram nesse mundo, levados por um impulso solitário ou impelidos por uma sedução inocente, seguem o caminho correto, acertando o número da sorte que os conduz a uma inesperada viagem de estudos no exterior. Os restantes, em sua grande maioria, acabam ganhando, como recompensa pela juventude perdida, o prêmio de uma velhice surpreendentemente feia e prematura. Em suas fisionomias jovens já depreendem-se as marcas invisíveis da devastação avassaladora pelo vício da curiosidade e pela necessidade contínua de excitação. O gim que se aprende a beber aos dezessete, o sabor do cigarro estrangeiro filado, a dissipação que conserva a máscara da inocência destituída de todo medo, o tipo de deboche que nunca deixa sequer os frutos do remorso, a gorjeta abundante que os adultos impõem e o uso secreto que dela fazem, o desejo pelo consumo sem o esforço do trabalho, o instinto pela beleza do corpo. De fato, nessa depravação sem sombras, a juventude bastava totalmente a si mesma e não tinha como escapar à pureza do corpo. Em suas juventudes desprovidas do sentimento de realização, não sentiam que tivessem perdido nada.

— Kimichan, seu débil mental! — conjurava Katchan.

— Katchan, seu louco varrido! — revidava Kimichan.

— Eichan, seu puto! — xingava Kenchan.

— Idiota! — esbravejava Eichan.

Essa briga vulgar assemelhava-se às brincadeiras de pequenos cães trancafiados nos compartimentos de vidro dos canis.

Fazia muito calor. As rajadas de vento jogadas pelo ventilador eram semelhante a água morna. Todos começavam a perder a coragem de seguir na excursão daquela noite quando os carros dos estrangeiros, dois sedãs conversíveis com suas capotas abaixadas, chegaram para buscá-los, revigorando o ânimo do grupo. Durante as duas horas de viagem até Oiso, poderiam divertir-se dentro dos carros, conversando animadamente enquanto recebiam o ar fresco noturno.

— Yuchan, que bom que você veio!

Jacky abraçou Yuichi em um gesto natural de sincera cordialidade. Esse homem dotado de intuição mais aguçada que a de uma mulher vestia uma camisa havaiana com motivos de veleiros, tubarões, palmeiras e ondas. Conduziu Yuichi até o salão em que a brisa marinha soprava, aproximando-se imediatamente de seu ouvido para perguntar:

— Yuchan, aconteceu algo com você nesses últimos tempos?

— Minha esposa teve um bebê.

— Seu?

— Sim, meu.

— Mas o garoto é bom mesmo!

Jacky soltou uma gargalhada e, juntando as taças, levantou um brinde à filha de Yuichi. Entretanto, algo nesse estranho atrito das duas taças tornava imediatamente sensível a distância dos universos em que cada um deles vivia. Jacky sempre vivera em um quarto de espelhos. Provavelmente até a morte seria um habitante desse mundo. Mesmo que tivesse um filho, este viveria atrás do espelho que o separaria de seu pai. Todos os acontecimentos humanos eram para ele destituídos de qualquer importância.

A banda tocava uma música da moda e os homens dançavam suados. Yuichi espantou-se ao olhar pela janela o jardim. Havia várias moitas e árvores ornamentais. À sombra de cada uma delas, percebia-se a silhueta de um casal abraçado. Via-se o brilho das pontas de cigarro. Por vezes o riscar de um fósforo iluminava distintamente, ao longe, parte do nariz grande no meio do rosto de um estrangeiro.

À sombra de uma azaléa, a um canto afastado do jardim, Yuichi observou um homem em camiseta de marinheiro pôr--se em pé. Seu parceiro vestia uma camisa lisa amarela. Ao se levantarem, os dois trocaram um curto beijo e com trejeitos leves, semelhantes aos dos felinos, separaram-se correndo em direções diferentes.

Pouco depois, Yuichi notou o jovem de camiseta listrada encostado a uma janela, dando ares de que ali estivera por longo tempo. Pequeno rosto intrépido, olhos inexpressivos, boca de menino travesso, tez cor de gardênia...

Jacky levantou-se, aproximou-se do rapaz e lhe perguntou:

— Jack, onde você estava?

— Ridgeman estava se queixando de dor de cabeça e fui comprar um analgésico para ele na farmácia lá de baixo.

Bastou esse nome de guerra entrar em seus ouvidos para Yuichi entender que se tratava do namoradinho de Jacky, sobre quem escutara rumores. O rapaz tinha lábios e dentes brancos, cruéis, apropriados para expelir uma mentira — ou algo que deliberadamente mostrava sob forma de uma mentira — apenas para torturar seu parceiro. Ao ouvi-lo, Jacky voltou a se aproximar de Yuichi e, com o copo de uísque cheio de pedras de gelo entre as mãos, confidenciou-lhe:

— Você viu por acaso o que esse mentiroso fazia no jardim?

— ...

— Você viu! Ele tem a petulância de me trair logo aqui, no meu próprio jardim.

Yuichi notou sofrimento na expressão da testa de Jacky.

— Você é tolerante, Jacky — disse Yuichi.

— Quem ama é sempre indulgente e o ser amado é sempre

cruel. Yuchan, sou também ainda mais cruel do que ele em relação aos homens que se apaixonam por mim.

Jacky contou então algumas histórias pretensiosas de como mesmo em sua idade era paparicado por estrangeiros mais velhos.

— O que torna cruel um ser humano é a consciência de ser amado. A crueldade dos homens que não são amados não é algo de importância. Yuchan, os homens com fama de humanistas são, sem exceção, feios.

Yuichi pensou em exprimir seu respeito pelo sofrimento de Jacky. Entretanto, antecipando-se a ele, Jacky mascarou ele próprio seu sofrimento, salpicando sobre ele o talco da vaidade e transformando-o em algo incompleto, vago e de certa forma grotesco. Os dois permaneceram por algum tempo em pé no mesmo local, trocando informações recentes sobre o conde Kaburagi, que estava em Kyoto. Parecia que o conde continuava a aparecer por vezes nos bares do meio no bairro de Shichijo--Naihama.

O retrato de Jacky continuava como sempre sobre a lareira, ladeado por um par de velas decorativas, expondo sua nudez de cor oliva-clara. Envolto ao pescoço nu desse jovem Baco havia uma gravata verde desalinhada e, nos cantos da boca, a expressão de algo que fazia lembrar uma volúpia imortal, um prazer inextinguível. A taça de champanhe que segurava em sua mão direita nunca se esvaziaria.

Nessa noite, não levando em consideração as intenções de Jacky, Yuichi recusou os muitos estrangeiros que tentavam seduzi-lo, para partilhar a cama com um rapaz que lhe agradara. Os olhos do rapaz eram grandes e suas faces ainda imberbes e expressivas eram brancas como a polpa de uma fruta. Tudo terminado, o jovem esposo desejou voltar para casa. Era uma da madrugada.

Um estrangeiro precisava de qualquer jeito retornar a Tóquio ainda naquela noite e se propôs a dar uma carona em seu carro. Yuichi aceitou com satisfação a oferta.

Logicamente, por uma questão de polidez, sentou-se no banco do passageiro ao lado do motorista. O estrangeiro de meia-idade e rosto vermelho era um americano de descendência alemã. Tratou Yuichi com amabilidade e cortesia e contou coisas sobre a Filadélfia, sua terra natal. Explicou a origem do nome Filadélfia: fora tomado de uma cidade na Ásia Menor na Grécia antiga. *Fil* origina-se de *Philo*, verbo grego que significa "amar" e *adelfia* vem de *adelphos*, cujo sentido é "irmão". Ou seja, disse que seu torrão natal era a terra do amor fraterno. Logo depois, enquanto disparava pela estrada deserta em plena madrugada, afastou uma das mãos do volante, segurando a de Yuichi.

Repôs sua mão sobre o volante, girando-o bruscamente para a esquerda. O carro fez uma curva, penetrando por um caminho sombrio e deserto. Virou para a direita, estacionando o carro sob a copa das árvores de um bosque, cujas folhagens o vento noturno agitava. Seus braços envolveram os de Yuichi. Os braços grossos e cobertos de pelos loiros do estrangeiro e os braços firmes e lisos do jovem duelaram por algum tempo, os olhos dos dois homens fitando-se. Yuichi não era páreo para a força espantosa do gigante.

Caíram enlaçados um contra o outro no interior do carro às escuras. Yuichi foi quem primeiro se refez. Quando estava prestes a estender o braço para pegar e vestir a camisa havaiana azul-clara e a camiseta branca que usava sob ela, ambas arrancadas à força pelo estrangeiro, seus lindos ombros nus foram dominados novamente pela força dos lábios do homem possuído por novo acesso de paixão. Num estado de extrema excitação, seus caninos imensos, afiados e carnívoros, cravaram-se ávidos no ombro lustroso e juvenil do jovem. Yuichi não conteve um grito. Um filete de sangue escorreu por seu peito imaculado.

Tentou desvencilhar o corpo para se levantar. No entanto, o teto do carro era baixo e o para-brisas dianteiro em que apoiava o dorso era inclinado, impedindo que se colocasse de pé por completo. Pressionou com uma das mãos a ferida, empalideceu diante de sua impotência e humilhação, continuou curvado, apenas olhando fixamente o adversário.

Observados assim, os olhos do estrangeiro recobraram-se do desejo. De súbito tornou-se obsequioso, tomado de pânico ao ver as marcas de seu ato. Seu corpo tremia. Por fim, desatou a chorar. Para cúmulo do ridículo, beijava o pequeno crucifixo de prata pendurado ao peito por uma corrente e, nu como estava, rezava, o corpo curvado sobre o volante. Em seguida, suplicou insistentemente a Yuichi que o perdoasse, explicando-lhe num lamento que seu bom senso e educação mostravam-se impotentes diante daquele tipo de obsessão. Delineava-se nessa explicação uma ridícula autocomplacência. Ou seja, o adversário parecia querer afirmar que fora a impotência física do jovem o motivo para súbito impulso de dominá-lo com sua força espantosa.

Aconselhado por Yuichi a vestir logo a camisa, em vez de tentar se justificar, o estrangeiro atentou afinal para sua própria nudez e apressou-se a cobri-la. Considerando o tempo gasto para notar que estava nu, com certeza também deveria ter levado um bom tempo para perceber suas próprias fraquezas. Por culpa desse incidente beirando a loucura, Yuichi chegou em casa pela manhã. A leve ferida da mordida no ombro logo curou. No entanto, vendo a cicatriz, Kawada morreu de ciúme, indeciso sobre como poderia ele também ferir Yuichi daquela forma sem com isso estragar o humor do jovem.

Yuichi temia dificuldades em seu relacionamento com Kawada. A distinção que este fazia entre a dignidade social e a humilhação amorosa inquietava o coração do jovem, que ainda desconhecia como funcionava a sociedade. Kawada não se importaria até em beijar as solas dos pés do ser amado, mas não permitiria que este tocasse um dedo em sua dignidade social. Pode-se dizer que nesse ponto era diametralmente o oposto de Shunsuke.

Nesse ponto, Shunsuke não se mostrava útil ao jovem. A repugnância por si mesmo, estimulada pelos ataques de nevralgia, a maneira de desdenhar tudo o que obtivera e aquela doutrina pessoal que o levava a crer que, quanto mais profundo o remorso, mais supremo seria o momento presente, impeliam sempre a juventude de Yuichi à satisfação imediata, arrancando a ela a força de transformação do tempo, esforçando-se para convencer o jovem de que esse período impetuoso de sua vida era inerte como a morte. A negação é um instinto dos jovens. No entanto, o mesmo não ocorre com o consentimento. Por que Shunsuke negava tudo aquilo que ele próprio era, enquanto Yuichi deveria afirmá-lo? Existiria realmente esse privilégio vazio e artificial da juventude a que Shunsuke batizou de "beleza"?

Yuichi tinha o feliz dom natural de suportar a amargura da consciência que assalta a juventude. Guiado por Shunsuke, despertou para todos os tipos de consciência disponíveis: o vazio da fama, da fortuna e da posição social, a irremediável ignorância e estupidez humanas, sobretudo a imprestável existência feminina e o tédio da vida, essência de todas as paixões. O horror da vida e a vertigem diante do tenebroso abismo que se abria a seus pés não passavam de algo semelhante ao treinamento físico a que se submete um atleta sereno sob um céu claro, esse tipo de saudável exercício de preparação que o tornara capaz de observar o momento do parto de Yasuko.

As ambições sociais de Yuichi, convencionais e infantis, eram bem próprias a um jovem. Possuía talento para finanças. Influenciado por Kawada, pensava em se tornar um homem de negócios.

A seu ver, as ciências econômicas representavam um campo nitidamente humano de conhecimento. Isso porque o sistema econômico se fortalece ou não conforme esteja direta e profundamente ligado aos desejos humanos. No passado, à época do surgimento do liberalismo econômico, as ciências econômicas manifestavam uma faculdade autônoma, por estarem conectadas intimamente aos desejos crescentes da classe burguesa. Se passavam atualmente por um período de decadência, isso se devia ao fato de que sua organização havia se afastado do desejo, mecanizando-se, levando o próprio desejo a se atrofiar. Um novo sistema das ciências econômicas terá de descobrir novos desejos. O nazismo compreendeu essa decadência em toda a sua profundidade. Yuichi, ciente dessa decadência, sentia uma profunda simpatia intelectual pelo princípio pederasta dissimulado na ss e na Juventude Hitlerista, aliciando seus belos jovens. Por outro lado, o comunismo voltara seus olhos para o desejo passivo, que visa a unificação no fundo do desejo atrofiado. Dessa forma, as ciências econômicas procuram vários tipos de desejos originais. O medo ao retrocesso, nos Estados Unidos, conduziu instintivamente ao modismo da psicanálise imprestável, o ponto desse modismo estando em se procurar as fontes do desejo e, a partir de sua análise, tentar eliminá-las.

No entanto, nesses pensamentos extremamente vagos de Yuichi, estudante que era de uma faculdade de economia, havia traços de fatalismo oriundos de suas tendências sexuais. As várias contradições da antiga organização social e a feiura que delas derivava eram vistas por ele apenas como a projeção das contradições e feiura da própria existência. Yuichi sentia o poder da vida com muito mais força do que o poder social. Por essa razão, pronunciava-se nele uma tendência a preferir ver como idênticos os vícios humanos e desejos instintivos. Era esse o interesse ético paradoxal desse jovem.

Nos dias de hoje, em que o bem e a virtude decaíram, quando muito do caráter burguês que fizera a modernidade reduziu-se a lixo e apenas a enfraquecida hipocrisia da sociedade democrática prevalece, surge uma ótima oportunidade para todos os vícios novamente provarem sua energia. Yuichi acreditava no poder da feiura que ele próprio *contemplara*. Experimentou pôr essa feiura ao lado de tantos desejos das massas. Pôde assim ver nitidamente a nova ordem moral comunista lado a lado com a moribunda moral burguesa da sociedade democrática. O vício supremo reside com certeza apenas no interior do desejo sem objetivo, do desejo sem razão. Isso porque tomam-se por virtudes, em cada sociedade, apenas o amor objetivando a reprodução de descendentes, o egoísmo que visa a repartição dos lucros ou a paixão revolucionária das classes trabalhadoras pelo comunismo.

Yuichi não amava mulheres. No entanto, uma mulher gerara seu filho. Naquele momento, não era a vontade de Yasuko que Yuichi admirava, mas a feiura do desejo sem objetivo da vida. O povo, sem saber, nasce provavelmente de um desejo como esse. As ciências econômicas que Yuichi estudava descobriam novos desejos e ele próprio ambicionava transformar-se em um desses tipos de desejo.

Em sua visão de vida, longe do que se esperaria em um jovem, não havia a impaciência em encontrar soluções. Ao deparar-se com as contradições e a feiura sociais, sentia a estranha ambição de transformar-se nelas próprias. Confundia o desejo sem objetivo da vida com seus próprios instintos, sonhando possuir os vários dons naturais necessários ao homem de negócios, prisioneiro de uma ambição banal que faria Shunsuke desviar os olhos caso ouvisse falar dela. Na Antiguidade, também o "belo Alcibíades", acostumado a ser amado, tornara-se da mesma maneira um herói vaidoso. Yuichi decidiu tirar proveito de sua relação com Kawada.

O verão chegara. Keiko, que ainda não completara um mês de vida, apenas dormia e chorava, chorava e se amamentava, nada mais do que isso. Entretanto, o pai não se cansava de contemplar a monotonia diária do bebê e, repleto de infantil curiosidade, procurava abrir à força a pequena mãozinha bem fechada para ver a pequena bola de fios de lã que o bebê segurava como um objeto precioso.

A mãe de Yuichi também recuperou rapidamente a saúde com a alegria de ver algo com que havia tanto tempo sonhava. Os sintomas de Yasuko antes do parto desapareceram por completo após o nascimento do bebê. A felicidade familiar que envolvia Yuichi chegava a ser estranha de tão perfeita.

Na véspera da alta de Yasuko, sétimo dia após o nome de Keiko haver sido escolhido, chegou para o bebê uma roupinha de festa mandada pela família de Yasuko. Em gaze vermelho-escura, com o brasão da família Minami, uma óxalis, bordado em fios de ouro, acompanhava a roupa um cinto amarelo e um capuz em brocado vermelho, também ornado com o brasão familiar. Esse foi o primeiro de uma série de outros presentes para a recém-nascida. Vários parentes e conhecidos mandaram tecidos de seda vermelha e branca. Chegaram conjuntos de produtos infantis. E também pequenas colheres com o brasão da família especialmente gravado, graças às quais Keiko iria crescer literalmente com "uma colher prateada na boca". Chegou também uma boneca de Kyoto dentro de uma redoma de vidro. Uma boneca palaciana. Roupas de bebê. Cobertores para a recém-nascida.

Certo dia, chegou da loja de departamentos um enorme carrinho de bebê vermelho-escuro, cujo acabamento luxuoso causou espanto à mãe de Yuichi.

— Quem poderia tê-lo mandado? Parece ser de alguém que não conhecemos — exclamou a mãe.

Yuichi viu o nome do remetente. Era um presente de Yaichiro Kawada.

Chamado pela mãe para ver o objeto à porta de entrada, Yuichi foi repentinamente tomado por uma lembrança desagradável. O carrinho de bebê que ali estava era idêntico a um que Yasuko admirara por longo tempo na seção do terceiro andar da loja do pai, quando o casal fora visitá-la no ano anterior, pouco depois do diagnóstico de gravidez.

Graças a esse presente, Yuichi foi obrigado a, dentro dos limites permissíveis, resumir para a mãe e a esposa seu relacionamento com Yaichiro Kawada. Ao saber que Kawada fora um aluno de Shunsuke, a mãe logo entendeu e deu-se por satisfeita ao ver o quanto seu filho era estimado por um senhor tão célebre. Por isso mesmo, quando Yuichi recebeu o convite de Kawada para passar o primeiro fim de semana do verão em sua casa de campo de Hayama-Isshiki, a própria mãe o incentivou a ir.

— Transmita minhas lembranças à esposa e às pessoas da família — disse.

Devido a seu natural senso de dever, fez o filho levar doces como agradecimento.

A casa de campo não era tão ampla como seu jardim gramado de quase setecentos metros quadrados. Yuichi chegou por volta das três da tarde e espantou-se ao ver que era Shunsuke o velho senhor sentado de frente para Kawada em uma cadeira da varanda, cuja porta envidraçada estava aberta. Enxugando o suor, aproximou-se sorridente dos dois na varanda tomada pelo vento marítimo.

Em público, Kawada reprimia suas emoções a ponto de parecer estranho. Evitava de propósito fitar o rosto de Yuichi enquanto conversava. Entretanto, como Shunsuke caçoava do embrulho de doces e da mensagem mandados pela mãe deste, o espírito dos três tornou-se mais solto do que o de hábito.

Yuichi contemplava sobre a mesa, ao lado dos copos de bebidas geladas, um tabuleiro de motivo quadriculado. Sobre o tabuleiro estavam o rei, a rainha, os bispos, os cavalos, as torres e os peões.

Kawada propôs que jogassem xadrez. Estava ensinando o jogo a Shunsuke. Yuichi respondeu que não jogaria. Kawada sugeriu então que fizessem logo os preparativos para sair, enquanto o vento estava propício. Havia combinado com Shunsuke que, quando Yuichi chegasse, iriam os três de carro à marina de Zushi-Abuzuru para um passeio em seu iate.

Kawada parecia jovem em sua camisa amarela. Mesmo o velho Shunsuke usava uma camisa social com gravata-borboleta. Yuichi despiu a camisa molhada de suor, trocando-a por uma camisa havaiana amarelo-gema.

Foram até a marina. O iate *Sea Horse* de Kawada fora batizado de *Hipólito*. Logicamente, Kawada não revelara até então o nome do iate, a fim de surpreender Shunsuke e Yuichi, que de fato se espantaram. Na marina também estava ancorado um iate pertencente a um americano, o *Gomennasai*.* E havia também outro chamado *Nomo*.**

O sol da tarde castigava, apesar do céu encoberto pelas nuvens. Para além do mar, via-se a praia de Zushi com uma infinidade de pessoas aproveitando o fim de semana.

A inconfundível presença do verão já se fazia sentir ao redor de Yuichi. A parede de concreto do cais onde o iate estava ancorado continuava mergulhada na água em idêntico ângulo. A parte permanentemente imersa estava coberta pela metade por inúmeras conchas fossilizadas e musgo com minúsculas bolhas de espuma. Com exceção de ondas tão frágeis que mal poderiam ser chamadas de ondas, estendendo o reflexo da luz de sua superfície para o con-

---

* "Desculpe-me!" (N. T.)
** "Vamos beber!" (N. T.)

vés e fazendo balançar os mastros dos muitos iates ancorados, não havia nenhuma grande onda que, ultrapassando a barragem dos diques baixos, viesse do oceano animar a superfície da água do interior desse pequeno porto. Jogando toda a roupa que vestia para dentro do iate, Yuichi ficou apenas de calção de banho, entrando na água até a altura das coxas para empurrar o *Hipólito*. Sentiu no rosto a brisa marinha sobre a superfície da água. O iate zarpou da marina. Kawada era um excelente iatista. Entretanto, quando velejava, a paralisia facial sempre acentuava-se, com deformações tão horríveis que se temia que o cachimbo pudesse cair ao mar. Mas isso não acontecia e o navio dirigia-se a boreste, em direção a Enoshima. Podia-se contemplar no céu alto do oeste a paisagem de nuvens majestosas. Alguns raios de luz atravessavam as nuvens, convergindo para o barco da mesma forma que nas pinturas retratando antigas batalhas. Os olhos de Shunsuke, não familiarizados com a natureza, mas repletos de imaginação, viam cadáveres amontoando-se pela superfície sinuosamente azul e escura da água ao largo.

— Como Yuichi mudou! — exclamou Shunsuke.

— Não — respondeu Kawada. — Gostaria que tivesse realmente mudado, mas continua o mesmo de sempre. É alguém com quem só posso me sentir relaxado quando estou junto ao mar, como agora... Recentemente, ainda estávamos na estação das chuvas, fomos jantar juntos no Hotel Imperial. Terminado o jantar, quando estávamos bebendo no bar do hotel, um rapaz atraente entrou acompanhado de um estrangeiro. Estava vestido exatamente como Yuichi. A gravata, o terno e, olhando mais tarde com atenção, até mesmo suas meias eram idênticas. Yuchan e o rapaz trocaram um rápido cumprimento com o olhar, mas era evidente que ambos estavam embaraçados. Ah, Yuchan, a direção do vento mudou. Puxe essa coberta para cá. Isso mesmo. No final das contas, quem estava mais constrangido éramos eu e esse estrangeiro. Desde o momento em que nossos olhos se encontraram, não pudemos deixar de prestar atenção um no outro. O terno que Yuchan trajava não era de meu agrado, mas insistiu tanto que concordei em mandar fazer um terno e uma gravata ao estilo americano. Yuchan parecia ter combinado com o rapaz de usarem o mesmo traje quando saíssem juntos. Por uma estranha e desagradável coincidência, deram de cara um com o outro, cada qual com seu protetor. Foi a confissão da relação existente entre ambos. O rapaz era dotado de uma tez clara de rara beleza, olhos límpidos e sorriso cativante. Como você bem sabe, sou um poço de ciúme e passei o resto da noite de cara amarrada. Também, pudera: imagine você que era como se eu e aquele estrangeiro tivéssemos sido traídos bem diante de nossos olhos. Yuchan sabia que, quanto mais tentasse se defender, mais aumentaria as suspeitas, e por isso permaneceu mudo como uma pedra. De início fiquei furioso e magoado, mas por fim me convenci de que fora derrotado e, ao contrário, pus-me a tentar animá-lo. E tudo acontece sempre do mesmo jeito e com o mesmo resultado. Às vezes isso me perturba durante meu trabalho; quando uma decisão que deveria ser clara torna-se nebulosa, fico com medo da reação das pessoas em volta. Será que você consegue entender o que sinto? As pessoas provavelmente aceitariam se um homem de negócios como eu, cujas ações afetam toda uma poderosa organização, três fábricas, seis mil acionistas, cinco mil empregados, uma produção anual de oito mil veículos, só contando os caminhões, ficasse à mercê dos desígnios de uma mulher em sua vida privada. Mas se souberem que sou dominado por um estudante de seus vinte e dois ou vinte e três anos, o absurdo desse segredo tornar-se-ia objeto da chacota geral. Não é do vício que temos vergonha, mas do ridículo. O fato de que o presidente de uma indústria automotiva seja homossexual é algo que talvez fosse tolerado no passado, mas em nossos dias é tão ridículo quanto um milionário cleptomaníaco ou uma beldade soltando peidos. Uma pessoa pode, até certo limite, aproveitar-se desse ridículo, usando-o a seu favor para se fazer amar. Entretanto, não é perdoada quando ultrapassa esse limite. Você sabe por que o presidente de terceira geração das indústrias siderúrgicas Krupp da Alemanha suicidou-se antes da Primeira Guerra Mundial? Esse amor que inverte todos os valores exterminou até as raízes sua dignidade social e destruiu o equilíbrio que o mantinha ligado à sociedade.

Essa queixa interminável saída da boca de Kawada parecia um sermão, e era difícil para Shunsuke encontrar uma brecha para demonstrar sua concordância. Entretanto, mesmo durante essa história destrutiva, o iate sob a direção de Kawada continuava seu curso com espantosa leveza e equilíbrio.

Enquanto isso, Yuichi estendia seu corpo nu na proa, os olhos fixos na direção em que o barco avançava. Sabia bem que a conversa buscava atingir seus ouvidos, mas mantinha-se de costas para esse narrador de meia-idade e seu velho ouvinte. Os raios de sol pareciam se refletir na pele lustrosa de suas costas, e seu jovem corpo marmóreo exalava a fragrância das ervas de verão.

Conforme se aproximavam de Enoshima, Kawada virou o *Hipólito* na direção sul, deixando para trás a longínqua paisagem radiante de Kamakura, ao norte. A conversa entre os dois dizia respeito a Yuichi, embora o jovem não tomasse parte dela.

— De qualquer modo, Yuichi mudou — afirmou Shunsuke.

— Não acredito que esteja diferente. Por que você pensa assim?

— Não tenho certeza. Só sei que mudou. De uma forma surpreendente, na minha opinião.

— Ele agora é pai. Mas ele mesmo continua uma criança. Em sua essência, permanece o mesmo.

— Não adianta discutirmos. Você o conhece muito melhor do que eu.

Shunsuke protegia seu joelho nevrálgico da brisa marinha com a coberta em couro de camelo que trouxera. Habilmente mudou o tema da conversa.

— Tenho muita curiosidade sobre a relação entre o vício e o ridículo, à qual você se referiu há pouco. A cultura consagrada ao vício, de enorme importância no passado, foi completamente esquecida na cultura moderna. A metafísica do vício foi aniquilada, restando apenas seu ridículo. Essa é a situação. A doença do ridículo altera o equilíbrio da vida, mas enquanto o vício mantiver sua posição elevada não há perigo de que esse equilíbrio seja destruído. Essa lógica parece estranha? Não seria o reflexo de uma modernidade superficial que esse vício elevado seja impotente em nossos dias, quando apenas as coisas ridículas são dotadas de uma força selvagem?

— De minha parte, não espero nem um pouco que o vício seja venerado.

— Você acredita na existência de um vício banal que seja um grande denominador comum? — perguntou Shunsuke no tom professoral de dezenas de anos atrás. — Na antiga Esparta, os jovens não eram punidos quando cometiam roubos bem realizados, pois isso era considerado um treinamento da agilidade necessária no campo de batalha. Houve o caso do jovem que roubou uma raposa, mas acabou sendo preso em flagrante. Com a raposa escondida sob as vestes, tentava negar o crime. O animal devorava os intestinos do rapaz. No entanto, ele continuava a negar e acabou morrendo sem emitir um único grito de dor. Poder-se-ia dizer que o que torna essa história admirável é o fato de que a persistência tudo redime, sendo mais moral do que o roubo. Mas não é esse o caso. Ele morreu pois ficaria humilhado se, através da descoberta do roubo, o vício extraordinário caísse ao nível do crime banal. A ética dos espartanos era de cunho estético, e incluía-se no modelo da Grécia antiga. O vício sutil era mais belo do que a rude virtude e, portanto, moral. A moral na Antiguidade era simples e enérgica. Nela, o sublime sempre ficava do lado da sutileza e o ridículo, do lado da rudeza. Entretanto, nos tempos atuais, a moral está separada da estética. A moral, através de um princípio burguês obscuro, associou-se à banalidade e ao denominador comum. A beleza tornou-se uma forma exacerbada, envelhecida, possuindo atualmente idêntico significado seja digna ou ridícula. Entretanto, como disse anteriormente, uma pseudomodernidade e um pseudo-humanismo amorais disseminaram a heresia de se glorificar os defeitos humanos. A arte moderna, desde Dom Quixote, tende à veneração do ridículo. Você pode estar certo de que o que está sendo venerado é o ridículo de sua inclinação homossexual como presidente de uma indústria automobilística. Ou seja, é belo justamente por ser ridículo. Só no momento em que for feito em pedaços você merecerá o respeito devido.

— Humano! Humano! — Kawada murmurou. — Esse é nosso único refúgio, o fundamento único para nossa defesa. Entretanto, não é uma perversão que não se possa delinear sequer a *razão* do que se chama ser humano? Na realidade, à medida que a humanidade é humana, não seria muitíssimo mais *humano* recorrer a algo de sobre-humano, como Deus, matéria, verdade científica etc., como fazem normalmente as pessoas? Provavelmente todo o ridículo resida no fato de insistirmos em sermos humanos, em defender que nossos instintos também o sejam. Entretanto, as pessoas que nos ouvem falar pouco se interessam pela humanidade.

Shunsuke esboçou um sorriso, dizendo:

— De minha parte, tenho grande interesse.

— Você é uma pessoa especial.

— Sim. Porque afinal sou um símio feito artista.

Um barulho violento de água se fez ouvir à proa do barco. Viram Yuichi que, talvez aborrecido por ter sido deixado de fora da conversa, mergulhou e nadava no mar. Do meio das ondas deslizantes, os músculos flexíveis de seu dorso apareciam brilhantes, juntamente com seus braços bem formados, para logo novamente desaparecer. O nadador sabia bem para onde estava dando suas braçadas. A cem metros a estibordo podia-se ver a ilha Najima, cuja estranha forma parecia flutuar ao largo e que já se divisava desde Abuzuru. A ilha, plana e longitudinal, era formada por um punhado de rochas espalhadas e não muito altas. De árvores, só possuía um pinheiro curvado e de má-formação. O que dava à ilha deserta um ar ainda mais estranho era um *torii** gigantesco localizado sobre o rochedo central, destacando-se do horizonte. Ainda semiacabado, esse *torii* estava preso por várias cordas imensas ao seu redor.

Sob a luz filtrada por entre as nuvens, sua silhueta formava, juntamente com as cordas que o seguravam, uma figura cheia de significado. Não se via nenhum trabalhador nem o templo que deveria estar mais além e que parecia ainda em construção. Por isso, era difícil distinguir para que lado o *torii* estava direcionado, embora ele próprio parecesse indiferente a essa questão: como se imitasse a forma de uma adoração sem objetos, estava serenamente de pé sobre o mar. Ao redor de sua sombra negra estendia-se o mar iluminado pelo sol poente.

Yuichi chegou às rochas e subiu à ilha. Parecia impulsionado por uma curiosidade infantil a galgar até o local do *torii*. Subia pelas rochas, dissimulado entre elas. Ao chegar ao local, as linhas da linda construção enquadraram a esplêndida figura do jovem nu de costas para o céu flamejante do poente. Com uma das mãos apoiada ao *torii*, levantava alto o outro braço, acenando para os dois no iate.

Kawada guiou o *Hipólito* até o mais próximo possível da ilha, de modo a não encalhar nos recifes, a fim de esperar a volta a nado de Yuichi.

Apontando para a silhueta do jovem ao lado do *torii*, Shunsuke perguntou:

---

* *Torii* — pórtico à entrada dos templos xintoístas, constituído por duas colunas e duas traves horizontais, muitas vezes na cor vermelha. (N. T.)

— Você o acha ridículo?

— Não.

— Como o acha afinal?

— É um homem lindo. É algo assustador, mas é a incontestável realidade.

— Se assim for, Kawada, onde está o ridículo?

Kawada, que normalmente mantinha-se cabisbaixo, levantou levemente o rosto para dizer:

— O ridículo está em mim e é dele que preciso me salvar.

Ao ouvi-lo, Shunsuke soltou uma risada. Essa gargalhada incessante parecia atravessar o mar e chegar aos ouvidos de Yuichi. Shunsuke viu o belo jovem descer pelas rochas e correr em direção à margem próxima ao *Hipólito*.

O grupo navegou até a praia de Morito, seguindo pela costa até Abuzuru, onde guardaram o iate e tomaram o carro para ir jantar no Hotel Kaihin em Zushi. Esse pequeno estabelecimento balneário fora recentemente liberado, após ter sido apropriado pelo governo. Durante a apropriação, muitos iates particulares do iate clube foram reservados aos hóspedes americanos, que os usavam para passeios. Com a liberação, as cercas que separavam a praia defronte ao hotel e que suscitavam protestos foram removidas a partir desse verão, sendo a praia aberta ao uso do público em geral.

A noite já havia caído quando chegaram ao hotel. Sobre o gramado do jardim, cinco ou seis mesas redondas com cadeiras estavam enfileiradas, mas os para-sóis coloridos plantados ao centro delas já estavam fechados, assemelhando-se a ciprestes. Havia ainda algumas pessoas pela praia. O alto-falante da torre de publicidade dos chicletes R*** repetia, entre músicas populares e propagandas, o seguinte aviso de uma criança perdida:

"Perdeu-se uma criança. Perdeu-se uma criança. Um menino de aproximadamente três anos, portando um boné de marinheiro gravado com o nome Kenji. Quem souber seu paradeiro, favor informar ao pessoal sob a torre dos chicletes R***."

Ao terminar o jantar, os três se instalaram a uma mesa sobre o gramado já envolto pela penumbra. As pessoas de súbito desapareceram da praia, o alto-falante calou-se e ouvia-se apenas o barulho forte das ondas. Kawada os deixou por um momento. Como sempre acontecia, abateu-se um silêncio profundo entre o velho escritor e o jovem ao se verem sozinhos.

Alguns instantes depois, Shunsuke rompeu o silêncio:

— Você mudou!

— Acha mesmo?

— Com certeza mudou. E isso me espanta. Tinha o pressentimento de que chegaria o dia em que você deixaria de ser você mesmo. Porque você é rádio. Porque você é uma matéria radioativa. Pensando bem, fazia tempo que eu temia algo assim... Mas, até certo ponto, no fundo você continua a ser do jeito que era antes. Talvez seja melhor para nós dois nos separarmos.

A palavra "separar-se" produziu uma risada em Yuichi.

— Você falou em separação, como se até agora existisse algo entre nós.

— Com certeza existiu "algo". Você duvida disso?

— "Algo"? Desculpe, só compreendo palavras vulgares.

— Está vendo? Esse jeito de falar não é próprio ao Yuichi de antes.

Yuichi não poderia imaginar que aquela conversa comum era a expressão de uma longa incerteza e uma decisão profunda do velho escritor. Shunsuke suspirou dentro da penumbra.

Havia em Shunsuke Hinoki uma incerteza profunda, que ele próprio se encarregara de criar. Essa ilusão possuía seus abismos e planícies. Qualquer jovem teria despertado rapidamente dela, mas na idade de Shunsuke, era de duvidar do valor do desencanto.

432

Despertar da ilusão não seria uma incerteza ainda mais profunda? Em direção a que e por que razão desejamos nos desencantar? Na medida em que a vida é uma ilusão, construir uma ilusão artificial, bem organizada e lógica não seria a mais inteligente das desilusões no interior dessa ilusão complicada e incontrolável? A vontade de não se desencantar, a vontade de não se curar era então o que mantinha a saúde de Shunsuke.

O amor que sentia por Yuichi era desse tipo. Angustiava-se, sofria. Manifestava sua bem conhecida ironia com relação à formação estética da obra: a angústia e confusão do espírito gastas para traçar uma linha estável e a ironia de que só chegaria finalmente a uma descoberta de sua angústia e confusão por meio dessa linha estável, traçada por ele mesmo.

A transformação de Yuichi fez surgir nos olhos aguçados de Shunsuke o pressentimento desse tipo de perigo.

— De qualquer modo, é duro... — disse Shunsuke com voz despedaçada, de dentro da penumbra. — Para mim, é algo tão duro que não tenho como expressar... Acho que por algum tempo não devemos mais nos encontrar, Yuchan. Até agora era você quem, dependendo das circunstâncias, procurava me evitar. Foi você que decidiu não se encontrar comigo. Agora, é a minha vez de não querer mais vê-lo. Caso haja necessidade, se por qualquer razão precisar de mim, eu aceitarei com prazer um encontro. Você agora deve acreditar que uma tal necessidade não venha a surgir, mas...

— De fato.

— Era o que imaginava...

A mão de Shunsuke tocou a de Yuichi, posta sobre o encosto da cadeira. Apesar de ser pleno verão, suas mãos estavam tremendamente frias.

— Em todo caso, não nos encontraremos até então.

— Tudo bem. Se você assim o deseja.

Ao largo, as tochas dos pescadores reluziam. Os dois caíram em um profundo silêncio embaraçoso, bem conhecido, imaginando que não teriam por muito tempo essa oportunidade.

A camisa amarela de Kawada aproximou-se, precedida da camisa branca do empregado que carregava uma bandeja prateada com cerveja e copos. Shunsuke fingiu não dar a menor importância. Kawada retomou a discussão que havia pouco interrompera e Shunsuke respondia com cínica vivacidade. Não se saberia dizer até onde iria esse argumento duvidoso, mas por fim o ar refrigerado chamou os três para o salão. Kawada e Yuichi passaram aquela noite no hotel. Kawada sugeriu a Shunsuke que usasse outro quarto que reservara, mas vendo sua oferta ser recusada, foi obrigado a ordenar ao motorista que levasse Shunsuke de volta a Tóquio. No carro, o joelho do velho escritor, envolto na coberta de couro de camelo, doeu insuportavelmente. O motorista parou o carro, espantado com os gemidos do velho escritor. Shunsuke lhe ordenou que continuasse guiando, sem se importar com ele. Tirou do bolso interno um comprimido de Pavinal, preparado à base de morfina, e o engoliu. O efeito do analgésico o deixou dopado, aliviando sua dor mental. Não pensando em nada, contava sem razão os postes de eletricidade ao longo das ruas. Essa mente extremamente anti-heroica relembrava a estranha lenda segundo a qual Napoleão, ao participar de uma parada montado em seu cavalo, não podia deixar de contar o número de janelas pelo caminho que percorria.

27. Interlúdio

Minoru Watanabe tinha dezessete anos. Exibia em seu rosto de tez clara, redondo e bem delineado, um olhar gentil e um lindo sorriso acompanhado de covinhas. Estava no segundo ano do colegial em certa escola que adotava o novo sistema de ensino. Os bombardeios de 3 de março, ao término da guerra, reduziram a cinzas sua casa situada em um bairro central, que servia também como loja comercial da família. Os pais e a irmã morreram queimados, desaparecendo junto com a residência. Apenas Minoru sobreviveu, indo morar com parentes em Setagaya. O chefe da família que o acolheu era funcionário do Ministério da Saúde; não tinham uma vida abastada, e as coisas não eram fáceis com mais uma boca para alimentar.

No outono em que fez dezesseis anos, Minoru respondeu a um anúncio de jornal e acabou empregando-se como garçom em um café de Kanda. Depois das aulas, ia para o café, onde trabalhava por cinco ou seis horas até o estabelecimento fechar, às dez. Antes dos exames escolares semestrais era dispensado por volta das sete. O salário era bom.

Além disso, Minoru caíra nas graças do dono do café. Era um homem de seus quarenta anos, magérrimo, introvertido e honesto. Morava no andar de cima do estabelecimento e continuava sozinho após, dizia-se, ter sido largado pela esposa uns cinco ou seis anos antes. Chamava-se Fukujiro Honda. Certo dia, esse homem visitou o tio de Minoru em Setagaya para pedir que o deixasse adotar o rapaz. Fora uma solicitação providencial. Os procedimentos necessários foram tomados e Minoru passou a adotar seu sobrenome.

Minoru agora ajudava no café esporadicamente, apenas como passatempo. Muitas vezes era levado pelo pai adotivo a restaurantes, teatros ou a um cinema. Fukujiro era amante do teatro tradicional, mas quando saía com Minoru costumavam assistir juntos a comédias barulhentas e filmes ocidentais de bangue-bangue, que o rapaz adorava. Comprava para Minoru roupas de verão e inverno apropriadas a um jovem. Comprou-lhe um par de patins. O rapaz nunca tivera uma vida como aquela e era alvo da inveja dos primos que eventualmente o visitavam.

Entretanto, uma mudança ocorreu no temperamento de Minoru.

A beleza do sorriso não mudara, mas passou a apreciar a solidão. Por exemplo, sempre ia sozinho às casas de *pachinko*. Nos horários em que supostamente deveria estar estudando, passava três horas seguidas diante das máquinas de jogo. Mantinha pouco contato com os colegas de escola.

Percebia-se um desgosto e um medo insuperáveis impressos nessa sensibilidade ainda terna. Porém, ao contrário dos jovens comuns conduzidos à delinquência, Minoru tremia ao entrever seu fracasso futuro. Vivia absorto pela ideia fixa de um dia tornar-se um derrotado. Certa noite, viu um desses adivinhos que preveem o futuro lendo o rosto das pessoas sentado ao lado do prédio de um Banco, sob a luz escura de um tosco lampião. Passou diante do homem a passos ligeiros, tomado pelo horror de imaginar que o adivinho certamente poderia ler em sua testa um futuro fatídico, criminoso ou desastroso.

Minoru adorava seu límpido sorriso que, formado por carreiras de dentes brancos e puros, refletia suas esperanças. Seus olhos também puros e belos contradiziam qualquer tipo de corrupção. A imagem de seu dorso refletido nos espelhos de rua, em ângulos inesperados, bem como de sua nuca de cabelos raspados eram puras e juvenis. Acreditava que, enquanto a aparência externa não se degradasse, não teria com que se preocupar, embora essa sua tranquilidade de espírito também não tivesse vida longa.

Aprendeu a beber, pôs-se a ler avidamente romances policiais, começou a fumar. A fumaça aromática do cigarro penetrando em seus pulmões levava-o a imaginar que pensamentos desconhecidos e ainda informes tentavam retirar algo do fundo de seu peito. Nos dias em que se sentia deprimido, rezava para a eclosão de mais uma guerra e sonhava poder admirar a metrópole dizimada pelas chamas. Acreditava que, em meio aos incêndios, reencontraria os pais e a irmã falecidos.

Minoru amava ao mesmo tempo as excitações passageiras e o desespero de um céu estrelado. À noite, distraía-se rondando sem rumo pela cidade, a tal ponto que a sola de seus sapatos durava apenas três meses.

Voltava da escola, jantava e logo trocava o uniforme por uma roupa espalhafatosa e bem juvenil. Só aparecia no café a altas horas da noite. O pai adotivo angustiava-se, mas constatava que o rapaz estava sempre só. Tranquilizava-se ao perceber que seu ciúme era destituído de fundamento e, acreditando não ser um bom parceiro de diversões para o jovem, resolveu não admoestá-lo, deixando-o agir totalmente a seu bel-prazer.

Certo dia, durante as férias de verão, o céu estava nublado e o tempo estava frio demais para ir até a praia. Minoru colocou uma camisa havaiana vermelha, com motivo de coqueiros brancos, e saiu com o pretexto de visitar seu tio em Setagaya. A camisa vermelha caía muito bem com a pele alva do rapaz.

Minoru queria ir ao jardim zoológico. Desceu do metrô na estação de Ueno e foi até a estátua de Saigo-san.* O sol, até então encoberto pelas nuvens, apareceu enfim, banhando de luz os degraus da alta escada de granito.

No meio da escada, acendeu um cigarro com um fósforo cuja chama a luz do sol quase impedia de ver. Repleto da alegria de estar só, subiu saltitante o resto da escada.

Nesse dia, havia poucos visitantes no parque de Ueno. Ele comprou um bilhete no qual estava impressa a foto colorida de um leão deitado e atravessou o portão do zoológico quase deserto. Minoru não seguiu o itinerário para visitação indicado pelas setas, preferindo tomar à esquerda, deixando-se conduzir por seus pés. O odor dos animais que se difundia no ar quente de verão tinha a forte intimidade do odor de seu próprio colchão. Diante de seus olhos estava o cercado da girafa, de cara meditativa, pescoço e costas cobertos pela sombra de uma nuvem que escondia o sol. O animal espantava as moscas com o rabo, e a cada passo sua gigantesca estrutura óssea parecia prestes a se desmantelar. Minoru viu também os ursos polares que, incomodados pelo calor, subiam pelo concreto para mergulhar dentro da água, incessantemente, como loucos.

Tomou um caminho que levava até um local de onde se avistava o lago Shinobazu.

---

* Saigo Takamori (1828-1877) — militar e estadista conhecido por seu conservadorismo. Em 1867, apoiou o imperador e tornou-se conselheiro do novo governo imperial. Deixou o governo quando o Japão não entrou em guerra com a Coreia. Liderou em 1877 a revolta de Satsuma. Suas tropas foram derrotadas e Saigo cometeu suicídio. O honorífico "san" após seu nome é uma forma respeitosa de tratamento. (N. T.)

Os carros passavam cintilantes pela rua Ikenohata e a linha incerta do horizonte seguia da torre do relógio da Universidade de Tóquio aos cruzamentos de Ginza ao sul, refletindo aqui e ali o sol de verão, os prédios brancos, como caixas de fósforos, brilhando como quartzo. Essa paisagem contrastava com a superfície turva do lago Shinobazu, com o balão publicitário de certa loja de Ueno flutuando languidamente no ar, seu formato arredondado distorcido pelo gás que escapava, e com o prédio de aspecto melancólico dessa mesma loja.

Ali estava Tóquio e o panorama sentimental de uma grande metrópole. Sentiu que as muitas ruas pelas quais diligentemente andara dissimulavam-se todas nesse panorama. Sentia que os inúmeros passeios noturnos apagavam-se desse panorama luminoso sem deixar marcas, assim como também não havia vestígios da liberdade sonhada.

Um trem passou vindo da direção de Ikenohata-Shichikencho, contornando o lago e fazendo vibrar o chão sob seus pés. Minoru voltou a admirar os animais.

Podia-se sentir de longe o odor dos bichos. O mais violento deles vinha da jaula dos hipopótamos. O macho Dekao e a fêmea Zabuko, imersos na água lamacenta, só deixavam entrever seus focinhos. Visando o comedouro, dois ratos aproveitavam a ausência dos donos para entrar e sair da jaula.

Os elefantes enrolavam maços de feno com a tromba, levando-os um a um até a boca, já preparando o seguinte antes mesmo de ter terminado de engolir o anterior. Às vezes enrolavam em demasia, pisando a parte que sobrava com a pata dianteira em formato de pilão.

Os pinguins, como convidados em um coquetel, estavam em pé, virados na direção que mais lhes agradava, abrindo momentaneamente as asas ou sacudindo a cauda.

Dois gatos almiscarados olhavam languidamente na direção

de Minoru, enroscados e empoleirados sobre uma base elevada, a uns trinta centímetros do solo, onde inúmeras cabeças vermelhas das galinhas que lhes serviam de ração estavam espalhadas.

Acabando de ver o casal de leões, Minoru sentiu-se satisfeito e decidiu voltar para casa. O picolé que chupava havia praticamente derretido. Nesse momento, percebeu que havia um pequeno viveiro que ainda não visitara. Ao se aproximar, deu com o viveiro dos pássaros. Seus vidros, nos quais se notavam figuras de camaleões estilizados, estavam quebrados em algumas partes.

Diante do viveiro, havia apenas um homem de costas, em uma camisa polo de um branco imaculado.

Mascando chiclete, Minoru contemplava um pássaro cujo bico branco era maior do que o resto de sua cabeça. Com pouco menos de trinta metros quadrados, o viveiro se enchia dos gritos rudes e estranhos das aves. Ouviu um canto semelhante ao dos pássaros selvagens que aparecem nos filmes de Tarzan. Notou ser um papagaio o dono do canto estridente. A maioria das aves do viveiro era composta de papagaios e periquitos. A coloração da plumagem do periquito vermelho era particularmente bela. Os papagaios brancos estavam todos virados de costas para Minoru e um deles batia obstinadamente com seu bico duro, como um martelo, na parte de trás do comedouro.

Minoru aproximou-se da gaiola do mainá. Empoleirada com seus pés imundos em uma árvore, a ave de plumagem preta e cabeça amarela abriu seu bico vermelho. Minoru ficou imaginando o que ela diria. "Bom dia", gritou.

Minoru não conteve um sorriso. O rapaz a seu lado também sorriu, virando o rosto em sua direção. Minoru batia na altura das sobrancelhas do rapaz, que por isso tinha seu rosto levemente abaixado. Seus olhos se encontraram. Não foram capazes de afastar o olhar. Cada um deles estava surpreso com a beleza do outro. O movimento da boca de Minoru mascando o chiclete interrompeu-se.

"Bom dia", repetiu a ave.

O rapaz, imitando-a, respondeu também com um "bom--dia". Minoru riu.

O rapaz afastou os olhos da gaiola e acendeu um cigarro. Para não ficar atrás, Minoru tirou de seu bolso um maço de cigarros importados e, precipitadamente, cuspiu o chiclete, levando o cigarro à boca. O rapaz acendeu outro fósforo, oferecendo-lhe fogo.

— Você também fuma? — perguntou espantado o jovem.

— Sim, apesar de ser proibido na escola.

— Em que escola você estuda?

— No Liceu N***.

— Eu estudo na...

O jovem citou o nome de uma famosa universidade particular.

— Posso perguntar seu nome?

— Chamo-me Minoru.

— O meu é Yuichi.

Os dois começaram a andar, afastando-se do viveiro de pássaros.

— Essa camisa havaiana vermelha fica muito bem em você.

As palavras do jovem fizeram Minoru corar.

Os dois conversaram sobre diversos assuntos e Minoru estava encantado pela jovialidade, conversa espontânea e beleza física de Yuichi. Minoru serviu de guia das jaulas que o rapaz ainda não visitara. Bastaram dez minutos para ambos estarem íntimos como irmãos.

"Ele é do meio", pensou Minoru. "Como é bom que alguém tão lindo seja um deles. Adoro sua voz, seu sorriso, seus gestos, seu corpo, seu cheiro. Não aguento de vontade de ir logo para a cama com ele. A um homem desses eu me entrego por completo e permito que faça comigo tudo o que quiser. Tenho certeza de que ele vai adorar meu umbigo." Enfiou a mão no bolso e mudou habilmente a posição de algo duro que o incomodava, sentindo-se mais à vontade. Percebeu que no fundo desse bolso havia mais um chiclete. Tirou-o do bolso e levou-o à boca.

— Viu as martas? Ou ainda não?

Minoru puxou Yuichi pela mão, levando-o até a jaula fedorenta dos pequenos animais. Suas mãos permaneceram unidas.

Diante da jaula das martas de Tsushima havia uma placa explicando os hábitos desses animais com os dizeres "ativas cedo pela manhã ou à noite em bosques de camélias, onde sugam o mel de suas flores". Três pequenas martas amarelas olhavam na direção dos jovens, uma delas devorando a crista vermelha da cabeça de um galo. Os olhos dos jovens se encontraram com os dos pequenos animais; se não havia dúvidas de que observavam as martas, não se poderia dizer ao certo se os olhos dos animais estavam realmente contemplando os visitantes. Tanto Yuichi como Minoru sentiam que amavam mais os olhos das martas que os dos seres humanos.

As nucas dos jovens estavam muito quentes. O sol batia nelas. Apesar do entardecer, a luminosidade continuava violenta. Minoru virou-se. Não havia ninguém em volta. Não se passara ainda meia hora e já trocavam um beijo espontâneo e leve. "Como é grande minha felicidade agora", pensou Minoru. A esse rapaz só fora ensinada a felicidade sensual. O mundo era esplêndido, deserto, silencioso.

Um rugido como o de leões ressoou pelo ar. Yuichi levantou os olhos e disse:

— Parece que vai cair uma bela chuva daqui a pouco.

Notaram as nuvens negras dominando metade do céu. O sol fora subitamente encoberto. No momento em que chegaram à estação de metrô, as primeiras gotas escuras caíam na calçada. Tomaram o metrô.

— Para onde você está indo? — perguntou Minoru, temendo ser deixado para trás.

Desceram na estação Jingumae. A chuva cessara quando saíram à rua. Daí tomaram um trem para Takagicho, indo ao hotel onde um dia o colega de universidade de Yuichi o levara.

Encantado com as lembranças sensuais daquele dia, Minoru usava de desculpas para afastar-se de seu pai adotivo. Fukujiro não possuía nada capaz de criar ilusões em um rapaz como Minoru. Quando havia um falecimento no bairro, tendo em alta estima o relacionamento com a vizinhança, Fukujiro, budista fervoroso, apressava-se a oferecer um envelope contendo uma contribuição em dinheiro para a família do defunto. Sentava-se por longo tempo em silêncio diante da estátua de Buda, sem perceber que com isso apenas incomodava os outros participantes do velório. Além disso, havia algo sinistro em sua magreza destituída de charme. Não podia confiar o caixa nas mãos de outrem, embora não fosse uma estratégia comercial inteligente para um estabelecimento situado num bairro estudantil ter um senhor carrancudo tomando conta da máquina registradora. Mesmo seus clientes fiéis sem dúvida teriam se afastado do café caso o vissem, após o encerramento, contando obstinadamente, durante uma hora, o faturamento do dia.

A meticulosidade e a avareza representavam o lado oposto da devoção budista de Fukujiro. Se as portas corrediças não estavam completamente fechadas ou se a maçaneta da porta que deveria estar virada para um dos lados fosse posta em uma posição mediana, não podia deixar de se levantar para ir ajeitá-las. Quando um dos tios de Fukujiro veio do interior visitá-lo, encomendou tempura com arroz para o jantar. Qual não foi o espanto de Minoru ao ver, no momento em que o tio estava de saída, seu pai adotivo cobrar-lhe o valor pago pela comida.

O corpo do jovem Yuichi não se comparava ao de Fukujiro, já beirando os quarenta anos. E isso não era tudo. Para Minoru, Yuichi tornara-se a visão do herói de muitos filmes de ação e do jovem intrépido dos romances de aventura. Representava tudo aquilo que desejaria ser. Da mesma forma como Shunsuke sonhava em usar Yuichi como matéria-prima para uma de suas obras, Minoru sonhava com Yuichi a partir da matéria-prima de diversas histórias.

Yuichi virou-se com um gesto abrupto. Aos olhos de Minoru, era o gesto do jovem aventureiro que defendia seu corpo de um perigo eminente. Minoru fantasiava a si mesmo como o seguidor fiel que sempre acompanha muitos heróis. Fascinava--se até a alma com a coragem de seu senhor, de forma tão inocente que chegava a ponto de acreditar que morreria junto a seu amo. Mais do que amor, era uma fidelidade sensual, o prazer advindo da devoção e da autoabnegação imaginárias, a manifestação do desejo mais natural da propensão para o sonho de um jovem. Certa noite sonhou estar com Yuichi em um campo de batalha. Yuichi era um jovem e galante oficial e Minoru era um de seus jovens e formosos ajudantes de ordens. Os dois receberam tiros no peito ao mesmo tempo, e morreram abraçados, seus lábios unidos num beijo. Em outra ocasião, Yuichi era um jovem marinheiro e Minoru se transformava em grumete. Depois de ambos desembarcarem em uma ilha tropical, as velas do barco foram alçadas por ordem do malévolo comandante. Deixados na ilha, viram-se à mercê de selvagens hostis tendo apenas um escudo formado pela concha gigante de um molusco para se defender das inúmeras flechas envenenadas lançadas em sua direção do meio das folhagens.

Por esse motivo, a noite que passaram juntos foi mística. Ao seu redor, a noite urbana com suas enorme hostilidade formava um redemoinho com seus malfeitores, inimigos, selvagens, assassinos, todos desejando sua desgraça, os olhos exultando por sua morte espreitando-os por detrás dos escuros vidros das janelas. Minoru sentiu pena por só poder dormir armado de uma pistola escondida sob seu travesseiro. O que poderiam fazer se um malfeitor estivesse escondido dentro do armário de roupas, aguardando até que pegassem no sono para, por uma fresta da porta, disparar sobre seus corpos uma rajada de tiros? Minoru não podia deixar de imaginar Yuichi, que dormia alheio a essas fantasias, como sendo o dono de uma coragem superior à dos homens comuns.

O medo irracional do qual Minoru tanto desejava escapar transformou-se subitamente em doce pavor novelístico e o simples fato de vivê-lo lhe infundia alegria. Cada vez que via artigos no jornal sobre tráfico de ópio ou sociedades secretas, lia-os avidamente acreditando estarem relacionados a ele e Yuichi.

Essa tendência do jovem acabou por contaminar aos poucos Yuichi. Seu coração aliviou-se ao constatar que os arraigados preconceitos sociais que tanto o apavoraram e dos quais ainda tinha medo, ao contrário, não passavam para esse jovem sonhador de incentivos à fantasia, uma hostilidade romântica, um perigo romanesco, a defesa plebeia à justiça e a nobreza, enfim, o preconceito obtuso e irracional próprio aos selvagens. Além disso, espantou-se com sua própria força intangível ao se dar conta de que a fonte dessa inspiração do jovem nada mais era do que ele próprio.

— Esses caras — era esse o único termo que o jovem usava para se referir à "sociedade" — estão só esperando para dar o bote. É preciso tomar cuidado — disse Minoru com seu jeito habitual de falar. — Eles querem mais é que a gente morra.

— Será mesmo assim? Eles estão pouco se importando. Apenas passam por nós, cheios de arrogância.

Yuichi, cinco anos mais velho do que o jovem, exprimia assim sua opinião realista que, entretanto, não foi para Minoru suficientemente persuasiva.

— Porra, que nojo são as mulheres!

Minoru cuspiu para um grupo de moças estudantes que passava por eles. Em seguida, lançou em direção a elas injúrias obscenas sobre algo que pouco conhecia, de maneira que fossem capazes de ouvi-lo:

— O que são as mulheres, afinal? Tudo o que possuem é um bolso imundo pregado entre as pernas. E nesse bolso só acumulam lixo.

Yuichi, que logicamente escondera de Minoru o fato de ter uma esposa, ouvia sorridente esses vilipêndios.

Se antes Minoru fazia sozinho seus passeios noturnos, agora Yuichi o acompanhava. Assassinos estavam escondidos em todas as esquinas obscuras. Seguiam-nos sem fazer barulho de passos. Minoru se divertia semeando-os aqui e ali, zombando deles ou vingando-se levemente desses seres imaginários.

— Veja isso, Yuchan!

Minoru planejou um pequeno crime que seria suficiente para lhes dar a impressão de estarem sendo seguidos. Tirou da boca o chiclete que mascava. Colou-a na maçaneta do carro lustroso de um estrangeiro, estacionado à beira da calçada. Depois, com o rosto displicente, começou a andar apressando Yuichi.

Certa noite, Yuichi foi beber cerveja com Minoru no terraço do prédio Termas de Ginza. Terminada a primeira caneca, o rapaz partiu para a segunda. O vento no terraço era verdadeiramente frio e suas camisas, até então coladas de suor a seus corpos, engolfavam-se com o vento assemelhando-se a toldos. As lanternas vermelhas, amarelas e azuis tremiam acima da pista de dança. Dois ou três pares se levantaram e, alternadamente, dançavam nela ao som dos violões. Tanto Yuichi quanto Minoru estavam loucos para dançar também, mas era complicado para um casal de homens dançar em um local como aquele. Como se deprimiam observando a diversão dos outros, acabaram levantando-se, indo encostar-se na balaustrada, a um canto escuro do terraço. Nessa noite de verão, podia-se ver as luzes da cidade estenderem-se até a distância. Ao sul, havia uma concentração de sombras obscuras. Era sem dúvida o bosque do parque Hamarikyu. Yuichi passou o braço sobre os ombros de Minoru, que olhava indiferente em direção ao bosque. Nesse momento uma luz alçou-se candidamente do meio das árvores. Os fogos de artifício formaram de início um imenso círculo verde e, acompanhados de estrondos, mudavam em seguida para amarelo antes de se transformarem finalmente na cor rósea peculiar das sombrinhas de papel. Por fim, desapareciam por completo, deixando em seu rastro apenas o silêncio.

— Seria bom, não é? — disse Minoru parafraseando o trecho de um romance policial. — Seria fantástico se pudéssemos exterminar todos os seres humanos soltando-os todos como fogos de artifício. Matar cada um dos chatos deste mundo que só servem para nos atrapalhar, para ficarmos só nós dois neste planeta.

— Se isso acontecesse, como as crianças nasceriam?

— E quem precisa delas, afinal? Suponha que nos casássemos e pudéssemos ter um filho. Bastaria que ele crescesse para zombar de nós ou, se isso não acontecesse, para se tornar *semelhante a nós*. Não há outras opções.

Essas últimas palavras fizeram Yuichi tremer. Sentiu ter sido uma bênção divina o fato de o filho de Yasuko ser uma menina. O jovem apertou delicadamente o ombro de Minoru.

Por trás das faces juvenis delicadas e do sorriso inocente de Minoru escondia-se um demônio rebelde, no qual o coração de Yuichi, intranquilo por natureza, sempre encontrava consolo. Essa simpatia, antes de mais nada, consolidava os laços sensuais que os uniam. Além disso, servia como força para cultivar a parte mais essencial e mais respeitável de uma amizade. A imaginação fértil do rapaz movimentava-se livremente, impulsionando o ceticismo de Yuichi. Como resultado, até Yuichi absorveu de tal maneira os sonhos juvenis de Minoru a ponto de perder o sono certa noite, imaginando seriamente uma excursão secreta às profundezas da selva amazônica.

Bem tarde da noite, decidiram andar de barco e para isso foram até o escritório de locação na margem oposta ao Teatro Tóquio. Os barcos já estavam amarrados ao ancoradouro e o escritório de locação tinha as luzes apagadas e a porta fechada a cadeado. Sem outra opção, sentaram sobre as pranchas do ancoradouro, fumando e balançando os pés no ar acima da água do rio. O Teatro Tóquio, na margem oposta, estava fechado. A sala de espetáculos Shimbashi, à direita do outro lado da ponte, também já tinha cerrado suas portas. Eram poucos os reflexos de luz sobre a água, que conservava o resto do calor em sua superfície turva e sombria.

— Olhe. Estou cheio de assaduras — disse Minoru inclinando-se para mostrar a Yuichi os pontos avermelhados espalhados por sua testa.

Minoru não se esquecia de mostrar ao seu amado todas as novas aquisições: cadernos, camisas, livros, meias.

De súbito, Minoru se pôs a rir. Yuichi avistou na rua às escuras que ladeava o rio, bem em frente ao Teatro Tóquio, aquilo que havia causado esse riso. Ao errar uma manobra, um senhor de idade vestido com *yukata* caíra junto com sua bicicleta, indo estatelar-se no asfalto. Parecendo ter machucado os quadris ou outra parte do corpo, continuava caído, incapaz de se levantar.

— Naquela idade e andando de bicicleta! É um idiota mesmo. Merecia ter mergulhado logo de bicicleta e tudo dentro do rio.

Sua risada alegre e suas fileiras de dentes brancos e cruéis em plena noite eram lindas. Yuichi não podia se furtar a pensar no quanto se parecia com Minoru, muito mais do que ele próprio poderia imaginar.

— Você deve ter um namorado fixo, não? Será que ele não reclama de você ficar fora até tão tarde?

— Estar apaixonado por mim é seu ponto fraco. Para todos os efeitos, ele é meu pai adotivo. Juridicamente também.

A palavra "juridicamente", saída assim da boca do rapaz, soava de um ridículo extremo. Minoru continuou:

— E você, Yuchan? Tem namorado fixo?

— Tenho. Mas é apenas um velhote.

— Vou trucidar esse velhote.

— É perder tempo. Ele é do tipo que, mesmo matando, é imortal.

— Por que rapazes gays jovens e bonitos precisam ficar presos a alguém?

— Por questão de comodidade.

— Eles nos compram roupas e dão o dinheiro que quisermos para nossas despesas. E acabamos ligados a eles emocionalmente, apesar de detestá-los.

Ao dizer isso, o rapaz cuspiu um jato de saliva que formou uma grande mancha branca sobre a água do rio.

Yuichi abraçou Minoru pelos quadris e em seguida aproximou seus lábios para lhe beijar a face.

— É detestável — disse Minoru enquanto aceitava incondicionalmente seu beijo. — Quando beijo você, Yuchan, meu pau fica teso. E a vontade que me dá então é de não voltar mais para casa.

Pouco mais tarde, Minoru exclamou:

— Ah, é uma cigarra!

À noite, o canto estridente e compassado do inseto transpassava o silêncio que se seguira à passagem ruidosa do bonde sobre a ponte. Não havia ao redor deles nenhuma vegetação marcante. A cigarra deveria estar perdida, vinda de um parque qualquer.

Voava rasante sobre a superfície do rio, indo em direção às luminárias dos postes, ao pé da ponte à direita, onde inúmeras mariposas noturnas esvoaçavam.

Assim, o céu noturno se apoderava irresistivelmente de seus olhos. O céu estrelado dessa noite era fantástico e não sucumbia aos reflexos das luzes da cidade. Entretanto, as narinas de Yuichi inalavam o odor fétido do rio e os sapatos oscilantes de ambos quase tocavam suas águas. Yuichi gostava de verdade daquele rapaz, mas não podia deixar de pensar nas pessoas comentando sobre o amor deles como se se referissem a ratos de esgoto.

Certa ocasião, Yuichi olhava distraidamente um mapa de Tóquio quando de repente soltou um grito, pois fizera uma extraordinária descoberta. A água daquele rio que os dois viam sentados um ao lado do outro estava ligada à água do pântano que contemplara certo dia com Kyoko da pequena elevação perto do portão Hirakawa. Saindo da margem do rio à Nishikicho, em frente ao portão Hirakawa, as águas continuavam seu curso para Gofukubashi, desaguando em um estreito canal nas proximidades de Edobashi, ladeando Kibikicho e passando por fim diante do Teatro Tóquio.

Fukujiro Honda começou a desconfiar de Minoru. Uma noite de calor intenso em que não conseguia pregar os olhos, Fukujiro lia um livro de narrativas heroicas enquanto esperava pela volta de Minoru. A cabeça do pobre pai adotivo estava repleta de ideias desvairadas. À uma da manhã ouviu o barulho da porta dos fundos sendo aberta e em seguida o som de sapatos sendo descalços. Fukujiro apagou o abajur da cabeceira. A luz do quarto contíguo acendeu-se. Minoru parecia estar se despindo. Passou-se um longo tempo durante o qual provavelmente estaria fumando um cigarro, sentado nu junto à janela, já que podia observar uma fumaça fina subindo por entre as colunas, iluminada vagamente pela luz.

Minoru entrou nu dentro do mosquiteiro do dormitório e preparou-se para mergulhar sob as cobertas. Foi nesse momento que Fukujiro precipitou-se sobre seu corpo. Tinha nas mãos uma corda com a qual amarrou as mãos do rapaz. Em seguida, deu várias voltas pelo seu tronco com o resto da longa corda. Nesse meio-tempo, com o travesseiro usado como mordaça, Minoru não podia gritar. Fukujiro mantinha esse travesseiro pressionado contra a boca do jovem, apoiando nele a testa enquanto o amarrava.

Quando finalmente acabou de amarrá-lo, Minoru implorou com uma pronúncia incompreensível por debaixo do travesseiro:

— Está doendo! Assim você me mata. Prometo ficar quieto, mas afaste o travesseiro, por favor.

Para impedir que o filho adotivo fugisse, Fukujiro montou a cavalo sobre seu corpo. Afastou o travesseiro, mas manteve sua mão direita sobre sua face para o caso de precisar abafar a boca do rapaz caso começasse a berrar. Com a mão esquerda segurou seus cabelos, dando leves puxões e dizendo:

— Confesse, vamos. Quem é esse filho da puta com quem você está se engraçando? Ponha para fora de uma vez.

Fukujiro puxava os cabelos do rapaz. As cordas fustigavam seu peito nu e suas mãos causavam-lhe terrível dor. Mas, mesmo com tais acusações antiquadas penetrando nos ouvidos desse jovem sonhador, não fantasiava que Yuichi apareceria ali para salvá--lo. Pensava num estratagema realista que a experiência da vida lhe ensinara.

— Só confesso se você largar meus cabelos — Minoru disse.

Quando Fukujiro o soltou, o rapaz tombou bruscamente como se fingisse estar morto. Tomado de desespero Fukujiro sacudia o rosto do rapaz.

— As cordas estão machucando meu peito. Desamarre-me e confesso tudo — repetiu o rapaz.

Fukujiro acendeu o abajur de cabeceira. Livrou o rapaz das cordas. Minoru ficou em silêncio, cabisbaixo, os lábios encostados na parte dolorida do pulso.

O ato do circunspecto Fukujiro, tomado pela força das circunstâncias, já se mostrava semiarrefecido. Diante da mudez de Minoru, pensou em tocá-lo sentimentalmente: sentado de pernas cruzadas em frente ao rapaz nu, abaixou a cabeça e, vertendo lágrimas, pediu-lhe perdão pela atitude violenta. Sobre o peito imaculado do rapaz, as marcas rosadas da corda apareciam obliquamente. Naturalmente, essa tortura tão dramática terminou de forma ambígua.

Temendo que descobrissem sobre sua conduta, Fukujiro foi incapaz de decidir-se a contratar uma agência de detetives. A partir da noite do dia seguinte, deixou o trabalho do café nas mãos de um dos ajudantes e começou a seguir o ente amado. Não conseguiu descobrir onde Minoru costumava ir. Pagou a um garçom de sua confiança para seguir o rapaz. Esse leal e perspicaz servidor relatou a Fukujiro tudo o que descobrira sobre o companheiro de Minoru: sua aparência física, idade, forma de se vestir e até mesmo que costumava ser chamado de Yuchan.

Fukujiro começou a andar por todos os bares do meio, algo que havia muito não fazia. Encontrou antigos conhecidos que, incapazes de curar-se do mau hábito, continuavam a frequentar esses locais. Levou-os a cafés ou bares mais calmos para perguntar-lhes sobre "Yuchan".

O próprio Yuichi acreditava que sua identidade fosse conhecida apenas num círculo limitado, mas na realidade informações íntimas sobre ele haviam sido amplamente difundidas por essa pequena sociedade de membros inquisitivos e com falta de assunto.

Os homens de meia-idade desse meio contemplavam invejosos a beleza física de Yuichi. Poderiam de bom grado se apaixonar por ele, mas a frieza com que eram rejeitados pelo jovem os conduzia ao ciúme. Os rapazes, cuja beleza não se comparava à sua, sentiam o mesmo. Por isso, Fukujiro não teve dificuldades em obter deles informações.

Eles falavam muito, impregnados de uma maledicência bem feminina. Quando não possuíam uma informação, mostravam-se de uma gentileza paranoica apresentando outro novo informante a Fukujiro, que encontrava-se com essa pessoa que, solícito e tagarela, por sua vez apresentava-lhe outro. Assim, num curto espaço de tempo, Fukujiro encontrou-se com uma dezena de desconhecidos.

Yuichi com certeza se espantaria caso soubesse que não apenas seu relacionamento com o conde Kaburagi, como até mesmo suas ligações com Kawada, tão preocupado com as aparências, eram de cabo a rabo do conhecimento geral. Fukujiro reuniu todas as informações possíveis sobre a família de Yuichi, inclusive endereço e número de telefone. Voltando para o café, começou a tramar vários estratagemas vis que a covardia costuma levar avante.

28. Um acontecimento inesperado

Mesmo enquanto o pai de Yuichi era vivo, a família Minami não possuía uma casa de campo. O pai detestava ver-se preso a um local determinado, fosse para fugir do verão ou do inverno. Sempre ocupado no trabalho, permanecia em Tóquio enquanto a esposa e filhos passavam o verão num hotel em Karuizawa ou Hakone, juntando-se habitualmente a eles nos fins de semana. Como possuíam muitos conhecidos em Karuizawa, o verão que lá passavam era sempre animado. Entretanto, desde essa época a mãe percebera a predileção de Yuichi pela solidão. O fato de o lindo filho preferir ir no verão para Kamikochi, onde não teria perigo de encontrar conhecidos, do que passar as férias em Karuizawa, local propício para os relacionamentos, não era algo que combinasse com sua idade ou seu corpo saudável.

Mesmo quando a guerra tornou-se mais intensa, a família Minami não teve pressa em evacuar da casa. O chefe da família não se preocupava nem um pouco com isso. Alguns meses antes do início dos bombardeios aéreos, no verão de 1944, o pai de Yuichi faleceu subitamente de hemorragia cerebral em sua casa em Tóquio. A brava viúva, não prestando ouvidos aos conselhos das pessoas à sua volta, decidiu continuar na casa de Tóquio, guardando as cinzas do falecido marido. Como se os morteiros incendiários temessem essa força espiritual, a casa conseguiu escapar de ser destruída pelas chamas até o fim da guerra.

Se a família tivesse uma casa de campo, poderia vendê-la por bom preço e enfrentar assim a inflação do pós-guerra. Em 1944, a fortuna do pai de Yuichi consistia, além da casa, num total de duzentos mil ienes distribuídos entre bens móveis, títulos negociáveis e depósitos bancários, entre outros. Tendo perdido o marido, a mãe se aborrecia por ser obrigada nessa emergência a vender a um corretor suas valiosas joias por preço irrisório. Um antigo subalterno de seu marido, homem calejado nesses assuntos, veio em seu auxílio, conseguindo uma redução no imposto sobre as fortunas, além de operar habilmente com as contas bancárias e os títulos, sendo bem-sucedido em ultrapassar os obstáculos criados pelas medidas monetárias de urgência. Depois que a economia praticamente recuperou sua estabilidade, ainda tinham setecentos mil ienes em sua conta bancária e o talento financeiro de Yuichi que se desenvolveu durante esse período confuso. Algum tempo depois o gentil conselheiro faleceria da mesma doença do pai de Yuichi. A mãe, sem nenhuma preocupação, confiou as contas domésticas a sua velha criada. Como foi falado anteriormente, Yuichi percebeu espantado a incompetência antiquada dessa boa senhora e a crise que daí adviria.

Por essas razões, no pós-guerra a família Minami não teve oportunidades de tirar férias de verão. A família de Yasuko convidou-os para a casa de campo que possuía em Karuizawa, o que alegrou a mãe de Yuichi. Entretanto, o medo de sair um dia que fosse de Tóquio, onde seu médico estava, destruiu com facilidade essa alegria. Insistia com o casal para que a deixassem, indo os dois com o bebê. Essa proposta plena de admirável autoabnegação foi feita com um semblante tão tristonho que Yasuko, como boa nora, foi levada a afirmar que jamais iriam deixando para trás a sogra doente. Essa resposta, já esperada, alegrou a mãe de Yuichi. Com a chegada de uma visitante, Yasuko providenciou um ventilador, toalhas úmidas e bebidas geladas. A sogra não poupava elogios à devoção da nora, fazendo enrubescer o rosto de Yasuko. Temendo que a visitante acreditasse que o fato de não terem viajado fosse apenas devido ao egoísmo da sogra, inventou uma lógica absurda dizendo que seria melhor que a recém-nascida se adaptasse ao calor intenso de Tóquio. Como Keiko transpirasse e estivesse coberta de assaduras, a cobriam de talco deixando-a parecida com um algodão-doce.

Quanto a Yuichi, seu costumeiro espírito de autonomia o fazia detestar ficar sob os cuidados dos sogros, opondo-se a aceitarem o convite. Yasuko, que em sua família crescera com certa perspicácia política, dissimulava sob a forma de devoção à sogra seu consentimento à opinião do marido.

A família passava com tranquilidade os dias do verão. A presença de Keiko fazia com que se esquecessem até mesmo do calor. Mas o bebê, que ainda não sabia sorrir, mantinha a expressão séria de um animal. Desde sua primeira visita ao templo começou a mostrar interesse pelo movimento e pelo calmo tilintar de seu cata-vento colorido. Uma magnífica caixinha de música foi o melhor de todos os presentes recebidos.

Fabricada na Holanda, representava uma antiga fazenda com seu jardim frontal repleto de tulipas floridas. Quando a porta central se abria, uma boneca trajando vestimenta holandesa típica, de avental branco, saía tendo às mãos um regador, parando no portal. Durante o tempo em que a porta permanecia aberta, a música tocava: uma canção rústica desconhecida aos ouvidos e que aparentava ser uma música folclórica neerlandesa.

Yasuko gostava de tocar a caixa de música para Keiko no primeiro andar, mais arejado. Nas tardes de verão, Yuichi, cansado dos estudos que não progrediam, juntava-se às duas para se divertir. Nessas horas, até a brisa que, passando pelas árvores do jardim, transpassava o cômodo de sul a norte parecia ainda mais fresca e agradável.

— Ela entende. Você vê? Está com os ouvidos atentos! — dizia Yasuko.

Yuichi observava então firmemente a expressão do rosto do bebê. "Esta criança possui somente o interior...", pensava. "Ainda não possui praticamente um mundo exterior. Esse, para ela, limita-se ao seio da mãe que é posto em sua boca quando sente fome, às mudanças vagas nos feixes de luz à noite e de dia, o lindo movimento do cata-vento, o tilintar e a música monótona e leve da caixa de música. Que tal então seu íntimo? A sensualidade, a história e a hereditariedade femininas condensadas desde os primórdios da humanidade expandem-se por fim como uma flor que brota quando imersa na água, dentro de seu ambiente aquático, restando apenas a tarefa de fazer florescer o botão. Vou criá-la como a mulher entre as mulheres, a beldade entre as beldades."

Como o método científico de criação de filhos que preconizava a amamentação a horários fixos saía de moda, Yasuko logo dava de mamar assim que Keiko, irritadiça, começava a chorar. Abria seu vestido fino de verão, mostrando o lindo seio onde, límpidas, as linhas das veias azuis contornavam sua pele sensível e branca. Mas o seio que aparecia para fora do vestido estava sempre perspirando, como uma fruta amadurecida em uma estufa, e Yasuko precisava, antes de desinfetar a ponta do seio com gaze embebida em ácido bórico, enxugar o suor com uma toalha. O leite gotejava antes mesmo de os lábios do bebê chegarem a ele e Yasuko sofria com a exagerada profusão.

Yuichi contemplou o seio. Em seguida, olhou pela janela o céu de verão repleto de nuvens. O canto das cigarras era tão incessante que por vezes os ouvidos esqueciam seu barulho. Quando Keiko acabou de mamar, pegou no sono dentro do mosquiteiro. Yuichi e Yasuko trocaram um olhar e sorriram.

De súbito, Yuichi sentiu um verdadeiro choque. Seria aquilo a felicidade? Ou seria apenas a serenidade inerte de perceber que tudo o que temia chegara, completara-se e existia diante de si? Boquiaberto, experimentava um impulso. Admirava-se da casualidade e da certeza da aparência externa que punham todos os resultados à sua frente.

Alguns dias depois, a saúde da mãe piorou sensivelmente e, embora nesses casos mandasse chamar o médico, dessa vez recusou-se obstinadamente ao tratamento. É preciso convir que o fato de essa velha viúva tagarela calar-se durante todo um dia era algo extremamente inusitado. Nessa noite, Yuichi jantou em casa. Vendo o aspecto ruim do rosto da mãe, sua expressão tensa quando forçava um sorriso e a completa falta de apetite, Yuichi resolveu permanecer em casa.

— Por que não vai sair esta noite? — perguntou com uma alegria forjada ao ver que o filho continuava em casa. — Não há por que se preocupar comigo. Não estou doente. Posso prová-lo, já que ninguém conhece melhor meu corpo do que eu própria. Se sentir algum problema, chamo de imediato o doutor. Não preciso incomodar ninguém com isso.

Como mesmo assim o filho dedicado não fazia menção de sair, na manhã seguinte a mãe mudou inteligentemente de estratégia. Desde cedo pela manhã estava animada.

— O que teria sido aquilo de ontem? — perguntou indiscretamente e em alta voz, até para Kiyo. — É prova de que o período da menopausa ainda não terminou.

Quase não dormira na noite anterior, mas o estado de excitação produzido pela falta de sono e a razão despertada em parte durante a noite exibiram-se numa hábil encenação.

— Chame um táxi para mim — ordenou resoluta à sua devotada Kiyo. — Darei o endereço ao motorista — completou.

Deteve Kiyo, que se preparava para acompanhá-la, dizendo:

— Não há necessidade de vir junto. Vou sozinha.

— Mas, senhora...

Kiyo estava estupefata. Desde que adoecera, a mãe de Yuichi raramente saía desacompanhada.

— Será que é algo tão estranho eu sair sozinha? Não me confunda com a imperatriz. Quando Yasuko teve o bebê, fui ao hospital sozinha sem nenhum problema.

— Mas, naquele momento era preciso que alguém ficasse cuidando da casa. Além disso, esqueceu que foi a senhora mesma quem me prometeu nunca mais sair de casa desacompanhada?

Ouvindo essa discussão entre patroa e criada, Yasuko apareceu no quarto da sogra com uma fisionomia que inspirava preocupação.

— Querendo, posso acompanhá-la, se por acaso não for conveniente ir com Kiyo a seu compromisso.

— Tudo bem, Yasuko. Não precisa se preocupar.

Sua voz estava carregada de extrema gentileza, quase como se falasse com sua própria filha.

— Estou indo me encontrar com uma pessoa para discutir sobre a fortuna de meu falecido marido. É o tipo de coisa que não gostaria de comentar com Yuichi. Caso Yuichi volte antes de mim, diga por favor que uma velha amiga veio me buscar de carro. Se ele chegar depois de mim, tomem cuidado, você e Kiyo, para não contarem sobre minha saída, pois de minha parte não pretendo dizer-lhe nada. Por favor, prometam. Isso é algo que pretendo fazer sozinha.

Depois dessa declaração tão peremptória, tomou às pressas o táxi. Duas horas mais tarde voltava no mesmo carro. Tinha uma aparência cansada e logo foi se deitar. Yuichi voltou muito mais tarde.

— Como vai mamãe? — perguntou.

— Parece estar ótima. Dormiu às nove e meia, mais cedo do que de costume.

Foi essa a resposta dada pela nora fiel a seu marido.

Na noite seguinte também, tão logo Yuichi colocou os pés fora de casa, a mãe imediatamente chamou um táxi, preparando-se para sair. Nessa segunda noite tudo foi envolvido por um silêncio intimidador. Kiyo entregou-lhe o prendedor prateado de cinta de quimono Kanze, vendo assustada o gesto rude com que sua patroa o puxou de sua mão. No entanto, os olhos infelizes da mãe tinham o brilho de uma febre sinistra e a boa e inofensiva criada achava-se fora de seu campo de visão.

Por duas noites seguidas ela fora ao Rudon em Yurakucho, aguardando a aparição de Yuichi, a única prova possível. A apavorante carta anônima que recebera dois dias antes aconselhava que, para comprovar a veracidade de seu conteúdo, fosse ao bar suspeito, cuja localização era indicada em um mapa anexo à carta, e verificasse com os próprios olhos o aparecimento do filho. Decidiu dar um jeito de fazer tudo sem ajuda. Por mais profunda que fosse a raiz da infelicidade que atingira a família, não desejava envolver Yasuko, acreditando ser um problema a ser resolvido entre mãe e filho.

Os clientes do Rudon se surpreenderam ao ver essa visitante estranha duas noites seguidas no café. Na Era Edo,* era comum aos homens prostitutos receber não apenas clientes homossexuais, mas também viúvas. Entretanto, nos dias atuais, esse costume per-

---

* Também denominada Era Tokugawa. Inicia-se em 1603 com a instauração, por Tokugawa Ieyasu, do shogunato em Edo (atual Tóquio) e a implementação de uma política isolacionista. Termina com o advento da Era Meiji em 1868 e a abertura do Japão para o exterior. (N. T.)

dido no tempo não mais existe. A carta explicava sobre os muitos estranhos hábitos e linguagem secreta particulares do café. Os ilimitados esforços da viúva Minami para se fazer passar, desde o início, por uma cliente familiarizada com o meio foram cobertos de sucesso. Agia espontaneamente, sem aparentar o menor espanto. O dono sentiu-se aliviado quando veio cumprimentá-la, encantando-se com o aspecto refinado e a conversa desinibida da velha senhora. E, o melhor de tudo, essa cliente no início da velhice não parecia ter restrições quanto a gastar dinheiro.

— Há clientes curiosos, não é mesmo? — Rudy comentou com os rapazes do café. — Uma mulher na idade dela, de muita experiência e aspecto jovial, não incomoda em nada os outros clientes que podem se divertir sem constrangimentos.

O primeiro andar do Rudon fora de início um bar com acompanhantes, mas Rudy alterou sua estratégia de negócios e os despediu. Agora, no local, começando no cair da noite, pares de homens dançavam ou assistiam a shows de travestis seminus.

Na primeira noite, Yuichi não apareceu. Na segunda noite, a mãe decidiu não arredar pé do café até que o filho desse as caras. A viúva, que não tomava bebidas alcoólicas, oferecia generosamente aos dois ou três rapazes sentados à sua volta bebida e tudo o mais que desejavam. Esperou trinta ou quarenta minutos, mas Yuichi não aparecia. Subitamente, sua atenção foi despertada por uma palavra dita por um dos rapazes. O jovem conversava com um de seus colegas:

— O que poderia ter acontecido com Yuchan para não aparecer nesses últimos dois ou três dias?

— Você é bobo se preocupando — disse seu interlocutor em tom de galhofa.

— Não estou preocupado. Não existe mais nada entre nós.

— Você diz isso só da boca para fora.

A viúva perguntou de forma casual:

— Esse Yuchan deve ser popular por aqui, não é mesmo? Ouvi dizer que é um homem de beleza deslumbrante.

— Tenho uma foto dele. Vou lhe mostrar — ofereceu-se o rapaz que começara a conversa.

Demorou até que encontrasse a foto. Tirou do bolso interno do uniforme branco de garçom um maço de papéis encardidos e ligeiramente sujos. Nele havia, em desordem, cartões de visita, pedaços de papel amassados e rasgados, algumas notas de mil ienes, programas de cinema. O jovem moveu o corpo para perto do halo de luz do abajur e verificou com cuidado os papéis um a um. A mãe aflita fechou os olhos, sem coragem para acompanhar com o rapaz a inspeção de cada papel.

"Queira Deus que o rapaz da foto seja um homem completamente diferente de meu Yuichi", rezava em seu coração. "Se assim for, ainda restará algum espaço para dúvidas, e poderemos viver alguns momentos de calma. Enquanto isso — e até prova em contrário — poderemos acreditar que cada linha daquela sinistra carta contém mentiras escritas apenas no intuito de denegrir a imagem de Yuichi. Oxalá seja a foto de um completo desconhecido."

— Achei! Achei! — gritou o rapaz.

A viúva Minami afastou a foto do tamanho de um cartão de visitas que recebera, colocando-a sob o foco de luz do abajur onde seus olhos presbitas a pudessem ver. O reflexo da luz sobre a superfície tornava difícil enxergar a figura da foto. Sob certo ângulo foi possível ver nitidamente o rosto sorridente do lindo jovem em sua camisa polo branca. Era Yuichi.

Foi um instante de dor intensa, capaz de fazer verdadeiramente parar a respiração. A mãe perdera por completo a coragem de confrontar o filho. Ao mesmo tempo, a força de vontade que até então mantinha firme dentro de si fora aniquilada. Devolveu a foto ao rapaz, sem esboçar qualquer reação. Não restava nela forças para rir ou falar.

Ouviram-se passos na escada. Era um novo cliente que subia. Ao notarem que se tratava de uma jovem mulher, um casal de homens que se abraçava e beijava sentado na banqueta de um dos compartimentos separou-se rapidamente. A mulher, reconhecendo a mãe de Yuichi, aproximou-se dela com um ar de seriedade no rosto.

— Mamãe — disse.

A viúva empalideceu ao levantar os olhos em direção a Yasuko.

A breve conversação travada entre sogra e nora foi deprimente.

— O que você está fazendo em um lugar como este? — interpelou a sogra.

Yasuko não respondeu. Apenas apressava-se em fazer a sogra voltar para casa com ela.

— Mas... nunca poderia imaginar encontrá-la em um lugar deste tipo.

— Por favor, vamos embora. Vim buscá-la.

— Como ficou sabendo que eu estava aqui?

— Mais tarde explicarei com calma. Vamos voltar para casa.

As duas pagaram a conta às pressas, saíram do café e tomaram o táxi que esperava pela mãe na esquina. Yasuko dispensara o táxi que a trouxera.

A viúva recostou-se no assento, fechando os olhos. O carro partiu. Yasuko sentava à beira do banco, protegendo a sogra com o olhar.

— A senhora está molhada de suor!

Dizendo isso, Yasuko passou a enxugar com um lenço a testa da sogra. Por fim, a viúva entreabriu os olhos, dizendo:

— Entendi. Você certamente deve ter lido a carta endereçada a mim.

— Eu não faria algo parecido. Hoje pela manhã também

recebi uma carta volumosa. Não foi difícil adivinhar onde a senhora teria estado ontem à noite. Achei que esta noite a senhora também não iria querer que a acompanhasse e por isso decidi vir procurá-la aqui.

— Então você recebeu a mesma carta!

A viúva soltou um grito curto, próprio de alguém atormentado pelo sofrimento.

— Perdoe-me, Yasuko — disse aos prantos.

Esse pedido de desculpas despropositado, entremeado por soluços, comoveu Yasuko levando-a também às lágrimas. Até o carro chegar a casa, as duas mulheres consolavam-se enquanto choravam, terminando por não conversar sobre o assunto principal.

Quando chegaram em casa, Yuichi ainda não havia retornado. A verdadeira intenção da viúva ao procurar esclarecer por si própria a questão não residia tanto em sua vontade louvável de não envolver a nora, mas na vergonha de expor seu rosto a alguém de fora da família, como Yasuko. Uma vez dissipada essa humilhação juntamente com as lágrimas, Yasuko tornava-se sua única confidente e, ao mesmo tempo, sua preciosa colaboradora. Para comparar as cartas as duas imediatamente entraram em um quarto afastado de onde Kiyo estava. Levou tempo até surgir no coração de ambas a repulsa pelo sórdido remetente anônimo.

A caligrafia das duas cartas era idêntica. O conteúdo era exatamente o mesmo. Havia muitos erros de ortografia e o estilo era espantosamente canhestro. Em alguns locais parecia evidente que a escrita fora distorcida intencionalmente.

A carta relatava a conduta de Yuichi como se quem a escrevera pensasse em fazê-lo por verdadeira obrigação. Yuichi era um marido "totalmente dissimulado", que "não ama *de forma alguma* as mulheres" e que, além disso, "enganava a família e mentia para a sociedade", pouco se importando em destruir a união feliz de outrem. Não obstante ser um homem, tornara-se um brinquedo na mão dos homens, tendo sido no passado o *favorito* do ex-conde Kaburagi e no momento o queridinho do presidente da Kawada Automóveis. Não apenas isso. Esse lindo rapaz mimado traía constantemente os favores de seus velhos amantes e abandonava seus inúmeros namorados mais jovens após tê-los amado. O número de seus parceiros ultrapassaria, com facilidade, os cem. "E para deixar bem claro", todos os seus amantes mais jovens eram do mesmo sexo.

Nesse ínterim, Yuichi começou a tirar prazer em roubar o que pertencia a outros. Por sua causa, um velho homem, de quem arrebatara o namorado jovem, acabara por se suicidar. O remetente da carta também passara por semelhante provação. Pedia finalmente para "compreender que era forçado pelas circunstâncias a fazer chegar-lhe às mãos uma carta como aquela".

"Caso desconfie do conteúdo e tenha dúvidas sobre a veracidade das declarações contidas nesta carta, gostaria de pedir-lhe que verifique com seus próprios olhos a verdade de minhas palavras visitando, após o horário do jantar, o café cujos detalhes forneço a seguir. Como Yuichi é um frequentador assíduo do local, se tiver a oportunidade de encontrá-lo lá terá a prova irrefutável do relato que acabo de fazer."

Esse era basicamente o conteúdo das cartas e, anexo a cada uma, havia o mapa detalhado com a localização do Rudon, acompanhado de uma lista sobre o comportamento dos frequentadores escrita desordenadamente.

— A senhora viu Yuichi naquele café? — Yasuko perguntou.

De início, a viúva tinha a intenção de ficar calada sobre a foto, mas sem sentir acabou contando tudo.

— Não o encontrei, mas vi sua foto. Um garçom mal-educado guardava um retrato dele com carinho.

Arrependida pela confissão feita, procurou acrescentar a ela uma desculpa:

— Bem, de qualquer maneira, não o encontrei lá. Nada prova que estas cartas não sejam fraudulentas.

Dizia isso, mas seu olhar irritado lhe traía as palavras indicando que em seu íntimo não acreditava nem um pouco serem as cartas um embuste.

De súbito, a viúva percebeu que o rosto de Yasuko, sentada a sua frente, não apresentava qualquer sinal de agitação.

— Sua calma é espantosa. É muito estranho. Principalmente vindo de você, sua esposa!

Yasuko fez um gesto desconsolado. Temia que sua aparência serena tivesse entristecido a sogra. Esta continuou:

— Não acho que estas cartas sejam apenas um punhado de mentiras. No caso de serem verdades, você continuaria tão tranquila como agora?

Para essa pergunta incisiva e repleta de contradição, Yasuko respondeu de modo incoerente:

— Sim. Não sei bem a razão, mas acredito que ficaria tranquila.

Durante longo tempo a viúva não emitiu uma única palavra. Até que finalmente, com os olhos baixos, disse:

— Isso é porque você não ama Yuichi. E o mais triste é que neste momento ninguém tem o direito de censurá-la por isso. Ao contrário, é preciso pensar nisso como a felicidade em plena desgraça.

— Não — Yasuko respondeu em um tom determinado, quase alegre. — Não é bem assim. É justamente o contrário. Por isso, é mais uma razão...

A sogra vacilava diante do rosto da jovem nora.

Ouviram o choro de Keiko, vindo do quarto de dormir através da porta de correr de junco. Yasuko levantou-se para ir amamentá-la. A mãe permaneceu sozinha no cômodo de oito tatames. O aroma do incenso mata-mosquitos fazia aumentar sua angústia. Quando Yuichi voltasse, não saberia em que lugar poderia se enfiar. A mesma mãe que fora ao Rudon ansiosa por encontrar o filho agora temia esse encontro mais do que tudo na vida.

— Como seria bom se ele passasse esta noite em algum hotel imundo e não voltasse para casa.

A mãe rezava para que isso acontecesse.

Era algo duvidoso se o sofrimento da viúva Minami era baseado ou não em um remorso moral. À parte do julgamento moral que ensina atitudes resolutas às pessoas e do sofrimento moral acompanhado de uma natural aparência austera, não se via em seu espírito confuso uma gentileza natural apenas subvertendo as noções e valores existentes, mas somente repulsa e medo.

Fechou os olhos, relembrando as cenas infernais a que assistira naquelas duas noites. Além dessas cartas mal escritas, defrontava-se com um fenômeno para o qual nunca se preparara. O fenômeno que ali se apresentava estimulava todo tipo de repugnâncias: um indescritível mal-estar, temor, indecência, repulsa, desagradável enjoo, náuseas provocadas pela angústia. Além disso, o pessoal e os clientes do café conservavam expressões humanas comuns, daquelas imperturbáveis aos acontecimentos cotidianos, mas formando um contraste realmente desagradável.

"Aquela gente age como se achasse tudo muito natural", refletiu irritada. "Como esse mundo às avessas é repulsivo! Seja o que for que aqueles pervertidos pensem ou façam, eu é que estou certa. Meus olhos não se enganam."

Assim pensando, julgava-se uma mulher virtuosa até o fundo dos ossos. Nunca em sua vida seu coração tão puro a fizera sentir de tal forma pudica. É comum que qualquer pessoa naturalmente se revolte, quando as diversas noções nas quais firmemente acredita e que dão suporte a sua vida sofram algum tipo de humilhação. A quase totalidade dos homens serenos da sociedade pertence à mesma categoria que essas mulheres virtuosas.

Nunca em sua vida sofrera tamanha emoção, nunca nas dezenas de anos vividos tivera tanta confiança na forma como até então se conduzira. Seu julgamento era simples. A expressão "perversão sexual", apavorante e ao mesmo tempo de um ridículo extremo, explicava tudo claramente. A pobre mãe fingiu esquecer que essa expressão, nojenta como uma lagarta e que nunca deveria ser pronunciada por uma moça de boa família, estava diretamente relacionada ao próprio filho.

Ao ver dois homens se beijando, a viúva afastara os olhos de nojo.

"Se tivessem *instrução*, não se comportariam daquela forma!"

Ao imaginar o ridículo da expressão "perversão sexual" e da não menos ridícula palavra "instrução", um orgulho havia muito adormecido despertara no coração da viúva.

A educação que recebera foi a melhor que uma boa família poderia lhe oferecer. Seu pai, um dos nouveaux-riches surgidos na Era Meiji, amava o refinamento tanto quanto suas condecorações. Em sua família, tudo era refinado, inclusive os cachorros. Mesmo quando os membros da família se reuniam ao redor de sua própria mesa de refeições, sem a presença de convidados, ao pedir para passar o molho, usariam expressões pomposas como "Poderia fazer o obséquio de...". Embora a época na qual a viúva Minami cresceu não tenha sido tranquila, foi grandiosa. Logo após seu nascimento presenciava-se a vitória do Japão na guerra com a China. Aos onze anos foi a vez da vitória na guerra contra a Rússia. Até tornar-se um membro da família Minami aos dezenove anos, para proteger essa moça de grande sensibilidade, seus pais não precisaram se apoiar em nada além da força de uma "distinta" moral, de alto grau de estabilidade, da época e sociedade em que viviam.

Após seu casamento quinze anos se passaram sem que tivesse filhos, o que a estigmatizava perante sua sogra. Sentiu-se aliviada com o nascimento de Yuichi. Nessa época ocorreu uma mudança no conteúdo da "distinção" em que acreditava. O pai de Yuichi, mulherengo nos tempos da universidade, levara uma vida libertina durante os quinze anos de seu casamento. Por isso, o maior alívio que o nascimento de Yuichi trazia era o fato de que o registro civil da família Minami não veria sementes que o marido porventura tivesse plantado em campos suspeitos.

Essa era a vida com a qual, de início, se chocou. Entretanto, o inesgotável amor respeitoso devotado ao marido e seu orgulho inato combinavam bem e lhe ensinaram uma nova postura diante do amor, em que a tolerância substituía a subserviência e a compreensão tomava o lugar da humilhação. Esse, mais do que qualquer outro, era o amor "distinto". Percebeu que não havia nada no mundo que não pudesse deixar de perdoar. Com exceção do mau gosto!

Quando a hipocrisia afeta até mesmo questões de preferências, passa-se pelos grandes fatos com desinteresse, mas, por outro lado, nos fatos pequenos mostra-se uma intransigência moral. A repugnância insuportável que a viúva Minami experimentou na atmosfera que envolvia o Rudon não contradizia de forma alguma a atitude de desprezá-la simplesmente por ser algo de mau gosto. Ou seja, ela não a perdoou por ser "vulgar".

Era razoável que, em virtude de tais acontecimentos, seu coração em geral gentil não tendesse a sentir compaixão pelo filho. No entanto, a viúva Minami não podia deixar de se surpreender com a razão pela qual esse fato tão grosseiro e vulgar, que só poderia causar-lhe repugnância, estava diretamente relacionado com o sofrimento e as lágrimas que faziam tremer o lado mais profundo do seu ser.

Depois de amamentar Keiko, Yasuko a pôs para dormir e voltou em seguida para onde estava a mãe de Yuichi.

— Não quero vê-lo esta noite — disse a sogra. — Amanhã direi a ele tudo que deve ser dito. Você também, vá dormir. De nada adianta ficar nos martirizando.

Kiyo foi chamada. A viúva mandou-a aprontar a cama às pressas. Agia como se algo a pressionasse. Estava convicta que, devido ao extremo cansaço dessa noite, assim que entrasse debaixo dos lençóis poderia dormir profundamente, inebriada pelo sofrimento semelhante ao ébrio que busca o sono na força da bebida.

Durante o verão a família Minami escolheu um cômodo mais fresco como local de refeições. No dia seguinte, o calor estava abrasador desde pela manhã. A viúva Minami e o casal tomaram sua refeição de suco gelado, ovos e pão em uma mesa com cadeiras posta na varanda. Durante o café da manhã, Yuichi sempre estava absorto na leitura do jornal estendido sobre os joelhos. Nessa manhã, como de hábito, os farelos da torrada caíam sobre o jornal com o som de uma precipitação de granizo.

O café da manhã terminara. Kiyo trouxe chá, limpou a mesa e partiu.

Quem muito reflete acaba por agir impensadamente. A viúva, numa atitude que quase poderia ser chamada de rude, estendeu as duas cartas na direção de Yuichi. Ao vê-lo, Yasuko abaixou a cabeça com o coração palpitando fortemente. Yuichi não viu as cartas encobertas pelo jornal. A mãe, segurando as duas cartas, cutucou com elas o jornal por trás.

— Pare logo de ler esse jornal. Nós recebemos estas cartas.

Yuichi dobrou negligentemente o jornal, colocando-o sobre a cadeira a seu lado e observou a mão trêmula da mãe estendendo-lhe as cartas e seu rosto que, devido à grande tensão, parecia sorrir ligeiramente. Notou nos envelopes os nomes de sua mãe e esposa como destinatárias, mas atrás deles o espaço onde deveria constar o nome do remetente estava em branco. Tirou uma das cartas volumosas do envelope, desdobrou-a. Em seguida retirou do envelope a segunda delas. A mãe falou em tom irado:

— São idênticas, tanto a que veio para mim como a endereçada a Yasuko.

Ao começar a ler a carta, as mãos de Yuichi também tremeram. Enquanto a lia, várias vezes enxugou com o lenço o suor da testa lívida.

Praticamente não lia. Sabia do conteúdo da denúncia anônima. Em vez disso, esforçava-se em imaginar uma forma de se sair daquela situação.

O pobre rapaz esboçou um sorriso de aparência amarga e, apelando para suas forças, olhou diretamente nos olhos da mãe.

— O que significa esse monte de asneiras? Estas cartas vulgares e sem qualquer fundamento? Algum invejoso está querendo me pôr em maus lençóis.

— Não, eu fui até esse estabelecimento vulgar a que a carta se refere e vi lá com estes olhos uma fotografia sua, meu filho.

Yuichi perdera a fala. Seu coração atormentado não poderia adivinhar que, apesar da dureza de seu tom de voz e da expressão confusa, a mãe na realidade tinha seu rancor em algum lugar muito distante do drama do filho, seu sentimento sendo mais próximo do ódio que sentiria caso a gravata de mau gosto do filho estivesse torta. Em sua precipitação, Yuichi deslumbrou a "sociedade" dentro dos olhos da mãe.

Yasuko começou a chorar discretamente.

Acostumada à subserviência desse amor, Yasuko nos últimos tempos não desejava que a vissem chorando. Por isso, espantou-se em ver que o fazia naquele momento sem se sentir nem um pouco triste. As lágrimas que nunca mostrava por medo de ser detestada pelo marido, sem perceber ela as versava agora para salvá-lo daquela situação. Sua fisiologia fora treinada para o amor e chegara a ponto de trabalhar de modo utilitário em seu nome.

— Mamãe, não seja tão dura com ele.

Com voz embargada, Yasuko levantou-se após dizer apenas essas palavras ao ouvido da sogra.

A passos precipitados, seguiu pela varanda que rodeava a casa até o quarto onde Keiko dormia.

Sem mover um músculo, Yuichi permanecia atônito. Antes de tudo, precisava partir de imediato para a *ação*. Rasgou precipitadamente uma a uma as várias páginas de papel de carta espalhadas desordenadamente sobre a mesa. Amassou os pedaços no formato de uma bola que enfiou na manga de seu *yukata* branco de desenhos quadriculados. Aguardava a reação da mãe. Mas a mãe permanecia imóvel, os dedos apoiando a testa abaixada e os cotovelos sobre a mesa.

Foi Yuichi que após algum tempo rompeu o silêncio.

— A senhora não entende. Se quiser acreditar que o conteúdo das cartas é totalmente verdadeiro, tudo bem. Mas...

— O que vai ser de Yasuko? — perguntou a viúva Minami quase aos berros.

— Yasuko? Eu amo Yasuko.

— Mas você não detesta mulheres? Você ama apenas rapazes vulgares e homens ricos maduros e de meia-idade.

O filho espantou-se ao sentir a completa ausência de carinho nas palavras da mãe. Na realidade, a fúria da mãe era dirigida à relação de sangue com seu filho, ou seja, metade dela voltava-se a si própria e, por esse motivo, parecia proibir-se derramar lágrimas de compaixão.

"Foi você, minha mãe, quem forçou meu casamento às pressas com Yasuko", Yuichi pensou. "É uma atitude extremamente cruel jogar sobre meus ombros a culpa por tudo."

A compaixão que sentia pela mãe, enfraquecida pela doença, o impediu de traduzir em palavras esse argumento em sua defesa.

— De qualquer modo, eu amo Yasuko. É suficiente para provar que gosto de mulheres, não é? — disse num tom de voz resoluto.

A mãe, que não ouvia seriamente essa justificativa, respondeu de uma forma próxima a uma ameaça:

— De qualquer maneira, preciso ir logo me encontrar com o senhor Kawada e...

— Não é o caso de agir de forma tão vulgar. Kawada certamente tomará isso por chantagem.

As palavras do filho produziram enorme efeito. A pobre mãe, murmurando algo incompreensível, levantou-se e saiu deixando o filho sozinho.

Yuichi permaneceu só à mesa do café da manhã. À sua frente havia a toalha impecável coberta por algumas migalhas de pão, o jardim repleto da luz do sol filtrado pelos galhos das árvores e o canto das cigarras. Com exceção do peso na manga direita provocado pela bola do papel da carta amassada, seria uma tranquila e radiosa manhã. Yuichi acendeu um cigarro. Arregaçou as mangas do *yukata* bem engomado e cruzou os braços. Toda vez que olhava para seus próprios braços juvenis, sentia sempre um exagerado orgulho de sua saúde. Sentia-se sufocado, como se pressionassem seu peito com uma placa pesada. Seu coração batia a um ritmo mais rápido que o usual. No entanto, não podia distinguir esse aperto no peito daquele provocado por uma alegre espera. Havia nessa inquietude algo de radioso. Lamentou que seu cigarro já estivesse quase no fim.

"Pelo menos agora, não me sinto nem um pouco entediado!", pensou.

***

Yuichi procurou a esposa. Yasuko estava no primeiro andar. Ouvia-se vagamente, vindo do andar de cima, o som daquela caixa de música.

Em um dos cômodos com boa ventilação do primeiro andar, Keiko estava deitada dentro do mosquiteiro e seus olhos bem abertos e sorridentes voltavam-se na direção da caixa de música. Yasuko recebeu Yuichi com um leve sorriso, mas essa delicadeza artificial não agradou ao marido. O coração de Yuichi abrira-se ao subir ao primeiro andar, para novamente se fechar ao perceber esse sorriso.

Após um longo silêncio, Yasuko declarou:

— Não tenho nenhuma ideia feita sobre aquela carta.

E acrescentou desajeitadamente:

— Só consigo sentir pena por você.

Essas palavras de compaixão, ditas num tom tão carinhoso, acabaram por ferir profundamente o jovem. Mais do que uma compaixão sincera, o que esperava da esposa era um desprezo aberto e, por isso, seu orgulho ferido contradizia a declaração categórica de alguns momentos antes. Não deixava de praticamente ter planejado uma vingança sem razão contra a esposa.

Yuichi queria ajuda. A primeira pessoa em quem pensou foi Shunsuke. Mas, ao se dar conta que parte da culpa pelo curso dos acontecimentos era do próprio escritor, sua raiva o fez desconsiderar seu nome. Percebeu sobre a escrivaninha a carta que chegara de Kyoto e que lera dois ou três dias antes. "Vou pedir à senhora Kaburagi que venha. Só ela pode me ajudar neste momento", pensou. Logo despiu seu *yukata*, preparando-se para ir passar um telegrama.

Ao sair, o reflexo do sol era extremamente forte na rua quase deserta. Yuichi usou a porta dos fundos. No portão principal, percebeu uma silhueta que hesitava em entrar. O estranho passou uma vez pelo portão. Saiu novamente. Aparentava aguardar a saída de algum membro da família.

Quando esse homem de baixa estatura voltou o rosto em sua direção, Yuichi espantou-se ao reconhecer nele Minoru. Os dois precipitaram-se um em direção ao outro, apertando-se as mãos.

— As cartas chegaram, não foi? Cartas estranhas. Descobri que foi meu velho que as mandou. Fiquei com dó de você e por isso vim o mais rápido que pude. Aparentemente ele botou um detetive seguindo você e acabou descobrindo tudo sobre nosso relacionamento.

Yuichi não se espantou.

— Já imaginava que seria algo do tipo.

— Tenho algo para lhe contar.

— Aqui não é o local apropriado. Há um pequeno parque perto daqui. Vamos conversar lá.

Afetando uma frieza aparentemente comum a pessoas mais idosas, Yuichi pegou o rapaz pelo braço, apressando-o. Os dois apertaram o passo, confessando um ao outro, em palavras rápidas, a desgraça que se abatera sobre eles.

O parque N***, bem próximo, era uma parte daquilo que no passado fora o jardim da mansão do duque N***. Há vinte e poucos anos, quando a vasta propriedade da família fora desmembrada em lotes para venda, uma porção em declive do jardim, ao redor do lago, fora doada à municipalidade que a conservou na forma de um parque público.

A vista do lago coberto de nenúfares em flor era deslumbrante. Nesse dia de verão já próximo do meio-dia, não havia ninguém no parque à exceção de duas ou três crianças à procura de cigarras. Os dois sentaram-se à sombra de um pinheiro na inclinação de

475

frente para o lago. Sobre a grama da inclinação, há muito sem trato, espalhavam-se pedaços de papel velho e cascas de laranja. Uma folha de jornal estava presa a um arbusto à margem do lago. Ao cair da tarde, o pequeno parque enchia-se de pessoas em busca de ar fresco.

— O que você tem para me dizer? — Yuichi perguntou.

— Uma vez que algo assim aconteceu, decidi não ficar nem mais um dia na casa de meu pai adotivo. Quero dar o fora de casa. Yuchan, você foge comigo?

— Com você...? — Yuichi hesitou.

— É dinheiro que o preocupa? Se for, não esquente a cabeça. Estou cheio de grana.

O rapaz tinha uma fisionomia séria, a boca entreaberta. Procurou o botão do bolso traseiro da calça e o abriu. Tirou dele um maço de notas cuidadosamente dobradas.

— Tome — disse colocando o maço na mão de Yuichi. — Pesado, não acha? Tem cem mil ienes aí.

— De onde vem este dinheiro?

— Arrombei o cofre do velho e afanei tudo o que tinha dentro.

Yuichi visualizou a conclusão miserável e mesquinha da aventura que sonharam juntos durante um mês. Viram-se desafiando a sociedade e sonhando com vários dramas juvenis, ações intrépidas, expedições, vilania heroica, a amizade patética unindo soldados em face da morte próxima, um golpe de Estado sentimental fadado ao desastre. Conscientes de sua própria beleza, sabiam que só lhes restava a tragédia. Acreditavam numa glória repleta de perigo a esperar por eles: o linchamento terrivelmente cruel de uma sociedade secreta, a morte de Adônis por um javali, a armadilha de um vilão que os fizesse cair em uma câmara subterrânea onde o nível de água gradualmente subisse, a cerimônia de iniciação colocando suas vidas em perigo em um reino no interior de uma caverna, a destruição completa do planeta ou a oportunidade novelística de dar a vida para salvar a de centenas de camaradas nos tempos de guerra. Essas eram as únicas catástrofes próprias à juventude e uma vez perdidas essas oportunidades, só restaria à juventude a morte. A morte física seria importante comparada à insuportável morte da juventude? Como muitas outras juventudes (isso porque vivê-la é uma morte violenta e contínua), também a deles aspirava sempre a uma nova destruição. Um lindo jovem certamente sorri ao se defrontar com a morte.

Mas a conclusão desse sonho estava concretamente diante dos olhos de Yuichi e não passava de um incidente corriqueiro: não possuía nem o aroma da glória nem o odor da morte. Um pequeno incidente com a imundície de um rato de esgotos que poderia ganhar espaço nos jornais. Em um pequeno artigo do tamanho de um cubo de açúcar.

"O sonho desse rapaz é realmente como a vida tranquila almejada por uma mulher", Yuichi pensou decepcionado. "Planejou fugir com o dinheiro roubado para viver comigo em um lugar qualquer. Ah, se ele tivesse a coragem para assassinar o próprio pai! Então, eu provavelmente me ajoelharia a seus pés!"

Yuichi aconselhou-se a seu outro eu interior, ao jovem marido e pai de família. Logo decidiu sobre a atitude a ser tomada. Pensou que, comparada a uma conclusão tão miserável como aquela, ainda seria de longe preferível a hipocrisia.

— Posso guardar este dinheiro?

Enquanto perguntava, Yuichi já guardava o maço de notas em seu bolso interno. O jovem respondeu afirmativamente, com uma confiança ingênua perpassando seus olhos leporídeos.

— Tenho que ir aos Correios. Você me acompanha até lá?

— Vou junto com você para onde quer que vá. Afinal, foi a você que me entreguei por inteiro.

— Será mesmo? — perguntou Yuichi, em busca de uma confirmação.

***

Nos Correios, passou um telegrama para a sra. Kaburagi, cuja mensagem era semelhante ao que escreveria uma criança mimada: "Aconteceu algo. Volte urgente". Depois disso, chamou um táxi, entrando nele com Minoru.

— Para onde vamos? — perguntou Minoru semiesperançoso.

Como Yuichi dissera em voz baixa o local de destino para o motorista ao pegar o táxi, Minoru, que não conseguira ouvir, pôs-se a imaginar que estariam se dirigindo para algum hotel de luxo.

Ao ver o carro se aproximar de Kanda, o rapaz agitou-se como uma ovelha desgarrada sendo trazida de volta para o cercado.

— Deixe tudo por minha conta. Não farei nada de mau — exclamou Yuichi.

O rapaz sorriu como se de repente tivesse compreendido o que significava o tom resoluto de Yuichi. Imaginou que esse herói deveria estar indo naquele momento buscar vingança com o uso da força.

O corpo do rapaz tremeu de alegria ao imaginar o repulsivo semblante do pai morto. Minoru sonhava com Yuichi do mesmo jeito que Yuichi sonhava com ele. Yuichi brandiu uma faca. Sem expressão no rosto, cortou a jugular do velho. Imaginando a beleza do assassino nesse momento, o perfil de Yuichi transformou-se, refletido nos olhos de Minoru, em algo perfeito como um deus.

O carro estacionou em frente ao café. Yuichi desceu. Minoru desceu logo atrás dele. Nesse meio-dia de verão o bairro estudantil estava calmo, semideserto. Os dois atravessaram a rua, quase sem possuírem sombras sob os raios de sol do zênite. Minoru elevou o olhar triunfante em direção às janelas dos primeiros e segundos andares dos edifícios à sua volta. Aqueles que estavam observando indiferentes a rua dessas janelas nunca poderiam supor que os dois jovens estariam naquele exato momento a caminho de assassinar alguém. As grandes ações sempre ocorrem nesses momentos de exposição pública.

O interior do café estava silencioso. O ambiente revelava-se extremamente sombrio para olhos acostumados à luz exterior. Ao vê-los entrar, Fukujiro ergueu-se precipitadamente da cadeira junto à caixa registradora onde permanecia sentado.

— Onde afinal você se meteu? — perguntou a Minoru como se o agarrasse com a voz.

Minoru calmamente apresentou Fukujiro a Yuichi. O rosto de Fukujiro empalideceu.

— Poderíamos conversar um pouco?

— Vamos até os fundos. Por aqui, por favor.

Fukujiro deixou o caixa aos cuidados do garçom.

— E você, espere aqui — disse Yuichi, fazendo Minoru aguardar perto da porta.

Fukujiro se espantou quando Yuichi lhe entregou o pacote que tirou com calma do bolso interno.

— Minoru me contou que tirou esse dinheiro de seu cofre. Ele me confiou o maço de notas que lhe devolvo do mesmo jeito que recebi. Minoru deveria estar muito atormentado quando o pegou. Por isso, não brigue com ele por causa disso, por favor.

Fukujiro observava calado e perplexo o rosto do lindo jovem, fazendo um estranho cálculo. Apaixonara-se à primeira vista pelo homem que ali estava, que de tal forma ferira usando de meios vis. Imaginou de pronto um estratagema estúpido acreditando que confessar tudo submetendo-se às censuras seria o caminho mais rápido para que ele entendesse suas boas e excepcionalmente raras intenções. A primeira coisa a fazer seria pedir desculpas. As narrativas históricas e as canções dos menestréis possuem citações que seriam apropriadas ao momento. Algo como: "Senhor, a vossos pés me ajoelho. Diante da magnanimidade de vosso coração, envergonho-me de minha mediocridade. Golpeai-me, chutai--me, fazei com meu corpo tudo o que bem desejar até vosso espírito se sentir saciado".

Antes de levar avante a grande farsa, havia algo entretanto que precisava colocar em ordem. Uma vez recebido o dinheiro, era preciso contá-lo. Sabia de cor o valor existente no cofre e a conta deveria bater com os números dos livros. Mas não é tão simples contar cem mil ienes em instantes. Puxou a cadeira para perto da mesa, abaixou a cabeça levemente em direção a Yuichi e, desembrulhando o maço, pôs-se a contar seriamente as notas.

Yuichi contemplava o movimento dos dedos treinados do pequeno comerciante enquanto procedia à contagem. No movimento irrequieto de seus dedos depreendia-se uma sinceridade lúgubre que ultrapassava suas paixões, a denúncia, o roubo. Terminando a contagem, com as mãos postas sobre a mesa, inclinou--se novamente na direção de Yuichi fazendo um cumprimento.

— Está tudo aí?

— Sim, a quantia exata.

Fukujiro perdeu uma boa oportunidade. Naquele exato momento Yuichi já se levantara. Caminhou em direção à porta sem lançar nem mesmo um olhar a Fukujiro. Minoru assistira a toda a ação traiçoeira imperdoável de seu herói. Encostado à parede, empalidecido, seus olhos acompanharam a partida de Yuichi. Evitou fitar os olhos do jovem, não retribuindo a saudação que lhe fizera ao sair.

Yuichi caminhava ligeiro pela rua envolvida pelo calor de pleno verão. Ninguém o seguia. Um sorriso brotou nos cantos de seus lábios. Para não rir, o jovem andava com as sobrancelhas franzidas. Estava repleto de uma alegria altiva incomparável e entendia por que a alegria torna orgulhosas as pessoas que praticam a caridade. Estava ciente de que, quando se tratava de animar o coração, nenhuma maldade seria capaz de se igualar à hipocrisia, e isso em muito o alegrava. Por culpa dessa sua verdadeira representação teatral, sentia os ombros mais leves e a pesada opressão que desde a manhã sentia no peito desaparecera. Para tornar completo seu estado de espírito, lembrou-se de comprar algo absurdo e sem sentido. Entrou numa pequena papelaria e comprou o apontador de lápis de celuloide mais barato e uma tampa de caneta.

29. Deus ex machina

A impassibilidade de Yuichi era perfeita. O jovem atravessara esse período de crise com incomparável serenidade. Sua família fora enganada por essa calma nascida apenas das profundezas da solidão. Tão grande era a tranquilidade que transmitia que chegaram a duvidar que a carta anônima não seria uma fraude.

Passara o dia sossegado e sem falar muito. Com uma atitude de autocontrole própria a um equilibrista, o jovem debochava da própria destruição lendo vagarosamente o jornal matutino e tirando um cochilo durante a tarde. Nem mesmo um dia ainda se passara e a família já perdera a coragem para tentar resolver o problema e só pensava em fugir do assunto. Sobretudo, por não se tratar de um tema de conversação "refinado".

Um telegrama chegara com a resposta da sra. Kaburagi. Avisava que chegaria a Tóquio às oito da noite, pelo trem expresso Hato. Yuichi foi recebê-la na estação de Tóquio.

Ao descer do trem, segurando uma pequena mala de viagem, percebeu Yuichi que usava uma camisa social azul-clara, as mangas enroladas para cima, com o boné do uniforme na cabeça. O sorriso casual no rosto do jovem deu-lhe de súbito o pressentimento, mais rapidamente do que sua própria mãe o teria, de que o jovem sofria. Essa expressão de secreto tormento de Yuichi provavelmente estava além daquela que, no passado, ela tanto esperara encontrar. Avançou sutilmente na direção do jovem de cima de seus saltos altos. Yuichi correu ao seu encontro e, evitando seus olhos, pegou a mala como se a arrancasse de sua mão.

A sra. Kaburagi tinha a respiração entrecortada. O jovem sentiu sobre sua pele aquele olhar direto, a que já se acostumara, colando-se a seu rosto.

— Há quanto tempo. Aconteceu algo?

— Mais tarde conversaremos sobre isso.

— Tudo bem. Não se preocupe. Agora estou aqui, a seu lado.

De fato, ao dizer essas palavras percebia-se em seus olhos uma força invencível que a nada se vergaria. Yuichi dependia dessa mulher que, tempos atrás, ajoelhara-se a seus pés. A sra. Kaburagi depreendeu, no sorriso frágil que ele então lhe revelava, as privações pelas quais o lindo jovem passara. Contrapondo-se à sua tristeza, uma sensação de extraordinária coragem a invadiu ao notar que não fora ela a causadora dos tormentos de Yuichi.

— Em que hotel você ficará hospedada? — Yuichi perguntou.

— Enviei um telegrama reservando um quarto no hotel onde antes ficava o prédio principal da casa de nossa família.

A surpresa dos dois foi grande ao chegarem ao hotel. Com a intenção de agradar à sra. Kaburagi, o proprietário lhe preparara o mesmo quarto ocidental no primeiro andar do anexo, onde ela espreitara seu marido e Yuichi.

O dono do hotel veio pessoalmente cumprimentá-los. O homem escrupuloso, de maneiras antiquadas, continuava a tratar a sra. Kaburagi como se ainda fosse uma condessa. Sentindo-se mal por ter usurpado sua residência enquanto estava ausente e preocupado com a delicada posição de sua hóspede devido a esse fato, elogiava os quartos do hotel como se, em vez de estar em seu próprio estabelecimento, fosse um visitante da casa. Acompanhava-os deslizando como uma lagartixa ao lado das paredes.

— Os móveis são tão fabulosos que tomei a liberdade de mantê-los do jeito que estavam. Todos os hóspedes os apreciam e afirmam que raramente veem peças tão autênticas e refinadas como estas. Peço desculpas por ter trocado o papel de parede. Não há palavras para exprimir a calma que transmite aquela ótima pilastra em acaju brilhante...

— Não esqueça que, antigamente, esta era a casa do mordomo.

— Sim, claro. Fui informado sobre isso.

A sra. Kaburagi não protestou quanto ao fato de lhe terem preparado justamente aquele quarto. Depois que o proprietário se retirou, levantou-se novamente da cadeira analisando com o olhar, em detalhes, o interior do quarto em estilo antigo e que parecia minúsculo devido à cama envolta por um mosquiteiro branco. Deixara aquela casa no momento em que vira o que acontecia no quarto e agora, seis meses depois, voltava àquele mesmo aposento. Não era de sua natureza prenunciar numa coincidência do gênero sinais de infortúnio. Além disso, o papel de parede fora "trocado".

— Não está com calor? Não quer tomar um banho de chuveiro?

Ao mesmo tempo que ouvia essa sugestão, Yuichi abria a porta que conduzia à biblioteca, um aposento de três tatames oblongo e exíguo. Todos os livros da biblioteca haviam desaparecido e os muros estavam cobertos de azulejos de uma brancura imaculada.

A biblioteca transformara-se em uma sala de banhos de dimensões bem razoáveis.

Como um viajante que retorna a um local visitado no passado e descobre a princípio apenas as memórias de então, a sra. Kaburagi estava a tal ponto concentrada apenas no plácido sofrimento de Yuichi, o qual se assemelhava a uma cópia das lembranças de suas próprias angústias, que mal percebeu a transformação por que o jovem passara. Via-o como uma criança atormentada, sem saber como agir. Ela só não sabia que Yuichi *observava* ele próprio seu sofrimento.

Yuichi entrou na sala de banhos. Ouviu-se o som da água escorrendo. A sra. Kaburagi, não aguentando o calor, levou as mãos às costas, desabotoando a fileira de pequenos botões, afrouxando a blusa que lhe contraía o peito. Descobriu pela metade seus ombros, como sempre lisos. Como odiava ventiladores, não ligou o que havia no quarto. Para se abanar, tirou da bolsa um leque de Kyoto com incrustações em pó de prata.

"Que contraste cruel sua infelicidade e essa felicidade que há muito não sentia!", pensou. "As emoções dele e as minhas são como as flores e folhas de cerejeiras: existem de modo a que nunca se enxerguem mutuamente."

Uma mariposa se chocava contra os vidros da janela. Compreendeu a impaciência sufocante desse grande inseto noturno espalhando o pó de suas asas.

"Não posso evitar de me sentir assim. Pelo menos, agora, meu sentimento de felicidade deverá estar servindo para encorajá-lo."

A sra. Kaburagi olhava insistentemente para o sofá em estilo rococó, no qual costumava sentar ao lado do esposo e que não apresentava traços de envelhecimento. De fato, sentara-se nele com o *esposo*. No entanto, o casal sempre sentava mantendo certa distância e nem mesmo a ponta de suas roupas se tocavam. Subitamente, voltou-lhe a visão de seu marido e Yuichi abraçados sobre esse sofá, em estranha postura. Sentiu frio em seus braços nus.

Foi por pura coincidência e, sem dúvida, por inocência, que ela os vira pela fresta da porta. Desejava observar a forma de felicidade que existiria certa e perpetuamente apenas devido à sua ausência, mas como sempre esse desejo audacioso talvez produzira um resultado funesto. E agora, a sra. Kaburagi estava junto à Yuichi naquele mesmo aposento. Estava, com certeza, no local onde a felicidade deveria estar. Estava lá, *ocupando o lugar da felicidade*. Esse espírito realmente sagaz logo despertou para a verdade evidente que sua felicidade era infundada e que Yuichi nunca amaria uma mulher. Como se sentisse subitamente um calafrio, levou as mãos às costas e fechou todos os botões que abrira havia pouco. Percebera que qualquer sedução seria fútil. No passado, se abrisse um único botão que fosse, era porque estava certa da presença de um homem nesse local que estaria desejoso de se prontificar a fechá-lo. Se nessa época um dos homens com que estava acostumada a se relacionar tivesse visto essa sua discrição, certamente pensaria estar sendo enganado por seus olhos.

Yuichi saiu da sala de banhos justamente quando arrumava os cabelos com um pente. Seu rosto molhado, lustroso e juvenil a fez recordar-se do rosto molhado pela chuva no salão de chá onde encontrara-se por acaso com Kyoko.

Como querendo livrar-se das lembranças, falou num estranho tom de voz:

— Bem, diga logo. Você me trouxe até Tóquio e vai me deixar irritada sem contar a razão?

Yuichi contou-lhe tudo e pediu seu auxílio. Ela compreendeu que, não importa como, urgia provar a inverossimilhança daquelas cartas. Tomou imediatamente a resoluta decisão de visitar no dia seguinte os Minami, prometendo-o a Yuichi e deixando-o partir em seguida. De certa maneira, estava intrigada. A razão da originalidade do caráter da sra. Kaburagi estava no fato de que no mundo há um elo natural entre os corações nobres e os das putas.

Às dez horas da manhã seguinte, a família Minami recebia repentinamente a inesperada visitante. Foi conduzida até a sala do primeiro andar. A mãe de Yuichi apareceu. A sra. Kaburagi falou que gostaria também de conversar com Yasuko. Como se estivesse de comum acordo com a visitante que não queria encontrá-lo, apenas Yuichi permaneceu trancado em seu gabinete, sem dar as caras.

A sra. Kaburagi reinava de certo modo imponente, com seu corpo opulento envolto numa roupa ocidental de cor lilás. Com um sorriso nos lábios, tranquila e cortês, antes mesmo de começar sua conversa acalmou a pobre mãe que temia ouvir um novo escândalo.

— Espero que me perdoem, mas o ventilador não me faz bem.

Como a visitante mencionara isso, trouxeram-lhe um leque. Segurava-o pelo cabo, usando-o languidamente, enquanto contemplava discretamente o rosto de Yasuko. Desde o baile do ano anterior, era então a primeira vez que as duas se encontravam frente a frente. "Numa situação normal, deveria ser natural que eu sentisse ciúme dessa mulher", a sra. Kaburagi pensou. Entretanto, seu coração se tornara impudente e só conseguia sentir desprezo por essa jovem e linda mulher com ar desatento e cansado.

"Recebi um telegrama de Yuichi pedindo-me que viesse", iniciou ela a explicação. "Ontem à noite, ele me contou tudo sobre essas estranhas cartas. Foi por isso que hoje vim logo visitá-las. Ainda mais porque seu conteúdo parece também dizer respeito a meu marido..."

A viúva Minami abaixou a cabeça em silêncio. Yasuko, que até então mantinha-se cabisbaixa, voltou o olhar na direção da sra. Kaburagi. Então, com uma voz fraca mas resoluta disse para a sogra:

— Acho melhor me retirar.

Temendo ser deixada só, a sogra a impediu.

— Mas como, se a sra. Kaburagi quer justamente conversar com nós duas?

— Sim, eu sei. Mas não estou disposta a ouvir nada que se refira àquelas cartas.

— Sinto-me exatamente como você, Yasuko. Só acho que devemos ouvir aquilo que a sra. Kaburagi tem para nos dizer, para não nos arrependermos mais tarde.

Havia algo que ultrapassava o cinismo na maneira como essas mulheres usavam palavras polidas, girando eufemisticamente ao redor de uma única horrenda palavra.

A sra. Kaburagi pela primeira vez perguntou:

— Por quê, Yasuko?

Yasuko sentiu estar competindo com a sra. Kaburagi na coragem.

— Simplesmente porque neste momento não tenho uma ideia definida sobre o conteúdo daquelas cartas.

A sra. Kaburagi mordeu os lábios ao ouvir essa resposta severa. "Ah, essa mulher me considera sua rival e está me desafiando para a luta." Pensando assim, sua gentileza se esvaneceu. Desistiu de tentar convencer essa mulher virtuosa e intolerante, que a via como uma aliada de seu marido. Esquecendo dos limites de seu próprio papel, a sra. Kaburagi deixou de lado os escrúpulos e, mostrando-se imperativa, falou:

— Gostaria que vocês ouvissem o que tenho para lhes dizer. Trago-lhes uma boa notícia. Mas, dependendo de quem a ouvir, pode considerá-la uma notícia ainda pior.

— Por favor, diga logo o que tem para dizer. Essa espera é angustiante — a mãe de Yuichi falou.

Yasuko continuava sentada.

— Yuchan me enviou aquele telegrama por estar consciente de que não existe outra testemunha além de mim que possa provar que aquelas cartas são desprovidas de qualquer fundamento. É para mim muito difícil ter de lhes confessar isso. Mas acredito que, comparado com aquelas cartas mentirosas e desonrosas, vocês poderão ficar mais descansadas se eu me abrir completamente.

A sra. Kaburagi vacilou ligeiramente. Mas logo recomeçou num tom espantosamente fervoroso:

— Há tempos venho mantendo um relacionamento com Yuchan.

A pobre mãe trocou um longo olhar com a nora. Poderia ter desmaiado ao receber esse novo choque, mas perguntou refazendo-se:

— Mas, isso significa recentemente também? Afinal, tem estado em Kyoto desde a primavera.

— Meu marido não foi bem-sucedido em seu trabalho e também desconfiava que houvesse algo entre mim e Yuchan. Por isso, forçou-me a acompanhá-lo a Kyoto. Mas eu retornava com frequência a Tóquio.

— E Yuichi... Você é a única a ter amizade íntima com ele?

Sem encontrar uma palavra conveniente, a mãe optou por usar a expressão ambígua "amizade íntima".

— Quem sabe? — respondeu a sra. Kaburagi olhando em direção a Yasuko. — Talvez haja outras pessoas. Ele é jovem; não há nada que possamos fazer com relação a isso.

O rosto da mãe de Yuichi enrubesceu, ao perguntar timidamente:

— Essas outras pessoas poderiam ser homens?

— Credo! — a sra. Kaburagi disse sorrindo.

Seu espírito nobre e altivo divertia-se no uso de palavras vulgares.

— Eu mesma conheço duas mulheres que abortaram filhos do Yuchan!

A franqueza dessa confissão da sra. Kaburagi, sem gestos inúteis, surtiu o efeito esperado. Essa confissão impudica feita diante da esposa e da mãe de seu amante era preferível em uma situação como aquela do que uma confissão que conduz a lágrimas e soluços.

O desassossego no coração da viúva Minami era complexo, impossível de aguentar. Suas ideias virtuosas sentiram pela primeira vez na vida o choque daquele café "vulgar". Seu coração estava tão paralisado pela dor que só via *naturalidade* na situação anormal provocada pela sra. Kaburagi.

A viúva fez primeiro um cálculo. Esforçava-se por manter a calma, por pouca que fosse, mas seu rosto traía as ideias fixas arraigadas em sua mente.

"A princípio não há mentiras nessa confissão. A prova maior disso é certamente ser *impossível* para uma mulher confessar a alguém um relacionamento que não tenha efetivamente tido — o mesmo aconteceria com os homens? Entretanto, nunca se sabe o que uma mulher seria capaz de fazer para salvar um homem e, por isso, seria *possível* mesmo para uma mulher como a ex-condessa Kaburagi irromper na casa da mãe e da esposa desse homem e fazer uma confissão tão vulgar."

Nesse raciocínio havia uma surpreendente contradição lógica. Ou seja, a viúva Minami, ao se referir a "homem" e "mulher", já pressupunha nessas palavras a existência de um relacionamento mútuo.

No passado, teria fechado os olhos e não prestaria ouvidos

a uma situação como essa entre um homem e uma mulher, ambos casados, mas, agora que se via prestes a aprovar a confissão da sra. Kaburagi, mostrava-se extremamente confusa, acreditando mesmo que suas noções de moral estariam totalmente fora de ordem. Mas não era só isso. Ao mesmo tempo que em seu coração sentia o medo de deixar-se levar à conclusão de destruir a carta e acreditar piamente na confissão da sra. Kaburagi, apegou-se com fervor às provas que davam suporte àquelas cartas.

— Mas eu vi a foto. Sinto-me mal ao lembrar que um rapaz de péssimos modos naquele desagradável café a tinha.

— Yuichi me explicou toda a história. Na verdade, Yuichi contou-me que entre os amigos da faculdade existe um com esse tipo de interesse que desejava fotos suas e, de tanto insistir, Yuichi acabou dando-lhe duas ou três que acabaram sendo circuladas à revelia. A convite desse amigo Yuichi foi a um desses locais, mais por curiosidade, onde acabou obrigado a rechaçar um homem mais afoito. Esse homem acabou se vingando com aquelas cartas. Foi apenas isso o que aconteceu.

— Mas então por que Yuichi não tentou se defender com uma explicação como essa para mim, sua própria mãe?

— Com certeza estava com medo da senhora.

— Sou mesmo uma péssima mãe. Sendo assim, permita que lhe faça uma pergunta importuna. Isso significa então que não existe qualquer fundamento na relação entre seu marido e Yuichi?

A sra. Kaburagi já previa uma pergunta semelhante. Mesmo assim, foi-lhe necessário muito esforço para manter a calma ao respondê-la. Afinal, ela havia *visto*. E o que vira não era uma foto.

Involuntariamente, sentiu-se machucada. Não se envergonhava pelo falso testemunho, mas era doloroso para ela trair a paixão cuja origem fictícia construíra em sua vida a partir do momento em que vira a cena, a mesma paixão que era a base do esforço para criar esse falso testemunho. Embora parecesse agir heroicamente, recusava-se a se considerar uma heroína.

— Sim. É uma história que realmente ultrapassa os limites da imaginação.

Yasuko passara todo o tempo com a cabeça baixa, calada. O fato de não ter emitido uma só palavra deixou a sra. Kaburagi apreensiva. Entretanto, Yasuko era quem reagia mais honestamente à situação. A veracidade das declarações da sra. Kaburagi eram inquestionáveis. No entanto, que ligação tão forte poderia existir entre essa mulher desconhecida e seu esposo?

Yasuko esperou o término da conversa entre a sogra e a sra. Kaburagi, imaginando se não haveria uma pergunta que pudesse embaraçar esta última.

— Há algo que realmente me intriga. O número de ternos de Yuchan tem aumentado consideravelmente.

— Sobre isso — revidou a sra. Kaburagi —, não há nada de misterioso. Eu própria mandei fazê-los para ele. Se for o caso, poderei trazer o alfaiate até aqui. Eu trabalho e me apraz dar roupas a uma pessoa de quem gosto.

— Não diga. Você trabalha? — a viúva Minami perguntou arregalando os olhos.

Era impensável que uma mulher que transpirava extravagância tivesse uma ocupação. A sra. Kaburagi contou em detalhes suas atividades:

— Comecei a trabalhar como vendedora de carros importados após minha ida para Kyoto. Recentemente consegui afinal me tornar uma profissional nesse campo.

Essa fora a única confissão verdadeira — a sra. Kaburagi acabara de se tornar especialista nos arranjos comerciais pelos quais vendia um carro de um milhão e trezentos mil ienes por um milhão e quinhentos mil ienes.

Preocupada com o bebê, Yasuko saiu da sala. A mãe de Yuichi, que até aquele momento mantivera uma aparência brava, mudou repentinamente. Não sabendo mais se a mulher à sua frente era amiga ou inimiga, sentiu-se impelida a perguntar:

— O que você me aconselha a fazer? Estou mais preocupada com Yasuko do que propriamente comigo.

A sra. Kaburagi replicou com frieza:

— Hoje vim visitar-lhes com uma decisão tomada. Porque acreditei que seria mais útil para a senhora e Yasuko terem conhecimento de toda a verdade do que serem ameaçadas por aquelas cartas. Vou partir em viagem com Yuchan por dois ou três dias. Como não estamos tendo um romance sério, acredito não haver motivos para Yasuko se preocupar.

A viúva Minami abaixou a cabeça diante da clareza desse discernimento ultrajante. De qualquer modo, a sra. Kaburagi possuía uma dignidade difícil de afrontar. A viúva abriu mão de seus privilégios de mãe. Sua intuição estava certa ao descobrir no interior da sra. Kaburagi um espírito maternal maior do que o seu. Tanto que nem percebeu o quão ridículo era o cumprimento que fazia enquanto dizia:

— Por favor, tome conta direitinho de Yuichi.

Yasuko aproximou o rosto de Keiko, que dormia. Há dias sua paz quebrara-se com estrondo, mas como a mãe que por ocasião de um terremoto protege instintivamente o filho com o próprio corpo, rezava para que essa destruição, esse colapso, ao menos não atingisse Keiko. Yasuko perdia sua posição, como uma ilha isolada açoitada em todo o redor pelas ondas e não mais habitável.

Invadida por um sentimento mais complexo do que a humilhação, não se sentia abatida. Mas a angústia quase sufocante posterior ao incidente com as cartas destruiu seu equilíbrio interior mantido pela resolução férrea de não acreditar no seu conteúdo. Embora ela própria ainda não se desse conta, enquanto ouvia o testemunho franco da sra. Kaburagi, sem dúvida uma transformação se processava no mais profundo de seu íntimo.

Yasuko ouviu as vozes da sogra e da visitante que desciam a escada conversando. Pensando que a sra. Kaburagi estava de saída, levantou-se para se despedir. Mas ela não estava indo embora. Ouviu a voz da sogra que levava a sra. Kaburagi até o gabinete de Yuichi, vendo a visitante pelas costas através da cortina de bambu. "Aquela mulher anda pela minha casa como se fosse a sua", Yasuko pensou.

A sogra logo retornou sozinha do gabinete de Yuichi. Sentou-se ao lado de Yasuko. Seu rosto não estava pálido, ao contrário, estava ruborizado de excitação.

O aposento na penumbra contrastava com o sol brilhando no exterior.

Após um momento de silêncio, a sogra falou:

— Qual o propósito dessa mulher em vir nos contar tudo isso? Por certo não é nada que se faça por vaidade ou apenas pelo prazer.

— Ela deve gostar muito de Yuchan.

— É difícil pensar de outro modo.

Nesse momento, nascia no coração da mãe de Yuichi uma certa tranquilidade e orgulho, além da compaixão por sua nora. Se fosse escolher entre acreditar naquelas cartas e no testemunho da sra. Kaburagi, teria optado por esse último sem pestanejar. Que o lindo filho fosse um sucesso entre as mulheres era algo que condizia com seus preceitos morais. Em suma, isso a deixava contente.

Yasuko sentiu que mesmo sua gentil sogra vivia num mundo diferente do seu. Só restava a ela defender-se por si própria. No entanto, sabendo por experiência não haver jeito de escapar ao sofrimento a não ser deixando que as coisas seguissem naturalmente seu rumo, permaneceu imóvel como um pequeno animal sagaz, apesar da situação miserável em que estava.

— Tudo parece acabado — a sogra disse temerariamente.

— Não, ainda não está terminado.

Vindas de Yasuko, as palavras eram incisivas, mas a sogra as tomou como uma expressão de consideração a si própria e, às lágrimas, soltou essa frase feita:

— Obrigada, Yasuko. Que sorte eu tenho de ter uma nora tão boa como você.

Ao ver-se só com Yuichi no gabinete, a sra. Kaburagi respirou profundamente em suas narinas o ar do aposento, como acontece frequentemente com pessoas que adentram por uma floresta. Esse ar lhe pareceu mais delicioso e refrescante do que o ar de não importa qual floresta.

— Que lindo gabinete!

— Era de meu falecido pai. Quando estou em casa, só consigo ficar tranquilo quando estou trancado aqui.

— Também me sinto da mesma forma.

Yuichi entendeu por que essa frase soara tão natural. A sra. Kaburagi relaxava finalmente após ter irrompido como uma tempestade na casa de outrem, abandonando as convenções, honra, comiseração e pudor, entregando seu coração a crueldades contra si mesma e outros, bem como ousando pôr sua perícia sobre-humana a favor de Yuichi.

A janela estava aberta. Sobre a mesa jazia um abajur em estilo antigo, um tinteiro, dicionários empilhados e flores de verão em uma caneca de chope de Munique, todo o conjunto formando um quadro delicado à semelhança de uma escura gravura em cobre. Para além do conjunto estendia-se a paisagem citadina envolvida pelo resto de calor tórrido e com numerosas casas construídas em madeira nova sobre as ruínas dos incêndios dos bombardeios, imprimindo ao todo um aspecto desolador. Um bonde descia a ladeira. Após a passagem de uma nuvem, os trilhos não envolvidos por sua sombra, as pedras de fundação nas ruínas ainda sem casas construídas, os pedaços de vidro nos depósitos de lixo, tudo refletia uma luz violenta.

— Não há mais com o que se preocupar. Não há perigo de sua mãe e Yasuko irem àquele café para se certificarem.

— Com certeza, não devo mais me preocupar — concordou o jovem. — Não devemos receber mais cartas, minha mãe não teria coragem de voltar nunca mais àquele café e Yasuko, talvez mesmo ainda tendo coragem, jamais se disporia a ir até lá.

— Você está cansado. Seria melhor descansar um pouco em algum lugar. Mesmo sem consultá-lo, avisei a sua mãe que sairia com você em viagem por dois ou três dias.

Yuichi sorriu com espanto.

— Se quiser poderemos partir hoje à noite. Posso conseguir as passagens através de um conhecido. Telefono depois para você. Não há problema de nos encontrarmos na estação, não é mesmo? No caminho de volta para Kyoto, gostaria de dar uma passada em Shima. Deixe por minha conta a reserva do hotel.

A sra. Kaburagi examinava atentamente a fisionomia de Yuichi.

— Não há motivo para preocupações. Sabendo de tudo como eu sei, não lhe causarei nenhum transtorno. Não existe nada mais que possa acontecer entre nós. Portanto, relaxe.

A sra. Kaburagi confirmou novamente a intenção de Yuichi,

que respondeu estar disposto a ir. De fato, ele desejava fugir por dois ou três dias dessa situação claustrofóbica. Não haveria nenhuma companheira mais gentil e *segura* do que a sra. Kaburagi. Os olhos do jovem pareciam querer exprimir sua gratidão, mas temendo-o, ela fez um gesto rápido:

— Não seria algo próprio a você mostrar-se agradecido a mim por algo tão insignificante. Entende? Ficarei chateada se durante a viagem você não me considerar como o ar que respira.

A sra. Kaburagi partiu. A mãe a conduziu até a porta, acompanhando em seguida Yuichi que voltava sozinho para o gabinete. Vendo Yasuko, tomou consciência de seu papel.

A mãe fechou a porta do gabinete atrás de si com estrondo.

— Yuichi. Você pretende mesmo viajar com aquela mulher casada?

— Sim.

— Gostaria que desistisse da ideia. Tenha pena de Yasuko.

— Sendo assim, por que Yasuko não vem ela mesma me dissuadir da viagem?

— Não seja infantil. Se você lhe disser diretamente que viajará, imagine o quanto isso a constrangerá.

— Preciso me afastar um pouco de Tóquio.

— Então vá, mas leve Yasuko com você.

— Com ela não teria como descansar.

A voz da pobre mãe alterou-se:

— Pense um pouco na sua filha.

Yuichi abaixou a cabeça e calou-se. Por fim, sua mãe concluiu:

— Pense também um pouco em mim.

Esse egoísmo o fez lembrar da total falta de carinho da mãe no incidente das cartas. O bom filho continuou por um tempo calado, e depois completou:

— Estou decidido a ir mesmo assim. Não acha que seria uma falta de cortesia recusar o convite da sra. Kaburagi, depois de toda a inconveniência que lhe causei devido a este incidente?

— Yuichi! Sua maneira de pensar é própria de um amante.

— Claro. Como ela própria falou, eu sou seu amante.

Yuichi pronunciava com triunfo essas palavras para a mãe, que naquele momento já estava a uma distância tão longe dele que seria difícil de mensurar.

30. Uma paixão viril

A sra. Kaburagi e Yuichi partiram naquela mesma noite no trem das onze horas. Nesse horário, o calor abrandara consideravelmente. Sair em viagem faz brotar estranhas emoções. O viajante é tomado pela sensação de estar liberado não só do local, como também do tempo que deixou atrás de si.

Yuichi não se arrependera. Por estranho que pareça, isso devia-se ao fato de que ele amava Yasuko. Pensou que, vistos pela ótica desse amor, cuja forma fora distorcida pela amargura de sua expressão, os muitos obstáculos que atravessara para levar avante a viagem significavam um presente para Yasuko. Durante todo o tempo, seu coração tornara-se sério e não temia nem mesmo a hipocrisia. Lembrava as palavras pronunciadas diante da mãe. "De qualquer modo, eu amo Yasuko. É suficiente para provar que gosto de mulheres, não é?" Assim, havia razões suficientes para pensar que Yuichi importunara a sra. Kaburagi não para salvar a si próprio, mas a Yasuko.

A sra. Kaburagi não percebera essa nova motivação no coração de Yuichi. Ele era apenas um rapaz terrivelmente belo, pleno de juventude e sedução e que, além disso, *nunca* amaria uma mulher. Ela, e nenhuma outra mulher, fora quem o salvara.

A sra. Kaburagi soltou um leve suspiro ao ver em plena noite as plataformas de trem da estação de Tóquio ficando para trás. Se esboçasse um gesto de amor, por menor que fosse, a serenidade finalmente alcançada por Yuichi certamente se esvaneceria. O balançar do trem fazia por vezes seus braços nus se tocar e a cada vez era sempre ela que discretamente afastava o braço. Temia que mesmo um leve tremor de seu corpo levasse Yuichi a perceber seu amor e que isso acabasse por fazê-lo cansar-se dela.

— Como vai seu esposo? Sempre recebo cartas dele.

— Tem se tornado um marido exemplar. Não posso negar que sempre foi assim.

— E com relação àquilo? Continua o mesmo?

— Como agora sei de tudo, está mais relaxado quanto a isso. Quando andamos juntos pela cidade, procura me instigar perguntando "Não é uma graça?". Pode contar que sempre está se referindo a algum homem que passa.

Como Yuichi se calara, após alguns instantes a sra. Kaburagi perguntou:

— Este tipo de conversa não lhe agrada?

— Não — respondeu o jovem sem olhar para o seu rosto. — Não gosto de ouvir de seus lábios esse tipo de assunto.

Perspicaz, percebeu os devaneios infantis que o jovem caprichoso escondia das pessoas. Fora uma descoberta de grande importância, que significava que Yuichi ainda procurava nela uma certa "ilusão".

"Preciso agir cada vez mais como se nada soubesse. É necessário que ele sempre me considere uma amante inofensiva." Ela tomou essa decisão com certa satisfação.

Exauridos, acabaram adormecendo. Pela manhã, fizeram baldeação em Kameyama em um trem para Toba. De lá, a menos de uma hora de distância pela linha Shima, chegaram no ponto final em Kashikojima, ilha ligada ao continente por uma curta ponte. O ar era extremamente puro e os dois viajantes descidos na desconhecida estação respiraram o odor do vento marinho que soprava pelas numerosas ilhas da baía de Ago.

Ao chegarem ao hotel no topo da colina de Kashikojima, a sra. Kaburagi solicitou apenas um quarto. Não que ela esperasse algo. Estava indecisa sobre a situação de seu complicado amor. Se chamassem isso de amor, seria um amor inédito: dele não se encontraria qualquer exemplo descrito em peças de teatro ou em romances. Tudo deveria ser decidido e experimentado por ela própria. Imaginou que se fosse capaz de passar uma noite no mesmo quarto com um homem por quem estivesse muito apaixonada, sem desejar que algo acontecesse, graças a essa severa provação o amor ainda dócil e desassossegado, ao amanhecer, tomaria forma, forjado como o aço. Ao entrar no quarto Yuichi hesitou ao ver as duas camas postas uma ao lado da outra, mas logo envergonhou--se de duvidar mesmo que de leve da sra. Kaburagi.

Era um dia ensolarado, de calor agradável, não muito forte. Durante a semana os hóspedes do hotel eram compostos em sua maior parte por residentes fixos. Após o almoço, a sra. Kaburagi e Yuichi saíram para nadar na praia próxima ao cabo Goza, na península de Shima. Chegava-se até lá por um grande barco a motor que partia dos fundos do hotel e contornava a entrada da baía de Ago.

Os dois saíram do hotel vestindo blusas leves sobre a roupa de banho. A paz da natureza os rodeava. A paisagem a sua volta, mais do que ilhas flutuando sobre o mar, era constituída de ilhas muito próximas, quase tocando umas nas outras. Devido à sinuosidade da linha do litoral, tinha-se a única impressão de que o mar corroía a terra por toda parte, como se tentasse roubá-la. A singular serenidade da paisagem transmitia a impressão do centro de uma inundação, onde apenas as pontas das vastas colinas aqui e ali permaneciam visíveis. Tanto no leste como no oeste, até onde a vista pudesse enxergar, o mar estendia-se fulguroso por toda parte até o local onde se podia visualizar inesperados vales.

Como muitos hóspedes já haviam retornado do banho de mar matinal, restavam apenas cinco pessoas além de Yuichi e da sra. Kaburagi para ir à praia no barco que saía à tarde. Três dos passageiros eram um casal acompanhado do filho. Os outros dois, um casal de americanos de meia-idade. O barco avançava passando por jangadas de pescadoras de pérolas que flutuavam sobre a superfície serena do mar. Delas mergulhava-se dentro do mar cestas cheias de conchas destinadas ao cultivo das pérolas. Mas, por ser final de verão, já não se via mais nenhuma pescadora ao redor.

Os dois sentaram-se em uma cadeira dobrável que lhes fora armada na popa do barco. Yuichi admirou-se ao ver pela primeira vez o corpo nu da mulher. Havia nele ao mesmo tempo elegância e opulência. O contorno das curvas em todas as partes de seu corpo era bem delineado e a beleza de seus pés denotava ser uma mulher que durante a infância sempre sentara-se sobre cadeiras, nunca sobre tatames. Era sobretudo bela a curva que ia de seus ombros até seus antebraços. A sra. Kaburagi não fazia nada para proteger dos raios solares sua pele que, levemente bronzeada e sem quaisquer sinais de envelhecimento, parecia refletir o sol. Seus cabelos entregues ao vento marinho lançavam uma sombra que se movimentava sobre a forma arredondada de seus ombros e braços, à semelhança dos braços femininos revelados sob as túnicas na antiga Roma. Liberto da ideia fixa da premência do desejo desse corpo, do sentimento de obrigação de a ele se sujeitar, Yuichi pôde compreender bem toda sua beleza. A sra. Kaburagi tirara a camisa e com seu maiô branco escondendo-lhe o tronco banhava-se ao sol enquanto contemplava as inúmeras ilhas se sucedendo. As ilhas passavam à sua frente, para logo desaparecerem por trás do barco. Yuichi imaginou que nas cestas atiradas das várias jangadas de pérolas, suspensas dentro do mar verde-escuro, muitas pérolas já estariam começando a se formar sob o sol de final de verão.

Uma das enseadas da baía de Ago ramificava-se em várias angras. O barco que saíra de uma delas, apesar de virar várias vezes, deslizava pela superfície do mar, como se continuasse aprisionado pela terra. O verde das ilhas ao redor, onde se podia ver o teto das casas dos comerciantes de pérolas, tinha a função de cerca de um labirinto.

"Olhem! Aqueles são *hamayu*!",* gritou um dos passageiros.

Em uma das ilhas podia ser vista uma multidão de pontos brancos das flores de *hamayu*. Por cima dos ombros do jovem, a sra. Kaburagi viu as flores já passadas da época de florescência.

Até então ela nunca amara a natureza. Só lhe fascinavam a temperatura, as pulsações, carne, sangue, cheiro humano. Mas a paisagem pitoresca diante de seus olhos cativou seu coração cruel. Pois a natureza o estava rejeitando.

Ao cair da tarde, os dois voltaram do banho de mar e antes de irem jantar foram tomar um aperitivo no bar que se posicionava em direção ao oeste. Yuichi pediu um Martini. A sra. Kaburagi ensinou ao barman a receita de um coquetel chamado Duchesse que ele preparou misturando e chacoalhando absinto com vermutes francês e italiano.

Ambos se espantaram com a terrível cor do pôr do sol refletindo-se na enseada e nas angras. Os dois drinques sobre a mesa, um

---

* *Hamayu* — *Crinum japonicum*, planta perene, de flores brancas, comum em regiões temperadas. (N. T.)

laranja e o outro marrom-claro, atravessados por esses raios de luz transformaram-se em vermelho-vivo.

Apesar de as janelas estarem abertas por todos os lados, não havia sinal da mais leve brisa. Era a calma noturna tão famosa da região de Iseshima. O ar abafado que caía pesado como um tecido grosso de lã não impedia o repouso saudável do jovem, de corpo e coração aliviados. O prazer do corpo inteiro após nadar e tomar banho, a sensação de ter revivido, uma bela mulher que a seu lado tudo sabe e tudo perdoa, a embriaguez na medida certa... era tanta essa graça sem defeitos que fazia as pessoas a seu lado sentirem-se infelizes.

"Será que esse rapaz possui isso que costuma-se chamar de experiência?" A sra. Kaburagi não podia deixar de pensar nisso, ao admirar as pupilas então límpidas do jovem que não guardava nenhum vestígio de suas horríveis recordações. "Esse rapaz terá sempre sua inocência intacta, a qualquer momento, em qualquer lugar."

A sra. Kaburagi conhecia bem o charme que sempre habilmente circundava Yuichi. A maneira como era apoderado pelo charme era semelhante à de um homem preso numa armadilha. "Preciso me mostrar agradável", pensou. "Caso contrário, apenas irei repetir os encontros de antes, recheados com o peso da infelicidade."

Dessa feita, tanto na ida a Tóquio como na viagem posterior a Shima a férrea decisão da sra. Kaburagi à autorrenúncia estava repleta de virilidade. Não era um simples constrangimento a si própria, como também não era autocontrole. Vivia apenas no mundo das noções a que Yuichi se entregava, acreditando somente nesse mundo visto pelo jovem e proibindo a si mesma que suas esperanças distorcessem qualquer parte dele, por menor que fosse. Desse modo, ela necessitou de um longo e difícil treinamento até que a humilhação de sua esperança e a de seu desespero se revestissem de quase idêntico significado.

Mesmo assim, por não se terem visto por algum tempo, não lhes faltavam assuntos para conversar. A sra. Kaburagi comentou sobre o recente Festival de Gion e Yuichi contou sobre o pavor que experimentou Shunsuke Hinoki quando passearam no iate de Kawada.

— Hinoki sabe sobre o incidente das cartas?

— Não. Por quê?

— Afinal ele é seu confessor para todos os assuntos, estou enganada?

— Mas nunca chegaria a ponto de me aconselhar sobre algo do gênero — continuou Yuichi, mortificado pelo segredo ainda guardado. — Ele não sabe nada sobre o caso — finalizou.

— Lógico. No passado, ele era um incorrigível adorador das mulheres. O mais estranho é que elas fugiam dele como o diabo da cruz.

O sol acabara por completo de se pôr. Uma brisa começara a soprar. Mesmo com o dia findo, o brilho das águas ainda era claro e o resto dessa luz estendia-se até as montanhas distantes, indicando assim a presença do mar. Profundas eram as sombras da superfície do mar próximo às costas das ilhas. As sombras de cor oliva da superfície do mar contrastavam com a superfície repleta de reflexos brilhantes. Os dois saíram do bar e foram jantar.

Naquele hotel afastado de qualquer aglomeração, não havia nada para fazer após o jantar. Puseram um disco para tocar, folhearam algumas revistas com material fotográfico. Leram com atenção as brochuras das companhias aéreas e de outros hotéis. A sra. Kaburagi rebaixou-se ao papel da babá que cuida de uma criança desejosa de continuar para sempre acordada apesar de nada ter o que fazer.

A sra. Kaburagi percebeu que aquilo que no passado imaginara ser a arrogância do vencedor não passava de mero capricho infantil. Essa descoberta nem lhe desgostou nem lhe decepcionou, uma vez que se convencia então de que o fato de Yuichi divertir-se sozinho madrugada adentro, sua calma, seu prazer especial de ficar sem fazer nada, tudo baseava-se na conscientização de que a sra. Kaburagi estaria a seu lado.

Por fim, Yuichi bocejou.

— Que tal se fôssemos dormir agora? — propôs relutante.

— Meu sono é tanto que meus olhos não conseguem ficar abertos.

A sra. Kaburagi, que deveria estar morrendo de sono, desatou a tagarelar após entrarem no quarto. Tornou-se loquaz a ponto de perder o autocontrole. Quando puseram a cabeça no travesseiro, cada um em sua cama, mesmo após apagar a luz do abajur sobre a pequena mesa entre eles continuava a falar alegremente como se estivesse febril. Os assuntos eram ingênuos e medíocres. Envolvido na penumbra, as respostas de Yuichi tornavam-se mais espaçadas. Finalmente, calou-se por completo. Adormecido, o som da respiração tomou lugar. A sra. Kaburagi calou-se subitamente. Por mais de meia hora ouviu a respiração compassada e pura do jovem. Com os olhos bem abertos, não conseguia pegar no sono. Acendeu a luz do abajur. Pegou o livro sobre a mesa de cabeceira. Espantando-se com o barulho das cobertas quando Yuichi virou-se na cama, olhou em sua direção.

Na realidade, até então a sra. Kaburagi esperava. Cansava-se com a espera, desesperava-se. Mesmo assim, aguardava desde o momento em que vira a estranha cena pela fresta da porta e, mesmo ciente da impossibilidade, ficava à espera como a agulha de uma bússola apontada para o norte. No entanto Yuichi, que havia descoberto a única mulher neste mundo com a qual poderia *falar* tranquilamente e que desejava conversar com ele, com suprema confiança, logo deitara seu corpo cansado e adormecera. Virou-se na cama. Apesar de estar dormindo nu, devido ao calor excessivo, tirara a colcha que lhe cobria o peito. O círculo de luz sobre sua cabeça iluminava seu lindo rosto adormecido, de traços enfatizados pelas sombras dos cílios. Seu largo torso respirava com a graça de uma esfinge gravada numa moeda de ouro antiga.

A sra. Kaburagi alterou seus próprios sonhos. Para ser mais preciso, em sua imaginação passou da posição de sujeito para a de objeto. Essa mudança sutil, passagem de uma cadeira a outra dentro do sonho, essa imperceptível alteração inconsciente de comportamento, levou-a a desistir da espera. Como uma serpente que para atravessar um riacho estende-se formando uma ponte, deslizou o corpo vestido com uma camisola até a cama vizinha. Suas mãos e seus cotovelos tremiam procurando suportar seu corpo que vergava. Seus lábios estavam bem diante do rosto do jovem que dormia. A sra. Kaburagi cerrou as pálpebras. Seus lábios enxergavam melhor do que seus olhos.

O sono de Endímion era profundo. O jovem não sabia quem se punha como obstáculo à luz que iluminava seu rosto adormecido ou que noite sufocante e ardente dele se aproximava. Não percebeu nem mesmo quando os cabelos da mulher lhe roçaram as faces causando cócegas. Seus lábios de incomparável beleza estavam entreabertos, deixando apenas entrever a úmida e brilhante fileira de dentes brancos.

A sra. Kaburagi abriu os olhos. Seus lábios ainda não chegavam a tocar os de Yuichi. Foi só então que aquela decisão de autorrenúncia repleta de virilidade a fez despertar. "Se nossos lábios se tocarem, nesse instante algo voará com o barulho de asas. E nunca mais voltará. Para manter entre mim e esse lindo jovem algo como uma música eterna é necessário que não mova um dedo sequer. Dia e noite, tenho de tomar cuidado para reter a respiração e não deixar que nem mesmo uma partícula de poeira venha se pôr entre nós." Caiu em si, saindo dessa posição imprópria a uma mulher, voltou a sua cama, enfiou uma das faces no travesseiro morno e assim ficou, observando fixamente o rosto cinzelado envolto pelo círculo dourado. Apagou a luz. A visão da esfinge da moeda persistia. Virou o rosto para a parede e, ao amanhecer, caiu no sono.

Essa prova de virilidade produziu bons resultados. No dia seguinte, a sra. Kaburagi acordou com a mente revigorada. Seus olhos, ao verem o rosto adormecido de Yuichi pela manhã, possuíam uma força renovada e resoluta. Suas emoções se refinaram. Por brincadeira, lançou seu travesseiro imaculadamente branco e a fronha amassada sobre o rosto de Yuichi.

"Acorde! O dia está lindo. É um desperdício dormir tanto num dia como o de hoje!"

Era um dia de final de verão mais agradável do que a véspera, prometendo grandes recordações de uma alegre viagem. Depois do café da manhã, arrumaram bebida e lanche, contrataram um táxi e saíram para passear pela parte mais setentrional da península de Shima. Planejaram voltar ao hotel no barco a partir da praia de areias brancas em que haviam nadado na tarde do dia anterior. Da vila de Ukata, próxima ao hotel, atravessaram um campo de terra vermelha queimada onde havia pequenos pinheiros, palmeiras de cânhamo e lírios mosqueados, chegando ao porto de Nakiri. De lá a vista do cabo Daio, com seus pinheiros gigantescos, era magnífica. Fustigados pela brisa marinha, observaram a atividade das pescadoras de pérolas mergulhando com suas roupas brancas aparecendo aqui e ali como ondas alvas, o farol de Anori que se assemelhava a um bastão de giz fincado ao norte do cabo e a fumaça que se levantava das fogueiras acesas pelas pescadoras sobre as praias do cabo Oi.

A velha senhora que lhes servia de guia fumava um cigarro enrolado numa folha brilhante de camélia. Seus dedos amarelados pela idade e pela nicotina tremiam ligeiramente ao apontar o extremo do cabo Kuni, envolto a distância pela bruma. Contou-lhes que no passado longínquo a imperatriz Jito trouxera muitas damas de companhia em uma viagem de barco até o cabo, instalando sua corte provisória pelo período de uma semana.

Voltaram para o hotel às duas da tarde, cansados do acúmulo desses conhecimentos inúteis de viagem, novos e antigos. Faltava apenas uma hora até a partida de Yuichi. A sra. Kaburagi ficou para trás, planejando viajar na manhã seguinte, uma vez que não havia conexão de trens para Kyoto naquela noite. Quando a calma noturna se instalou, o jovem deixou o hotel. A sra. Kaburagi o acompanhou até a estação de trem, próxima ao hotel. O trem chegou. Apertaram-se as mãos. Depois disso, a sra. Kaburagi afastou-se rapidamente, indo até o outro lado da cerca da estação para vê-lo partir. Acenou-lhe um longo adeus alegremente, mas na realidade com magnífica *insensibilidade*. Nesse momento, o vermelho do crepúsculo lhe iluminava uma das faces.

O trem começou a se mover. Yuichi sentia-se sozinho entre comerciantes e pescadores, passageiros do trem. Seu coração estava repleto do sentimento de agradecimento pela amizade tão nobre e desinteressada da sra. Kaburagi. Sem perceber, essa gratidão intensificou-se de tal forma que não podia se furtar a sentir ciúme de Nobutaka Kaburagi por ter como esposa uma mulher tão perfeita.

31. Problemas espirituais e financeiros

De volta a Tóquio, Yuichi deparou-se com uma situação embaraçosa. Durante o pouco tempo em que estivera fora, a doença renal da mãe se agravara.

A viúva Minami, sem saber contra que protestar ou a que oferecer resistência, acabou não tendo outra opção a não ser cair gravemente enferma, em parte como forma de autopunição. Tinha tonteiras com facilidade e desmaios ligeiros. A urina rala e incessante indicava sintomas claros de atrofia renal.

Ao chegar em casa às sete da manhã, bastou ver a expressão do rosto de Kiyo, que lhe abrira a porta, para logo perceber que a mãe estava gravemente enferma. Desde que a porta fora aberta, o cheiro da doença parado no ar invadiu suas narinas. Subitamente, as doces lembranças da viagem congelaram-se em seu peito.

Yasuko ainda não se levantara. Estava exausta por ter cuidado da sogra até tarde da noite. Kiyo foi esquentar a água da banheira. Sem nada para fazer, Yuichi subiu ao dormitório do casal.

Pela janela alta que permanecera aberta toda a noite para permitir a entrada do ar fresco, a luz do sol penetrava caindo sobre as bordas do mosquiteiro. A cama de Yuichi fora preparada. A colcha de linho fora estendida com esmero. Na cama ao lado Yasuko dormia com Keiko.

O jovem esposo levantou o mosquiteiro, deitando-se delicadamente sobre a coberta de sua cama. O bebê estava acordado. Dentro dos braços nus da mãe, observava docemente o pai com seus olhos bem abertos. Um leve cheiro de leite pairava no ar.

De súbito, o bebê abriu um sorriso. Era como se gotas de sorriso escorressem dos cantos de seus lábios. Yuichi apertou a face da filha de leve com o dedo. Keiko continuava a olhá-lo diretamente, sorrindo.

Yasuko começou a virar-se pesadamente na cama, acordando antes de fazê-lo totalmente. Seus olhos viram inesperadamente bem perto o rosto do marido. Yasuko não esboçou qualquer sorriso.

Nos poucos segundos em que Yasuko estivera acordada, a memória de Yuichi movimentou-se com rapidez. Lembrara-se do rosto adormecido da esposa que tantas vezes contemplara, o mesmo que sonhara tantas vezes possuir de forma admirável, sem machucá-lo, esse rosto transbordante de surpresa, alegria e confiança que o acolhera em outra noite num quarto de hospital. Não esperava nada de especial no despertar da esposa ao voltar da viagem que a deixara angustiada. No entanto, seu coração acostumado a ser perdoado ansiava e sua inocência habituada a acreditar sonhava. A emoção por que passava naquele instante era como a que sentiria um mendigo que nada pede, embora nada mais saiba fazer senão pedir. Yasuko acordou finalmente. Abriu bem os olhos, as pupilas pesadas de sono. Nelas, Yuichi descobriu uma Yasuko até então desconhecida. Uma outra mulher.

Yasuko fazia perguntas com um tom de voz sonolento e monótono, mas sem qualquer ambiguidade e como se as tivesse previamente rascunhado: "Quando você voltou?", "Já tomou o café da manhã?", "Kiyo já lhe falou sobre o péssimo estado de saúde de sua mãe?". E, por último, disse-lhe: "Aguarde lá embaixo na varanda enquanto preparo rapidamente o café da manhã".

Yasuko ajeitou os cabelos e vestiu-se às pressas. Desceu as escadas com Keiko nos braços. Em vez de deixar o bebê com o marido enquanto preparava o café da manhã, preferiu deitá-la no cômodo que dava para a varanda onde Yuichi lia o jornal.

Pela manhã, ainda não fazia calor. Yuichi jogou a culpa de sua intranquilidade no trem noturno tão quente que não o deixara praticamente dormir.

"Agora entendo, com a precisão de um relógio, a velocidade correta e o ritmo certo com que a infelicidade avança", pensou aborrecido. "É com certeza dessa forma que qualquer pessoa se sente após passar uma noite acordada. *Tudo isso, sem exceção, por culpa da senhora Kaburagi.*"

A própria Yasuko foi quem mais se espantou com sua mudança quando, ao acordar em extremo cansaço, encontrara o rosto do esposo diante dos olhos.

Tornara-se uma constante em sua vida diária ter diante dos olhos a visão de sua angústia, cujos mínimos detalhes poderia imaginar mesmo com os olhos cerrados. E sempre à sua frente, com os olhos abertos. Era uma visão bela, quase esplêndida. No entanto, não fora essa beleza que vira ao despertar essa manhã. Apenas tinha a impressão material de que o rosto do jovem ali presente não passava de um molde de gesso, seus contornos formados pela luz do sol que atravessava uma abertura a um canto do mosquiteiro.

Yasuko abriu a lata de café e verteu água quente sobre o coador de porcelana branca. No movimento de suas mãos depreendia-se uma agilidade destituída de emoção. Seus dedos não denotavam o menor "tremor de tristeza".

Por fim, Yasuko depositou o café da manhã sobre uma grande bandeja prateada, depondo-a diante de Yuichi.

Para Yuichi, esse café da manhã era especialmente delicioso. As sombras da manhã ainda eram abundantes no jardim. O parapeito da varanda, pintado de um branco imaculado, cintilava sob a chuva fina de final de verão. O casal tomou a refeição em íntimo silêncio. Keiko dormia serenamente. A mãe enferma ainda não acordara.

O médico aconselhou-o a levar sua mãe para o hospital ainda naquele dia. Esperava apenas sua volta para iniciar os procedimentos da internação.

— Sim, é melhor mesmo.

O jovem esposo contemplava o jardim, seus olhos piscando ofuscados pela luz solar que iluminava os galhos das faias. A infelicidade de outrem, nesse caso nada mais que o agravamento da doença da mãe, serviu para aproximar os corações do marido e da esposa. Yuichi foi tomado naquele instante pela ilusão de que o coração de Yasuko com certeza voltava a ser seu e, usando do charme comum aos maridos, disse:

— Como é bom tomar o café da manhã assim, só nós dois, não acha?

— É.

Yasuko sorriu. Seu sorriso carregava uma cruel indiferença. Yuichi ficou atordoado. Suas faces se ruborizaram de vergonha. Por fim, o pobre jovem pronunciou a seguinte frase, provavelmente a confissão mais transparente, teatral e frívola, mas ao mesmo tempo imbuída das palavras mais puras e sinceras já ditas a uma mulher durante toda a sua vida:

— Mesmo durante a viagem não pude deixar um instante sequer de pensar em você. Todos os acontecimentos dos últimos dias me fizeram perceber com clareza e pela primeira vez que você é a pessoa de quem mais gosto.

Yasuko continuava impassível. Sorriu levemente e com indiferença. As palavras de Yuichi soaram a seus ouvidos como pronunciadas em idioma estrangeiro. Yasuko não enxergava nenhum movimento dos lábios de Yuichi, como se fossem os lábios de alguém que conversasse por trás de uma espessa parede de vidro. Em suma, as palavras já não tocavam seu coração.

Entretanto, Yasuko tomara a firme resolução de, impassível, assentar-se em sua vida cotidiana, criar Keiko, e permanecer junto à família de Yuichi até os anos da horrenda velhice. Nenhuma imoralidade igualava-se à força que essa virtude nascida do desespero possuía.

Yasuko livrou-se de um mundo desesperador, do qual saíra por completo. Enquanto vivia nesse mundo, seu amor não se rendia a qualquer evidência. A conduta fria de Yuichi, suas bruscas recusas, seus retornos tardios, suas noites passadas fora de casa, seus segredos, sua incapacidade de *jamais* amar uma mulher: diante de tantas provas, uma carta anônima era algo irrisório. Yasuko permanecia impassível. Pois afinal vivia naquele outro mundo.

Sair desse mundo não foi uma iniciativa sua. Seria mais apropriado afirmar que fora puxada à força para fora dele. Yuichi talvez fosse um marido gentil demais ao recorrer à sra. Kaburagi para fazê-la sair desse domínio em que até então vivia e onde o amor possuía uma incandescente serenidade, desse reino transparente e livre onde o impossível praticamente não existia, para um mundo promíscuo, onde o amor era relativo. Yasuko foi envolvida pelas provas desse mundo relativo. Estava cercada por aquele muro assustador da impossibilidade, que de longa data conhecia e lhe era familiar. Só havia uma forma de tratar com tudo aquilo. Não sentir nada. Não ver e não ouvir nada.

Enquanto Yuichi viajara, Yasuko aprendeu como se comportar nesse novo mundo onde doravante deveria viver. Tornou-se uma mulher incapaz de amar alguém, sem amor nem mesmo por si própria. A esposa transformada espiritualmente em uma surda-muda, aparentando estar saudável, servia o café da manhã a seu marido com um avental amarelo-vivo quadriculado.

— Você gostaria de mais uma xícara de café? — perguntou.

Em sua pergunta havia naturalidade.

A campainha tocou. Era o som da pequena campânula prateada posta à cabeceira do quarto da mãe.

— Parece que ela acordou — Yasuko disse.

Os dois dirigiram-se ao quarto. Yasuko abriu os postigos da janela.

— Ah, você está de volta — disse a mãe de Yuichi sem levantar a cabeça.

Yuichi pressentiu a morte no rosto da mãe. Os edemas inchavam seu rosto.

Durante os sete primeiros meses desse ano não se registrara a ocorrência de nenhum tufão de envergadura. Com certeza surgiram alguns, mas nenhum atingiu a região de Tóquio e não houve grandes destruições devidas a vento ou inundações.

Yaichiro Kawada estava extremamente ocupado. Pela manhã ia ao banco. À tarde participava de reuniões. Os executivos discutiam uma forma de conseguir invadir a rede de vendas de uma empresa competidora. Nesse ínterim, negociava com subcontratadas, tais como empresas de instalações elétricas. Mantinha conversações com executivos de uma indústria automobilística francesa, em visita ao Japão com vistas a cooperação técnica, discutindo condições de preço pelo uso de patentes e percentuais de comissões. À noite, em geral, convidava banqueiros para casas de entretenimento. E não apenas isso. Segundo informações fornecidas regularmente pelo responsável em matérias trabalhistas, como a estratégia da empresa não fora bem-sucedida, o sindicato ganhava força e amadurecia suas oportunidades de iniciar uma greve.

Os espasmos na face direita de Kawada se agravaram. A única fraqueza lírica desse homem de aparência tão sólida o estava ameaçando. Escondido à sombra de seu rosto altivo ao estilo alemão, que nunca se abaixava, dos traços distintos da cova entre os lábios, do nariz e de seus óculos sem armação, o coração lírico de Kawada gemia ensanguentado. À noite no leito, antes de pegar no sono, olhava furtivamente uma página da antologia dos poemas da juventude de Hölderlin,* como se lesse um livro pornográfico, recitando alguns versos:

*Ewig muß die liebste Liebe darben...***

Essa era a última estrofe de sua ode "À Natureza":

*Was wir lieben ist ein Schatten nur.****

"Esse rapaz é livre", suspirou no leito o solteiro afortunado. "Só porque é jovem e belo, acha-se no direito de cuspir sobre mim."

---

* J. C. F. Hölderlin (1770-1843) — poeta romântico alemão, colega de Hegel e Schelling, autor de poemas e da tragédia *A morte de Empédocles*. (N. T.)
** "Eterna deve ser a privação do mais terno amor..." (N. T.)
*** "O que amamos não passa de aparência." (N. T.)

***

O duplo ciúme, que torna insuportável o amor de um homossexual idoso, continuava atrapalhando o sono solitário de Kawada. À dupla complicação do ciúme que um homem sente pela mulher infiel e do ciúme que uma mulher que envelhece tem pelas jovens e belas mulheres, acrescentava-se a estranha conscientização de o ente amado pertencer ao mesmo sexo e se via assim exacerbada a intolerável humilhação do amor que, caso tivesse uma mulher por objeto, mesmo os ministros de Estado estariam prontos a referendar. A humilhação pelo amor a um homem não deveria machucar de maneira tão direta o amor-próprio masculino de alguém como Kawada.

Kawada lembrou dos tempos da juventude, quando fora seduzido por certo homem de negócios no bar do Hotel Waldorf-Astoria em Nova York. Recordou-se também da noite em que, numa festa em Berlim, encontrara-se com um cavalheiro e fora levado por ele num Hispano-Suiza para sua casa de campo nos subúrbios. Os dois homens vestidos de fraque abraçavam-se dentro do carro, indiferentes à luz dianteira dos faróis de outros veículos que iluminavam o seu. Os plastrons perfumados de seus fraques roçavam um contra o outro. A última prosperidade de uma Europa anterior à grande depressão mundial. Uma época em que as mulheres da nobreza compartilhavam a alcova com negros, embaixadores com patifes, reis com atores de filmes de ação americanos. Kawada lembrou-se dos jovens marinheiros de Marselha, donos de torsos protuberantes, lustrosos e brancos como o de um cisne. Puxou da memória o belo rapaz que apanhou num café na Via Veneto em Roma e do jovem árabe-argelino chamado Alfredo Jemil Mussa Zalzar.

Mas Yuichi eclipsava todos os homens de seu passado! Certo dia Kawada finalmente reservou um tempo em sua agenda para encontrar-se com Yuichi. Convidou-o para assistir a um filme. Yuichi recusou. Por um capricho momentâneo entrou num salão de bilhar, algo fora de seu costume. Kawada não sabia jogar. Yuichi passou três horas dando voltas ao redor da mesa de bilhar, enquanto o empresário altamente ocupado aguardava sentado a uma cadeira sob uma cortina desbotada cor de pêssego, imaginando quando o capricho cruel do ente amado chegaria ao fim. Em sua testa viam-se veias azuladas, suas faces tremiam, seu coração gritava. "Ele me faz esperar nessa cadeira rasgada, com a palha interior à vista, num salão de bilhar. Logo a mim, que ninguém nunca deixou esperando e que não hesita em deixar um cliente esperar até mesmo por uma semana!"

Existem no mundo várias formas de ruína. Aquela prevista por Kawada poderia parecer à primeira vista muito luxuosa. Mas, para ele, era a forma mais séria de destruição e por esse motivo esforçou-se para evitá-la.

Aos cinquenta anos, a felicidade que Kawada esperava era a do menosprezo ao cotidiano. Aparentemente era uma felicidade fácil de obter e geralmente praticada inconscientemente pelos homens cinquentões, mas a revolta com relação à vida cotidiana de um homossexual que nunca admite subordinar-se ao trabalho é obstinada e bastaria uma fresta para esse mundo dos sentidos transbordar, aguardando a oportunidade para impregnar-se no mundo profissional masculino. Sabia que a famosa declaração de Wilde não passava de ressentimento:

"Pus toda minha genialidade na vida e apenas meu talento nas obras."

Wilde foi simplesmente obrigado a fazê-lo. Todo homossexual assumido reconhece a existência de certa masculinidade interior pela qual se acredita apaixonado. No entanto, a virtude masculina que Kawada reconhecia em si mesmo era uma predileção pela diligência ao estilo do século XIX. Estranha maneira de cair preso em sua própria armadilha! Como à época do militarismo, quando amar mulheres era considerado um ato efeminado, também para Kawada a paixão que contradizia sua virtude masculina parecia efeminada. Para o guerreiro e para o homossexual, essa feminilidade era considerada o mais horrendo dos vícios. Mesmo que sua significação para cada um deles fosse diferente, para ambos a "masculinidade" não possuía uma existência instintiva, nada mais sendo que o resultado do esforço ético. A ruína que Kawada temia era sua ruína moral. Era, pois, coerente o fato de se filiar ao partido conservador, apesar de este defender a ordem estabelecida e o sistema familiar baseado no amor heterossexual, que deveriam ser seus inimigos.

O monismo e o absolutismo alemães, que tanto desprezara quando jovem, o invadiram inesperada e profundamente em sua maturidade, e essa reflexão, com o frescor de um adolescente recém-chegado do interior, o levava por acaso, e a qualquer pretexto, ao dilema sobre o qual tendia a refletir prazerosamente, entre poder menosprezar sua vida cotidiana ou arruiná-la. Acreditava que se não pudesse deixar de amar Yuichi, não poderia recuperar sua própria "masculinidade".

A sombra de Yuichi flutuava por toda parte em sua vida social. Como alguém que, por engano, olhou diretamente para o sol e para onde quer que mova o olhar encontra sua imagem remanescente, Kawada via a sombra de Yuichi no ruído da porta do gabinete do presidente, onde ele não teria nenhum motivo para vir, no tocar do telefone ou no rosto de um jovem pedestre que contemplava pela janela do carro. Essa imagem era apenas um fantasma que cada vez mais o assombrava desde que a ideia de se separar de Yuichi invadira sua mente.

Na realidade, Kawada confundia em parte a miragem de seu fatalismo com o vazio em seu coração. Na decisão de se separar, mais do que o pavor de em algum momento descobrir em seu interior a deterioração da paixão, havia a escolha de que seria melhor destruí-la instantaneamente por um método cruel. Nos bailes com distintos cavalheiros e renomadas gueixas, a pressão daquele princípio da maioria, sentido até mesmo pelo jovem Yuichi, esmagava o coração arrogante de Kawada que deveria estar suficientemente equipado para a ele resistir. Suas várias histórias licenciosas, sem restrições, eram a atração dos banquetes, mas essa arte simulada durante longos anos enchia agora Kawada de repugnância por si próprio. Sua aparência taciturna dos últimos tempos deixava apavorado o funcionário responsável pelos banquetes da empresa. Embora parecesse que o andamento das festas iria melhor sem a presença do presidente, Kawada cumpria sua obrigação participando de todos os banquetes aos quais sua presença era imprescindível.

Foi nesse estado psicológico em que Kawada se achava que, repentinamente, certa noite Yuichi apareceu depois de muito tempo para visitá-lo. Kawada estava por acaso em casa. A alegre surpresa ao ver Yuichi reverteu sua decisão de separação. Os olhos de Kawada não cansavam de contemplar o semblante do jovem. Seus olhos eram sempre despertados pelo louco poder da imaginação, mas naquele momento estava inebriado por esse mesmo poder. O jovem belo e misterioso: Kawada se embriagou pelo mistério que via à sua frente. Para Yuichi a visita daquela noite era apenas um capricho, mas mesmo assim ninguém melhor do que ele para subestimar o mistério que ele próprio possuía.

Como a noite mal começava, Kawada levou o jovem para beber algo. Foram a um bar não muito animado e de bom gosto, que logicamente não era do meio, tendo também mulheres como clientes.

Por acaso, um conhecido íntimo de Kawada viera beber com um grupo de quatro ou cinco amigos. Era o presidente de uma famosa companhia farmacêutica, acompanhado de seus diretores. O presidente, chamado Matsumura, deu uma breve piscadela e com um sorriso acenou na direção deles, que estavam no balcão.

Com pouco mais de trinta anos de idade, o jovem Matsumura havia sucedido seu pai na presidência da empresa. Era conhecido por sua elegância. Era autoconfiante e um *semelhante*. Mostrava com orgulho seu próprio vício. Converter aqueles sob seu controle a essa heresia ou, caso não conseguisse, pelo menos fazê-los admiti-la: esse era seu passatempo. Seu velho secretário, diligente e leal, esforçava-se para acreditar que não havia nada mais refinado do que o amor homossexual. Agora que acabara acreditando nisso, lamentava-se por sua condição humilde não lhe permitir possuir tal refinamento.

Era Kawada quem se achava em uma posição irônica. Particularmente circunspecto a respeito dessas questões, era visto abertamente pelo amigo e seus companheiros que bebiam ao aparecer em companhia de um belo jovem.

Logo depois, aproveitando que Kawada fora ao toalete, Matsumura levantou-se de forma natural de seu lugar e sentou-se na cadeira de Kawada. Em frente da garçonete à esquerda de Yuichi, fingiu estar tratando de um assunto de negócios, falando com grandiosidade:

— Meu caro Minami, há algo sério que desejo conversar com você. Que tal jantarmos amanhã à noite?

Restringiu-se a dizer apenas isso, sem afastar os olhos do rosto de Yuichi e pronunciando cada palavra com a gravidade de quem coloca uma pedra sobre o tabuleiro do jogo de *Go*. Espontaneamente, Yuichi respondeu que sim.

— Você virá? Ótimo. Estarei esperando por você amanhã às cinco da tarde no bar do Hotel Imperial.

Dentro do tumulto, tudo acabou em um instante e com a

maior naturalidade do mundo. Quando Kawada chegou em sua mesa, Matsumura já havia voltado e conversava alegremente.

No entanto, o olfato sensível de Kawada sentiu no ar o cheiro remanescente de um cigarro apagado às pressas. Foi especialmente doloroso para ele fingir que não notara. Temia que, se seu sofrimento continuasse, Yuichi sentiria seu mau humor e, não aguentando, acabaria contando a razão de seu estado. Kawada apressou o jovem para sair e, após se despedirem gentilmente de Matsumura, deixaram o bar. Kawada dirigiu-se para o carro para pedir ao motorista que esperasse, pois iriam a outro bar das redondezas, andando em seguida para lá.

Yuichi escolheu esse momento para confessar o que se passara no bar. Com as mãos enfiadas nos bolsos das calças de flanela cinza e cabisbaixo, enquanto andava pela calçada acidentada falou de forma casual:

— Agora há pouco Matsumura veio me convidar para jantarmos juntos amanhã às cinco no Hotel Imperial. Fiquei sem reação e acabei concordando. Que saco! — disse estalando levemente a língua. — Queria ter dito logo, mas era complicado falar qualquer coisa enquanto estávamos naquele bar.

A alegria de Kawada ao ouvir isso era imensurável. Esse homem de negócios arrogante disse, invadido por uma alegria modesta e comum:

— Obrigado. Minha maior preocupação era se você levaria muito ou pouco tempo até me confessar o que ocorreu. Como era realmente impossível me contar enquanto estávamos naquele bar, isso significa que você me confessou no menor tempo possível — Kawada disse, usando uma frase de efeito repleta de lógica, mas que era também uma confissão sincera.

No bar seguinte, Kawada e Yuichi, como se tratassem de negócios, traçaram em detalhes o estratagema a ser usado no dia seguinte. Não havia qualquer relacionamento de trabalho entre

Matsumura e Yuichi. Além disso, havia tempo Matsumura sentia-se atraído pelo jovem. Era evidente a intenção que se escondia por detrás de seu convite.

"Nós agora somos cúmplices." Kawada desejava comunicar a seu coração sua inacreditável alegria. "Yuichi e eu somos cúmplices. Como nossos corações se aproximaram rapidamente!"

Hesitando diante da garçonete à sua frente, Kawada instruiu Yuichi com um tom prosaico que em nada diferia do que usava no gabinete da Presidência:

— Acho que compreendo como você se sente. E também entendo que se sentiria mal em ligar para ele para cancelar o compromisso. Vamos fazer o seguinte. — Kawada era o tipo de homem que em sua empresa sempre costumava dizer "Faça", mas nunca "Vamos fazer". — Matsumura tem o poder de um verdadeiro lorde feudal e por isso mesmo não deve ser tratado com descortesia. Mesmo sendo por força das circunstâncias, você deu seu consentimento. Vá ao local do encontro. Aceite o convite para jantar. Depois disso diga algo como: "Foi uma excelente refeição. Gostaria de convidá-lo a beber algo". Sem dúvida, ele o acompanhará tranquilamente. E vamos combinar para que eu esteja *por acaso* no bar para onde vocês irão. Tudo bem? Estarei esperando por vocês desde as sete horas. Precisamos escolher o bar. Não pode ser em um dos que costumo frequentar, pois Matsumura poderia desconfiar de algo. Ao mesmo tempo, não seria natural ele me encontrar por coincidência em um bar em que eu nunca tenha entrado até hoje. Temos que dar um jeito para que tudo pareça natural. Ah, tenho uma ideia. Há aquele bar das redondezas chamado Je l'aime onde fomos juntos umas quatro ou cinco vezes. Seria um local perfeito. Se Matsumura desconfiar e hesitar em ir, você poderia mentir dizendo que nunca foi comigo até lá. O que acha? É o tipo de plano que permite resguardar a nós três.

— Farei do jeito que você achar melhor — Yuichi assentiu.
Kawada pensou como faria para, logo pela manhã, cancelar
o compromisso de negócios que teria na noite seguinte. Os dois
nessa noite beberam moderadamente e terminaram cedo. Os prazeres da noite que se seguiu foram ilimitados, a ponto de Kawada
duvidar que seu coração tivesse pensado por um segundo em separar-se desse jovem rapaz.

Às cinco horas do dia seguinte, Matsumura esperava por Yuichi no bar ao fundo do *grill-room* do Hotel Imperial. Com o coração inflado por uma sensual esperança, o ventre repleto de presunção e confiança, esse homem, que apesar de presidente
sonhava todo o tempo em tornar-se um gigolô, movia delicadamente a taça de conhaque, esquentando-a entre as mãos. Passados
cinco minutos do horário combinado, saboreou o prazer da completa entrega do corpo à espera. Quase todos os cliente do bar
eram estrangeiros. Conversavam longamente num inglês que
soava como o latido rouco e fraco de cães. Ao perceber que mesmo
passados cinco minutos Yuichi não aparecia, Matsumura experimentou saborear os cinco próximos minutos do mesmo modo que
fizera com os primeiros cinco, mas eles já haviam se modificado.
Eram cinco minutos que exigiam atenção, cheios de vida como
um pequeno peixe dourado agitando-se na palma da mão. Estava
envolto pela sensação da presença de Yuichi e imaginava que o
jovem teria chegado até a porta e hesitado em entrar. Passados
esses cinco minutos, essa sensação dissipou-se, sendo substituída
por um novo sentimento de ausência. Com a sensação real de que
deveria se esforçar para esperar até as cinco e quinze, o coração de
Matsumura por muitas vezes procurou revitalizar-se psicologicamente. Mas esse expediente cessou repentinamente ao cabo de
vinte minutos de espera: tomado pela sensação de desassossego

e decepção, apressava-se apenas em corrigir o tamanho da grande espera, causa dos sofrimentos por que passava. "Vamos esperar mais um minuto", pensou. Sua esperança estava ligada à lentidão da agulha de ouro dos segundos passando da marca de sessenta. Assim, Matsumura esperou quarenta e cinco minutos em vão, algo inusitado para ele.

Cerca de uma hora após Matsumura ter desistido de esperar e ido embora, Kawada terminava mais cedo o trabalho e rumava para o bar Je l'aime. Kawada também experimentou, embora de forma mais suave, a mesma angústia da espera que Matsumura sentira. Mas o tempo que durou esse suplício foi muitas vezes mais longo e a crueldade incomparavelmente maior do que no caso de Matsumura. Permaneceu no Je l'aime até o fechamento do bar, mas a angústia, agravada por sua imaginação, aumentava com o passar do tempo aprofundando-se e estendendo-se, apenas ganhando corpo sem saber como desistir.

Na primeira hora, a tolerância fictícia de Kawada foi irrestrita. "O jantar deve ter se estendido mais do que previsto. Devem ter ido jantar em algum restaurante japonês tradicional com salas individuais de tatame", pensou. Imaginou que poderia ser um restaurante servido por gueixas e esse pensamento deixou Kawada tranquilo, acreditando que na presença delas Matsumura procuraria se controlar. Mais algum tempo passou. Seu coração, que se esforçava avaramente na dúvida de que aquele era um atraso exagerado, de repente explodiu colocando fogo nas outras dúvidas que o perseguiam. "Não teria Yuichi mentido para mim? Não, não é possível. Sua juventude não foi capaz de resistir à esperteza de Matsumura. Ele é um rapaz puro. É inocente. Não há dúvida de que está apaixonado por mim. Sua força não foi, portanto, suficiente para trazer Matsumura até aqui. Ou, quem sabe, Matsumura adivinhou nosso estratagema e por isso não caiu na armadilha. Yuichi e Matsumura devem estar neste momento em outro bar. Yuichi deve estar esperando a melhor hora para poder escapar e vir ao meu encontro. Preciso ser mais paciente."

Pensando dessa maneira, Kawada sentia-se pressionado pelo remorso.

"Por que teria eu, por tola vaidade, deixado propositadamente Yuichi cair nas garras de Matsumura? Por que não o obriguei simplesmente a recusar o convite? Se Yuichi não se sentia bem cancelando por telefone o compromisso, poderia ter eu próprio ligado para Matsumura, mesmo sendo isso de certa forma infantil."

Subitamente, outra ideia cortou o coração de Kawada.

"É bem capaz de, neste exato momento, Matsumura estar nos braços de Yuichi em alguma cama."

A lógica de cada conjetura refinava-se cada vez mais: havia a lógica do Yuichi "inocente" e a do Yuichi "sórdido", ambas constituindo um perfeito sistema. Kawada buscou socorro no telefone sobre o balcão do bar. Telefonou a Matsumura. Embora já passasse das onze horas, Matsumura ainda não voltara. Violando a proibição, ligou para a casa de Yuichi. O jovem não estava. Kawada perguntou pelo telefone do hospital onde a mãe estava internada e, não se importando com bom senso ou boas maneiras, implorou à telefonista do hospital para verificar o quarto da mãe. Mas Yuichi também não estava lá.

Kawada estava em estado de completo desespero. Voltando para casa, não conseguia dormir de jeito nenhum. Passadas as duas horas da madrugada, ligou novamente para a casa de Yuichi. O jovem não havia retornado.

Passara a noite acordado. A manhã seguinte foi a de um dia claro e fresco de começo de outono. Quando, às nove horas, Yuichi atendeu seu telefonema, não pronunciou uma palavra de queixa sequer, pedindo-lhe apenas que viesse às dez e meia até seu gabinete na empresa. Era a primeira vez que Kawada o chamava para vir à companhia. No trajeto de carro, a paisagem exterior não penetrava nos olhos de Kawada. Seu coração chegara a uma decisão viril durante a noite, que ele murmurava para si mesmo repetidamente.

"Uma vez a decisão tomada, não se deve jamais voltar atrás. Não importa o que aconteça, é preciso levá-la às últimas consequências."

Kawada entrou em seu gabinete exatamente às dez horas, seu horário habitual. Sua secretária veio lhe cumprimentar. Mandou que chamasse o diretor que o substituíra no jantar de negócios da véspera para ouvir seu relatório, mas ele ainda não chegara. Ao contrário, outro diretor apareceu em sua sala apenas para conversar trivialidades. Yaichiro Kawada não deu maior importância ao contratempo. Não tinha dor de cabeça apesar da noite de insônia; ao contrário, a excitação deixava suas ideias mais nítidas.

O diretor encostou-se à janela e brincava com a ponta do fio da veneziana. Como sempre, foi em alta voz que disse o seguinte:

— A ressaca está fazendo minha cabeça explodir. Ontem à noite fui obrigado a beber até as três da manhã com uma pessoa desagradável. Saímos às duas de Shimbashi e fizemos uma algazarra pelos bares de Kagurazaka. Sabe com quem eu estava? Matsumura, da Matsumura Farmacêutica.

O queixo de Kawada caiu ao ouvi-lo.

— Na minha idade, o corpo não consegue mais acompanhar o ritmo de um rapaz jovem como ele.

Kawada esforçou-se para não deixar transparecer seu interesse quando perguntou:

— E quem estava com ele?

— Ninguém. Estava sozinho. Era amigo íntimo do pai dele e por isso de vez em quando me puxa para sair, como se visse em mim a figura de seu pai. Ontem cheguei em casa mais cedo e me preparava para tomar um bom banho quando ele me ligou convidando.

Kawada estava a ponto de deixar escapar um gemido de alegria, mas seu coração fortemente o impedia. Essa boa notícia não servia de consolo ao tormento da noite anterior. Não apenas isso. Não era possível descartar a possibilidade de Matsumura ter pedido a seu amigo diretor que forjasse esse testemunho como álibi. Uma vez tomada a decisão, não se pode voltar atrás.

O diretor conversou em seguida assuntos de trabalho com Kawada, dando-lhe respostas com uma astúcia da qual ele próprio se espantava. A secretária entrou no gabinete para avisar a chegada de uma visita.

— É um parente meu, estudante, que veio me pedir para ajudá-lo na procura de emprego. Mas suas notas na faculdade não são boas — Kawada disse com um semblante sério.

O diretor discretamente se retirou e Yuichi entrou no gabinete logo em seguida.

Dentro da luz doce da manhã de início de outono, apenas o frescor da juventude exprimia-se no rosto do belo jovem. O coração de Kawada estava tocado por esse rosto renascido a cada manhã, sem uma nuvem sequer, sem uma única sombra. Esse rosto não havia guardado marcas do cansaço, da traição, da angústia que provocara em Kawada na noite anterior. Não conhecia recompensa: mesmo que tivesse participado de um assassinato na véspera certamente não apresentaria alterações. Vestido com blazer azul-marinho e com calças de flanela cinza com vincos impecáveis, Yuichi aproximou-se da mesa de Kawada andando decidido sobre o chão deslizante.

O próprio Kawada notou que usava de pouco tato quando abriu a conversa dizendo:

— O que aconteceu ontem à noite?

O belo jovem sorriu mostrando seus dentes brancos e masculinos. Sentou-se na cadeira indicada por Kawada, dizendo:

— Achei que seria uma chatice e acabei desistindo de ir ao encontro. Pensei que seria inútil ir encontrá-lo.

Kawada havia se acostumado com explicações claras, mas cheias de contradição como aquela.

— Por que você achou que não haveria necessidade de vir me encontrar?

Yuichi voltou a sorrir. Como um aluno atrevido, fez ranger a cadeira em que estava sentado.

— Afinal nos encontramos anteontem e ontem...

— Sabe quantas vezes telefonei para sua casa?

— Sim, elas me disseram.

Kawada demonstrava a temeridade de alguém que, acossado, acaba sendo derrotado. Mudou bruscamente o assunto para a doença da mãe de Yuichi, perguntando se ele não estaria tendo dificuldades para pagar os custos da internação, ao que ele respondeu que não estava tendo nenhum problema.

— Não vou perguntar onde você dormiu a noite passada. Vou lhe dar algum dinheiro para ajudá-lo com as despesas de hospital. O que você acha? Darei a quantia que você julgar suficiente. Basta dizer se o valor é de seu agrado. Combinados?

O tom das palavras de Kawada era espantosamente burocrático.

— Quero que a partir de agora você desapareça de minha vida. De minha parte, estou certo de que não terei remorsos. Não quero mais ser ridicularizado nem quero que você atrapalhe meu trabalho. Estamos entendidos?

Insistindo, pegou seu talão de cheques. Espiou furtivamente o rosto do rapaz, indeciso quanto a fornecer-lhe alguns minutos para pensar. Na realidade, era Kawada quem até aquele momento procurava esconder o olhar. O jovem mantinha a cabeça erguida. Esperando pela defesa, Kawada temia desculpas ou súplicas, mas o jovem, calado, mantinha-se altivo.

O ruído do cheque sendo destacado do talonário ressoou dentro do silêncio. Yuichi observou nele a quantia de duzentos mil ienes. Sem uma palavra, afastou-o de volta com a ponta dos dedos.

Kawada rasgou o cheque. Escreveu outro valor no cheque seguinte e o destacou. Estendeu-o na direção de Yuichi. Novamente Yuichi o recusou. Esse jogo extremamente ridículo, mas ao mesmo tempo sério, repetiu-se algumas vezes até a quantia atingir quatrocentos mil ienes, fazendo Yuichi lembrar-se então dos quinhentos mil ienes que tomara emprestados de Shunsuke. O comportamento de Kawada só conseguiu provocar o desprezo do jovem. O ânimo para a separação que invadira o coração do jovem decidira fazer com que o valor subisse para, na hora que recebesse o cheque, rasgá-lo na frente de Kawada. Mas o valor fulgurante de quinhentos mil ienes o recompôs à espera do próximo lance.

A testa altiva de Yaichiro Kawada permanecia erguida. Em sua face direita o espasmo nevrálgico assemelhava-se a um raio. Rasgou o cheque anterior e preencheu outro que fez deslizar sobre a mesa. O valor era de quinhentos mil ienes.

O jovem tomou-o entre os dedos, dobrou-o vagarosamente, enfiou-o no bolso interno do blazer. Levantou-se e, com um sorriso malicioso, fez uma reverência.

— Obrigado por tudo, durante tão longo tempo. Bem... adeus.

Kawada perdera as forças para se erguer da cadeira, mas finalmente estendeu a mão para apertar a de Yuichi, dizendo:

— Adeus.

Yuichi achou natural que a mão de Kawada tremesse tanto ao apertar a sua. Ao sair do gabinete, não sentia a menor compaixão, o que era uma sorte para Kawada, que odiava a ponto de eleminar toda forma de piedade. No entanto, havia uma expressão de amizade nessa emoção natural. Por gostar de elevadores, preferiu tomá-lo a descer pelas escadas, apertando o botão de chamada na coluna de mármore.

***

Frustrada a possibilidade de empregar-se na empresa automobilística Kawada, as aspirações sociais de Yuichi voltaram à estaca zero. Por sua vez, Kawada conseguira recomprar por quinhentos mil ienes o seu direito a "menosprezar a vida".

A ambição de Yuichi era inicialmente apenas de natureza fictícia, mas o colapso de seus sonhos o impediu de voltar à realidade. Os sonhos desfeitos, mais do que os ainda em curso, parecem tender mais a transformar a realidade em um inimigo. Diante de seus olhos, a possibilidade de preencher a diferença entre sonhar com sua própria capacidade e avaliá-la corretamente a princípio parecia fechada. Entretanto, Yuichi aprendera a *observar* e sabia desde o início que essa possibilidade lhe era negada, pois, na deplorável sociedade moderna, uma tal avaliação era costumeiramente contada, antes de tudo, como um talento imprescindível.

Sem dúvida Yuichi aprendera a observar. No entanto, era difícil, sem a intermediação de um espelho, *apreciar* a juventude de dentro da juventude. O fato de a negação da juventude terminar abstratamente e sua afirmação tender à sensualidade originava-se dessa dificuldade.

Na noite anterior, no impulso súbito de um desafio, faltara aos compromissos com Matsumura e Kawada, passando uma noite pura bebendo até de manhã na casa de um colega de escola. Mas toda essa "pureza" não ultrapassava a categoria física. Yuichi avaliou sua própria situação. Quebrara a gaiola de espelhos libertando-se dela, esquecera seu próprio rosto mudando de ideia quanto à sua existência, e depois disso, pela primeira vez, procurou colocar-se na posição de observador. Livrou-se da obsessão infantil de sonhar que a sociedade lhe forneceria uma posição em substituição àquela imutável que seu corpo firmemente ocupava e a qual o espelho testemunhava. Procurava-a então na juventude, apressando-se a executar a complicada tarefa de instalá-la sobre a posição existente, da qual ele próprio não se dava conta. E até aquele momento, e durante muito tempo, era seu corpo que desempenhava com facilidade essa tarefa.

Yuichi sentia a maldição de Shunsuke. Antes de mais nada, precisava devolver a ele os quinhentos mil ienes. Tudo deveria começar por aí.

Alguns dias depois, numa noite fresca de outono, o belo jovem apareceu sem avisar na casa de Shunsuke. O velho escritor estava havia várias semanas escrevendo um ensaio de caráter autobiográfico ao qual intitulara "Para entender Shunsuke Hinoki". Ignorando que Yuichi viria visitá-lo, relia o manuscrito inacabado à luz do abajur sobre a escrivaninha. Fazia correções com caneta vermelha em vários pontos do texto.

32. "Para entender Shunsuke Hinoki", por ele mesmo

Há escritores para os quais entediar-se representa a única forma de matar o tédio, naquilo que poderíamos chamar de talento natural para o tédio ou o tédio do talento natural. Não era o caso de Shunsuke Hinoki. A vaidade o salvara dessa armadilha. Se matar o tédio representa um tipo de paradoxo da vaidade, uma certa superficialidade autêntica nos salva e impede sempre que caiamos no paradoxo. O equilíbrio de Shunsuke resultava em parte da crença nessa superficialidade.

Desde a tenra infância, a arte consistia para ele num mal congênito. Fora isso, não havia nada de especial a ser anotado em sua autobiografia. Linhagem de famílias ricas da província de Hyogo, lembranças familiares relacionadas ao pai que fora promovido a conselheiro após trinta anos em suas funções no Banco do Japão e à mãe que falecera quando Shunsuke contava quinze anos, um currículo escolar razoável, excelentes notas em língua francesa e três casamentos fracassados. De todos esses, apenas este último item poderia chamar a atenção dos biógrafos. No entanto, nenhuma de suas obras aludira em qualquer momento a esse segredo.

Numa página de suas reflexões, podemos ler uma passagem na qual, ainda criança, passeava por um bosque cuja localização lhe escapava à memória e onde encontrou uma luz ofuscante, música e o farfalhar de asas de um bando de libélulas. No entanto, uma passagem tão bela como essa não podia ser encontrada em nenhuma parte de suas obras.

Shunsuke Hinoki fundara uma arte parecida com o dente de ouro que se extrai da cavidade bucal de um cadáver. Desse paraíso artificial são rigorosamente excluídos valores que praticamente não ridicularizem objetivos práticos, possuindo apenas mulheres de aparência cadavérica, flores semelhantes a fósseis, jardins de metal e leitos de mármore. Shunsuke Hinoki descreveu com tenacidade todos os valores humanos aviltados. Há algo de funesto na posição que ocupa dentro da literatura moderna japonesa a partir da Era Meiji.

O escritor que mais exerceu influência sobre ele na adolescência foi Kyoka Izumi,* em especial seu romance *O Santo do Monte Koya*, escrito em 1900, que representou durante vários anos seu ideal de obra artística. Esse romance de enorme metamorfose humana, com uma linda e sensual mulher e um monge que dela foge para, com dificuldade, preservar sua própria forma humana, provavelmente deu a Shunsuke a ideia do tema fundamental de sua criação artística. No entanto, em pouco tempo descartou o mundo lírico de Kyoka e, juntamente com seu melhor amigo, Hatakazu Kayano, expôs-se à influência da literatura europeia do final de século que, então, era gradualmente introduzida no Japão.

---

* Kyoka Izumi (1873-1939) — escritor de contos românticos e místicos. *Koya Hijiri (O Santo do Monte Koya)* é representativo de seu fascínio por situações misteriosas. (N. T.)

Os muitos estudos de época incluídos nas obras completas de Shunsuke Hinoki pareciam imitar a forma editorial de coleções de obras póstumas. Os escritos eram imaturos e ingênuos, mas um de seus contos bem curtos intitulado "A educação do eremita", escrito aos dezesseis anos, surpreendeu aqueles que viram incluídos nessa criação praticamente inconsciente todos os temas que nos anos posteriores abordaria em suas obras.

O narrador do livro é um pajem trabalhando para eremitas que habitam uma caverna. Nascido numa região montanhosa, desde a infância nunca comera outra coisa senão neblina. Os eremitas o empregaram por ser prático usá-lo sem pagamento de salário. Eles espalharam pelo mundo que apenas se alimentavam de neblina, mas na realidade, assim como os seres comuns, não podiam sobreviver sem ingerir vegetais e carne. Mandavam sempre o pajem ao vilarejo ao sopé da montanha para comprar carne de carneiro e vegetais em quantidade suficiente para várias pessoas, ordenando que dissesse a todos ser "comida para os pajens", embora na realidade de pajem só havia um: o próprio narrador. Certo dia, um habitante mal-intencionado do vilarejo vendeu-lhe carne de carneiro contaminada. Comendo-a, os eremitas se intoxicaram e morreram um por um. Os bons habitantes do vilarejo, descobrindo que a carne envenenada fora vendida, preocuparam-se e subiram até o cimo da montanha. Lá chegando viram, mortos, todos os eremitas imortais que só comiam neblina, enquanto o pajem que deveria ter comido a carne envenenada apresentava excelente saúde. Assim, ao contrário de antes, começaram a tratar o pajem com a veneração que devotavam aos eremitas. Por ter se tornado eremita, o pajem declarou que a partir de então só comeria neblina e levaria uma vida reclusa e serena no cimo da montanha.

É desnecessário dizer que a obra é uma sátira à arte e à vida. O pajem conhece a arte do embuste, particular à vida do artista.

Antes mesmo de conhecer sobre a arte, aprende sobre as formas de ludibriar na vida cotidiana. O pajem domina, desde seu nascimento, o segredo dessa arte do engano, a chave da vida. Ou seja, como instintivamente se alimenta somente de neblina, encarna a proposição de que a parte inconsciente é o embuste supremo da vida do artista, tendo sido, ao mesmo tempo, usado pelos falsos eremitas devido a essa inconsciência. Com a morte dos eremitas, desperta nele a sua consciência de artista.

"Doravante me alimentarei somente de neblina. Não mais comerei carne de carneiro ou vegetais como fazia até então. Afinal, agora sou um eremita!", exclamou o pajem.

Pela sua conscientização e pela utilização de seu talento natural na forma de ludíbrio supremo, despojou-se da vida tornando-se artista.

Para Shunsuke Hinoki a arte fora o caminho mais fácil. Consciente dessa facilidade, descobrira o prazer do sofrimento como artista. Seus floreios estilísticos eram encarados como uma forma de abnegação.

Seu romance de estreia, *O banquete dos demônios*, de 1911, é uma obra-prima e ocupa lugar de destaque na história literária. Fora escrita no apogeu da corrente literária Shirakaba* e no mesmo ano em que Naoya Shiga escrevia *Mentes em tormento*. Com exceção de seu relacionamento com Hatakazu Kayano, herege dessa escola, Shunsuke Hinoki não mantinha qualquer vínculo com o grupo Shirakaba.

Com *O banquete dos demônios*, estabeleceu seu método novelístico e sua reputação como escritor.

---

* A corrente literária Shirakaba formou-se no início do século XX por um grupo de escritores imbuídos de individualismo e idealismo humanista em conflito com a escola naturalista. São pouco lidos no Ocidente em vista de seu envolvimento com o nacionalismo belicista. Saneatsu Mushanokoji e Naoya Shiga são seus mais conhecidos representantes. (N. T.)

A feiura física de Shunsuke Hinoki tornara-se um estranho dom de sua juventude. O escritor naturalista Seison Tomimoto, a quem hostilizava, tomou-o como modelo para um jovem personagem de uma de suas obras, transmitindo um retrato quase fiel de Shunsuke quando adolescente.

"Mieko procurava entender a razão da tristeza que deveria sentir pela simples presença daquele homem diante de si.

De que adianta insistir na mesma tecla dessa forma?

Para cada uma das muitas vezes que proferira essa resposta brusca, o homem repetia a mesma expressão repleta de indelével tristeza. A boca descorada, o nariz destituído de elegância, orelhas finas coladas aos dois lados do rosto, a cor de papel adstringente da pele a partir da qual apenas o branco dos olhos brilhava ofuscante e sobrancelhas finas, quase inexistentes, formando praticamente uma única linha. Não havia nele energia nem tampouco a mínima jovialidade. Mieko conjeturou por conta própria que a tristeza vinha com certeza do fato de esse homem não perceber sua própria feiura."

O Shunsuke atual estava plenamente consciente de "sua feiura". No entanto, mesmo que os eremitas tenham sido derrotados pela vida, o pajem segue vitorioso. A profunda sensação de humilhação com relação à sua aparência física fora a fonte secreta da energia espiritual de sua juventude e o método de desenvolvimento de temas importantes e profundos a partir de questões totalmente superficiais parecia advir dessa experiência que adquirira. Em *O banquete dos demônios* a heroína frígida como gelo cai sob o jugo de um destino refinado devido a uma pequena pinta que possui sob o olho. Embora essa pinta pareça simbolizar o destino, na realidade é o contrário. Shunsuke Hinoki é indiferente à escola simbolista. As ideias em suas obras, da mesma maneira que essa pequena pinta, guardam em si tenazmente uma exteriorização insignificante, conduzindo à sua famosa máxima "As ideias que se manifestam na forma, e que acabam se dissimulando nela, dificilmente podem ser denominadas ideias da obra artística" (*Coletânea de delírios*).

Para ele, as ideias, assim como as pintas, nascem de causas acidentais e tornam-se inevitáveis a partir da reação com o mundo exterior, sendo destituídas de força própria. As ideias são como erros, ou melhor, erros inatos: é improvável que uma ideia abstrata nasça para em seguida ganhar corpo, uma vez que desde o início ela é uma forma exagerada do corpo. Um homem dotado de um grande nariz é o dono da ideia denominada nariz grande e o homem possuidor de orelhas que se contraem é consequentemente o dono, quer queira ou não, da ideia original chamada orelhas contráteis. Shunsuke Hinoki almejava a criação de uma obra artística semelhante à existência corpórea, a ponto de a forma ser usada praticamente como sinônimo do corpo. O irônico era o fato de todas as suas obras exalarem odores cadavéricos e suas estruturas passarem a impressão de extrema artificialidade.

Em *O banquete dos demônios*, a heroína entrega-se ao homem que mais ama no mundo e, nesse momento, os corpos dos dois amantes, que deveriam arder vivamente de paixão, "soam como porcelanas se tocando".

"Hanako se perguntava o motivo. Percebeu então que os dentes de Takayasu tremiam, empurrados com força contra os seus. Eram dentaduras completas feitas de porcelana."

Essa é a única passagem de *O banquete dos demônios* escrita visando obter um efeito cômico. Existe nela um exagero destituído de refinamento com uma estranha vulgaridade delineando-se subitamente dentro do contexto de uma prosa extremamente elegante. No entanto, essa passagem prenunciava a morte de Takayasu, no início da velhice, sendo estruturada de forma a imprimir no leitor o pavor vulgar e súbito da morte.

Através das alterações em várias épocas, Shunsuke Hinoki tornara-se teimoso. Esse homem que apenas vivia, sem se esforçar por viver, tinha o dom da indiferença que era em si uma energia difícil de esgotar. Além disso, não era possível distinguir nele os mínimos traços do caminho que conduz da revolta ao desprezo, do desprezo à tolerância, da tolerância à afirmação, disso que se pode chamar de pedra fundamental do desenvolvimento individual de um escritor. O desprezo e a prosa elegante foram as doenças crônicas que dele se apoderaram no curso de toda a sua vida.

Com sua novela *A doce visão de um sonho*, Shunsuke Hinoki alcançou sua primeira realização artística. Apesar do título lírico, a novela trata de um amor cruel. Como a heroína do *Diário de Sarashina*,* Tomoo passou sua adolescência sonhadora na velha casa provincial da família. Mudando-se para Tóquio, encontrou por um acaso do destino um amor violentamente sensual. Devido à delicada sensibilidade e à efêmera fraqueza de sua natureza, não foi capaz de escapar a uma ligação carnal com uma mulher mais velha que ele e, após mais de dez anos padecendo de desgosto e tédio, voltou ao torrão natal levando os restos mortais da mulher, morta subitamente. No entanto, das quinhentas páginas do romance, mais de quatrocentas eram dedicadas a detalhar sua vida cotidiana repleta desse tédio e desgosto sem limites. A descrição lenta do comportamento tépido desse protagonista em sua vida diária atrai o leitor sem relaxamento da tensão. Essa forma estranha assemelhava-se a um tipo de segredo metodológico que escondia a atitude do escritor sob a aparência de desprezo às paixões.

No caso de um romance, o fato de o autor nunca planejar transferir seus sentimentos para aquilo que menospreza é algo

---

* *Sarashina Nikki* (*Diário de Sarashina*) — conhecida apenas como filha de Sugawara no Takasue, a autora do *Diário* (1008-1065) contava nele sua vida na corte desde os doze anos de idade. (N. T.)

praticamente inimaginável. Planejá-lo é um subterfúgio vantajoso. Por esse motivo, Flaubert* criou um personagem imortal como Homais e Villiers de L'Isle-Adam** o seu Bonhomet. Podemos imaginar que faltava a Shunsuke Hinoki esse talento místico imprescindível a um novelista, essa atitude objetiva e sem preconceitos em relação a si próprio e às pessoas ao seu redor que, confrontada com a realidade, metamorfoseia ela própria em paixão para se alterar de realidade para liberdade. Não se encontrava nele nada semelhante àquela paixão assustadora do experimentador científico, a "paixão objetiva" que joga o escritor novamente no meio do turbilhão da vida.

Shunsuke Hinoki efetuou uma rigorosa seleção de suas emoções, depositando nelas um sinal de sua escolha: para as coisas que julgava boas, apunha a marca da arte, para as que achava ruins, a da vida. Estabeleceu uma estranha forma artística, estética na melhor hipótese, ética no pior dos casos, levando a acreditar que desde o início o complicado cruzamento entre beleza e ética fora dela descartado. Qual seria a fonte dessa paixão que serviu de suporte a tão numerosas obras, ou melhor ainda, a essa simples força física? Seria apenas a força de vontade estoica que tolera a facilidade e o tédio artísticos?

A doce visão de um sonho era uma paródia à literatura naturalista. O naturalismo e o simbolismo antinaturalista foram introduzidos no Japão na ordem inversa e, à época do surgimento do antinaturalismo no país, Shunsuke Hinoki, juntamente com Junichiro Tanizaki, Haruo Sato, Konosuke Hinatsu e Ryunosuke Akutagawa, fora um dos precursores do movimento da arte pela

---

* Gustave Flaubert (1821-1880) — romancista francês da escola realista, autor de *Madame Bovary*. (N. T.)

** Villiers de L'Isle-Adam (1838-1889) — escritor francês, autor de contos e romances fantásticos, como os *Contos cruéis*, de 1883. (N. T.)

arte, em voga ao final da primeira década do século. Sem receber qualquer influência dos simbolistas, traduziu por diletantismo o "Herodíade" de Mallarmé* e obras de Huysmans e Rodenbach, entre outros. Porém, podemos crer que o que extraiu do simbolismo não foi seu aspecto antinaturalista, mas apenas uma tendência antirromântica.

Entretanto, o romantismo na literatura japonesa moderna não era propriamente o inimigo de Shunsuke Hinoki, uma vez que já estava em declínio no início do século. Seu verdadeiro inimigo residia em seu coração. Poderia sentir na pele, mais do que qualquer outro homem, o perigo dos românticos. Shunsuke era, ao mesmo tempo, o atirador e o alvo.

Tudo o que neste mundo é fraco, sentimental, transiente, indolente, licencioso, a noção de eterno, a conscientização de um ego imaturo, os sonhos, a autossatisfação, a combinação de orgulho extremo e de elevado menosprezo a si próprio, a presunção do martírio, a loucura, por vezes a própria vida… em tudo isso Shunsuke reconhecia as sombras do romantismo. O romantismo era para ele sinônimo do "mal". Shunsuke Hinoki atribuía ao vírus do romantismo a causa da perigosa doença de sua adolescência. Nesse instante uma estranha complicação acontece: Shunsuke escapara do perigo "romântico" da juventude, mas, no conjunto de sua obra, quanto mais crescia como antirromântico, mais o romantismo também crescia obstinadamente em sua vida.

A estranha crença de apegar-se obstinadamente à vida desprezando-a transformava o ato artístico em algo totalmente destituído de objetivos práticos. Shunsuke Hinoki estava plenamente convencido de que nada podia ser resolvido pela arte. Em sua imoralidade, a beleza artística e a feiura da vida possuíam peso

---

* Stéphane Mallarmé (1842-1898) — poeta simbolista francês, autor de poemas longos como "Um lance de dados" e "Herodíade". (N. T.)

idêntico, com uma existência simplesmente relativa e passível de escolha. Onde o artista estaria posicionado? Do mesmo modo que um ilusionista, está de frente para o público de pé no cimo de sua fria arte de iludir.

Na juventude Shunsuke sofrera a dor da conscientização de sua feia aparência física, tirando prazer em se acreditar um defeituoso físico cujo lado exterior fora solapado pelo do veneno do espírito, exatamente como o sifilítico tem o rosto tomado pela doença. Um de seus parentes distantes, acometido de poliomielite infantil, mesmo já adulto rastejava como um cão por toda a casa. Esse monstro infeliz possuía um queixo estranhamente desenvolvido, saliente como o bico de um pássaro. Entretanto, cada vez que Shunsuke admirava os inúmeros trabalhos artesanais produzidos pelo rapaz como forma de subsistência e cuja aceitação era grande, sentia-se admirado por sua curiosa delicadeza e graciosidade.

Certo dia, viu suas peças ornando a vitrine de uma luxuosa loja no centro da cidade. Havia cordões de contas esculpidas em madeira e uma caixa de pó de arroz finamente trabalhada e que também fazia as vezes de uma caixinha de música. Eram objetos impecáveis e esplêndidos, bem adequados aos belos clientes que costumavam frequentar a loja. As mulheres os compravam mas, na realidade, certamente eram seus ricos protetores que pagavam por eles. A maioria dos escritores observa a vida nessa direção. No entanto, Shunsuke voltava os olhos para a direção contrária. Os objetos refinados adorados pelas mulheres, objetos de extraordinária e delicada beleza, acessórios inúteis, objetos que levam ao limite a beleza artificial... Em todos, existe sempre uma sombra. Neles foram deixadas as impressões digitais invisíveis e horrendas de um artesão infeliz. Seus criadores são, sem dúvida, monstros paralíticos, pervertidos efeminados de aparência abominável ou outros semelhantes.

"Os nobres do Antigo Regime europeu eram honestos e sãos. Tinham consciência da extravagância e do luxo de suas vidas e de que inevitavelmente defrontavam-se com a feiura extrema. Para colocar à luz do dia as provas e tornar completos os prazeres da vida transformando essa feiura em consolo, contratavam anões grotescos e loucos. Em minha opinião, mesmo o famoso Beethoven era um tipo de bobo da corte, contando com o patrocínio da nobreza."

No mesmo ensaio, Shunsuke escreveu:

"Além disso, a explicação sobre como alguém feio pode criar uma obra artística bela e delicada está intimamente ligada à beleza interior dessa pessoa. O problema é sempre o do 'espírito' e das almas inocentes. Pois não há ninguém no mundo que os tenha visto com seus próprios olhos."

Shunsuke acreditava ser a função única do espírito difundir a religião que cultua sua própria impotência. Sócrates introduziu o espírito na Grécia antiga. Até então o país era dominado apenas pelo equilíbrio entre o corpo e a inteligência e não pelo "espírito", que é a expressão própria desse equilíbrio rompido. Aristófanes caçoava em uma de suas comédias sobre como Sócrates atraía jovens do ginásio para a ágora, e sobre o treinamento físico que os preparava para os campos de batalha, as discussões sobre a sabedoria e a veneração da própria impotência. Assim, os jovens tiveram a "largura de suas costas reduzida". Nada mais justo ter sido Sócrates condenado à morte.

No início da década de 1920, Shunsuke Hinoki viveu as revoltas sociais e as turbulências das ideias com uma indiferença impregnada de desprezo. Estava convicto de que o espírito era destituído de qualquer força. Em 1935 escreveu O dedo, novela curta que é considerada uma obra-prima. É a história de um velho barqueiro que percorre os distritos às margens dos lagos de Itako. Em sua vida carregou em seu barco diversos passageiros, contando-lhes suas histórias, até que certo dia conduziu uma passageira bela como uma deusa pelos distritos envoltos pela bruma outonal. Ao passar por uma enseada notou, para sua surpresa, que estava apaixonado por essa deusa dos sonhos. O enredo da história é em si de uma suprema banalidade, além de antiquada, mas o autor acrescentou a ela um final inesperado: sem poder acreditar na realidade, o velho barqueiro decide guardar, como única prova dessa noite, a ferida no dedo indicador, mordido por brincadeira pela mulher. Esforçou-se para impedir que a ferida se curasse, sendo por fim forçado a amputar o dedo infeccionado. A novela termina com o barqueiro mostrando para o ouvinte o horrível dedo indicador cortado.

Seu estilo conciso e cruel e a descrição fantasiosa da natureza semelhante à encontrada nas obras de Akinari Ueda* atingem o domínio dos mestres das artes japonesas. Com essa obra, o riso planejado por Shunsuke era a comicidade dos homens de seu tempo que, juntamente com um dedo, perderam a capacidade de acreditar na realidade literária.

Durante os anos da guerra, Shunsuke planejou reconstituir o mundo medieval que se encontrava sob a influência estética do *Juttairon* de Fujiwara no Teika, do *Guhisho* e do *Sangoki*. Quando a onda injusta da censura foi deflagrada durante a guerra, calou-se passando a viver da fortuna herdada da família, limitando-se a escrever um estranho romance sobre zoofilia, sem intenção de publicá-lo. Seu *Metempsicose* acabou sendo editado no pós-guerra e foi comparado às obras escritas pelo Marquês de Sade no século XVIII.

---

* Akinari Ueda (1734-1809) — autor do *Ugetsu Monogatari* (*Contos da Lua e da Chuva*), conjunto de nove histórias sobrenaturais baseadas em contos tradicionais chineses e japoneses. Escrito em 1768, tornou-se uma das obras mais populares do período Edo. (N. T.)

Shunsuke teve a oportunidade de publicar uma única vez durante a guerra um texto com comentários extremamente críticos. Na época, mortificara-se com o movimento romântico japonês impulsionado por literatos jovens de extrema direita.

No pós-guerra a capacidade criativa de Shunsuke Hinoki começou a declinar. Publicou algumas poucas obras fragmentárias que não deixavam de ser consideradas de valor. No entanto, no segundo ano depois de terminada a guerra, após o suicídio de sua esposa de cinquenta anos em companhia de seu amante, apenas contentou-se em redigir algumas vezes comentários estéticos sobre sua própria obra.

Shunsuke Hinoki parecia haver cessado por completo de escrever. Assim como alguns escritores senis tidos como distintos literatos, dava a impressão de que confinara-se ao castelo por ele próprio edificado através de suas obras e nem mesmo a morte serviria para mover uma pedra sequer da cidadela na qual terminaria sua sólida vida. No entanto, o que o mundo ao redor desconhecia é que o talento natural para a loucura desse escritor e seu impulso romântico por longo tempo oprimido no decorrer da vida planejavam secretamente uma vingança.

Como é paradoxal a juventude que arrebata o escritor em sua senilidade! Nesse mundo existem encontros misteriosos. Shunsuke não acreditava na percepção extrassensorial, mas seu coração fora tocado pelo caráter supernatural desse encontro. Ao ver surgir de dentro das ondas do mar a figura solitária do lindo jovem que jamais amaria mulheres, um jovem dotado de tudo aquilo que ele próprio não tivera em sua juventude, Shunsuke Hinoki viu com espanto que o molde infeliz de sua própria juventude criara uma estátua. O pavor à vida desaparecera da juventude de Shunsuke, assim encarnada nesse jovem de carne marmórea. "Bem", disse ele, servindo-se dos artifícios da idade avançada, "agora, mais do que nunca, viverei essa minha juventude semelhante a uma parede de aço."

A ausência de espiritualidade em Yuichi curou Shunsuke da arte corroída pelo espírito, seu mal crônico. A ausência de desejo pelas mulheres em Yuichi recuperou Shunsuke da pusilanimidade que manifestava em relação à própria vida e que aquele desejo tornava ainda mais temível. Shunsuke Hinoki planejou criar a obra artística ideal que durante toda a vida não fora capaz de conceber. Uma criação artística paradoxal aos olhos do mundo, utilizando-se do corpo como matéria-prima para desafiar o espírito e da vida como substância bruta para afrontar a arte... Seu plano gerou um *pensamento que não deveria encarnar-se em uma forma* e que pela primeira vez na vida Shunsuke parecia possuir.

Em sua fase inicial, tinha-se a impressão que a obra avançaria sem maiores dificuldades. Entretanto, é impossível impedir a degradação até mesmo do mármore, e a matéria-prima viva, com o passar do tempo, acaba se alterando.

Quando Yuichi gritou: "Vou dizer-lhe o que desejo ser. Desejo ser uma *existência real*", Shunsuke pressentiu sua primeira derrota.

É irônico que essa derrota se prenunciasse também no íntimo de Shunsuke, o que a tornava muitas vezes mais perigosa. Ele começava a se apaixonar por Yuichi.

E ainda mais irônico é o fato de não haver no mundo um amor mais natural. No amor do artista por seu modelo, o desejo carnal e o espiritual combinam-se de forma tal, que as fronteiras que facilmente poderiam confundi-los acabam por desaparecer. A resistência do modelo serve apenas para intensificar a sedução. Shunsuke estava obcecado por esse modelo que sempre procurava fugir dele.

Shunsuke tomava consciência pela primeira vez da força poderosa da sensualidade no ato criativo. Muitos escritores começam a produzir suas obras da juventude a partir dessa conscientização, mas ele havia trilhado o caminho inverso. Ou teria esse "famoso literato" se tornado, pela primeira vez, um escritor, atormentado pelo amor e desejo por Yuichi? Aquela apavorante "paixão objetiva" não teria pela primeira vez entrado na experiência de Shunsuke?

Pouco tempo depois, Shunsuke separou-se de Yuichi, que se transformara em uma existência real, e retornou à vida solitária em seu gabinete, não se encontrando com o ente amado durante vários meses. Ao contrário da fuga que no passado tantas vezes tentara, tratava-se de uma ação resoluta, uma vez que não se mostrava capaz de observar calado a transformação que ocorria em seu modelo, de tal forma abandonado à "vida". Tendo provisoriamente rompido com a realidade, quanto mais seu desejo sem esperanças se aprofundava, mais ele próprio chegava a depender profundamente de seu "espírito" que tanto desprezara.

Na realidade, até aquele momento Shunsuke Hinoki nunca experimentara uma ruptura tão profunda com a realidade. Nunca a realidade aprofundara essa ruptura intencional com força tão sensual. Essa força era a mesma das prostitutas que amara, que com grande facilidade vendiam sua realidade ao mesmo tempo que o rejeitavam. Foi esse comércio que possibilitou a Shunsuke escrever inúmeras obras frias como gelo.

A solidão de Shunsuke tornara-se por si só um ato de profunda criação artística. Construíra Yuichi em seus sonhos. Uma juventude de paredes de aço que não se deixa incomodar pela vida nem por ela ser corroída. Uma juventude que resiste à erosão do tempo. Perto dele, um livro histórico de Montesquieu estava sempre aberto na mesma página. Nela, uma passagem é dedicada à juventude dos Romanos.

"Conforme os textos sagrados dos Romanos, no local que Tarquínio julgara ideal para a construção de um templo, uma profusão de estátuas de divindades já era cultuada. Consultou então o conhecimento do áugure para saber se esses deuses cederiam o local para um altar dedicado a Júpiter. Todos os deuses concordaram, à exceção de Marte, do deus da Juventude e de Término.* A partir deles, surgiram três filosofias religiosas. A primeira delas pregava que os descendentes de Marte sob nenhuma hipótese deveriam ceder os domínios conquistados. A segunda, que *a juventude dos Romanos nunca deveria subjugar-se ao poder de quem quer que fosse.* E a última delas, que o deus Término não se retiraria jamais daquele local."

Pela primeira vez a arte se tornava a ética prática de Shunsuke Hinoki. Aniquilar o abominável romantismo que durante tanto tempo dominara sua vida com as armas do próprio romantismo. Sinônimo da juventude de Shunsuke, o romantismo seria nesse momento confinado em mármore. Tornar-se-ia a vítima do conceito romântico de *eternidade.*

Shunsuke não duvidava de que Yuichi lhe era necessário. A juventude não é algo que deva ser vivido solitariamente. Da mesma maneira que um acontecimento de proporções monumentais necessita imediatamente entrar para os anais históricos, a juventude encerrada em um lindo e precioso corpo deverá ter a seu lado alguém para descrevê-la. A ação e a descrição não podem ser executadas por uma única pessoa. O espírito que floresce após o corpo, a memória que brota após a ação: quão frívolas seriam as lembranças da infância que deles dependem, por mais belas que fossem!

Uma gota de juventude, ao cair, deve imediatamente cristalizar-se num cristal eterno. Do mesmo modo que a areia que acaba completamente de cair da metade superior de uma ampulheta e constrói-se na parte inferior na mesma forma que possuía quando

---

* Término ou Termo — divindade ligada à agricultura, sua capela situava-se no interior do templo de Júpiter. (N. T.)

estava acumulada na metade superior, quando a juventude chega ao término de sua existência, cada gota de um relógio de água deve se cristalizar e imediatamente cinzelar a seu lado uma estátua eterna.

De nada adianta lamentar que a má vontade do Criador não tenha feito coincidir em uma mesma idade o perfeito espírito e o corpo da perfeita juventude e tenha sempre acomodado em um corpo perfumado de juventude um espírito imaturo e imperfeito. A juventude é a noção antagônica do espírito. Por mais que viva, o espírito apenas acompanha os contornos primorosos do corpo da juventude.

Os gastos colossais da juventude que vive inconscientemente. Um período da vida que não se preocupa com a colheita. O equilíbrio supremo das forças destruidoras e criativas da vida que se harmonizam inconscientemente. Um equilíbrio que precisa ser modelado.

33. Desfecho

Até a hora de ir visitar Shunsuke à noite, Yuichi passara o dia inteiro ociosamente. Faltava apenas uma semana para o exame para o emprego na loja de departamentos do pai de Yasuko. Sua vaga já estava assegurada, graças à proteção do sogro, mas precisava pelo menos comparecer às provas, apenas para cumprir com as formalidades. Para combinar os detalhes sobre o assunto, era necessário lhe prestar uma visita de cortesia. Deveria ter ido mais cedo, mas o agravamento do estado de saúde da mãe serviu como ótimo pretexto para o atraso.

Nesse dia Yuichi também não estava disposto a visitar o sogro. Enfiara no bolso interno a carteira que continha o cheque de quinhentos mil ienes. Dirigiu-se sozinho para Ginza.

O bonde parou na estação de Sukiyabashi e parecia não sair mais do lugar. Yuichi percebeu muitas pessoas que, inundando as calçadas e até mesmo a rua, corriam em direção a Owaricho. Uma fumaça negra subia, turvando o límpido céu outonal.

Yuichi saltou do trem e misturou-se à multidão, apressando-se na mesma direção. O cruzamento em Owaricho estava repleto de gente. Três carros vermelhos do corpo de bombeiros estavam estacionados no meio do povo, com esguichos de água compridos e finos apontados em direção ao local de onde a fumaça negra se levantava.

O incêndio era em um grande cabaré. A visão dos presentes era obstruída por um prédio de dois andares logo em frente e só se percebia por vezes a ponta das labaredas erguendo-se altas e brilhantes dentro da negra fumaça. Se fosse noite, a fumaça, de um negro inexpressivo, deveria ser vista envolta em numerosas centelhas. O fogo já se espalhara para as lojas nos arredores. O primeiro andar do prédio que obstruía a visão já se consumia nas chamas, parecendo que apenas seu exterior continuava intacto. No entanto, a pintura amarelo-ovo de fora conservava sua frescura, serenidade e tonalidade cotidianas. A multidão gritava elogios à proeza de um bombeiro que, subindo sobre um telhado parcialmente envolto por labaredas, esforçava-se para abrir nele um buraco com seu machado. Ver essas pequenas silhuetas negras de homens arriscando-se no confronto com as forças naturais e a morte parecia atingir o coração das pessoas como algo semelhante ao prazer obsceno de observar-se um homem em sua aparência autêntica sem que tenha consciência de estar sendo visto.

Um prédio em reforma próximo ao incêndio estava cercado por andaimes. De cima deles, algumas pessoas avisavam sobre a propagação do fogo.

É surpreendente como os incêndios são silenciosos. De onde Yuichi estava, não era possível ouvir o som de uma explosão, o barulho da queda de uma viga de madeira ou outros ruídos semelhantes. O barulho pesado de detonação que vinha descendo era de um avião monomotor vermelho de uma empresa jornalística, circulando sobre as cabeças.

Yuichi retrocedeu, sentindo como uma névoa cair-lhe sobre o rosto. A mangueira velha e usada do carro dos bombeiros, ligada a um hidrante à margem da calçada, fazia jorrar sobre ela, como uma chuva, o fino jato de água saído por um buraco mal consertado. Esse jato molhava implacavelmente as vitrines de uma loja de tecidos e aviamentos e dificultava, a partir do lado de fora, a visão dos comerciantes agachados ao redor de um cofre-forte portátil e de seus objetos pessoais, que retiraram das lojas para o caso de o incêndio se propagar nessa direção.

Os bombeiros por vezes interrompiam o fluxo da água. Os jatos dirigidos ao céu recuavam nitidamente, formando uma parábola ao cair. Carregada obliquamente pela direção do vento, durante esse tempo a fumaça negra não mostrava sinais de arrefecimento.

"O Grupo de Apoio! O Grupo de Apoio!", gritava a multidão.

Um caminhão abriu caminho entre a multidão, estacionando. Pela porta de trás, em fila, via-se descer um grupo usando capacetes brancos. Era ridículo que uma unidade de policiais que viera apenas para controlar o tráfego causasse tanto pavor às pessoas em volta. Talvez a multidão tivesse sentido em si mesma um instinto de agitação suficiente para trazer às pressas o Grupo de Apoio. Antes mesmo que os policiais pudessem levantar seus cassetetes, as pessoas que enchiam a rua recuavam em avalanche até a calçada, como uma massa que tomara conhecimento da derrota em uma revolução.

Essa força cega era excepcional. Cada um perdia sua vontade própria e se entregava a uma força exterior que se propagava. A pressão para recuar até a calçada foi tanta que empurrava as pessoas diante das lojas para as vitrines logo atrás delas.

Um grupo de jovens parado diante da luxuosa vitrine de uma loja, formada por uma única peça de vidro, abriu os braços gritando: "Cuidado com o vidro! Cuidado com o vidro!".

Os jovens procuravam com seus gritos chamar a atenção do povo que, como mariposas voltejando ao redor do fogo, não percebia os vidros.

Enquanto estava sendo empurrado, Yuichi pôde ouvir um barulho semelhante ao do espocar de fogos de artifício. Era na realidade o som de dois ou três balões largados pelas crianças sendo pisados. Na desordem de pernas, Yuichi percebeu um dos pés de uma sandália de madeira azul sendo jogada para um lado e para outro, qual um objeto flutuando à deriva.

Quando finalmente se viu livre do domínio da multidão, descobriu que estava voltado para uma direção imprevista. Acertou a gravata desarranjada e começou a caminhar. Não olhava mais para o local do incêndio. No entanto, a estranha energia produzida pelo tumulto transferira-se para seu corpo, criando em si um contentamento de difícil explicação.

Não tendo para onde ir, Yuichi caminhou mais um pouco, entrando finalmente em um cinema onde passava um filme que não lhe interessava particularmente.

Shunsuke pôs de lado o lápis vermelho.

Seus ombros lhe pesavam terrivelmente. Levantou-se e, golpeando-os com os punhos fechados, entrou na vasta biblioteca contígua ao escritório. Havia um mês, desfizera-se de mais da metade de seus livros. Ao contrário das pessoas comuns de idade, quanto mais envelhecia mais os livros lhe pareciam inúteis. Guardara apenas aqueles pelos quais tinha especial adoração. Mandara destruir as estantes que ficaram vazias e abrir uma janela na parede que durante muito tempo bloqueara a passagem da luz. Acrescentou mais duas luminosas janelas àquela voltada para o norte, que era tocada pelas folhagens de uma magnólia. A cama instalada no gabinete, na qual tirava cochilos, fora transportada para a biblioteca. Era nela que Shunsuke descansava, folheando a seu bel-prazer os vários livros enfileirados sobre uma mesinha a seu lado.

Ao entrar na biblioteca, Shunsuke procurou nas prateleiras mais altas a dos livros originais de literatura francesa. Logo achou o que desejava. Era uma edição especial, em papel japonês, da tradução francesa de *A musa adolescente*. A obra é uma coleção de versos escrita por Straton, poeta romano da época de Adriano. Imitando cegamente o gosto pelo antigo do imperador Adriano, apaixonado por Antínoo,* seus poemas têm como tema apenas belos rapazes.

> *Atrai-me a branca pele*
> *Mas uma pele morena igualmente me fascina*
> *São lindos os loiros cabelos*
> *Mas igualmente os cabelos negros me atormentam o coração*
> *Não desprezo os olhos castanhos*
> *Mas são aos de azeviche, brilhantes,*
> *Que meu peito entrega seu amor.*

O dono da pele morena, cabelos negros e olhos de azeviche deveria ser algum rapaz originário da Ásia Menor, como o famoso escravo oriental Antínoo. O ideal de beleza jovem sonhado pelos romanos no século II possuía características asiáticas.

Em seguida, Shunsuke tirou da estante o *Endymion* de Keats e passou os olhos nos versos que praticamente decorara.

"... mais um pouco", murmurou o coração do velho escritor.

"Não falta mais nenhum ingrediente à visão, que logo estará completa. A imagem inquebrantável da juventude estará acaba-

---

* Antínoo — jovem bitínio que, de escravo, passou a amigo inseparável do imperador Adriano, que o divinizou após sua morte. (N. T.)

da. Havia tempos que não experimentava a palpitação e o medo irracional que sinto agora às vésperas de dar por completa uma obra. O que se revelará no exato momento do término, nesse instante supremo?"

Deitado obliquamente sobre a cama, Shunsuke virava distraidamente as páginas do livro. Prestou atenção. Ouviu por todo o jardim o som harmônico dos insetos outonais.

A um canto da estante estavam postos os vinte volumes das *Obras Completas de Shunsuke Hinoki,* finalmente completadas no mês anterior. As letras estampadas em dourado possuíam um brilho embotado e monótono. Os vinte tomos repetiam o mesmo sorriso de escárnio enfadonho. Como quem apenas por uma questão de polidez acaricia o queixo de uma criança feia, o velho escritor roçava indiferente, com a ponta dos dedos, a sucessão de letras sobre os livros.

Sobre as duas ou três mesas ao redor da cama, muitos livros estavam abertos no local onde parara a leitura. Suas páginas brancas tinham o aspecto de asas mortas.

Havia a antologia de versos do poeta Ton'a,* da escola Nijo, o *Taiheiki*** aberto na página sobre o Grande Mestre do templo Shiga, o *Okagami**** aberto na passagem sobre a abdicação do imperador Kazan, a antologia de versos do xógum Yoshihisa

---

* Ton'a (1289-1372) — poeta, crítico e monge do início da Era Kamakura. Estreou como poeta com a coletânea *Ocho Hyakushu (Cem versos da Era Ocho).* Pertencia à escola Nijo, cujo estilo não fugia muito da poesia conservadora de Fujiwara Shunzei. (N. T.)

** *Taiheiki (Notas sobre a Grande Paz)* — compilado por volta de 1370 por diversos autores desconhecidos. Trata das guerras civis entre 1319 e 1371. (N. T.)

*** *Okagami (O Grande Espelho)* — escrito em 1119, cobre um período de cento e setenta e seis anos (de 850 a 1025) e consiste em um relato histórico e cortesão, em particular sobre os destinos da importante família Fujiwara. (N. T.)

Ashikaga,* morto prematuramente, o *Kojiki*** e o *Nihon-shoki**** em uma edição antiga de encadernação majestosa. Nessas duas últimas obras o mesmo tema principal era repetido insistentemente: muitos príncipes lindos e jovens sendo mortos ou dando fim à própria vida, na flor da juventude, em virtude de amores perversos ou do fracasso de planos de revoltas. É o caso da princesa Karu. E também do príncipe Otsu. Shunsuke amava essa juventude fracassada da Antiguidade.

Ouviu um barulho à porta do gabinete. Eram dez da noite. A essa hora tão tardia, não deveria ser um visitante. Com certeza era a criada lhe trazendo chá. Shunsuke respondeu sem sequer olhar na direção do gabinete. Quem entrou no cômodo não foi a criada.

— Está trabalhando? A criada ficou tão espantada ao me ver subir tão rapidamente que nem tentou me impedir — disse.

Shunsuke levantou-se e saiu da biblioteca. Deu de cara com Yuichi em pé bem no meio do gabinete. Tão repentina foi a aparição do lindo jovem que Shunsuke acreditou que tivesse saído de dentro dos inúmeros livros até então abertos.

Os dois trocaram cumprimentos após tanto tempo sem se verem. Shunsuke convidou Yuichi a sentar-se na cadeira de braços, indo buscar na estante da biblioteca uma garrafa de vinho que guardava para seus convidados.

Yuichi prestava atenção a um grilo que cricrilava a um can-

---

* Yoshihisa Ashikaga (1465-1489) — nono xógum do xogunato Ashikaga, sucedeu a seu tio Yoshimasa Ashikaga. (N. T.)

** *Kojiki* (*Crônica das Coisas Antigas*) — compilada sob ordem imperial e concluída em 712 (período Nara), narra a história do Japão de suas origens ao final do século VII. (N. T.)

*** *Nihonshoki* (ou *Nihongi, Registros do Japão*) — compilação do período Nara que preserva parte da herança cultural chinesa. Suas personagens são quase sempre divindades e soberanos. O material cobre muitos dos temas tratados no *Kojiki*. (N. T.)

to do gabinete. Nada havia mudado desde a última vez que ali estivera. As inúmeras peças antigas de porcelana continuavam na mesma posição sobre as prateleiras da cristaleira que enquadrava a janela. A bela e antiga estatueta permanecia como sempre no mesmo compartimento. Não havia no aposento flores da estação. Apenas o relógio de mármore negro prosseguia mostrando melancolicamente a passagem do tempo. Se não fosse pela criada que não se descuidava de dar-lhe corda, provavelmente pararia em alguns dias uma vez que seu velho patrão, completamente desinteressado com o cotidiano, dificilmente pensaria em tocar nele.

Yuichi novamente percorreu com os olhos o interior do aposento. Pensou na forte ligação que aquele gabinete mantinha consigo mesmo. Depois de seu primeiro momento de prazer, quando visitou a casa, fora ali que Shunsuke lera para ele uma passagem do *Chigokanjo*. Também fora naquele cômodo onde, tomado de verdadeiro pavor, viera se aconselhar sobre a possibilidade de aborto para Yasuko. Naquele momento Yuichi não experimentava nem excessiva alegria nem sofrimento: estava no gabinete com o coração sereno, impassível. Mais um pouco ele estaria devolvendo os quinhentos mil ienes a Shunsuke. Aliviando-se de seu pesado fardo, ficaria livre de toda a dominação do outro, não teria mais necessidade de vir até aquela casa, desapareceria de uma vez por todas daquele aposento.

Shunsuke pôs a garrafa de vinho branco e as taças sobre uma bandeja prateada, levando-a até em frente de seu jovem visitante. Sentou-se no sofá que servia como encosto à janela da sacada sobre o qual ele próprio dispusera almofadas pintadas ao estilo de Ryukyu,* vertendo a bebida na taça de Yuichi. Sua mão tremeu

---

* Atual arquipélago de Okinawa. (N. T.)

entornando o vinho. O jovem não pôde deixar de lembrar das mãos de Kawada que vira alguns dias antes.

"Esse velho deve estar excitado por eu ter aparecido tão repentinamente", Yuichi pensou. "Não há razão para falar de chofre sobre o dinheiro."

O velho escritor e o jovem fizeram um brinde. Pela primeira vez contemplou o rosto do lindo jovem que até então Shunsuke não pudera admirar com cuidado e lhe disse:

— Que tal? O que achou da *realidade*? Foi do seu agrado?

Yuichi foi incapaz de reprimir um sorriso sutil. Seus lábios cheios do frescor da juventude se contorceram na expressão carregada do cinismo que aprendera.

Shunsuke prosseguiu, sem aguardar uma resposta:

— Muitas coisas podem acontecer. Coisas que você não poderá me contar, coisas desagradáveis, coisas espantosas, coisas maravilhosas. Mas, no final das contas, nenhuma delas possui qualquer valor. Isso está escrito em seu rosto. Seu interior talvez tenha mudado, mas a aparência externa não mudou absolutamente nada desde a primeira vez que o vi. Seu corpo não sofreu qualquer efeito. A realidade não foi capaz de deixar sequer uma marca de cinzel sobre suas faces. A natureza o agraciou com o dom da juventude. E ela jamais será dominada por algo como a realidade...

— Rompi relações com Kawada — Yuichi exclamou.

— Fez bem. Aquele homem será corroído por seu próprio idealismo. Ele certamente temia sua influência sobre ele.

— Minha *influência*?

— Isso mesmo. Você não é influenciado pela realidade, mas está continuamente exercendo efeito sobre ela. Foi sua influência que transformou a realidade daquele homem em uma ideia apavorante.

Graças a uma tal conversa séria e apesar de o nome de Kawada ter sido invocado, Yuichi perdeu a chance de comentar sobre os quinhentos mil ienes.

"Com quem ele estará conversando? Comigo?", o jovem admirou-se. "Se fosse em outros tempos, quando desconhecia sobre tudo, poderia me esforçar em compreender suas estranhas teorias. Mas estaria ele se dirigindo ao Yuichi que sou hoje, destituído de qualquer fervor passível de ser suscitado pela paixão artificial desse velho homem?"

Inconscientemente, os olhos de Yuichi desviaram-se para um canto fracamente iluminado do quarto. Teve a impressão de que o velho escritor se dirigia a alguém que estivesse atrás dele.

A noite estava serena. Não se ouvia nada além das estridulações dos insetos. Podia-se distinguir claramente o barulho do vinho branco sendo derramado da garrafa para as taças, com o peso delicado de pedras preciosas. A taça de vidro sextavado brilhava.

— Vamos, beba — disse Shunsuke. — Uma noite de outono, você aqui, vinho, que mais poderia faltar neste mundo? Sócrates, ouvindo o canto das cigarras, conversava pela manhã com o formoso jovem Fedro à margem de um riacho. Sócrates perguntava e ele próprio respondia. Chegar à verdade através do questionamento foi o método de circunlocução inventado por ele. No entanto, fique sabendo que jamais se poderão obter respostas a partir da beleza absoluta de um corpo natural. Tanto as perguntas como as respostas só são passíveis de ser trocadas dentro de uma mesma categoria. O espírito e a carne nunca poderão estabelecer um diálogo. O espírito pode apenas perguntar. Além do eco, nunca será capaz de obter respostas a seu questionamento. Não escolhi uma posição em que pudesse perguntar e responder. Meu destino é apenas questionar... Aí está você, a natureza bela. Aqui estou eu, o horroroso espírito. Esse é o eterno esquema. É impossível em qualquer matemática inverter mutuamente os fatores. Não tenho intenção a essa altura da vida de deliberadamente menosprezar meu espírito. Pois também no espírito existem elementos de real valor. No entanto, Yuichi, o amor, ou pelo menos o meu, não tem tantas esperanças como o de Sócrates. O amor só brota do desespero. Espírito versus natureza: o amor é o movimento do espírito em direção a algo tão incompreensível. De que serve então questioná-lo? Pois para o espírito não há outra forma de comprovação de sua existência senão questionando algo. A existência de um espírito que não o faça corre grande perigo...

Shunsuke interrompeu seu monólogo, virou-se e abriu a janela. Contemplou o jardim através da tela que servia de mosquiteiro. Ouvia-se o fraco ruído do vento.

— Parece o começo de uma ventania. Talvez o prenúncio de um tufão de início de outono. Você está com calor? Se estiver quente, deixo a janela aberta...

Yuichi balançou a cabeça. O velho escritor fechou novamente a janela e, virando-se na direção do rosto de Yuichi, retomou de onde havia parado.

— Bem. O espírito deve formular incessantemente dúvidas e acumulá-las. A criatividade espiritual está no poder de criar questões. Desse modo, a meta última da criação espiritual é a própria questão, ou seja, imaginar a natureza. O que é em si algo impossível. Mas progredir sempre em direção a essa impossibilidade é o método do espírito. O espírito é... bem, podemos dizer que seja o impulso de infinitamente acumular zeros para chegar a um. Por que você é tão belo? É algo que lhe pergunto. Você seria capaz de me dar uma resposta? Logicamente, o espírito não antecipa respostas.

Seus olhos estavam fixos. Yuichi procurou encará-los. Mas, como que enfeitiçado, o jovem perdera o poder de enxergar.

Deixou-se ver, sem opor resistência, por esse olhar de extrema grosseria que petrificava quem atingia, usurpando a vontade alheia, reduzindo o outro à natureza.

"Sim, é isso. Não é a mim que esse olhar está sendo dirigido", Yuichi pensou, tomado de um calafrio. "O olhar do senhor

Hinoki sem dúvida está voltado para mim, mas o que ele vê não sou eu. Além de mim, existe com certeza mais um Yuichi neste cômodo."

Yuichi *enxergou* claramente um Yuichi que era a própria natureza e em nada ficava a dever em termos de perfeição às esculturas da época clássica, a estátua de um belo jovem invisível. O outro lindo jovem existia claramente nesse gabinete. Como Shunsuke escrevera em seu *"Para entender Shunsuke Hinoki"*, tinha diante de si a estátua formada com a areia acumulada na parte inferior de uma ampulheta. Reduzida ao mármore sem espírito e tornada indestrutível pelo aço, essa estátua da juventude não se retraía não importa o quanto fosse contemplada.

O barulho do vinho derramado dentro da taça despertou Yuichi trazendo-o de volta à realidade. Abandonara-se ao sonho com olhos bem abertos.

— Beba — continuou Shunsuke levando sua taça aos lábios. — Ouça bem, a beleza é o mundo como o vemos, inatingível. Concorda comigo? A religião sempre pôs na distância o além-mundo, o mundo futuro. Entretanto, a distância, como conceito humano, representa em última análise a possibilidade de se chegar ao destino. Entre ciência e religião existe apenas uma diferença de distância. As grandes nebulosas a seiscentos e oitenta mil anos-luz representam a possibilidade de se atingir o destino. A religião é a ilusão do poder alcançar, a ciência, sua técnica. A beleza, por outro lado, existe sempre neste mundo físico. Está neste universo, no presente, pode ser tocada com firmeza. A precondição da beleza é que nossa sensualidade possa saboreá-la. Dessa forma, a sensualidade é essencial. É ela que confirma a beleza. Entretanto, nunca é possível atingi-la, pois antes de mais nada a suscetibilidade oriunda da sensualidade impede que seja atingida. O método dos gregos de expressar a beleza na forma de esculturas foi engenhoso. Sou um novelista.

Sou um homem que escolheu por profissão o pior dentre todo o variado lixo inventado pela modernidade. Não acha que é a profissão mais inapta e vulgar para expressar a beleza? Aquilo que existe neste mundo e que não pode ser atingido: falando assim, talvez você entenda e concorde com o que quero dizer. A beleza é a natureza posta sobre o ser humano, aquela colocada sob condições humanas. A beleza é o que existe dentro dos homens que mais profundamente os controla e ao mesmo tempo mais se rebela contra eles próprios. O espírito, graças a essa beleza, não pode ter um momento sequer de paz.

Yuichi escutava atento. Sentiu como se a escultura do belo jovem, perto de sua orelha, também fizesse o mesmo. Acontecera um milagre naquele aposento. E depois do milagre, entretanto, reinava apenas o silêncio cotidiano.

— Yuichi, existe neste mundo um instante supremo — Shunsuke afirmou. — O instante em que espírito e natureza se reconciliam e copulam. Exprimir esse instante durante o tempo de existência humana ultrapassa o possível. Enquanto em vida, os homens provavelmente podem saboreá-lo. Mas não são capazes de exprimi-lo. Esse instante ultrapassa a capacidade humana. Você perguntaria: "Então os homens não são capazes de expressar coisas sobre-humanas?". Seria um erro pensar assim. Os homens na verdade são incapazes de expressar a suprema condição humana. Nem o artista nem a expressão são superdotados. A expressão é sempre pressionada a decidir entre alternativas. Exprimir ou agir? Mesmo no ato de amor, as pessoas só amam umas às outras por meio de ação. Elas só manifestam o ato consumado. Portanto, o problema verdadeiramente importante é o da possibilidade de simultaneidade de expressão e ação. Sobre isso só há uma única coisa que os homens conhecem: a morte. Morte é ação. Não existe, entretanto, ação tão unitária e última. Bem, talvez não tenha sido claro na minha forma de expressar.

Shunsuke esboçou um sorriso.

— A morte não vai além da verdade. O suicídio poderia ser denominado morte por ato. Nenhum ser humano pode nascer por sua própria vontade, o que não acontece no caso de sua morte. Essa é a proposição fundamental de todas as filosofias do suicídio, desde a Antiguidade. Portanto, não há sombra de dúvida da possibilidade, na morte, da simultaneidade do ato do suicídio com a expressão total da vida. A expressão do momento supremo precisa esperar pela morte. Acredito ser possível prová-lo de forma inversa. A manifestação suprema de um homem vivo, aquela que, na melhor das hipóteses, vem logo depois do instante supremo, é a forma total de vida menos *alfa*. A essa expressão, soma-se o *alfa* da vida, e o que se obtém é a vida por inteiro. A razão disso é que o homem continua a viver enquanto se expressa e sua vida, sem poder ser negada, é excluída da expressão. Aquele que se expressa apenas finge uma morte temporária. Quantos sonhos os homens já tiveram com esse *alfa*! Os sonhos dos artistas estão sempre ligados a ele. Todos estão conscientes de que a vida dilui a expressão e lhe usurpa a precisão verdadeira. A precisão pensada pelos vivos não passa de uma precisão. Para os mortos, o céu que acreditamos azul talvez resplandeça verde. É algo estranho. Quando os vivos se desesperam tentando expressá-lo, é a beleza que novamente lhes vem às pressas socorrer. É a beleza que ensina que se deve defender com firmeza as imprecisões da vida. Amarrada pela sensualidade e pela vida, a beleza ensina aos homens nesse momento a acreditar apenas na precisão da sensualidade. Nesse sentido, mais do que tudo, pode-se entender que a beleza é para o homem algo moral.

Dando por encerrada sua preleção, Shunsuke completou com um sorriso singelo:

— Bem, acho que já basta. Seria constrangedor vê-lo pegar no sono ouvindo minhas palavras. Não há motivo para pressa esta noite. Afinal, não é sempre que você aparece. Quando estiver cansado da bebida...

Shunsuke viu que a taça de Yuichi continuava cheia.

— O que acha da ideia de jogarmos uma partida de xadrez? Você deve ter aprendido com Kawada, não é mesmo?

— Sim, ele me ensinou um pouco.

— Ele também foi meu professor... Com certeza não foi para que eu e você pudéssemos jogar em uma noite de outono, assim juntos, que ele lhe ensinou a jogar...

Shunsuke apontou para um tabuleiro antigo e elegante com peças brancas e pretas.

— Achei este tabuleiro em uma loja de antiguidades. O xadrez deve ser hoje minha única diversão. Você se importa se jogarmos?

Yuichi não recusou o convite. Esquecera por completo que o motivo que o trouxera ali era devolver os quinhentos mil ienes.

— Você pode jogar com as brancas.

À frente de Yuichi, torres, bispos, rei, peões e os demais formavam dezesseis peças enfileiradas.

A cada lado do tabuleiro, as taças de vinho branco pela metade cintilavam. Os dois homens calaram-se e dentro do silêncio reverberava apenas o leve som de peças de marfim se chocando.

No silêncio, a sensação da presença de mais uma pessoa no gabinete tornava-se mais evidente. Yuichi virou-se várias vezes para olhar a estátua invisível que observava o movimento das peças sobre o tabuleiro.

Não seria possível estimar o tempo que passaram assim. Não sabiam se o tempo gasto fora longo ou breve. Se o que Shunsuke batizou de instante supremo chegasse em um momento imperceptível como aquele, certamente partiria simplesmente sem ser percebido. Uma partida terminara. Yuichi vencera.

— Ah, perdi! — o velho escritor exclamou.

Mas seu rosto transbordava de alegria e pela primeira vez Yuichi percebia uma grande doçura nas feições de Shunsuke.

— Com certeza perdi por ter bebido demais. Vamos tentar uma revanche. Mas, preciso antes dissipar um pouco a embriaguez...

Assim dizendo, serviu-se da água do jarro, dentro do qual flutuavam algumas rodelas de limão. Levantou-se, segurando o copo.

— Com licença, um instante.

Shunsuke foi até a biblioteca. Alguns instantes depois, Yuichi percebeu suas pernas estiradas sobre a cama. Da biblioteca, sua voz clara chamava Yuichi.

— Se tirar um cochilo, com certeza a embriaguez passa. Acorde-me daqui a vinte ou trinta minutos. Entendido? Assim que acordar, vamos à revanche. Pode esperar por mim?

— Lógico — foi a resposta de Yuichi.

Depois disso, dirigiu-se ao sofá ao lado da janela, estendeu confortavelmente suas pernas e ficou brincando com peças pretas e brancas.

Quando foi acordar Shunsuke, não obteve resposta. Estava morto. Na mesa de cabeceira, seu relógio de pulso servia de peso para um pedaço de papel com alguns rabiscos. Estava escrito o seguinte:

"Adeus. Deixei um presente para você na gaveta direita da minha escrivaninha."

Yuichi imediatamente acordou a criada, e o dr. Kumemura, médico da família, foi chamado. Era tarde demais para fazer qualquer coisa. O médico perguntou sobre tudo o que se passara e, de início, desconhecia a causa mortis. Mas acabou por declarar ter sido suicídio por ingestão de uma dose letal de Pavinal, que Shunsuke utilizara nos últimos tempos como sedativo para suas crises de nevralgia da perna direita. Ao ser perguntado se não deixara um testamento, Yuichi entregou ao médico o papel que encontrara um pouco antes. Abriram a gaveta direita da escrivaninha. Descobriram dentro dela um testamento universal devidamente notarizado. Segundo o documento, todos os seus bens imóveis e móveis, totalizando aproximadamente dez milhões de ienes, haviam sido inteiramente legados a Yuichi Minami. As duas testemunhas do testamento eram o presidente e o diretor de publicações da editora que lançara suas obras completas e com os quais mantinha relação de amizade. Havia um mês, Shunsuke os levara até um cartório em Kasumigaseki.

O plano de Yuichi de devolver os quinhentos mil ienes de sua dívida fora em vão. O que é pior, sentia-se deprimido ao imaginar que estaria eternamente preso ao amor de Shunsuke, que se exprimia sob a forma de dez milhões de ienes. Mas o momento não era conveniente para uma tal emoção. O médico avisou por telefone à polícia e logo o inspetor-chefe chegava para as investigações acompanhado de um detetive e do médico-legista.

Yuichi respondia prontamente ao interrogatório necessário ao relatório policial. O médico fizera declarações a seu favor, eliminando qualquer suspeita de culpa no suicídio do velho escritor. Mas, ao ver o testamento, o assistente do inspetor interrogou-o insistentemente sobre sua relação com o morto.

— Era um amigo de meu falecido pai que serviu de intermediário em meu casamento com minha esposa, tratando-me como a um filho. Sempre demonstrou por mim imenso carinho.

Esse único falso testemunho levou Yuichi às lágrimas. O inspetor-chefe analisou com frieza profissional essas lágrimas puras e belas, convencendo-se da absoluta *inocência* do jovem.

Um jornalista bem informado apareceu e o torturou com perguntas idênticas.

— Para ser agraciado como herdeiro universal, é sinal de que ele devia amá-lo muito, não concorda?

Nessa pergunta destituída de quaisquer segundas intenções, o verbo "amar" transpassou o coração de Yuichi.

O jovem não respondeu. Seu rosto estava sério. Lembrou-se que ainda não comunicara o ocorrido a sua família e foi telefonar para Yasuko.

O dia amanhecia. Yuichi não sentia cansaço nem era açoitado pelo sono. No entanto, como não conseguia suportar nem as visitas que desde cedo pela manhã vinham prestar condolências nem os jornalistas, avisou o dr. Kumemura que sairia para caminhar um pouco.

Era uma manhã ensolarada. Descendo a ladeira, os trilhos dos bondes brilhavam docemente estendendo-se para além de uma curva. Àquela hora, havia poucas pessoas na rua. A maioria das lojas ainda estava fechada.

"Dez milhões de ienes", pensou Yuichi enquanto atravessava a avenida. "Mas é preciso tomar cuidado! Se for atropelado agora por um carro, tudo irá por água abaixo."

Numa florista que acabara de retirar a cobertura da vitrine, muitas flores molhadas formavam densos buquês.

"Quantos deles poderia comprar com dez milhões de ienes?", o jovem indagou a si mesmo.

Uma liberdade indescritível pesava ainda mais em seu peito do que a melancolia que se apoderara dele durante toda a noite. Essa inquietude acelerou desajeitadamente seus passos. Seria melhor depositar a culpa dessa inquietude na noite passada em claro. Ao aproximar-se de uma estação de trem, observou os trabalhadores matinais se reunindo nas catracas. Em frente à estação já havia dois ou três engraxates.

"Antes de mais nada, vou engraxar os sapatos...", Yuichi pensou.

Gora, 27 de junho de 1953

1ª EDIÇÃO [2002] 1 reimpressão

ESTA OBRA FOI COMPOSTA PELA PÁGINA VIVA EM ELECTRA E IMPRESSA
PELA GEOGRÁFICA EM OFSETE SOBRE PAPEL PÓLEN SOFT DA SUZANO S.A.
PARA A EDITORA SCHWARCZ EM NOVEMBRO DE 2021

A marca FSC® é a garantia de que a madeira utilizada na fabricação do papel deste livro provém de florestas que foram gerenciadas de maneira ambientalmente correta, socialmente justa e economicamente viável, além de outras fontes de origem controlada.